N O R D

emouth
Spey Bay
Portknockie
Portsoy
Macduff
Rosehearty
Pennan
Fraserburgh
Sandhaven
Buckie
Cullen
Banff
Keith
Turriff
Peterhead
Dufftown
Huntly
B A N F F
Ellon
-Spey
Inverurie
Don
Howe of Alford
orms
A B E R D E E N
Aberdeen
Girdle Ness
Ballater
Dee
Banchory
Stonehaven
K I N C A R D I N E
Esk
Glasgow
Edinburgh
Newcastle
A N G U S
Brechin
Montrose
Liverpool
Manchester
Kirriemuir
Birmingham
Forfar
London
Arbroath

Åke Edwardson

Segel aus Stein Roman

Aus dem Schwedischen von Angelika Kutsch

Büchergilde Gutenberg

Lizenzausgabe für die Büchergilde Gutenberg
Frankfurt am Main, Wien und Zürich
mit freundlicher Genehmigung der
Ullstein Heyne List GmbH & Co. KG, München
Die Originalausgabe erschien 2002 unter dem Titel
Segel av sten
im Norstedts Förlag, Stockholm

Veröffentlicht 2003 im Claassen Verlag, München

Vorsatzkarte: © Peter Palm, Berlin
Gesetzt aus der Sabon bei Leingärtner, Nabburg
Druck und Bindung: GGP Media, Pößneck
Printed in Germany 2004
ISBN 3-7632-5477-3

www.buechergilde.de

Für Rita

I

Ebbe hatte die Schiffe im Hafenbecken trockengelegt. Sie lagen wie verdreht da, die Buge zeigten auf die Treppenstufen in der Kaimauer.

Zeigten auf ihn.

Er sah die Schiffsrümpfe in der Dämmerung leuchten. Die Sonne duckte sich hinter die Landzunge im Westen. Möwen schrien unter einem niedrigen Himmel, das Licht verdichtete sich zu Dunkelheit. Die Vögel wurden vom Himmel, der wie ein Segel über den Horizont gespannt war, aufs Wasser niedergedrückt.

Alles wurde aufs Meer niedergedrückt. Wurde aufs Meer gedrückt, unter die Oberfläche gedrückt, Druck ...

Jesus, dachte er.

Jesus save my soul! Jesus save MY SOUL!

... So wüst und schön sah ich noch keinen Tag!

Er hörte Geräusche hinter sich, Schritte über Pflastersteine auf dem Weg zur Kirche, die auch wie aus Stein gehauen zu sein schien, mit einem Vorschlaghammer aus Stein gehauen, wie alles andere unter dem Segel dieses Himmels. Er schaute wieder auf. Der Himmel hatte die Farbe von Stein angenommen wie alles, was ihn umgab. Ein Segel aus Stein. Alles war aus Stein. Das Meer war aus Stein.

'nes Seemanns Daumen hab ich da,
Schiffbruch litt er der Heimat nah!

Hinter ihm hallten Schritte von Menschen, auf dem Weg zu einem Moment des Friedens in der Methodistenkirche. Er drehte sich nicht um. Er wusste, dass sie ihn ansahen, er spürte ihre Blicke im Nacken. Sie taten nicht weh, solche Blicke waren das nicht. Er wusste, dass er sich auf die Menschen hier verlassen konnte. Sie waren nicht seine Freunde, aber sie waren auch nicht seine Feinde. Er durfte sich in ihrer Welt bewegen, und das hatte er lange getan, tatsächlich so lange, dass er MEHR geworden war als sie ... Er war ein Teil der Steine, der Felsen, Mauern, Treppenstufen, Häuser, Wellenbrecher, des Himmels, des Meeres, der Wege, der Schiffe, der Trawler geworden.

Die hier lagen.

Die hier unter den Wellen begraben lagen, die sich in den rollenden Steinbrüchen zwischen den Kontinenten bewegten.

Jesus, Jesus!

Er drehte sich um. Die Schritte waren verstummt, von der Kirche verschluckt, deren Tür jetzt geschlossen war. Hier unten gingen die wenigen Straßenlaternen an, wodurch die Dunkelheit vor der Zeit fühlbarer wurde. Das dachte er, während er sich in Bewegung setzte. Eine Dunkelheit vor der Zeit. Jeden späten Nachmittag. Vor der Zeit ... und nach der Zeit. Ich lebe dieses Leben nach der Zeit. Eine lange Zeit danach. Ich lebe. Ich bin ein anderer, ein neuer. Das andere Leben war nur geliehen, eine Rolle, eine Maske. Man überschreitet eine Grenze, wird ein anderer und lässt sein altes Ich zurück.

Bei den Treppen zur Straße hingen Kinderkleider zum Trocknen auf dem Hof. Die kleinen Ärmel winkten ihm zu.

Er stand auf der Straße. Über ihm türmten sich die Viadukte wie Eisenbahnschienen, die in den Himmel gebaut worden waren. Da ist die Straßenbahn, die in den Himmel fährt, Jesus lenkt und Gott ist Schaffner. Aber hier hatte es noch nie Straßenbahnen gegeben. Er war Straßenbahn gefahren, jedoch nicht hier. Das war in einem anderen Leben gewesen, das weit zurücklag. Weit zurück. Vor der Vorzeit, bevor er die Grenze überschritt.

In diesem Teil der Stadt zerschnitten die Viadukte den Himmel. Züge waren sie hinaufgedonnert, aber das war lange her. 1969 war der letzte Zug gefahren. Vielleicht hatte er ihn gesehen.

1888 wurde der steinerne Weg in den Himmel gebaut. Hatte er das auch gesehen? Vielleicht. Vielleicht war er ein Teil des Steins vom Viadukt.

Und nichts ist, als was nicht ist.

Sie haben ihn hierher geholt, und hier ist er geblieben.

Nein.

Geblieben ist er wohl, aber nicht aus diesem Grund.

Er überquerte die Straße, bog in die North Castle Street ein und betrat den Pub an der Kreuzung. Drinnen war niemand. Er wartete, und eine Frau, die er vorher nur wenige Male gesehen hatte, kam aus dem Hinterzimmer an die Bar. Er nickte zu den Hähnen auf der Theke vor ihr.

»Fullers, oder?« Sie nahm ein Pintglas von dem Stapel abgewaschener Gläser neben der Kasse. Offenbar hatte sie es noch nicht geschafft, die Gläser ins Regal zurückzustellen.

Er nickte wieder. Sie füllte das Glas und stellte es vor ihn hin. Er sah, wie sich der trübe Glasinhalt langsam klärte, wie der Himmel nach einem Unwetter oder der Meeresgrund nach einem Sturm.

Er bestellte einen Whisky und zeigte auf eine der billigeren Marken hinter ihr. Sie stellte das Whiskyglas vor ihn hin. Er trank und schüttelte sich.

»Das wird bestimmt ein kalter Abend«, sagte sie.

»Mhm.«

»Da braucht man was zum Aufwärmen.«

»Hmh.«

Er trank von dem Bier, dann wieder von dem Whisky, spürte die kalte Wärme im Magen. Die Frau nickte wie zum Abschied und verschwand in dem Hinterzimmer.

Er überlegte, ob SIE heute Nachmittag kommen würde.

Durch die Wand hörte er Geräusche von einem Fernseher. Er sah sich um. Noch immer war er der einzige Gast. Er trank wieder. Er sah sich noch einmal um, wie nach Gestalten, die er nicht sehen konnte. Er war wie immer allein. Einsamer Besucher. Er war der Besucher, immer ein Besucher.

Er fürchtete sich nicht vor dem, was kommen würde.

Erlebte Greuel
Sind schwächer als das Grauen der Einbildung.

Das Whiskyglas war leer, er trank das Bier aus, erhob sich und ging.

Der Himmel war schwarz geworden. Die Silhouetten der Viadukte sahen aus wie Tiere einer prähistorischen Zeit. Vorzeit. Von Norden blies ihm Wind ins Gesicht.

Er ging wieder die Straße entlang. Es kamen keine Autos. Die Stadt unter ihm glitzerte. Auf dem Meer waren keine Lichter zu sehen. Er blieb stehen, konnte aber kein Licht dort draußen entdecken. Er wartete, doch alles blieb dunkel. Jetzt kam hinter ihm ein Auto. Er drehte sich nicht um. Er nahm den Geruch des Meeres wahr. Der scharfe Wind war wie Nadelspitzen in seinem Gesicht. Er spürte die Waffe in seiner Tasche. Er hörte den Schrei des Meeres in seinem Kopf, andere Schreie.

Jesus!

Jetzt wusste er, dass es ein Ende haben würde.

2

Bis zum Meer waren es zweihundert Meter, vielleicht zweihundertfünfzig. Sie gingen über ein Feld, auf dem noch niemand Pfade getreten hatte. Das machen wir jetzt, dachte er, wir treten hier Pfade.

Der Himmel war hoch, ein endloser Raum. Die Sonne stach durch die Sonnenbrille. Das Meer bewegte sich, aber nur wenig. Die Oberfläche glänzte wie Silber und Gold.

Elsa rief etwas übers Wasser und kam am Ufer auf sie zugelaufen über die kleinen Steine, die sich zu Hunderttausenden mit Millionen von Millionen Sandkörnern mischten.

Erik Winter drehte sich zu Angela um, die in der Hocke saß und Sand durch ihre Finger rieseln ließ.

»Wenn du mir sagen kannst, wie viele Sandkörner du da gerade in der Hand hast, dann bekommst du einen schönen Preis«, sagte er.

Sie schaute auf, hob die andere Hand, um die Augen gegen die Sonne abzuschatten.

»Was für einen Preis?«, fragte sie.

»Sag erst, wie viele Sandkörner du in der Hand hast.«

»Wie soll ich das schätzen können?«

»Ich weiß es«, antwortete er.

»Was ist es für ein Preis?«, wiederholte sie.

»Die Zahl!«, verlangte er.

»Vierzigtausend«, sagte sie.

»Falsch.«

»Falsch?«

»Falsch.«

»Wie zum Teufel willst du das wissen?« Sie richtete sich auf und schaute nach Elsa, die in fünfzehn Meter Entfernung Steine sammelte. Angela konnte nicht sehen, wie viele es waren. Sie ging näher auf den Mann ihres Lebens zu, bevor er »Intuition« auf ihre Frage antworten konnte.

»Ich möchte meinen Preis haben. Ich möchte meinen PREIS haben!«, sagte sie.

»Du hast nicht richtig geantwortet.«

»DEN PREIS, DEN PREIS!«, rief sie und ging auf Winter los. Sie probierte einen Schultergriff, und Elsa schaute auf und ließ einige Steine fallen. Erik sah sie und lachte seine vierjährige Tochter an und dann die andere Frau in seinem Leben und versuchte sich jetzt an einem halben Nelson, gar nicht schlecht, und er spürte, wie die Füße in den Sandalen rutschten und wie die Sandalen im Sand rutschten und wie er *tatsächlich* das Gleichgewicht verlor und langsam zu Boden ging, wie von einem Magnet angezogen. Angela fiel auf ihn. Er lachte immer noch.

»DEN PREIS!«, rief Angela noch einmal.

»DEN PREIS!«, rief Elsa, die zu den Kämpfenden gelaufen war.

»Okay, okay«, sagte Winter.

»Wenn du es wirklich weißt, dann gib zu, dass ich richtig geraten habe«, sagte Angela und hielt seine Arme fest. »Gib es zu!«

»Du warst ziemlich nah dran«, antwortete er. »Das gebe ich zu.«

»Her mit dem Preis!«

Sie saß jetzt rittlings auf seinem Bauch. Elsa saß auf seinem Brustkorb. Er konnte immer noch leicht atmen. Er hob den rechten Arm und zeigte landeinwärts.

»Was?«, sagte sie. »Was ist da?«

Er wedelte mit der Hand.

»Der Preis«, sagte er. Er spürte die Sonne in den Augen. Die Sonnenbrille war ihm heruntergefallen. Er nahm den

Duft von Salz, Sand und Meer wahr. Er könnte lange, lange so liegen. Und oft. Hier gehen. Pfade durch das Feld treten.

Vom Haus aus.

Von dem Haus, das dort hinten im Kiefernwäldchen stehen könnte.

Sie spähte über das Feld. Sie sah ihn an. Aufs Meer. Wieder aufs Feld. Sah ihn an.

»Ist das wahr?«, sagte sie. »Meinst du das wirklich?«

»Ja«, antwortete er, »du hast Recht. Wir kaufen das Grundstück.«

Aneta Djanali hatte ihren Polizeiausweis noch in der Hand, als die Frau die Tür schloss, die sie zuvor geöffnet hatte. Aneta Djanali hatte nicht einmal ihr Gesicht sehen können, nur einen Schatten und ein Augenpaar, das aufblitzte im schwindenden Tageslicht, dem einzigen Licht hier drinnen.

Sie klingelte noch einmal. Neben ihr stand eine junge Polizistin. Sie war noch nicht sehr viele Monate im Beruf. Ein Rookie, direkt vom Gymnasium. Angst scheint sie nicht zu haben, dachte Aneta Djanali, aber sie findet das hier auch nicht besonders witzig.

»Verschwinden Sie«, ertönte eine Stimme durch die Tür. Die Stimme klang schon gedämpft, bevor sie durch das doppelte Furnier oder was immer es war, drang, das sie vom verlängerten Arm des Gesetzes trennte.

»Wir müssen uns einen Augenblick unterhalten«, sagte Aneta Djanali zur Tür. »Über das ... was passiert ist.«

Ein Murmeln war zu hören.

»Ich habe nicht verstanden«, sagte Aneta Djanali.

»Es ist nichts passiert.«

»Bei uns ist eine Anzeige eingegangen«, sagte Aneta Djanali.

Wieder ein Gemurmel.

»Wie bitte?«

»Von hier ist die nicht gekommen.«

Aneta Djanali hörte, wie hinter ihr eine Tür geöffnet und sofort wieder geschlossen wurde.

»Es ist nicht das erste Mal«, sagte sie. »Es war nicht das erste Mal.«

Die junge Polizistin neben ihr nickte.

»Frau Lindsten …«, sagte Aneta Djanali.

»Gehen Sie weg.«

Es war an der Zeit einen Entschluss zu fassen. Sie konnte hier nicht stehen bleiben und die Situation dadurch vielleicht verschlimmern.

Sie könnte sich den Anblick von Anette Lindstens Gesicht einfach erzwingen. Es könnte übel zugerichtet sein. Die Frau könnte noch neue Verletzungen davontragen, wenn sie sich jetzt nicht Zugang zu ihrer Wohnung verschaffte.

Es könnte das einzig Richtige sein. Die Entscheidung darüber musste jetzt auf der Stelle fallen. Eine Entscheidung von vielleicht großer Tragweite für die Zukunft.

Aneta Djanali entschied sich, steckte den Ausweis, den sie immer noch in der Hand hielt, weg, gab dem uniformierten Mädchen ein Zeichen, drehte sich um und ging.

Keine der beiden Polizistinnen nahm den Fahrstuhl nach unten. Die Wände des Treppenhauses waren voll geschmiert, tausend hingekritzelte Nachrichten in Schwarz und Rot.

Der Wind hatte zugenommen. Sie hörte die Straßenbahnen am Citytorget. Die massiven Häuser schienen sich auch zu bewegen, sie waren überall, manchmal verdeckten sie auch den Himmel. Das Gebäude auf der Fastlagsgatan schien sich vom einen Ende des Horizonts bis zum anderen zu erstrecken.

Jetzt wurde ein Teil abgerissen, quer über dem Hügel war ein Krater. Häuser, die vor vierzig Jahren gebaut worden waren, wurden abgerissen, und der Himmel wurde wieder sichtbar, wenigstens für eine Weile. Heute war er blau, entsetzlich blau. Ein Septemberhimmel, in dem die ganze Farbe des Sommers gesammelt war. Fertig. Hier bin ich, der nordische Himmel.

Es war warm, eine reifere Wärme, wie akkumuliert.

Brittsommer, dachte sie. In Schweden nennt man ihn Brittsommer, aber ich weiß immer noch nicht, warum. Wie oft hab ich mir schon vorgenommen, das herauszufinden. Das musste etwas mit dem Kalender zu tun haben.

Rein zufällig warf sie einen Blick auf das Straßenschild, wo sie geparkt hatten: Allerheiligenstraße, du lieber Himmel, kreisförmig um den Kortedala Torg fanden sich alle Jahreszeiten versammelt: der Adventspark, die Pfingststraße, die Weihnachtsstraße, Aprilstraße, Junistraße.

Eine Septemberstraße konnte sie nicht entdecken. Sie sah die Dämmerungsstraße, die Morgenstraße.

Hier wird man ja zermahlen von allen Stunden des Tages und Jahres und aller Zeiten, dachte sie, als sie wegfuhr, in eine andere Zivilisation im Süden. Es war ein Gefühl, als überschreite sie Grenzen.

Auf dem Citytorget spielten Kinder, die sprachen Arabisch. Frauen mit bedeckten Haaren kamen aus dem Lebensmittelladen. An der Ecke war eine Spielhalle, in der auch Gemüse verkauft wurde. Gegenüber lag ein Blumengeschäft. Die Sonne warf Schatten, die den Platz in einen schwarzen und einen weißen Teil trennten.

»Ist dir Anette Lindsten schon mal begegnet?«, fragte sie die junge Polizistin auf dem Sitz neben sich.

Das Mädchen schüttelte den Kopf.

»Wer hat sie schon mal gesehen?«

»Du meinst, wer von den Kollegen?«, fragte die junge Polizistin.

Aneta Djanali nickte.

»Niemand, soviel ich weiß.«

»Niemand?«

»Sie hat nie jemanden reingelassen.«

»Aber fünf Mal hat jemand angerufen und angezeigt, dass sie misshandelt wurde?«

»Ja.«

»Jemand, der seinen Namen genannt hat?«

»Äh … ja. Es war eine Nachbarin.« Das Mädchen wandte sich ihr zu. »Die, mit der wir eben gesprochen haben.«

Aneta Djanali näherte sich der City. Sie fuhr an den Fabriken in Gamlestaden vorbei. Die ersten Häuser von Bagaregården tauchten auf. Sie waren für eine andere Zivilisation gebaut worden. Schöne Häuser, nur für eine Familie oder zwei. Man konnte um sein Haus herumgehen und genießen, dass man dort lebte und das Geld hatte, das nötig war, damit es die ganze Woche lang Samstag sein konnte. Sie überlegte plötzlich, ob es in der Gegend, die sie verlassen hatten, eine Samstagstraße gab. Vielleicht nicht, vielleicht machten die Stadtplaner bei Dienstag Halt, oder bei Montag. Montagstraße. Da war die Grenze. Die ganze Woche Montag.

»So kann das doch nicht weitergehen«, sagte Aneta Djanali.

»Woran denkst du grade?«

»Woran ich denke? Ich denke daran, dass es an der Zeit ist, den Tatort zu untersuchen.«

»Ist das denn statthaft?«

»Kennst du die Polizeigesetze nicht?« Aneta Djanali warf der jungen Kollegin einen raschen Blick zu, die wie ertappt aussah, wie durchgefallen bei einer Prüfung.

»Das läuft unter öffentlicher Klage«, sagte Aneta Djanali mit nachsichtiger Stimme. »Wenn ich den Verdacht habe, dass jemand misshandelt wird, kann ich mir Zugang verschaffen und überprüfen, wie sich die Sache verhält.«

»Und willst du es tun?«

»Bei Lindstens eindringen? Vielleicht ist es an der Zeit.«

»Sie sagt, dass sie jetzt allein wohnt.«

»Aber der Mann besucht sie noch?«

Die junge Polizistin zuckte mit den Schultern.

»Selbst hat sie nichts gesagt.«

»Aber die Nachbarn?«

»Eine von ihnen sagt, sie habe ihn gesehen.«

»Und keine Kinder?«, fragte Aneta Djanali. »Sie haben keine Kinder?«

»Nein.«

»Wir müssen rauskriegen, wo er ist«, sagte Aneta Djanali.

Der Scheißkerl, dachte sie. Genau das dachte sie.

»Der Scheißkerl ...«, murmelte sie.

»Was hast du gesagt?«

»Der Mann«, erklärte Aneta Djanali und merkte, dass sie lächelte, als sie sich wieder dem Mädchen zuwandte.

Es war Abend, als Aneta Djanali die Haustür öffnete. Im Treppenhaus schlug ihr der vertraute Geruch entgegen. Ihr Haus, oder genauer: das Haus, in dem sie wohnte. Aber sie hatte das Gefühl, als gehörte das Haus ihr. Ihr gefiel es in diesem alten Patrizierhaus in der Sveagatan. Es lag mitten in der Stadt. Von hier aus konnte sie fast alles zu Fuß erreichen.

Der Fahrstuhl schlich aufwärts. Auch das gefiel ihr. Sie hatte es gern, wenn sie die Wohnungstür aufschloss und die Post von den Holzdielen aufhob. Es gefiel ihr, Mantel oder Jacke einfach auf den Boden fallen zu lassen, wo sie stand, die Schuhe von den Füßen zu schleudern, das große alte Schneckenhaus zu sehen, das immer auf der Kommode lag, die afrikanischen Masken zu sehen, die darüber hingen, auf Strümpfen in die Küche zu gehen, Wasser in den Schnellkocher laufen zu lassen, sich einen Tee zuzubereiten oder sich ein anderes Mal ein Bier zu nehmen oder auch mal ein Glas Wein. All das gefiel ihr.

Sie hatte das Alleinsein gern.

Manchmal machte es ihr Angst, dass es ihr gefiel.

Der Mensch soll nicht allein sein. Fanden andere. Etwas stimmt nicht, wenn man allein ist. Man wählt die Einsamkeit nicht selber. Einsamkeit ist eine Strafe. Ein Urteil.

Nein. Sie saß keine Strafe ab. Ihr gefiel es, hier zu sitzen und jeden Augenblick frei zu sein, sich für irgendetwas zu entscheiden.

Jetzt saß sie auf einem Küchenstuhl, aus ihrem eigenen freien Willen, das Wasser kochte. Sie wollte gerade aufstehen und den Tee aufgießen, als das Telefon klingelte.

»Ja?«

»Was machst du gerade?«

Die Frage kam von Fredrik Halders, ihrem Kollegen, der kein Blatt vor den Mund nahm. Nicht mehr gar so grob wie zu Anfang, aber immer noch sehr drastisch, im Vergleich zu fast allen anderen.

Vor zwei Jahren hatte er seine Exfrau bei einem Unfall verloren. Sie war von einem betrunkenen Autofahrer überfahren worden.

Sie ist nicht mal mehr als meine Ex da, hatte Halders eine Zeitlang danach wie betäubt wiederholt.

Sie hatten zusammengearbeitet, als es passierte, sie und Fredrik, und hatten begonnen, sich auch privat zu sehen. Sie hatte seine Kinder kennen gelernt, Hannes und Magda. Die beiden hatten angefangen, ihre Gegenwart im Haus zu akzeptieren, wirklich zu akzeptieren.

Sie mochte Fredrik, seine Person. Seine anfangs spöttische Art mit ihr zu reden hatte sich in etwas anderes verwandelt.

Vor all dem hatte sie auch Angst. Wohin sollte es führen? Wollte sie es wissen? Würde sie es wagen, das herausfinden zu wollen?

Sie hörte Fredriks Stimme im Telefonhörer.

»Was machst du gerade?«

»Nichts, bin eben zur Tür reingekommen.«

»Hast du heute Abend Lust auf Kino?« Bevor sie antworten konnte, fuhr er fort: »Larrinders Tochter möchte sich etwas Geld als Babysitter verdienen. Sie hat von sich aus angerufen. Er hat mich heute gefragt, und ich hab gesagt, sie soll anrufen.« Bo Larrinder war ein relativ neuer Kollege im Fahndungsdezernat. »Und sie hat sofort angerufen.«

»Da öffnet sich dir eine neue Welt, Fredrik.«

»Ja, nicht? Und der erste Weg führt ins Svea.«

Das Kino Svea. Hundert Meter entfernt. Sie schaute auf ihre Füße. Sie sahen platt gedrückt aus, wie in Eisen gepresst. Sie sah die Teetasse auf der Anrichte warten. Sie sah das Bett und ein Buch vor ihrem inneren Auge. Sie sah sich selbst in Schlaf sinken, vermutlich innerhalb kürzester Zeit.

»Fredrik, heute Abend kann ich nicht. Ich bin total alle.«

»Es ist die letzte Chance«, sagte er.

»Heute Abend? Läuft der Film heute das letzte Mal?«

»Ja.«

»Du lügst.«

»Stimmt.«

»Morgen Abend. *Bien.* Ich bereite mich jetzt schon mal innerlich darauf vor, dann können wir morgen gehen.«

»Okay.«

»Ist das in Ordnung für dich?«

»Selbstverständlich ist das in Ordnung. Was zum Teu... Was glaubst du denn? Was hast du übrigens heute Nachmittag gemacht?«

»Verdacht auf Frauenmisshandlung in Kortedala.«

»Die sind die schlimmsten. Hast du ihn gefasst?«

»Nein.«

»Keine Anzeige?«

»Nicht von der Frau, auch nicht von der Nachbarin, wie sich herausgestellt hat. Aber es war das fünfte Mal.«

»Wie sieht sie aus?«, fragte Halders. »Ist es sehr schlimm?«

»Du meinst die Verletzungen? Ich hab sie selbst nicht getroffen. Ich hab's versucht.«

»Dann musst du wohl in die Wohnung eindringen.«

»Als ich heute dort war, hab ich das auch schon gedacht. Ich überlege hin und her.«

»Soll ich dich begleiten?«

»Ja.«

»Morgen?«, fragte Halders.

»Morgen hab ich keine Zeit. Wir haben noch die Cafédiebstähle in Högsbo.«

»Sag Bescheid, ich bin bereit.«

»Danke, Fredrik.«

»Jetzt ruh dich ordentlich aus und bereite dich innerlich auf morgen vor, meine Liebe.«

»*Bon soir*, Fredrik.«

Sie legte mit einem Lächeln auf und holte ihren Tee. Dann ging sie ins Wohnzimmer, schob eine CD ein und setzte sich aufs Sofa. Sie spürte, wie ihre Füße langsam ihre alte Form zurückbekamen. Sie lauschte Ali Fark Tourés kaputtem Wüstenblues und dachte an ein Land südlich von Tourés Maliwüsten.

Sie erhob sich und legte Burkina Fasos eigenen großen Musiker Gabin Dabiré auf, seine CD *Kontômè* von 1998.

Ihre Musik. Ihr Land. Nicht wie das Land, in dem sie geboren war und in dem sie lebte. Ihr Land.

Ein Kontômè war das Gottesbild, das es in jedem burkinischen Haus gab. Bei ihr hing es im Vorraum, über der Kommode. Die Ikone stellte die Geister der Ahnen dar, das wegweisende Licht der Familie und für die ganze Gesellschaft.

Das Licht, dachte sie. Das Kontômè beleuchtet den Pfad. Wir danken dem Kontômè für das, was wir sind und was wir haben, jetzt und alle Zeit. Und das Kontômè hilft uns, wenn sich das Schicksal auf diesem Pfad entwickelt.

Ja. Sie glaubte daran. Es war in ihrem Blut. Es war, wie es sein sollte.

Gabin Dabiré sang seine Siza, seine Wahrheit:

Die Wahrheit, sag mir die Wahrheit
Da unsere Kinder, unsere Alten, unsere Weisen und
Die Natur selber
Das Böse nicht fühlen
Wahrheit, befrei die Unschuld.

Anetas Eltern stammten aus Obervolta, aber sie selbst war im Östra-Krankenhaus in Göteborg geboren. Seit 1984 hieß das Land Burkina Faso, aber es war noch immer dasselbe verarmte Land, voller Wind, wie die Musik, der sie lauschte, Steppen, die zu Wüsten wurden, Wasser, das es nicht gab. Die drei großen Flüsse, die südwärts durch das Land strömten, hießen Mouhoun, Nazinon und Nakanbe, früher wurden sie der Schwarze, der Rote und der Weiße Volta genannt, aber damals hatte es nicht mehr Wasser gegeben als heute. Während der Trockenheit hatten sich die Grassavannen unter dem heißen Nordwind, dem *Harmatta*, in Wüsten verwandelt, und die Flussbetten waren ausgetrocknet. Sie hatten dem Land seinen früheren Namen gegeben.

Es war ein gefährdetes Land.

Trockenes Volta. Armes Volta. Krankes Volta. Gewalttätiges Volta. Gefährliches Volta.

Ihre Eltern waren in den sechziger Jahren nach Schweden gekommen, einige Jahre, nachdem ihr Land ein eigenständiger Staat geworden war, auf der Flucht vor Verfolgung.

Ihr Vater hatte eine kurze Zeit im Gefängnis gesessen.

Er hätte ebenso gut hingerichtet werden können. Ebenso gut. Manchmal war es nur eine Frage von GLÜCK. Sie gehörten dem größten Volksstamm, den Mossi, an, aber das hatte keine Rolle für sie gespielt. Der erste Präsident des Landes, Maurice Yameogo, Führer der *Union démocratique voltaique*, war immer selbstherrlicher geworden und immer weniger *démocratique*, er hatte die Oppositionsparteien verboten und war dann 1966 selbst in einem Militärputsch abgesetzt worden.

Und so weiter, und so weiter in einer dunklen Spirale. Verheerende Trockenheit, verheerende Politik. Hungersnot, Viehsterben. Demonstrationen, Streiks, Militärputsche. Hinrichtungen, immer mehr Hinrichtungen.

Die frühere französische Kolonie erbte Terror und Mörder von den Franzosen, die hier schon seit Ende des neunzehnten Jahrhunderts gemordet hatten. Jetzt waren die Franzosen weg, aber ihre Sprache war geblieben. Die Bevölkerung war afrikanisch, aber aus ihrem Mund kamen französische Wörter, die offizielle Sprache des Landes.

Sie hatte als Kind Französisch gelernt, in Göteborg. Sie war das einzige Kind der Familie Djanali. Als sie erwachsen und längst ausgebildete Polizistin war, beschlossen die Eltern in die Hauptstadt Ouagadougou zurückzukehren.

Für Aneta Djanali war es selbstverständlich gewesen, in dem Land zu bleiben, in dem sie geboren war, aber sie verstand, warum Mutter und Vater in das Land zurückkehren wollten, in dem *sie* geboren waren, ehe es zu spät war.

Es war fast zu spät gewesen. Ihrer Mutter waren zwei Monate geblieben. Sie war in der harten, ausgebrannten roten Erde am Nordrand der Stadt begraben worden. Auf der Beerdigung hatte Aneta Djanali gesehen, wie die Wüste von allen Seiten herandrängte, Millionen Quadratmeter groß. Sie hatte daran gedacht, dass zwölf Millionen Menschen in diesem öden Land lebten und dass es gar nicht so viele mehr waren als im öden Schweden. Hier waren sie schwarz, unglaublich schwarz. Ihre Kleidung war weiß, unglaublich weiß.

Ihr Vater hatte lange darüber nachgegrübelt, ob die Rückkehr den Tod der Mutter verursacht hatte, jedenfalls indirekt.

Aneta blieb bei ihm in der Hauptstadt, so lange es sein Wunsch war. Mit großen Augen ging sie durch die Straßen, in denen sie ihr ganzes Leben hätte leben können, statt als Fremde zurückzukehren.

Hier sah sie aus wie alle anderen. Sie war unglaublich schwarz und sie kleidete sich unglaublich weiß. Sie konnte sich auf Französisch mit den Menschen unterhalten – jedenfalls mit denen, die zur Schule gegangen waren – und auf ein bisschen Moré mit den anderen, und das tat sie manchmal.

Sie konnte immer weitergehen, ohne Aufmerksamkeit zu erregen, bis hinaus an die Stadtgrenze und in die Wüste, die die Stadt mit ihrem Wind angriff, dem *Harmatta*. Sie konnte ihn spüren, wenn sie im Haus ihres Vaters saß. Das Haus war wie eine runde Hütte und weiß unter der Sonne, unglaublich weiß. Die Sonne war weiß, der Himmel war weiß.

Sie hörte den Wind, den schwedischen. Er klang runder und weicher und war kälter. Aber draußen war es nicht kalt. Es war Brittsommer.

Genau. Sie erhob sich, ging zu den Bücherregalen an der hinteren Wand, nahm das Lexikon mit den Buchstaben SAOL hervor und schlug Brittsommer auf:

Eine Periode von schönem und warmem Wetter im Herbst, genannt nach dem Tag der heiligen Birgitta am 7. Oktober.

Sie wusste nicht viel von Heiligen, hatte aber den Verdacht, dass es den meisten Schweden ebenso ging, weißen wie schwarzen. Siebter Oktober. Bis dahin war es noch eine Weile hin. Bedeutete das, dass es noch wärmer werden würde?

Sie lächelte und stellte den schweren Band zurück ins Regal, ging ins Bad, zog sich aus und ließ heißes Wasser in die Wanne laufen. Sie legte sich ins Wasser, langsam. In der

Wohnung war es sehr still. Sie hörte draußen das Telefon klingeln und den Anrufbeantworter anspringen. Sie konnte keine Stimme hören, nur ein behagliches Gemurmel. Sie schloss die Augen und spürte, wie ihr Körper in dem heißen Wasser schwebte. Sie dachte an einen heißen Wind, an den Luxus, sich ein Bad einlaufen lassen zu können. Sie wollte nicht daran denken, tat es aber dennoch. Sie dachte sich das Wasser weg, den Luxus.

Für ein paar Sekunden sah sie ein Gesicht, das einer Frau. Eine Tür, die geöffnet und geschlossen wurde. Ein Dämmerlicht. Augen, die leuchteten und verschwanden. Es waren ängstliche Augen.

Vor ihren geschlossenen Augen sah sie Wasser, als würde sie unter Wasser schwimmen und von der Strömung weitergetragen werden, die der Wind des Meeres war.

3

Winter fuhr die Vasagatan mit seinem Fahrrad in westlicher Richtung entlang, zum tausendsten Mal, öfter als das. Die Kette müsste geölt werden. Und das Vorderrad könnte etwas Luft gebrauchen.

Die Cafés am Boulevard waren geöffnet. Irgendwo hatte er gelesen, dass dies die Straße mit den meisten Cafés in ganz Schweden ist. Vermutlich von ganz Nordeuropa. Genau dieser Ausdruck wurde häufig bei Vergleichen benutzt. Manchmal hatte er darüber nachgedacht, wie jetzt. Wo verlief die Grenze von Nordeuropa? In Höhe von Münster? Antwerpen? Warschau? Er lächelte über seine Gedanken. Vielleicht in Höhe von Göteborg.

Aber es waren wirklich viele Cafés. Tausende von Gästen saßen in den Straßenlokalen. Im letzten Jahr hatte hier ein Krieg getobt, genau auf diesem Boulevard des Friedens, über den er gerade radelte.

Ein junger Mann war in den Rücken geschossen worden und fast gestorben. Vielleicht hatte er einen verletzten Polizisten mit einem Stein am Kopf treffen wollen, vielleicht auch nicht.

Am Abend zuvor hatten sich militante Demonstranten mit militanten Polizisten geprügelt. Winter hatte auf dem Balkon gestanden und es gesehen. Ihm war schwindlig gewesen und er hatte Übelkeit empfunden. Der Vasaplatsen war belagertes Gebiet gewesen.

Die härteste Schlacht in Nordeuropa.

Ganz Europa war an diesem schwarzen Wochenende in Göteborg durch seine EU-Repräsentanten vertreten gewesen. Auch der amerikanische Präsident war gekommen.

Es waren auch Menschen da gewesen, die nicht vertreten werden wollten.

Alle waren Opfer, auf verschiedene Weise. Die jungen Demonstranten, die mit Steinen warfen und sich prügelten. Die daneben standen. Die, die nur reden, vielleicht für ihr Recht marschieren wollten.

Die Polizisten, die weichen, die harten, die ängstlichen, die verrückten, die Muskelpsychopathen, die Faschisten, die Sozialisten, die Liberalen. Die Pazifisten. Die Kommandosoldaten. Opfer. Manche weinten wie das Kind in ihnen.

Die Polizei wurde nicht fertig mit ihrer Einsatzbesprechung.

Hanne machte Überstunden, dauernd Überstunden. Hanne Östergaard, die Pfarrerin, die halbtags im Kriminalamt arbeitete. Es war eine altmodische Konstruktion. In der modernen Welt war mehr als ein halber Tag erforderlich zur Wiederaufrichtung der gemarterten Seelen der Kollegen.

Das Schlimmste war die Planung, besser: die fehlende Planung. Nein, Scheiße, daran wollte er nicht denken. Niemand wollte daran denken, geschweige denn noch darüber reden.

In der Woche danach war Halders nahe daran gewesen, einem der Militanten in der Truppe eins aufs Maul zu geben. Die eigene Bruderschaft. Viele waren über Halders erstaunt, Winter nicht. Halders' Herz hatte immer für den Sozialismus geschlagen. Wär ich da draußen gewesen, ich wäre mit den Kids marschiert, darauf könnt ihr Gift nehmen, hatte er gesagt. Und hättest eine Kugel in den Kopf gekriegt, hatte Bergenhem ergänzt. Sieh mal einer an, hatte Halders gesagt. Sogar wir wissen, dass wir nicht sicher vor uns selbst sind. Es war eine schwierige Situation, hatte Ringmar gesagt. Warum ist sie so schwierig geworden?, hatte Halders gefragt. Wann wurde sie kompliziert? Als die Kollegen das Hvitfeldstka-Gymnasium stürmten und die

Kids zwangen, sich nackt auf den Steinboden zu legen? Wo waren wir da? Waren wir in Buenos Aires? Waren wir in Santiago? Waren wir in Montevideo? Nein. Wir waren in GöteFUCKINGborg! Waren *gezwungen* zu stürmen, hatte Aneta gesagt. Viele wollten nicht. Warum zum Teufel haben sie es dann getan?, hatte Halders gesagt. Nur weil sie dem Befehl gehorchten? Lieber Richter, ich war gezwungen, dem Befehl zu gehorchen. Hat man das nicht schon mal gehört? Halders hatte sich im Zimmer umgesehen. Nicht alle haben dem Befehl gehorcht, hatte Aneta gesagt. Manche Kollegen haben die Ausrüstung abgelegt, auf dem Järntorget.

Danach war es lange still gewesen. Der Sommer draußen vor dem Fenster war perfekt gewesen. Winter hatte sich nach dem Meer gesehnt. Verfluchte verdammte Scheiße, hatte Halders die gewaltsamen Ereignisse jener Woche zusammengefasst, und dann waren fast alle hinausgestürmt in den Urlaub, zum Meer, dem Himmel.

Winter strampelte über Heden. Er dachte ans Meer und den Himmel, wie ein Segel gespannt über die Bucht, wo er vielleicht sein Leben verbringen würde. Ein neues Leben, ein anderes. Ja. Vielleicht war es Zeit. Ein neuer Zeitabschnitt im Leben.

Sie hatten im Auto darüber gesprochen, während Elsa auf dem Rücksitz schlief. Die Sonne war auf dem Weg woandershin gewesen. Angela war gefahren, für einen kurzen Moment hatte sie die Hand in seinen Nacken gelegt.

»Ist das nicht gefährlich, so zu fahren?«, hatte er gefragt.

»Frag mich nicht. Du bist doch der Polizist.«

»Machen wir das Richtige?«, hatte er gefragt.

Sie verstand nicht, was er meinte.

»Noch haben wir nichts getan«, hatte sie geantwortet.

»Es ist ja wirklich ein schönes Grundstück«, hatte er gesagt.

»Ja, Erik, du brauchst dir deswegen keine Sorgen zu machen.«

»Wir haben aber auch eine sehr schöne Wohnung«, hatte er hinzugefügt.

»Es ist eine hübsche Bucht«, hatte sie gesagt.
»Ja«, hatte er geantwortet, »die ist auch schön.«
»Sie ist wunderbar«, hatte sie gesagt.

Das Polizeipräsidium nahm sie mit offenen Armen auf. Die Fassade wirkte genauso einladend wie immer. Im Eingang roch es wie immer. Es hilft nichts, wie oft sie auch umbauen, dachte er und nickte der Frau im Empfang zu, die ihm auch zunickte, allerdings an ihm vorbei. Sie öffnete das Sicherheitsfenster.

»Da wartet jemand auf dich.« Sie machte eine Handbewegung.

Er drehte sich um und sah die Frau, die auf einem der Kunststoffsofas saß. Sie erhob sich. Er sah ihr Profil, das sich in dem Glasschrank spiegelte, in dem die Polizeileitung Schirmmützen und Helme von Polizeikorps der ganzen Welt ausstellte. Wie ein Beweis für die gute globale Freundschaft. Unter Polizisten. Es gab auch einige Schlagstöcke, wie um die Freundschaft gleichsam zu besiegeln. Genau die Worte hatte er einmal benutzt, als der Schrank noch neu war und er mit Ringmar daran vorbeiging. Ringmar hatte gesagt, er fände den italienischen Tropenhelm am hübschesten. Der ist aus Abessinien, hatte Winter gesagt, darauf gehe ich jede Wette ein. Perfekter Sonnenschutz, während sie die Schwarzen erschlagen haben.

Die Frau war in seinem Alter. Sie hatte dunkle Haare mit einem leichten hellen Glanz, der von der Sommersonne rühren mochte. Ihr Gesicht war breit, ihr Blick offen, und er bekam das unbestimmte Gefühl, sie schon einmal gesehen zu haben, aber in einer anderen Zeit. Sie trug Jeans und eine Art Fischerhemd, das teuer aussah, und eine kurze Jacke. Jetzt erkannte er sie und reichte ihr die Hand.

»Wir haben uns doch schon mal gesehen?«

Ihre Hand war trocken und warm. Sie sah ihm gerade in die Augen, und jetzt erinnerte er sich auch an ihren Blick.

»Johanna Osvald. Von Donsö.«

»Natürlich«, sagte er.

Sie saßen in seinem Zimmer. Dort drinnen roch es immer noch nach Sommer, eingesperrtem Sommer, trocken. Auf dem Schreibtisch lagen immer noch die Unterlagen von einem früheren Fall. Auch diese Dokumente umgab ein Geruch, und das war der Geruch nach Tod.

Er hatte diese verdammten Papiere nicht anfassen wollen, seit… seit es passiert war.

Er wollte es vergessen, aber das war unmöglich. Er musste aus Fehlern lernen, den eigenen Fehlern, aber das war schmerzhaft, schmerzhafter als alles andere.

Er würde Möllerström bitten, die Unterlagen in den Keller bringen zu lassen.

Er sah die Frau an. Sie hatte auf dem Weg hierher nichts gesagt, als ob sie damit warten wolle, bis sie allein waren.

Es musste zwanzig Jahre her sein.

Er wusste, dass er nichts von ihr wusste. Nicht mehr als dass sie ein Muttermal in der linken Leiste hatte. Oder in der rechten. Dass sie ihn einmal in die Lippe gebissen hatte. Dass er die Steine gespürt hatte, die sich in seinen Rücken bohrten, als sie auf ihm gesessen und sich immer schneller bewegt hatte und schließlich explodiert war, als er explodierte, als er sie in diesem glühenden Moment abgeworfen hatte.

Die Steine waren in seinem Rücken geblieben. Sie hatte gelacht. Sie waren ins Meer getaucht, immer das Meer. Er hatte sie nach Hause zu ihrer Schäre gerudert. Es war nur ein Sommer gewesen, nicht einmal. Ein Monat. Er hatte nicht viel über sie erfahren, kaum etwas. Alles war wie ein Mysterium, manchmal glaubte er, er habe es nur geträumt.

Auf gewisse Weise ist es wie die Zusammenfassung von Jugend, dachte er. Geträumte Mysterien. Und wieder auch nicht. Jetzt setzte sie sich auf den Stuhl. Seit jenem Sommer habe ich sie nie wiedergesehen. Das ist auch ein Mysterium. Jetzt sagte sie etwas.

»Du hast dich an meinen Namen erinnert, Erik?«

»Ja. Als du ihn genannt hast, habe ich mich erinnert.«

Er sah, dass sie etwas sagen wollte, jedoch verstummte und neu ansetzte: »Erinnerst du dich, dass wir damals über meinen Großvater gesprochen haben?«

»Ja …«

Das stimmt. Jetzt erinnere ich mich an ihren Großvater. Sogar an seinen Namen.

»John«, sagte Winter, »John Osvald.«

»Du weißt es also noch.«

»Der Name unterscheidet sich nicht sehr von deinem.«

Sie lächelte nicht, in diesem Gesicht gab es kein Lächeln, und auch daran erinnerte er sich, an den Ausdruck.

»Wie ich dir damals erzählte, ist er während des Krieges verschwunden.«

»Ja. Es war … Dein Großvater hat während des Krieges Schutz in einem englischen Hafen gefunden. Ich erinnere mich, dass du es mir erzählt hast. Und dass er … später auf dem Meer verschwunden ist, vom Fischen nicht zurückgekehrt ist … in England.«

»Schottland. Er war in Schottland. Sie mussten einige Zeit in Aberdeen verbringen.«

»Schottland.«

»Mein Vater war noch kein Jahr alt, als er … abfuhr«, sagte sie. »Das letzte Mal. Das war im Herbst 1939.«

Winter schwieg. Auch daran erinnerte er sich. Ihre Tränen, die auf seiner Schulter gebrannt hatten. War es so gewesen? Ja. Er hatte es gespürt. Damals hatte sie davon erzählt und hatte immer noch Tränen. Vielleicht waren es vor allem die Tränen ihres Vaters. Er verstand sie, aber er *begriff* es nicht richtig, damals nicht. Jetzt wäre es anders, wenn sie es ihm jetzt erzählte. Er war jetzt ein anderer.

»Sein Bruder war noch nicht geboren, als sie die … letzte Reise unternahmen. Er wurde drei Monate später geboren.«

Ein Bruder. An einen Bruder konnte er sich nicht erinnern. Sie hatten über keinen Bruder gesprochen.

»Er ist mit vier an der englischen Krankheit gestorben«, sagte Johanna Osvald. »Mein kleiner Onkel.«

Plötzlich öffnete sie den kleinen Rucksack, den sie auf dem Rücken getragen hatte, und nahm einen Brief hervor.

Sie hielt ihn hoch, irgendwie abwartend. Auf Abstand. Sie hielt Abstand zu diesem Brief. So etwas hatte Winter schon viele Male gesehen. Briefe, die Menschen wie fremde Vögel zugeflogen waren, schwarze Vögel. Briefe mit Botschaften, die niemand haben wollte. Manchmal kamen die Adressaten zu ihm mit den Botschaften. Wer hatte gesagt, dass sie sie haben wollten?

»Was ist das?«, fragte er.

»Ein Brief«, antwortete sie.

»Das sehe ich«, sagte er und lächelte. Vielleicht lächelte sie auch, aber vielleicht war es auch nur das Sonnenlicht, das unberechenbar im Zimmer aufflackerte und wieder verschwand. Der Altweibersommer da draußen begann sich Sorgen wegen seiner Zukunft zu machen.

»Es ist ein Brief gekommen«, sagte sie, »von dort. Dieser Brief.«

»Aus Schottland?«

Sie nickte, beugte sich vor und legte den Umschlag vor ihn auf den Schreibtisch.

»Er ist in Inverness abgestempelt.«

»Mhm.«

»Auf der Rückseite steht kein Absender.«

»Ist er unterschrieben?«

»Nein. Mach mal auf, dann wirst du es sehen.«

»Kein weißes Pulver?«, fragte Winter.

Vielleicht lächelte sie.

»Kein Pulver.«

Er zog den Brief aus dem Umschlag. Das Papier war liniert, dünn und billig, es schien aus einem normalen Notizblock gerissen zu sein. Die Wörter waren in Großbuchstaben geschrieben, zwei Zeilen auf Englisch:

THINGS ARE NOT WHAT THEY LOOK LIKE.
JOHN OSWALD IS NOT WHAT HE SEEMS TO BE.

Winter musterte die Vorderseite des Umschlages. Eine Briefmarke mit der britischen Monarchin. Ein Stempel. Eine Adresse:

OSWALD FAMILY
GOTHENBURG ARCHIPELAGO
SWEDEN

»Er ist bei euch angekommen«, sagte er und sah Johanna Osvald an, »bei euch draußen in den Schären.«

»In der Postsortierstelle gibt es tüchtige Leute.«

»Der Name ist falsch geschrieben«, sagte Winter.

»Das ist wohl die englische Variante«, antwortete sie.

Winter las die Nachricht noch einmal. *Die Dinge sind nicht so, wie sie zu sein scheinen.* Nein, dessen war er sich bewusst, das war fast eine Zusammenfassung seiner Meinung über die Fahndungsarbeit. *John Oswald ist nicht der, der er zu sein scheint.* Zu sein scheint. Er wird für tot gehalten. Ist er nicht tot?

»Er ist nie offiziell für tot erklärt worden«, sagte sie, ohne dass er gefragt hatte. »Jedenfalls nicht von uns.«

»Aber von den Behörden?«

»Ja.«

»Ihr habt also gegl…«

»Was hätten wir glauben sollen?«, unterbrach sie ihn. »Wir haben ja gehofft, man hofft doch immer, aber … das Schiff ist in der Nordsee untergegangen. Niemand ist gefunden worden, soweit ich weiß.«

»Was weißt du?«

»Damals war ja Krieg. Wahrscheinlich konnten sie nicht ohne Risiko nach ihm suchen. Aber wir … meine Großmutter … mein Vater … keiner hat jemals Nachricht bekommen, dass Großvater lebt. Oder dass jemand von der Besatzung gefunden wurde.«

»Wann ist das passiert?«, fragte Winter.

»Das Unglück?«

»Ja.«

»Nicht lange danach … nachdem sie sich in Sicherheit bringen konnten … also durch die Minen an die schottische Küste. Der Krieg war ja ausgebrochen. Und das Schiff ist im Frühling 1940 verschwunden.«

»Wie alt war dein Großvater damals?«

»Einundzwanzig.«

»Einundzwanzig. Mit einem zweijährigen Sohn?«

»In dieser Familie heiratet man jung, kriegt jung Kinder. Mein Vater war zweiundzwanzig, als ich geboren wurde.«

Winter rechnete im Kopf nach.

»1960?«

»Ja.«

»Da bin ich auch geboren.«

»Ich weiß«, sagte sie. »Wir haben damals darüber gesprochen, erinnerst du dich nicht?«

»Nein.«

Sie schwieg.

»Ich habe diese Kette unterbrochen«, sagte sie dann.

»Wie bitte?«

»Jung heiraten, jung Kinder kriegen. Die Tradition hab ich gebrochen.«

»Das wusste ich nicht.«

»Ich hab nicht geheiratet und keine Kinder bekommen.«

Winter fiel auf, dass sie jünger aussah als zweiundvierzig. Heute bekommen Frauen Kinder, wenn sie noch älter sind, dachte er. Ich weiß nichts von ihrem jetzigen Leben.

»Wie geht es deiner ... Mutter?«

»Sie ist vor drei Jahren gestorben.«

»Das tut mir Leid.«

»Mir auch.«

Ihr Blick glitt zum Fenster. Den Blick erkannte er wieder. Im Profil sah sie aus wie das junge Mädchen auf der Klippe im Sonnenschein.

»Wann habt ihr diesen Brief bekommen?«, fragte er und hielt das Kuvert hoch. Er dachte daran, dass seine Fingerabdrücke darauf waren, zusammen mit Dutzenden von anderen Fingerabdrücken von beiden Seiten der Nordsee.

»Vor zwei Wochen.«

»Warum kommst du erst jetzt damit?«

Und was stellst du dir vor, was ich tun soll?, fügte er in Gedanken hinzu.

»Mein Vater ist vor zehn Tagen rübergefahren, oder neun. Nach Inverness.«

»Warum?«

»Warum? Ist das so verwunderlich? Es hat ihm natürlich keine Ruhe gelassen. Er wollte es wissen.« Jetzt sah sie Winter an. »Er hat eine Kopie von dem Brief und dem Umschlag mitgenommen.«

Was erwartet er denn dort zu finden?, dachte Winter. Einen Absender?

»Es ist nicht das erste Mal«, sagte sie. »Er ... wir ... haben ja Nachforschungen angestellt, aber die haben nichts gebracht.«

»Wie sollte er denn nur mit Hilfe des Briefes etwas finden?«, fragte Winter.

Sie antwortete nicht, zunächst nicht. Er sah ihr an, dass sie über ihre Antwort nachdachte. Er war es gewohnt, so etwas zu sehen. Manchmal sah er sogar die Worte, die schon unterwegs waren, jetzt jedoch nicht. Ihr Blick wanderte von ihm zum Fenster und zurück zu ihm und dann wieder zum Fenster.

»Ich glaube, er hat eine neue ... Nachricht bekommen«, sagte sie jetzt, ohne ihn anzusehen. »Vielleicht einen Anruf.«

»Hat er das gesagt?«

»Nein, aber ich glaube es.« Sie sah auf den Brief, den Winter wieder auf den Schreibtisch gelegt hatte. »Mehr als das da.«

»Warum glaubst du das?«

»Es war seine ... Entscheidung. Er hat nicht viel gesagt, als der Brief kam. Nur dass es ihm jetzt erst recht keine Ruhe ließ. Das ließ es uns allen nicht. Aber dann ... plötzlich ... wollte er hinfahren. Sofort. Und er ist gefahren.«

»Und das war vor zehn Tagen?«

»Ja.«

»Hat er denn etwas gefunden?«

Johanna wandte sich Winter zu.

»Er hat sich dreimal gemeldet, das letzte Mal vor vier Tagen.«

»Ja?«

»Beim letzten Mal hat er gesagt, er sei mit jemandem verabredet.«

»Mit wem?«

»Das hat er nicht gesagt. Aber er wollte sich hinterher melden, sobald er mehr wusste.« Sie beugte sich auf dem Besucherstuhl vor. »Er klang … ja … fast erregt.«

»Und dann?«

»Ich hab doch gesagt, das war das letzte Mal, dass ich mit ihm gesprochen habe.« Er sah die Angst in ihrem Gesicht. »Seitdem hat er sich nicht mehr gemeldet. Deswegen bin ich hier.«

4

Aneta Djanali war wieder in Kortedala. Es war ein regnerischer Tag, plötzlich kälter als im Frühling. Vielleicht war der Herbst jetzt da.

Das Häusermeer an der Befälsgatan und Beväringsgatan schien im Nebel davonzumarschieren, oder es floss davon. Es ist wie ein Schlachtschiff, dachte sie. Wie eine bewegte Zeichnung, ein Film.

Plötzlich dachte sie an Pink Floyd, *Another Brick In The Wall*. Hier umschlossen die Mauern Menschen, führten sie hinein in den Nebel.

We don't need no education.

Aber genau das brauchen alle. Ausbildung. Eine Sprache. Kommunikation, dachte sie.

Sie parkte in einer der Monatsstraßen, vielleicht im Frühling, vielleicht im Herbst. Sie sah kein Straßenschild. Sie ging auf eine der Mauern zu. Dahinter wohnte Anette Lindsten. Der Name passte irgendwie hierher, in dieses Milieu. Lindsten. Das war ein sehr schwedischer Name, zusammengesetzt aus Naturdingen. So ist es mit den meisten schwedischen Namen, dachte sie. Alle haben mit der Natur zu tun. Etwas Weiches, Leichtes, verbunden mit etwas Hartem, Schwerem. Linde und Stein. Etwas ... Zusammengesetztes. Wie die schwebenden Häuser. Steine im Wind.

Sie dachte an die Augen in der Türöffnung, sie waren auch wie Stein gewesen. Hatte sie mit ihrem Mann gesprochen?

Wirklich ein *Gespräch* mit ihm gehabt? War das möglich? Hatte er eine Sprache? Eine Sprache, in der er sprechen konnte? Aneta Djanali wusste eins: Wem die Fähigkeit fehlte sich auszudrücken, der griff oft zu Gewalt. Die Wörter wurden durch Fäuste ersetzt. Auf diese Weise war die Gewalt die äußerste Form von Kommunikation, die extreme, die entsetzlichste.

Hatte er Anette geschlagen? Hatte er sie überhaupt bedroht? Wer war »er« eigentlich? Und wer war sie?

Aneta Djanali ging durch die offen stehenden Türen, die festgehakt waren. Draußen parkte ein Pick-up, der gemietet zu sein schien. Unter dem Verdeck der Ladefläche schauten die Ecke von einem Sofa, zwei Korbstühle, eine Kommode hervor. Eine Papiertüte mit Grünpflanzen. Jemand zieht aus oder ein, dachte sie.

Ein Mann in den Sechzigern kam mit einer Umzugskiste aus dem Fahrstuhl, ging an ihr vorbei und stellte die Kiste auf die Ladefläche. Jemand zieht aus, dachte sie.

Der Mann ging zurück in den Fahrstuhl, wo sie mit geöffneter Tür wartete.

»Fünfter Stock für mich bitte«, sagte er.

»Dahin will ich auch«, sagte sie und drückte auf den Knopf.

Im fünften Stock gab es drei Wohnungen. Als sie das Treppenhaus betraten, sah sie, dass die Tür zu Anette Lindstens Wohnung weit offen stand.

Was für ein Unterschied zu vorher.

Sie begriff, dass die Frau gerade auszog.

Der Mann ging in die Wohnung. Sie sah Kartons im Flur, Kleidung an Bügeln, mehr Stühle. Einige aufgerollte Teppiche. Sie hörte leise Musik, ein Radio, eingestellt auf einen der lokalen Werbesender. Britney Spears. Immer Britney Spears.

Aneta Djanali zögerte an der Tür. Sollte sie klingeln oder rufen? Der Mann hatte sich drinnen im Flur umgedreht. Sie sah in die Küche, die schon ganz leer wirkte. Eine andere Person konnte sie nicht entdecken.

»Ja?«, sagte der Mann. »Kann ich Ihnen helfen?«

Er war nicht unfreundlich. Er sah müde aus, aber die Müdigkeit schien nicht von der Schlepperei zu kommen. Seine Haare waren ganz weiß, und sie hatte Schweiß auf seinem Hemdrücken gesehen, wie ein schwaches V-Zeichen.

»Ich wollte zu Anette Lindsten«, sagte sie.

Ein jüngerer Mann kam aus einem Zimmer mit einem schwarzen Plastiksack, aus dem Bettzeug herausschaute.

»Was gibt's?«, fragte er, bevor der ältere Mann antworten konnte. Der Jüngere mochte in ihrem Alter sein. Er sah nicht freundlich aus. Er war zusammengezuckt, als er sie bemerkte.

»Sie sucht Anette«, sagte der ältere. »Anette Lindsten.«

Aneta Djanali würde sich später daran erinnern, dass sie sich gefragt hatte, wieso er ihren Nachnamen genannt hatte.

»Wer sind Sie?«, fragte der Jüngere.

Sie sagte, wer sie war, wies sich aus. Sie fragte, wer die beiden seien.

»Das ist Anettes Vater und ich bin ihr Bruder. Und um was geht es?«, sagte der Bruder.

»Darüber möchte ich mit Anette Lindsten reden.«

»Wir wissen schon, um was es geht, aber jetzt ist es vorbei, Sie brauchen nicht mehr mit ihr zu reden«, sagte der Bruder.

»Ich hab noch nie mit ihr geredet«, sagte Aneta Djanali.

»Und jetzt ist das ja auch nicht mehr nötig«, sagte er. »Okay?«

Der Vater räusperte sich.

»Was ist?« Der Sohn sah ihn an.

»Du könntest deinen Ton mäßigen, Peter.«

Der Vater wandte sich ihr zu.

»Ich bin Vater Lindsten«, sagte er. »Das ist also mein Sohn, Peter.« Er machte eine Armbewegung. »Und wir sind gerade dabei, Anettes Möbel umzuziehen.« Er schien sie aus durchsichtigen Augen anzuschauen. »Ja ... Anette zieht also aus.«

»Wohin?«, fragte Aneta Djanali.

»Was spielt das für eine Rolle?«, sagte Peter Lindsten. »Es ist wohl besser, wenn es so wenige wie möglich wissen, oder? Sonst kommen die verdammten Behörden auch noch zu ihrer neuen Wohnung gerannt, und das wäre ja nicht gut, oder?«

»Haben sie es denn getan?«, fragte Aneta Djanali. »Vorher?«

»Nein«, antwortete er auf die unlogische Art, an die sie sich in diesem Job gewöhnt hatte.

»Aber Schei...«, begann der Bruder, wurde jedoch vom Vater unterbrochen: »Ich schlage vor, wir trinken jetzt einfach eine Tasse Kaffee und reden wie zivilisierte Menschen miteinander«, sagte er. Er sah aus wie ein richtiger Vater, einer, der alles im Griff hatte. In diesem Moment, in dieser Sekunde dachte sie an die geduckte Gestalt ihres Vaters im Halbdunkel der weißen Hütte in der afrikanischen Wüstensteppe. Die Dunkelheit dort drinnen, das weiße Licht draußen, eine Welt aus schwarz und weiß.

Er ließ sie nicht los. Sie war es, die losgelassen hatte.

»Wir haben keine Zeit«, sagte Peter Lindsten.

»Stell die Sachen ab und setz Kaffeewasser auf«, befahl der Vater ruhig, und der Sohn ließ den Sack, den er während des ganzen Gesprächs festgehalten hatte, los und gehorchte.

Winter holte zwei Tassen Kaffee und stellte eine vor Johanna Osvald hin. Sie wirkte verbissen und gleichzeitig erleichtert, als hätte sie irgendetwas bezwungen, indem sie hergekommen war.

»Ich wusste nicht, wohin ich mich wenden sollte«, sagte sie.

»Weißt du, wo er dort wohnt?«, fragte Winter.

»Jedenfalls wo er gewohnt hat. Ich hab dort angerufen, und sie haben gesagt, er habe ausgecheckt. Vor vier Tagen.« Sie sah auf, ohne von dem Kaffee getrunken zu haben. »Es ist eine Frühstückspension, *Bed & Breakfast*. Im Augenblick fällt mir nicht ein, wie sie hieß. Aber ich hab's aufgeschrieben.« Sie begann in ihrem Rucksack zu suchen. »Irgendwo hier ist der Block.« Sie schaute wieder auf.

»Wo liegt sie?«, fragte Winter. »Die Pension?«

»In Inverness. Hab ich das nicht gesagt?«

Inverness, dachte Winter. Die Brücke über den Fluss Ness.

»Und seitdem hat er sich nicht mehr gemeldet?«

»Nein.«

»Hat er gesagt, dass er die Pension verlassen wollte?«

»Nein.«

»Was hat er denn gesagt? Als er das letzte Mal angerufen hat?«

»Wie ich schon erzählt habe. Er war mit jemandem verabredet.«

»Mit wem?«

»Das hat er eben nicht gesagt.«

»Hast du danach gefragt?«

»Ja, natürlich. Aber er hat nur gesagt, er wolle etwas ... überprüfen und sich dann wieder bei mir melden.«

»Was wollte er überprüfen?«

»Das hat er nicht gesagt und ... nein, ich hab nicht gefragt. Mein Vater hat nie viel geredet und schon gar nicht am Telefon.«

»Aber es hing mit dem Verschwinden zusammen? Also mit dem Verschwinden deines Großvaters?«

»Ja, ich nehme es jedenfalls an. Das ist doch wohl selbstverständlich? Was sollte es sonst sein?«

»Was hat er noch gesagt?«

»Wie meinst du das?«

»Ihr müsst doch noch über was anderes gesprochen haben, außer dass er jemanden treffen wollte.«

»Nein ... ich hab nur so ganz allgemein gefragt. Er hat erzählt, dass es regnete.« Winter meinte sie schwach lächeln zu sehen. »Aber das ist in Schottland vermutlich nicht ungewöhnlich.«

»Hat er von einem Handy aus angerufen? Oder aus einer Bar, einem Café?«

»Das weiß ich nicht. Ich nehme an, er hat von ...« Sie hatte einen aufgeschlagenen Notizblock in der Hand, »... von dieser Pension angerufen, die hieß Glen Islay Bed & Breakfast.« Sie sah ihn an. »Ross Avenue, Inverness. Die Straße heißt Ross Avenue. Wahrscheinlich hat er von dort aus angerufen.«

Glen Islay, dachte Winter, klingt wie eine Whiskymarke. Das kommt mir bekannt vor, aber es ist kein Whisky …

»Warum nimmst du an, dass der Anruf von dort kam?«, fragte er.

»Kann sein, dass er es gesagt hat, wenn ich richtig nachdenke. Jedenfalls besitzt er kein Handy. Ich wollte ihm meins mitgeben, aber er wollte es nicht. Er glaubte, diese Dinger würden doch nicht funktionieren, und dann hätte man nur schlechte Laune auf der Reise.«

»Womit er wohl Recht hat«, sagte Winter.

»Jedenfalls hat er seitdem in keiner Form von sich hören lassen«, sagte sie.

»Ist das für ihn eigentlich eine lange Zeit?«

»Wie meinst du das?«, fragte sie.

»Vier Tage. Du hast dir immerhin vier Tage lang keine Sorgen gemacht. Das kö…«

»Wie meinst du das?«, unterbrach sie ihn. »Als ob ich mir die ganze Zeit keine Sorgen gemacht hätte. Aber wie ich schon sagte, mein Vater ist nicht der Typ, der sich täglich meldet. Schließlich wurden meine Sorgen aber so groß, dass ich bei Glen Is… Glen Is…« Sie brach ab und begann zu weinen.

Winter fühlte sich wie versteinert. Ich bin ein Idiot. Das ist eine Sache, mit der komme ich nicht richtig klar. Es fühlt sich plötzlich so… persönlich an. Ich muss da einen Weg heraus finden.

»Wie heißt dein Vater?«, fragte er weich.

»Ax… Axel«, antwortete sie. »Axel Osvald.«

Winter erhob sich, griff nach ihrer Tasse, seiner eigenen, stellte sie beiseite, um abzulenken, um die Gedanken in andere Bahnen zu lenken.

Er ging zurück zu seinem Stuhl und setzte sich.

»Was glaubst du selber?«, fragte er. »Was könnte passiert sein? Was denkst du in diesem Augenblick?«

»Ich glaube, dass ihm etwas zugestoßen ist.«

»Warum hast du das Gefühl?«

»Es kann keinen anderen Grund dafür geben, dass er sich nicht gemeldet hat, vier Tage lang.«

Winter dachte nach. Dachte wie ein Fahnder. Es war eine Anstrengung nach all den anderen Gedanken in diesem Sommer, allen anderen Plänen.

»Hat er ein Auto gemietet?«, fragte er.

»Da... das weiß ich nicht.«

»Aber dein Vater hat einen Führerschein?«

»Ja.«

»Was ist er von Beruf?«

»Er ist ... Tischler.«

»Du hast gezögert?«, sagte Winter.

»Ja ... früher ist er zur See gefahren ... wie alle anderen in der Familie Osvald. Und wie fast alle auf der Insel. Aber er hat aufgehört.«

Winter fragte nicht weiter. Er fuhr fort: »Vielleicht ist er auf etwas gestoßen ... hat jemanden getroffen ... und das war vielleicht nicht in Inverness, und bald meldet er sich.«

»Oh, sehr tröstlich«, sagte sie mit plötzlicher Ironie.

»Was hast du denn erwartet, was ich tun sollte?«, fragte er.

»Ich weiß es nicht«, antwortete sie. »Entschuldige. Ich fand nur, dass du es wissen solltest.«

»Wir können durch Interpol nach ihm fahnden lassen«, sagte Winter. »Möchtest du, dass ich das veranlasse?«

»Interpol ... das klingt so offiziell. Bringt das wirklich etwas? Kannst du nicht was anderes unternehmen?«

»Hör mal zu, Johanna. Es sind noch nicht viele Tage vergangen. Nichts deutet darauf hin, dass dein Vater in Gefahr ist. Er kö...«

»Und wie soll man diesen Brief deuten?«, unterbrach sie ihn und nickte zu dem Umschlag, der noch auf dem Tisch lag.

»Das kann ich nicht erklären«, sagte Winter.

»Meinst du, es ist ein Verrückter?«

»Glaubst du das?«, fragte Winter.

»Ich weiß nicht, was ich glauben soll. Ich weiß nur, dass mein Vater den Brief so ernst genommen hat, dass er hingefahren ist. Oder dass er noch mehr erfahren hat, wie ich schon sagte. Und dass es merkwürdig ist, dass er sich nicht bei mir gemeldet hat.«

Inverness. Winter stand auf und ging zu der Europakarte, die an der Wand zum Korridor hing. Inverness, die nördliche Spitze der Highlands. Er war dort gewesen, vor zwanzig Jahren. Ein einziges Mal, auf der Durchreise von Norden nach Süden. Er dachte an die Frau, die hinter ihm saß. Es muss derselbe Sommer gewesen sein …

Er dachte nach, während er die Karte betrachtete. Ja, es könnte jener Sommer gewesen sein oder der darauf folgende. Altweibersommer wie dieser, im September. Er war im Aufbruch gewesen, wusste aber nicht, wohin. Er hatte beschlossen, das Jurastudium nach dem Probesemester aufzugeben, der hatte ihm gereicht, vielen Dank. Das war, bevor er sich darüber klar wurde, dass er Polizist werden, die Menschen schützen und ihre Moral stärken wollte.

Bevor das Erbe von seinem Großvater seine finanziellen Möglichkeiten grundlegend veränderte, hatte er bei einer Postsortierstelle gearbeitet. Dann hatte er den Briefen *adiós* gesagt und beschlossen, nach Großbritannien zu reisen, wo er noch nie gewesen war. Er wollte es richtig machen, nahm die Fähre nach Newcastle und von dort den Zug nach Norden bis Thurso und hinaus nach Dunnet Head, der nördlichsten Landspitze des Inselreiches. Dann reiste er per Zug, Bus und Daumen zurück zur südlichsten Landspitze, Lizard Point, die Aufgabe hatte er sich selbst gestellt, und unterwegs hatte sich herausgeschält, wie sein Leben hinterher aussehen sollte.

Erst jetzt erlaube ich mir, Vertrauen in meine Unsicherheit zu haben, dachte er plötzlich und schaute wieder auf den Namen Inverness. Dort hatte er einmal übernachtet, in einem *B&B*.

Es gab da eine besondere Erinnerung. Er dachte an dieses *B&B*. Er hatte sich im Bahnhof beim Touristenbüro nach einem freien Zimmer erkundigt, und man hatte ihm eine Pension genannt, an deren Namen er sich nicht erinnerte. Aber er erinnerte sich daran, wie er vom Bahnhof aus in das Viertel gegangen war, wo die Pensionen lagen. Es war ein weiter Weg dorthin gewesen, jedenfalls kam es ihm in der Erinnerung so vor, weiter als man ihm im Touristenbüro am Bahnhof gesagt hatte. Durchs Zentrum und über die Brücke, durch ein weiteres Zentrum, das aussah, als ob es aus einer anderen Zivilisation stammte, hinein in ein Villenviertel, Häuser aus Stein, Granit, und links und rechts und geradeaus und nach links und rechts und rechts und rechts und links. *You can't miss it, dear.* Das war einer seiner ersten Kontakte mit dem eigentümlichen britischen Volk.

Er hatte so lange nach der Straße gesucht, wo sein *B&B* sein sollte, dass sich der Straßenname für alle Zeit tief in seiner Erinnerung eingeprägt hatte. Er erinnerte sich auch deswegen daran, da er nach einer Avenue Ausschau gehalten hatte, jedoch keine entdecken konnte und erst recht nicht, als er die Straße endlich fand: Ross Avenue. Eine Straße wie jede andere.

Winter drehte sich mit einem Gefühl des Staunens in seinem Körper zu ihr um.

»Hast du nicht gesagt, dass sein *B&B* in der Ross Avenue war?«

»Ja.«

Er drehte sich wieder zur Karte um.

»Da bin ich schon mal gewesen«, sagte er. »Ich habe in einem *B&B* in der Ross Avenue gewohnt. Eine Nacht.«

»Wie merkwürdig«, hörte er sie sagen.

Winter wollte nicht sagen, dass es damals gewesen war, nach jenem Sommer. Er drehte sich wieder zu ihr um. Ihm war ein neuer Gedanke gekommen.

»Ich kenne jemanden, der aus der Gegend von Inverness stammt«, sagte er. »Ein Kollege.«

Vater Lindsten goss ihr Kaffee ein und reichte ihr die Tasse. Sein Sohn hatte am Fenster gestanden und hinausgesehen, war dann weggegangen und hatte weiter Sachen rausgeschleppt.

Aneta Djanali saß auf einem Stuhl in der nackten Küche. Der Tisch lehnte zusammengeklappt an der Wand.

»Warum sind Sie denn gekommen?«, fragte Lindsten.

»Ich war kürzlich hier, und da sah es ... nicht gut aus«, antwortete sie.

»Was?«

Aneta Djanali nippte am Kaffee, der heiß und stark war.

»Die Situation.«

»Haben die Nachbarn angerufen?«

»Ja«, antwortete sie. »Und es war nicht das erste Mal.«

»Aber es war das letzte Mal«, sagte er.

»Jedenfalls von hier«, sagte sie und sah sich in der Küche um. »Von diesem Haus.«

»Nein«, sagte Lindsten, und sie sah die Entschlossenheit in seinem Gesicht. »Es wird kein nächstes Mal geben.« Mit derselben Entschlossenheit nahm er einen Schluck Kaffee. Sie sah, dass ihm der heiße Kaffee in der Kehle brannte.

»Wo ist Anette im Augenblick?«, fragte sie.

Zunächst antwortete er nicht.

»In Sicherheit«, sagte er nach einer Weile.

»Wohnt sie bei Ihnen zu Hause?«

»Vorübergehend.« Er wich ihrem Blick aus.

»Wissen Sie, wo ihr Mann ist?«

»Nein.«

»Die Sache, von der wir reden, ist nicht zu unterschätzen«, sagte Aneta Djanali. »Auch ... generell nicht. Es gibt viele Frauen, die Angst vor ihren Männern haben. Oder ihren geschiedenen Männern. Sie versuchen sich zu verstecken, sind gezwungen, sich zu verstecken.«

»Nun, die Sache ist jetzt vorbei«, sagte Lindsten.

»Wer hat diese Wohnung gemietet?«, fragte Aneta Djanali.

»Sie war immer auf Anettes Namen gemietet«, sagte er. »Der Vertrag läuft noch zwei Monate, aber das verschenken wir. Die Wohnung kann leer stehen.«

»Haben Sie mit dem Mann geredet? Ihrem Mann?«

»Mit dem verdammten Vieh? Er hat gestern angerufen und ich hab ihm gesagt, er soll zur Hölle gehen.«

»Wird er das tun?«

»Falls er bei uns auftaucht, fürchte ich, dass ich Peter nicht daran hindern kann, ihm an die Gurgel zu gehen, und dann würden wir ernsthaft mit der Polizei zu tun kriegen, nicht wahr?«

»Ja, das ist keine gute Idee.«

»Das ist seine eigene Methode«, sagte Lindsten. »Seine eigene wirksame Methode.«

Sie hörten im Flur eine Kiste herunterfallen, einen Fluch von Peter Lindsten. Der Vater drehte den Kopf zum Flur. »Der Unterschied wäre nur, dass der Satan es mit einem vom selben Format zu tun kriegen würde.«

Forsblad, Hans Forsblad. Das war der Name des Mannes. Aneta Djanali hatte ihn in den Papieren in der Leitzentrale gesehen und später bei den Kollegen in Kortedala.

Forsblads Name ist auch urschwedisch, dachte sie, der Natur entnommen, und genau wie im Namen der Ehefrau war schwere Kraft mit unendlicher Leichtigkeit kombiniert: Wasserfall und Blätter, Linde und Stein. Wer stand für was? Wer für den Wasserfall, wer für die Blätter? Sollte das physisch übersetzt werden?

»Hat er keinen Schlüssel für die Wohnung?«, fragte sie.

»Wir haben das Schloss ausgetauscht«, sagte Lindsten.

»Wo sind seine … Sachen?«

»Er weiß, wo er sie abholen kann«, sagte Lindsten.

Irgendwo, wo niemals die Sonne scheint, dachte Aneta Djanali.

»Dann haben Sie ihn also heimatlos gemacht.«

Lindsten lachte auf, ein freudloses Lachen.

»Er hat schon lange keine einzige Nacht mehr in dieser Wohnung verbracht«, sagte er. »Er ist hier gewesen, das stimmt. Aber nur, um … um …« Und plötzlich schien sein Gesicht zu zerreißen, und sie sah, wie sich seine Augen mit Tränen füllten und er sich abrupt zum Fenster abwandte, als schäme er sich für sein Verhalten, aber es war keine Scham.

»Er hatte kein Besuchsverbot«, sagte Aneta Djanali. »Leider.«

»Als ob das was nützen würde«, sagte Lindsten mit gedämpfter Stimme, den Kopf gesenkt.

»Er hätte Besuchsverbot bekommen können, wenn …

Anette ihn angezeigt hätte«, sagte Aneta Djanali. »Oder jemand anders. Ich hätte das veranlassen können, kurzfristig. Ehrlich gesagt bin ich deswegen eben gekommen.«

Er schaute auf, seine Augen glänzten immer noch.

»Das ist nicht mehr nötig«, sagte er, »es hat sich erledigt.«

Plötzlich war es, als glaube der Vater seinen eigenen Worten nicht mehr. Sie hörte ein Rumsen im Flur, noch einen Fluch. Für sie war es Zeit zu gehen. Diese Leute mussten einen Umzug durchziehen, einen Aufbruch, der zu einem neuen Lebensabschnitt führen sollte. Das hoffte sie wirklich für die Frau, deren Gesicht sie drei Sekunden lang gesehen hatte.

»Du kennst jemanden von dort?«, fragte Johanna Osvald. Sie schien sich erheben zu wollen. Winter blieb bei der Karte stehen. »Aus Inverness?«

»Ich ... glaube.«

»Einen Kollegen? Also einen Polizisten?«

»Ja. Er wohnt in London, aber er ist Schotte.«

Winter dachte nach, suchte im Archiv der Erinnerung. Da gab es viele Korridore. Er sah London, einen Kommissar in seinem Alter mit schottischem Akzent, ein Foto von einer schönen Frau und zwei hübschen Kindern, Zwillinge, das Gesicht des Kommissars, das man vielleicht nicht schön nennen konnte, aber vermutlich attraktiv für den, der es beurteilen konnte. Ein Mensch, der Wurzeln hatte. Einen Hof außerhalb von Inverness. Das hatte Steve erzählt. Winter blickte auf die Karte, die einen großen Maßstab hatte.

»Steve Macdonald«, sagte Winter. »Er stammt von dort.«

»Meinst du, du könntest ihn fragen?«, sagte Johanna Osvald.

»Ja«, erwiderte Winter.

Aber wonach?, dachte er.

»Er kann doch bestimmt überprüfen, ob mein Vater ein Auto gemietet hat?«

»Das können wir machen«, sagte er.

»Ja ... und wenn dein Kollege von dort stammt, kennt er vielleicht jemanden, der ... tja ... sehen kann, ob ... nein, ich weiß nicht.« Sie stand jetzt neben Winter vor der Karte. Sie machte den Eindruck, als wollte sie nichts sehen, nichts von dem Land sehen, das eine so große umwälzende Rolle im Leben der Familie Osvald gespielt hatte. Und diese Rolle vielleicht weiterhin spielen würde, dachte Winter.

Er spürte ihre Nähe, hörte ihr Atmen. In dieser Sekunde dachte er daran, dass die Jahre vergehen, ein ganz banaler Gedanke, der der Wahrheit entsprach.

»Wenn du mehr wissen willst, kann Steve uns vielleicht sagen, an wen wir uns wenden können«, sagte Winter und drehte sich zu ihr um.

In was werde ich da hineingezogen?, dachte er. Normalerweise wäre dieses Gespräch beendet gewesen, bevor es angefangen hatte. Jetzt war es fast zu einem Fall geworden. Einem internationalen Fall.

5

Er stand auf der höchsten Erhebung. Unter ihm lag die Kirche. Dort hatte er manchmal gebetet, früher, zu Jesus für seine Seele gebetet. Die Kirche war das einzige Überbleibsel aus der ganz alten Zeit, die es noch in Newton gab.

Als der Lord und die Lady das Dorf 1836 verließen, blieb die Kirche stehen. Sie war aus dem vierzehnten Jahrhundert. Vierzehntes Jahrhundert, das klang wie vor aller Zeit, vor den großen Segellastern. Den großen Entdeckungen.

Was für ein irrwitziger Entschluss es dennoch war! Der Lord und die Lady flohen vor dem Dorf. Sie wollten es nicht neben ihrem Schloss haben.

Sie wollten keine Eisenbahnlinie neben dem Schloss haben.

Er sah die Viadukte, wie sie in der Luft nach Halt suchten. Sie mussten dort unten gebaut werden, weit entfernt von den Herrschaften. Eine übermenschliche Tat, aber möglich.

Der Lord und die Lady waren jetzt fort, wie so vieles andere. Das Meer war geblieben, aber selbst das schien sich zurückzuziehen, jedes Jahr ein Stück mehr. Die Trawler blieben bei Ebbe immer weiter draußen im Schlick liegen, die leuchtenden Rümpfe wie Mäuler in der Dämmerung, als ob ein Schwarm Butzköpfe die Stadt angreifen wollte, aber in der Ebbe hängen geblieben wäre.

Er stand oberhalb des Hafenbeckens. In der Luft war Schwefel. In der Luft, dachte er: Was körperlich zu sein schien, zerstob im Wind.

Seine Hüfte tat weh, jeden Tag ein bisschen mehr. Er sollte nicht gehen, aber er ging trotzdem.

Als er das erste Mal hierher gekommen war, war die Stadt an dieser Küste der größte Hafen der Fischereiflotten gewesen, südlich vom Moray Firth. Größer als Keith, Huntly, sogar größer noch als Buckie.

The Buckie boys are back in town.

Diesmal blieb er nicht lange. Es war zu der Zeit gewesen, als er nicht wusste, wer er war oder wo er war. So war es gewesen. Wie eine Blindheit. Jetzt wusste er, dass er damals gegangen war, gestanden und gesprochen hatte, aber er war sich dessen nicht bewusst gewesen.

Nachts wurde er manchmal von seinem eigenen Schreien wach und stellte fest, dass er aufrecht im Bett saß in dem eiskalten Zimmer. Sein Atem war wie eine weiße Fahne vor seinem Mund. Der Schrei war gleichsam gefangen in diesem Atem. Es war ein furchtbares Gefühl, furchtbar. Sein Hals war gepeinigt, wie in Eisen geschlagen. Was hatte er geschrien? Wer hatte ihn gehört? Er war hinaus auf die Straße gegangen, hatte jedoch nicht die geringste Bewegung hinter den schwarzen Fenstern im Haus auf der anderen Seite gesehen.

Niemand hatte ihn gehört.

Er hatte die Lichter der Stadt von oberhalb gesehen, nur einige wenige Lichter.

Da hatte er an sie gedacht, ganz kurz.

Er hatte die Telefonzelle im Nebel blitzen sehen. Darin klingelte es nie.

Er würde sie bitten.

Sie würde es tun.

Sie hatte seinen Wunsch befolgt.

Jetzt war er nicht mehr so sicher.

In der letzten Zeit hatte sie ihn mit einem Blick angesehen, der ihm fremd war.

Er hatte sie nicht gefragt.

Er ließ den Hafen hinter sich und ging durch Seatown. Die Häuser drängten sich aneinander, duckten sich unter die Viadukte. Er ging durch die Straßen, die keinen Namen hatten, auf sein Haus zu. *This is where the streets have no names*, dachte er. Er dachte häufig auf Englisch, fast immer.

Manchmal tauchte ein Splitter der alten Sprache auf, aber nur, wenn er sehr erregt war. *Where the streets have no names*. Es gibt nur noch zwei Orte, wo es genauso ist, und das ist im Himmel und in der Hölle.

Er war an beiden Orten gewesen. Jetzt reiste er zwischen beiden hin und her.

Die Häuser hatten Nummern, scheinbar ohne jede Logik. Nummer sieben lag neben Nummer fünfundzwanzig, sechs neben achtunddreißig. Er wohnte in dem schwarzen Haus mit der Nummer vierzehn. Das bedeutete, dass es als vierzehntes Haus in Seatown gebaut worden war. So waren hier die Regeln. Seins war das einzige schwarze Haus.

6

Fredrik Halders lag auf dem Sofa, die Füße auf der Seitenlehne. Von der Decke über dem Sofa hing eine seltsame Lampe. Oder wirkte sie nur aus dieser Perspektive komisch?

»Hab ich die Lampe schon mal gesehen?« Er zeigte nach oben.

»Die Frage musst du dir wohl selber stellen«, sagte Aneta Djanali, die auf dem Fußboden über ein paar Fotos gebeugt saß.

Halders kicherte, jedenfalls klang es in Anetas Ohren wie ein Kichern.

Er versuchte den Kopf in der liegenden Haltung zu drehen. Aber das war ein Fehler. Sein Nacken würde nie mehr so werden, wie er einmal gewesen war. Er hatte einmal einen Schlag abgekriegt in einem Moment, als er sich noch idiotischer verhalten hatte als sonst, und das hätte sein letzter Fehler werden können. Seinen ursprünglichen Stiernacken würde er nie wiederbekommen. Das machte auch nichts. Jeder wusste ja, was in der letzten Lebensphase mit Stiernacken geschah.

»Ist die aus Afrika?«, fragte er.

»Was glaubst du?«, fragte sie zurück, ohne aufzuschauen.

Er studierte die Unterseite der Lampe. Sie hatte einen spitzen Unterbau und weiter oben etwas in Grün.

»Sie ist aus Afrika«, sagte er.

»Gut, Fredrik.«

Er applaudierte sich selber. Das nannte man chinesischen Applaus.

»Rätst du, aus welchem Land?«, hörte er Anetas Stimme vom Fußboden her. »Und um die Frage schwerer zu machen, möchte ich wissen, wie das Land hieß, bevor es seinen jetzigen Namen bekam.«

»Das ist eine knifflige Frage.«

»Eine sehr knifflige, ja.«

Der Schwierigkeitsgrad war nicht zu überschätzen. Über ihr Heimatland hatten sie ja nur jeden Tag dreimal in der Stunde geredet, seit sie angefangen hatten zusammenzuarbeiten und auch die Freizeit miteinander zu verbringen. Geredet, na ja. Fredrik war es, der immer wieder von ihrem exotischen Ursprung und ihrem wunderbaren Heimatland anfing. Früher waren seine Bemerkungen bissiger gewesen, aber jetzt hatte er sich beim Reden gut unter Kontrolle, wie er überhaupt das meiste gut unter Kontrolle hatte.

»Der frühere Name des Landes fängt mit O an«, half sie ihm.

»Ooooo …«, sagte er.

»Der Anfang ist nicht schlecht«, sagte sie.

»Oman«, sagte er.

»Das liegt nicht in Afrika«, sagte sie.

»Oh, Scheiße.«

»Der zweite Buchstabe ist ein B«, sagte sie.

»Ooo…berammergau!«, rief er gegen die Decke.

»Das liegt auch nicht Afrika«, sagte sie. »Um dir auf die Sprünge zu helfen, kann ich dir verraten, dass der Name des Landes sich aus zwei Wörtern zusammensetzt.«

»Ooo… Ober …«

»Du bist auf dem richtigen Weg«, sagte sie.

»Unter …«

»Das Land fängt doch mit O an, oder?«

»Na klar, Scheiße.«

»Jetzt helf ich dir nicht mehr«, sagte sie.

»Wenn wir über was ganz anderes reden, fällt es mir vielleicht ein«, sagte Halders. Er stützte sich auf den Ellenbogen. Das spürte er im Nacken. »Was sind das für Bilder?«

»Vom letzten Sommer.«

»Bin ich auch mit drauf?«, fragte er.

Sie hielt ein Foto hoch, das sie selbst entwickelt und abgezogen hatte. Fredrik und sie standen hinter den Kindern, Hannes und Magda. Sie sah das Kabel des Selbstauslösers aus Hannes' Hand laufen. Er wirkte konzentriert, aber froh. Alle sahen froh aus auf diesem Foto.

Sie wirkten wie eine ... Familie.

»Wo ist das aufgenommen?«, fragte Halders vom Sofa.

»Rat mal«, sagte sie.

»Fang nicht schon wieder an.«

»Siehst du die Wellen hinter uns?«, fragte sie.

»Ja, ja, aber welches Meer ist das nun?«

»Natürlich die Nordsee.«

»Wo die Nordseewellen rollen an den Strand«, sang Halders.

»Nicht an dem Tag«, sagte sie. »Da gab's keine Wellen.«

»Glaubst du, ein Afrikaner würde sich trauen in die Nordsee zu springen, egal, zu was für einer Jahreszeit?«, fragte Halders.

»Darauf erspar ich mir die Antwort.«

»Kennst du die Geschichte von dem Afrikaner, der für ein Jahr als Austauschstudent in Schweden war, und als er wieder nach Hause kam, haben ihn seine Freunde gefragt, wie das Wetter da oben ist, und er hat geantwortet, der grüne Winter war in Ordnung, aber der weiße war schrecklich.«

»Nein, die kenn ich nicht«, sagte Aneta Djanali, »du darfst sie gern erzählen.«

»Oooo ...«, fing Halders wieder an.

»Arbeitest du immer noch an dem Namen des Landes?«

Sie schaute wieder auf das Foto in ihrer Hand. Es war ein perfekter Tag gewesen. *Such a perfect day.* Fredrik hatte abends Lou Reed aufgelegt. Lou Reed klang wie Fredrik aussah.

Die perfekte Familie.

Plötzlich dachte sie an Anette Lindsten, die sich im Schutz eines geheimen Ortes aufhielt, der das Elternhaus ihrer Kindheit sein konnte oder ein ganz anderer.

Irgendwo musste es ein Hochzeitsfoto geben. Der perfekte Tag. Ein Leuchten über ihren Gesichtern. Anette und Hans, der Natur entsprungen, was ihre Nachnamen verhießen: Linde, Stein, Wasserfall, Blätter …

Willst du diese … als deine Ehefrau lieben und ehren …

Sie züchtigen in guten wie in schlechten Tagen …

Erde zu Erde, Asche zu Asche, Staub zu Staub.

»Hattest du jemals Lust … Margareta zu schlagen?«, fragte sie.

Halders fiel die Kinnlade runter.

»Was zum Teufel soll die Frage?«

»Du brauchst gar nicht so zu gucken. Du weißt doch, mit was für einem Fall ich gestern beschäftigt war. Ich versuche nur … mir vorzustellen … wie das passieren kann. Wie so was passieren kann.«

»Himmel, Aneta, das ist ja wie eine Parodie auf die Parodiefrage ›Hast du aufgehört deine Frau zu schlagen?‹. Darauf kann man weder mit Ja noch mit Nein antworten.«

»Die Frage habe ich aber nicht gestellt.«

Er sagte nichts. Sie sah ihn an. Er war ein gewalttätiger Mann, sie hatte ihn immer als … *drastischen* Mann erlebt, allerdings auf der verbalen Ebene. Ich leg den Ganoven verbal um, wie Halders es ausdrückte. Das tat er fast immer. Er war ein verzweifelter Mann, und damit war er nicht allein. Er konnte seine Wut kontrollieren. Er ging zornig durchs Leben, hatte seinen Zorn jedoch unter Kontrolle. Viele andere schafften das nicht.

»Einmal, als wir in Scheidung lebten«, sagte er zögernd. »Oder vorher. Einmal, ein paar Mal. Ich konnte … so wütend werden, dass ich Lust hatte … Lust hatte zu …« Er sah Aneta gerade in die Augen. »*Irgendwas* zu zerschlagen, aber nie, *niemals* bestand die Gefahr, dass ich sie schlagen würde. Nie.«

»Was hast du denn geschlagen? Oder … wen?«

»Zum Teufel, Aneta, du kennst mich. Keinen Menschen … tja, mal einen Räuber … aber du verstehst, was ich meine. Niemanden … in meiner nächsten Umgebung. Zu Hause.« Er begann seinen Nacken zu massieren, plötzlich, eine nervöse Bewegung. »Ich konnte mit der Faust gegen eine Schranktür schlagen. Das ist passiert. Einmal hab ich gegen einen Küchenstuhl getreten, da ist das Bein abgebrochen.«

»Himmel.«

»Es war ein *Stuhl.*«

»Trotzdem: Himmel.«

Er hörte mit der Massage auf. Sie sah, dass seine Augen einen anderen Glanz bekommen hatten, als ob sie nach innen schauten. Es war, als ob sich der ganze Mann nach innen gekehrt hätte.

»Dabei wusste ich ja, dass es meine Schuld war. Verstehst du? Dass ich selbst der Grund für meine Wut war oder wie man das nennen soll. Dass ich schuld daran war, wo wir gelandet waren ... in welcher Situation. Dass ICH meine Familie zerstörte, jedenfalls auf dem besten Weg war, es zu tun. Und da war ich so verzweifelt, dass ich zutrat.« Er schien aus seinem Innersten zurückzukehren und sah sie an. »Ist das nicht ein Paradoxon? Man schlägt sich frei von seiner eigenen Verantwortung.«

Sie antwortete nicht.

»Aber die wenigen Male, wo das passiert ist ... als ich auf Gegenstände eingeschlagen habe ... das waren eben tote Gegenstände.«

Tote Gegenstände, dachte sie. Das ist auch ein Ausdruck.

Sie hatte tote Gegenstände gesehen. Halders hatte tote Gegenstände gesehen. Es war ein Teil ihrer Arbeit. Ein Teil der *Routine* ihrer Arbeit. Routine: Was ist ein Körper, in dem kein Leben mehr ist?

Jetzt ganz ruhig, Aneta. Dies ist ein Abend außerhalb aller Routine. Auf deinem Sofa liegt ein Mann, und du sitzt auf dem Fußboden und hast die Freude des Sommers in Form eines Bildes in der Hand, und bald sitzt ihr am Küchentisch und esst und trinkt etwas Gutes. In diesem Zimmer ist Licht. Du musst nicht ausgerechnet jetzt die Schatten hereinholen. Das Kontômè erhellt das Zimmer, beleuchtet den Pfad.

»Es ist ein *Versuch*, sich von der Verantwortung zu befreien«, sagte sie. »Man entkommt ihr ja nicht.«

»Viele versuchen es trotzdem«, sagte Halders.

Sie stand auf. Die Fotos blieben auf dem Fußboden liegen wie ein Fächer. Er drückte den Inhalt und die Stimmung der Bilder aus.

»Und werden es wieder versuchen«, sagte sie.

Winter drehte sich auf der Schwelle um und betrachtete die schlafende Elsa. Im Arm hielt sie ihr Kuscheltier Pelle, einen schwarzweißen Panda, dessen Kopf größer war als Elsas. Pelle betrachtete Winter in der Tür. Pelles Blick wich nie aus. In seinem Gesicht war Glauben an die Zukunft.

»Sie kann alle Bücher auswendig«, sagte er. Angela saß mit einer Illustrierten auf dem Schoß auf dem Sofa. »Sie liest sie mir vor. Wie eine Schauspielerin.« Er stand mitten im Zimmer. »Bis sie einschläft.« Er reckte sich, er war steif geworden auf Elsas Bettrand. »Ich glaub, Pelle kann sie auch alle auswendig, aber er sagt nichts.« Er ließ die Arme sinken. »Aber Elsa erzählt enthusiastisch, bis sie mitten in einem Satz einpennt.«

»Oder du.«

»Heute Abend nicht«, sagte er.

Sie schaute auf.

»Kannst du nicht irgendwas machen?«, fragte sie.

»Was irgendwas?«

»Was Leckeres.«

Er ging in die Küche.

Es gab fertigen Reisblätterteig, Eier, Dill und Butter, und von Sonntag war noch etwas geräucherter Lachs übrig. Weißer Pfeffer.

Er trank ein Glas Weißwein, während die Blätterteigrollen im Backofen garten. Es duftete gut. Wynton Marsalis' Saxophon tönte aus dem kleinen Panasonic in der Küche, er hörte aber eigentlich nicht richtig hin. Er sah, wie sich die mehrblättrige Teighülle dort drinnen über dem Inhalt blähte.

Er trug das Tablett ins Wohnzimmer. Angela saß mit angezogenen Beinen da und sah in den Himmel, der klar und dunkel über dem Vasaplatsen stand.

»Mmm«, machte sie.

Er goss ihr Wein ein.

»Es ist aber doch Dienstag.« Sie hob das Glas.

»Die ganze Woche Dienstag.« Er prostete ihr zu.

Sie schnitt ihre Rolle auf und sog den Duft ein.

»Ahhh!«

»Man tut, was man kann«, sagte er. »Man versucht seine begrenzten Fähigkeiten zu nutzen.«

»Ich mag dich trotzdem, Erik.« Sie lächelte.

»Du hast noch nicht probiert.«

Sie tranken im Dunkeln Kaffee. Das einzige Licht war der nächtliche Schein der Stadt dort draußen. Es war konstant, wie ein ewiger Tag.

»Früher nannte man das Schummerstunde halten«, sagte Angela. »Eine der Schwestern in unserer Abteilung sagt das manchmal.«

»Hübscher Ausdruck.«

»Mhm.«

»Heißt das auf Deutsch auch so?«, fragte Winter. »Gibt es so einen Ausdruck?«

»Keine Ahnung.«

Angela stammte aus Deutschland, eigentlich aus dem früheren Ostdeutschland, *der so genannten DDR*, Leipzig, alte verödete Kulturstadt, wie ihr Vater sagte, und deswegen war er mit seiner Frau und seinem bis dahin einzigen Kind, einem Sohn, nach Berlin gezogen, Ostberlin. Kurz darauf hatte er dort gesehen, wie die Mauer in den freien Himmel gezogen wurde, das war 1961. Der Chirurg Günther Hoffmann hatte sie von den großen Fenstern des Krankenhauses gesehen, das nun im Schatten der Mauer stand.

Im Jahr darauf hatten sie rübergemacht, versteckt im Fahrgestell von zwei VW-Käfern. Erst seine Frau und sein Sohn, so war es arrangiert. Günther Hoffmann kam hinterher, es war gefährlich, aber sie hatten es geschafft.

Er versuchte in Westberlin Fuß zu fassen, hatte jedoch das Gefühl, die Stadt weise ihn ab mit ihren grellen westlichen Neonlichtern. Das war nicht sein Land. Das waren nicht seine Landsleute. Er war nicht einmal der Vetter vom Lande. Im Licht der Reklameschilder begann sogar das finstere Leipzig in seiner Erinnerung zu glühen.

Doktor Hoffmann fühlte sich wie ein Fremder in seinen beiden Heimatländern, und er zog die Konsequenz daraus. Er sprach wieder mit seiner Frau und seinem Sohn, und sie reisten über das Meer nach Norden.

Er strich das zweite N in seinem Nachnamen und wurde Hoffman. Das hielt er für eine weitere Konsequenz. Eine Wende in seinem Leben.

Er fand Arbeit im Sahlgrenska-Krankenhaus in Göteborg und kam zur Ruhe. 1967 wurde Tochter Angela geboren, im Sommer.

»Bekannt als *the Summer of Love*«, hatte Angela einmal zu Anfang gesagt und dem Free-Jazz-Fan Winter erklärt, was sich im Sommer 1967 im Haight Ashbury District von San Francisco abgespielt hatte, die Blumen, das irrlichternde Schweben über allem, das etwas Besonderes gewesen war, die Musik: Grateful Dead, Jefferson Airplane, Peanut Butter Conspiracy. Sie hatte Platten von damals besorgt, schließlich war es ihr Jahr. Erik hatte über Airplane gelacht, aber den Zwillingsgitarren in Quicksilver Messenger Service auf ihrer Liveplatte »Happy Trails« mit einem gewissen Interesse gelauscht. »Diese Jungs hätten was in der Jazzszene werden können«, hatte er gesagt, »die können ja spielen.« Sie hatte einmal »Eight Miles High« von den Byrds aufgelegt, und Erik war während Roger McGuinns Intro aus dem Sessel aufgesprungen. »Das ist ja Coltrane!« Später hatte sie festgestellt, dass er Recht hatte. In einem Interview hatte sie gelesen, dass McGuinn gesagt hatte, er habe gerade bei diesem Gitarrensolo nach John Coltranes atonalem Tenorsaxophon gesucht. Der Junge konnte spielen.

Sie stand auf und knipste die Stehlampe an der hinteren Wand an. Die Lampe gab ein warmes Licht.

Bald würde er Steve Macdonald anrufen. Aber erst musste er mit Angela sprechen.

»Ich hatte heute Besuch aus der Vergangenheit«, sagte er.

»Das klingt schicksalsträchtig«, erwiderte sie.

»Eine alte Freundin.«

»Ich weiß nicht, ob ich das hören will«, sagte sie.

»Mit der Betonung auf alt«, sagte er.

»Und was wollte sie?«

Er erzählte es ihr.

»So viele Tage ist er ja noch nicht verschwunden«, sagte Angela. »Aber ich würde mir auch Sorgen machen.«

»Mhm.«

»Kannst du da irgendetwas unternehmen?«, fragte sie.

»Wir können eine Vermisstenmeldung rausgeben, international. Interpol, wie üblich.«

»Und werdet ihr das tun?«

»Sie will noch einen Tag warten.«

»Sie? Hat ›sie‹ auch einen Namen?«

»Johanna.«

Angela schwieg. Er sah, dass sie nachdachte. Er war nicht sicher, was sie dachte.

»Johanna Osvald«, sagte er.

»Ja, ja.«

Sie stand auf und brachte ihre Tasse in die Küche, ohne ein Wort zu sagen.

Er folgte ihr. Sie stand an der Spüle und sah aus, als wüsste sie nicht, warum sie dort stand.

»Ich hab sie seit zwanzig Jahren nicht mehr gesehen«, sagte er.

»Wie bedauerlich«, sagte sie.

»Angela!«

Sie ließ die Kaffeetasse los. Die Tasse fiel, schlug gegen den Stahl, blieb aber ganz und rutschte über die Spüle.

Ich muss versuchen, da rauszukommen. Auch ihr helfen, da rauszukommen.

»Meinst du, ich soll Steve anrufen?«, fragte er.

Angela drehte sich um.

»Was kann er tun? Du hast doch selber gesagt, sie will warten.«

Wir lassen es, dachte er. Ihr Vater meldet sich morgen. Der Brief an die »*Oswald Family*« ist ein Scherz aus der Vergangenheit. Vielleicht haben sie seit dem Krieg mehrere solche Briefe gekriegt. Man kann nie wissen.

Er sah auf die Tasse, die in Seitenlage auf der Spüle liegen geblieben war.

»Die hätte in tausend Scherben zerspringen sollen«, sagte sie.

»Sind die Spülen weicher oder die Kaffeetassen härter geworden?«, fragte er.

Aneta Djanali fuhr zu Anette Lindstens früherer Wohnung, es war noch vor sieben. Vielleicht hätte sie selber Anette heißen sollen, wenn ihre Eltern es richtig hingekriegt hätten. Wolltet ihr mich eigentlich Anette nennen?, hatte sie ihre Mutter einmal gefragt. Diese hatte auf ihre afrikanische Art gelächelt, eine Art, die Aneta nie richtig verstanden hatte.

Ihre Mutter stammte aus Koudougou, nicht weit entfernt von der Hauptstadt. Sie konnte *Hagra* tanzen, allein, obwohl eigentlich eine Gruppe Frauen dazugehörte, die zu den *Tira*-Flöten sang und tanzte. Es war Hochzeitsmusik, ein Hochzeitstanz. Vielleicht hatte die Mutter solche Absichten mit dem Tanz verfolgt. Aneta! Wir warten auf deine Hochzeit!

Aneta Djanali besaß Platten mit *Hagra*, es war schwer, sich zu der Musik nicht zu bewegen. Sie war in ihrem Körper, wie sie im Körper der Mutter gewesen war. Zu Hause hatte sie eine *Koso*, eine doppelt bespannte Trommel, die getrocknete Kalebasse gefüllt mit Sand, *Niabara*, und die Fingerringe, die in einem ewigen Rhythmus, *Boyo*, gegeneinander schlugen.

Die Häuser glänzten im letzten Morgendämmern. Kurz vor Tagesanbruch hatte es geregnet, und auf dem unebenen Asphalt hatten sich Pfützen gebildet. Sie sah Frauen und

Kinder auf dem Weg in den Kindergarten oder zur Schule. Sie sah keine Männer. Ein Lieferwagen überquerte eine Kreuzung, unterwegs zu einem Kaufhaus, das sie nicht sehen konnte.

Sie hatte eine Vorahnung.

Sie parkte im Halteverbot in der Querstraße gegenüber vom Eingang. Ihr Auto war genauso anonym wie alles andere, bevor der Morgen wirklich begann.

Im Fahrstuhl war kein Spiegel, sie fuhr sich trotzdem tastend durch das Haar.

Im Treppenhaus roch es aus einer Küche.

Das Namensschild hing immer noch an der Tür.

Sie drückte die Klinke herunter, und die Tür glitt auf. Plötzlich spürte sie ihren Puls.

Sie öffnete die Tür ein wenig weiter und sah einen Schatten. Dann Dunkelheit.

7

Es dauerte einige Sekunden, bevor sie begriff. Niemand hatte sie berührt. Die Dunkelheit war ein Teil des Raumes, vom Flur.

Er hatte zwei Türen geschlossen, ein Geräusch, das sie nicht gehört hatte. Plötzlich war das Licht erloschen, als die Türen zuschlugen. Sie hörte ihn auf der anderen Seite der Schlafzimmertür. Es war kein angenehmes Geräusch. Sie spürte die SigSauer an ihrem Gürtel, an der Hüfte, eine Sicherheit.

Er hatte hier nichts zu suchen. So war das Gesetz, und das war auf ihrer Seite, es stand hier neben ihr im schwarzen Talar und mit weißer Perücke, einen Reichsapfel in der Hand.

Ein fetter Schatten.

Am liebsten wäre sie umgekehrt, schnell, aus dem Haus gestürmt.

Die Probleme dieser Menschen waren nicht die ihren. Und das Problem existierte gar nicht mehr. Die beiden hatten sich scheiden lassen und gingen getrennte Wege, oder Pfade, ins Land des Glücks. Irgendwo gab es das Glück, vielleicht überall, wie ein Versprechen an jedermann: Hier ist das Gras grüner, der Himmel blauer.

Jetzt hörte sie einen Schrei von dort drinnen. Er schlug gegen die Tür, einmal, zweimal, dreimal. Bald würde die Axt durch die Furnierholzspäne ragen. Dahinter würde etwas auftauchen, das Jack Nicholsons irrem Gesicht gleichen konnte. Aber hier gab es niemanden, der »*Cut it!*« schrie.

Höchstens sie.

Er öffnete die Tür, wilde Augen, glänzend, ein leerer Blick.

»Wer sind Sie?«

»Polizistin«, sagte sie und hielt ihm ihren Ausweis sichtbar hin.

»Po... Polizistin? Was machen Sie hier?«

»Was machen *Sie* hier? Das ist nicht Ihre Wohnung.«

»Mei... meine Wohnung? Zum Teufel, ich hab hier gewohnt. Hier hab ich GEWOHNT!«

»Jetzt nicht mehr«, sagte Aneta Djanali. »Ich muss Sie bitten, die Wohnung zu verlassen.«

Ja, dachte sie, so mach ich es. Sonst könnte es eine schmutzige Angelegenheit werden. Unangenehm.

»Ich denk nicht dran«, sagte Hans Forsblad.

»Wollen Sie mitkommen?«, fragte sie. »Ich kann Sie mitnehmen.«

»SIE?!« Er versuchte zu lachen, aber der Versuch misslang. »Wie wollen Sie das denn schaffen?« Er machte einen Schritt auf sie zu.

»BLEIBEN SIE STEHEN!«, rief Aneta Djanali. Die Waffe war in ihrer Hand, der Arm ausgestreckt. Nein. Aber sie war kurz davor.

»Sind Sie verrückt?«, sagte er.

Er war jetzt nahe bei ihr, türmte sich über ihr auf wie ein Schatten, der größer war als der Schatten des Gesetzes, der nicht zu sehen war. Das Einzige, was man sah, war die verdammte Pistole, die sie hatte ziehen müssen. Oder auch nicht müssen. Sie hoffte, er könnte nicht sehen, dass sie in ihrer Hand zitterte.

Sie wartete auf seinen nächsten Schritt. Lieber Gott, zaubre mich hier weg. Ich will nicht auf diesen Kerl schießen. Für die nachträgliche Ermittlung hab ich keine Zeit. Er hat keine Zeit. Die Krankenpfleger haben keine Zeit. Nur die Beerdigungsbranche hat Zeit, ewig Zeit.

Sie zielte auf ihn.

Er setzte sich auf den Fußboden, fiel einfach zusammen. Er weinte.

Es war ein lautes Geräusch, genau so ein Geräusch, wie sie es eben durch die Tür gehört hatte. Er hob den Kopf. Es waren echte Tränen. Das Gesicht war nackt, das Haar wie eine schlecht sitzende Perücke. Jetzt sah sie, dass er einen Anzug trug, teuer, wie es schien, Markenklamotten, die zerknittert noch exklusiver wirkten.

Er putzte sich die Nase mit einem Taschentuch, das aus der Brusttasche herausragte. Nicht mal das fehlt, dachte sie.

»Sie wissen nicht, was das für ein Gefühl ist«, sagte er. »Sie wissen nicht, wie das ist.«

Aneta Djanali hatte die SigSauer gesenkt, aber nicht ins Holster zurückgesteckt.

»Was?«, fragte sie.

»Aus seiner eigenen Wohnung ausgesperrt zu werden«, sagte er und schluchzte, »von seinem EIGENEN ZUHAUSE.«

»Sie wohnen hier schon lange nicht mehr«, sagte sie.

»Wer behauptet das?«

Sie antwortete nicht.

»Die sind das.« Er starrte auf die Tür hinter ihr. »Die behaupten das. Aber die wissen nichts.«

»Wer sind *die*?«, fragte sie.

»Das wissen Sie bestimmt.«

Sie steckte die Waffe weg. Er verfolgte ihre Bewegung mit den Augen.

»Dann bin ich also nicht mehr festgenommen?«

»Stehen Sie auf«, sagte sie.

»Sie wissen nicht, wie das ist«, wiederholte er.

Jetzt stand er auf, schwankte.

»Kann ich gehen?«

»Wie sind Sie reingekommen?«, fragte sie.

Er hielt einen Schlüssel hoch.

»Das Schloss ist ausgetauscht«, sagte sie.

»Deswegen hab ich ja diesen Schlüssel«, sagte er und ließ ihn an seiner Hand baumeln. Die Tränen waren verschwunden.

»Wie sind Sie daran gekommen?«, fragte sie.

»Das können Sie sich doch denken«, sagte er. Plötzlich war er gewachsen. Jetzt war er ein anderer.

Das Ganze ist zu unheimlich, dachte sie. Ich sehe, wie er sich unter meinen Augen verändert.

»Sie hat ihn mir natürlich gegeben«, sagte er. »Kann ich jetzt gehen?«

Er drehte sich um, ging ins Zimmer und kam unmittelbar darauf zurück mit einer Aktentasche, die teuer aussah, teuer wie sein Anzug.

»Die brauch ich«, sagte er.

»Geben Sie mir den Schlüssel«, sagte sie.

»Sie hat ihn *mir* geliehen«, sagte er. Seine Stimme klang trotzig wie die eines Kindes. Er zog eine enttäuschte Grimasse. Der Kerl ist total durchgeknallt, dachte sie. Gefährlich, sehr gefährlich.

Er sah sie von unten her an. Jetzt lächelte er. Er warf ihr den Schlüssel quer durchs Zimmer zu. Sie fing ihn nicht auf, er landete auf dem Fußboden neben ihr.

Er klemmte sich die Aktentasche unter den Arm.

»Kann ich jetzt gehen? Ich hab zu tun.« Er hielt die Aktentasche hoch. »Darum bin ich hergekommen. Ich brauch sie für meine Arbeit.«

Geh, geh bloß, dachte sie. Sie machte einen Schritt beiseite und stellte sich an die Wand.

»Nett, Sie zu treffen«, sagte er und verbeugte sich. Er ging durch die Tür, und sie stand still da und hörte ihn etwas vor sich hin murmeln, während der Fahrstuhl quietschend heraufgefahren kam. Er stieg ein, der Fahrstuhl rasselte davon, und sie spürte ihren schweißnassen Rücken, Schweiß überall, zwischen den Brüsten, in den Leisten, an den Händen. Sie wusste, dass etwas Grauenhaftes sehr nah gewesen war. Sie wusste, dass sie nie mehr mit diesem Mann allein in einem Zimmer sein wollte.

Plötzlich verstand sie die Frau, Anette Lindsten, während sie sie gleichzeitig noch weniger verstand als vorher. Sie verstand das Schweigen. Und die Flucht. Alles andere verstand sie überhaupt nicht.

Sie schloss die Wohnungstür hinter sich.

Als sie nach draußen kam, waren die Wolken heller geworden und hatten verschiedene Nuancen von Braun angenommen. Die Häuser sahen aus, als wollten sie abheben wie ein Raumschiff aus Stein und durch den Lederhimmel davonsegeln, in eine bessere Welt.

Die Routine begann wieder, unerbittlich in ihrer Gleichgültigkeit angesichts menschlichen Unglücks. Was wäre sonst möglich gewesen, dachte er an seinem Schreibtisch. Dieser Schreibtisch, beladen mit Papieren und Fotos und schwer von Blut. Ja. Schwer von Blut.

Abgenutzt von Ellenbogen, Gedanken, Gemurmel, Ausbrüchen, Abbrüchen. Einbrüchen. Einmal war in sein Zimmer eingebrochen worden. Der Dieb hatte sich vom Untersuchungsgefängnis heruntergelassen und war durch das offene Fenster eingestiegen. Er hatte den Panasonic geklaut und war draußen auf dem Korridor geschnappt worden, klar. Aber das war ein Ding! Winter hatte seinen Hut gelüftet. Der Kerl sitzt wegen Diebstahlverdacht in Untersuchungshaft und bricht gleich wieder in das Unaufbrechbare ein und begeht einen neuen Diebstahl! Im Polizeipräsidium! *Touché!* Er war im südöstlichen Gangstersumpf der Stadt ein Vorbild gewesen, dort, wo selbst die Sonne selten zu sehen war.

Südosten. Er dachte an das südöstliche London, unterhalb von Brixton. Croydon. Und oberhalb: Bermondsey, Charlton, lichtscheue Gegenden südöstlich des Flusses. Millwall, die von Gott vergessene Fußballmannschaft. *We are Millwall, no one likes us.*

Der Kollege, der dort Mordfälle ermittelte. Und der alle gelöst hatte bis auf einen, und dies Misslingen ließ ihm keine Ruhe.

Sie waren gemeinsam in den Untergrund gegangen, *dort*, auf jenen Straßen, und dann auch hier, in Göteborg. Winter war nicht darüber hinweggekommen, würde nie darüber hinwegkommen. Er war immer noch ein Mensch, trotz aller Routine. Nein, im Gegenteil: Die Routine half ihm, seine Menschlichkeit zu bewahren.

Er sah auf die Uhr, hob den Telefonhörer ab und wählte eine Nummer.

»*Yeah, hello?*«

»*Steve? It's Erik here.*«

»*Well, well.*«

»*How's it going?*«

»*Going, going, gone. Counting the days to my retirement.*«

»*Come on. You're still a young man*«, sagte Winter.

»*That's just wishful thinking, man.*«

Winter lächelte. Macdonald bezog sich auf sein eigenes Alter, er war genauso alt wie der schottische Kommissar.

»*Do you know that song, oh thou Erik the rock 'n' roll wizard!?*«

»*What song?*«

»*It's been a long, long time.*«

»*Sure. It's by Steve Macdonald and the Bad News.*«

Winter hörte Macdonalds Lachen, es klang, wie wenn jemand mit einem Geigenbogen über einen Felsen strich.

»*It's George Harrison. Heard the name?*«

»*Actually I have. And he's really gone. I read about it in Angela's* Mojo.«

»*You read* Mojo*!?*«

»*I said it was Angela's.*«

Macdonald schwieg einen Augenblick.

»Wenn ein Beatle die Welt verlässt, ist die Welt nicht mehr dieselbe«, sagte er dann.

»Ich glaube, ich verstehe, was du meinst«, sagte Winter.

»Hast du so bei Coltrane gefühlt? Oder Miles Davis?«

»Irgendwie ja. Und wieder nicht. Wenn ich jetzt verstehe, was für ein Gefühl du hast.«

»Lassen wir das Thema?«, sagte Macdonald.

»Danke.«

»Ich hab von dem Fest gelesen, das ihr beim EU-Gipfel und mit George Bush gefeiert habt«, sagte Macdonald. »Das hat aber nicht in *Mojo* gestanden, allerdings in allen Zeitungen.«

Winter antwortete nicht.

»Ich muss sagen, ich bin erstaunt«, sagte Macdonald.
»Worüber?«
»Die Gewalt.«
»Welche Gewalt?«
»Höre ich einen abwartenden Ton in deiner Stimme, Erik?«
»Ich meine, wie die Gewalt bei euch beschrieben wird. Es gab verdammt viel Gewalt, das streite ich nicht ab. Ich möchte nur wissen, welche Seite der Gewalt in britischen Zeitungen beschrieben wird.«
»Die von deiner Seite, Erik.«
»Das ist auch deine Seite«, sagte Winter und dachte an die Glasvitrine im Foyer des Polizeipräsidiums, an all die ausländischen Polizeimützen, die dort lagen, wie um die Bruderschaft der Polizei über die großen Meere hinweg zu illustrieren.
»*Kiss my ass*«, sagte Macdonald, »ich empfinde genauso viel Solidarität mit dem Polizeikorps wie Herr double-U Bush im Augenblick mit den Taliban.«
»Das ist aber nicht viel Solidarität«, sagte Winter.
»Dagegen würde ich immer meine Lanze für dich ziehen, Erik.«
»Das war eins der Probleme bei den Göteborgkrawallen«, sagte Winter. Oder dem Göteborgsfest, dachte er. Die Kollegen aus Stockholm nannten die Ereignisse das Göteborgfest. »Das Problem war, dass wir keine Lanzen hatten.«
»Ihr scheint überhaupt nicht vorbereitet gewesen zu sein«, sagte Macdonald.
»Wie bei den Zusammenstößen in Brixton, oder?«, erwiderte Winter. »*The Clash?*«
»*Touché*«, sagte Macdonald.
»Aber jetzt könntest du vielleicht eine Lanze für mich ziehen«, sagte Winter, »bildlich ausgedrückt.«
»Lass hören.«
Winter erzählte von seinem Gespräch mit Johanna Osvald.
»Vielleicht ist es an der Zeit, eine Suchmeldung herauszugeben«, sagte Macdonald.

»Ich werde noch mal mit ihr reden«, sagte Winter.

»Wenn der Vater nicht bald wieder auftaucht, kann ich mich ja mal etwas umhören«, sagte Macdonald.

Winter wusste, dass Steve aus einer kleinen Stadt nicht weit entfernt von Inverness kam. Der Name fiel ihm im Augenblick nicht ein.

»Hast du je in Inverness gearbeitet, Steve?«

»Ja, sogar als Kriminalassistent. Ich bin vom Polizeirevier Forrest dorthin gekommen, das war der nächste größere Ort.«

»Wo liegt das noch?«

»Mein Zuhause? Ein kleines Wildwest-Loch, das Dallas heißt.«

Winter lachte.

»Es heißt wirklich so«, sagte Macdonald, »die Urmutter vom großen Dallas im großen Texas. Mein Dallas besteht aus einer Straße und einer Reihe Häuser zu beiden Seiten, das ist alles, abgesehen von den zwei Höfen am südlichen Abhang, wovon der eine uns gehört.«

Ja. Winter wusste, dass Macdonald Bauernsohn war.

»Leben deine Eltern noch?«

»Ja.«

Winter schwieg.

»Ich hab auch noch eine Schwester, die wohnt jetzt in Inverness«, sagte Macdonald.

»Das wusste ich nicht«, sagte Winter.

»Ich auch nicht bis vor einem halben Jahr«, sagte Macdonald. »Eilidh hat hier unten in *the Smoke* gewohnt, im einfacheren Teil von Hampstead, aber zwischen ihr und ihrem Mann ist was passiert, da ist sie zurückgekehrt und innerhalb von vierundzwanzig Stunden oder so ähnlich hat sie eine neue Kanzlei dort oben aufgemacht.«

»Neue Kanzlei?«

»Eilidh ist Juristin. Jetzt betreibt sie zusammen mit einer anderen Frau in ihrem Alter eine kleine Kanzlei, kein Strafrecht. Macduff & Macdonald, Solicitors. Das hat den Hof in Dallas stolz gemacht.«

»Stolzer als auf dich?«

»Jesus, Erik, auf mich ist noch nie im Leben jemand stolz gewesen.«

»Das ist gut«, sagte Winter.

»Aber Eilidh ist eine schottische Donna, die der Bewunderung würdig ist.«

»Wie alt ist sie?«, fragte Winter.

»Wieso?«, fragte Macdonald, und Winter meinte ein Lächeln zu hören.

»Ich habe aus Höflichkeit gefragt«, sagte Winter.

»Siebenunddreißig«, sagte Macdonald. »Fünf Jahre jünger als du und ich.«

»Mhm.«

»Und zehnmal schöner als du und ich.«

»Das nenne ich schön«, sagte Winter.

»Aber ich glaube, uns kann sie in dieser Angelegenheit nicht helfen«, sagte Macdonald.

»Das hängt davon ab, was passiert ... Darf ich mich gegebenenfalls wieder bei dir melden und dich bitten, dass du dich bei den Kollegen dort oben umhörst?«

»Natürlich.«

»Gut.«

»Vielleicht sollte ich einen Abstecher machen und mich selbst informieren«, sagte Macdonald.

»Wie bitte?«

»Nee, ich hab nur laut gedacht. Aber eine kleine Abwechslung wäre gut. Was meinst du? Wollen wir uns in Inverness treffen und gemeinsam ein neues Rätsel lösen?«

Winter lachte.

»Was für ein Rätsel?«

Vier Tage später hätte er nicht mehr über Macdonalds Scherz gelacht, da es kein Scherz mehr war. Der Scherz war zu einem Rätsel geworden.

Aneta Djanali war wieder in ihrer kleinen Welt, einer besseren Welt. Sie trank in aller Stille ein Glas Wein. Es war Rotwein. Burkina Faso müsste ein gutes Weinland sein. Die Trauben waren groß und furchtbar süß. Dort gab es nichts, worauf sie wachsen konnten, sie wuchsen aber trotzdem. Nicht viele tranken Wein in dem teilweise muslimischen Burkina Faso. Vielleicht wurde deswegen kein Wein erzeugt. Außerdem konnte sich kaum jemand Wein leisten. Nur wenige hatten jemals eine Flasche Wein zu Gesicht bekommen. Eine hatte sie im Hotel in Ouagadougou gesehen, die Flasche wurde zu einer fetten, lauten französischen Familie getragen. Die Familie hatte mit aufgekrempelten Ärmeln Lamm und Couscous gegessen. Der Kellner hatte die Flasche getragen, als ob sie Nitroglyzerin enthalte.

Ihr Vater hatte ihr gegenübergesessen, und er hatte die Franzosen angesehen wie ein Afrikaner, der weiter als bis ans Ende der Zeit sieht. Der Vater war kein Europäer mehr gewesen, kein Schwede, all das war verschwunden, als er hierher zurückgekommen war, um nie mehr wegzugehen. Er praktizierte nicht mehr als Arzt. Willst du keine Praxis aufmachen?, hatte sie ihn gefragt. Es gibt doch nur dreihundert Ärzte im Land. Die Götter wissen, dass du gebraucht wirst. Welche von ihnen?, hatte er geantwortet, und sie hatte gewusst, dass es kein Scherz war. Als sie wieder nach Schweden zurückfuhr, wusste sie so viel mehr über ihren Vater und ihre Mutter. Ihr Vater hatte mehrere Götter. Die Anzahl der Moslems war nur eine Zahl in der Statistik. All die anderen Götter warteten dort draußen im Licht und in der Dunkelheit, an den drückend heißen Tagen und in den entsetzlich kalten Nächten. Ihr Vater sprach mit den Göttern, manchmal mit den Geistern, aber der Unterschied zwischen Göttern und Geistern schien beliebig.

Manche Geister waren stark und mächtig wie Löwen, die töten können.

Andere waren milder, unbestimmter, wie die Baumgeister.

Aber hinter allem stand immer der Gedanke Macht. Alles, dem wir begegnen, besitzt Macht, hatte ihr Vater gesagt. Ein Löwe, eine Schlange, der Blitz, ein Fluss. Alle können Menschen töten, und darum müssen sie von sehr starken Geistern bewohnt sein.

Das Meer kann Menschen töten, dachte sie jetzt plötzlich. Warum dachte sie das? An Burkina Faso grenzte kein Meer.

Ihr Vater hatte über die Sprache geredet. Die wichtigste Kunstform Afrikas war die Sprachkunst. Es gibt mehr als tausend Sprichwörter in jeder Sprache, hatte er gesagt.

Himmel, hatte sie auf dem Weg nach Hause im Flugzeug der Air France gedacht, woher komme ich? *Woher* komme ich? Wer bin ich?

Was wird aus mir?

Sie nahm einen kleinen Schluck Wein, der schwer war und nach Eiche und Leder duftete.

Was wird aus mir?

Ich bin über dreißig und schwarz wie die Tropennacht. Es gibt noch mehr wie mich in diesem weißen unschuldsvollen Land. Die Menschen sind weiß und der Boden ist weiß. Mama hätte mich gern mit einem netten Neger zusammen gesehen. Ein Weilchen hat sie das erleben dürfen, aber nicht lange. Jetzt interessiert mich das nicht mehr.

Sie dachte wieder an das Mittagessen im Speisesaal des Hotels, das letzte, das sie mit ihrem Vater zusammen eingenommen hatte. Das besondere koloniale Geklapper in dem großen Raum. Der Sand, der sich weigerte, den Raum zu verlassen, trotz energischer Bemühungen durch Personal und Gäste. Der Wind, der durch die Ritzen der gigantischen hölzernen Jalousien der lächerlich großen Fenster drang, lächerlich groß, da sie keinen Schutz boten.

Die Götter sollen wissen, dass DU gebraucht wirst, Aneta, hatte ihr Vater gesagt und sie mit einem Lächeln angeschaut, das nur seine Tochter sehen konnte. Tüchtige Polizisten sind wichtig für ein modernes Land. Gibt es in diesem Land nicht genügend Polizisten?, hatte sie geantwortet. Das sind keine richtigen Polizisten, hatte er geantwortet, und er wusste alles darüber und nichts. Es waren keine guten Polizisten. Eine richtige Gesellschaft braucht gute Polizisten, dann wird sie zu einer gütigen Gesellschaft.

Hatte er einen Scherz gemacht? So hatte es nicht geklungen. Was bedeutete es? In den letzten Jahren in Schweden, bevor er zurückkehrte, hatte er in Aphorismen und Rätseln gesprochen, als würde er etwas sehen, was niemand sah, oder sich an Dinge erinnern, an die sich niemand erinnerte. Sie hatte es faszinierend gefunden und gleichzeitig erschreckend. Ihre Mutter hatte es verrückt gefunden und ihm gar nicht mehr zugehört.

Eine richtige Gesellschaft braucht gute Polizisten, dann wird es eine gütige Gesellschaft. Das lass mal auf dich wirken, Aneta. Vielleicht sollte sie auf dem Polizeikongress einen Antrag stellen und vorschlagen, dass der Satz in Gold oder Silber graviert wird, vielleicht auf den Schirmmützen, auch auf denen, die im Polizeipräsidium ausgestellt werden: ein Satz, um den sich alle versammeln könnten, Güte. Dorthin streben wir alle, und die, die nicht danach streben, fangen wir in unseren Armen auf und tragen sie in eine bessere Welt.

Das ist unsere Aufgabe in diesem Erdendasein. Sie nahm wieder einen Schluck Wein. Damit trieb man keine Scherze, das war kein Grund, zynisch zu werden. Und dennoch sieht es gedruckt so verflixt albern aus und klingt noch schlimmer in der gesprochenen Rede. Güte wirkt gedruckt und gesprochen alberner als das Böse.

Das Böse, das bist du und das bin ich. So dachte sie jetzt. Es war ein wahrer Gedanke, und es war ihr eigener.

In der Nacht träumte sie von Türen, die geschlossen und nie wieder geöffnet wurden. Sie sah Gesichter, deren eine Hälfte lachte, während die andere Hälfte weinte. Die Gesichter wurden zu Ikonen. Jemand sprach zu ihr und sagte, dass sie sich auf niemanden verlassen konnte. Auch nicht auf dich?, fragte sie, weil sie sich so sicher fühlte in dem Traum.

Ihr Vater sagte ihr, in der Wüste gebe es Götter, die niemand kennt. Wie können sie dann Götter sein?, fragte sie. Das ließ ihn einen Moment verstummen.

Sie flog mit Air France über Kortedala hinweg und machte eine Zwischenlandung in allen Jahreszeiten, ohne das Flugzeug zu verlassen.

Sie flog in eine Festung, die ein Häuserblock war.

Sie träumte all ihre Gedanken und Erlebnisse der letzten vierundzwanzig Stunden, und sie begriff alles, während sie noch träumte, als ob sie gleichzeitig ihre Träume von außen analysierte.

Dann träumte sie etwas, das sie nicht verstand, und wurde von ihrem eigenen Schreien wach.

8

Als er den Wind im Gesicht spürte, kehrten die Erinnerungen zurück. So war es immer, gleich, ob es hell oder dunkel war. Die Erinnerungen. Dort draußen gab es keinen Tag, keine Nacht. Das Meer war eine eigene Welt. Die Arbeit drehte sich nur um den Trawler, die Winschen, das Arbeitsdeck, rauf und runter, alle fünf Stunden, anfangs selten in der Nacht, aber er hätte es anders gewollt. Mit den anderen sieben in der Back zu schlafen, das war doch die Hölle, all das Faule, Feuchte, immer schlaflose Nächte. Die Arbeit schmerzte wie ein Schatten im Körper. Keine Wärme, niemals das Gefühl von trockener Haut. Davon konnte er während der Wochen dort draußen träumen. Von trockener Haut.

In der Nacht, als Frans mit an Bord war, hatte der Wind gedreht. Den Schrei hat er nicht gehört, niemand hat ihn gehört. Frans verschwand ohne Schrei. Noch ein grauer Stein auf dem Weg zum Grund, aber nicht richtig. Wer hier in die Nordsee fiel, zwischen Stavanger und Peterhead, trieb oben in Nordnorwegen wieder an Land. Eine einsame Reise durch die schwarzen Strömungen. Frans.

War es so gewesen?

Auf jeder Rückreise beteten sie und gingen im Hafen sofort in die Pubs. Er erinnerte sich, wie er sie betrat, aber nicht daran, wie er sie wieder verließ. Damals hatte er viele solcher Abende erlebt, all diese Abende endeten ohne Erinnerung.

Auf dem Meer ließ sich die Müdigkeit niemals abwaschen, und wenn sie an Land kamen, tat er sein Bestes, um sie zu erhalten.

Der Abend, als er von der Bordwand eingeklemmt wurde, hätte sein letzter werden können. Eine Weile hatte er sich beim Trinken etwas zurückgehalten.

Er saß vor seinem Haus. Von hier aus konnte er die alte Kirche sehen. Er sah Autos auf dem Weg zur Kirche und von der Kirche weg, Autos unterwegs zum Golfplatz, der auf der Landzunge hinter der Kirche lag. Die Idioten schlugen ihre Bälle ins Wasser und wussten nicht, warum.

Das westlichste Viadukt lief von links in sein Blickfeld und wurde zu einem Teil der Kirche, oder die Kirche wurde zu einem Teil des Viaduktes. Er hatte das Bild viele Male studiert. Es hing zusammen. Die Viadukte waren Kathedralen der späteren Zeit, die Zeit, die *danach* kam, und es war nur natürlich, dass sie sich mit Kirchen verbanden.

Er spuckte nach der Kirche. Dann bereute er es. Er wischte sich den Mund ab und stand auf. Er ging auf die Straße hinaus, die keinen Namen hatte. Ein Kind kam vorbei, sah aber nicht zu ihm auf. Auch für das Kind war er unsichtbar.

Wenn Kinder einen Unsichtbaren nicht sehen, gibt es keine Hoffnung mehr.

Ein Paar mittleren Alters kam die Treppen herunter, auch sie sahen ihn nicht. Er trat einen Schritt beiseite, damit sie nicht geradewegs durch ihn hindurchgingen. Er hörte ihre Stimmen, verstand aber die Sprache nicht, vielleicht hörte er sie auch nicht im Wind.

Er bestellte sein Ale bei »Three Kings«. Lange saß er vor dem Glas, das niemand anderer sah. Er gab der Frau hinter der Theke ein Zeichen, und sie schaute weg. An anderen Tagen hatte er mit ihr gesprochen, das wusste er.

Sie wusste es auch.

Er konnte nicht sehen, was sie jetzt dachte.

Sie hatte versucht mit ihm zu reden, aber er hatte ihr nicht zuhören wollen. Sie hatte ein Wort gesagt, aber er hatte das Wort nicht hören wollen. Sie hatte ein anderes Wort gesagt, es war das Wort Lüge. Sie hatte das Wort Leben gesagt. Sie hatte das Wort Lebenslüge gesagt.

Sie hatte zu viel gesagt.

Das Paar, dem er an der Treppe begegnet war, betrat den Pub und setzte sich an einen der zwei Tische nah am Fenster. Die Frau hinter der Theke erstarrte, als ob sie eine Bestellung befürchtete. Nein, das war es nicht. Das Paar sah sich um. Der Mann sagte etwas, und jetzt verstand er, was der Mann sagte und erkannte die Sprache. Er trug selbst Reste dieser Sprache in sich. Er dachte nicht mehr daran, aber er hörte die Worte und könnte sie immer noch zusammensetzen, wenn er es müsste.

Er musste aber nicht.

Er bestellte noch ein Glas bei der Frau, die ihn nicht sah. Er trank mit dem Rücken zu dem Paar, das am Fenster saß und über die Viadukte und das Meer schaute.

Frans war nicht der Erste gewesen.

In den Strömungen umarmten die Körper einander.

Jesus, Jesus!

Als er auf die Straße kam, fuhr ein Laster voller Fisch vorbei. Er wusste, woher der Laster kam und wohin er fuhr. Der Laster schlingerte die Straße hinunter, in westliche Richtung. Er nahm den Fischgeruch durch die Dieselabgase wahr oder bildete es sich jedenfalls ein. Natürlich bildete er sich das nur ein.

Der Laster raste in den Tunnel, eine Gefahr für die entgegenkommenden Autos. Er wartete auf den Knall, hörte jedoch nichts, diesmal nicht. Er hörte nur das vertraute Dröhnen, als sich der Motor auf der anderen Seite den Hang hinaufarbeitete.

Dorthin ging er nie mehr. Nie mehr!

9

Aneta Djanali bereitete sich ihr Frühstück, während die bösen Träume sich durch ihren Kopf schlängelten wie ein hartnäckiger Nebel. Sie goss Wasser in den Kocher, vergaß aber, den Strom einzuschalten, und wartete vergeblich, bis sie es merkte und sich umschaute, um zu sehen, ob jemand hinter ihr stand und grinste.

Da stand niemand.

Manchmal hätte sie es gern gehabt, wenn jemand hinter ihr stünde und in Gelächter ausbräche über ihre Dusseleien. Jemand, der immer da war. Manchmal stand Fredrik dort, und an seinem Gelächter war nichts auszusetzen, aber er war nicht immer da.

Und sie stand nicht immer in seiner Küche.

Waren sie ein Paar? Ein Paar, das getrennt wohnte? Nein. Das setzte ein Verhältnis voraus, das man *Verhältnis* nennen konnte, also etwas Akzeptiertes und … tja, etwas Konfirmiertes, Konstatiertes, Konzi…

Etwas Selbstverständliches. Für beide Teile. So weit waren sie noch nicht, Fredrik und sie. Und warum nicht? Oder waren sie dorthin unterwegs, ohne dass man es konstatieren oder überhaupt darüber nachdenken musste?

Das Leben ist kompliziert.

Sie toastete zwei Scheiben Brot gleichzeitig. Das war komplizierter als nur eine Scheibe zu toasten, aber verglichen mit anderem in ihrem Leben war es doch nicht so kompliziert. Sie bestrich die Scheiben mit Butter, legte Käse darauf und gab ein paar Löffel Brombeermarmelade darüber. Einfache, klare Handgriffe, genau wie das Teekochen: Milch in die Tasse, den Tee darüber gießen, zwei Stück Zucker hinein, umrühren, abkühlen lassen.

Den Tee trinken. Das Brot essen.

Das Gehirn leeren.

Für eine Viertelstunde.

Der Mond war immer noch da, als sie hinauskam, aber er verbarg sich hinter dünnen Wolkenschleiern, wie hinter einem Nebel. Ihr Auto stand im Schatten, die Sonne leuchtete fröhlich von einem anderen Teil des Himmels. Das Auto war kalt, als sie sich hineinsetzte, im Leder hing noch ein Duft nach der Nacht. An diesem Morgen wollte die Nacht nicht weichen. So dachte sie.

Sie fuhr in südliche Richtung. Am Linnéplatsen war ein Stau. Die drei Spuren bewegten sich im Schritttempo. Ein Idiot rechts von ihr gab unaufhörlich Gas, starrte sie an, gab wieder Gas, starrte sie aus seinem Audi an.

Sollte sie die Tür aufreißen und ihm ihren Ausweis zeigen?

Die Ampel wurde grün und der Idiot schoss davon, auf dem Weg nach Le Mans, zum Nürburgring, kam sieben Meter voran, scherte nach rechts aus, scherte nach links aus, gab Gas, unterwegs zu einem verspäteten Start in Monte Carlo, donnerte an einigen Asphaltkochern vorbei, und den Straßenbauarbeitern flogen im Windzug die Kappen davon.

Aneta Djanali hob den Hörer ab, rief die Leitzentrale an und nannte das Kennzeichen des verschwindenden Autos.

Diesmal würde Audi das Ziel nicht erreichen.

Sie hatte das rassistische Blitzen in seinen Augen gesehen.

Dafür entwickelte man bald Sensibilität. Gebräunte Haut aus Afrika rief immer Reaktionen hervor, unabhängig vom Jahr, Jahrzehnt, Jahrhundert, Jahrtausend. Du weißt doch wohl, dass der Mensch ursprünglich aus Afrika stammt?, hatte sie einmal gesagt, als Fredrik wieder mal Rassist spielte. Ja, er *spielte*. Das war am Anfang gewesen, dann hatte er aufgehört.

Sie fuhr die Steigung zum Sahlgrenska hinauf, sie fuhr durch Toltorpsdalen, das wie ein Ort aus einem Märchen klang. Bei der Kirche bog sie links ab und schlich über die verdammten Wegunebenheiten, fünfzig Meter zwischen jedem neuen Huckel. Berufsfahrer hassten die Unebenheiten: Busfahrer, Taxifahrer, Lieferanten, Polizisten. Sie sah sich um. Die Anwohner hassten die Unebenheiten manchmal; die Luft wurde noch mehr von Schwingungen erschüttert. Schon früher hatte Toltorpsdalen die schlechteste Luft der Stadt, die wiederum die schlechteste Luft von Nordeuropa hat.

In Krokslätt ging es immer abwärts. Sie ließ den Wagen rollen, ohne Gas zu geben, und parkte hinter der Sörgårdskolan.

Hier war es idyllisch. Hier, auf der Grenze zwischen dem rauen Zentrum von Mölndal und dem Abgrund der Großstadt, die in Höhe von Liseberg begann, zögerte die Stadt. Hier herrschte Frieden, wie ein schützender Arm verlief die Fridkullagatan von Westen nach Norden, hier war es ruhig wie im Auge des Orkans. Wer hier blieb, fand Frieden.

Anette Lindsten war nicht geblieben. Warum sie das idyllische Fredriksdal gegen ein zum Tode verurteiltes Kortedala vertauscht hatte, war eine Frage, die nur die Liebe beantworten konnte. Anette war der Liebe wegen in den von Jahreszeiten durchwehten Stadtteil gezogen, einen Stadtteil, in dem die Behörden jetzt anfingen, ihre eigenen Häuser zu sprengen, und als auch die Liebe zerstört war, war Anette hierher zurückgekehrt, wieder nach Hause.

Aneta Djanali stand vor der Villa, die von einer Hecke verborgen wurde, die schwer zu überklettern und auch sonst nicht leicht zu durchdringen war. Das Haus war aus Holz wie die meisten Häuser hier, gebaut zwischen den Kriegen, erweitert in Zeiten des Wohlstands, gut erhalten in Zeiten des Unheils, der Gegenwart. Aneta Djanali zögerte vor dem eisernen Zaun, der kürzlich abgeschliffen worden war und bald frisch gestrichen werden sollte. Warum lasse ich diese Menschen nicht in Frieden? Welche Antwort erwarte ich? Ich bin den ganzen Scheiß so leid, bin's leid, dass die Frauen ein langes Leben in Angst leben müssen, im Exil in ihrem eigenen Land, schlimmer noch, wie Flüchtlinge an geschützten Orten leben müssen, versteckt vor staatlichen Behörden und ihren Urteilen und vor der ausführenden Macht, die ich verkörpere ... Wir ... Polizisten. Die, dachte sie. Das bin nicht ich, das sind die anderen. Ich würde Kinder nicht auf Befehl aus einer Kirche schleppen. Das hat man früher getan, und diese Bilder sind nicht die hübschesten im Album über die Zeit der Menschheit auf der Erde. Jetzt versteckt sich Anette hier zu Hause. Ist das genug?

Sie sah ihre Hand auf den Klingelknopf drücken. Ich will nichts weiter als sehen, dass es Anette gut geht.

Die Hand klingelte wieder. Von drinnen war Hundegebell zu hören, vielleicht vorher schon. Die Tür wurde geöffnet, und sie sah da unten ein Maul, das sich öffnete, und zwar nicht zu einem Lächeln. Der Hund knurrte. Einen Rottweiler erkannte sie, wenn sie einen sah. Es kam vor allem darauf an, sich erst mal nicht zu bewegen.

»Ruhig, Zack!«

Sie sah den Scheitel des Mannes, als er sich zu dem muskulösen Monster bückte. Was dachten die Leute in Fredriksdal, wenn die beiden einen Spaziergang unternahmen?

Der Mann wandte ihr das Gesicht zu.

Sie kannte ihn nicht.

»Ja?«

Er öffnete die Tür halb.

»Ich möchte gern ein paar Worte mit Anette sprechen«, sagte Aneta Djanali. Sie fühlte sich überrumpelt und wusste nicht, warum.

»Sie ist nicht zu Hause«, sagte der Mann.

Der Hund knurrte zustimmend, drehte um und verschwand.

»Sie ist doch wieder zu Hause eingezogen«, sagte Aneta Djanali.

»Wie? Was sagen Sie da? Und wer sind Sie eigentlich?«

Endlich hielt sie ihren Ausweis hoch und nannte ihren Namen.

»Was wollen Sie von ihr?«, fragte der Mann, ohne einen Blick auf ihren Ausweis zu werfen.

Aneta überkam ein unheimliches Gefühl, wie Schwindel.

Sie versuchte hinter den Mann in den Flur zu spähen und sah den Hund, der auf sie wartete, jedenfalls auf einen Teil von ihr. Das Monster leckte sich schon die Lefzen.

Dieses Gefühl kannte sie: den Boden unter den Füßen verlieren. Ihre Stimme klang kräftiger, als sie sich fühlte.

»Ich möchte gern mit ihrem Vater sprechen.«

»Wie bitte?«

Der Mann sah aufrichtig erstaunt aus.

»Sigge ... Lindsten«, sagte Aneta Djanali. »Ich würde gern mit ihm sprechen.«

Sie sah Zweifel im Gesicht des Mannes. Er schielte zum Ausweis, den sie immer noch in der Hand hielt.

»Ist der auch echt?«, fragte er in einem Tonfall, als wollte er fragen ›Sind Sie eine echte Polizistin?‹.

»Ist ihr Vater zu Hause?«, fragte Aneta Djanali. »Sigge Lindsten? Ist er da?«

»ICH bin Sigge Lindsten«, sagte der Fremde in der Tür. »ICH bin ihr Vater!«

Sie sah das andere Gesicht vor sich, den anderen Vater Lindsten, der ruhig Anettes Wohnung ausgeräumt hatte. Der Vater, der gute und besonnene. Und den Bruder, den abweisenden Bruder.

»Pe... Peter«, sagte Aneta Djanali, ihr wurde immer schwindliger.

»Wie bitte? Von wem faseln Sie da?«, fragte der Mann.

»Peter Lindsten, ihrem Bruder. Anettes Bruder.«

»Zum Teufel, Anette *hat* keinen Bruder!«

Bertil Ringmar lehnte am Fenster und schaute auf den Fattighusån. Die Gebäude am anderen Ufer waren neu, Privathäuser von Privilegierten, die Armenhäuser waren längst verschwunden. Überall sind sie verschwunden, dachte er. Die Häuser sind weg, aber die Armen gibt es noch.

»Deprimiert es dich nicht, wenn du jeden Tag auf den Fluss der Armen schauen musst?« Er wandte sich zu Winter um, der tatenlos an seinem Schreibtisch saß.

»Schon.«

»Dann unternimm doch was dagegen.«

Winter lachte.

»Das ist gerade der Sinn«, sagte er.

»Was? Dass man deprimiert wird?«

»Ja.«

»Warum?«

»Dann verlässt man das Zimmer lieber und geht nach draußen.«

»Gehst du deswegen so oft weg?«

»Ja.«

»Mhm.«

»Ich hab drüber nachgedacht«, sagte Winter, »über dieses verdammte Büro.«

»Was hast du gedacht?«

»Dass ich hier nicht mehr sein will.«

»Ach nein?«

»Ich werde mir ein Büro in der Stadt einrichten.«

»Ach ja?«

»In einem Café. Oder in einer Bar.«

»Dein Büro in einer Bar?«

»Ja.«

»Verhöre in einer Bar?«

»Ja.«

»Eine glänzende Idee.«

»Nicht wahr?«

»Hast du schon mit Birgersson darüber gesprochen?«

»Muss man das?«

Ringmar lächelte. Birgersson war Kommissar und Chef vom Gewaltdezernat. Winter war Kommissar und stellvertretender Chef. Ringmar war nur Kommissar, und das reichte ihm. Er wusste auch so, dass nichts ohne ihn lief.

Man brauchte sich nur Winter anzuschauen! Saß auf seinem Stuhl und tat absolut nichts, und dabei würde es bleiben, wenn es nicht Ringmar gäbe. Wenn er zum Beispiel dieses Gespräch nicht in Gang hielt.

Oder dieses Zimmer. In der einen Ecke gab es ein Waschbecken, wo Winter sich rasieren konnte, wenn er rastlos war. An einer Wand hing ein Plan von Göteborg. In dem waren einige mystische Kreise und Striche von Ermittlungen vergangener Zeiten eingetragen. Es waren viele Striche. Winter – und er selber – hatten den Stadtplan umgezeichnet. Ihr Plan zeigte das kriminelle Göteborg. Diese Stadt erstreckte sich in viele Richtungen, in fremde Himmelsrichtungen. Im offiziellen Bild von Göteborg gab es solche Himmelsrichtungen nicht.

Winter saß auf seinem Stuhl, der allzu bequem war, allzu neu. Kürzlich hatte er das Zimmer neu tapeziert. Er hatte neue Bücherregale aufgestellt, andere Lampen angebracht als die, die die Zimmer der anderen Kollegen dieses schönen Hauses beleuchteten. Er hatte eine eigene kleine Sitzecke angeschleppt.

Jetzt wollte er wegziehen. In ein Café. Eine Bar.

Auf dem Fußboden, einen Meter von Ringmar entfernt, stand der unvermeidliche Panasonic, und das unvermeidliche Tenorsaxophon brüllte einen atonalen Blues. Coltrane? Nein. Irgendwas anderes, aus unserer Zeit. Das war gut. Deprimierend gut.

»Was ist das?« Ringmar nickte zu dem tragbaren Stereo.

»Michael Brecker«, sagte Winter. »Und nicht nur er. Pat Metheny, Jack DeJohnette, Dave Holland, Joey Calderazzo, McCoy Tyner, Don Alias.«

»Alias? Wie heißt der in Wirklichkeit?

Winter lachte wieder und zündete sich einen Corps an. Der dünne Zigarillo machte eine wippende Bewegung in seinem Mund.

»Hört sich an, als hättest du die ganze Fahndungsgruppe aufgezählt«, sagte Ringmar.

»Wenn man es so sehen will.«

»Darf ich die mal leihen?«

Winter drehte sich auf dem Stuhl um. Er reichte gerade an den Ständer mit den CDs heran und nahm eine Hülle heraus, die er Ringmar wie eine Frisbeescheibe zuwarf. Der fing sie mit einer eleganten Handbewegung auf. Er sah den Rücken eines Mannes in schwarzem Mantel, der an einem Fluss entlangging. *Tales from the Hudson* stand darunter. Ringmar dachte an den trägen Fluss hinter ihnen, und er dachte an etwas anderes.

»Der Hudson«, sagte er.

Winter wusste, woran er dachte.

»Wie geht es Martin?«, fragte er.

»Gut.«

»Ist er immer noch in New York?«

»Ja.«

Ringmars Sohn Martin arbeitete als Koch in einem guten Restaurant in Manhattan. In der Third Avenue. Er hatte eine komplizierte Beziehung zum Vater. Oder war es umgekehrt? Winter wusste es nicht, aber er hatte ein eigenes Bild von dem, was passiert war. Er hatte nicht nach Einzelheiten gefragt. Und Bertil hatte wieder Kontakt zu seinem Sohn. Sie hatten miteinander gesprochen, ehe es zu spät war. Für Winter war es zu spät gewesen, oder fast zu spät. Er hatte wenige Tage vor dem Tod seines Vaters mit ihm gesprochen. Bengt Winter war im Hospital Costa del Sol außerhalb von Marbella gestorben, und Winter war dort gewesen. Es war das erste Wiedersehen seit fünf oder sechs Jahren mit seinem Vater, und zum ersten Mal hatten sie miteinander gesprochen. Es war eine Tragödie. Grund, sich Nacht für Nacht in den Schlaf zu weinen.

»Hast du vor, mal rüberzufahren und ihn zu besuchen?«, fragte Winter.

»Hab dran gedacht.«

»Dann fahr doch!«

Ringmar bewegte den Kopf zur Klaviermusik, die durchs Zimmer strömte. Er rieb sich den Nasenrücken.

»Sie hatten eine Art Cateringauftrag für eine Firma im World Trade Center«, sagte er.

Winter schwieg, wartete.

»Martin war verantwortlich für das Büfett.«

»Wann hat er dir das erzählt?«, fragte Winter.

»Was meinst du denn? Natürlich nach dem elften. Vorher gab es keinen Grund.«

Winter nickte.

»Aber an dem Tag war er nicht dort.« Ringmar verließ das Fenster und setzte sich auf den Stuhl auf der anderen Seite des Schreibtisches. Winter zog an seinem Zigarillo. Die Lautstärke schien zugenommen zu haben, aber die Musik hatte nur das Tempo geändert, war noch nervöser geworden. Verzweifelt. *Tales from New York*.

»Himmel, er *hätte* an dem Tag dort sein sollen, aber dieses Unternehmensberatungsbüro, oder was das nun war, hatte den Empfang auf den nächsten Tag verschoben.« Ringmar krächzte etwas, das wie ein halbes Lachen klang. »Aus dem Empfang am nächsten Tag ist nichts geworden.«

»Wie ... hat Martin reagiert?«

»Er dankt Gott, glaube ich.«

»Mhm.«

»Er hat angefangen, in die benachbarte Kirche zu gehen«, sagte Ringmar, und Winter schien es, als ob sich sein Gesicht erhellte. »Er sagt, er sitzt da, ohne zu beten. Aber dort empfindet er Frieden. Und Dankbarkeit, sagt er.«

»Fahr rüber«, sagte Winter.

»Ich war schon fast auf dem Weg«, sagte Ringmar. »Aber jetzt kommt er nach Hause.«

»Ach?«

»Nur ein kurzer Besuch. In ein paar Wochen. Wenn das Flugzeug startet.«

»Die starten wie nie zuvor«, sagte Winter.

»Der Unterschied ist nur, dass es keine Passagiere mehr gibt«, sagte Ringmar.

»Einer reicht doch wohl, oder?«

Winter verließ früh das Büro und machte einen Umweg zur Markthalle. Er kaufte vierhundert Gramm Bauernkäse aus der Bretagne und zwei estnische Fladenbrote, das war alles.

Aus einer Bar auf der Södra Larmgatan leuchtete es einladend. Sie war neu, und er konnte keinen Namen entdecken. Er ging hinein und bestellte sich ein Bier vom Fass und setzte sich an einen Fenstertisch. An der Theke saß ein einsamer Mann. Der Barkeeper bereitete Gläser, Oliven, Teller, Flaschen und all die anderen netten Sachen vor, mit denen sich Barkeeper in der blauen Stunde beschäftigen, bevor die Gäste kommen. Winter zündete sich einen Corps an. Dies war die beste Zeit in einer Bar, so gut wie leer, voller Erwartung des Abends, die gedämpften Geräusche, die nicht zu identifizieren waren. Er sah sich um. Das einundzwanzigste Jahrhundert hatte einen neuen Trend im Bardesign mit sich gebracht. Es war nicht mehr mini-mini-minimalistisch, so ein Design, das einem das Gefühl gab, in einem verlassenen Hangar zu sitzen.

Hier gab es Leder und Holz und warmes Licht. Keine nackten Glühlampen an der Decke.

Hier könnte er sein neues Büro eröffnen. Hier, am Fenster. Während des Verhörs konnte man die brennende Kerze ein wenig näher an das Gesicht der verhörten Person halten und den Augenausdruck beobachten. Die Videokamera könnte auf dem Fensterbrett stehen.

Die Kollegen vom Gefangenentransport müssten solange an der Bar warten.

Er nahm sein Handy aus der Innentasche seines Sakkos und rief zu Hause an.

»Ich bin noch unterwegs«, sagte er.

Dem Barkeeper fiel ein Glas aus der Hand. Der Boden war aus Stein. Der Mann an der Theke rief »*Cheers!*«, und hob sein Glas.

»Da ist ja mächtig was los in der Straßenbahn«, sagte Angela.

»Ha, ha.«

Winter sah sich um.

»Was hältst du von einem kleinen Drink vorm Essen?«, fragte er.

»Das hängt davon ab, wo«, sagte sie.

»Ich habe eine neue Bar aufgetan, und ich bin der einzige Gast.« Er sah, wie der Mann an der Theke vom Barhocker stieg und den Barkeeper militärisch grüßte, dann verließ er das Lokal mit dem übertrieben energischen Gang Halbbetrunkener.

»Ich muss erst Elsa fragen«, sagte Angela.

»Musst du sie für alles um Erlaubnis bitten?«

»Ha, ha, ha.«

»Ich verspreche auch nicht zu rauchen«, sagte Winter.

»Sie sagt, es ist okay, dass ich gehe, aber sie will mit und uns im Auge behalten.«

»Södra Larmgatan, gegenüber der Markthalle.«

Er drückte auf aus und nahm einen Schluck vom Bier. Die Leute draußen waren irgendwohin unterwegs. Die Sonne war auf dem Weg zur südlichen Erdhalbkugel. Der Horizont brannte feuerrot, und das bedeutete, dass die Sonne morgen wiederkommen würde. Das Licht oberhalb war blau, weil es die blaue Stunde war. Ein langer Abend lag vor ihm. Er wollte ihn seinen Lauf nehmen lassen und würde sich nicht einmischen.

Das Telefon klingelte. Die Nummer auf dem Display kannte er nicht. Er erwog, es klingeln zu lassen, aber das wäre das erste Mal.

Für alles gibt es ein erstes Mal.

Er meldete sich nicht.

Er spürte ein Kribbeln in seinem Körper, als das Klingeln aufhörte.

Etwas ist passiert.

Er gab dem Barkeeper ein Zeichen.

Das musste gefeiert werden.

10

Angela kam mit Elsa, die sich sofort einen Drink mit Blubberblasen bestellte. Angela bestellte sich einen trockenen Martini. Winter bestellte einen Long-Morn. Unter einem Auge hatte Angela einen dunklen Ring, der ein Zeichen von Müdigkeit war. Nie mehr als ein Ring, und er blieb nie länger als einige wenige Stunden vor einem neuen Tag. Bald war ein neuer Tag.

»Prost und hej«, sagte Elsa.

Winter hob sein Glas. Er sah Angela in die Augen. Was bringen wir unserer Tochter für Gewohnheiten bei? Was soll aus ihr werden, wenn wir nicht mehr dabei sind und sie unter Kontrolle haben?

»Schmeckt es gut, Elsa?«, fragte Angela.

»Es kitzelt in der Naaase«, sagte Elsa.

In dem Augenblick spürte Winter, dass es auch ihm in der Nase kitzelte, und im nächsten Moment musste er niesen.

»Prosit!«, schrie Elsa.

»Danke, mein Schatz.«

»Kitzelt es in deiner Nase auch, Papa?«

»Ja, genau wie bei dir.«

»Aber ich hab nicht geniest.«

»Ich hab's für uns beide getan.«

»Ha, HA!«

»Wenn ihr so weitermacht, dann niese ich auch«, sagte Angela.

»Kann man so was rein medizinisch erklären?«, fragte Winter.

»Was?«

»Du bist doch Ärztin. Wie erklärt man, dass man einen Niesreflex bekommt, wenn andere vom Niesen reden?«

»Ich glaube, auf dem Gebiet ist die Forschung noch nicht so weit«, sagte Angela. »Und ich hab keine Ahnung, in welchem wissenschaftlichen Bereich das erforscht werden sollte.«

»Medizin«, sagte Winter. »Hals-Nase-Ohren.«

»Nein.«

»Physiologie.«

»Nein.«

»Niesiologie.«

»Nein.«

»Nasenweisheit«, sagte Elsa.

Ihre Eltern sahen sie an.

Ich bin Vater eines Genies, dachte Winter.

»Wo hast du das denn her, Elsa?«, fragte Angela.

»Man sollte doch was mit Nase sagen, oder? Im Kindergarten hab ich das Märchen von dem naseweisen Jungen gehört.«

»Dann meinst du also nicht, dass Papa und ich von Weisheit geredet haben, als es um Nasen ging?«

Winter sah, dass Elsa die Frage nicht verstand, und er entspannte sich.

»Hat die Erzieherin erzählt, was naseweis bedeutet?«, fragte er.

»Das hab ich vergessen«, sagte Elsa.

»Was bedeutet es eigentlich?«, fragte Angela und sah ihn an.

»Dass man sich große Freiheiten herausnimmt«, antwortete Winter.

»Sie nehmen sich ja ganz schön was raus«, sagte der Mann, der behauptete, Sigge Lindsten und der Vater von Aneta Lindsten zu sein. »Selbst dafür, dass Sie von der Polizei sind.«

Aneta Djanali antwortete nicht. Ihr war immer noch schwindlig. Hätte es etwas zum Festhalten gegeben, sie hätte danach gegriffen.

»Alles in Ordnung mit Ihnen?«, fragte der Mann.

»Könnte ich ein Glas Wasser haben?«, entgegnete sie.

Der Mann schien einen Entschluss zu fassen. Er wirkte nicht mehr so abweisend. Vielleicht war er das auch gar nicht gewesen.

»Kommen Sie rein«, sagte er.

Sie zog sich im Flur die Schuhe aus. Es roch nach Pflanzen, den Geruch kannte sie, konnte ihn aber nicht einordnen.

Als sie dem Mann in die Küche gefolgt war, fiel ihr ein, dass sie den gleichen Duft in einer Wohnung wahrgenommen hatte, die zwei Männer in ihrer Gegenwart ausräumten. Vollkommen verrückt.

Sie spürte wieder das Schwindelgefühl.

»Bitte, setzen Sie sich«, sagte der Mann und füllte ein Glas mit Wasser. »Hier«, sagte er.

Sie trank. Sie sah, wie der Wind die Blätter in einem Baum dort draußen bewegte, vielleicht ein Ahorn. In den letzten Tagen hatte der Wind zugenommen, das war wie ein rauschender Vorbote des Herbstes. Sie freute sich nicht auf den Herbst.

Wieder drehte sich alles. Werde ich etwa ernsthaft krank?, dachte sie.

»Was ist also mit Anette?«, fragte Sigge Lindsten.

Die Frage muss ich stellen, dachte sie.

»Ist Anette zu Hause?«, fragte sie.

»Im Augenblick nicht«, sagte der Mann.

Sie sah sich um.

»Ist … Ihre Frau zu Hause?«

»Sie ist im Augenblick auch nicht da.«

»Dürfte ich bitte einen Ausweis sehen?«, fragte Aneta Djanali.

»Wieso?«

»Entschuldigung, aber die Sache ist etwas … verwirrend. Ich werde das gleich erklären. Aber ich muss sicher sein, dass Sie …«

»Du liebe Zeit«, unterbrach der Mann, »ich hol meine Papiere. Das wird ja richtig interessant.«

Er ging in den Flur, kehrte mit seiner Brieftasche zurück und hielt sie ihr hin. Sie sah seinen Führerschein in einer Plastikhülle. Er war auf Sigvard Lindsten ausgestellt und das relativ neue Foto zeigte den Mann, der vor ihr stand.

»Danke«, sagte sie.

Er klappte die Brieftasche zu.

»Haben Sie etwas von Hans Forsblad gehört?«, fragte sie.

»Wäre ich nicht an der Reihe, Ihnen ein paar Fragen zu stellen?«, sagte Lindsten.

»Bitte antworten Sie zunächst auf diese Frage.«

Er zuckte mit den Schultern.

»Das Schwein traut sich nicht hierher. Würde er hier auftauchen, wäre das das Letzte, was er tut.«

»Wann ist Anette aus ihrer Wohnung in Kortedala ausgezogen?«

»Das war noch eine Frage.«

»Ich will versuchen es zu erklären«, sagte Aneta Djanali.

Lindsten schien plötzlich das Interesse an dem Gespräch zu verlieren. Er wandte sich zur Spüle um und drehte den Wasserhahn auf und wieder zu.

»Wann?«, wiederholte Aneta Djanali.

»Was?«

»Wann ist sie ausgezogen?«

»Sie ist nicht ausgezogen«, sagte Lindsten, »nicht offiziell. Sie hat die Wohnung verlassen, sie aber noch nicht gekündigt.«

Himmel, dachte Aneta Djanali.

Zeit, alles zu erklären.

Sigge Lindsten hatte eine Tasse Kaffee für sich gekocht. Aneta Djanali wollte keinen. Sie hatte die Leitzentrale angerufen und einen Einbruch gemeldet. Sie hatte die Kollegen vor Ort angerufen.

Die ganze Zeit war sie sich wie ein Idiot vorgekommen.

Hätte Fredrik als Erstes Ausweise verlangt, wenn er sie gewesen wäre und in Anettes Wohnung einen netten, gequälten Vater und einen muffigen Sohn angetroffen hätte? Sie war nicht sicher. Sie würde ihn fragen.

Es war eine interessante psychologische Situation, und sie war geradewegs hineinmarschiert. Der Mann, der behauptet hatte, er sei Sigge Lindsten, hatte in der Situation einzigartige Geistesgegenwart bewiesen. Einzigartig. Er hatte sie beherrscht. Er hatte den jüngeren Mann beherrscht. Als sie an die knappe Stunde zurückdachte, die sie in der Wohnung verbracht hatte, begriff sie, wie geschickt er alles gelenkt hatte. Eine knappe Stunde! Während sie dabei waren, eine ganze Wohnung zu leeren, hatte die Polizei an die Tür geklopft, und sie hatten sie zu Kaffee eingeladen und ihr auch noch zum Abschied nachgewinkt.

Es war komisch, aber es war noch etwas anderes.

Sie hatte sich blamiert.

Vor den beiden Männern.

Und vor Hans Forsblad. Wenn ER das überhaupt gewesen war. Vielleicht war es auch ein anderer gewesen?

»Haben Sie ein Bild von Forsblad im Haus?«

Lindsten holte ein gerahmtes Foto. Eine junge Frau und ein junger Mann, die um die Wette lächelten. Seitdem waren vielleicht einige Jahre vergangen, aber sie erkannte Forsblad von der Begegnung in der verdammten Wohnung.

Ihr wurde klar, dass sie Anette zum ersten Mal sah, sie richtig sah. Sie war ohne ein Gesicht vor ihrem inneren Auge hierher gekommen. Das war ungewöhnlich für sie. Zum ersten Mal. Aber sie war hergekommen. Etwas hatte sie hierher getrieben, und an dem Gedanken war etwas Erschreckendes.

Plötzlich dachte sie an den Tod. Sie dachte an ihren eigenen Tod. Sie spürte wieder die scharfe, aber fliehende Ahnung eines Schwindelgefühls, als ob sie in einen Abgrund, in Finsternis gezogen würde.

Etwas sagte ihr, dass sie vor diesen Menschen fliehen sollte, diesen Ereignissen. Flieh vor allem, SOFORT, weg von diesem Fall, dieser Ermittlung, bevor es noch größer, noch unbegreiflicher, schlimmer wird. Gefährlicher.

Anette Lindsten hatte regelmäßige Züge, aber hübsch war sie nicht. Aneta Djanali hielt das Bild in der Hand. Das Gesicht war länglich, und dieser Eindruck wurde noch von dem gerade herabfallenden Haar unterstrichen. Sie trug ein Kleid, das ihr zu weit war. Anette und Hans saßen auf einer Bank. Es war nicht zu erkennen, wie groß Anette war. Der Mann war normal gebaut, vielleicht einsachtzig, vielleicht etwas kleiner.

Anette hielt ein Eis am Stiel in der Hand. Das Eis begann gerade zu schmelzen.

Das Foto war in einer Straße aufgenommen, wo Autos parkten. Hinter dem Paar war ein Laden zu erkennen, aber den Namen konnte sie nicht lesen. Ein Kind war auf dem Weg in den Laden, vielleicht auf dem Weg zum Eiscafé. Auf dem Foto waren scharfe Schlagschatten. Außerhalb der Fotografie schien irgendwo hell die Sonne.

»Das ist vor ein paar Jahren aufgenommen worden«, sagte Sigge Lindsten.

Aneta Djanali nickte.

»Und jetzt ist es wohl Zeit, nach Kortedala zu fahren und sich die Verwüstung anzuschauen«, sagte er.

»Ich fahre Sie«, sagte Aneta Djanali.

Im Auto dachte sie an Anette.

Hatte er sie schon damals geschlagen? Der Mann, der auf dem Foto neben ihr saß mit seinem breiten Lächeln?

Hatte sie immer noch Hoffnung?

Ich muss sie fragen. Falls ich sie jemals treffe.

Familie Winter-Hoffman war auf dem Heimweg über die Brücken, als Winters Handy klingelte.

»Ja?«

»Hej, Erik. Möllerström hier.«

»Ja?«

Winter hörte Möllerström husten. Janne Möllerström war Kriminalinspektor und der Registrator des Dezernats. Alles lief über Möllerström, genau wie alles über Winter lief. Aber Möllerström archivierte alles in seinen fortschrittlichen PCfiles. Winter archivierte es in seinem Kopf … seine Theorien, Hypothesen in seinem Powerbook. Möllerström hatte mehrere Computer. Und Telefone.

»Eine Frau hat wiederholt nach dir gefragt. Sie klang ziemlich verzweifelt.«

»Wie heißt sie?«

»Osvald, Johanna Osvald.«

»Hat sie eine Telefonnummer hinterlassen?«

Möllerström las ihm die Nummer vor. Winter erkannte sie. Johanna hatte sie ihm gegeben.

»Was hat sie noch gesagt?«

»Nur, dass du sie so bald wie möglich anrufen sollst.«

»Heute Abend noch?«

Er sah zu Angela und Elsa, die fünf Meter vor ihm gingen. Elsas Hand ragte aus dem Buggy. Angela ging schnell.

Rasch wählte er die Nummer, die er von Janne bekommen hatte, und atmete auf, als das Besetztzeichen ertönte. Das Handy klingelte im selben Moment, als er auf aus drückte. Er erkannte die Nummer auf dem Display.

»Sie hat wieder angerufen«, sagte Möllerström. »In diesem Augenblick.«

»Ich habe Feierabend«, sagte Winter.

»Das ist ja was ganz Neues bei dir«, sagte Möllerström.

»Was ist denn bloß so wichtig?«, fragte Winter.

»Sie hat nur gesagt, dass sie mit dir sprechen will.«

»Mhm.«

»Den Grund erfährst du am besten, wenn du sie anrufst.«

»Danke für deinen Rat, Janne. Ich wünsch dir noch einen schönen Abend im Dienst.«

Angela wartete bei Rot an der Allén.

»Das mobile Büro«, sagte sie.

»Tja …«

»Es gibt einen Knopf zum Abschalten.«

Er antwortete nicht. Jetzt fand er sie ungerecht. Er versuchte ja gerade, ein Gespräch abzuwimmeln. Es war immer noch das erste Mal.

»Für alle, nur für dich nicht«, fügte sie hinzu.

»Was?«

»Einen Knopf zum Ausschalten, für alle, nur für dich nicht.«

»Ich bitte dich, Angela ...«

Die Ampel sprang um auf Grün. Sie überquerten die Straße. Er sah, dass Elsa den Kopf hängen ließ. Ihm würde es auch schwer fallen sich wach zu halten, wenn er kurz nach der blauen Stunde in so einer Karre herumgefahren würde.

»Sie können dir einen Wagen schicken, falls es wirklich wichtig ist, oder?«

»Wenn ich die Stadt nicht verlassen habe«, sagte er.

»Die Stadt verlassen! Du hast doch wohl keine Erlaubnis die Stadt zu verlassen?!«

»Bei schriftlichem Antrag drei Monate im Voraus.«

»Was für ein Fall muss denn eintreten, dass sie nach dir suchen, falls du nicht in der Wohnung bist?«, sagte sie.

»So einer wie jetzt.«

»Du weißt, was ich meine.«

Er sah auf die Uhr.

»Offiziell bin ich immer noch im Dienst«, sagte er.

»Galt das auch für die Stunde in der neuen Bar?«

»Das ist mein neues Büro.«

Das Handy klingelte wieder.

»Du musst drangehen«, sagte Angela. »Du bist noch im Dienst.«

Es war wieder Möllerström.

»Zum Teufel, Janne!«

»Entschuldige, entschuldige, Chef, aber sie hat angerufen und gesagt, es geht um ihren Vater.«

»Ich WEISS, dass es um ihren Vater geht.«

Er drückte auf aus und sah Angela an. Sie standen vor ihrer Haustür.

»Ich hab's wirklich versucht«, sagte er.

»Um was geht es?« Angela hielt die Tür mit der einen Hand auf. Winter schob den Buggy. Elsa schlief und schnarchte leise. Die Polypen. Irgendwann würden sie sie operieren lassen müssen, hatte Angela gesagt. Meinst du wirklich?, hatte er gefragt. Leider, hatte sie gesagt.

»Johanna Osvalds Vater«, sagte er jetzt. »Sie hat schon mehrere Male versucht mich zu erreichen und scheint ziemlich verzweifelt zu sein.«

»Dann ruf sie an zum Teufel«, sagte Angela. Ihr Gesicht war ganz offen, und es war keine Ironie darin.

Er rief vom Flur aus an. Angela bereitete das Abendessen für Elsa vor, die im Fahrstuhl wach geworden war. In diesem Fahrstuhl konnte man unmöglich schlafen. Er war antik und hievte sich nur unter stöhnenden Protesten und lauten Seufzern aufwärts.

Er hörte das Klingeln, zwei-, drei-, vier-, fünf-, sechsmal. Er wählte erneut die Nummer, aber niemand hob ab.

In der Küche machte Angela Reisgrütze.

»Da meldet sich keiner«, sagte er.

»Das ist ja komisch.«

»SEHR komisch«, sagte Elsa und kicherte.

Winter lächelte.

»Möchtest du auch Brei haben, Papa?«

»Im Augenblick nicht, Liebling.«

»Bald ist er ALLE«, sagte sie.

»Du musst es eben noch mal versuchen«, sagte Angela und löffelte Brei in Elsas tiefen Teller.

Er ging ins Wohnzimmer und wählte die Nummer von dort. Drei-vier-fünf-sechsmal Klingeln ins Leere. Er drückte auf aus und stellte den CD-Spieler an, der dort weitermachte, wo er gestern am späten Abend aufgehört hatte, mit Miles Davis und Freddie Hubbards Trompeten in *The Court*. Das Gericht. Oder der Hof, wenn man es so sah. Miles' Solo, das wie ein scharfer Schatten von einer grellen Sonne war. Klar. Ein langer Schatten auf einem Hof.

Er schlug den Takt mit dem Fuß, das war nichts für einen Anfänger. Einmal vor ziemlich langer Zeit hatte er versucht es Angela zu zeigen, ihr beizubringen, aber sie hatte lachend aufgegeben. Gib mir Rock 'n' Roll, hatte sie gerufen. Okay, hatte er gesagt. Etwas Einfaches, Einprägsames, Mademoiselle. Du weißt ja nicht mal, was das ist!, hatte sie gesagt. Das weiß ich wohl, hatte er geantwortet. Dann nenn mir mal ein paar! Ein paar was?, hatte er gefragt. Nenn mir eine Band! Rockband! Er hatte nachgedacht und geantwortet.

Elvis Presley.

Sie hatte wieder gelacht, laut. Du bist wahrhaftig *up to date*. Und sie hatte einen Schluckauf bekommen.

Er lächelte bei der Erinnerung. Aber er war *up to date*. Heute Abend würde er sich mit Pharoah Sanders' Album, *Save Our Children* beschäftigen. Himmel, er hatte gerade *The Complete In A Silent Way Sessions* gekauft.

Er war immer *up to date*, immer, bei allem, was Anforderungen an den Zuhörer stellte.

Im Augenblick blies Miles mit Clark Terry: *Stop, Look And Listen.*

Das war es, was er tat, immer. Das war seine Arbeit: Anhalten, schauen und zuhören. Darauf lief es hinaus.

Das und Ziffern ins Telefon einzudrücken. Er versuchte es wieder, aber auch diesmal ging niemand dran, und er rief Möllerström an, der sich auch nicht meldete.

So. Ich hab getan, was man von mir und meinem Pflichtgefühl erwarten kann.

Eine Stunde später versuchte er es wieder. Das sollte das letzte Mal sein. Angela war im Bad, aber nicht deswegen hatte er den Moment abgepasst. Auch diesmal meldete sich niemand.

Sie kam ins Wohnzimmer zurück, als Bill Frisells Gitarre Amok lief wie schon so viele Male früher.

»Jisses«, sagte sie. Das war einer ihrer Ausdrücke, genau wie »Mannomann«. Manchmal sprach sie eine Art keckes Fünfziger-Jahre-Schwedisch, das das Schwedisch der Familie Hoffman geworden war, als sie in das neue Land gekommen waren. Die Sprache hatte sich bei Hoffmans eingekapselt, und bei Angela hatte sich ein Teil erhalten. Er hatte sie darauf aufmerksam gemacht. Darauf kannst du Gift nehmen, mein Junge, hatte sie geantwortet.

»Muss das so sein?«, sagte sie mit einem Handtuch um den Kopf und nickte zum CD-Spieler. Er konnte ihre Wärme spüren.

»Ich weiß tatsächlich gar nicht, wie es sein muss«, antwortete er.

»Wer so spielt, der sollte wahrscheinlich mal zum Arzt gehen.«

»Ich wusste gar nicht, dass du solche Vorurteile hast.«

»Vorurteile? Ich bin fürsorglich.«

Bill Frisell legte noch eins zu und es klang schlimmer denn je, besser denn je. Viktor Krauss am Bass, Jim Keltner an den Trommeln wie zwei schleichende Pfleger, während der Verrückte mit seiner übersteuerten Gitarre gegen die Wände anrannte, Anfall um Anfall. *Lookout For Hope.* Halt Ausschau nach Hoffnung.

»Herr im Himmel«, rief Angela, »Elsa schläft!«

Winter regelte die Lautstärke herunter.

Angela griff nach der Hülle und las: »*Gone, Just Like A Train.*«

»Guter Titel.«

»Wenn der Zug pünktlich fährt«, sagte sie.

Er stellte die Musik so leise, dass sie kaum noch zu hören war.

»Bist du nackt unter dem Bademantel?«, fragte er.

Sie legte die Hülle weg und sah ihn an.

»Komm her und setz dich auf meinen Schoß«, sagte er.

11

Aneta Djanali war wieder in den vier Jahreszeiten. Mit Vivaldi hatten sie nichts zu tun. Dies waren Häuser und Straßen, die auf Heavy Metal errichtet waren. Ein Haus war eben halb weggesprengt worden. In der Luft hing immer noch Betonstaub. Eine Abrissbirne schwankte im Himmel wie ein Pendel. Und auch ein dumpfer Widerhall der Explosion war noch zu hören.

Es war, wie in einen Krieg zu fahren. Sie bog nach links und noch einmal nach links ab. Krieg gegen die Vororte im Norden.

»Gut, dass sie den Scheiß abreißen«, sagte Sigge Lindsten.

»Ach?«

»Wer will hier schon wohnen?«

»Zum Beispiel Ihre Tochter.«

Sie sah ihn an. Er schaute weg. Sie musste an einer Wegsperre halten. Ein Soldat hob die Hand, wedelte mit seiner Uzi. Nein. Ein Betonarbeiter zeigte ihnen mit einem Spaten den Weg um die Sperre herum. In naher Ferne grollte es. An einem Auto, das hinter dem Arbeiter parkte, waren Kratzer im Lack. Die Sprengmatten waren grobmaschig. Steine fielen vom Himmel.

»Es war ein Fehler«, sagte Lindsten.

»Dass sie hierher gezogen ist?«

»Ja.«

»Warum ist sie überhaupt hierher gezogen?«

»Zurück«, sagte Lindsten.

»Wie bitte?«

»Sie sind zurückgezogen. Sie und ... Forsblad«, sagte Lindsten, und sie hörte, wie schwer es ihm fiel, den Namen in den Mund zu nehmen. Er spuckte ihn schnell aus und wischte sich über die Lippen. »Es ist nämlich so ... wir haben hier gewohnt, bevor wir nach Fredriksdal gezogen sind.« Jetzt sah er sie an. »Das hier ist sozusagen die Heimat der Familie Lindsten.« Er lachte auf, eine Art metallisches Lachen, das schwer und hoffnungslos klang. Heavy Metal, dachte Aneta Djanali. »Hier hat es nicht immer so ausgesehen. Schön war es wohl nie, aber es gab was anderes ... eine Art Lebenskultur um die Fabriken herum.« Er drehte den Kopf. »Es war wirklich eine Art Heimat.«

Sie nickte.

»Alle hatten mit den Fabriken zu tun.« Er krächzte wieder sein Lachen hervor, das wie Eisenspäne kratzte. »Und alles kreiste um uns.«

»Wie meinen Sie das?«

»Tja ... da gab es wohl niemanden, der dachte, er würde dem entkommen.«

»Sie sind entkommen.«

»Ja.«

»Sehen Sie es so? Entkommen zu sein?«

»Nein.«

»Warum sind Sie dann weggezogen?«

»Na ja, meine Frau hat etwas Geld geerbt, sie wollte gern in einem eigenen Haus wohnen, und sie stammt aus Mölndal.«

So war das also, dachte Aneta Djanali, den Rest dürfen sich die Zuhörer selbst zusammenreimen.

»Als Anette zu Hause ausziehen wollte ... das war vor ein paar Jahren, wurde eine Wohnung frei, die eine meiner Kusinen gemietet hatte, na ja, und die hat Anette gekriegt.«

»Ein ganzes Stück von zu Hause entfernt«, sagte Aneta Djanali.

»Sie fand es aufregend. Jedenfalls hat sie das gesagt.«

»Ist sie sofort mit Forsblad zusammengezogen?«

»Nein.«

»Waren sie damals schon zusammen?«

»Ja.«

»Was hielten Sie davon, als sie zusammenzogen?«

Lindsten wandte sich wieder ihr zu.

»Müssen wir dauernd über den verdammten Forsblad reden?«

»Denken Sie nicht die ganze Zeit an ihn?«

Lindsten antwortete nicht.

»Wann haben Sie zuletzt mit ihm gesprochen?«

»Das hab ich vergessen.«

»Verdrängt?«

»Was?«

»Vielleicht haben Sie es verdrängt?«, sagte sie.

»Verdrängt ... ja ... verdrängt. Ja. Das hab ich getan.«

Sie sah einen anderen Ausdruck in Lindstens Gesicht. Er schien sich zu entspannen. Sie hatte etwas gesagt. Was war das? Dass er die Erinnerung an den Mann seiner Tochter verdrängt hatte?

Später würde sie sich an dieses Gespräch erinnern müssen. Vielleicht würde es dann zu spät sein.

Sie hielten vor einem Gebäude, das aus einem einzigen riesigen Block bestand.

»Solche verdammten Kolosse hat es damals nicht gegeben.« Lindsten nahm plötzlich das Thema von vorhin auf. »Die sind später gebaut worden, als man glaubte, man könnte eine halbe Million Sklaven in einem Reservat zusammentreiben.« Er schaute hinauf, als ob er das Dach des Hauses zu sehen versuchte. »Erst haben sie den ganzen Mist aufgebaut, jetzt reißen sie ihn wieder ab. Ha!«

Vor der Tür stand ein Streifenwagen. Eine Kollegin stieg aus, einer blieb im Wagen sitzen.

»Leer gefegt«, sagte die Kollegin, die ausgestiegen war. Aneta Djanali kannte sie nicht.

Aneta Djanali und Lindsten fuhren mit dem Fahrstuhl nach oben, der neuer zu sein schien als der Rest des Hauses.

»Ich muss Sie noch etwas fragen«, sagte sie. »Ist Anette noch mal hier gewesen, nachdem sie beschlossen hatte auszuziehen?«

»Das verstehe ich jetzt nicht.«

»Als sie zu Ihnen nach Hause gezogen war ... ist sie hinterher noch mal hierher zurückgekehrt? Vielleicht um etwas abzuholen? Oder um nach der Wohnung zu sehen?«

»Nein.«

»Sind Sie sicher?«

»Zum Teufel, natürlich bin ich sicher. Sie hat sich doch gar nicht mehr hierher getraut.«

»Es gibt keinen neuen Mieter?«

»Nein!«

»Keinen Verwandten?«

»Nein.«

»Aha?«

»Die Wohnung gehörte ihr doch nicht. Und heute ist es noch schwieriger als früher, unter der Hand zu vermieten.«

Während der Fahrt hatte sie versucht, ihm die beiden Männer zu beschreiben. Das hatte ihr nicht geholfen, auch ihm nicht. Könnten irgendein alter Kerl, irgendein junger Typ gewesen sein. Er hatte eine Bewegung durch die Luft gemacht, als wollte er eine Gesichtsform skizzieren.

Sie verließen den Aufzug und gingen auf die Wohnungstür zu. Aneta Djanali öffnete mit den Schlüsseln, die sie von der Kollegin bekommen hatte. Es gab zwei Schlösser.

Die Wohnung war leer.

»Aha«, sagte Lindsten.

»Warum haben Sie die Einrichtung nicht mitgenommen, als Anette ausgezogen ist?«, fragte Aneta Djanali.

»Wir wollten sie nächste Woche abholen«, sagte Lindsten. Er machte ein paar Schritte in den Flur. »Jetzt ist es nicht mehr nötig.«

Kriminalinspektor Lars Bergenhem jagte Einbrecher oder den Schatten von Einbrechern. Göteborg wurde von einer Einbruchswelle überschwemmt. So hatte es der Kommissar der Fahndungsleitstelle ausgedrückt: eine Einbruchswelle.

Häuser wurden ausgeräumt. Wo kamen all die Gegenstände hin? Irgendwo in der Stadt musste es einen Platz für das Diebesgut geben. Nicht alles konnte mit der Kamelkarawane zum Kontinent gebracht werden.

Sie suchten, zogen Kreise durch die Stadt.

Bergenhem war es gewohnt, Kreise zu ziehen, damit verbrachte er einen Teil seiner Freizeit, in der er sich nicht frei fühlte, sondern eher unter Zwang. Er fuhr kreuz und quer, wie unter Zwang.

Was ist das?, hatte er mehr als einmal gedacht. Was ist mit mir los? Was ist mit meinem Leben? Ich sollte glücklich sein, das, was man glücklich nennt, oder mich geborgen fühlen. Geborgenheit wurde es genannt.

Er machte Überstunden, obwohl er es nicht musste: Er fuhr in der Stadt herum, und er wurde dafür bezahlt, wenn er während des Dienstes fuhr.

Hab ich mich verändert?, dachte er manchmal. Bin ich dabei, ein anderer zu werden?

Martinas Gesicht war immer düsterer geworden. Bekümmert.

Adas Gesicht war immer noch hell, sie verstand nichts, noch nicht. Das war vielleicht das Schlimmste: Wie konnte er hier draußen herumfahren, während es zu Hause seine kleine Tochter gab?

Sie hatten nicht darüber geredet, er und Martina. Sie hatte es versucht, er hatte es nicht gekonnt.

Jetzt jagte er weiter Diebe. Er fuhr zum Meer, dort waren sie nicht. Er könnte nach Hjuvik fahren und dort anhalten. Das war nicht weit von zu Hause entfernt und trotzdem auf der anderen Seite des Wassers.

Er konnte aussteigen, zum Strand hinuntergehen und sich in der Wasseroberfläche spiegeln, wenn sie unbewegt war.

Wer bin ich?

Um was geht es?

Wer bist DU?

Er sah sein Gesicht aus einem seltsamen Blickwinkel. Vielleicht war es sein wahreres Gesicht.

Auf dem Heimweg versuchte er nachzudenken. In ihm war immer Rastlosigkeit gewesen, soweit er sich zurückerinnern konnte. Aber dies war mehr als Rastlosigkeit, schlimmer als Rastlosigkeit.

Oder bin ich einfach unfähig, mit jemand anders zusammenzuleben?

Aber das ist es nicht nur.

Brauche ich Medizin? Wenn ich *solche* Medizin brauche, muss ich erst mit einem Hirnklempner reden.

Brauche ich etwas anderes?

Als er im Carport parkte, konnte er sich nicht entscheiden, ob er aussteigen oder sitzen bleiben wollte.

Nennt man das Ausgebranntsein?, dachte er.

Er hörte, wie ein Fenster geöffnet wurde. Er sah kleine Finger. Er sah Ada.

12

Am nächsten Morgen wählte Winter Johanna Osvalds Nummer, aber sie meldete sich nicht, niemand meldete sich. Es gab keinen Anrufbeantworter.

Es war Samstag. Er hatte frei. In der Nacht zu Mittwoch hatte es einen Totschlag beziehungsweise Mord gegeben, aber das war kein Fall für ihn oder irgendeinen anderen Fahnder. Der Tote und auch der Täter waren identifiziert und gesetzlich und buchstäblich miteinander verkettet, unter anderem durch eine Ehe. Bis dass der Tod euch scheidet. Manche scheinen das ernst zu nehmen, hatte ein Fahnder in jener Woche gesagt. Danach hätte er sich die Zunge abbeißen mögen, als er Halders mit den Resten seiner persönlichen Trauer dasitzen sah. Aber Halders hatte nur gesagt, das macht nichts, Birkman, ich bin genauso gewesen.

Bis dass der Tod euch scheidet.

Das waren mehr als nur Worte.

Winter hatte um Angela angehalten, und sie hatte ja gesagt: Willst du endlich eine ehrbare Frau aus mir machen?

Es war schon einige Zeit her. Sie hatten nicht mehr darüber gesprochen.

Jetzt musst du die Verantwortung übernehmen, Winter. Über so was redet man nicht nur einfach. Es ist eine große Verantwortung, und du musst sie tragen.

Er fuhr nach Süden. Die Sonne war kurz vorm Aufgehen. Es war noch früh am Morgen, und in der Luft lag ein durchsichtiger Dunst.

Fahr du, hatte Angela gesagt. Wenn es was nützt. Ich hoffe, es nützt was.

Montag mussten sie den Kauf abschließen. Okay. Er würde ihn abschließen, zuschlagen, zum Schluss kommen. Es handelte sich ja nur um ein Grundstück. Sie würden nicht auf der Stelle umziehen. Er hatte es versprochen … oder wie man es nennen sollte … seinen Entschluss angeboten, eine Zukunft, klar, die ewige Zukunft. Bis.

Es waren Entschlüsse, schwer wie Blei. Die konnte man nicht einfach so schleppen, wer weiß wohin schleppen.

Die Sonne erschien genau zwischen den Hausdächern über dem Feld vor Askim. Er steckte die CD ein, und es war Angelas Scheibe, Bruce Springsteen. Er hatte dem Jungen einige Chancen gegeben, und er war es wert. Springsteen war nicht John Coltrane, und er gab sich auch nicht dafür aus. Aber Springsteens Melodien waren voller Schmerz und einem wehmütigen Licht, das Winter schätzte. Fast immer gehörte der Tod dazu, genau wie in seinem Leben. Springsteen sang nackt:

Everything dies baby, that's a fact.

Tatsache. Tot. Das ist mein Job. Manchmal in der Reihenfolge, manchmal genau entgegengesetzt.

Everything dies baby, that's a fact.

But maybe everything that dies someday comes back.

Es kommt zurück.

Nicht immer, wie man möchte. Doch der Tod kehrt in neuem Gewand zurück. Aber ist denn er … das Leben?

Alles kehrte zurück … in anderer Gestalt. Nichts war zu verbergen.

Nicht einmal am Meeresboden bleiben die Geheimnisse liegen. Er fuhr am Strandbad vorbei, die Parkplätze waren leer, und weit und breit keine Fahrräder. Er sah das Meer, aber auch das war leer, Nachsaison, die Wellen rollten an den Strand. Wieder tippte er Johanna Osvalds Telefonnummer ein. Keine Antwort. Es ließ ihm keine Ruhe, jedenfalls nicht genügend Ruhe, um es zu vergessen. Er hatte das Gefühl, dass er jemanden im Stich gelassen hatte, als er das Gespräch nicht angenommen hatte, gleich beim ersten Mal. Anfangs war es ein gutes Gefühl gewesen, aber jetzt nicht mehr. Was hatte er im Stich gelassen? Die Pflicht? Sich selber?

Zum Teufel, du brauchst dem Abenteuer doch nicht hinterherzujagen.

Das Mysterium kommt zu dir, wenn es ein Mysterium geworden ist.

Jagst du das Verbrechen? Rufst du nur an, um eine Bestätigung zu bekommen?

Was wird der nächste Schritt sein? Willst du eine Annonce aufgeben?

Verbrechen gesucht. Nehmen Sie Kontakt zum Kommissar auf, der darauf erpicht ist.

Dem besessenen Kommissar.

Everybody's got a hungry heart.

Nee, nee, jetzt reicht's.

Er schaltete Springsteen mitten zwischen zwei leidenschaftlichen Begegnungen ab. Er war angekommen. Das Meer rollte leicht und schwer an den Strand, wie immer. Er stieg aus dem Auto, ließ es im Kiefernwäldchen stehen. Das Gras war noch immer genauso grün zu beiden Seiten des Pfades, den er, Angela und Elsa kürzlich getreten hatten. Sie hatten ihn getreten, als ob es ihn immer geben sollte.

Er stand am Ufer, zog seine Schuhe aus und ging ins Wasser. Es war kalt, wurde aber warm. Er drehte sich um und sah über das Feld, schloss die Augen und sah das Haus. Innerhalb eines Jahres könnte es dort stehen, vielleicht noch eher. Würde er dort … glücklich sein? Hier. Was würde es bedeuten, sein Leben so nah am Meer zu verbringen? Hätte es auch andere als positive Seiten?

Er drehte sich wieder zum Wasser um. Er dachte an das Gespräch, das er mit Johanna Osvald in seinem Zimmer geführt hatte. Sie hatte nah am Meer gelebt, viel näher, als er dem Meer jemals kommen würde. Ihre ganze Familie. Nicht nur nah am Meer. *Auf* dem Meer. Das Meer war ihr Leben gewesen, *war* ihr Leben. Leben und Tod. Der Tod war für eine Fischerfamilie auf andere Weise wirklich, so viel meinte er zu verstehen. Ein Arbeitsleben mit der Gefahr, ein Leben mit Sorge für den, der zu Hause blieb.

Früher muss es noch viel gefährlicher gewesen sein. Der Krieg. Die Minensperren, U-Boote, Jäger, die Küstenwache. Die Stürme, Wellen, Kollisionen, Unfälle an Bord, Druck von allen Seiten. Es muss ein riesiger Druck gewesen sein. Wie sind sie damit fertig geworden?

Die Arbeitskameraden. Was für ein Leben führten sie miteinander?

Er hatte Johanna Osvald zugehört und begann zu begreifen, worüber sie eigentlich gesprochen hatte. Hinter ihren Worten war eine Sorge gewesen, die er nicht verstanden hatte, an die er jedoch jetzt dachte. Eine Angst, die von Generation zu Generation zu Generation vererbt wurde.

Er setzte sich in den Sand, der immer noch warm vom Sommer war. Er hörte zwei Möwen lachen. Er sah sie jetzt, beim Einflug auf *sein* Grundstück, bald sein Grundstück. Waren die im Preis inbegriffen? Machten sie sich darüber lustig? Jetzt lachten sie wieder, landeten elegant auf dem Pfad, hoben wieder ab, krächzten noch ein Lachen in seine Richtung, kehrten zu den Winden der Bucht zurück und glitten hinaus aufs Meer. Er folgte ihnen mit dem Blick, bis sie verschwanden und er nur noch die Konturen der Inseln der südlichen Schären sah. Er holte sein Handy hervor und rief wieder an, quer über die Bucht zu den Inseln, aber auch diesmal meldete sich niemand.

Johanna war das Schönste, was er bis dahin gesehen hatte. Sie war dunkel wie keine andere, als würde sie von einem anderen Volk abstammen, was gewissermaßen ja auch zutraf.

Er kannte ihren Bruder, er war damals schon im Begriff gewesen, hinaus aufs Meer zu gehen. Er hieß auch Erik.

Ihn hatte Johanna nicht erwähnt, als sie Winter aufsuchte.

Er und Erik hatten beim Anleger von Brännö einmal ein Bier getrunken, waren aber nicht zum Tanzen hinaufgegangen. Sie hatten sich unterhalten, Winter erinnerte sich jedoch nicht daran, worüber. Er erinnerte sich, dass Erik nicht geflucht hatte. Er erinnerte sich daran, dass er mit Johanna darüber gesprochen hatte. Niemand auf den Inseln fluchte jemals. Dort existierten keine Flüche.

Das Leben mochte hart sein, aber das musste man nicht noch mit Worten unterstreichen.

Er erinnerte sich, dass die Freikirche wichtig war für die Menschen auf der Insel, und umso wichtiger, je näher sie am offenen Meer wohnten. Vrångö lag am weitesten draußen. Und Donsö. Vor allen Dingen auf Donsö, hatte sie gesagt und ein Lachen gelacht, das geblitzt hatte wie die Wellenkämme rund um die südlichen Klippen von Styrsö, wo sie saßen und zur gottesfürchtigen Insel auf der anderen Seite des Sundes hinüberschauten.

Dann hatte sie sich auf ihn gesetzt und angefangen, sich zu bewegen, langsam erst und dann immer schneller. Die Kirche mochte ihr Leben gelenkt haben, aber sie war auch nur ein Mensch, sündig wie er.

Im Auto auf dem Weg nach Hause: Springsteen. *You better look around you, that equipment you got's so outdated, you can't complete with Murder Incorporated, everywhere you look now, Murder Incorporated.*

Nein, so pessimistisch bin ich ja nun doch nicht. Noch nicht. Und ich setze meinen Kampf fort. Den Kampf gegen die Mord AG.

Das Handy, das auf dem Armaturenbrett lag, schrillte.

»Ja?«

Wieder Möllerström, immer Möllerström.

»Sie hat wieder angerufen. Du hast dich wohl doch nicht bei ihr gemeldet.«

»Ich hab die ganze Zeit nichts anderes getan!«

»Okay.«

»Bist du im Büro?«, fragte Winter.

»Wo sonst?«, sagte Möllerström.

»Kann man sie unter der Nummer erreichen, die du mir gegeben hast?«

»Ja.«

»Danke, Janne. Und jetzt mach mal Wochenende.«

Möllerström legte auf, ohne noch etwas zu sagen. Winter wählte wieder die Nummer, eine Nummer, die er meinte nie wieder zu vergessen. Sie meldete sich nach dem ersten Klingeln.

13

Er kehrte mit zitternden Händen zurück.
Er betete.

Jesus!

Draußen fuhr ein Kind auf einem Fahrrad vorbei. Er ging zum Fenster. Vom Meer her wehte ein Wind. Der Wind zerrte an den schwarzen Haaren des Kindes. Hier gab es keine blonden Kinder. Das war ihm aufgefallen. Keine blauen Augen, keine blonden Haare. Nicht wie auf der anderen Seite. Warum war das so? Es war doch derselbe Himmel, dasselbe Meer.

Die andere Seite war nur eine Nacht und einen Tag entfernt, bei schiffbarem Wetter. Vielleicht ging es jetzt noch schneller. Keine Minenfelder.

Manchmal konnte er eine Fähre sehen, wenn der Sturm die Schiffe näher an die Küste zwang. Sie waren zu weit im Norden, manchmal zu weit im Süden. Er wusste nicht, wohin sie fuhren, und es war ihm auch egal.

Er war fertig mit dem Meer.

Er lebte am Meer, aber niemals mehr darauf oder vom Meer, nie mehr.

Er war an Bord gewesen, als der Trawler unterging. Was passiert war, trug er mit sich herum. Was er selbst getan hatte. Seine Schuld. Was niemals verziehen werden konnte. Er war DORT gewesen. Er wusste mehr als jeder andere.

Niemand war übrig geblieben.
Jesus konnte ihm nicht verzeihen.

Aber seltsam!
Oft, uns in eignes Elend zu verlocken,
Erzählen Wahrheit uns des Dunkels Schergen,
Verlocken erst durch schuldlos Sielwerk, um
Vernichtend uns im Letzten zu betrügen.

Er spürte das Meer auf der Haut, als er über den Wellenbrecher ging. Er hatte Salz im Gesicht, das wie eingebrannt war. Was das Gesicht jetzt traf, blieb nicht haften, das lag nicht daran, dass er es später abwusch. Der Wind nahm es mit sich.

Er hatte Wunden am ganzen Körper.

Das Ekzem von der Ölkleidung war ausgetrocknet und hatte Narben an seinem ganzen Körper hinterlassen, wie ein Muster.

Wie eine Karte von seinem Leben auf dem Meer. Ja.

Er strich manchmal über seine Schultern und Beine, in der Dunkelheit, als ob er blind wäre und sein Leben mit dem Finger auf seinem Körper verfolgte. Seine Erinnerungen waren Narben. Die Narben waren weich und glatt unter seinen Fingern, und er dachte, dass all diese Narben die einzigen weichen Partien an seinem Körper waren, doch es gab viele, und sein Körper war eher weich als hart, aber aus falschen Gründen. Er hatte den Körper eines jungen Mannes, aber aus dem falschen Grund.

Jesus, JESUS!

Er blieb stehen und wartete, dass die Sonne unterging, und sie ging unter, als das Kind wieder vorbeifuhr, ein Junge. Er wohnte in dem Haus bei den Treppen, auf der Leine hing immer Wäsche, und er sah manchmal eine junge Frau herauskommen und Wäsche aufhängen oder abnehmen. Auch ihre Haare waren schwarz wie die des Jungen, und an der durchsichtigen Blässe ihres Gesichts war das Meer schuld.

Das Meer zeichnete diese Menschen, formte ihre Gestalten. Weiter oben, ganz weit oben im Norden, in Thurso, Wick … dort waren die Leute gebeugt wie Zwergbirken im Gebirge, schwarz, blass, windzerfurcht, durchgeblasen.

Er drehte sich zum Zimmer um, als die Sonne versank und zu anderen Kontinenten weiterwanderte. Das Zimmer war genauso dunkel, wie er es haben wollte. Er ging zu dem einzigen Sessel, setzte sich und trank wieder von dem Whisky, der im Glas wartete. Es war einer von der billigeren Sorte.

Er behielt den Alkohol im Mund und sah sich um. Er schluckte.

Nein. Ich verlasse das hier nicht.

Es war das letzte Mal.

Ich bleibe hier.

Erlebte Greuel
Sind schwächer als das Graun der Einbildung.
Mein Traum, der Mord nur noch ein Hirngespinst.

Er strich über seinen rechten Arm, der Finger glitt über die glatte Haut, die jetzt schon so viele Jahre lang tot war. Im größten Teil seiner Haut war kein Leben mehr, nur die Oberfläche, die sanft war und gleichzeitig ganz hart, hart wie Stein, wenn er ein wenig fester drückte.

Er streckte sich nach seiner Waffe.

Er reinigte sie.

SIE hatte gesagt, seine Gewalttätigkeit habe sich nicht verändert. War nicht geringer geworden.

Im »Three Kings« bogen sich die Fenster im Wind, der jetzt von Nordwesten stürmte. Er spürte den Zug an der Theke, wo er saß. Vielleicht sagte er etwas zu der Frau, die wie versteinert dastand, aber sie antwortete nicht, hörte nichts.

Manchmal hörte sie zu. Wenn er ihr etwas sagen wollte, wartete er diesen Moment ab. Er wusste, dass er sie brauchen würde.

Die Tür wurde geöffnet. Die Frau bewegte sich. Er hörte eine Stimme. Jemand setzte sich neben ihn.

»*Whisky, please.*«

»*Blended or malt?*«

»*Just give me whatever …*«

Er hörte, wie sich der Fremde unterbrach.

»*… whatever you fancy.*«

»*Well, I don't fancy whisky.*«

»*Give me a … Highland Park*«, sagte der Fremde und nickte zu dem Flaschenregal.

Die Frau drehte sich um, nahm eine dickbäuchige Flasche herunter, goss Alkohol in ein Glas und stellte es vor den Fremden hin. Sie sprach ihren Dialekt, den manche für ein schreckliches Kauderwelsch hielten: »*This's from Orkney, do y'know?*«, sagte sie.

»*No.*«

»*I thought y'know*«, sagte sie.

Der Fremde trank. Die Bewegungen der Frau waren wieder erstarrt. Der Fremde nahm sein Glas vom Mund, wandte sich ihm zu und hob sein Glas einige Zentimeter. Der Fremde schien aus dem Fenster zu schauen. Draußen gab es nichts. Der Fremde veränderte jetzt die Blickrichtung. Er nahm es aus den Augenwinkeln wahr.

Jemand sah ihn.

Er wandte dem Mann das Gesicht zu. Er nickte, ohne etwas zu sagen.

Der Fremde war jünger als er, aber kein junger Mann mehr. In seinen Augen war ein eigentümlicher Blick. In seinem Gesicht gab es Linien. Das Glas in seiner Hand zitterte. Er stellte es ab und wischte sich hastig über den Mund.

Die Frau hatte die Theke verlassen.

Ich sollte nicht mehr hierher gehen, dachte er. Warum geh ich eigentlich hierher?

Die Anwort weiß ich natürlich.

»*Are you from around here?*«, fragte der Fremde.

14

Winter bekam die »Silvertärnan« von Saltholmen um 10.20 Uhr. Der Mercedes stand im östlichen Bootshafen, sichtbar falsch geparkt mit dem Polizeischild hinter der Windschutzscheibe.

Einmal war jemand ins Auto eingebrochen und hatte das Schild geklaut. Er hatte lange danach gefahndet.

Er kaufte eine Tasse Tee, als sie ablegten. Die Sonne war allein am Himmel. Die Klippen schimmerten grau und silbern. Die Ausfahrt war voller Klippen und Steine. Überall Steine, die Inseln waren, den ganzen Weg bis hinaus ins offene Meer.

Das Wasser war ruhig. Sie legten bei Asperö Östra an, ließen eine Frau mit einem Kind in einem Buggy aussteigen und nahmen Waren an Bord, eckige Pakete, die mit Stahlband umwickelt waren und aussahen, als wären sie auf dem Weg zur anderen Seite der Welt, in ein tropisches Land.

Die Felsen waren nackt, sie boten keinen Schutz. Zwischen ihnen und dem Wasser wuchs Schilfröhricht. Ein Meeresacker. Der Weg führte zu einem Haus, das vom Anleger aus nicht zu sehen war.

Er war nicht mehr hier gewesen, seit er vor langer Zeit eine Feuerstelle auf dem höchsten Punkt des Berges gelöscht und das widerlichste Dokument gefunden hatte, das er je gesehen hatte und je sehen würde. Es waren Videoaufnahmen gewesen.

Er hatte in den Abgrund geblickt.

Die Erinnerung hatte ihn nicht losgelassen, diese nicht. Eigentlich sollten Erinnerungen vergilben und sich langsam auflösen wie eine Zeitung, ein Farbfoto, ein Plakat. Verblassen. Diese nicht.

Die Felsen waren immer noch verbrannt vom Sommer. Das Schiff war nur halb besetzt. Rentner, die ständig in den Schären herumreisten, Büroleute auf dem Weg zu einer Konferenz in einem der Gasthäuser, Jugendliche auf dem Nachhauseweg von der Schule. Der Himmel war wie ein rußiges Segel quer über die Inseln gespannt. Sie legten bei Styrsö Skäret an. Von hier konnte man mehr vom Meer sehen. Es ging immer weiter fort durchs Kattegatt und Skagerrak, über die Nordsee und schlug gegen die Strände von Aberdeen, floss weiter nach Norden und um den Kopf der Alten herum, die Schottland war, wenn man eine Karte von Großbritannien betrachtete. Eine alte Frau mit einer Haube.

Am Kai von Styrsö stand eine Alte mit Haube. Ein Mann ging auf sie zu und zog ihr die Haube vom Kopf, und da war sie keine Alte mehr, sondern eine junge Frau.

Das Paar ging Arm in Arm davon. Er sah den Weg, der damals ein Pfad gewesen war, als er hier in dem Haus gewohnt hatte, das die Familie Winter für kurze Zeit gemietet hatte. Er hatte es vermisst. Dann war all das andere passiert, und er spürte es JETZT, plötzlich, und jetzt, als ob er in der Steinwüste in der Stadtmitte eingemauert wäre. Dass er diese Mauer durchbrechen musste.

Während »Silvertärnan« in vier Minuten die Bucht nach Donsö kreuzte, begriff er, dass die Zeit in der Stadt bald vorbei war. Als er vor einer Weile am Ufer neben dem Feld mit dem Pfad gestanden hatte, war er immer noch nicht sicher gewesen, aber in dieser Sekunde wusste er es.

Johanna Osvald wartete am Kai von Donsö. Hier erkannte er sie wieder. Die Zeit war vergangen, aber sie stand immer noch an der Stelle, die dieselbe sein mochte wie damals.

Der Ort hinter ihr kletterte am Fels hoch. Ein Teil der Häuser schien wie aus Stein gehauen. Es gab viele Villen, manche größer, manche aus teurem Holz erbaut. Er wusste, dass die Reedereiwirtschaft beherrschend war auf der Insel, sie hatte Reichtum gebracht. Die Fischereiflotte war groß gewesen, doch jetzt sah er nicht viele Trawler im Hafen. Aber die sollten ja auch nicht hier liegen, sie sollten draußen auf dem Meer sein. Er sah einen modernen Trawler. Das Schiff war breit, schwer, groß, blau. Am Bug stand »GG 381 MAGDALENA« gepinselt. Er sah einen Mann, der ihn anzuschauen schien, die Hand unter der Schirmmütze über die Augen gewölbt.

Er sah ein Kreuz an einem Hausgiebel. Auf Donsö war man fromm, daran erinnerte er sich. Die Gottesdienste waren gut besucht. Das hatte sich wohl kaum geändert.

Menschen legen ihre Leben in Gottes Hände. Sein Wille geschehe.

Johanna Osvald hob die Hand zum Gruß. Er stand am Bug der »Silvertärnan« und hob den Arm. Leute gingen vor ihm von Bord. Eine kleine Gruppe Jungen wartete mit Fahrrädern am Kai, wartete auf nichts, wie immer. Möwen kreisten über dem Hafen auf der Jagd nach Fischabfall. Es roch nach Fisch, Öl, Tran, Benzin, Tang, Teer. Kein Meer der Welt konnte diesen Geruch abwaschen.

Sie hatte nicht nach Tran gerochen. Darüber hatte er einmal einen Witz auf der Klippe gemacht. Riechen Bauernmädchen nach Dung?, hatte sie spitz gefragt.

»Du bist verflixt schwer zu erreichen«, sagte er auf dem Kai.

»Das musst ausgerechnet du sagen«, antwortete sie.

Sie hatten sich kurzfristig am Telefon verabredet.

Sie setzten sich auf die nächstbeste Bank.

Ihr Vater war noch nicht wieder aufgetaucht.

»Ich glaube, ihm ist etwas passiert«, sagte sie. »Sonst hätte Papa längst von sich hören lassen.« Sie sah ihn an. »Was meinst du?«

»Du kennst ihn, ich kenne ihn nicht. Du musst es am besten wissen.«

»Ich weiß es«, sagte sie.

»Ich geb eine Suchmeldung nach ihm raus«, sagte Winter. »Wir machen eine internationale Fahndung via Interpol.«

»Ja.«

»Ich hab mit meinem Kollegen in London gesprochen. Dem Schotten aus der Gegend von Inverness. Vielleicht kann er helfen.«

»Und wie?«

»Er kennt Leute da oben.«

Sie antwortete nicht, schien übers Wasser zu schauen.

»Ja ...«, sagte Winter.

»Ja was?«

»Mehr kann ich wohl nicht ...«

»Ich wollte, dass du rauskommst«, sagte sie.

»Wie meinst du das?«

»Hier ist was, das ich nicht richtig verstehe. Was ich nie verstanden habe. Ich muss mit dir darüber reden. Darum wollte ich, dass du kommst.«

»Und um was geht es?«, fragte Winter.

»Was ich nicht verstehe?« Sie schaute auf. »Es hängt mit alldem zusammen. Mit dem Verschwinden meines Großvaters ... zunächst ... mit allem, was ...«

»Hallo, du hier?«

Die Stimme kam aus dem Nichts. Winter sah auf und konnte erst nichts erkennen im Gegenlicht.

Die Stimme kam ihm bekannt vor. Und der Dialekt. Der Dialekt der Schären, die spitze Satzmelodie, der sorglose Umgang mit den Konsonanten, alles floss ineinander, fast wie das wogende Meer, wie die Wogen selber. Eine internationale Meeressprache, die mit der Küstenregion rund um die ganze Nordsee zusammenhing. Diese Insel war nur einige Kilometer vom Stadtzentrum Göteborgs entfernt, aber es könnte ein ganzer Kontinent dazwischen liegen.

»Das ist aber lange her«, sagte die Stimme, die immer noch kein Gesicht hatte.

Winter erhob sich. Die Sonne verschwand. Das Gesicht wurde sichtbar.

»Hallo«, sagte Winter.

»Das ist aber lange her«, wiederholte der Mann, der in Winters Alter war. Erik Osvald. Er war genauso groß wie Winter. Erik Osvald streckte seine Hand aus. Er trug eine schwarze Schirmmütze und Arbeitskleidung. Winter erkannte in ihm den Mann, der ihn vom Trawler aus gemustert hatte, als »Silvertärnan« in den Hafen lief.

Johanna Osvald hatte sich auch erhoben.

»Eine wirklich schlimme Sache«, sagte der Mann in seinem Dialekt, der Distanz schaffte. Als wollte er etwas markieren. Seine Schwester sprach nicht so… raffiniert. Nein. Das nicht. Sie sprach, als würde sie auf dem Land leben. Ihr Bruder lebte auf dem Meer.

Winter nickte, als hätte er alles verstanden, was Erik Osvald sagte.

»Wir haben nichts gehört«, fuhr der Bruder fort.

»Ich weiß«, sagte Winter.

Erik Osvald sagte etwas, das Winter nicht verstand.

»Wie bitte?«

»Das sieht ihm nicht ähnlich«, übersetzte die Schwester. Winter meinte ein schwaches Lächeln in ihrem Mundwinkel zu sehen. »Unserem Vater also. Es sieht ihm nicht ähnlich, nichts von sich hören zu lassen. Aber das hab ich ja schon gesagt.«

Erik Osvald wiederholte, was er gesagt hatte, noch breiter, und Winter begriff, dass er es extra machte. Er verstand nur nicht, warum.

Johanna Osvald nickte an Winter vorbei, zu dem blauen Trawler, der fünfzig Meter entfernt lag. Winter sah wieder den Namen, »Magdalena«.

»Erik hat Kaffee in seiner Messe«, sagte sie.

Erik Osvald schien aufzulachen, drehte sich um und ging auf das Schiff zu.

»War das mit dem Kaffee eine Überraschung für ihn?«, fragte Winter.

»Großvater war Bauernsohn aus Hisingen«, sagte Erik Osvald und schenkte Kaffee ein. Sie saßen in der Messe, die vom Modernsten war, Fußboden aus Holz, Holzeinlegearbeiten in den Wänden. Die Schuhe hatten sie oben gelassen, in dem kleinen Vorraum vor der Brücke. Erik Osvalds Aussprache war jetzt anders, als ob er zunächst etwas hatte klarstellen oder beweisen wollen.

Der Kaffee war ausgegangen, aber innerhalb von fünf Minuten war Erik Osvald mit neuem Kaffee aus dem Laden gekommen. Er hatte nicht mehr überrascht ausgesehen.

»Die waren auch Fischer«, sagte Erik Osvald, »sie haben Sprotten und Stichlinge gefischt und an die Einwohner von Donsö verkauft. Sie haben es für *backefiske* benutzt, das war damals Tradition hier.«

»Haken?«, fragte Winter.

»Genau«, sagte Osvald mit Staunen in der Stimme. »Du verstehst ja was davon.«

»Nein. Aber ich hab von dieser Art zu fischen gehört, als wir das Haus auf Styrsö hatten.«

Winter nahm einen Schluck Kaffee und spürte, wie stark er war. Für den brauchte man fast Messer und Gabel. Wenn er um Milch gebeten hätte, hätte er sein Gesicht verloren.

»Großvater hat hier eine Frau gefunden ... oder ein Mädchen, muss man wohl sagen ... und das ging schnell«, sagte Johanna Osvald. »Er wollte auf einem Trawler anheuern, er kannte hier einen Schiffer.«

»Er war noch sehr jung«, sagte Winter.

»Jung, wozu?«

»Zum Heiraten und zum Kinderkriegen«, sagte Winter.

Keiner der Geschwister antwortete. Es war ja auch keine Frage gewesen. Vielleicht war das hier nichts Besonderes. Wer hier lebte, wollte sofort anfangen zu leben und weiterleben.

Und um zu verschwinden, dachte Winter, sehr jung, um zu verschwinden. Er hatte seine junge Familie, einen Sohn und einen weiteren Sohn, der geboren werden sollte.

»Er hatte zwei Brüder«, sagte Johanna Osvald. »Bertil und Egon. Sie waren auf demselben Schiff.«

»Auf demselben Schiff? Dem Schiff, das verschwunden ist?«

»Einer ist zurückgekommen«, sagte Erik Osvald. »Bertil.«

»Erzähl das mal genauer«, sagte Winter.

Die Brüder Osvald gehörten zu den Kühnen, die Anfang des Krieges übers Meer fuhren. John Osvald war der Jüngste. Wer es schaffte, England oder Schottland zu erreichen und dort zu löschen ... der konnte ein Vermögen verdienen. Das Vermögen wartete westlich der Minensperren. Dort gab es den Fisch, noch weiter im Westen waren die Häfen. Es war eine Welt im Krieg.

Viele gingen dabei drauf, wie Erik Osvald es ausdrückte, »aber das Geld hat sie gelockt«.

Anfang des Krieges war ein Festpreis für Fisch ausgeschrieben worden. Es stellte sich heraus, dass dieser Preis unglaublich hoch war.

»Aber der andere Preis war noch höher«, sagte Johanna Osvald.

Winter nickte. Der andere Preis war der Tod.

»Wer es schaffte, wurde reich«, sagte Erik Osvald. »Die Leute hier konnten sich neue Häuser mit der modernsten Einrichtung bauen, und wenn die Handwerker das Haus verließen, war alles bezahlt! Mit versteuertem Geld.«

»Die, die zurückgekommen sind«, sagte Johanna Osvald.

»Aber euer Großvater ist nicht zurückgekommen«, sagte Winter. »Was ist passiert?«

Er hörte, wie sich das Schiff bewegte. Es war groß, größer, als er sich einen Trawler vorgestellt hatte, moderner. Er musste sehr teuer gewesen sein und wog sicher mehrere hundert Tonnen und musste Tausende Pferdestärken haben. Am Achterdeck gab es Vorrichtungen für zwei Schleppnetze, die wie Galgen aussahen. Osvald hatte es seinem Blick angesehen und gesagt, es sei ein Twinrigger. Seine Stimme hatte stolz geklungen.

»Die ›Marino‹ war auf der Nordsee zum Fischen, auf dem Weg nach Westen, als die Deutschen von Süden kamen, und sie beschlossen abzuhauen, und zwar schnell«, erzählte Erik Osvald.

»Marino?«

»So hieß der Trawler.«

Marino. Nicht Marina, kein Frauenname wie Magdalena.

»Wie viele Leute waren an Bord?«, fragte Winter.

»Normalerweise acht Mann«, sagte Erik Osvald. »Das war das Übliche.«

»Wie viele seid ihr auf diesem Schiff?«

»Vier.«

»Und sie waren doppelt so viele? Auf einem Trawler, der nur halb so groß war?«

Erik Osvald nickte.

»Und wie ging das?«

»Tja ... alle Mann schliefen in der Back. Da war's eng und feucht und stank. Damals gab's keine eigenen Kajüten wie hier auf der ›Magdalena‹.« Er nickte zu einer Tür, die zum Schlafkorridor führte. »Ja ... sie brauchten mehr Mann, um das zu tun, was wir jetzt zu viert schaffen. Das Wetter war zum Beispiel ein großes Problem, heute ist das nicht mehr so.«

»Warum nicht?«

»Du sitzt auf einem Schiff und wirst mit jedem Wetter fertig«, sagte Erik Osvald.

»Wirst du ganz allein damit fertig?«, fragte Winter. »Könntest du das Schiff ganz allein fahren?«

Erik Osvald nickte schweigend.

»Damals waren sie nicht acht«, sagte Johanna Osvald. »Das Schiff war nicht voll besetzt.«

Ihr Bruder wandte sich ihr zu.

»Hast du das vergessen, Erik? Es waren fünf.«

»Ach ja, genau.«

Sie sah Winter an.

»Das waren alle ... die die letzte Reise von Donsö mitmachen wollten, alle, die sich trauten.«

»Die drei Brüder und noch zwei Männer«, sagte Winter.

»Ja.«

»Wo sind sie jetzt?«

Er wusste, was mit den Brüdern passiert war. Egon und John waren zusammen mit dem Schiff untergegangen. Bertil war zurückgekommen und auf Donsö gestorben, viele Jahre später.

»Frans Karlsson ist auch verschwunden«, sagte Johanna Osvald. »Das haben wir von Arne Algotsson erfahren. Er ist zusammen mit Bertil zurückgekommen.«

»Arne Algotsson?«

»Er wohnt auf der Insel. Er war damals auch dabei.«

»Aha?«

»Aber er ist hoffnungslos senil«, sagte Erik Osvald.

»Ach?«

»Er vergisst seine Gedanken, bevor er sie denkt«, sagte Erik Osvald und lächelte schwach, »wenn er überhaupt Gedanken hat.« Er fuhr sich mit der Hand übers Kinn, und man hörte das Schaben eines zwei Tage alten Bartes. »In so einem Zustand denkt man vermutlich gar nicht mehr.«

Die »Marino« war vor den deutschen Jägern geflohen, durch Minenfelder, an die schottische Küste.

»Sie kamen nach Aberdeen, das war ja nicht das erste Mal, aber diesmal hatten sie nicht so viel Fisch dabei«, erzählte Erik Osvald.

»Und sie sind dort nicht weggekommen«, sagte Johanna Osvald.

»Es war zu gefährlich«, sagte ihr Bruder.

»Deswegen mussten sie also bleiben«, fügte Johanna hinzu.

»In Aberdeen?«

»Zuerst. Dann sind sie nach Peterhead gegangen, das wurde gewissermaßen ihr Heimathafen für das Jahr. Manchmal liefen sie natürlich aus.«

»Aber nie sehr weit?«

»Wohl nicht, sie sind ein Stück um die Landzunge bei Fraserburgh gefahren und ein Stück westwärts in den Sund, in Richtung Inverness, glaub ich.«

»Inverness?« Winter sah Johanna Osvald an.

»Ja … nicht ganz bis dorthin, wenn man Arne glauben kann, bevor er seine ganze Erinnerung verloren hat. Aber in den Sund dort, Firth irgendwas.«

Winter nickte.

»Und dann sind sie einige Male in Island an Land gegangen«, erzählte Erik Osvald. »Das war ganz schön mutig.«

»Sie waren verrückt«, sagte Johanna Osvald.

»Bis nach Island sind sie gefahren?«

»Zu den Fischbänken vor Islands südlicher Küste«, sagte Erik Osvald. »Rotzunge. Dafür kriegten sie einen guten Preis in Schottland.«

»Aber trotzdem«, sagte Johanna Osvald.

»Auf der Heimfahrt von so einer Reise ist es passiert«, sagte Erik Osvald.

Als Winter die Brücke betrat, war es ganz windstill. Die »Magdalena« bewegte sich nicht.

»Möchtest du mal einen Blick in das Steuerhäuschen werfen?«, fragte Erik Osvald.

Winter sah überall Monitore, Telefone, Faxe, Technik, Leuchten, Leuchtdioden.

»Das meiste braucht man, um die Küstenwache unter Kontrolle zu behalten«, sagte Erik Osvald lächelnd. »Vor allen Dingen die norwegische.«

Winter nickte und lächelte zurück.

»Das ist heutzutage die größte Bedrohung der Fischerei«, sagte Osvald. »Es gibt so viele Grenzen im Meer … so viele Linien. Du darfst die Zonen nicht verlassen, aber der Fisch schwimmt ja wild zwischen allen Grenzen hin und her … und dann ist es doch frustrierend, wenn du weißt, dass er eine Seemeile von dir entfernt ist, und andere Nationalitäten dürfen ihn rausziehen, während wir Schweden innerhalb unserer Grenze im Trüben fischen.«

Osvald hantierte an den Hebeln auf dem Kommandostand. Winter hörte ein Geräusch wie von einer Winsch.

»Und dann reizt es einen ja, auf die andere Seite zu fahren … und dann muss man den Satellitensender ausschalten.« Osvald sah Winter an. »Verstehst du?«

Winter nickte.

»Du sagst denen doch nichts?«

»Der norwegischen Küstenwache? Zu denen hab ich keinen Kontakt«, sagte Winter.

»Die sind nicht besonders nett.« Osvald lächelte wieder. »Da kann es einem schon mal passieren, dass drei Inspektoren im Steuerhäuschen stehen ... deren Mutterschiff, ein großes Schiff der Küstenwache ... sieben Seemeilen entfernt liegt. Die wissen, dass alle Fischer mit einer Skala von sechs Seemeilen auf dem Radar fahren, und dann kommen sie mit einem kleinen Gummiboot von hinten mit dreißig Knoten ran und schleichen sich von der Seite an, klettern lautlos an Deck und stürmen das Steuerhäuschen. Uns ist das schon zweimal passiert!«

»Wirklich nicht nett«, sagte Winter.

»Und dann setzen sie einem vierundzwanzig Stunden einen Inspektor hier rein«, sagte Osvald und machte eine Handbewegung.

»Nicht nett«, sagte Winter.

»Einer wollte unbedingt Dorschrücken zu Mittag haben«, sagte Osvald.

»Und hat er welchen gekriegt?«, fragte Winter.

»Wir haben ihm Schweinefilet vorgesetzt«, sagte Osvald. »Wer kann sich denn heutzutage leisten, jemandem Fisch aufzutischen?«

Erik Osvald war stolz auf seinen Twinrigger. Er gehörte ihm zusammen mit den beiden anderen Fischern von Donsö. 320 Bruttotonnen, 1300 Pferdestärken.

Sie hatten das Steuerhäuschen verlassen. Osvald hatte von den drahtlosen Sensoren unter dem Trawler erzählt, die alles erspüren konnten, was dort unten geschah, die Strömungen, den Grund, anderes, was im Weg war. Er beschrieb die Automatik, die Kontrollvorrichtungen, wie man die Winschen steuerte. Die Hydraulik.

Sie standen auf dem Achterdeck, dem Arbeitsdeck. Es war trocken, trocken unter der Septembersonne. Osvald sagte etwas, an das Winter sich erinnern würde, nachdem so viel mehr passiert war. Als er mehr wusste.

»Alles ist ein Wettkampf«, sagte Osvald. »Auf dem Meer. Und hier.«

»Wie meinst du das?«

»Als mein Großvater hierher kam und anfing zu fischen … als er und seine Brüder versuchten ein eigenes Schiff zu kaufen, und zwar schnell … das wurde nicht akzeptiert. Nicht hier auf der Insel. Sie sollten keine Bootsbesitzer werden. Sie sollten zum Fußvolk gehören. Wir, unsere Familie, sollten weiterhin das Fußvolk sein.« Osvald sah Winter an. »Mein Großvater hat das alles geändert.«

»Und jetzt liegt ihr immer noch im Wettkampf«, sagte Winter.

»Immer«, antwortete Osvald. »Dort draußen herrscht immer Wettkampf, zwischen den Schiffen, über die Zonen hinaus … und hier auf der Insel ist es auch immer ein Wettkampf gewesen. Unter den Leuten.«

»Mhm.«

Winter sah die Hafeneinfahrt und die Brücke rüber nach Styrsö. Eine Fähre lief gerade aus, südwärts nach Vrångö, der letzten Insel. Dort war er schon seit Jahren nicht mehr gewesen. Hinter Vrångö kam nur noch das Meer.

»Und ich liege im Wettkampf mit den Reedern hier«, sagte Osvald, »der Reedereiwirtschaft. Sie ist unendlich groß auf Donsö und setzt über eine Milliarde um. Mehr als fünfzehn Prozent der schwedischen Handelsflotte hat Donsö als Heimathafen im Namen. Wusstest du das?«

»Nein.«

»Das sind meine alten Kumpel«, sagte Osvald, »Gleichaltrige, sie sind Reeder und haben gleichzeitig den Befehl auf diesen Schiffen.«

»Ich verstehe«, sagte Winter.

Irgendetwas an Erik Osvald veränderte sich, als er von der Konkurrenz sprach. Die Familie Osvald war aus dem Nichts gekommen und war etwas geworden. Winter verstand das. Es bedeutete viel für Erik Osvald. Wie viel? Winter merkte ihm an, dass er in Gedanken immer noch mit dem Wettkampf beschäftigt war, der Konkurrenz. Vielleicht Geld. Vielleicht großen Risiken, um Erfolg zu haben, Reichtum.

Welche Risiken war Erik Osvald bereit gewesen auf sich zu nehmen, um seine Position hier auf der Insel und draußen auf dem Meer zu erreichen? Winter überlegte. Abgesehen von dem Risiko, sich auf dem großen Meer zu befinden. Sich der Einsamkeit zu stellen … oder was dort draußen passieren mochte. Es war ein einsames Leben, ein abnormes Leben. Auf dem Meer sollen Menschen schon wahnsinnig geworden sein.

»Es kommt eben darauf an, sich gegen die ganze Bande zu behaupten und die tüchtigsten Kerle für die Fischerei zu kriegen«, sagte Osvald.

15

Aneta öffnete zwei Schubladen in der Küche. Sie waren leer. Sie sah sich selbst am Küchentisch sitzen, der dort nicht mehr stand, auf einem Stuhl, den es auch nicht mehr gab. Ihren Kaffee trinken, den ein Fremder gekocht hatte. Himmel.

»Was passiert jetzt?«, fragte Sigge Lindsten.

»Anzeige wegen Einbruch«, erwiderte sie.

Er lachte heiser.

»Wie wollen Sie den finden, der das gemacht hat?«

»Ich erinnere mich an ihre Gesichter«, sagte sie.

»Und ihre Namen«, ergänzte Lindsten und lachte noch ein paar Takte von seinem rauen Lachen.

»Sie finden das anscheinend witziger als ich«, sagte sie.

»Eine gewisse Komik ist schon darin«, sagte er.

»Findet Anette das auch?«

»Das wissen wir nicht, da wir sie ja nicht gefragt haben, oder?« Lindsten stand in der Tür. »Sie weiß nicht, dass es passiert ist, oder?«

»Ich glaube nicht, dass sie lacht, wenn sie es erfährt.«

»Sagen Sie das nicht, sagen Sie das nicht.«

Aneta Djanali sah ihn an.

»Ein Neubeginn«, sagte er. »Jetzt gibt es wenigstens keine Erinnerungen mehr an ihn.«

»Ihn? Forsblad?«

»Wen sonst?«

»Vielleicht ist es dort«, sagte sie.

»Wie bitte?«

»Zu Hause bei Forsblad. Dort könnte das Diebesgut sein, das ganze Inventar.«

»Bleibt nur die Frage, wo der Teufel steckt«, sagte Lindsten. »Ist Ihnen eine Adresse bekannt?«

Aneta Djanali schüttelte den Kopf.

»Da gibt's eine Menge unbekannte Faktoren«, sagte Lindsten.

»Was sind Sie von Beruf, Herr Lindsten?«

»Wie bitte?«

»Was Sie von Beruf sind.«

»Spielt das eine Rolle?«

»Wollen Sie die Frage nicht beantworten?«

»Antworten ... klar kann ich antworten.« Er kam in die Küche, die nackte Küche. Ihre Stimmen klangen laut auf diese besondere Weise, wie sie klingen in einem Raum ohne Möbel, Teppiche, Leuchten, Bilder, Hausgeräte, Obstschalen, Radio, Fernseher, Maschinen, Kleider, Schuhe, Haustiere.

Alles war nackt.

Hier ist es besonders nackt, dachte sie. Ich bin schon in vielen leeren Wohnungen gewesen, aber noch nie in einer wie dieser, noch nie auf diese Art.

»Vertreter«, sagte Lindsten.

»Und was heißt das genau?«

»Vertreter? Man reist herum und verkauft.« Seine Worte hallten wider in der Küche. Die Wände hatten hässliche Löcher von den Gegenständen, die man dort aufgehängt hatte.

Löcher wie von Einschüssen. Sie hatte Löcher in Wohnungen gesehen und gewusst, was das für Löcher waren. Andere waren dort gewesen, auf dem Weg hinein oder hinaus. Manche lebendig, manche nicht. Familienangelegenheiten. Häufig handelte es sich um Familienangelegenheiten. Es gab keinen Schutz vor dem Nächsten. Das durfte sie nie vergessen. Alle Polizisten wussten das. Fang immer im Innersten an, im nächsten Umfeld. Häufig genügte das schon.

Leider genügte es. Das war gut für die Voruntersuchung, aber es war nicht gut, wenn man es von einer anderen Warte betrachtete.

Das sollte man nicht tun. Wie sollte man dann weiterarbeiten können?

Sigge Lindsten reiste und verkaufte. Sie würde ihn ein anderes Mal fragen, was er verkaufte.

»Forsblad wird doch einen Job haben«, sagte sie.

»Ja. Er hat keine Adresse, aber einen Job. Das ist vermutlich ziemlich ungewöhnlich.«

Aneta Djanali hielt Hans Forsblad in der Halle an. Er trug drei Aktenordner und war nicht allein.

»Haben Sie eine Minute Zeit?«

Er sah auf seine Armbanduhr, als würde er anfangen, die Zeit zu stoppen. Er sah seine Begleitung an, eine Frau.

»Jetzt sind schon zehn Sekunden vergangen«, sagte er. Die Frau neben ihm lächelte, aber unsicher. Sie sah Aneta Djanali an. Aneta hatte Lust, Forsblad die Ordner aus den Händen zu schlagen.

»Können wir uns irgendwo ungestört unterhalten?«, fragte sie ruhig.

Er schien zu überlegen, sah wieder seine Begleitung an und machte dann eine Handbewegung zu einer der Türen im linken hinteren Teil der Halle.

Sie gingen über den Marmorfußboden.

»Ich hab nicht viel mehr Zeit als die eine Minute«, sagte er und führte sie in ein fensterloses Konferenzzimmer. Das soll wahrscheinlich helfen, dass die Entscheidungen rasch getroffen werden, dachte sie. Niemand hält es lange in einem Raum ohne Fenster aus.

Er zeigte auf einen Stuhl, aber sie blieb lieber stehen.

»Wann haben Sie zuletzt mit Anette gesprochen?«, fragte sie.

»Keine Ahnung.«

»Was heißt das?«

»Dass ich es nicht mehr weiß.«

»Versuchen Sie nachzudenken.«

Er sah so aus, als würde er nachdenken. Die Ordner lagen jetzt auf dem Tisch. Die Rücken waren nicht beschriftet.

»Vor einem Monat oder so.« Er machte einen Schritt auf sie zu, und sie zuckte zurück, eine automatische Bewegung.

»Himmel, bleiben Sie ruhig«, sagte er.

»Worüber haben Sie damals gesprochen?«

»Tja ... das Übliche.«

Er sah auf seine Ordner, während er redete, und griff nach einem von ihnen. Darin ist etwas, das funktioniert, dachte sie. Papiere in Ordnern funktionieren immer. Dies ist ein Amtsgericht, und Ordner gehören dazu. Dieser Mann ist eine Art Jurist, und er ist auf dem absteigenden Ast.

»Sie hat noch Sachen von mir, und die brauche ich jetzt«, sagte er und hob seine Ordner hoch. »Nicht mal Sie können mich hindern, sie mir zu beschaffen.«

Ich werde es ihm erzählen, mal sehen, was dann passiert, dachte Aneta Djanali.

»Aber jemand anders hindert Sie daran«, sagte sie.

»Äh ... wie bitte?«

Sie erzählte von der ausgeräumten Wohnung, erzählte aber nicht, dass sie den Ausräumern begegnet war.

»Oje, oje, oje«, sagte Forsblad.

»Wir wären dankbar für Ihre Hilfe«, sagte Aneta Djanali.

»Natürlich, aber was kann ich tun?«

»Für den Anfang könnten Sie uns sagen, wo Sie wohnen.«

»Was hat das mit der Sache zu tun?«

Sie antwortete nicht. Er hatte die Ordner wieder auf den Tisch gelegt. Ich könnte hineinschauen. Vielleicht enthält einer von ihnen die Inventurliste von allem, was aus Anettes Wohnung hinausgetragen wurde.

»Aber hören Sie mal! Sollte ich meine eigenen Möbel stehlen?« Er lächelte, dieses eigentümliche Lächeln, das ihr Angst gemacht hatte. »Also wirklich!«

»Ich habe nach Ihrer Adresse gefragt«, sagte sie.

»Ich habe keine Adresse«, antwortete er.

»Schlafen Sie unter den Brücken?« Sie musterte seinen Anzug. Wenn er darin geschlafen hatte, dann in einer Bügelfaltenpresse. Keine Falten. So glatte Steine gab es nicht.

Er lächelte wieder.

»Ich brauche Ihnen meine Adresse nicht zu nennen.«

»Sie haben doch keine, haben Sie eben gesagt.«

»Und deswegen kann ich Ihnen auch keine nennen.«

»Hier handelt es sich um eine Voruntersuchung«, sagte sie. »Sie wissen sehr wohl, dass die Öffentlichkeit verpflichtet ist, mit der Polizei zusammenzuarbeiten. Wenn das irgendjemand wissen sollte, dann Sie.«

»Voruntersuchung in welcher Angelegenheit?«, fragte er.

»Wenn Sie weiter den Naiven spielen, dann müssen wir dieses Gespräch in einem anderen Zimmer fortführen.«

»Das war eine Drohung.«

Aneta Djanali seufzte, kaum hörbar, und holte ihr Handy aus der Innentasche ihrer leichten Jacke.

»Okay, okay, ich wohne bei einem Mädchen.« Er leckte sich über die Lippen. Sie sah, dass sein einer Mundwinkel aufgesprungen war. »Vorübergehend also. Aber …«

»Die Adresse«, sagte sie.

»Dort ist jetzt niemand zu Hause.«

Er lächelte wieder, dieses erschreckende Lächeln.

Gib mir Kraft, dachte sie. Einer der Götter von zu Hause. Ich habe meinen Vater sie rufen hören, aber ich kann nicht alle Sprachen. Ich kenne die Worte nicht, die man viermal wiederholen muss, damit der Gott kommt. Auf Französisch hört er nicht, und das ehrt ihn. Oder sie. Wer sagt denn, dass der Gott keine Frau ist? Ich werde Vater heute Abend anrufen und fragen. Nein. Ich werde behaupten, der Gott sei eine Frau, hör jetzt, Paramanga Djanali, dein Lieblingsgott ist ein Weib vom Wüstenhorizont.

Hans Forsblad lächelte immer noch oder bildete sie sich das nur ein?

»Zum letzten Mal«, sagte sie.

*

»Es war niemand da«, sagte sie. »Aber die Türklinke war noch warm.«

Fredrik Halders lachte laut.

»Deinen Humor schätze ich am meisten«, sagte er.

»Und darüber hinaus? Was schätzt du sonst noch an mir?«

Er sah sich um.

»Die Kinder können mich hören«, sagte er.

»Sie sind in eurem Haus, Fredrik. Das liegt am anderen Ende der Stadt.«

Er nahm die Füße von der Sofakante und stemmte sich hoch. Er trank einen Schluck Bier und sah sie über den Glasrand an.

»Wir könnten jetzt dort sitzen«, sagte er.

»Aber dann hätten doch die Kinder zuhören können, oder?«

»Ich hätte meine Worte gut gewählt«, sagte er.

»Mhm.«

»Was bedeutet das: ›Mhm‹? Was soll das bedeuten?«

»Ich denke nur über die Kombination Fredrik Halders und seine Worte gut auswählen nach.« Sie lächelte.

Er schwieg und trank wieder, als ob er immer noch darüber nachgrübelte, welche Worte er wählen sollte.

»Du weißt, was ich meine, Aneta.«

»Fredrik.«

»Du weißt, was ich will und was ich finde.«

»Ja«, sagte sie weich.

Er schwenkte prüfend die Bierdose.

»Möchtest du noch etwas Wein?«

Sie schüttelte den Kopf.

»Dann hol ich mir noch ein Bier.«

»Mal im Ernst«, sagte Halders, »du musst die Sache aufgeben.«

Sie antwortete nicht. Unter der Decke konnte sie nichts sehen, aber sie hörte seine Stimme von der anderen Seite. Die Stimme von der anderen Seite. Sie kicherte, und das kam auch vom Wein, sie hatte noch ein Glas getrunken.

»Es kann gefährlich werden«, sagte er. Sie fühlte, wie er die Decke von ihrem Kopf zog. »Hörst du, Aneta?«

Das Licht der Nachttischlampe fiel ihr in die Augen, sie blinzelte. Sein Gesicht war schwarz im Gegenlicht, schwarz, das Gesicht eines Afrikaners. Wer ihn nicht kannte, könnte glauben, er sei gefährlich. Einige, die ihn kannten, glaubten das tatsächlich. Es war nicht immer gut gewesen.

»Du hast nicht direkt was damit zu tun, und ein Typ wie dieser Forsblad kann Ärger machen.«

»Was meinst du damit?«

Sie zog die Decke an sich und wickelte sich darin ein. Sie hörte die Musik, die Fredrik angestellt hatte, James Carr, *The Dark End Of the Street*, vierzig Jahre alter Soul aus dem Süden, *at the dark end of the street, that is where we always meet.*

»Wie du ihn beschrieben hast, scheint er ein Psychopath zu sein. Wenn er sich einbildet, du seist hinter ihm her, ohne dass er eine Ursache dafür sieht, kann es unangenehm werden.«

»Für ihn, ja.«

»Für dich, Aneta.«

»Das spielt doch keine Rolle, oder? Wenn er ein Psychopath ist, dann wird er sich auf jeden Fall einbilden, dass ich hinter ihm her bin, egal, ob er einen Grund dafür sieht oder nicht?«

Halders schwieg.

»Oder?«, fragte Aneta Djanali.

»Nun sei doch nicht wieder so ... verdammt smart«, sagte er. Er zerstrubbelte ihre Haare. »Hör auf mich, auch wenn ich es plumper ausdrücke, als es dir gefällt.«

Sie setzte sich kerzengerade hin. Die Decke rutschte herunter. Sie schlang die Arme um Brust und Schultern, als würde sie frieren.

»Der hat was Gefährliches an sich«, sagte sie. »Ich spüre es. Ich sehe es.«

»Genau das sage ich doch!«

»Aber verstehst du nicht? Er ist eine Gefahr für *sie*. Er wird sie wieder angreifen.«

»Das kannst du nicht wissen.«

»Und ob, das weiß ich.«

Halders stand auf und ging zum CD-Spieler, der verstummt war. Sie hörte ihn zwischen den CDs suchen, unbeholfen wie immer. Als die Musik erklang, erkannte sie den Rhythmus, auch die Stimme des Sängers. Es war schließlich ihre CD. Gabin Dabiré. *Afriki Djamana – Music From Burkina Faso.*

Die Musik bewegte sich wie eine Karawane durch die Wüste, schwankte, hob und senkte sich. Das Lied hieß *Sénégal* und handelte von Sehnsucht, vielleicht von der Sehnsucht nach dem Meer im Westen:

Du sagst du willst nach Senegal fahren
Die Scham abwaschen die alle berührt
Gegen das Böse
Die Sehnsucht nach unserem Senegal.
Hier bin ich … mit der aufgehenden Sonne … und erzähle
Lass uns die Hände reichen und die Feindschaft vergessen.
Lass unser Volk gemeinsam wandern.

»Verstehst du, wovon er singt?«, fragte Halders.

»Ja.«

»Er wird sie nicht in Frieden lassen«, sagte Aneta Djanali.

»Was? Wer?«

»Forsblad natürlich. Er kann nicht akzeptieren, dass sie ihn nicht haben will.«

»Er wohnt doch schon bei einer anderen.«

»Behauptet er.«

»Dann lass es ihn behaupten. Selbst wenn es nicht so ist, hilft es ihm vielleicht.«

»Wie denn?«

»Ich bin kein Psychopath«, sagte Halders. »Ich weiß nicht, wie er denkt, aber ich kann mir vor…«

»Das werden ja nur immer mehr Lügen«, unterbrach Aneta ihn.

»Ich bin auch kein Psychologe, aber wenn er sich eine eigene Welt bastelt, in der er sich einbildet, eine neue Frau zu haben, dann ist das vielleicht ganz gut.«

»Eine neue Frau, die er schlagen kann?«

Halders antwortete nicht.

»Der Kerl ist gefährlich«, sagte Aneta Djanali. »Darüber sind wir uns ja sogar einig.«

»Lass es«, sagte Halders. »Lass ihn und sie und die ganze Familie, ob es sie nun gibt oder nicht.«

Sie schwieg.

»Und die Möbel.« Halders lächelte.

»Ich hab Anette nicht mal getroffen, jedenfalls nicht richtig«, murmelte Aneta. »Sie hat die Misshandlungen nie selbst angezeigt.« Sie hörte Halders seufzen. »Aber die Nachbarn haben angerufen. Mehrere Male. Und die Frau in ihrem Treppenhaus hat Verletzungen in ihrem Gesicht gesehen.«

»Aneta, sie wohnt da nicht mehr. Er wohnt da nicht mehr. Sie wohnt zu Hause, im Schutz ihrer Eltern. Er wohnt vielleicht bei einer neuen Frau. Vielleicht schlägt er sie auch, und dann greifen wir zu. Aber jetzt ka...«

»Was meinst du, wie viele neue Gewalttaten geschehen, während solche Gespräche geführt werden wie das, was wir jetzt führen?«, sagte sie. »Misshandlung? Während wir, die Verbrechen vorbeugen sollen, zu dem Ergebnis kommen, dass keine Gefahr und kaum ein Anlass besteht, gerade dieser Bedrohung vorzubeugen, und dann passiert das Verbrechen. Es wird wieder passieren.«

»Möchtest du noch was trinken?«

»Hast du gehört, was ich gesagt habe?«

»Ich hab's gehört.«

»Dann antworte doch!«

»Ich weiß einfach nicht, was man in so einer Situation machen soll«, sagte er und suchte ihren Arm. »Wir können ihn nicht festnehmen, nicht jetzt.«

»Wir können ihn beobachten.«

»Wer soll das machen?«, fragte Halders.

»Ich.«

»Hör auf. Du am allerwenigsten.«

»Dann eben jemand anders. Es ist ja nicht meine persönliche Angelegenheit, falls du das glauben solltest.«

»Ach? Du weißt doch genauso gut wie ich, dass Winter für so was nie Leute bewilligen würde«, sagte Halders.

»Es ist eine vorbeugende Maßnahme. Winter ist immer für vorbeugende Maßnahmen zu haben.«

»Er ist auch dafür, realistisch zu bleiben.«

»Was ist realistischer als eine zusammengeschlagene Frau?«

»Was soll ich darauf antworten, Aneta?«

»Ich weiß es nicht, Fredrik.«

»Und selbst wenn Winter zustimmen würde, Birgersson würde es ablehnen.«

»Birgersson? Gibt's den noch? Ich hab ihn schon seit Jahren nicht mehr gesehen.«

»Das ist ganz in seinem Sinne«, sagte Halders.

Aneta Djanali stand auf und ging durchs Zimmer.

»Ich geh jetzt unter die Dusche«, sagte sie.

Halders hatte überbackene Brote gemacht. Ihr war immer noch warm von der heißen Dusche, sie fühlte sich entspannt, etwas behaglicher ... abgestumpft nach den Gedanken. »Ich hab keine Ananas gefunden«, sagte er, »es gab Käse, Schinken und Senf, aber keine Ananas.«

»Ich muss nicht unbedingt Ananas auf einem überbackenen Brot haben.«

»Na, dann ist es ja gut. Ich bin mir schon wie ein Versager vorgekommen.«

»Du hast es gut gemacht, Fredrik.«

»Eine Tasse Tee?« Er hielt die Kanne wie der Diener einer Gräfin hoch.

»Du hast was anderes aufgelegt«, sagte sie und meinte die Musik.

»Meine Hochachtung vor all den Gitarren, die du sammelst«, sagte er, und sie hörte und verstand, was er meinte, als das Gitarrensolo in *Comfortably Numb* kam, angenehm abgestumpft, *there is no pain you are receding, a distant ship's smoke on the horizon, you are only coming through in waves.*

Der Rauch eines fernen Schiffes am Horizont. Gab es ein schöneres Bild?

»Ich glaube, er kennt die Leute, die die Wohnung ausgeräumt haben«, sagte sie.

»Ach, Aneta.«

»Wer sollte denn auf die Idee kommen, das zu tun?«

»Jetzt trink deinen Tee und schalte eine Minute ab.«

»Antworte mir. Die sind einfach reingegangen.«

»Und wieder raus.«

»Genau.«

»Ich glaub nicht, dass er den Krempel haben will«, sagte Halders.

»Ich glaube genau das Gegenteil«, sagte Aneta Djanali. »Wenn er sie nicht besitzen kann, dann will er jedenfalls alles besitzen, was ihr gehört.«

Halders antwortete nicht.

»Du sagst ja gar nichts.«

»Ich hab das nicht als eine Frage verstanden.«

»Nun mach schon, Fredrik!«

»Die Analyse kommt mir etwas zu selbst gestrickt vor, ehrlich gesagt. Und da ist noch ein Haken.«

»Was?«

»Also … selbst wenn dieser Forsblad total durchgeknallt ist, bedeutet es ja nicht, dass der Rest der Welt auch durchgeknallt sein muss, oder? Er musste die beiden Typen, die du angetroffen hast, immerhin überzeugen, dass die Wohnung ausgeräumt werden muss.«

»Als ob die einen Grund brauchten!?! Machst du Witze? Meinst du, dass es heute, in diesem Land, schwer ist, ein paar kriminelle Handlanger dazu zu bringen, eine Wohnung auszuräumen? Man kann immer Leute kaufen, die bereit sind, wer weiß was zu tun.«

»Sind die Menschen wirklich so schlecht?«

»Jetzt stell dich nicht immer so naiv, Fredrik.«

»Weißt du, Aneta«, sagte Halders und streckte sich nach der Teekanne, »den Mann, der dir in einer Diskussion gewachsen ist, den gibt es nicht.«

»Wieso? Haben wir denn eine Diskussion?«

*

Bergenhem ging über den Sveaplan mit kräftigem Wind im Rücken. Vor dem Supermarkt flog eine Zeitungsseite auf.

Die Häuser wirkten schwarz im Dämmerlicht. Rechts fuhr eine Straßenbahn vorbei, ein gelbes, kaltes Licht. Zwei Elstern flatterten vor ihm auf, als er auf den Knopf neben dem Namensschild drückte. Er hörte eine ferne Antwort.

Es war genau wie beim letzten Mal.

Aber diesmal war er nicht im Dienst.

Er wusste nicht, warum er hier stand.

»Ich möchte zu Krister Peters. Hier ist Lars Bergenhem.«

»Wer?«

»Lars Bergenhem. Ich war im letzten Jahr hier … vom Landeskriminalamt.«

Er bekam keine Antwort, aber die Tür surrte, und er öffnete sie. Er stieg die Treppen hinauf. Er klingelte. Die Tür wurde nach dem zweiten Klingeln geöffnet. Der Mann war in Bergenhems Alter.

Die dunklen Haare hingen ihm genau wie beim letzten Mal in die Stirn. Es wirkte genauso absichtlich wie damals. Das Gesicht war unrasiert wie damals. Peters trug ein weißes Unterhemd genau wie damals, es hob sich gegen den sonnengebräunten, muskulösen Körper ab.

»Hallo«, sagte Peters. »Sie sind wiedergekommen.«

»Jetzt kann ich den Whisky annehmen«, sagte Bergenhem.

Bergenhem hatte in einer Serie von Misshandlungen ermittelt. Ein Freund von Krister Peters, Jens Book, war in der Nähe von Peters' Wohnung niedergeschlagen und schwer verletzt worden.

Bergenhem hatte Peters besucht und ihn befragt. Peters war unschuldig. Peters hatte ihm einen Maltwhisky angeboten. Bergenhem hatte dankend abgelehnt.

»Ich bin mit dem Auto da und muss hinterher gleich nach Hause«, hatte er geantwortet.

»Ihnen entgeht ein guter Springbank«, hatte Peters gesagt.

»Vielleicht habe ich später ja noch mal die Gelegenheit«, war Bergenhems Antwort gewesen.

»Vielleicht«, hatte Peters geantwortet.

Peters wandte Bergenhem den Rücken zu und ging in die Wohnung. Bergenhem folgte ihm. Peters hatte sich auf das dunkelgraue Sofa gesetzt. Auf einem niedrigen Glastisch lagen Zeitschriften. Rechts von den Zeitschriften standen drei Gläser und eine Flasche. Bergenhem setzte sich in einen Sessel, der genauso bezogen war wie das Sofa.

»Wie geht's?«, fragte Peters.

»Nicht besonders«, antwortete Bergenhem.

»Haben Sie das Gefühl, Sie müssten mit jemandem sprechen?«

»Ja.«

»Dann sind Sie bei mir richtig«, sagte Peters.

»Es ist alles so verwirrend«, sagte Bergenhem.

16

Auf Donsö war es immer noch taghell. Winter stand auf dem Achterdeck der »Magdalena«. Die Sonne hing tief über dem Meer und begann zu brennen. Bald würde sie verschwinden. Wird die Sonne ausgeknipst, wenn sie im Wasser untergeht?, hatte Elsa im letzten Sommer gefragt, als sie in Vallda Sandö gebadet hatten und lange geblieben waren. Das war eine gute Frage.

»Ihr erlebt sicher viele solcher Sonnenuntergänge draußen auf dem Meer«, sagte Winter zu Erik Osvald, der neben ihm stand.

»Na ja, wir stehen nicht gerade da und applaudieren dem Sonnenuntergang jedes Mal«, antwortete Osvald.

»Aber die Schönheit siehst du wohl doch?«

»Ja ...«, sagte Osvald, und Winter begriff, dass Wetter, Sonne, Regen, die vierundzwanzig Stunden eines Tages und die Schönheit der Natur für Osvald etwas anderes waren als für ihn, für alle, die an Land lebten.

Osvald schaute nach der Sonne, die nun schnell sank.

»Jetzt kommt eine Jahreszeit, in der man das Licht vermisst«, sagte er in die Dämmerung hinein. »Bald müssen wir schon nachmittags um drei bis vormittags um zehn Licht anmachen.« Er sah Winter an. »Und im Sommer ärgert man sich, wenn einem die Sonne schon morgens um vier in die Augen scheint.«

Winter nickte. Hier draußen wurde alles viel deutlicher.

»Aber auf dem Meer gibt es eigentlich keinen Tag und keine Nacht.«

Winter wartete, dass er weitersprach. Die Sonne war jetzt verschwunden.

»Es gibt keinen Tag, gibt keine Nacht«, wiederholte Osvald.

Es klang wie Poesie. Vielleicht war es Poesie. Arbeit und Alltag sind Poesie, wenn alles Unwesentliche weggeschrubbt ist.

Osvald sah ihn wieder an, zurückgekehrt in die Realität der Arbeit.

»Einen richtigen Morgen oder Abend haben wir ja eigentlich nie. Die Stunden rasen davon, alle fünf oder sechs Stunden muss das Schleppnetz eingeholt werden.«

»Bei jedem Wetter?«, fragte Winter.

Osvald blinzelte zum Himmel. Sein Gesicht war voller feiner Linien. Es gab eine Sonnenbräune, die auch zwischen zehn und drei, wenn es dunkel war, nicht verschwinden würde. In seinen Augenschlitzen war etwas Blaues. In diesem Augenblick überlegte Winter, was Osvald draußen auf dem einsamen Meer dachte. Was dachte er bei Sturm?

»Das Wetter ist heutzutage kein großes Problem mehr für uns«, sagte Osvald und nickte, als wollte er seinen Worten Nachdruck verleihen. »Früher gingen Schiffe in den Stürmen unter.« Wieder schaute er übers Meer. »Oder wurden von Minen in die Luft gesprengt ...«, sagte er wie zu sich selber. Er warf Winter wieder einen raschen Blick zu. »Im letzten Herbst hatten wir sehr schlechtes Wetter. Aber wir mussten nur zwei Nächte wegen Sturm mit dem Fischen aussetzen. Ist er stärker als zwanzig Meter pro Sekunde, dann fahren wir nicht raus.« Er lächelte Winter an. »Jedenfalls nicht, wenn der Grund schlecht ist. Es ist nicht lustig, wenn sich das Schleppnetz bei Windgeschwindigkeiten von zwanzig Metern pro Sekunde am Meeresboden verfängt.«

Er drehte sich um, als wollte er sehen, ob seine Schwester da war. Aber Johanna Osvald hatte sich für einen Moment entschuldigt und war übers Fallreep an Land geklettert und zwischen den Häusern verschwunden, die bis nah an den Kai gebaut waren.

»Wir sind ein bisschen zwiegespalten, was das Wetter angeht«, sagte Osvald. »Ist es schlecht, werden wir für unsere Fänge ja gut bezahlt. Weil sich dann nur wenige rauswagen. Und bis jetzt gibt es noch keinen Fischer, der durch Sturm Verluste hatte! Nach einem Sturm gehen die Preise rauf. Und er rührt den Kessel am Grund ordentlich um. Dem Meer tut ein Sturm gut.«

Der Sturm rührt den Kessel um, dachte Winter. So ist es. Alles wird aufgerührt, wird umgedreht, Steine werden umgedreht, das Alte wird neu, das Neue wird alt, rundherum und rauf und runter.

Das war wie bei seiner Arbeit. So wollte er es haben. Das Vergangene existierte nicht wie etwas Vergangenes, nicht mehr als eine Abstraktion. Es existierte in der Wirklichkeit, war genauso gegenwärtig wie das Jetzt, ein Parallel-Zustand, von dem niemand einfach wegsegeln konnte.

Er sah Osvald an. Der gleichaltrige Mann war hier zu Hause, in seinem eigenen Hafen, oder er war eher auf dem Meer zu Hause, aber das Meer war nah.

»Was gefällt dir am besten da draußen?«, fragte Winter.

»Auf dem Meer?«

Osvald schien ihn nicht gehört zu haben. Winter wiederholte seine Frage. Osvald schaute weiter übers Wasser, als ob er Besuch erwartete oder ein Schiff überm Horizont auftauchen würde, als Ersatz für die Sonne, die dort untergegangen war. Eine Rauchsäule. *A distant ship's smoke on the horizon.*

»Man ist König«, sagte Osvald plötzlich. Er lachte. »Wenn man oben auf der Brücke steht und um sich blickt, ist man hoch über allem. So weit man sehen kann, ist man erhöht. Auf mehrere Art, auch geistig ...«

Winter verstand, was er meinte. Osvald war ein gläubiger Mann. Aber er wollte auch König sein, ein weltlicher König. Und König des Meeres. Winter überlegte, was Osvald bereit wäre zu tun, um sein Königreich und den Trawler, der sein Thron war, zu erhalten. Winter dachte wieder an die Risiken. Wie weit würde Osvald gehen? Gab es etwas, das ihn bremsen konnte?

»Stell dir mal im Vergleich den Wald vor«, fuhr Osvald fort. »Mein Schwager hat ein Stück Wald an Land, und wenn man dort ist, tief unter den Bäumen … dann ist man ja das *Geringste* von allem dort.«

»Ja …«, sagte Winter, »das macht einen irgendwie demütig.«

»Demütig … mhm … ja, demütig … versteh mich richtig, fünfundzwanzig Jahre auf der Nordsee machen einen demütig, das prägt einen … jahrein, jahraus, tagein, tagaus … In mancher Hinsicht wird man anmaßend, aber nicht jeder. Vor gewissen Dingen empfindest du riesige Demut.«

Winter nickte. Osvald war ernst. Plötzlich war es, als stünde Winter gar nicht neben ihm. Osvald sprach mit dem Meer. Winter begriff, dass er es mit einem Mann zu tun hatte, der selten so viel redete, der sich aber manchmal danach sehnte es zu tun, wie jetzt. Aber Osvald sprach auf seine Art und folgte seiner eigenen Logik.

Wenn ich hier weitermache … dann ist in dem Verschwinden eine Logik, der ich auch folgen muss. Winter spürte im Gesicht, dass der Wind zunahm. Das ist diese Logik, diese Gedanken kommen aus einer anderen Welt als an Land. Es ist das Leben in dieser Welt, die hier etwas bedeutet. Und was größer ist als das Leben. *Larger than life*. Das ist es, worüber Osvald redet.

»Es gibt eine Oberhoheit«, sagte Osvald, als ob er Winters Gedanken gelesen hätte. »Jenseits der Küstenwache.« Er lachte, wurde jedoch sofort wieder ernst. »Wenn es keine … Oberhoheit gibt, dann ist doch alles sinnlos.«

Winter drehte sich um und schaute zum Ort, die großen Häuser, die kleineren, die schmalen Straßen, die Mopeds mit Ladeanhänger, die das Transportmittel der südlichen Schären waren. Er sah das Kreuz. Das Missionshaus. Jetzt fiel ihm ein, dass die Familie Osvald der Missionskirche angehörte.

»Du hast gesagt, da draußen bist du am höchsten«, sagte Winter. »Meinst du damit, dass du dem Himmel nah bist?«

»Tja … von welchem Himmel redest du?«

»Der, von dem du eben geredet hast.«

»Der Oberhoheit?« Osvald schien über seine eigenen Worte zu lächeln, als ob er nur einen Scherz gemacht hätte. Der hohe Himmel, das Höhere darüber. »Nein. Die Religion hat nichts mit dem Fischen zu tun.«

»Ach?«

Osvald schüttelte den Kopf.

»Aber muss das nicht irgendwie zusammenhängen?«

»Wie meinst du das?«, fragte Osvald.

»Hier ist die Kirche doch so wichtig. Sie ist überall gegenwärtig.«

»Mhm.«

Winter wusste nicht, ob Osvald noch etwas sagen würde. Aber er wusste, dass dies hier wichtig war. Hier war die Religion ein wichtiges Thema.

»Hier findet niemand etwas Besonderes daran, in die Kirche zu gehen, wenn man bei Sturm einen fremden Hafen anlaufen muss zum Beispiel«, sagte Osvald nach einem Moment. »Kein Fischer von der Westküste würde auch nur eine Sekunde zögern.«

Winter nickte.

»Alle Fischer von der Westküste glauben an Gott«, sagte Osvald.

»Heißt das, an Bord von Fischerbooten herrscht eine gottesfürchtige Stimmung?«, fragte Winter.

»Wir alle fürchten Gott«, sagte Osvald.

»Und keiner begeht irgendetwas Böses an Bord?«, fragte Winter.

Osvald antwortete nicht.

»An Bord eines Fischerbootes flucht niemand«, sagte Johanna Osvald, als sie in ihrem Haus saßen. Ihr Bruder nickte. Es war dunkel geworden. Winter wollte um 19.02 Uhr mit der »Skarven« zurück nach Saltholmen fahren.

»Nicht einmal, wenn sich einer die Finger einklemmt?«

»Nicht mal dann«, sagte Erik Osvald. »Man zuckt richtig zusammen, wenn man jemanden fluchen hört, über Funk oder so ... das müssen dann Fischer von der Ostküste oder aus Dänemark sein.«

»Habt ihr viel mit Dänemark zu tun?«

»Wir löschen den ganzen Fisch in Dänemark«, sagte Erik Osvald. »In Hanstholm auf Jütland. Das liegt westlich von der Jammerbucht. Auf der anderen Seite von Hirtshals.«

»Westlich von Blokhuš?«, fragte Winter.

»Äh ... genau. Blokhuš liegt tiefer in der Bucht.«

Winter kannte Blokhuš. Vor einigen Jahren hatte er dort einen Teil der Antworten zu einem Fall gefunden, an dem er arbeitete. Die alten Spuren einer ermordeten Frau ohne Identität hatten ihn nach Dänemark und in die Jammerbucht geführt. Von dort hatte die Vergangenheit ihre langen Schatten in die Zukunft geworfen, die das Jetzt war.

»Die ›Magdalena‹ liegt nie hier im Hafen von Donsö«, sagte Erik Osvald.

»Ach?«

»Nein, nein, die liegt hier jetzt nur zur Überholung. Sonst wechselt die Besatzung auf Hanstholm.«

Erik Osvald erzählte. Sechs Tage lang lag die »Magdalena« draußen und fischte Dorsch und Schellfisch, am siebten Tag fuhr sie morgens um fünf mit dem ausgenommenen Fisch nach Hanstholm, wo gewogen und sortiert, der Dorsch in sechs und der Schellfisch in vier verschiedenen Größen abgepackt wurde. Fünfzehn bis 20 Tonnen Fisch. Um sieben Uhr fand die Fischauktion statt, überall entlang der Nordsee und am nördlichen Atlantik zur selben Zeit. Vormittags kümmerten sich die vier an Bord um die Instandhaltung und den Proviant. Gegen Mittag kam die Ablösung. Dann legte die »Magdalena« sofort ab. Die alte Besatzung setzte sich in das Auto der Ablöser und fuhr durch Jütland zur Fähre nach Frederikshavn.

»Was passiert mit dem Fisch?«, fragte Winter.

»*Fish & chips* in Schottland«, sagte Erik Osvald.

»Wirklich?«

»Der Schellfisch muss klein ausfallen, er darf kein festes Fleisch haben. Kleine Dorsche sind auch für *fish & chips* geeignet. Die Ware wird mit Lastern auf der Fähre nach Schottland transportiert. Das ist etwas merkwürdig, nicht? Wir liegen vor Schottland und holen den Fisch aus dem Meer, der schließlich mit Lastern von Dänemark zurück nach Schottland geht. Von Hanstholm fährt übrigens eine Fähre direkt nach Thurso.«

»Das wusste ich gar nicht«, sagte Winter.

»Muss man ja auch nicht wissen.«

Winter hatte ein seltsames Gefühl. In dem, was Erik Osvald gesagt hatte, war etwas, dem lauschte Winter nach. Etwas, das er in dem Augenblick nicht verstand.

Später, als draußen der Wind zu hören war, fragte Winter: »Was ist das Schlimmste, wenn man draußen ist?«

»Ja ...« Erik Osvald sah seine Schwester an. Sie hatte in der letzten halben Stunde nicht viel gesagt. Aber Winter wusste, dass er mit ihr sprechen würde.

»Die Stürme haben uns ja nie unterkriegen können«, fuhr Erik Osvald fort. »Auch keine Schiffbrüche, Schäden ... niemals so was ... man muss eben die Zähne zusammenbeißen, dann kommt man schon drüber weg.«

»Das Schweigen«, sagte Johanna Osvald plötzlich.

Ihr Bruder zuckte zusammen. Dann nickte er.

»Welches Schweigen?«, fragte Winter.

»Das Schweigen unter der Besatzung«, sagte Johanna Osvald. »Oder was meinst du, Erik?«

Er nickte wieder, sagte jedoch nichts. Plötzlich schien er ein Teil jenes Schweigens geworden zu sein, von dem Johanna gesprochen hatte. Als ob er plötzlich ein Beispiel wäre. Er sah auf.

»Das kann einen zerbrechen«, sagte er jetzt. »Oder ...

daran zerbricht man. Uneinigkeit an Bord … schlechte Stimmung. Das macht einen schnell kaputt.«

Winter nickte.

»Als Schiffer bist du einsam.«

»Wie bitte?«

»Da bist du einsam als Schiffer«, wiederholte Erik Osvald.

Winter dachte nach. Erik Osvald war Schiffer.

Sein junger Großvater, John Osvald … war der auch Schiffer gewesen?

»War John Osvald Schiffer auf der ›Marino‹?«, fragte er.

Osvald sah wieder seine Schwester an, die den Blick jedoch nicht erwiderte.

»Anfangs nicht«, sagte er.

»Anfangs nicht? Was meinst du damit?«

»Da ist mal was passiert … kurz bevor … ich weiß nicht … aber als sie in Schottland an Land gingen, war Großvater Schiffer.«

»Passiert? Was ist denn passiert?«

»Keine Ahnung«, sagte Osvald.

»Die nach dem Unglück aus Schottland zurückgekehrt sind, haben die nicht erzählt, was passiert ist?«

»Wir haben nichts erfahren«, sagte Erik Osvald.

»Hat überhaupt jemand danach gefragt?«

»Ja«, antwortete Erik Osvald, Winter fand es jedoch nicht überzeugend.

»Aber keine Auskunft?«

Erik Osvald zuckte mit den Schultern.

»Das klingt ja fast nach Meuterei«, sagte Winter.

»Wir wissen es wirklich nicht«, sagte Johanna Osvald, als sie ihn zur »Skarven« begleitete, die gerade von Vrångö einlief. »Hat das eine Bedeutung?«

»Keine Ahnung«, sagte Winter. Und Bedeutung für was?, dachte er. »Dein Vater hat den Beruf aufgegeben«, sagte er.

»Er war ja schon im Pensionsalter, reif fürs Seefahrtsmuseum, wie er es ausdrückte.«

»Welche Abteilung?«

Sie lächelte.

»Aber ganz kann er die See nicht aufgeben«, sagte sie.

»Wie meinst du das?«

»Er macht sich dauernd Sorgen. Um die, die draußen sind. Um Erik und seine Besatzung. Er hört sich jeden dänischen Wetterbericht an. Damit beginnt er um Viertel vor sechs morgens und hört mit dem letzten Bericht Viertel vor elf abends auf. Aber er ruft niemals draußen auf dem Schiff an.«

Winter bemerkte, dass sie im Präsens von ihrem Vater sprach, als ob er gerade am Radio säße und aufmerksam einer monotonen Stimme lauschte, die Zahlen herunterleierte, lebenswichtige Zahlen.

»Wo fischen sie meistens?«, fragte Winter.

»Westlich von Stavanger, sechzig bis siebzig Seemeilen westlich davon. Dabei können sie den Bohrtürmen nahe kommen, die fünfzig Seemeilen östlich von Schottland stehen.«

»Skarven« legte mit einem weichen Rumpeln am Anleger von Donsö an. In vier Minuten würde sie wieder ablegen.

»Machst du dir Sorgen um deinen Bruder, wenn er draußen ist?«, fragte Winter.

»Natürlich.«

Er ging auf das Schiff zu.

»Aber jetzt mache ich mir Sorgen um meinen Vater«, sagte sie.

»Ich werde tun, was ich kann. Wir.«

»Es ist etwas passiert«, sagte sie. »Etwas Gefährliches.«

»Es wäre gut, wenn du dich an alles zu erinnern versuchst, was er gesagt hat, bevor er gefahren ist. Was er getan hat. Mit wem er gesprochen hat. Ob er etwas Schriftliches hinterlassen hat. Ob jemand angerufen hat. Ob ein weiterer Brief gekommen ist. Alles.«

»Er hat zu Gott gebetet«, sagte sie und sah ihn an. »Mein Vater hat immer zu Gott gebetet.« Sie nickte zum Schiff. »Du musst jetzt gehen.«

Sie umarmte ihn hastig und blieb stehen, als »Skarven« zur Styrsö Skäret brauste. Winter dachte an all die Frauen, die dort in Hunderten von Jahren gestanden und übers Meer geschaut und mit Sorge im Herzen gewartet hatten. So wie Johanna jetzt dastand, wieder war es so. Er erinnerte sich, dass sie kurz darüber gesprochen hatte, als sie jung gewesen waren. Die Sorge ihrer Mutter, ihre eigene Sorge. Ihres Bruders. Winter sah zur »Magdalena«. Über dem Achterdeck waren zwei Scheinwerfer eingeschaltet. Er sah Gestalten in Ölzeug, die sich an Deck bewegten. Er sah ein Gesicht im Steuerhäuschen, das alles im Hafen überragte. Er sah, dass Erik Osvald ihm nachschaute. Er spürte einen kalten Wind und ging ins Schiffsinnere.

Die geschützten Häuser von Långedrag waren erleuchtet. Winter bog bei der vertrauten Kreuzung ab und fuhr weiter nach Norden in ein Viertel noch mehr geschützter Villen. Er parkte vor einem der Häuser. Er kannte es, kannte es gut. Hier hatte er einen großen Teil seiner Kindheit und seine ganze Jugend verbracht.

Seine ältere Schwester war hier geblieben, in diesem Haus, erst mit Mann und Kindern und jetzt seit langem allein mit ihren Töchtern, Bim und Kristina.

Aber die beiden waren inzwischen groß. Bim wohnte nicht einmal mehr zu Hause. Kristina war dabei, das Nest zu verlassen. Lotta Winter hatte das alles vorausgesehen und versuchte auf rationale Weise damit fertig zu werden, aber das war nichts, mit dem man einfach so fertig wurde. Du wirst ja selber sehen, hatte sie gesagt. Was sehen? Sehen, wie leicht das ist. Die Trennung? Die Trennung, JA, wir sprechen uns wieder, wenn Elsa *bye, bye* sagt. Bei dir klingt das so endgültig, Lotta. Ist es das denn nicht?, hatte sie gesagt. Du weißt, was ich meine, hatte er geantwortet. Ja, ja, entschuldige. Aber es ist … die Stille. Plötzlich ist es so still. Still.

Er klingelte. Es war seit dreißig Jahren derselbe Klingelton. Den sollte sie mal gegen einen neuen austauschen.

Was Neues und Fröhliches, Freches. Ein keckes Tüdelütt.

Nach dem vierten Klingeln öffnete sie.

»Sieh einer an, sieh einer an.«

»Ich bin vorbeigekommen«, sagte er.

»Das sehe ich.«

»Willst du mich nicht hereinbitten?«

Sie ging rückwärts in die Diele.

Er legte ab, hängte seine Sachen an *seinen* Haken.

»Ja ... hier ist es ruhig und still«, sagte sie.

»Sehr schön.«

»Zum Teufel, nein«, sagte sie.

»Fängst du auf deine alten Tage an zu fluchen?«

»Na, vielen Dank für die alten Tage.«

»Und warum fluchst du?«

»Warum? Warum ich eine kräftige, gesalzene Sprache habe? Ich glaub, das kommt von den salzigen, kräftigen Winden vom Meer, das nur fünf Minuten Fahrt mit dem Mercedes von hier entfernt ist.«

»Dort fluchen sie nie.«

»Wie bitte?«

»An der Westküste gibt es keine Fischer, die fluchen.«

»Woher weißt du das?«

Er erzählte es ihr.

Sie saßen im Wohnzimmer. Der Ausblick war derselbe. Er konnte die Spielhütte sehen, in der er sich manchmal versteckt hatte.

»Meine Sprache ist saftiger geworden, weil die Kinder mich nicht mehr hören können«, sagte sie. »Das ist meine Art an die Person anzuknüpfen, die ich einmal gewesen bin.«

»Mhm.«

»Ich höre, dass du einer Meinung mit mir bist.«

»Mhm.«

»Was sagt Angela dazu, wenn du an einem Samstagabend nicht bei ihr bist?«

Er sah auf die Uhr.

»Eigentlich sollte es nicht so spät werden.«

»Und dann kommst du hierher und überraschst mich in meiner Einsamkeit in dieser *Saturday night.*« Sie nickte zu dem halb gefüllten Weinglas auf dem Tisch. »Und erwischst mich auf frischer Tat beim Trinken.«

»Aber Lotta.«

»Vielleicht bin ich wie Mama? Vielleicht ist eine Alkoholikerin in mir versteckt? Die nur auf die richtige Gelegenheit gewartet hat.«

»Das stimmt«, sagte er.

»Da hast du's.«

»Ehrlich gesagt, Lotta, vielleicht brauchst du … einen Neuen. Einen neuen Mann.«

»Soll ich wieder heiraten? Hahahahahahaha.«

»Tja …«

»Heirate doch selber. Tu das und dann kannst du mir Vorträge halten.«

»Wie viel hast du eigentlich getrunken?«

»Nur vier Flaschen Wein und ein Fass Rum.«

»Wo ist Kristina?«

»Die Jugendfürsorge hat sich ihrer angenommen.«

»Ich hab wohl den falschen Moment für einen Besuch erwischt«, sagte er.

»*You picked the wrong time to come.*«

Winter schlug ein Bein über das andere. Er war es gewöhnt, sich mit seiner Schwester zu kabbeln, aber das jetzt war etwas schlimmer, schwerer.

»Weißt du, wen ich da gerade zitiert habe?«

»Was?«

»*Picked the wrong time* … das ist Dylan. Dem hörst du gerade zu. Genau das Lied ist es. *Highlands*. Hörst du?«

Er hörte Dylan murmeln, *well my hearts in the highlands … bluebells blazing where the Aberdeen waters flow.*

Ja. Das war merkwürdig. Aberdeen. Ein seltsames Zeichen, und er war klug genug, es nicht für etwas zu halten, was einfach vorbeiging, was nichts bedeutete. Überall gab es Zufälle, das Wichtige war, sie zu akzeptieren. Sich manchmal von Zufällen leiten zu lassen.

Alles hat einen Sinn. Ja.

Es gibt eine Oberhoheit.

Dylan murmelte, auf dem Weg durch eine untergegangene Stadt, die in Ruinen lag und menschenleer war.

»Das ist Musik, von der kriegt man ja richtig gute Laune«, sagte Winter.

Sie lachte, wirklich, sie lachte.

»Wann hast *du* denn zu dem fröhlichen Genre gewechselt?«, fragte sie. »*Feel good-music?*«

»Haben sie dir das Telefon gelassen?«, fragte er. »Oder hat es dir die Jugendfürsorge auch weggenommen?«

»Wieso?«

»Wenn wir hier eine Party feiern, dann sollten Angela und Elsa auch dabei sein.«

»Ich bin froh, dass du gekommen bist, Erik«, sagte Lotta Winter.

Er nickte. Er hatte telefoniert. Angela und Elsa würden nicht kommen. Elsa schlief schon. Angela war verwundert. Ich bin keine *bitch*, hatte sie gesagt. Aber man fragt sich ja doch. Ist das so verwunderlich?

In wenigen Minuten würde er nach Hause fahren.

»Ich weiß nicht, was los ist«, sagte seine Schwester. »Ich muss mich zusammenreißen. Plötzlich ist alles so … bedeutungslos geworden.«

Sie sah müde aus im hässlichen Licht der Diele, müde und traurig.

»Du weißt, dass es nicht stimmt«, sagte Winter. »Du hast sehr viel, das etwas bedeutet.« Er hörte selbst, wie hohl das klang.

»Aber so ein Gefühl hab ich überhaupt nicht. Nicht jetzt.«

»Komm mit.«

»Jetzt? Wie, nee …«

»Komm heute Abend mit zu uns, heute Nacht. Kristina ist ja schon in Gewahrsam der Behörden, oder?«

Sie lächelte.

»Sie ist draußen in den Schären, bei einer Freundin. Auf Brännö.«

»Aha.«

»Tja …«

»Komm mit. Du musst nicht mal dein Glas austrinken. Ich hab mehrere Flaschen im Haus, Wein und Rum, was du willst.«

17

Lotta verlangte, dass Winter vorher zu Hause anrufen sollte. Eine nette Überraschung, hatte Angela gesagt. Klar soll sie mitkommen. Unbedingt.

»Wenn wir nur was Besonderes anzubieten hätten«, sagte sie, als sie kamen.

»Erik hat mir siebzehn Fässer Rum versprochen«, sagte Lotta.

Sie fuhr nach Hause, als es fast hell wurde.

»Was wir am Tag nicht schaffen, machen wir in der Nacht«, sagte Angela. Sie stand am Fenster und sah die Rücklichter des Taxis in der Allén verschwinden.

»Es gibt keinen Tag, gibt keine Nacht«, sagte Winter.

»Ach nee.«

»So ist es.«

»Ich weiß nicht, ob das positiv oder negativ ist«, sagte Angela.

»Es ist ein Zustand. Auf dem Meer.«

»Ich glaub, ich möchte jetzt nichts mehr vom Meer hören, Erik.«

»Bald wohnst du nur einen Steinwurf davon entfernt.«

Sie sagte nichts, blieb am Fenster stehen. Im Osten war ein schwaches Glühen. Die Sonne ging auf, aber nicht überm Meer.

»Ich weiß nicht«, sagte sie.

Er wartete, aber es kam nichts mehr.

»Ich weiß es wirklich nicht«, sagte sie dann.

»Was weißt du nicht?«

»Das mit dem Meer. Das Grundstück. Das Haus.« Sie drehte sich um, heftig. »Vielleicht bin ich dort nur … einsam. Ich und Elsa. Isoliert. So weit weg von allem.«

»Elsa und du, ihr sollt doch nicht allein dort wohnen«, sagte er.

Sie antwortete nicht.

»Hast du gehört, was ich gesagt habe?«

Sie kam zum Sofa, wo er saß.

»Wir müssen noch einmal darüber nachdenken«, sagte sie.

»Bis jetzt ist es immer noch nur ein Grundstück«, sagte er. »Wir wollen es doch auf jeden Fall kaufen?«

Sonntagvormittag machten sie einen Spaziergang im Park. Elsa aß ein Eis und schlief dann ein. Winter war ein wenig müde, vermutlich eine Folge vom letzten Fass Rum in der Morgendämmerung.

Sie setzten sich ins Gras. Auf dem Kanal paddelte ein Pärchen in einem Kajak vorbei. Ein Lachen flog über das Wasser zu ihnen.

Angela hatte einen dunklen Ring unter dem einen Auge.

Sie musste um fünf zum Dienst. Das würde eine lange Nacht werden. Aber es gibt keine Nacht, dachte sie jetzt, es gibt keinen Tag im Krankenhaus, keine Nacht. Alles wird von der Hinfälligkeit des Körpers bestimmt, vom regelmäßigen Rhythmus des Austeilens der Medizin durch die Krankenschwestern. Und plötzlich konnte der Rhythmus von Alarm unterbrochen werden, vom schrillen Geheul der Krankenwagen vor der Notaufnahme.

Alle Mann an die Pumpen.

»Du interessierst dich ja plötzlich mächtig für die Fischerei«, sagte sie.

»Angela …«

»Ja, ich weiß, wir sollten nicht mehr darüber reden, aber nun hab ich schon mal angefangen.«

»Ich finde … das war ich ihr schuldig.«

»Du trägst große Schuld, Erik, ständig.«

»Was soll das nun wieder bedeuten?«

»Wie viele Anrufe gehen täglich bei euch ein von Leuten, die Angehörige vermissen oder einen Fahrraddiebstahl anzeigen wollen oder die Treppe runtergefallen sind oder eins aufs Maul gekriegt haben?«

Er antwortete nichts.

»Ihr seid verpflichtet, all diese Leute persönlich zu treffen und euch eingehender über ihre Probleme zu informieren. Himmel, es müssen Hunderte sein in der Woche. Und ihr schafft es nicht. Was für Schuldgefühle ihr haben müsst!«

Winter sah, dass Elsa sich auf der Decke bewegte. Angela hatte ihre Stimme nur wenig erhoben.

»Können wir nicht später darüber reden, Angela?«

»Später? Wann später? Ich muss um fünf zur Arbeit, verdammt noch mal.«

»Sie hat so lange versucht mich zu erreichen, und es handelt sich immerhin um das Verschwinden eines Menschen.«

»Ach? Wie lange ist diese Person verschwunden? Ein erwachsener Mann. Ist die Suchmeldung schon raus? Habt ihr Interpol eingeschaltet?«

»Ja.«

»Inzwischen ja, aber nicht, als du nach Donsö rausgefahren bist.«

»Das hab ich getan, als ich begriffen habe, dass … die Situation ernst ist.«

»Und nichts davon kann man über Telefon abwickeln?«

Er hörte wieder das Geräusch eines Paddelschlags, wieder ein Lachen, Wasser. Er sah sie an.

»Ich glaube, es war gut, dass ich hingefahren bin und mit ihnen gesprochen habe. Leider.«

»Leider? Wie meinst du das?«

»Ich … weiß es nicht. Es war eine Art … Vorahnung. Und damit meine ich kein gutes Gefühl.«

Aneta Djanali hatte beschlossen, Anette Lindsten loszulassen, sie in eine Freiheit ohne Mann und Gewalt zu entlassen. Anette würde ihren Weg über den Umweg zum Elternhaus finden.

Aneta Djanali empfand inzwischen etwas wie Sympathie für Sigge Lindsten. Den Vertreter. Sie lächelte, als sie auf dem Weg ins Polizeipräsidium im Auto saß. Er hatte nie erklärt, was er verkaufte. Vielleicht Lexika. Über englischen Fußball. Sie lächelte wieder. Sie war auch im Außendienst. Wie viel ihrer Arbeitszeit verbrachte sie im Auto? Sehr viel.

Hinter ihr hupte Fredrik. Sie hielt an und er preschte vorbei und nahm das letzte freie Parkfeld. Das würde sie ihm heimzahlen. Sie musste noch einmal um den Parkplatz kreisen. Noch mehr Zeit im Auto.

Sie gingen durch die Glastüren. Es war Montagmorgen. Drinnen wartete die übliche Anzahl Unglücklicher, um angehört zu werden. Sie sah die üblichen juristischen Vertreter mit den üblichen Mienen auf und ab gehen. Die üblichen Aktenordner. Sie dachte an Forsblad. Er arbeitete nicht bei Gericht, nicht so.

Die Unglücklichen im Wartezimmer ließen die Köpfe hängen. Jemand nieste, jemand schrie, jemand weinte, jemand lachte, jemand fluchte, jemand machte Gesten, die nur hier gemacht werden konnten. Ein armer Teufel in einem Mantel mit verschlissenem Kragen starrte eine Meldung am Schwarzen Brett an: *Ermittler in Uddevalla gesucht*. Nee, vielen Dank. Stellvertreter im Citydezernat, danke, danke, liebe Herren. Das ist nichts für mich.

Kollegen gingen durch die Türen im Treppenhaus und des Fahrstuhls ein und aus. Jemand winkte. Jemand ließ etwas fallen, das laut schepperte. Ein anderer hob es auf.

Das war ihr Leben, ihre Welt. Hatte sie es so gewollt? Gab es eine Alternative? War es woanders besser? Was für andere Wege gab es?

Sie dachte an die Musik von Gabin Dabiré, die hörte sie immer öfter und andere Musik aus Burkina Faso, die Musik der Lobi, Gan, Mossi, Bisa und anderer Volksstämme dort. Mali natürlich, aber auch Ghana, Niger. Die Musik war wie Pfade oder wie Leute, die auf diesen Pfaden in einem Rhythmus gingen, dem alle, die der Musik lauschten, folgen mussten.

»Ich lad dich zum Kaffee ein«, sagte Halders.

»Der Kaffee ist hier umsonst.«

»Es ist die Geste, die zählt«, sagte er.

Der Fahrstuhl hielt an. Im Korridor kam ihr Möllerström entgegen.

»Ein Mann hat nach dir gefragt«, sagte er. »Er hat eben angerufen.«

»Wer?«

»Sigge irgendwas«, sagte Möllerström. »Ich hab die Nummer.«

»Die hab ich selber«, sagte sie und betrat das Zimmer, das sie mit Halders teilte, solange renoviert wurde. Wenn alles gut ging, würde die Renovierung in etwa hundert Jahren abgeschlossen sein. Sie wählte die Nummer von Lindsten. Das Elternhaus.

»Wir werden ihn wohl doch nicht los«, sagte Lindsten auf seine ruhige Art.

»Was ist passiert?«

»Er hat angerufen und gedroht.«

»Gedroht? Anette bedroht?«

»Ja ... sie und uns auch, wenn wir Anette nicht ans Telefon holen. Er hat meine Frau angeschrien.«

»Darf ich mit Anette sprechen?«

»Sie ... schläft, glaube ich.«

»Soll ich sofort vorbeikommen?«

»Dann hab ich ihr Handy klingeln hören«, fuhr Lindsten fort, als ob er nicht gehört hätte, was Aneta Djanali gesagt hatte.

»Ja?«

»Ich glaub, das war er.«

»Sie muss das Handy abschalten.«

»Das hab ich ihr auch gesagt.«

»Forsblad hat mir erklärt, dass sie ihm den Schlüssel geliehen hat. Zur Wohnung«, sagte Aneta Djanali.

»Das hat sie mir erzählt. Er musste wahrscheinlich etwas abholen.«

»Und was?«

»Ich weiß es nicht. Wahrscheinlich hat er den Schlüssel an die Typen übergeben, die die Wohnung ausgeräumt haben«, sagte Lindsten.

»Ich hab ihn von Forsblad zurückbekommen.«

»Schlüssel kann man nachmachen lassen«, sagte Lindsten.

»Würden Sie Anette bitten, mich anzurufen, wenn sie wach ist?«, bat Aneta Djanali.

»Ja.«

»Ich möchte, dass sie mich anruft.«

»Was können Sie nun unternehmen?«

»Erst muss ich mit ihr sprechen«, sagte Aneta Djanali.

»Hier gibt's niemanden, der sich was ausdenkt«, sagte Lindsten.

Sie hörte den Hund im Hintergrund bellen.

»Das hab ich auch nicht gemeint«, sagte sie.

Aneta Djanali wartete auf einen Anruf, der nicht kam. Sie rief wieder bei Lindsten an, aber dort meldete sich niemand. Sie schaute auf. Halders war hereingekommen.

»Bei Lindstens meldet sich niemand. Mir gefällt das nicht. Irgendwas stimmt da nicht.«

Sie erzählte von dem Gespräch, das sie mit Sigge Lindsten geführt hatte.

»Wir können hinfahren, wenn du willst«, sagte Halders.

»Ich weiß nicht … Ich bin da ja schon mal ohne Einladung aufgetaucht.«

»Der Alte hat dich doch angerufen. Das ist eine Art Einladung.«

»Okay.«

Niemand öffnete auf ihr Klingeln. Der Parkplatz vor dem Haus war leer.

»Sie haben das Feld geräumt«, sagte Halders.

Hinter ihnen auf der Straße fuhr langsam ein Auto vorbei. Aneta Djanali drehte sich um. Die Scheiben waren getönt und die Sonne stand so, dass der Fahrer nur als

Silhouette zu erkennen war. Halders hatte sich auch umgedreht.

»Besuch?«, sagte er.

»Kannst du mal nachsehen?«, sagte sie.

»Angst?«

»Mir gefällt das nicht«, antwortete sie.

Sie sah Fredrik auf die Straße gehen. Er stellte sich an die Pforte, ehrfurchtgebietend, als ob er *verlangte*, dass der Betreffende noch einmal genauso langsam vorbeiführe.

Das Auto drehte um. Sie meinte es zu erkennen. Halders trat auf den Fußweg hinaus. Das Auto wurde schneller und fuhr in südliche Richtung davon. Halders hatte die Hand nicht erhoben. Er trug keine Uniform. Er war in *plain clothes*, wie er es einmal ausgedrückt hatte. Mit der Betonung auf *plain*, hatte Winter geantwortet. Jetzt sah sie ihn den Notizblock hervorholen und etwas aufschreiben.

Er kehrte zurück.

»Sein Gesicht konnte ich nicht sehen, aber ich hab das Autokennzeichen. Soll ich nachforschen lassen?«

»Ja, warum nicht.«

»Jetzt?«

Aneta Djanali antwortete nicht. »Hast du gesehen, dass die Gardine sich bewegt hat?«, sagte sie dann.

»Wo? Nee.«

»Das Fenster an der Giebelfront. Die Gardine hat sich bewegt.«

»Hast du noch mal geklingelt?«

»Ja.«

»Dann ist das Mädchen wohl aufgewacht«, sagte Halders.

»Sie hätte schon vorher wach sein müssen.«

Halders ging zu dem Fenster. Er musste hohem Unkraut ausweichen, das unter den Tannen nah an der Hauswand wuchs. In dem Zimmer war es vermutlich sehr dunkel, unabhängig von Wetter und Jahreszeit. In dem Zimmer konnte jede Jahreszeit herrschen.

»Es ist nichts zu sehen«, sagte Halders mit einer Stimme, die man vor der Haustür hören konnte. Vermutlich war sie bis zur Straße hinunter zu hören.

»Da war jemand«, beharrte sie.

Halders klopfte an das Fenster. Auch das musste weithin zu hören sein. Er klopfte noch einmal.

Er kam zurück.

»Wir können ja nicht einbrechen«, sagte er.

Aneta Djanali wählte die Telefonnummer auf ihrem Handy. Von drinnen war kein Klingeln zu hören.

»Vielleicht ist das Telefon abgestellt«, sagte Halders. »Hast du es schon mit ihrem Handy versucht?«

»Ja.«

»Wahrscheinlich hat sie es abgeschaltet.«

»Hier ist irgendwas faul«, sagte Aneta Djanali.

Halders sah sie an. Er hatte jetzt einen anderen Gesichtsausdruck.

»Bist du Anette Lindsten schon mal begegnet?«, fragte er.

»Kaum. Drei Sekunden.«

»Hast du ein Foto von ihr?«

»Nein. Aber ich hab sie auf einem Bild gesehen. Das Foto war schon ein paar Jahre alt.«

Sie dachte an die jüngere Anette. Das Eis am Stiel in ihrer Hand, im Hintergrund war ein Kind auf dem Weg in einen Laden.

»Du weißt also nicht, wie sie heute aussieht?«, fragte Halders.

»Nein …«

»Wie willst du sie dann erkennen, wenn du ihr begegnest?«

»Dazu scheint es ja doch nie zu kommen.«

»Wenn ein Mädchen diese Tür öffnet und sich als Anette vorstellt, weißt du nicht, ob sie es ist.«

»Hör auf, Fredrik. Das ist mir einmal passiert, und das hat gereicht.«

»Ja, ja, es ist mir nur grad eingefallen.«

Sie hörten ein Geräusch hinter sich. Ein Auto fuhr auf das Grundstück.

Winter kümmerte sich um die Suchmeldung von Axel Osvald. Er gab die Angaben weiter, die er von Johanna Osvald bekommen hatte. Er hatte auch Fotos von dem Mann, den er noch nie getroffen hatte.

Als Winter die Tochter kennen lernte, in jenem Sommer, war ihr Vater auf dem Meer, vielleicht auf halbem Weg von oder nach Schottland.

Er hatte damals auch Erik Osvald getroffen, aber ihn nicht als Fischer betrachtet. Doch das war er damals schon gewesen, Fischer, ein sehr junger Fischer.

»Vielleicht hat Osvald da oben in den Highlands jemanden getroffen und beschlossen, in den Untergrund zu gehen«, sagte Ringmar, der am Fenster stand.

»In den Highlands in den Untergrund gehen?«, sagte Winter.

»Ich werde in diesem Haus keine abgegriffenen Redensarten mehr benutzen«, sagte Ringmar. »Von mir gibt es keine sprachlichen Klischees mehr.«

»Danke, Bertil.«

»Aber was hältst du von der Idee? Könnte es vielleicht seine eigene Entscheidung gewesen sein?«

»Ich glaub nicht, dass er der Typ ist. Und deswegen ist er auch nicht rübergefahren.«

»Warum ist er eigentlich rübergefahren, genau genommen?«

»Um nach seinem Vater zu suchen.«

»Es war doch nicht das erste Mal?«

»Aber jetzt gab es einen neuen Anlass«, sagte Winter.

»Die mystische Mitteilung.«

»Ist sie mystisch?«, fragte Winter.

Ringmar ging zu Winters Schreibtisch, hob die Kopie hoch und las:

THINGS ARE NOT WHAT THEY LOOK LIKE.
JOHN OSWALD IS NOT WHAT HE SEEMS TO BE.

»Tja«, sagte Ringmar.

»Ist das mystisch?«, wiederholte Winter.

»Wenn nichts anderes, merkwürdig ist es schon«, sagte Ringmar.

»Anlass genug, rüberzufahren?«

»Tja …«

»Du bist sehr klar in deinen Aussagen, Bertil. Das gefällt mir.«

»An dieser Nachricht ist was Tautologisches, das stört mich«, sagte Ringmar und schaute auf. »Da wird zweimal ungefähr dasselbe ausgedrückt.«

Winter nickte und wartete.

»Die Dinge sind nicht so, wie sie zu sein scheinen. Das heißt: John ist nicht der, der er zu sein scheint. Oder für was er gehalten wird.« Ringmar schaute auf. »Für was wird er gehalten? Tot, oder? Ertrunken.«

»Man weiß nicht, ob er ertrunken ist.«

»Will uns die Nachricht das sagen? Dass er nicht ertrunken ist. Dass er seit dem Krieg tot ist, aber nicht durch Ertrinken umgekommen ist?«

»Wie ist es dann passiert?«, fragte Winter.

Jetzt waren sie mittendrin, der innere Dialog, den jeder mit sich selber führte, war zu hörbarem Niveau hochgeschraubt. Manchmal kamen sie auf diese Weise zu Ergebnissen. Man wusste es nie.

»Ein Verbrechen«, sagte Ringmar.

»Ist er ermordet worden?«

»Vielleicht. Oder Tod durch Fahrlässigkeit. Ein Unfall.«

»Aber weiß das jemand?«

»Ja.«

»Der den Brief geschrieben hat?«

»Das braucht nicht dieselbe Person zu sein, die mit seinem Verschwinden zu tun hat, seinem Tod.«

»Die Dinge sind nicht so, wie sie zu sein scheinen«, wiederholte Winter.

»Wenn man es so deuten soll«, sagte Ringmar. »Vielleicht sehen wir nicht alle Bedeutungsnuancen.«

»Dann brauchen wir jemanden, dessen Muttersprache Englisch ist«, sagte Winter.

»Den haben wir doch«, sagte Ringmar. »Deinen Freund Macdonald.«

»Er ist kein Engländer«, sagte Winter. »Er ist Schotte.«

»Umso besser. Der Brief kommt doch aus Schottland.«

Winter las die Sätze noch einmal.

»Es muss nicht unbedingt nur um John Osvald gehen«, sagte er. »Die oberste Zeile handelt vielleicht gar nicht von ihm.«

»Sprich weiter.«

»Es kann sich um seine Umgebung handeln. Seine Geschichte. Menschen, mit denen er früher umgegangen ist, früher und jetzt.«

»Seine Verwandten«, sagte Ringmar. »Seine Kinder und Kindeskinder.«

»Seine Kinder oder Kindeskinder sind nicht die, die sie zu sein scheinen?«

Ringmar zuckte mit den Schultern.

Winter las die Zeilen heute zum siebzehnten Mal.

»Die Frage ist, was das alles bedeuten soll«, sagte er.

»Wie meinst du das?«

»Der Brief selber. Warum er geschickt wurde. Und warum JETZT? Warum mehr als sechzig Jahre, nachdem John Osvald verschwand?«

18

Sie hörten Sigge Lindstens Stimme, bevor das Auto hielt. Sie hörten seine Schritte auf dem Kiesweg. Aneta Djanali kam es vor, als hätte sich die Gardine wieder bewegt. Fredrik hatte gesagt, es sei der Wind, das Fenster sei undicht.

»Ja, hier ist niemand da«, sagte Lindsten.

Was für eine seltsame Bemerkung, dachte Aneta Djanali.

»Ich dachte, Sie würden zu Hause sein, als wir kamen«, sagte sie.

»Ich hatte etwas zu erledigen. Ich musste mit Zack zum Tierarzt.«

»Etwas Ernstes?«

»Sie wussten es nicht und haben den Hund dabehalten. Wir werden sehen.«

»Ist Anette zu Hause?«, fragte Halders.

»Nein.«

»Nein?«

»Nein. Sie ist mit ihrer Mutter an die Küste gefahren.«

»An die Küste?«

»Wir haben eine Hütte in Vallda«, sagte Lindsten.

»Wann sind sie gefahren?«, fragte Halders.

»Spielt das eine Rolle?« Lindsten schaute von einem zum anderen. »Sie hatten ganz einfach genug. Anette war so schockiert von seinem Anruf.«

Flieht zu einem weiteren Ort, dachte Aneta Djanali. Die Küste. Dann bleibt nur noch das Meer.

»Kennt Forsblad diese Hütte?«, fragte Halders.

»Ja … vermutlich.«

»Ist es unter diesen Umständen eine gute Idee, dorthin zu fahren?«

»Dort gibt es kein Telefon. Und Anette hatte genügend Verstand, ihr Handy abzuschalten.«

»Er braucht nicht anzurufen. Er kann ja hinfahren«, sagte Halders.

»Das glaub ich nicht«, sagte Lindsten. »Ich glaub nicht, dass er … es wagt.«

»Was für ein Auto fährt Forsblad?«, fragte Halders. In dem Augenblick klingelte sein Handy, er meldete sich, lauschte und drückte auf aus.

»Das Auto gehört einem Bengt Marke«, sagte er zu Aneta und sah Lindsten an. »Als wir kamen, ist hier mehrmals ein Auto vorbeigefahren, ein Volvo V 40, hat schon ein paar Jährchen auf dem Buckel. Schwarz, aber das sind sie ja alle. Bengt Marke. Kennen Sie den?«

»Hab den Namen noch nie gehört.«

»Wir werden ihn überprüfen«, sagte Aneta Djanali zu Halders.

»Ich ruf jetzt … Anette und meine Frau an und sage, dass Sie hier waren«, sagt Lindsten.

»Wie wollen Sie das machen?«, fragt Halders. »In der Hütte gibt es doch kein Telefon.«

»Ich hinterlasse ihr eine Nachricht auf dem Handy.«

»Eben haben Sie doch gesagt, dass sie es nicht abhört?«

»Das hab ich nicht gesagt.«

»Okay«, sagte Halders.

»Und was wollen Sie jetzt unternehmen?«, fragte Lindsten.

»Wir werden mit Herrn *Forzblad* reden«, sagte Halders.

»Können Sie das?«

»Wir können alles«, sagte Halders.

Im Auto bemerkte Aneta Djanali einen Gesichtsausdruck bei Halders, den sie kannte. Er starrte stur vor sich hin. Aneta saß am Steuer.

»Jetzt interessierst du dich wohl auch für den Fall?«, fragte sie.

»Bin neugierig geworden«, sagte Halders. »Auf diesen Herrn Hauptsturmführer Hans *Forzblatt*. Aber auch auf die andere Clique. Und nicht zuletzt auf das Mädchen, das sich hinter der Gardine versteckt hat, während wir draußen vor dem Schuppen gestanden haben.«

»Rätst du jetzt, Fredrik?«

»Nein.«

»Hast du sie wirklich gesehen?«

»Ja.«

»Wie gut sind die Ereignisse, die mit dem Schiffbruch zu tun haben, dokumentiert?«, fragte Ringmar.

»Heißt das Schiffbruch?«, fragte Winter.

»Antworte mir auf die Frage«, sagte Ringmar.

»Ich weiß es nicht«, sagte Winter. »Das Schiff, ›Marino‹, ist auf dem Heimweg südlich von Island untergegangen.«

»Wo genau ist das passiert?«

»Ich weiß es nicht.«

»Aber zwei haben überlebt?«

»Offenbar. John Osvalds Bruder und ein zweiter Mann der Besatzung.«

»Waren die mit an Bord?«

»Ich weiß es nicht.«

»Oder waren sie im Hafen?«

»Ich weiß es nicht.«

»Sind sie vom Wrack gerettet worden?«

»Ich weiß es nicht.«

»Das muss seinerzeit doch Aufmerksamkeit erregt und in den Zeitungen gestanden haben.«

»Ich weiß es nicht.«

»Ist man nach dem Wrack getaucht?«

»Ich weiß es nicht.«

»Was weißt du eigentlich, Erik?«

»Nichts, Bertil, ich weiß nichts.«

*

Hans Forsblad wohnte »zur Untermiete« bei jemandem am Norra Älvstranden, so drückte er es aus. Das bedeutet, dass er über die Brücke von Hisingen fahren muss, um zu Anette zu gelangen, dachte Aneta Djanali. Immerhin etwas.

»Sieh mal einer an«, sagte Halders, als sie die Namensschilder an der Haustür studierten. »Jemand mit dem Namen Marke hat hier seine Residenz.«

Aneta Djanali las: Susanne Marke. Vierter Stock. Sie schaute hinauf. Könnte der Balkon sein. Oder der. Muss einen schönen Blick über den Fluss haben. Man sah mehrere Kirchen. Das Meer war so nah, dass man hineintauchen könnte. Man würde sich vermutlich das Genick brechen, aber man könnte es ja mal überlegen.

»Wohnt er bei ihr?«, sagte Halders.

»Ich weiß es nicht.«

Winter war allein in seinem Zimmer. Er hatte Haden & Metheny aufgelegt, *Beyond the Missouri Sky*, Hadens Bass wie ein Passgänger an den Wänden entlang, Methenys Gitarren als Schicht obendrauf, du-du-du-du-du-du-du-du-du-du-du-du, Spiritual, schön wie die Dämmerung im September, wie ein Rauchstreifen am Horizont, wie das Lächeln seiner Tochter, wie das Kiefernwäldchen am Strand, wo ihr Ha…

Das Telefon klingelte, du-du-du-du-du-du-du-du, er meldete sich, ohne die Musik leiser zu stellen, hörte die sanfte Stimme des Maklers, jetzt ist es wohl Zeit für eine Entscheidung, nicht? Wissen Sie, wie …?

Ich weiß.

19

Niemand hob ab. Aneta Djanali drehte sich um und sah die Kirchen auf der anderen Seite des Flusses und die wartende Seemannsfrau auf dem Pfeiler vor dem Seefahrtsmuseum, den Blick auf die Hafeneinfahrt gerichtet. Augen aus Stein, ein Körper aus Stein, diese Skulptur vereinte einen Teil des Lebens nah am Meer in diesem Teil der Welt. Sie hat immer dort gestanden.

»Hast du mal drüber nachgedacht, was diese Skulptur symbolisiert?«, fragte sie Halders, der sich auch umgedreht hatte.

»Ist das nicht ganz offensichtlich?«

»Was ist offensichtlich?«

»Sie wartet darauf, dass ihr Mann vom Meer heimkehrt. Sie ist voller Sorge. Sie heißt Seemannsfrau.« Er sah sie an. »Das weiß doch jeder Göteborger.«

»Ich inklusive«, sagte Aneta Djanali.

»Der Pfeiler ist Anfang der dreißiger Jahre gebaut worden, erst der Pfeiler und dann die Frau«, sagte Halders, »zwischen den Kriegen. Ich glaube dreiunddreißig.«

»Was du alles weißt.«

»Es interessiert mich.«

»Was? Das Meer?«

»Tja ... die Geschichte dieser Stadt.«

Zwei Schlepper zogen ein Containerschiff in den Hafen. Eine Fähre fuhr vorbei, auf dem Weg nach Dänemark. Sie sah, wie sich die Passagiere duckten, als die Fähre unter der Brücke hindurchglitt. Über dem Meer war ein blasses Licht, als ob dort alles unsicher wäre, riskant. Sie meinte zu sehen, dass der Blick der Seemannsfrau auf die Hafeneinfahrt gerichtet war.

»Sie guckt eigentlich in die falsche Richtung«, sagte Halders und zeigte auf die Skulptur.

»Wie meinst du das?«

»Vielleicht kann man es von dort sehen ... ja ... sie schaut nicht aufs Meer, sondern *hierher*, zum Norra Älvstranden.« Er wandte sich zu ihr um und lächelte. »Sie schaut genau zu uns.«

»Meinst du, darin steckt eine Symbolik?«

»Die auf Forsblad verweist? Dass er in diesem Haus wohnt und sie uns hierher führt?«

»Das ist eine interessante Theorie«, sagte Aneta Djanali.

»Der Bildhauer konnte wahrscheinlich das Meer nicht lokalisieren«, sagte Halders. »Vielleicht war es neblig an dem Tag, als die Dame aufgestellt wurde.«

Aneta Djanali lachte. Der Katamaran der »Stena-Linie« fuhr vorbei. Sie sah Passagiere auf dem Achterdeck, die genau wie die Seemannsfrau zum nördlichen Ufer spähten, wo sie stand. Sie spürte einen Impuls zu winken. Als Kind hatte sie das getan, oft. Damals gab es mehr Schiffe im Hafen. Manchmal konnte man vor lauter Schiffen nicht die andere Hafenseite sehen.

»Sie ist eigentlich ein Denkmal«, sagte Halders, »zur Erinnerung an alle Seeleute und Fischer, die im Ersten Weltkrieg umgekommen sind, und alle Schiffe, die untergegangen sind.«

»Dann wartet sie ja vergeblich«, sagte Aneta Djanali.

Winter fuhr zum Essen mit dem Rad nach Hause. Angela hatte drei zusammenhängende Tage frei. Sie wollte sich in der Stadt herumtreiben, hatte sie gesagt, und Elsa durfte sich mit herumtreiben.

Aber jetzt war sie zu Hause. Der Fisch war einfach und gut, nur ein bisschen Olivenöl, Zitrone, ein wenig Butter,

Estragon und ein anderes frisches Gewürz, das er zunächst nicht identifizieren konnte. Er hatte immer noch einen Schweißfilm auf dem Rücken vom Radfahren.

»Gegen wen bist du eigentlich um die Wette gefahren?«, fragte sie.

»Gegen mich selbst, wie immer«, sagte er und lächelte Elsa an, die mit nachdenklicher Miene vom Fisch kostete.

»Wer hat gewonnen?«

»Ich.«

»Eine psychologisch ganz schön geschickte Veranstaltung, oder?«

»Wollen wir am Wochenende mit dem Rad zum Grundstück fahren?«, fragte er.

»Hast du Lust dazu, Elsa«, fragte Angela, »mit dem Fahrrad ans Meer fahren?«

»Ja, ja!«

Er nahm sich von den gestampften Kartoffeln.

»Das ist also entschieden«, sagte er. »Der Deal ist unter Dach und Fach, wie wir auf Schwedisch sagen.«

»Das ist eine Fahrradtour wert«, sagte Angela.

Ja, dachte er. Alle hatten auf seine Entscheidung gewartet, er eingeschlossen. Aber jetzt war es entschieden. Es ging ja nur um ein Grundstück.

Nein. Es war eine weit größere Entscheidung.

Er sah seine Familie an, die ihn ansah. Mist, er wollte doch gar nicht, dass andere auf seine Entscheidung warten mussten. Dass ein Teil seines Ichs sich entschied.

Ständig bin ich dabei, mich ein Stück zu entfernen und muss mich selbst zurückholen, mich zurückarbeiten. Ich versuche es. Dieser Tage bin ich nicht ans Telefon gegangen.

Es hilft nichts.

Was mache ich falsch?

Es sollte leichter sein.

Es wird leichter. Alles ist besser denn je, oder? Ich bin öfter hier denn je, oder? Ich bin *dort*, aber auch hier, und ich bin dabei, zu einem Gleichmaß zu finden. Ja, ein Gleichmaß. Und das verdanke ich ihr. Und ihr. Beiden.

Denken alle wie ich?

Einer von den beiden sagte etwas.

»Äh …?«, sagte Winter.

»Elsa hat einen Nachtisch gemacht«, wiederholte Angela.

»Mmmm«, sagte er.

»Oooobstsalat mit gaaanz viel Saaaahne«, sagte Elsa.

»Mein Lieblingsnachtisch«, sagte er.

»Ja!«, rief Elsa.

»Sehr effektvoll, wenn man nicht abnehmen will«, sagte er und sah Angela an.

»Sehnst du dich … nach deinem Ursprung?«, fragte er über dem Espresso.

»Warum fragst du danach?«

»Ich weiß nicht … sehnst du dich?«

»Sehnsucht … ich weiß nicht … Manchmal überlege ich schon, wie es geworden wäre, wenn ich dort geblieben, wenn ich dort *geboren* worden wäre.«

»Das ist ja schon mal ein Ausgangspunkt«, sagte er.

»Wäre ich in Leipzig geboren worden, hätte ich immerhin ein bewegtes Leben gehabt, wenn man bedenkt, was den Menschen dort alles passiert ist«, sagte sie.

»Die Familie Hoffman hat allerdings ein bewegtes Leben gehabt«, bestätigte Winter.

»Ich nicht, jedenfalls nicht so. Ich bin ja hier geboren worden.«

»Auch für dich ist es indirekt bewegt gewesen.«

»Vielleicht.«

Sie hörten Elsa in ihrem Zimmer. Sie baute etwas, das dann zusammenkrachte, sie baute, es krachte, sie baute, es krachte und doch war sie reif genug, um darüber zu lachen. Tja. Das war nicht ungewöhnlich. Sachen, die aufgebaut wurden, krachten zusammen.

»Ich glaube, ich wäre auch in Deutschland Ärztin geworden«, sagte sie.

»Warum glaubst du das?«

»Es gibt so viele Menschen, die Hilfe und Pflege brauchen.«

»Wer?«

»Du zum Beispiel.«

»Ja.«

Sie zog mit dem Finger Kreise am Tassenrand entlang. An der Untertasse entstand ein Geräusch, das wie dünne Musik klang.

»Was meinst du, wann wir anfangen zu bauen?«

»Wenn wir sagen, jetzt ist es so weit«, antwortete er.

»Und wann ist es so weit?«

»Wenn wir es sagen.«

»Und wann sagen wir es?«

Er dachte an das, was er eben gedacht hatte. Wer auf wen wartet, auf wessen Entscheidung.

»Wenn du willst«, sagte er.

Angela und Elsa fuhren mit ihm im Fahrstuhl zum Vasaplatsen hinunter.

Er schob sein Fahrrad bis zum Kiosk. Angela und Elsa wollten zum Kapellplatsen in eine Buchhandlung.

»Wollen wir nicht verreisen?«, fragte Winter. »Bald. Feiern. Unseren Entschluss feiern.«

»Wir wollen doch Samstag mit dem Fahrrad ans Meer.«

»Wir können auch an ein anderes Meer fahren. Woanders.«

»Wann?«

»Bald.«

»Meinetwegen gern. Ich hab genügend Überstunden, Wochen.«

»Gut.«

»Aber du hast doch keine Zeit?«

»Was meinst du, warum ich Wochenenden und Abende fern von der Familie arbeite?«, sagte Winter.

»Ha, ha, ha.«

»Jetzt kommt die Belohnung«, sagte er.

»Marbella?«, fragte Angela.

»Warum nicht.«

»Rufst du deine Mutter an?«

Er winkte ihnen ein »Ja« zu und schwankte mitten auf

die Kreuzung der Vasagatan hinaus, und ein erboster Autofahrer hupte anhaltend.

Als Halders und Aneta Djanali zurück zum Auto gingen, kam der schwarze Volvo V40. Er fuhr schnell und parkte zwei Autolängen entfernt. Eine Frau stieg aus und knallte die Tür hinter sich zu. Aneta Djanali erkannte sie.

»Ich hab sie in Forsblads Gesellschaft gesehen«, sagte sie. »Im Gericht.«

»Im Gericht?«

»Er arbeitet beim Amtsgericht. Sie war bei ihm.«

»Das Autokennzeichen stimmt«, sagte Halders.

»Entschuldigung«, sagte Aneta Djanali zu der Frau, die gerade an ihnen vorbeiging. Sie schaute auf, schien jedoch nicht zu bemerken, dass Aneta Djanali sie angesprochen hatte. Sie war blond, aber an den Haarwurzeln war das Haar dunkler. Ihre Gesichtszüge waren scharf und merkwürdig klein proportioniert im Verhältnis zu ihrer Größe. Sie war groß, trug ein elegantes, einfaches und vielleicht teures Kleid, einen Mantel, der leicht und bequem wirkte, dessen Farbe aber nicht zum Kleid passte, Schuhe, die unbequem aussahen. Sie hatte es eilig.

»Einen Augenblick bitte«, sagte Aneta Djanali. Halders hatte sich ihr schon in den Weg gestellt und hielt den Ausweis hoch. Die Frau blieb stehen. Sie sah ihn und Aneta Djanali an, schien Aneta jedoch nicht wiederzuerkennen.

»Susanne Marke?«, fragte Halders.

»Wie bitte?«

»Sind Sie Susanne Marke?«, fragte er.

»Äh ... ja.« Sie sah wieder Aneta Djanali an ohne ein Zeichen des Erkennens.

Sie sollte mich erkennen. Ein Neger im Amtsgericht. Vielleicht ist sie farbenblind. Die Kleider deuten darauf hin.

»Um was geht es?«, fragte Susanne Marke.

»Wir suchen Hans Forsblad«, sagte Halders. »Wissen Sie, wo er ist?«

»Hans Fors... woher sollte ich das wissen?«

»Er wohnt bei Ihnen.«

»Hans Forsbl… der soll bei mir wohnen?«

»Wohnen Sie hier?«, fragte Halders und nickte zu dem feinen Haus hinter ihr. Vorsichtshalber nannte er die Adresse.

»Dort wohne ich«, sagte sie.

»Hans Forsblad hat diese Adresse als seine angegeben«, sagte Aneta Djanali.

Susanne Marke antwortete nicht, aber sie sah aus, als würde sie ihn im Stillen verdammen.

»Das ist nicht seine Adresse«, antwortete sie.

»Aber er könnte trotzdem dort wohnen, oder?«, sagte Halders.

Sie antwortete nicht. Plötzlich schaute sie übers Wasser, als suche sie nach neuen Antworten. Als ob sie Blickkontakt mit der Seemannsfrau aufnehmen wollte. Wieder fuhr eine Fähre vorbei, diesmal auf dem Weg in den Hafen. Leute standen auf dem Achterdeck, kleine Köpfe ragten über die Reling. Aneta Djanali dachte daran, dass Hans Forsblad Adressen nannte, die nicht seine waren. Was sollte das? Gab es da einen Hintergedanken?

»Haben Sie Probleme, die einfache Frage eines Polizisten zu beantworten?«, sagte Halders.

»Ich möchte… wissen, um was es geht«, sagte sie und versuchte energischer auszusehen, als ihre Stimme klang.

Halders seufzte hörbar. Er sah Aneta Djanali an, die nickte. In der Nähe fingen Seevögel an zu schreien. Jetzt ertönten Schläge von einem Hammer oder einem Vorschlaghammer. Vielleicht hat Forsblad eine andere Frau da drinnen in der Wohnung, dachte Aneta Djanali. *Here we go again.*

»Uns liegt eine Anzeige gegen Hans Forsblad vor«, sagte Halders. »Wir möchten mit ihm sprechen, und ich hoffe, Sie werden uns helfen.«

»Anzei… Anzeige? Um was geht es?«

»Das möchten wir mit Hans Forsblad diskutieren«, sagte Halders. »Hören Sie, wollen Sie jetzt auf die Frage antworten oder nicht?«

»Wie war die Frage noch?«

Halders seufzte wieder. Aber er blieb ruhig. Aneta Djanali sah die Pulsader an seiner Schläfe pochen, aber das sah Susanne Marke nicht.

Es kommt drauf an, die Form zu wahren. Für sie auch. Es geht auch darum, wer am besten die Form wahrt.

»Er hat ein paar Tage bei mir gewohnt«, sagte sie und sah sich um, als wollte sie die Richtung zeigen. »Aber jetzt nicht mehr.«

»Wann war das?«, fragte Halders.

»Wann war wa…«

»WANN HAT ER BEI IHNEN gewohnt?«, fragte Halders und lächelte, als er mitten im Satz die Stimme senkte.

»Äh … letzte Woche. Übers Wochenende.«

»Was haben Sie vor einer Stunde und dreißig Minuten in Krokslätt gemacht?«, fragte Halders.

»Also jetzt weiß ich …«

»Was-haben-Sie-vor-einer-Stunde-und-dreißig-Minuten-in-Krokslätt-gemacht?«, wiederholte Halders deutlicher.

»Dort bin ich nicht gewesen«, sagte sie.

Wir wissen es, wir wissen es, dachte Aneta Djanali. Dann hättest du uns gesehen, und das könntest du nicht verbergen, wenn du keine Psychopathin bist, wie sie im Buche steht, oder Alzheimer im Endstadium hast.

»Ihr Auto war jedenfalls dort«, sagte Halders.

»Wie … woher wissen Sie das?« Sie wirkte ganz erstaunt, aber Aneta Djanali sah ihr an, dass sie mehr wusste.

»Wir standen auf einer Straße in der ruhigeren Gegend von Krokslätt, und Ihr Auto ist ein paar Meter von uns entfernt langsam hin und her gefahren.« Halders hielt ihr sein Notizbuch hin, sodass sie ihr eigenes Autokennzeichen lesen konnte. Sie weiß, dass er es nicht jetzt eben hingeschrieben haben kann, dachte Aneta Djanali.

»Ich … hab eine Spritztour gemacht«, sagte sie.

»Vorsicht!«, sagte Halders.

»Äh … wie bitte …«

»Seien Sie vorsichtig bei Ihrer Wortwahl. Sagen Sie nur, was war.« Er sah ihr in die Augen. »Was ist.«

Sie schaute wieder aufs Wasser. Was zum Teufel ist das?,

dachte Aneta Djanali. Wo sind wir hineingeraten? Warum schützt sie das Miststück? Hat er sie auch bedroht?

Sie suchte nach Verletzungen in Susanne Markes Gesicht, konnte aber keine entdecken. Sie sah nur einen Ausdruck in den Augen, der Angst sein konnte, aber eher vor Fredrik, oder nein, eher vor seinen Worten, vor ... der Wahrheit. Sie weiß, dass man die Polizei nicht belügen soll, das geht nie gut. Es ist schwer, an seinen Lügen festzuhalten. Genauso schwer, wie Versprechen einzuhalten.

»Ich hab das Auto verliehen«, sagte sie, den Blick auf die Kirchen von Masthugget geheftet.

»Und an wen?«

Sie sah Halders an, als erwartete sie, er würde »Vorsicht!« schreien, bevor sie überhaupt den Mund öffnete.

»Hans hatte etwas zu erledigen und brauchte das Auto«, sagte sie. »Kann ich jetzt reingehen?« Sie bewegte sich. »Ich hab's eilig.« Sie fing an, in ihrer Tasche nach dem Schlüssel zu suchen.

»Natürlich«, sagte Halders und machte einen Schritt zur Seite, als ob er bis jetzt alle Fluchtwege versperrt hätte. Was er ja auch getan hatte. »Danke für Ihre Hilfe.«

Sie sahen sie auf das Haus zugehen, das wie eine Festung gebaut war, aber eine moderne, angenehme Festung. Im Wallgraben lagen Schiffe.

»Ich liebe diesen Job«, sagte Halders, und in seiner Stimme war keine Ironie.

Zur Abwechslung fand die Besprechung in Ringmars Zimmer statt. Im Fenster stand eine verdorrte Topfpflanze. Ringmar wusste nicht, was es für eine war.

»Zeit, sie zu beerdigen«, sagte Halders und zeigte mit der ganzen Hand auf das Gewächs.

»Das ist doch schon erledigt«, sagte Ringmar, »die ist doch schon in der Erde, oder?«

»Witzig, Bertil, sehr witzig.«

»Was wollen wir also machen?«, sagte Winter.

»Ihn zum Verhör herbestellen«, sagte Aneta Djanali.

»Fredrik?«

Halders fuhr sich über die kurz geschnittenen Haare. Er bildete sich ein, damit sehe er jünger aus. Sein Haar hatte sich gelichtet, und da gab es nur noch eins. Er sah gefährlicher aus, darüber war sich das ganze Dezernat einig. Das war Halders nur recht. Jünger und gefährlicher.

»Ich hab ja noch nie das Vergnügen gehabt, *Franz Flattenführer* zu treffen«, sagte er.

»Heißt das, du möchtest es?«, fragte Winter.

»Ich weiß nicht«, sagte Halders. »Es scheint ja unmöglich die Frau, Agneta, zu treffen und zu hören, was sie sagt.«

»Anette«, verbesserte Aneta Djanali.

»Was Anette eigentlich zu sagen hat«, korrigierte sich Halders. »Ich kenne *Hans Fritz* nicht, aber den Typ kenn ich. Wenn er der Typ ist, den ich kenne, dann kann ihn ein Verhör erst richtig zu einer Gefahr werden lassen.«

»Gefahr für wen?«, fragte Ringmar.

»Für sie natürlich.«

»Sie heißt Lindsten«, sagte Aneta Djanali. »Sie hat nie einen der Namen angenommen, die du Forsblad dauernd verpasst.«

»Warum machst du das, Fredrik?«, fragte Ringmar. »Warum machst du das dauernd?«

»Was?«

»Die Namen, die du aus einem Kriegsroman von Sven Hassel nimmst.«

»Weil dies ein freier Job ist«, sagte Halders. »Und ich mag *Svein.*«

Ringmar sah Aneta Djanali an.

»Lass die Sache auf sich beruhen«, sagte er. »Lass es eine Weile.«

»Nein«, sagte Aneta Djanali.

»Wie willst du das begründen, Aneta?«, fragte Winter. Er sieht eher neugierig als verwundert aus, dachte sie.

»Wir sollten mit ihm reden. Ich hab diese verdammten Fälle satt, wo die Männer weitermachen dürfen, bis es fast zu spät ist. Und manchmal IST es zu spät.«

»Ich möchte, dass ihr ein Gespräch mit der Frau führt«, sagte Winter, »mit Anette.«

»Was meinst du, was ich in den letzten Tagen versucht habe?«, sagte Aneta.

»Ich hab's auch versucht«, sagte Halders.

»Sie will offenbar nicht mit uns reden«, sagte Ringmar.

»Hast *du* es auch versucht?«, fragte Halders.

»Ich meine mit uns als Polizei«, sagte Ringmar.

»Sie war in diesem Haus, aber sie wollte nichts mit der Polizei zu tun haben«, sagte Halders.

»Vielleicht ist es die Mutter gewesen«, sagte Winter.

»Nein«, sagte Halders. »Es war eine jüngere Frau.«

»Okay«, sagte Winter, »wenn ihr ihn euch vornehmen wollt, bitte schön.«

»Kannst du nicht ein Besuchsverbot verhängen, wenn du schon mal dabei bist?«, sagte Aneta Djanali.

»Er kommt ihr ja doch nicht nah«, sagte Halders. »Da macht doch keiner auf.«

»Und das Haus am Meer?«, sagte Aneta Djanali.

»Verhört ihn«, sagte Winter. »Danach haben wir vielleicht gar kein Problem mehr.«

Winter ging in sein Zimmer und rief in Nueva Andalucía an. Er sah das weiße Haus aus Stein vor sich, während er darauf wartete, dass seine Mutter den Shaker absetzte und nach dem Telefonhörer griff. Nein, das war ungerecht. Sie trank weniger, seit ihr Mann gestorben war. Sie hatte nur die eine Wahl gehabt, entweder das oder der Abgrund, der am Boden der letzten Flasche Lariós lauerte, dem Gin der Gegend.

Er war dort gewesen, als sein Vater starb, nicht im Abgrund, aber im Hospital Costa del Sol, vor dem Fenster und über ihnen die Sierra Blanca, und sein Vater, der seinen letzten Atemzug getan hatte, nachdem sie ihr letztes Gespräch in diesem Leben gehabt hatten, der letzte kleine Moment, der der erste in vielen Jahren gewesen war.

Die Stunden danach waren die schwersten seines Lebens gewesen, bis dahin, die härtesten, die schärfsten, die gemeinsten, schwer wie Felsblöcke.

Sein Vater war begraben in der Erde des Berges. Von dort hatte man Aussicht übers Meer, bis nach Afrika, das eine Wüste auf der anderen Seite war.

Er hatte keine guten Erinnerungen an seine Flugreisen an die Costa del Sol, nicht nach Hause und auch nicht dorthin.

Endlich meldete sich seine Mutter.

20

Ich zerfließe«, sagte Siv Winter. »Wir haben im Augenblick vierunddreißig Grad, in der letzten Woche waren es vierzig.«

»Ich verstehe, das Leben ist eine Qual«, sagte Winter.

»Na ja, so hab ich es nicht gemeint, Erik.«

Er lächelte. Seine Mutter hatte viele Vorzüge, aber Ironie verstand sie nicht. Vielleicht ist das eine gute Eigenschaft, dachte er jetzt. Viel zu viele verbreiten Ironie um sich herum, die andere sich erst übersetzen müssen. Ach, das hast du gar nicht so gemeint? Aha. Okay, ich bin wahrscheinlich nicht smart genug. Ich hätte verstehen müssen, dass du genau das Gegenteil meinst.

Bei seiner Arbeit meinten die Leute oft das Gegenteil. Aber sie waren nicht ironisch, sie logen nur.

Er lebte in einer Welt voller Lügen. Das war seine Welt.

Seine Arbeit bestand darin, Lügen zu übersetzen. Wie wird man selber dabei? Wenn man ständig davon ausgeht, dass alle immer lügen? Bei wem findet man Sicherheit, Glaube und Wahrheit?

»Wie sind denn die Wetteraussichten?«, fragte er seine Mutter.

»Es soll noch ein paar Wochen so bleiben, dann vielleicht etwas kühler werden.«

»Kein Regen im Anzug?«

»Nein, leider.«

»Das ist gut.«

»Wie meinst du das, Erik?«

»Wir erwägen, ein paar Tage zu dir zu kommen.«

»Hast du WIR gesagt? Alle?«

»Ja.«

»Das wäre aber schön, oh, wie schön!«

»Finden wir auch.«

»Was sagt Elsa?«

»Sie weiß es noch nicht. Ich wollte erst mit dir sprechen.«

»Aber Erik, du weißt doch, dass ihr immer willkommen seid. Und du bist ja nicht mehr hier gewesen, seit ... seit ...«

Sie beendete den Satz nicht, und das brauchte sie auch nicht. Zuletzt war er Weihnachten unten gewesen, am zweiten Weihnachtstag war er geflogen, und er hatte sieben Flaschen Whisky getrunken, zwar die lächerlich winzigen Flaschen, die es im Flugzeug gab, aber trotzdem, und Bier noch obendrauf. Danach war die halbe Bodenbesatzung auf dem Flugplatz von Málaga nötig gewesen, um ihn ins Auto zu bugsieren. Die Polizei war zur Stelle gewesen, aber nur um zu helfen. Ringmar hatte dort angerufen, als Winter das Flugzeug bestieg: Das erwartet euch in Málaga. Ringmar hatte es vorausgesehen und der spanische Kollege hatte es begriffen.

Muy borracho. Sí. Comprendo.

Winter hatte es nicht begriffen, nicht als er nach all den Ereignissen der Weihnachtsfeiertage in Göteborg aufgebrochen war. Wer hätte das alles verstehen können? Wirklich alles verstehen? Er wollte es mit der Zeit begreifen. Das war ja möglich. Nichts Böses geschah ohne Grund. Es kam irgendwoher. Von Menschen. Das machte das Böse begreifbar, jedoch gleichzeitig noch entsetzlicher.

Ringmar hatte Weihnachten die schreckliche Nacharbeit leisten müssen. Bertil war stark gewesen, stärker als er. Bertil hatte seine eigene private Hölle gehabt, aber er war ein großer Mensch, ein richtiger Mensch. Ohne Bertil geht es nicht, hatte Winter damals gedacht und hatte es auch später manchmal gedacht. Werde ich so wie er? Will ich das? Will ich stärker werden?

»Ich klär mal die Einzelheiten«, sagte er zu seiner Mutter.

»Bald?«

»Ich hoffe es.«

»Und ihr habt wahrscheinlich Mistwetter zu Hause, nehme ich an?«

Er sah in den messerscharfen Sonnenschein des Altweibersommers.

»Ja«, log er.

Aneta Djanali fuhr in Richtung Süden und bog nach Krokslätt ab. Alles schien hier Jahrzehnte alt zu sein: die Häuser, die Straßen, die Schilder, die Läden, Putz, der von Hauswänden gefallen und wieder erneuert worden war, Cafés mit zwei Tischen und fünf Stühlen.

Sie war nicht allein unterwegs. Etwa hundert Meter vor sich bemerkte sie einen Volvo V40. Sie selber fuhr nicht ihr eigenes Auto. Dies war einer der nicht gekennzeichneten Wagen aus der Garage unterm Polizeipräsidium auf dem Ernst Fontells plats.

Aneta riet, wohin sie unterwegs waren, aber sie spürte etwas wie Verwirrung, nicht Schwindel wie früher, nur etwas, das sie daran erinnerte.

Der V 40 wurde von Susanne Marke gefahren. Aneta Djanali hatte sie in einer der übrig gebliebenen Straßen in der alten Nordstan einsteigen sehen. Dort hatte Aneta gewartet. Sie wusste, wo Susanne Marke am Nachmittag sein würde, weil sie sich danach erkundigt hatte. Als Arbeitsschluss hatte sie auf vier Uhr getippt, und das war ein Treffer.

Aber sie konnte nicht erraten, wohin Susanne Marke jetzt unterwegs war. Sie hatte Fredriksdal erreicht und fuhr auf die schon bekannte Auffahrt vor dem Haus der Lindstens. Sigge Lindstens Auto war nicht da. Aneta Djanali fuhr vorbei und sah im Rückspiegel, wie Susanne Marke aus dem Auto stieg und auf das Haus zuging, ohne sich umzusehen. Dann machte die Straße eine Biegung, und Susanne Marke war aus Anetas Blickfeld verschwunden.

Fünfhundert Meter weiter nördlich drehte sie an einer schmalen Kreuzung um. Als sie zurückkam, war Susanne Markes Auto verschwunden.

»Forsblad ist heute Nachmittag nicht an seinem Arbeitsplatz erschienen«, sagte Halders, als sie vom Auto aus anrief. »Und in seinem Liebesnest in Älvstranden hebt niemand ab.«

»Ich hab sie vor zehn Minuten gesehen«, sagte Aneta Djanali.

»Bist du da draußen?«

»Nein, sie ist zu Lindstens Haus gefahren.«

»Das ist ja ein Ding.«

»Es war nur ein kurzer Besuch.«

»Woher weißt du das?«

Sie erzählte es.

»Du weißt immer noch nicht, wie Anette Lindsten im Augenblick aussieht, oder?«, sagte Halders.

»Nein, wa...« Und dann verstand sie, was Halders meinte. »Da täuschst du dich gewaltig«, sagte sie.

»Manchmal muss man um die Ecke denken«, sagte Halders.

»Glaubst du das wirklich?«, sagte Aneta Djanali, sprach aber mehr zu sich selber. »Nein, so sehr kann sie sich nicht verändert haben.«

»Am besten, wir kriegen es heraus, oder? Damit wir sicher sein können.«

Sie saß mit dem Hörer in der Hand da. Susanne Marke war Anette Lindsten, die Susanne Marke war, die ...

Nein.

Aber Sigge Lindsten hatte angerufen. *Wenn* er nun Sigge Lindsten war. Vielleicht hatte er ihr einen gefälschten Führerschein gezeigt. Das Haus in Fredriksdal war vielleicht nur eine Kulisse wie in einer Filmstadt. Das Ganze war nur ein Film. Plötzlich fiel ihr ein, dass es in Ouagadougou ein Filmfestival gegeben hatte. Sie war im Kino gewesen in Ouagadougou, ein undichter Bunker, Licht war durch die zehntausend Ritzen in den Wänden gesickert. Es war ein einheimischer Film gewesen, der überraschenderweise von Menschen handelte, die in einer Wüstenstadt lebten. Die Stadt schien keine Götter oder andere Geister zu haben. Im

Film wurde Moré gesprochen, die Bilder waren mit französischen Untertiteln versehen, und sie verstand die Worte, jedoch nicht den eigentlichen Inhalt dessen, was die Menschen sagten. Es war nicht nur eine andere Kultur, es war eine andere Welt.

Die beiden Männer, die sie in Anette Lindstens Wohnung getroffen hatte, waren vielleicht doch Anettes Vater und Bruder. Aber die Wohnung lief unter ihrem Namen. Susanne Markes Wohnung lief unter Susanne Markes Namen. Das Auto lief unter Bengt Markes Namen. Wer war Bengt Marke? Hieß er vielleicht auch Hans Forsblad? Oder Heintz Fritsfrütz? Sie kicherte. Dann spürte sie, dass es kühl wurde.

Sie startete das Auto und fuhr nach Süden, weit nach Süden.

Winter erwischte Steve Macdonald in der Lunchzeit.

»Rate mal, was ich esse«, sagte Macdonald.

»Ich weiß, woher es kommt«, sagte Winter.

»*The fish or the chips?*«, fragte Macdonald.

»Ich kenne den Fischer, der den Schellfisch aus dem Meer geholt hat«, sagte Winter.

»Das ist ja phantastisch«, sagte Macdonald, »ist hier unter der Panade irgendwo ein Stempel?«

Winter erzählte ihm von seinem Besuch auf Donsö.

»*And now his father has gone walkabout in the Highlands.*«

»Jedenfalls ist er immer noch verschwunden. Oder so, er hat sich nicht gemeldet.«

»Hast du eine Suchmeldung rausgegeben?«

»Ja.«

»Schick alle Angaben rüber, dann red ich mal mit den Leuten in Inverness.«

»Danke, Steve.«

»Und sonst?«

»Ich werde ein Haus bauen. Am Meer.« Winter machte eine kleine Pause. »Glaube ich.«

Macdonald lachte.

»Deine Entschlossenheit gefällt mir.«

»Es ist ein schönes Grundstück«, sagte Winter. »Man kann das Meer riechen.«

»Gut.«

»Fährst du manchmal nach Hause?«

»Nach Hause? Du meinst nach Schottland?«, sagte Macdonald.

»Ja.«

»Nicht sehr oft. Und unser Hof und unsere Stadt liegen ja nicht am Meer.«

»Nein, das hast du mal erzählt.«

»Dallas liegt in seiner eigenen kleinen Welt.«

»Wie meinst du das?«

»Du wirst es ja sehen, wenn du kommst.«

»Warum sollte ich dorthin kommen?«

Eine halbe Sekunde, nachdem er es ausgesprochen hatte, wusste Winter, dass er dorthin kommen würde. Bald. Es war ein intuitives Gefühl, das er nicht haben wollte.

Er spürte eine Kälte. Irgendwas war im Anzug, er konnte es noch nicht sehen. Er wollte plötzlich nach Süden, weit nach Süden.

Aneta Djanali fröstelte im Windzug vom halb geöffneten Fenster. Die Kühle brachte Klarheit in ihre Gedanken. Über den Feldern glühte schwach die Sonne. Noch war alles grün, höchstens noch eine Woche lang. Dann würde es gelb werden wie alles, was zu lange in der Sonne gewesen war.

Hier war sie auf dem Land, es gab Kühe. Sie begegnete einem Traktor, der mitten auf der Straße fuhr. Der Fahrer trug eine Kappe und wirkte zurückgeblieben. Er kaute auf Heu. Er hätte gar nicht bemerkt, wenn er ihr Auto zermalmt hätte.

Sie kam an einem Bauernhof vorbei, wo Schweine in der Erde neben der Landstraße wühlten. Es roch nach Schweinemist, aber sie ließ das Fenster offen. Dies war die Erde und das Land, von dem alle stammten, ja, sie wohl nicht, aber all die anderen Bauerntölpel in diesem kalten Land. Gefriergetrocknet, wie Halders einmal gesagt hatte. Wir sind gefriergetrocknet, trocken wie nur was sind wir, und wenn wir erwärmt werden und Flüssigkeit in uns kriegen, dann schwellen wir um das Zehnfache an. Sie war nicht sicher, ob sie das verstand, aber es klang ganz gut wie so vieles, was Fredrik sagte. Verrückt, aber ziemlich gut. Jedenfalls witzig. Nur die Zulukaffer-Witze nicht, aber die unterließ er jetzt.

Sie hielt an einer Ausweichstelle und studierte ihre Notizen. Bei ihrer letzten Begegnung hatte sie Sigge Lindsten gefragt, wo die Hütte lag. Plötzlich kam ihr ein Auto mit wahnsinniger Geschwindigkeit entgegen. Schotter spritzte ihr durchs Fenster ins Gesicht. Sie spürte einen Stich in der Stirn und schaute dem Fliehenden im Rückspiegel nach, sah jedoch nur noch eine Staubwolke. Auf ihrer Stirn war ein Tropfen Rot. Sie wischte ihn mit dem linken Zeigefinger weg und leckte das Blut ab, es schmeckte nach Eisen.

Sie wusste, dass die Leute auf dem Land wie fliehende Idioten fuhren. Es war ihr Land, aber sie flohen darin hierhin und dahin wie Gesetzlose. *Wanted. Wanted dead or alive.*

Sie war zu weit gefahren und fand erst nach einigen weiteren hundert Metern eine Stelle, wo sie umdrehen konnte.

Sie fuhr zurück. Über dem Weg hing immer noch Staub in der Luft. Sie kam an dem Schild der Ausweichstelle vorbei. Es war alt und fast farblos.

Dann fand sie endlich die Einfahrt zum Haus. In der Mitte des jämmerlichen Pfades wuchs Gras. Sie konnte unter einem Felsen parken, der aus einem Abhang herausragte, stieg aus und roch das Meer, aber sehen konnte sie es nicht. Seevögel schrien auf der anderen Seite des Hügels, der mit Kiefern bewachsen war. Sie begann zwischen den Bäumen aufwärts zu klettern. Die Erde war warm.

21

Sie spürte den Wind, als sie auf dem höchsten Punkt der Erhebung stand, und sie sah das Meer. Es war groß und bewegte sich auf sie zu. Sie wusste, dass es in Richtung Ufer rollte, aber von hier aus schien es wie eine Felsformation erstarrt zu sein, die sich weit ausstreckte, bis sie ein Berg wurde. Das Meer war nicht blau, nicht grün, nichts dazwischen.

Aneta Djanali ging näher. Unterhalb des Abhangs auf der anderen Seite wuchsen Kiefern genau wie auf der östlichen Seite. Zwischen den Kiefern sah sie ein Haus. Davor stand ein Auto. Das Auto kannte sie.

Das Auto war wie eine Silhouette in diesem Bild.

Auf der anderen Seite des Autos stand eine Frau, dem Meer zugewandt. Aneta Djanali erkannte auch sie.

Die Frau drehte sich um, als Aneta Djanali vorsichtig zwischen den Bäumen abstieg, wandte das Gesicht jedoch wieder dem Meer zu, als ob es ganz natürlich wäre, dass an einem blank geschliffenen Nachmittag eine Kriminalinspektorin den Abhang heruntergerutscht kam.

Die Frau kehrte Aneta weiter den Rücken zu, bis sie nicht anders konnte, als sich umzudrehen.

»Ich bin nicht erstaunt«, sagte Susanne Marke.

»Ist Anette da?«, fragte Aneta Djanali.

»Ist es hier nicht friedlich?«, entgegnete Susanne Marke und schaute wieder über das versteinerte Meer.

»Sind Sie oft hier?«, fragte Aneta Djanali.

»Es ist das erste Mal.«

»Aber Sie haben es gefunden«, sagte Aneta Djanali und wunderte sich über dieses Gespräch, diese Situation.

»Hans hat mir den Weg beschrieben, ich hatte kein Problem«, sagte Susanne Marke.

»Hans? Hans Forsblad?«

Susanne Marke drehte sich um, und Aneta Djanali sah die Entschlossenheit in ihrem Gesicht.

»Jetzt hören Sie mir mal gut zu. Hier ist ein großer Fehler passiert, und wir sind dabei ihn zu korrigieren.«

Aneta Djanali wartete, sagte nichts. Es wäre strategisch unklug gewesen, jetzt etwas zu sagen. Sie meinte zu sehen, wie sich die Gardine in dem einzigen sichtbaren Fenster bewegte. Auch das war ganz natürlich, eine natürliche Wiederholung, wenn man mit diesen Menschen zu tun hatte.

»Hören Sie? Ein großer Fehler, und es wird nichts dadurch besser, dass die Bu… dass die Polizei herumschnüffelt und sich einmischt.«

Nein. Alle wären sehr viel froher, wenn die Polizei nicht überall herumschnüffeln und sich einmischen würde. Die sollte Leute, die Diebstahl, Misshandlung, Totschlag, Mord anzeigten, lieber bitten, sich zum Teufel zu scheren. Ein Fehler. Ruf den Nachbarn an.

»Es hat damit angefangen, dass Anettes Nachbarn angerufen haben«, sagte Aneta Djanali. »Mehrere Male.«

»Ein Irrtum.«

»Anette hatte Verletzungen im Gesicht«, sagte Aneta Djanali.

»Ist sie im Krankenhaus gewesen?«, fragte Susanne Marke. Es war eine rhetorische Frage.

»Nicht, soweit wir wissen«, antwortete Aneta Djanali.

»Das war sie nicht«, sagte Susanne Marke.

»Könnte ich bitte Ihren Ausweis sehen?«

»Wie? Wie bitte?«

»Einen Ausweis«, sagte Aneta Djanali. »Ihren Ausweis.«

»Warum?«

Aneta Djanali streckte die Hand aus. Sie sah, wie sich der Gesichtsausdruck der Frau veränderte.

»Sie glauben doch wohl nicht, dass ...«

Aneta Djanali sagte nichts, hielt nur weiter die Hand ausgestreckt.

Jetzt lächelte Susanne Marke. Es war kein angenehmes Lächeln. Plötzlich erkannte Aneta Djanali dies Lächeln, den Ausdruck, die Augen. DAS GESICHT. Es war dasselbe Gesicht. Die beiden Gesichter hatten denselben Ursprung.

Susanne Marke wühlte in ihrer Handtasche und holte eine Brieftasche hervor. Sie wühlte in der Brieftasche, riss einen Führerschein heraus und reichte ihn Aneta Djanali mit demselben Lächeln. Es war in ihrem Gesicht erstarrt und so kalt geworden wie die schwindende Farbe im Meer und am Himmel.

Aneta Djanali sah Susanne Markes Gesicht auf dem Foto und ihren Namen. Das Foto war ein Jahr alt.

»Wer ist Bengt Marke?«, fragte Aneta Djanali.

»Mein Exmann.«

»Ist Hans Forsblad Ihr Bruder?«

Susanne Marke behielt ihr Lächeln. Aneta Djanali brauchte keine andere Antwort. Sie spürte sofort Angst. Sie spürte das Gewicht ihrer Waffe, wie eine ... Sicherheit, unerwartet und ... unnötig, die würde sie nicht brauchen. Sie begriff, dass es ein Fehler gewesen war, allein hierher zu fahren. Das war so eine Art Fehler, wie Fredrik sie machte. Gemacht hatte. Einmal hätte es ihn fast das Leben gekostet. Er hatte Glück gehabt. Die Unwissenden und Kühnen hatten häufig Glück. Sie verstanden es nicht besser. Sie war nicht kühn, nicht unwissend. Deswegen könnte es übel ausgehen.

Mit diesen Menschen war nicht zu spaßen.

»Er wird immer mein Bruder bleiben«, sagte Susanne Marke.

Ganz gleich, was passiert, dachte Aneta Djanali, ich glaube es. Ich glaube ihr, was das angeht.

»Es ist ein einziger großer Irrtum«, sagte Susanne Marke.

»Worin besteht der Irrtum?«

»Er hat … nichts getan.«

»Ach nein?«

»Er will alles wieder in Ordnung bringen.«

»Wenn er nichts getan hat, braucht er doch auch nichts in Ordnung zu bringen?«

Vielleicht war es so. Vielleicht wollte er etwas gutmachen. Es würde nicht wieder passieren. Aber was passiert war, war nicht passiert. Alles war ein Irrtum, und geirrt hatten sich immer die anderen. Alles war ein Missverständnis. Die Schläge waren ein Missverständnis. Aneta hatte während ihrer Karriere bei der Polizei von so vielen Missverständnissen gehört. Sie hatte erfahren, wie die Sprache aufhörte und die Gewalt zunahm. Schläge anstelle von Worten. Die verzweifelten Sprachlosen schlugen. Männer sind hart und Frauen sind weich. Ja. Sie besitzen, sie bilden sich ein, einen anderen Menschen zu besitzen. Eine Dominanz. Die totale Kontrolle. Eine Frage von … Ehre. Wiederherstellung von Ehre. Das gab es auch hier, in diesem hellen Land. Nicht nur die mittelalterlichen Kerle von Werweißwoher ermorden ihre Töchter um ihrer eigenen Ehre willen.

»Andere haben die Fehler gemacht, andere waren es«, sagte Susanne Marke.

»Wie bitte?«

»Es hängt von anderen ab«, wiederholte Susanne Marke. »Wir haben von Fehlern gesprochen, oder? Hören Sie mir nicht zu?«

»Und Sie sollen helfen, all diese Fehler wieder in Ordnung zu bringen?«

Susanne Marke antwortete nicht. Sie sah zum Haus. Aneta Djanali hatte auch eine Bewegung am Fenster gesehen. Einen Schatten, eine Silhouette.

»Ich will nur denen, die nicht kapieren, wie Hans eigentlich ist, erklären, wie er wirklich ist«, sagte Susanne Marke.

»Wem erklären? Ihr dort hinter dem Fenster?« Aneta Djanali wies zum Haus und zum Fenster.

Susanne Marke nickte.

»Ist das Anette?«

Susanne Marke drehte sich wieder zu ihr um.

»Ich hab doch noch keine Zeit gehabt, nachzusehen, oder? Sie sind doch zwischen den Bäumen runtergebrackert, bevor ich an die Tür klopfen konnte.«

»Wo ist Hans jetzt?«, fragte Aneta Djanali. »Wir versuchen seit geraumer Zeit Kontakt mit ihm aufzunehmen.«

»Gucken Sie in den Kofferraum!«, sagte Susanne Marke und lachte, dass es wie ein Bellen über der Bucht klang.

Vielen von Susannes Worten glaubte Aneta Djanali nicht, aber sie glaubte diesem halbwilden Bellen.

Bertil Ringmar starrte durch das Verandafenster in den Garten des Nachbarn, der nur gar zu sichtbar war hinter einer allzu niedrigen Hecke. Sein Nachbar war verrückt, Verwalter einer Pflegeeinrichtung, der total durchgeknallt war. Alles von Wert innerhalb der Krankenpflege, alle Bereiche inklusive seines eigenen Jobs hatte er wegverwaltet, ratzeputz weg, und jetzt arbeitete er an den verschiedenen Bereichen seines eigenen Gartens.

An all das dachte Bertil Ringmar, während er dort stand, und er hatte schon früher daran gedacht, nicht zuletzt Weihnachten, als der Verrückte sein Grundstück in einen wahnsinnig glitzernden Lichtergarten verwandelt hatte, der den Piccadilly Circus an Silvester oder den Times Square eher dem inneren Småland in einer Winternacht gleichen ließen, wenn der Strom in der einzigen noch bewohnten Hütte ausgefallen war. Ringmar lächelte über seine verwickelten Gedanken. An einem solchen Ort war es überhaupt nicht hell. Er lächelte nicht mehr. Bald war es wieder Winter und Weihnachten, die Festzeit des Lichtes. *Damals* war Ringmar *sehr* nahe daran gewesen, den Wahnsinnigen zu erwürgen. Hinterher hatte er es fast bereut, dass er dies Gefühl nicht erlebt hatte.

Das Gefühl ein Mensch zu sein, der das Tier in sich bejaht.

Himmel, was für Gedanken.

Damals war er ein anderer gewesen, jemand, der er nie wieder sein wollte.

Ihr Sohn war wieder bei ihnen, nicht physisch, aber auf andere Weise. Martin war der Hölle entronnen, in was auch immer er geraten war, eine falsche christliche Version der Hölle, und seine Gedanken wurden in den Abgrund geleitet, wo er seinen Vater zu finden meinte, oder er war so programmiert worden, den Vater für ein Monster zu halten. Aber Ringmar war nie DORT gewesen, ich hab nie dergleichen getan, nie solche Gedanken gehabt, ich mag manchmal abwesend gewesen sein, das ist das Kreuz meiner Generation, die Abwesenheit oder wie zum Teufel man es nennen soll, aber ich habe meine Kinder geliebt, meinen Sohn, und ich habe nicht aufgehört ihn zu lieben.

Er dachte wieder an den Times Square.

Dieses Jahr sollte Weihnachten anders werden. Und das Neujahrsfest.

Er, Martin, Moa und Birgitta würden vielleicht Arm in Arm auf dem Times Square stehen und *Auld Lang Syne* singen, wie alle schottischen Einwohner von New York und alle anderen auch. Die Tage würden nicht billig werden, und es würden viele sein, aber er konnte es sich leisten, und er wollte noch eine Weile etwas erleben, solange er stehen und gehen konnte. In zehn Jahren würde er vielleicht nicht mehr so stehen können, an der Verandatür, und seine Gedanken verschlungene Wege gehen lassen. Vielleicht würden sie ihn finden, die Hände fest um den Hals des teuflischen Nachbarn gekrallt, und nichts konnte diesen Griff lösen, denn die Leichenstarre hatte schon eingesetzt.

Das Telefon klingelte.

»Hoffentlich stör ich«, sagte Halders.

»Wie immer«, antwortete Ringmar.

»Weißt du, wo Aneta heute Nachmittag ist?«

»Was ist das denn für eine Frage?«

»Ich hab Erik gefragt, aber er wusste es auch nicht«, antwortete Halders, als ob er mit sich selbst spräche. Ringmar spürte seine Sorge.

»Ruf sie an.«

»Was meinst du, was ich getan habe?«

»Um was geht es denn?«

»Wir wollten den Ehefraumisshandler zu einem kleinen Verhör bestellen, und ich dachte, sie soll dabei sein. Wir haben *das Schweinehund* gefunden.«

»Heißt es nicht *der* Schweinehund?«, sagte Ringmar.

»Oder *die*«, sagte Halders, »jedenfalls haben wir heute Vormittag ein merkwürdiges Exemplar getroffen.«

»Du bist ein wahrer Menschenfreund, Fredrik.«

»Ja – und? Ich schütze die Menschen doch, oder?«

Ringmar stand immer noch an der Verandatür. Er sah den Nachbarn aus dem Haus kommen und den Gartenweg entlanggehen, der von Steinanordnungen gesäumt war, die wie Wikingergräber aussahen. Auf den Gräbern brannten Kerzen in Haltern, die wie Kapuzen aussahen. Als Ringmar das vor einigen Wochen zum ersten Mal gesehen hatte, musste er kichern, auf die gleiche seltsame Weise wie Inspektor Clouseaus Chef in den letzten Pink-Panther-Filmen, bevor er für immer seinen Verstand verlor. Ringmar mochte die Filme, besonders wegen der unorthodoxen Arbeitsmethoden des Inspektors.

»Aneta macht keine Dummheiten«, sagte Ringmar.

»Wir machen alle Fehler«, sagte Halders.

»Sie hat so viel mit dir zusammengearbeitet, dass sie daraus gelernt hat«, sagte Ringmar.

»Fehler zu machen?«

»Sie zu vermeiden. Sie hat ja gesehen, was du machst, und dann macht sie das Gegenteil.«

»Das gefällt mir nicht«, sagte Halders. »Ich hab ein Gefühl, als wär sie abgehauen.«

»Sie wird sich schon melden«, sagte Ringmar und sah auf seine Armbanduhr. »Die Dienstzeit ist vorbei.«

Er hörte Halders eine Antwort grunzen, die er nicht verstand, und legte auf.

Der Nachbar da draußen zündete noch ein paar Lichter an. Ringmar umklammerte den Telefonhörer und legte ihn dann übertrieben vorsichtig auf die Gabel. Die Dämmerung kam. Der Nachbar begann seinen kompromisslosen Kampf gegen die Dunkelheit. Versuch es so zu sehen, Bertil.

»Vielleicht möchten Sie anklopfen?« Susanne Marke machte eine Bewegung, als wollte sie Aneta Djanali den Vortritt in einer Warteschlange lassen.

Sie standen zehn oder fünfzehn Meter vom Haus entfernt, das größer war, als es von oben gewirkt hatte. Es hatte mehr als ein Fenster aufs Meer hinaus. Es musste sensationell sein, bei Sonnenuntergang auf der Veranda zu sitzen. Aber heute ging die Sonne nicht unter, nicht so, dass man es sah.

Was erwartet uns dort drinnen?, dachte Aneta Djanali jetzt. Jemand ist da.

Auf dem Grundstück befand sich kein weiteres Fahrzeug. Es gab keine Garage.

Susanne Marke bewegte sich plötzlich, und Aneta Djanali zuckte zusammen. Sie meinte eine Bewegung draußen auf dem Wasser gesehen zu haben, aber als sie genauer hinschaute, war dort nichts.

Es war, als ob das Wasser ihr etwas mitteilen wollte.

Oder als ob es etwas bedeutete, etwas Wichtiges, das ihr, Aneta, galt.

Das Wasser war eine Gefahr für sie.

Komm nicht hierher!

Geh hier weg!

Sie sah einen Bootsanleger, der zum Haus gehören musste. Sie sah ein Plastikboot. Es war am Anleger vertäut. Sie sah Ruder aufragen. Das Boot wiegte sich ruhig auf dem Wasser.

Susanne Marke stand an der Haustür und klopfte. Aneta Djanali ging zu ihr. Susanne Marke klopfte noch einmal.

Langsam wurde die Tür geöffnet. Drinnen war es dunkel. Aneta Djanali sah die Konturen eines Gesichts.

»Gehen Sie weg!«, sagte das Gesicht.

Susanne Marke wollte etwas sagen, aber Aneta Djanali kam ihr zuvor und hielt ihren Polizeiausweis hoch.

»Würden Sie bitte öffnen«, sagte sie.

Das Gesicht schien sich zurückzuziehen. Die Tür war immer noch nur zehn Zentimeter offen. Vielleicht sollte das bedeuten, dass sie eintreten konnten.

Susanne Marke tat es.

Aneta Djanali folgte ihr.

Es gab keine Lampe im Flur, der schmal und lang war. Am Ende des Flurs stand eine Tür offen, durch die Dämmerung hereinfiel. Jemand bewegte sich in dem Zimmer. Aneta Djanali sah ein Gesicht. Es war das Gesicht einer älteren Frau.

»Frau Lindsten?«, fragte sie.

Keine Antwort.

»Signe«, sagte Susanne Marke.

Aha, sie duzt die Frau. Wollte sie nur mich nicht einlassen?

»Anette ist nicht hier«, hörten sie eine Stimme aus dem Zimmer.

Warum bist du allein hierher gefahren?, dachte Aneta Djanali.

Susanne Marke ging durch den Flur, und Aneta Djanali folgte ihr.

Das Zimmer wurde vom Meer erleuchtet. An sonnigen Tagen muss es ein sehr helles Zimmer sein, dachte Aneta Djanali. Im Augenblick kann man das Gesicht der Frau nicht genau erkennen.

»Signe, Hans *muss* mit Anette reden. Das musst du erlauben«, sagte Susanne Marke.

»Kann er sie nicht *in Ruhe* lassen?!«, sagte Signe Lindsten mit einer Stimme, die kräftiger war, als Aneta Djanali erwartet hatte.

»Er will doch nur mit ihr *reden*«, sagte Susanne Marke.

Hat er früher was anderes gewollt?, dachte Aneta Djanali.

»Fühlen Sie sich von diesen Menschen bedroht?«, fragte sie. »Sie können es mir sagen.«

»Himmel«, stöhnte Susanne Marke.

»Sie wissen, dass ich von der Polizei bin?«, fragte Aneta Djanali. Sie meinte Signe Lindsten nicken zu sehen.

»Wo ist Anette?«, fragte Aneta Djanali.

Signe Lindsten antwortete nicht. Aneta Djanali bemerkte ihren Fehler sofort. Eine totale Fehlleistung, diese Frage in Gegenwart von Forsblads solidarischer Schwester zu stellen.

»Ich möchte Sie bitten, uns einen Augenblick allein zu lassen«, sagte sie zu Susanne Marke.

Susanne Marke rührte sich nicht. Aneta Djanali wusste, dass sie die Aufforderung verstanden hatte, aber trotzdem etwas zu sagen versuchte, ihr aber nichts einfiel.

Plötzlich drehte Susanne Marke sich um, sagte mit lauter Stimme »FEHLER« und ging, klapperte auf ihren halb hohen Stiefelabsätzen durch den Flur davon, und bevor Aneta Djanali noch etwas sagen konnte, hörte sie den aufheulenden Motor starten und das Auto wegfahren. Sie hatte den Weg nicht gesehen, als sie zwischen den Kiefern heruntergeklettert war, aber sie hatte auch nicht darauf geachtet.

Winter ging über Heden. Männer mittleren Alters spielten angestrengt Fußball. Alles war, wie es sein sollte. Er hörte Schreie, die wie Hilfeschreie klangen. Er sah sich nach dem Rettungswagen um und konnte auch keine Herz-Lungen-Maschinen entdecken.

Er zündete sich einen Corps an, den ersten an diesem Tag. Er hatte das Rauchen reduziert, aber weiter als so würde er kaum kommen. Während der Arbeit rauchte er nicht. Würde er es auch nach der Arbeit lassen, müsste man sich fragen, was diese Zeit dann noch für einen Sinn haben sollte.

Das waren die verschlungenen Gedankengänge eines Nikotinisten.

Aber es hing zusammen. Nach dem Leben, in dem es um Verbrechen und all seine Konsequenzen ging, versuchte er ein anderes Leben zu führen.

Im ersten Leben versuchte er nicht zu rauchen, aber danach. Das hing zusammen.

Er hatte es Angela zu erklären versucht.

»Vielleicht verstehe ich das«, hatte sie gesagt. »Jedenfalls für eine Übergangszeit. Aber dann. Elsa möchte dich vielleicht gern auch noch um sich haben, wenn sie zum Beispiel fünfundzwanzig ist. Du warst keine fünfundzwanzig, als wir Elsa bekamen. Du warst vierzig.«

»Aber ich war der jüngste Kommissar des Landes«, hatte Winter gesagt und gestrahlt. Angela hatte gelächelt.

»Hast du das jemals überprüft? Richtig überprüft?«

»Da verlasse ich mich ganz auf meine Mutter.«

»Es gibt offenbar zwei Berufe, in denen man wer weiß wie lange jung und vielversprechend sein kann«, hatte Angela gesagt, »Kriminalkommissar und Autor.«

»Ich fühle mich immer noch jung.«

»Rauch du nur weiter, dann werden wir in einigen Jahren ja sehen.«

»Es sind nur dünne Zigarillos.«

»Was soll ich darauf antworten?« Sie machte eine Bewegung, die ausdrücken sollte, dass sie vor tauben Ohren predigte.

»Okay, okay. Es ist nicht gesund, aber es werden auch immer weniger Züge.«

»Es geht nicht um mich... jedenfalls nicht in erster Linie. Wir sprechen über deine Gesundheit... über Elsas Vater.«

Er ließ den Gedanken fallen. Er sah einen Fußball auf sich zukommen und nahm den Zigarillo aus dem Mund, traf astrein, und der Ball flog in einem hübschen Bogen zurück auf den Schotterplatz. So machte man das. Erst den Zigarillo aus dem Mund nehmen und dann den Ball mit gestrecktem Spann treffen. So muss es zugegangen sein, als Fußball im England des neunzehnten Jahrhunderts ein Spiel für Gentlemen gewesen war.

Das Handy klingelte, als er den Södra vägen überquerte. Er hatte immer noch grün, aber ein Mann in einem schwarzen Mercedes hupte, als er den Fußgängerweg halb überquert hatte. Winter meldete sich mit »ja?« und starrte den Kerl an, der den Motor aufheulen ließ. Die Stadt war kein sicherer Ort. All die frustrierten Desperados, die in ihrem Mercedes herumgurkten. Man sollte den Kerl drankriegen.

Er ging die Vasagatan entlang und lauschte.

»Hast du was Neues erfahren?«, fragte Johanna Osvald.

»Wenn ich etwas höre, erfährst du es sofort«, sagte er.

»Ich werde jeden Tag unruhiger«, sagte sie. »Vielleicht sollte ich rüberfahren?«

Noch eine Generation Osvald macht sich auf den Weg, um nach der vorhergehenden zu suchen, dachte Winter. Drei Generationen unterwegs im schottischen Hochland.

»Was würdest du tun?«, fragte sie.

Ich würde fahren, dachte er.

»Warte noch ein paar Tage ab«, sagte er. »Die Suchmeldung ist draußen. Und ich hab mit meinem Kollegen gesprochen.«

»Was kann er machen?«

»Er kennt Leute.«

»Glaubst du nicht, dass etwas Ernstes passiert ist?«, fragte sie. »Ein Verbrechen?«

»Er könnte krank geworden sein«, sagte Winter.

»Dann hätte er sich gemeldet«, sagte sie. »Oder jemand anders hätte uns benachrichtigt.«

»Wir können Ihnen helfen«, sagte Aneta Djanali.

»Wir brauchen keine Hilfe«, sagte Signe Lindsten.

Das war eine Antwort, die Aneta Djanali erwartet hatte, die sie aber trotzdem nicht verstand.

»Wir wollen in Ruhe gelassen werden, wir ALLE«, sagte Signe Lindsten.

»Ist Anette zu Hause?«

Signe Lindsten sah aus dem Fenster, als ob ihre Tochter irgendwo dort draußen sei, irgendwo auf dem starren Meer. Oder darin, dachte Aneta Djanali.

Der Himmel überm Wasser war dunkler geworden, und alles hatte dieselbe Farbe angenommen. Aneta sah den Anleger. Sie sah das Boot. Es gab einen schmalen Streifen Rasen, der die dreißig Meter zum Wasser hinunter in Sand überging.

»Ist Anette zu Hause in Göteborg?«, fragte Aneta Djanali.

Die Mutter schaute weiter zum Strand und Meer hinaus, und Aneta Djanali tat das Gleiche.

»Ist das Ihr Boot?«, fragte sie.

Signe Lindsten zuckte zusammen.

Sie sah Aneta Djanali an.

»Anette ist zu Hause.«

»In Göteborg? In dem Haus in Fredriksdal?«

Die Mutter nickte.

»Sie hat nicht geöffnet, als wir dort waren.«

»Ist das verboten?«

Technisch gesehen ist es das, dachte Aneta Djanali.

»Fürchtet sie sich sehr vor Hans Forsblad?«

Signe Lindsten zuckte wieder zusammen.

»Und wenn es so wäre, was könnten Sie dagegen unternehmen?«

»Wir können viel machen«, sagte Aneta Djanali.

»Wie was zum Beispiel?«

»Ihm Besuchsverbot erteilen«, sagte sie und merkte selbst, wie dünn das klang. »Wir können das ganz kurzfristig veranlassen und die Sache dem Staatsanwalt übergeben. Wir können ihn zum Verhör bestellen. Das haben wir übrigens schon beschlossen.«

»Verhör? Was meinen Sie damit?«

»Dass wir ihn zum Präsidium bestellen und ihn wegen seiner ... Bedrohungen verhören.«

»Und dann? Was passiert dann?«

»Ich wei...«

»Dann lassen Sie ihn wieder laufen, nicht? Sie reden mit ihm, und das war's dann.«

»Vielleicht wagt er es nicht, An...«

»Anette wieder zu besuchen? Wenn man das so nennen kann. Glauben Sie das? Glaubt die Polizei das? Glauben Sie allen Ernstes, dass es ausreicht, auf einem Stück Papier festzuhalten, dass er sie nicht besuchen darf? Glauben Sie, Sie können ihn erschrecken, indem Sie mit ihm reden? Dann kennen Sie ihn nicht.«

Aus ihr sprach echte Frustration, daran bestand kein Zweifel.

Aber da war noch etwas anderes. Es ging nicht nur um den Mann, Hans Forsblad. Aneta Djanali spürte es, sah es.

»Deswegen wollen wir mit ihm sprechen«, antwortete sie. »Um zu sehen, wie er ist.«

»Das kann ich Ihnen auf der Stelle sagen. Er ist gefährlich. Er gibt nicht auf. Er ist … besessen oder wie man das nennen soll. Er kann nicht akzeptieren, dass Anette nicht mehr mit ihm zusammenleben will. Will es einfach nicht akzeptieren. *Kann es nicht verstehen*. Verstehen Sie? Er kriegt es nicht in den Kopf!« Signe Lindsten drehte sich wieder zum Meer um, als wollte sie von dort Kraft schöpfen. »Er ist komplett verrückt.«

»Warum haben Sie nicht die Polizei benachrichtigt?«, fragte Aneta Djanali.

Signe Lindsten schien sie nicht gehört zu haben, und Aneta Djanali wiederholte die Frage.

»Ich weiß es nicht«, sagte Signe Lindsten.

Sie sagt nicht, dass ihr Mann mich angerufen hat, dachte Aneta Djanali. Vielleicht weiß sie es nicht. Vielleicht geht es gar nicht darum.

»Haben Sie es nicht gewagt?«

»Nein.«

»Hat er Sie bedroht?«

»Ja.«

»Auf welche Weise?«

»Ich will nicht … das spielt keine Rolle … es könnte sein, dass …«

Aneta Djanali versuchte ein Puzzle aus dem zusammenzufügen, was Signe Lindsten sagte. Das war ihre Arbeit, ein Teil der Arbeit, diese abgebrochenen Sätze, die Menschen in Angst aussprachen, zusammenzusetzen. Manchmal war es Schrecken, manchmal Berechnung, manchmal Trauer, Schadenfreude, die Suche nach der glaubwürdigsten Lüge. Zersplitterte Worte, die kaum zusammenhingen, und sie sollte diese Worte zusammenfügen, damit sie sie verstand, damit jemand sie verstand.

Häufig war es wie jetzt. Beschädigte Worte, die von einem Menschen in Angst ausgesprochen wurden.

22

»Am Anfang war es so gut«, sagte Signe Lindsten.

Etwas geschah in ihrem Gesicht, als sie das sagte. Als ob die Erinnerung ihre Gesichtszüge erhellte, als ob gute Erinnerungen Gesichter glätten könnten. Erst kommt Sonne, dann kommt Regen und der ganze Scheiß. Jede Wolke hat einen silbernen Rand. Aneta Djanali konnte draußen keine derartigen Wolken entdecken, da die Bucht, die Felsen, der Strand und das Ufer mit Wolken bedeckt waren, nirgends ein silberner Rand, nur hier und da das Blitzen von Licht inmitten der Steinmassen.

»Er hat so einen netten Eindruck gemacht«, sagte Signe Lindsten.

Ich hasse dieses Wort, dachte Aneta Djanali. Nett. Es bedeutet überhaupt nichts. Es ist ein falsches Wort. Man sieht ja, wie es hier ausgegangen ist.

»So fängt es immer an«, sagte Aneta Djanali.

»Ich hab ein Hochzeitsfoto«, sagte Signe Lindsten. »Aber nicht hier.«

»Hat Anette noch Geschwister?«

»Nein.«

Sie dachte an den Mann, der behauptet hatte, Anettes Bruder zu sein. Einer der Diebe. Wer war er? Und sein »Vater«? Ich habe diese Mutter noch nicht gefragt.

Sie beschrieb ihr das Aussehen der Männer, und Signe Lindsten sagte: »Was um alles in der Welt …«

»Hat Ihnen Ihr Mann nicht davon erzählt?«

»Nein …«

»Erstaunt Sie das nicht?«

»Doch … aber er wollte mich wohl nicht beunruhigen.«

»Hat er es Anette erzählt?«

»Wie soll ich das wissen? Dann hätte ich es doch wohl auch gewusst?«

Gut. Sie macht mit.

»Haben Sie Verletzungen an Anette bemerkt?«

Signe Lindsten antwortete nicht. Jetzt wird's *schwer*, dachte Aneta Djanali, etwas Unbestimmtes. Über Bedrohung kann sie vage reden, aber nicht über das Konkrete, noch nicht. So ist es fast immer. Das wundert mich kaum noch. Die Angst der Frau wird auf die Familie verlagert. Plötzlich halten sie in der Angst zusammen. Lassen niemanden herein.

Der Einzige, der eingelassen wird, ist der Verursacher der Angst. Das ist das Paradoxe. Es bleibt immer eine Hoffnung, dass es besser wird und die Angst vergeht, und der Einzige, der diesen Zustand beenden kann, ist ER, er, der anfangs so verdammt *nett* war. Er muss nur noch ein einziges Mal diese Chance bekommen, und manchmal bekommt er sie, und danach kann alles zu Ende sein.

Dann bleibt vielleicht nur noch der Tod. Sie hatte ihn gesehen. Ich habe gesehen, wohin die letzte Chance führen kann. Manchmal ist nicht einmal eine letzte Chance nötig. Sie sah Signe Lindstens gequältes Gesicht, und das Gesicht sagte ihr, dies hier wird ein Ende nehmen, aber kein gutes Ende.

Weg mit dem Gedanken. Es muss eine Lösung geben. Schließlich stehe ich hier, oder?

»Sie brauchen keine Angst zu haben, Frau Lindsten.«

Der Herr segne und behüte dich. Der Herr lasse sein Angesicht leuchten über dir. Der Herr sei dir gnädig. Braucht sie Gnade, die Frau vor ihr? Welche Art Gnade? Die Gnade des Herrn? Aneta Djanali dachte plötzlich an ihren Vater. Der Mann mit den vielen Göttern. Hatte sie ihn nach dem Begriff von Gnade in seiner Welt gefragt? Sie würde ihn anrufen und versuchen über diese schlechte Telefonverbindung ins Innere Afrikas mit ihm zu reden. Bald war das Satellitentelefon die einzige Lösung, das Einzige, was noch funktionierte im schwarzen Afrika. Klau eins vom Lager, hatte Fredrik gesagt.

Signe Lindsten wollte gerade etwas sagen, als sie draußen ein Auto hörten. Aneta Dajanali sah, dass die Frau das Geräusch kannte. Es veränderte nicht viel in ihrem Gesicht. Der Ausdruck blieb, als sie die Stimme des Mannes im Flur hörten.

Ihr Gesicht hellte sich nicht auf. Er brachte ihr Gesicht nicht zum Leuchten.

Er kam in die Küche.

»Ach, hier seid ihr.«

Aneta Djanali nickte.

»Wir haben uns offenbar verpasst«, sagte Sigge Lindsten.

»Sie haben mich angerufen, aber Sie waren nicht da, als ich kam«, sagte Aneta Djanali.

»Nein, so war das wohl«, sagte Lindsten, und das war vielleicht als Entschuldigung gemeint.

»Haben Sie Anette mitgebracht?«, fragte Aneta Djanali.

»Nein.«

»Sie haben gesagt, sie sei hier, aber hier ist sie nicht.«

»Hab ich das gesagt … ja … sie wollte doch lieber zu Hause bleiben.«

»Zu Hause? In Ihrem Haus in Göteborg?«

»Das ist jetzt ihr Zuhause.«

»Ich möchte mit ihr sprechen«, sagte Aneta Djanali.

»Das soll sie selber entscheiden«, sagte Sigge Lindsten.

»Wenigstens deswegen will ich Kontakt zu ihr aufnehmen.«

»Sie können ja versuchen, Sie anzurufen«, sagte Lindsten.

Aneta Djanali sah, dass seine Frau etwas sagen wollte, dann jedoch verstummte und hinaus in den Flur ging. Ihr Mann nickte ihr zu. Niemand von ihnen sagte etwas.

Es war eine Art Schauspiel.

»Ich glaube, wir haben jetzt keine Probleme mehr«, sagte Sigge Lindsten.

»Sie können Anzeige erstatten«, sagte Aneta Djanali.
»Das ist nicht nötig.«
»Wir könnten den Tatort untersuchen«, sagte Aneta Djanali.
»Wo?«
Möglichst nicht die Villa in Fredriksdal, dachte sie. Das würde bedeuten, dass ein neues Verbrechen begangen wurde.
»Die Wohnung in Kortedala«, sagte sie.
»Dort gibt es doch nichts zu untersuchen. Nicht mehr.«
»Eigentlich hatte ich den Eindruck, als wollten Sie mit uns zusammenarbeiten«, sagte Aneta Djanali.
»Ich glaub, wir bekommen jetzt keine Probleme mehr«, wiederholte Sigge Lindsten.

Moa Ringmar ließ einen Stiefel fallen und noch einen. Ihr Vater war in der Küche und deckte den Abendbrottisch mit Brot, Butter, Käse, Mettwurst und Gurke.
»Man kann die Stiefel auch hinstellen«, sagte er.
»Nun hab dich nicht so, Papa.«
»Wenn man den einen auf den Fußboden fallen hört, hat man keine Ruhe, bevor man nicht auch den anderen fallen hört«, sagte er.
»Aber du hast es doch gerade gehört«, sagte sie.
»Ich denke mehr daran, wie das ist, wenn man in einem Hotelzimmer sitzt und die Gäste über sich hört.«
»Und wie oft passiert dir das?«
»Noch nie«, sagte er.
Sie lachte und fragte, ob er schon lange zu Hause sei. Sie hobelte sich eine Scheibe Käse ab und steckte sie in den Mund.
»Lange genug, um die Gartenkunst unseres Nachbarn zu bewundern«, sagte er.
»Mensch, guck doch gar nicht mehr hin, Papa.«
»Aber er lebt doch, oder?«
Sie setzte sich.
»Ich hab eine Wohnung in Aussicht.«
»Halleluja.«
»Ich hab gewusst, dass du traurig sein würdest.«

»Ja. Aber ich will deinem Glück nicht im Wege stehen.«

»Es ist nicht normal, wenn Kinder noch mit fünfundzwanzig zu Hause wohnen«, sagt Moa Ringmar.

»Das ist doch nur vorübergehend«, antwortete Ringmar. »Eigentlich haben wir dich schon vor vier Jahren abgeschrieben.«

»Ein Glück, dass Mama das nicht gehört hat.«

»Du hast doch kein Abhörgerät bei dir?«, sagte Ringmar.

»Benutzt ihr so was im Dienst?«

»Nein«, log Ringmar. »Das ist ungesetzlich.«

»Sagst du jetzt die Wahrheit?«

»Ja«, log Ringmar. Er löffelte Teeblätter in den Einsatz der Kanne, goss Wasser darauf und stellte die Kanne auf den Tisch. »Was ist es für eine Wohnung?«

»Zweieinhalb Zimmer. Ganz gute Lage, wenn auch nicht die beste.«

»Welches ist die beste Lage?«, fragte Ringmar.

»Ich würde sagen ... Vasastan.«

»Vasastan? Da ist doch am Wochenende der Teufel los. Und den ganzen Sommer über. Nee, vielen Dank.«

»Erik wohnt dort. Hat er sich schon mal über den Teufel vor seiner Tür beklagt?«

»Jeden Tag.«

»Das glaub ich dir nicht.«

»Erik Winter wohnt so hoch oben zwischen den Wolken, dass er nicht unter der Hölle da unten leidet«, sagte Ringmar.

»Davon rede ich doch«, sagte Moa Ringmar. »Unter den Wolken im siebten Stock.«

»Wo liegt diese Wohnung?«

»In Kortedala.«

»Kortedala?«

»Besser als Vasastan, wie?«

»Ich bin sprachlos«, sagte Ringmar.

»Es reicht, wenn du halleluja sagst.«

»Kortedala.« Ringmar schüttelte den Kopf.

»Ich zieh nicht in die South Bronx oder so was.«

»Martin ist auf dem Weg in die Bronx«, sagte Ringmar.

»Aber er hat sich für die Lower East Side entschieden.«

Ringmar nickte.

»Das war früher der schlimmste Distrikt von Manhattan«, sagte Moa Ringmar.

»Früher, ja. Jetzt wohnen da nur Kreative.«

»Wie unser Nachbar?«

»Ich würde seinen Auszug sponsern«, sagte Ringmar.

»Dann sponsre lieber meinen«, sagte Moa.

»Ist dir das ernst mit Kortedala, Moa?«

»Weißt du, wie schwer es ist, in Göteborg eine Wohnung zu finden? Weißt du, wie lange ich gesucht habe?«

»Ja, ja.«

»Dann hast du auch eine Antwort auf deine Frage.«

»Wo liegt denn das Nest? Kortedala ist ziemlich groß.«

Sie nannte die Adresse. Die sagte ihm nichts.

»Du hast dich hoffentlich vergewissert, dass die den Schuppen nicht nächste Woche abreißen wollen?«, sagte er.

Sie lachten beide.

»Wie bist du daran gekommen?«, fragte Ringmar.

»Ein Mädchen im Seminar kannte jemanden … es war offenbar ein Gastdozent, der davon gesprochen hatte, dass vielleicht was frei werden würde, durch dieses Seminar hab ich eine Telefonnummer bekommen und angerufen und, tja … vielleicht krieg ich die Wohnung.«

»Als Untermieterin?«

»Das weiß ich allerdings nicht. Vielleicht zu Anfang. Das ist wohl noch in der Schwebe. Der Mann klang etwas erstaunt, als ich anrief. Sie hatten keine Anzeige aufgegeben oder so was … Wie gesagt, ist noch in der Schwebe.«

»Klingt nicht gerade viel versprechend.«

»Ach, lass doch. Am anderen Ende der Leitung hat sich ein richtig netter Onkel gemeldet. Es geht um seine Tochter, die ist da ausgezogen. Jedenfalls vorübergehend.«

»Und warum?«

»Danach hab ich nun wirklich nicht gefragt.«

»Wie heißt der nette Onkel denn? Wollte er seinen Namen preisgeben, oder war der auch noch ein bisschen in der Schwebe?«

»Musst du immer so misstrauisch sein, Papa? Entweder scheinst du die Leute zu hassen, oder du bist misstrauisch gegen sie.«

Sie holte ein kleines rotes Notizbuch hervor.

»Ja … leider … ich will ja nicht behaupten, dass das ein Berufsschaden ist, aber …«, sagte Ringmar.

»Sigge Lindsten.« Sie las den Namen aus ihrem Notizbuch vor. »Der nette Onkel heißt Sigge Lindsten.«

Der Name sagte Ringmar nichts.

Aneta Djanali bekam eine kurze Wegbeschreibung und ging um den Hügel herum zu ihrem Auto. Sigge Lindsten hatte ihr angeboten, sie dorthin zu fahren, aber es waren nur wenige hundert Meter. Zurück über den Hügel klettern wollte sie nicht. Es dämmerte jetzt schon sehr, und sie wollte keinen Zweig ins Auge bekommen.

Sie fuhr den schmalen Weg zurück. Mit aufgeblendetem Scheinwerferlicht war das leichter. Sie begegnete niemandem, kam an dem Schild der Ausweichstelle vorbei, das jetzt gar keine Farbe mehr hatte. Rechts war das Meer zu hören.

Signe Lindsten hatte sich nicht mehr gezeigt. Irgendwas verstehe ich hier nicht. Aber das ist mein Job. Man versteht nicht richtig, und wenn alles aufgeklärt ist, versteht man noch weniger. Nein. Man kann es verstehen. Das Problem ist nur, dass dann alles noch schlimmer wird.

Sie hatte Kollegen, die weigerten sich, etwas zu verstehen, weil sie befürchteten, sonst nervenkrank zu werden. Nervenkrank war ein Begriff, der innerhalb des Korps weiterlebte. Die Zeit konnte stillstehen im Korps. Alte Werturteile.

Sie waren nicht immer falsch.

Als sie die Asphaltstraße erreichte, die nach Norden führte, hatte sie ein Gefühl, als wäre sie in die Zivilisation zurückgekehrt. Im Augenblick war sie froh darüber.

Sie hielt beim Stoppschild, bog dann auf die Vorfahrtsstraße ein und stellte das Handy an. Sie hatte es abgeschaltet, während sie mit Signe Lindsten sprach. Etwas hatte ihr gesagt, dass sie bei diesem Gespräch etwas Wichtiges erfahren würde. Aber dieses Etwas hatte sich getäuscht. Oder sie hatte es nicht begriffen.

Die Mailbox piepste gereizt. Sie hörte drei Nachrichten ab, die alle von Fredrik waren, und sah, dass er auch eine SMS geschickt hatte.

»Man sollte sich melden, bevor man ins Blaue fährt«, hieß es zusammenfassend in dieser Nachricht.

Und das stimmte ja auch. Wenn nun wirklich was passiert wäre? Halders wusste es, er hatte nie so gelebt, wie er es anderen empfahl, und es war ein gefährliches Leben gewesen.

Aber diesmal hatte sie es so gewollt.

Sie rief ihn an.

»Was zum Teufel«, begrüßte er sie, da er ihre Nummer auf dem Display gesehen hatte.

»Danke gleichfalls«, sagte sie.

»So was hast du doch noch nie gemacht«, sagte Halders.

»Ist etwas passiert?«

»Das sollte ich wohl dich fragen«, sagte er.

»Ich komm grad vom Sommerhaus der Familie Lindsten.«

»Zum Teufel, Aneta.«

»Anette war nicht dort.«

»Das konntest du doch nicht wissen. ER hätte ja da sein können.«

»Er ist jetzt vermutlich bei seiner Schwester.«

»Hat er eine Schwester?«

»Susanne Marke«

»Das Volvoweib?«

»Sie ist tatsächlich ein Fan von Hans Forsblad«, sagte Aneta Djanali.

»Dann fahren wir hin und holen ihn«, sagte Halders.

»Ich bin in zwanzig Minuten im Kriminalamt.«

»Ich bin hier ganz allein.«

»Wer ist bei den Kindern?«

»Mein üblicher Babysitter.«

»Ich fahr rüber nach Fredriksdal«, sagte Aneta Djanali.

»Ich auch«, sagte Halders. »Wir können ja mal nachsehen, ob Licht im Haus ist.«

Die Häuser in den südlichen Siedlungen waren gemütlich und traulich erleuchtet. Jemand hatte Sturmlichter angezündet. Aneta Djanali musste wegen einer Menschengruppe anhalten, die anscheinend zu einem Fest unterwegs war. Es war weder Freitag noch Samstag, aber dies war eine große Stadt. War eine große Stadt geworden. Die Leute amüsierten sich an allen Wochentagen. Für manche war die ganze Woche Samstag. Die Festgesellschaft ließ sich Zeit mit dem Straßeüberqueren. Aus der entgegengesetzten Richtung kam ein zweites Auto. Die fröhliche Gesellschaft fing an, mitten auf der Straße fröhliche Scharaden aufzuführen. Das Viertel gehörte ihnen. Der Autofahrer aus der anderen Richtung drückte auf die Hupe. Sie erkannte das Gesicht des Fahrers. Fredrik.

»Diskret wie immer«, sagte sie, als sie auf der Straße vor Lindstens Haus geparkt hatten und den Schotterweg hinaufgingen.

»Die sollen froh sein, dass ich sie nicht über den Haufen gefahren hab«, sagte Halders. »Ich hab nichts gesehen, als ich kam. Hast du irgendwelche Reflexe gesehen?«

Aneta Djanali antwortete nicht.

»Hast du irgendein Licht gesehen?«, fragte Halders.

»Wir müssen wohl ums Haus herumgehen«, sagte Aneta.

Sie gingen durch das Gestrüpp auf die südliche Seite des Hauses. Das Fenster, hinter dem Halders eine Gestalt gesehen hatte, war ein dunkles Viereck auf der helleren Wand. Aneta Djanali spürte einen Zweig im Gesicht. Halders fluchte leise, als der Zweig ihn traf. Aus einiger Entfernung hörte sie Stimmen. Es klang immer noch nach Scharaden.

»Es brennt jedenfalls Licht«, sagte Halders.

Die Veranda auf der Rückseite war von innen erleuchtet. Das Licht warf einen Kreis auf den Rasen. Als sie sich an die Helligkeit gewöhnt hatte, erkannte sie eine Stehlampe hinter dem Fenster. Eine Scheibe in der Tür war eingeschlagen.

»Aha«, sagte Halders und ging rasch die niedrige Treppe zur Veranda hinauf, hielt sich jedoch nah am Geländer. Aneta Djanali suchte den Raum mit Blicken ab. Die Lichtquelle, eine kleine Gartenlampe, gab viel Licht. Aneta Djanali hatte ihre SigSauer in der Hand, und Fredrik hatte wer weiß was in der Hand. Eines schönen Tages war er dran, oder eines schönen Abends wie diesem, er würde jemanden verletzen, und bei der Ermittlung würde sich herausstellen, womit er geschossen hatte, und dann hieß es Abschied nehmen von dieser professionellen Zusammenarbeit. Sie hatte sich oft gefragt, ob eigentlich alle davon wussten. Sie sollten es wissen. Wusste Erik es? Würde er es verbieten, wenn er es wüsste? Halders trat einige scharfe Splitter herunter, die wie Eiszapfen aufragten. Er zog einen Handschuh an, öffnete die Verandatür von innen und schob sie auf.

Drinnen war es still. Es gab noch eine Lichtquelle weiter hinten im Haus.

»Ich ruf an, wir brauchen mehr Leute«, sagte Aneta Djanali.

»Es gibt keinen Grund«, sagte Halders.

»Es kö…«

»POLIZEI!«, schrie Halders, sie zuckte zusammen, und auf ihrem einen Ohr war ihr Hörvermögen weg.

»POLIZEI!«, schrie Halders wieder und lief in den Flur. Sie hörte seine Schritte auf der Treppe, als sie die Küche betrat, die auch nach hinten hinaus lag. Über dem Herd brannte Licht, aber niemand saß am Küchentisch oder stand bei der Spüle. Sie hörte Fredrik über sich. Er marschierte von Zimmer zu Zimmer. Es schienen drei zu sein. Dann hörte sie seine Schritte wieder auf der Treppe.

»Leer«, sagte er.

Aneta Djanali zog sich Handschuhe an, ging in den Flur und drückte die Haustürklinke herunter. Die Tür war abgeschlossen.

»Ist durch die Verandatür gekommen und gegangen«, sagte sie.

»Durch, das ist das Wort«, sagte Halders.

Er ging in das Zimmer auf der Südseite. Er schaltete die Deckenbeleuchtung an. Aneta Djanali folgte ihm. Sie sahen ein ungemachtes Bett und einen leeren Schreibtisch. Er war weiß, davor stand ein weißer Holzstuhl. In der einen Ecke stand ein weißer Ledersessel mit einem kleinen Couchtisch davor, der auch weiß war. Die Tapeten – ebenfalls weiß. Über dem Bett hingen zwei weiß gerahmte Fotos. Die Bilder wirkten kohlschwarz im Zimmer. Die Laken waren weiß und zerwühlt. Aneta drehte sich um und entdeckte einen roten Fleck in diesem Bett, aber sonst war nichts da.

Auf dem Fußboden, der aus weiß gebeizter Kiefer zu sein schien, lag ein weißer Teppich.

»Wenn die Fotos nicht wären, ich wäre jetzt schneeblind«, sagte Halders. Er drehte sich zu Aneta Djanali um. »Findest du das hübsch?«

»Nein.«

»Jedenfalls ist weiß die Farbe der Unschuld.«

»Was soll das heißen?«

»Vielleicht ist hier gar nichts passiert.«

»Jemand hat die Scheibe eingeschlagen und ist eingestiegen.«

»Vielleicht ist dieser Jemand auch nur ausgestiegen«, sagte Halders. »Vielleicht ist sie nicht anders rausgekommen.«

»Du meinst, Anette könnte zu Hause gefangen gewesen sein?«

»Na ja, vielleicht ist sie in diesem Zimmer durchgedreht. Wer würde das nicht?«

»Jedenfalls ist sie nicht da«, sagte Aneta Djanali. »Wo also könnte sie sein?«

Halders zuckte mit den Schultern. Was ist mit ihm los?, dachte sie. Hat er keine Lust mehr? Kommt er sich albern vor? Aber über solche Gefühle ist er doch längst hinweg, hat sich dran gewöhnt durch unzählige Fehlschläge.

Aneta Djanali ging zurück ins Wohnzimmer. Alles schien an seinem Platz zu sein. Hier war fast nichts weiß. Sie bückte sich zu der eingeschlagenen Scheibe und studierte den Fußboden, der hier nicht von der Lampe beleuchtet wurde. Sie wollte sie nicht anfassen, sie nicht von der Stelle bewegen. Der Parkettfußboden hatte eine gelbliche Nuance. Hinter sich hörte sie Fredrik.

»Hast du eine Taschenlampe?«

»Im Auto«, antwortete er.

»Kannst du die mal holen?«

Halders ging, ohne weiter zu fragen. Sie hörte ihn auf der anderen Seite der Wand, hörte, wie unten auf der Straße die Autotür geöffnet und geschlossen wurde und er wieder zurückkam und zwischen dem Gestrüpp und den Bäumen fluchte. Er stapfte über die Veranda und reichte ihr die Stableuchte.

»Was sind das für Flecken?«, fragte sie.

»Willst du auf der Stelle eine Antwort?«

»Es könnte Blut sein«, sagte sie.

»Es könnte alles Mögliche sein.«

Sie leuchtete oberhalb des eingeschlagenen Fensters entlang, konnte aber nichts sehen.

»Gib mir mal die Lampe«, sagte Halders.

Er leuchtete von außen, ein wenig höher hinauf. Dort war etwas.

»Da hat sich jemand geschnitten«, sagte Aneta Djanali.

Es kommt wohl doch zu einer Untersuchung des Tatortes, dachte sie. Aber nicht dort, wo ich dachte.

Halders streckte den Rücken.

»Wir haben eine Nachricht.« Er nickte zu etwas hinter ihr.

Ein Telefon in einem der Bücherregale, das ihnen vorher nicht aufgefallen war, hatte angefangen zu blinken. Sie hatten kein Klingeln gehört.

23

Als sie das erste Mal durch Aberdeen gingen, massierte er sein Gesicht, strich sich über die Augen. Er hatte das Gefühl, farbenblind zu sein. Hier war es anders als auf dem Meer. Die Farben des Meeres kannte er. Aber hier begegnete er einer Stadt, die aus einem einzigen Granitblock erbaut zu sein schien.

The Granite City.

Sie wohnten auf dem Schiff.

Frans versuchte eine Nacht in Brentwood zu bleiben, aber das ging nicht. Sie saßen im »Schooner«, das schon morgens um sieben öffnete. Er erinnerte sich an den Slogan, der über der Tür gehangen hatte: »*Where life begins at 7 o'clock.*«

Life.

Es begann und es endete.

Sie hatten die Männer kennen gelernt. Arne hatte sie kennen gelernt, und das hatte etwas mit ihm gemacht. Er veränderte sich rasch. Wir halten uns jetzt mal fern, hatte er gesagt.

Niemand war damit einverstanden gewesen.

Frans hatte ... hatte ...

Jesus. Jesus.

Er erhob sich und ging zum Auto, das er schneller fahren gelernt hatte als gedacht. Sein Körper war immer noch beweglich. Er hatte es bemerkt, als er sich vorgebeugt und den

Zündschlüssel umgedreht hatte. Er fuhr zurück in Richtung Osten. Die Straßen waren besser geworden. Als er zum ersten Mal dorthin gekommen war, wurden die Waren noch von Pferden transportiert. Soldaten marschierten. Alle spähten zum Himmel. Und übers Meer.

Das war damals gewesen.

Er hielt vor einem Wirtshaus an, schloss das Auto ab, ging hinein und fragte, ob er die Toilette benutzen dürfe.

Er wusch das Ärgste ab und betrachtete sich im Spiegel und erkannte sein Gesicht immer noch wieder. Er wandte den Blick ab und trocknete sich mit einem derben Papierhandtuch ab, ging hinaus und fuhr weiter.

Nach einer halbstündigen Autofahrt sah er das Meer tief dort unten.

Er dachte an die erste Zeit.

Er war am Albert Quay entlanggewandert, war gewandert und hatte gewartet. War die Clyde Street entlanggegangen, vor den *Caley Fisheries* stehen geblieben, war an *Seaward Marine Engeneering Co, Hudson, Fish, North Star Shipping, Grampian Fuels* vorbeigegangen, Tag für Tag, und er konnte sich jederzeit an alle Namen erinnern und alles, was sich damals dort bewegt hatte.

Sie hatten neben der »Cave Sand« gelegen, die hier überwinterte, aber aus Grimsby kam. Sie lud Schlacke und hatte Arbeit südlich vom Hafen bekommen. Die Männer waren rund um die Uhr schwarz wie Neger, das war ihr Leben. Wie Neger!

Er sah viele Soldaten, aber niemals schwarze Soldaten, nicht einmal, als die Amerikaner kamen.

Die Kräne im Hafen waren gelb und blau. So was vergisst man auch nicht. Überall gelb und blau.

Jetzt fragte er sich, ob sie mittlerweile in denselben Farben frisch gestrichen worden waren.

Er hielt an, um eine Tasse Kaffee zu trinken. Er erinnerte sich nicht, ob sie durch diese Stadt gekommen waren, als sie nach Westen fuhren. Es hatte eine Form von Wegbeschreibung gegeben, aber jetzt erinnerte er sich nicht daran. Es spielte keine Rolle mehr.

Soll ich geradewegs ins Meer fahren?

Mit der richtigen Geschwindigkeit schafft man das. Man fliegt, bevor man das Meer erreicht.

Aberdeen. Er war die Union und die Virginia Street heruntergegangen, hinaus an den Strand, wo die Stadt sich dem Meer öffnete. Der Strand war breit, das Meer war groß, und an manchen Tagen war die Sicht gut. Sonst war es immer diesig, und immer ging ein Wind.

Wie jung ich damals war.

Damals hatte ich noch keinen anderen Namen.

Auf dem Feld, dem *Amusement Park*, hatte es Eiskarren gegeben. Abends war es dort immer dunkel gewesen. Dort hatte er manchmal gestanden und den Karussells zugesehen, die sich drehten, und den Menschen, die sich in ihnen drehten. Das einzige Licht war vom Meer gekommen. Alles, was sich drehte, drehte sich im Dunkeln, ein Vergnügungspark im Dunkeln. Vergnügungsparks sollten von Licht erfüllt sein.

Sie waren weiter nach Peterhead hinaufgefahren.

Jetzt war es Europas größter Hafen für Weißfisch. War es damals schon der größte Hafen der Welt gewesen?

Peterhead Congregational Church.

Royal National Mission to Deep Sea Fishermen.

Fishermen's Mission.

Alles war Fischer, Hafen, Fischindustrie, Trawler und der Geruch nach Meer und nach all dem, was aus dem Meer kam.

Und Gott. Alles war auch Gott.

24

Aneta Djanali rief im Sommerhaus in Vallda an. Nach mehrmaligem Klingeln meldete sich Sigge Lindsten. Seine Stimme klang ruhig.

»Ist Anette bei Ihnen?«, fragte Aneta Djanali.

»Wir erwarten sie heute Abend«, sagte er.

»Bei Ihnen zu Hause ist eingebrochen worden.«

»Schon wieder ein Einbruch?«

»Im Haus«, sagte sie.

»Ist Anette da?«, fragte Sigge Lindsten.

»Nein.«

»Ich ruf sie über ihr Handy an.«

»Geben Sie mir die Nummer«, sagte Aneta Djanali.

»Ich ruf sie sofort an«, sagte Sigge Lindsten und legte auf.

Aneta Djanali sah Halders an.

Sie wählte die Nummer noch einmal, es war besetzt.

»Ich rufe die Jungs von der Spurensicherung«, sagte Halders.

Er ging mit seinem Telefon zurück in den Flur. Sie hörte ihn reden und wählte noch einmal die Nummer von Lindstens Sommerhaus. Lindsten meldete sich.

»Sie geht nicht dran«, sagte er.

»Wo könnte sie sein?«

»Was ist denn genau passiert?«, fragte Lindsten.

»Das können wir nicht sagen.«

»Ist … etwas gestohlen worden?«

»Das wissen wir auch nicht«, sagte Aneta Djanali. »Ich bin auf dem Rückweg von Vallda vorbeigefahren und hab gesehen, dass die Scheibe in der Verandatür eingeschlagen ist.«

»Und Anette war nicht zu Hause?«

Was ist das für eine Frage?, dachte Aneta Djanali. Hätte ich sonst angerufen und ihn gefragt?

»Gibt es … Spuren?«, fragte Lindsten.

Blutspuren. Aber das erzähl ich dir nicht. Nicht, ehe ich weiß, was es ist. Und nicht, ehe ich weiß, was du heute Nachmittag gemacht hast.

»Haben Sie Ihrer Tochter eine Nachricht hinterlassen?«, fragte sie.

»Natürlich.«

»Was haben Sie gesagt?«

»Na ja, ich hab gesagt, sie soll sich so bald wie möglich melden und dass wir uns Sorgen machen.«

»Wir möchten auch mit ihr sprechen. So bald wie möglich«, sagte Aneta Djanali.

»Wir kommen sofort nach Hause«, sagte Lindsten.

»Gut.«

Sie drückte auf aus und Halders kam zurück.

»Zwei sind unterwegs.«

»Hast du gesagt, dass hier jemand verschwunden ist und eine Gewalttat nicht ausgeschlossen werden kann?«

»Ja«, sagte er.

»Mir schwant Böses«, sagte sie.

»Mir auch«, sagte Halders nach einem Moment.

»Hast du Susanne Marke angerufen?«

»Ja. *No reply.*«

»Versuch's noch mal.«

Halders holte tief Luft.

»Tja, wir müssen ja sowieso auf Beiers Männer warten.«

»Wir sollten jetzt hinfahren.«

»Es reicht, wenn einer von uns beiden das macht«, sagte Halders, »oder lieber nicht, keine Alleingänge mehr.« Er schien auf Motorengeräusche von der Straße zu lauschen. »Wir können einen Wagen hinschicken.«

»Ich ruf die Leitzentrale an«, sagte Aneta Djanali.

Sie fuhren über die Brücke. Der Fluss war zu beiden Seiten bis zum Meer hin und landeinwärts nach Osten wie von Sturmlichtern erleuchtet. Fähren kamen und fuhren weg.

»Es heißt, Göteborg ist ein toter Hafen, aber das kann man nicht glauben, wenn man es von hier aus sieht«, sagte Halders.

»Hat das nicht etwas mit der Werftindustrie zu tun?«, sagte Aneta Djanali. »Darum geht es doch.«

»Die Hammerschläge sind verstummt«, antwortete Halders.

»Du scheinst traurig darüber zu sein.«

»Das ist immer ein Grund, traurig zu sein«, sagte er. »Wer strahlt nicht beim Geräusch von Hammerschlägen?«

»Hier strahlt es jedenfalls«, sagte sie, als sie in dem neuen Wohnviertel parkten. Die netten Häuser leuchteten protzig im Schein der Sturmlichter.

»Es ist bestimmt nicht billig, hier zu wohnen«, sagte Halders.

»Natürlich nicht.«

»Wie kann sie sich das leisten? Marke? Was war noch ihr Beruf?«

»Kontoristin beim Amtsgericht.«

»Wirtschaftsvergehen?«

»Nein«, sagte Aneta Djanali.

»Dann begreif ich es nicht«, sagte Halders.

»Ihr Ex hat wohl Kohle. Das müssen wir überprüfen.«

»Falls das nötig ist«, sagte Halders.

Aneta Djanali machte drei Schritte beiseite.

»Ihr Auto ist zu Hause«, sagte sie.

Susanne Marke öffnete nach dem ersten Klingeln, als ob sie hinter der Tür gewartet hätte.

Sie sieht nicht mehr so anmaßend aus. Aneta Djanali entdeckte einen unsicheren Ausdruck in ihrem Gesicht, aber vielleicht war sie auch nur verblüfft.

Susanne Marke ließ sie mit einer Handbewegung eintreten und sagte, sie könnten die Schuhe anbehalten.

Das Wohnzimmerfenster gab den Blick auf die Lichter des anderen Flussufers frei. Halders konnte die angeleuchtete Seemannsfrau sehen. Sie schaute ihm in die Augen.

In einem der weißen Ledersessel saß eine Frau. Sie trug einen Verband um die linke Hand. Aneta Djanali erkannte das Gesicht.

»Was ist eigentlich passiert?«, fragte sie direkt.

»Wann?«, fragte Anette Lindsten.

»Zu Hause bei ... in Ihrem Elternhaus.«

»Was meinen Sie?«

»Die Scheibe in der Verandatür ist eingeschlagen.«

»Ach das ... ich bin dagegengestoßen.«

Sie hielt ihre Hand hoch. Der Verband hatte sich gelöst. Es war nur eine locker gewickelte Gazebinde.

»Ich wollte sie aufdrücken ... die Tür klemmt ... und plötzlich ist das Glas kaputtgegangen, und ich ... hab mich geschnitten.«

»Unten an der Schwelle?«, fragte Halders.

»An der Stelle ... klemmte die Tür«, sagte sie und warf Susanne Marke einen schnellen Blick zu.

Übt sie ihre Hausaufgaben und lässt sich von Marke kontrollieren?, dachte Aneta Djanali. Ist das auch eine Drohung? Aber warum ist sie hierher gekommen?

»Warum sind Sie hierher gekommen?«, fragte Halders.

»Sie darf ja wohl fahren, wohin sie will?«, fragte Susanne Marke zurück.

»Maul halten!«, sagte Halders.

»Ich ka...«

»Wir haben versucht, Sie zu erreichen, Anette«, unterbrach Halders Susanne Marke, ohne Anette Lindsten aus den Augen zu lassen. »Warum haben Sie sich vor uns versteckt?«

»Ich hab ... hab mich nicht versteckt.«

»Nach Angaben Ihrer Nachbarn in Kortedala sind Sie Gewalt ausgesetzt gewesen«, sagte Halders. »Gewalt und Bedrohung. Darüber wollen wir mit Ihnen sprechen. Wir mögen weder Gewalt noch Bedrohung im Allgemeinen und im Besonderen nicht gegen Frauen.«

»Und wie nennen Sie das, wenn Sie hier einfach reinmarschieren und mich schikanieren?«, warf Susanne Marke ein.

Ihre Unsicherheit schien verschwunden zu sein. Aneta Djanali versuchte etwas in ihrem Gesicht zu lesen. War Anette von sich aus gekommen? Einfach so, einfach aufgetaucht? Oder hatte Susanne Marke sie gebeten zu kommen?

»Warum sind Sie hier, Anette?«, fragte Aneta Djanali weich.

Anette Lindsten antwortete nicht. Versuchte sie den Blick der Seemannsfrau einzufangen? Oder studierte sie die leuchtenden Kirchtürme bis hinauf in den Himm…

»Ich hab nichts mehr zu sagen«, sagte Anette Lindsten. »Sie mü… müssen mich in Frieden lassen.«

»Und ich muss Sie bitten zu GEHEN«, sagte Susanne Marke.

»Wir können Sie hinbringen, wohin Sie wollen«, sagte Aneta Djanali.

Wie ist sie hierher gekommen? Hat sie jemand gebracht? Ein Taxi?

»Ich bringe Anette, wenn sie fahren möchte«, sagte Susanne Marke.

»Möchten Sie nach Hause?«, fragte Aneta Djanali.

Anette Lindsten schüttelte den Kopf.

»Wir können Sie auch zu Ihren Eltern nach Vallda fahren«, sagte Anette Djanali.

»Sie sind auf dem Weg hi… ich meine, auf dem Weg nach Hause«, sagte Anette Lindsten.

»Haben Sie mit ihnen gesprochen?«

Sie nickte.

Halders sah Aneta Djanali an.

»Wir können irgendwo hinfahren und uns unterhalten«, sagte er.

Anette Lindsten schüttelte den Kopf.

Ich fühle mich hilflos, dachte Aneta Djanali. Hier ist etwas faul, aber im Augenblick können wir nicht eingreifen. Wir können sie ja nicht wegtragen. Wir können sie nicht zwingen zu erzählen, was sie erlebt hat, noch weniger sie bitten, alles aufzuschreiben und es zu unterschreiben, während wir hier rumstehen und auf dem verdammten Parkettfußboden auf der Stelle trippeln.

»Wo ist Ihr Bruder?« Aneta Djanali wandte sich an Susanne Marke.

»Das weiß ich leider nicht«, sagte sie.

Aneta Djanali versuchte Anette Lindsten ins Gesicht zu sehen. Es war abgewandt.

»Wohnt er nicht mehr hier?«

»Nein.«

»Wir müssen uns ausführlich mit ihm unterhalten«, sagte Halders und sah Anette Lindsten an, die immer noch mit abgewandtem Gesicht dasaß.

»Wir können ihn auch zum Verhör bestellen«, sagte Halders zu dem abgewandten Gesicht. »Dazu haben wir ein Recht, ganz gleich, ob es Hans Forsblad passt oder nicht. Anette? Haben Sie gehört? Nur, dass Sie's wissen.«

»Er ist nicht hier«, sagte Susanne Marke.

»Und wir werden das auch tun«, fuhr Halders fort.

»Wohin ist er denn diesmal umgezogen?«, fragte Aneta Djanali.

»Das weiß ich tatsächlich nicht.«

Draußen war es dunkel. In der Luft lagen noch die Düfte des vergangenen Sommers. Es mussten fünfzehn, sechzehn Grad sein. Aneta Djanali hörte Stimmen vom Gartenlokal auf der anderen Seite des Hauses. Ein Lachen hüpfte über den Fluss.

»Bist du wütend?«, fragte Aneta Djanali Halders.

»Ich war richtig sauer auf die Schwester von Forsblad.«

»Wenn du ausgerastet wärst, das wär was gewesen«, sagte sie, »nach allem, was du sowieso schon gesagt hast.«

»Hm.«

»Sie kann Anzeige erstatten.«

»Gut. Dann tut es wenigstens einer.«

Sie setzten sich in Halders' Auto. Aneta Djanalis Auto stand vor Lindstens Haus.

»Inzwischen sind Lindstens wohl zu Hause«, sagte sie.

»Sie hat wahnsinnigen Schiss«, sagte Halders.

»Ja, aber warum sagt sie nichts? Warum vertraut sie sich nicht jemandem an?«

»Woher willst du wissen, dass sie nicht schon jemandem etwas erzählt hat?«

»Na ja, vielleicht.«

»Zum Beispiel der Donna da drinnen.«

»Susanne? Meinst du, die schützt sie?«

Halders antwortete nicht. Sie fuhren wieder über die Brücke. Die Lichter der Stadt bildeten eine Kuppel bis hin zu den Ebenen im Norden und den Waldgebieten im Osten. Ein Anhaltspunkt für alle Schiffe dort draußen. Für alle, die sehen konnten. Sehen konnten. Sehen …

»Da ist etwas, das wir nicht gesehen haben«, sagte sie.

»So ist das doch im…«

»Irgendwas Offensichtliches«, unterbrach sie ihn. »Etwas ganz selbstverständlich Offensichtliches, und wir haben es übersehen.«

»Aber was?«

»Was es IST. Was passiert ist.«

»Wissen wir auch, was passieren wird?«, fragte Halders.

Lindstens Villa war dunkel. Halders sah Aneta Djanalis fragendes Gesicht. Wollten die Eltern nicht hier sein?

»Bald ist mir das alles egal«, sagte Halders.

Die Kollegen von der Spurensicherung waren weggefahren, kurz nachdem Halders und Aneta dort angekommen waren. Mussten sowieso mal raus, wie sich einer von ihnen ausdrückte, und der andere lachte laut, dann waren sie gegangen.

Jetzt lachte niemand. In der Auffahrt stand kein Auto. Aneta Djanali rief Sigge Lindsten an, aber der meldete sich nicht und seine Frau auch nicht.

»Schaffst du noch einen kleinen Abstecher?«, fragte Aneta Djanali.

»Wollen wir nicht nach Hause? Du hast gesagt, du kommst mit zu mir.«

Halders sah auf seine Uhr. Er hatte den Babysitter angerufen. Hannes und Magda guckten sich eine Quizsendung an, die er ihnen erlaubt hatte. Danach ab ins Bett. Er hatte den Kindern schon gute Nacht gesagt, für den Fall, dass sie schliefen, wenn er kam. Aber er hatte geglaubt, sie würden vorher nach Hause kommen. Er und Aneta.

Aneta Djanali sah ihn wortlos an.

Er verstand.

»Nein, Aneta, das nicht, nicht heute Abend.«

»Warum nicht?«

»Es ist spät. Wir sind müde. Wir kriegen sowieso kein gutes …«

»Kein gutes Verhör mehr hin? Wer hat gesagt, dass wir dort Hans Forsblad antreffen?«

Sie parkte das Auto zu Hause auf der Kommendantsängen. Ein interessanter Name für eine Steinwüste, Kommandantwiese. Eine hübsche Steinwüste. Sie hörten betrunkenes Gegröle vom »Goldenen Prag« an der Ecke. Alle genossen den Spätsommer. Zwei Cafés hatten wieder Tische und Stühle auf die Straße gestellt. Stadtbewohner bewegten sich durch die Straßen. Es roch nach gegrilltem Fleisch und lauem Wind von Süden. Draußen auf der Övre Husargatan hörten sie das Sirenengeheul eines Krankenwagens.

»*Someone else is in trouble*«, sagte Halders. »*In the night I hear a siren. Someone else is in trouble. I am not the only one.*« Er startete das Auto wieder. »Eric Burdon and The Animals.«

Sie fuhren durch die Allén.

»Ich bin froh, dass du mitkommst, Fredrik.«

»Man ist ja schließlich auch neugierig.«

Das Licht der Jahreszeiten war verloschen und der Kontrast zum Zentrum groß. Aus den riesigen Fabrikschornsteinen qualmte es, oder war es Dunst, der plötzlich aus der Wärme stieg?

Die Häuser türmten sich auf wie ein Atlantikkreuzer im Trockendock, mit erleuchteten Kajütenfenstern.

Auf den Straßen waren keine Menschen. Schatten, aber keine Menschen. Hin und wieder fuhr ein Auto vorbei, aber sie schienen führerlos zu sein. Es gab keine Straßencafés.

»Sehr gemütlich«, sagte Halders.

»Es ist neuerdings in hier zu wohnen«, sagte Aneta Djanali.

»Ich weiß. Warum sind wir sonst hier?«

»Da ist es«, sagte sie und nickte zu dem Gebäude hin.

»Himmel«, sagte Halders, »endet dieses Hausmonster auch irgendwo?«

Die Fahrstuhlwände waren mit bunter Farbe bedeckt, einer Schicht über der anderen. Manche nannten das Graffiti. Halders starrte voller Hass auf das Geschmier. Vor gar nicht so langer Zeit hatte das schwedische Fernsehen im Fahndungsdezernat nach einem Polizisten gefragt, der an einer Debatte »Graffiti oder Geschmier«, »Kunst oder Zerstörung« zur besten Sendezeit teilnehmen könnte. Ein Spaßvogel in der Zentrale hatte das Gespräch zu Möllerström durchgestellt, und Möllerström schien auch Humor zu haben, denn er hatte es zu Halders weitergeleitet, und der hatte zugesagt.

Birgersson war es gelungen, das Ganze im letzten Moment abzuwenden. Um deinetwillen, hatte er zu Halders gesagt. Die Wahrheit muss doch mal raus, hatte Halders gesagt. Bald, hatte Birgersson gesagt, bald. Der Polizeichef hatte jemanden von einem Dezernat geschickt, das niemand kannte, und Halders hatte sich den Mist nicht angesehen.

»Wann hast du zuletzt in einem solchen Haus einen Spiegel im Aufzug gesehen?«, fragte er und wandte sich an Aneta Djanali, die sich auf die Ankunft in dem Stockwerk dort oben vorbereitete.

»Früher, vor deiner Zeit«, fuhr Halders fort und lachte, »gab es überall Spiegel. Herr im Himmel, es ist fast bewunderungswürdig, wie naiv die damals waren!«

»Es war Zukunftsglaube«, sagte Aneta Djanali. »Sei nicht so zynisch. Man glaubte das Beste von den Mitbürgern.«

»Zynisch? Ich?«

»Es gibt immer noch Spiegel in Aufzügen«, sagte sie.
»In den Hotels im Zentrum, dort ja. Und in Winters Haus.«
»Bist du bereit?«, fragte sie.
Halders beobachtete die Stockwerkanzeige über der Fahrstuhltür und nickte.
Der Fahrstuhl hielt.
Die Tür öffnete sich automatisch.
Alle Wohnungstüren im Treppenhaus waren geschlossen.
Über ihnen ging das Licht aus, als sie die Tür erreichten.
Dort drinnen war Licht.

25

Kriminalinspektor Lars Bergenhem würde im nächsten Jahr dreißig werden, und er betrachtete seine Zukunft durch ein undurchsichtiges Fenster. Es war beschlagen, kalt, wenn er es berührte. Er konnte einfach nicht hinaussehen. Er hörte Geräusche, aber das waren nur Autos auf dem Weg zu den Fähren und den Inseln in den nördlichen Schären.

Er versuchte an das zu denken, was er gerade gehört hatte. Denken, denken.

Es war Abend, aber noch nicht spät.

Er hatte zwei Tage frei. In der Zeit könnte er es schaffen, in Gesellschaft der Allman Brothers gegen eine Bergwand in die Ewigkeit zu fahren.

Wollte er? Oder … wollte er jubeln? War er frei?

Frei, was zu tun?

Ada würde immer da sein. Sie war jetzt fünf Jahre alt. Martina würde auch immer da sein.

Mit dem Auto gegen eine Wand zu fahren war eine feige Methode, sich von dem ganzen Scheiß zu befreien.

»Es geht nicht mehr«, hatte sie gesagt.

»Was geht nicht mehr?«

»Bist du blind? Taub?«

Er dachte an ihre Worte vorm Fenster. Blind war er jetzt, nicht taub. Sich vorzustellen, blind *und* taub zu sein! Würde man dann mit der Zeit auch stumm werden?

Schlief Ada? Konnte sie das?

»Ich bin weder blind noch taub«, hatte er geantwortet.

»Findest du … es geht uns gut?«, hatte sie gefragt.

Gut und gut. Was war gut?

»Wann haben wir zuletzt einen Abend zusammengesessen und geredet?«

Geredet und geredet. Redeten sie denn nicht?

»Wirklich geredet«, sagte sie.

»Über was?«

»Da siehst du es wieder. Du weißt es nicht.«

»Martina, was muss ich wissen?«

Er machte sich zum Idioten.

Und mehr als das. Es gab viel mehr, was er nicht verstand und wusste. Ada schlief oder tat so als ob. Nein, sie schlief.

»Hast du einen anderen?«, hatte er gefragt.

»HIMMEL!«

»Ja, was soll man denn glauben?«

Was sollte man glauben?

Er wischte mit dem Pulloverärmel über die Scheibe. Sie wurde sauberer, aber er sah trotzdem nichts, nur die Konturen der Bäume, die sich im auffrischenden Wind bewegten. Den Wind konnte er hören.

Was sollte man von ihm halten? Konnte sie etwas anderes glauben?

Die einsamen Autofahrten, den Rock der siebziger Jahre in höchster Lautstärke, hin und her über die Autobahnen über das Stadtgebiet hinaus. Über die Brücken. Das hatte nicht aufgehört, als er eine Familie bekam. Was war es? War es der Job? War es der wahnsinnige Job? Das Blut, die Schreie, *der Wahnsinn*, der Hass, der Tod, die Schläge, die Lügen. Die Lügen. Er ertrug die Lügen nicht mehr, *ertrug* sie nicht. Er wollte schreien. *Es reicht jetzt*, ich *will* nicht mehr, durchs Verhörzimmer stürmen, raus aus dem Gebäude am Ernst Fontells Plats *stürmen*, weg von all den Idioten, die den Scheiß aushielten, schreiend durch die Straßen stürmen, nackt und schreiend, damit es endlich jemand begriff.

Oder war das alles schon da gewesen, bevor die Lügen begannen? War es etwas in ihm, das es immer gegeben hatte?

Seine eigenen Lügen.

Kannst du nicht mit jemandem reden?, hatte Martina gesagt. Mit jemandem reden?

Würde das reichen, damit er sich auf die Art mit ihr unterhalten konnte, wie sie es wollte?

Wie machte man das? Sie hatte es ihm nicht gezeigt. Er wollte es nicht. So war es. Er konnte es nicht. So war es auch.

Wo war Martina jetzt? Er drehte sich um, konnte sie aber weder hören noch sehen.

Widerwillig ging er weg vom Fenster und hinaus in den Flur, zog seine Stiefel an, nahm seine Jacke und schloss die Tür hinter sich, aber leise, damit Ada nicht aufwachte. Er ging zum Parkplatz und setzte sich mit dem Zündschlüssel in der Hand ins Auto. Aber er hatte Schwierigkeiten, ihn ins Zündschloss zu stecken, da seine Hand zitterte.

Rede mit jemandem, rede, rede, rede.

Er startete das Auto und fuhr durch das stille Torslanda. Hier waren fast keine Hammerschläge zu hören, keine Sirenen, keine Fabrikpfeifen. Er fuhr schnell bei offenem Fenster. Er wühlte zwischen den CDs, die hüllenlos in einem einzigen Durcheinander auf dem Beifahrersitz lagen, zog eine blind hervor, den Blick auf die Straße gerichtet, und steckte sie in den Spalt, lehnte sich zurück und fuhr schneller und stellte die Musik lauter. Es war Steppenwolf.

Aneta Djanali drückte auf den Klingelknopf. Dort drinnen klingelte es nicht. Aneta Djanali konnte sich nicht erinnern, dass die Klingel kaputt war. Drinnen hörte sie Schritte, es klang wie Schritte. Waren es die Diebe? Die sich Vater und Sohn genannt hatten? Der Verbrecher kehrt immer zum Ort des Verbrechens zurück.

»Steh nicht mitten vor der Tür«, sagte Halders.

Er schlug gegen die Tür.

Das Schlurfen dort drinnen verstummte. Halders hämmerte noch einmal gegen die Tür.

Sie hörten wieder Schritte.

»Wer ist da?«

Aneta Djanali erkannte die Stimme.

»Polizei«, sagte Halders.

Wieder hörten sie die Stimme, aber keine verständlichen Worte. Die Tür wurde geöffnet.

»So sieht man sich wieder«, sagte Aneta Djanali.

»Was machen Sie hier?«, fragte Halders.

»Ich dachte, Anette wäre hier«, sagte Sigge Lindsten.

»Sie sagt, dass sie heute Abend mit Ihnen gesprochen hat.«

»Haben Sie mit Anette geredet?«

»Gerade eben«, sagte Aneta Djanali, »bei Forsblads Schwester.«

»Da war ich schon auf dem Weg hierher«, sagte Lindsten.

»Warum sollte sie hierher kommen?«, fragte Halders.

»Da sie nicht zu Hause oder bei uns in Vallda war… tja… wo sollte sie dann sonst sein? Das ist der einzige Ort, der mir eingefallen ist.«

»Und bei Susanne Marke?«

»Nein.«

»Nein was?«

»Das konnte ich mir nicht vorstellen.«

»Warum nicht?«

»Nicht nach dem… was passiert ist.«

»Wo könnte Forsblad jetzt sein?«, fragte Aneta Djanali.

»Er ist wohl nicht bei seiner Schwester?«, sagte Lindsten.

»Nein.«

»Er hätte dort sein können«, sagte Halders.

»Er hat keinen Schlüssel«, sagte Lindsten.

Ist er so naiv?, dachte Aneta Djanali. Forsblad kann sich so viele Schlüssel nachmachen lassen, wie er will.

»Ich wollte gerade fahren«, sagte Lindsten.

»Was riecht hier denn so?«, fragte Halders.

»Was meinen Sie?«

Halders drängte sich an Lindsten vorbei, bevor der protestieren konnte. Aneta Djanali sah Halders links vom Flur in die Küche gehen.

Sie hörte Halders' Stimme: »Kaffee, frisch gefiltert.«

Aneta Djanali sah Sigge Lindsten an.

»Ich könnte eine Tasse vertragen.«

»IM KÜHLSCHRANK IST WAS ZU ESSEN«, ertönte Halders' Stimme.

»Hatten Sie auch Hunger?«, fragte Aneta Djanali.

Lindsten warf einen Blick in den Flur und die Küche.

»Das ist für Anette«, sagte Lindsten.

»Wie bitte?«

»Falls sie hierher kommt. Plötzlich. Falls noch ... noch was ... passiert.«

»Wäre das nicht der letzte Ort, den sie wählen würde?«

Lindsten antwortete nicht.

Halders kam wieder in den Flur, ging ins Schlafzimmer auf der anderen Seite und kam zurück.

»Liegen die Luftmatratze und der Schlafsack da drinnen auch für sie bereit?«

»Ja.«

»Sie denken offenbar an alles«, sagte Halders.

»Es ist immer noch ... meine Wohnung«, sagte Lindsten. »Hier kann ich machen, was ich will.«

»Wann kommt Anette wieder nach Hause?«, fragte Aneta Djanali. »In Ihr Haus in Fredriksdal?«

»Heute Abend, nehme ich an.«

»Ist Ihre Frau jetzt dort?«

»Ja.«

»Ich möchte, dass Sie überprüfen, ob etwas im Haus gestohlen worden ist«, sagte Aneta Djanali.

»Gestohlen? Anette hat mir doch erzählt, dass sie gestolpert ist und die Scheibe dabei zerschlagen hat. Hat sie Ihnen das nicht auch erzählt?«

Sie antworteten nicht.

»Hat sie es nicht erzählt?«, wiederholte er.

»Doch«, sagte Aneta Djanali.

»Hinterher könnte ja noch jemand eingestiegen sein«, sagte Halders.

»Soll ich das glauben?«, sagte Lindsten.

Halders sah sich um.

»Was passiert denn jetzt mit dieser Wohnung?«

»Nichts«, sagte Lindsten.

Bergenhem fuhr nach Norden. Er fuhr an Olskroken vorbei, Gamlestaden. Er fuhr ziellos, hielt vor Straßenbahnen an. Sie schienen leer zu sein. Letztes Jahr Weihnachten hatten sie Probleme mit einem Fahrer gehabt. Probleme war eigentlich nicht das richtige Wort. Wo sollte das enden? *Your wall's too high*, sang John Kay im Auto. *I can't see, can't seem to reach you, can't set you free.*

Irgendwo dort draußen grollte es. Es könnte ein Gewitter sein, Kanonen, ein Feuerwerk. Er fuhr an der SKF-Fabrik vorbei. Die Fassade wirkte bedrohlich, wie eine schwarze Erinnerung. Die Leute haben die Fabrik in guter Erinnerung, dachte er. All die Italiener, die in den sechziger Jahren hierher gekommen sind und geholfen haben, den Wohlstand der Schweden aufzubauen. Die Rekordjahre. Jetzt gab es keine Rekorde mehr zu schlagen, außer diesem hier: die meisten Runden auf den Umgehungsstraßen in einer Woche, einem Monat, einem Jahr. John Kay sang *Born to be wild.* Er begegnete keinen Choppers. Sonst war er in Chopperland. Hier oben galten andere Gesetze, Choppergesetze, Bikergesetze. *Das* war das Grollen, er hörte es wieder. Harleys drinnen auf den Höfen zwischen den Häusern, die in die Luft gesprengt worden waren oder gesprengt werden sollten. Die Motorgeräusche würden bleiben, die Zylinder, Räder, Zahnräder. Aber SKF würde nicht bleiben, nicht hier. Der Konzern würde nach Südeuropa ziehen, vielleicht Süditalien. Die Bewohner von Kortedala mussten nach Kalabrien ziehen und dort neuen Wohlstand für andere schaffen. Neue Rekordjahre.

Born to be wiiiiild. Bergenhem sang mit, irgendwas würde er tun. Er fuhr an riesigen Hausklötzen vorbei. In einem von denen hatte Aneta etwas Merkwürdiges erlebt.

Freche Witzbolde, die sich ausgegeben hatten, jemand anders zu sein, dem Gesetz mitten ins Gesicht. Eine ganze Wohnung leer geräumt unter den Augen einer Fahnderin. *Gothenburg's Finest.* Er hätte an ihrer Stelle sein können. Es hätte hier sein können. Er fuhr langsamer, las die Straßenschilder, sah die Häuser, die aus der Dunkelheit wuchsen und den ganzen Himmel bedeckten, sah die Beleuchtung der Treppenhäuser, die Hausnummern. Hier *war* es. Zum Teufel, hier war es.

Er fuhr rückwärts und las das Straßenschild noch einmal.

Nummer fünf. Er erinnerte sich an die Nummer fünf. Es war eine so besondere Geschichte gewesen, dass er sich an die Nummer erinnerte. Er fuhr wieder ein Stück vorwärts. Nummer fünf. Dort parkte ein Auto, wo keine Autos parken durften. Er meinte das Auto zu kennen. Es könnte Halders' Zivilwagen sein.

Er hielt fünfundzwanzig Meter entfernt. Steppenwolf sang nicht mehr. Er konnte die Straßenbahnen weit entfernt vorbeifahren hören, er sah ihre Lichter aufblitzen.

Er sah etwas anderes aufblitzen, eine Zigarette wurde in einem Auto angezündet, das zehn Meter hinter Halders' Wagen parkte, wenn es denn seiner war.

Bergenhem nahm das Fernglas aus dem Handschuhfach. Ja. Es war Halders' Wagen. Er bewegte das Fernglas weiter. In dem Auto dahinter saß ein Mann, und die Zigarette glühte, wenn er einen Zug nahm. Jetzt holte er ein Handy vor. Jetzt senkte er es. Jetzt rauchte er. Vollkommen normales Verhalten. Jetzt rauchte er wieder. Er sah gerade vor sich hin, zum Eingang von Nummer fünf.

Er wartet auf jemanden, dachte Bergenhem. Oder er überlegt, ob er hineingehen soll.

Oder er wartet darauf, dass jemand rauskommt.

Damit er reingehen kann.

Scheiße, ich bin ja noch schlimmer als … Winter. Lass es nie los. Sehe, wie es sein kann, wenn es nicht so ist, wie es sein soll. Wenn es nicht *gut* ist. Wenn es einen Grund gibt, misstrauisch zu sein.

Geh davon aus, dass alle verdächtig sind. Handle danach.

Geh davon aus, dass alle lügen. Handle danach.

Lex Winter. Und Lex Halders.

Jetzt rauchte der im Auto wieder.

Bergenhem holte sein Handy hervor und wählte eine Nummer.

In Halders' Brusttasche klingelte es. Sie waren auf dem Weg zum Fahrstuhl. Die Tür zu Lindstens Wohnung hinter ihnen war geschlossen. Lindsten wollte nur den Kaffee austrinken, wie er sagte. Café, oh, la, la!, sagte Halders, als sie gingen.

Er nahm das Telefon hervor, das zwischen den voll geschmierten steinernen Wänden laut hallte. Halders las das Display ab. Privatnummer.

»Ja?«

»Hier Bergenhem. Wo bist du?«

»Was zum ... ich bin in einer gemütlichen kleinen Villa in Kortedala, eine Jahreszeitenadresse, die genaue Adresse hab ich ni...«

»Ich steh draußen.«

»Wiederhol das.« Halders sah Aneta Djanali an und verdrehte die Augen.

»Hör mal zu, Fredrik. Ich weiß nicht, ob es wichtig ist, aber als ich hier vorbeifuhr und mich an Anetas und deinen Gig erinnerte, hab ich angehalten. Ich hab dein Auto erkannt. Es steht ja direkt vor dem Eingang. Es st...«

»Worauf willst du hinaus, Lars?«, unterbrach Halders ihn.

Der Fahrstuhl kam herauf. Bergenhem hörte es, erkannte das Geräusch.

»Jetzt HÖR MIR DOCH mal zu, Fredrik. Wartet eine Sekunde, wenn ihr unten aus dem Fahrstuhl kommt, und denkt nach. Ich sitz hier draußen, und ich sitze hinter einem Typ, der vielleicht dein Auto beobachtet. Vielleicht wartet er auch auf einen anderen. Vielleicht ist er rausgeschmissen worden. Ich weiß es nicht. Ich hab bloß so eine Vorahnung.«

»Was für ein Auto?«, fragte Halders.

»Ein Volvo V 40. Könnte schwarz sein, aber in der Dunkelheit sind alle Autos schwarz.«

Bergenhem hörte Halders leise pfeifen, oder war es der Fahrstuhl, der pfeifend runterfuhr? Offenbar konnte man im Fahrstuhl über Handy telefonieren. Oder lief das über Satellit? Aneta hatte mal von einem Satellitentelefon gesprochen.

»Ist er allein?«, fragte Halders.

»Ja, falls nicht jemand auf dem Boden liegt.«

»Er spioniert uns nach«, sagte Halders. »Das ist *Hanzi Franzi.*«

»Wer?«

»Forsblad. Hans Forsb... ach, ist ja wurscht. Ist er noch da?«

»Er hat sich gerade noch eine Zigarette angezündet. Er sitzt hinterm Steuer.«

Bergenhem hörte, wie sich die Fahrstuhltüren öffneten.

»Wir machen es folgendermaßen ...«, sagte Halders.

Als Halders und Aneta Djanali aus Nummer fünf gestürmt kamen, stand Bergenhem hinter dem Volvo. Er stürzte hervor und riss die Tür auf, bevor der Fahrer hinterm Steuer das Auto starten konnte.

Das Leben ist voller Überraschungen, dachte Bergenhem, als er durch den Abend zurückfuhr. Die Stadt sah plötzlich anders aus. Über Gamlestan, dann Bagaregården, Redbergsplatsen, Olskroken war ein anderes Licht. Hier gab es keine Bezirkspolizei mehr. Das Territorium war in die Hände des Feindes übergegangen. Chopperbanden. *Get your motor running.*

Er spürte eine Art Freiheit im Körper, fast wie Freude.

Nachdem sie eine Viertelstunde gewartet hatten, bekamen sie einen Raum. Sie gingen durch Korridore, die ungefähr aussahen wie das Treppenhaus in dem Koloss in Kortedala, abgesehen vom Geschmier. Es ist nur eine Frage der Zeit, dachte Halders. Bald sind die Kerle auch hier drinnen. Vielleicht sind sie schon mitten unter uns.

»So was hab ich noch nicht erlebt«, sagte Hans Forsblad plötzlich. »Das wird teuer zu stehen kommen.«

Im Auto hatte er geschwiegen. Aneta Djanali meinte ein Kichern gehört zu haben. Könnte aber auch ein Schluchzen gewesen sein.

Als sie zu seinem Auto gekommen war, hatte er regungslos dagesessen. Natürlich hatte er überrascht ausgesehen.

Oder auch nicht.

Er war ihnen gefolgt, ohne dass Fredrik ihn niederschlagen musste.

Forsblad kannte das Gesetz, jedenfalls auf dem Papier.

26

Forsblad wusste, dass sie ihn sechs Stunden und danach weitere sechs Stunden festhalten konnten. Er wollte vorher raus. Er wand sich auf dem Stuhl im Verhörzimmer. Dort gefiel es ihm nicht. Es war nicht gemütlich.

»Was ist Ihr Beruf?«, fragte Halders.

»Was hat das mit der Sache zu tun?«

»Antworten Sie bitte nur auf die Frage.«

Forsblad schwieg.

»Ist es ein Geheimnis? Ihre Arbeit?«

»Was soll das? Was meinen Sie?«

»Sie wollten es ja nicht sagen.«

»Ich bin … Jurist beim Amtsgericht.«

»Welches Gebiet?«

»Wie bitte?«

»Beschäftigen Sie sich mit Zivilrecht oder mit Wirtsch…«

»Ich dachte, alle Polizisten kennen die Juristen bei uns«, sagte Forsblad.

»Wir haben uns ein wenig umgehört. Sie sind den anderen Juristen genauso unbekannt, wie Sie uns unbekannt sind. Also als Jurist. Können Sie mir folgen?«

»Äh … nein …«

»Sie sind Archivar, oder? Nichts dran auszusetzen. Aber für den Job ist kein Jurastudium nötig.«

»Ich bin Jurist«, sagte Forsblad. »Ich habe eine Ausbildung.«

Aneta Djanali sah ihm an, dass er die Wahrheit sagte, aber eine Wahrheit, die nicht allein seine eigene war.

»Ihr Job ist Archivar«, sagte Halders. »Aber Sie haben den Wunsch geäußert, an Verhandlungen im Gericht teilnehmen zu dürfen. Das ist ungewöhnlich.«

»Ich weiß, wie man den Job besser machen kann«, sagte Forsblad. »Schließlich rackere ich mich immer damit ab, alle Unterlagen ranzuschaffen, oder? ICH tue die Arbeit. Ich lese alle Dokumente. Ich mache Tausende von Kopien.«

Hast du die Kopien auch alle gelesen?, dachte Halders.

»Und was bekomme ich dafür?«, sagte Forsblad. Aneta Djanali sah, dass sich in seinem Mundwinkel eine kleine Blase gebildet hatte. Plötzlich sah Forsblad, dass sie es sah. Er warf ihr einen Blick zu, der ihr zu verstehen gab, dass er es bemerkt hatte. Es war ein schwarzer Blick, der sagte, dass er ihr das nicht verzieh. Dass sie ihn so gesehen hatte. Dass sie ihn verachtete, genau wie alle anderen ihn verachteten. Er hasste sie. Sie war der Feind, einer von all denen, die in einer Armee auf ihn zumarschiert kamen.

Ist es so? Sehe ich das alles in diesem Blick? Auf jeden Fall ist er unheimlich. Er schaut mich wieder an. Es gibt eine Botschaft.

Forsblad leckte sich den Mundwinkel.

»Sie mögen Ihre Arbeit nicht?«, fragte Halders.

Forsblad schnaubte, zweimal.

»Sind sie gemein zu Ihnen auf der Arbeit?«, fragte Halders.

Forsblad schnaubte wieder.

»Sind noch mehr Leute gemein zu Ihnen?«, fragte Halders.

Forsblad schaute weg, gegen eine Wand, die grellgrün gestrichen war. Wir sind nicht in diesem Zimmer, um uns wohl zu fühlen, dachte Aneta Djanali. Fredrik sieht aus wie ein Lagerkommandant.

»War Anette gemein zu Ihnen?«, fragte Halders.

»Lassen Sie Anette aus dem Spiel«, sagte Forsblad.

»Ach?«

Forsblad sah zum Aufnahmegerät, das klein war und wie ein Teil des Tisches wirkte. Diesmal lief keine Videokamera. Vielleicht beim nächsten Mal.

»Lassen Sie sie aus dem Spiel«, wiederholte Forsblad.

»Sind Sie sich bewusst, warum wir dies Gespräch überhaupt führen?«, fragte Halders.

»Nein.« Forsblad lächelte.

Halders sah Aneta an. Nein, Fredrik. Du darfst ihn nicht schlagen, weil er dir so geantwortet hast.

»Wir haben mit Anette gesprochen«, sagte Halders.

»Ich auch«, sagte Forsblad.

Halders ignorierte den Kommentar.

»Wir haben ihr erzählt, dass wir ihr helfen wollen.«

»Bei was helfen?«

Halders sah ihn an. Forsblad schaute zurück. Er scheint gar nicht richtig dabei zu sein im Gespräch, dachte Aneta Djanali. Er klinkt sich aus und kommt wieder zurück.

»Sie zu schützen«, sagte Halders.

»Sie schützen? Schützen gegen was?«

»Gegen Sie«, sagte Halders.

Forsblad sagte etwas, das sie nicht verstanden.

»Wie bitte?«, sagte Halders.

»Es geht nicht um mich«, sagte Forsblad. »Ich bin das nicht.«

»Bedroht jemand anders Anette?«

Forsblad nickte zweimal, Kinn rauf, Kinn runter. Wie ein Kind. Er benimmt sich wie ein Kind, dachte Aneta Djanali. Als ob wir ein Kind verhörten. Sie dachte an die entsetzlichen Ereignisse im letzten Jahr, um Weihnachten herum. Die Verhöre von Kindern. Mehr hatten sie nicht als die Kinder. Oh Herr im Himmel, Verhöre von Kindern. Das ist, wie wenn man sich selbst die Zähne rausreißt. Sie hatte es getan, Erik hatte es getan. Erik war … einzigartig gewesen. Sie hatte seine Verhöre auf Band, hatte sie abgehört. Wie er sich näherte, sich entfernte, sich wieder näherte. Das war gut. Das sollte in einem Buch landen. Wie er langsam *etwas* erreichte, was sie verwenden konnten. Sie hatten es verwenden können. Seine Ergebnisse und das, was sie in ihren

Gesprächen erreicht hatte. Sie hatten Erfolg gehabt. Und doch war es eine Niederlage geworden.

Forsblad nickte wieder. Sie sah, dass Fredrik sah, was sie sah. Sie sah, was Fredrik dachte. *Hanzi* gehörte nicht hierher, der gehörte in die Klapsmühle.

Aber es gab keine Klapsmühle mehr.

Die Verrückten landeten stattdessen hier.

Willkommen Bienvenu Welcome.

»Wer bedroht Anette denn?«, fragte Halders.

Forsblad sah ihn nicht an, er sah Aneta an, die schräg links hinter Halders saß.

Plötzlich streckte er die Hand aus und zeigte auf sie!

Halders drehte sich kurz um.

»Meine Kollegin. Was meinen Sie damit, Forsblad?«

»Sie bedroht Anette mit all diesen Fragen. Schnüffelt überall rum. Überall. Versteht nichts. Sie versteht nichts.«

»Was versteht sie nicht?«, fragte Halders.

Forsblad lachte auf. Es war ein unheimliches Lachen.

»Was verstehe ICH nicht?«, fragte Halders.

»Ziemlich viel«, sagte Forsblad.

»Anette ist misshandelt worden. Wir haben Zeugen dafür. Wer hat sie misshandelt?«

»Physisch?«, fragte Forsblad.

Jede Antwort ist ein Abenteuer, dachte Aneta Djanali. Wir wissen nicht, wohin wir geraten, von Frage zu Frage, von Antwort zu Antwort. Aber vielleicht kommen wir irgendwo an. Vielleicht lügt er nicht. Vielleicht ist es noch schlimmer.

»Es gibt keine Misshandlung, die nur physisch ist«, sagte Halders. »Alles hängt zusammen.«

»Interessant«, sagte Forsblad. »Interessant, dass Sie es sagen.«

Aneta sah Fredriks Puls am Hals schlagen. Ruhig, bleib ganz ruhig.

»Wir sind noch nicht fertig mit unserem Gespräch mit Anette«, sagte Halders.

»Ich auch nicht«, sagte Forsblad.

Der Pulsschlag an Halders' Hals wurde stärker.

»Von jetzt an wissen wir immer, wo Sie sind«, sagte Halders, »wohin Sie fahren.«

»Soll das eine Drohung sein?« Forsblad lächelte.

Halders' Puls. In seiner Hand zuckte es.

»Fredrik!«, sagte Aneta Djanali, und Halders' Hand zuckte zurück, und er sah sie an, als ob er sie zum ersten Mal sähe. Für einen Moment schien er nicht gegenwärtig zu sein.

»Ich schlage vor, wir machen eine Pause«, sagte Aneta Djanali.

»Der Kerl verarscht mich«, sagte Halders. Sie saßen im Pausenraum. Halders versuchte brühheißen Kaffee zu trinken. Wenn der abgekühlt war, schmeckte er nicht mehr.

»Er hat Angst«, sagte Aneta Djanali.

»Angst vor mir?«

»Angst vor allem.«

»Das musst du mir erklären.«

Halders versuchte noch einen Schluck zu nehmen und zog eine Grimasse.

»Angst vor seinem Job, vor anderen, Angst vor ... ich weiß nicht«, sagte Aneta Djanali.

»Wird er bedroht?«

»Ich weiß es nicht.«

»Deckt er jemanden?«

»Da spielt ... noch ein anderer eine Rolle.«

»Der Alte? Lindsten?«

»Vielleicht.«

»Bei Gott, das ist ein schmieriger Typ.«

»Ich denk an diesen Einbruch oder wie man das nun nennen soll, die ausgeräumte Wohnung in Kortedala. Kann Forsblad davon gewusst haben?«

»Ja, warum nicht.«

»Oder der Vater, Sigge Lindsten.«

»Warum nicht beide?«, sagte Halders.

»Sollte er sich selbst bestehlen?«, sagte Aneta Djanali. »Lindsten?«

»Er hat sich nicht selbst bestohlen«, sagte Halders. »Er hat seine Tochter bestohlen.«

Aneta Djanali dachte über Halders' Worte nach. Sie sah ihn jetzt trinken. Den Kaffee trinken und es überleben.

»Was wollen wir eigentlich aufklären, Fredrik?«, fragte sie nach einer Weile.

»Jedenfalls nicht den Diebstahl.«

»Glaubst du, das hängt nicht mit der Sache zusammen?«

»Wenn du mit ›der Sache‹ die Misshandlung meinst, dann glaub ich das nicht.«

»Und was ist ›die Sache‹ für dich?«

Halders stellte den Pappbecher mit einer neuerlichen Grimasse ab. Er kratzte sich an der Wange, die mit Bartstoppeln von vierundzwanzig Stunden bedeckt war. Unter den Augen hatte er blaue Ringe. Das gemeine Licht im Pausenraum schimmerte durch seine kurz geschnittenen Haare und entblößte seinen Schädel. Er hatte noch einmal zu Hause angerufen und sich überzeugt, dass der Babysitter alles hatte, was zum Übernachten nötig war. Er kratzte sich wieder.

»Jetzt bin ich fast genauso geworden wie du, Aneta, was diese Sache angeht.« Er sah sie mit müden Augen an. »Aber ich bin nicht sicher, ob Forsblad einer ist, der seine Frau misshandelt. Und ob wir seine Frau schützen, indem wir ihn rankriegen.« Halders verstummte und fuhr sich mit der Hand über die kurz geschorenen Haare am Hinterkopf. »An dieser ganzen Sache ist was oberfaul. An allen Beteiligten. Die sind alle darin verwickelt.«

Aneta Djanali nickte.

»Einer weiß mehr, als wir wissen«, sagte Halders, »sehr viel mehr.«

»Forsblad?«

»Ich bin nicht sicher.«

»Lindsten?«

»Der Alte? Ja, das ist möglich.«

»Anette?«

Halders antwortete nicht, er schien auf das Rauschen der Klimaanlage zu lauschen, das wie Getuschel aus den Ecken klang. Er sah Aneta Djanali wieder an.

»Wir wissen nichts über Anette, oder?«

Forsblad sah aus, als hätte er geschlafen, als der Kollege von der Untersuchungshaft ihn wieder ins Zimmer führte. Er trug immer noch sein Jackett, den Schlips, das weiße Hemd, die Hose nicht besonders zerknittert, die Schuhe, die nicht mehr glänzten. Seine dicken Haare wirkten frisch gekämmt, aber so, als wäre er sich nur mit der Hand hindurchgefahren und fertig. Er hatte eine dicke Mähne wie Kennedy. Aber Kennedy war schwer krank gewesen, und durch die Medikamente hatte er die Haarpracht bekommen. So was weiß ich, dachte Halders. Ich weiß auch, dass häufig die Todkranken, Verrückten, Drogenabhängigen und Alkoholiker die dicksten Haare haben. Das ist so verdammt ungerecht. Geh an einem Park vorbei, in dem die Alkoholiker rumzucken und mit dem Kopf rucken und grölen und mit dem Körper drohen, mit den Armen fuchteln, Gott, was für ein Anblick, aber gibt es einen Kahlkopf in der Gesellschaft? Nein! Haare wie Kennedy, die ganze Bande, prächtige Frisuren, Scheitel rechts oder links. Unter der Mähne Leere, aber was macht das schon. Haare wie dieser Typ hier. Jetzt fährt er sich schon wieder mit der Hand durch seine Pracht.

»Warum haben Sie im Auto Ihrer Schwester vor dem Haus in Kortedala gesessen?«, fragte Halders.

»Das ist ja wohl nicht verboten«, sagte Forsblad.

»Warum gerade dort?«

»Ich kannte die Straße, das Haus.«

Halders warf einen Blick auf das Aufnahmegerät, um festzustellen, ob es lief. Er sah aus, als wollte er sich vergewissern, ob es funktionierte, damit er die Antwort später noch einmal anhören und analysieren konnte.

»Warum haben Sie in dem Moment gerade dort gesessen?«

Forsblad zuckte mit den Schultern.

»Weil meine Kollegin und ich im Haus waren?«

»Wie hätte ich wissen sollen, wo Sie waren?«

»Wo wohnen Sie jetzt, Herr Forsblad?«

»Bei meiner Schwester.«

»Sie sagt, Sie wohnen nicht mehr bei ihr.«

»Ach?«

»Haben Sie einen festen Wohnsitz?«

»Ist in Arbeit.«

»Wo?«

»Das wird schon.«

»Sie wissen, dass Sie Besuchsverbot bekommen haben?«, sagte Halders. Das war eine Lüge, aber nicht mehr lange. »Unser Eilantrag ist vom Staatsanwalt bewilligt worden.«

Forsblad sah aus, als höre er nicht zu, oder als sei es ihm egal. Als ob das alles schon lange vorbei sei. Er schien anderen Stimmen unter seinem Haarwust zu lauschen oder auf die Belüftung, die hier drinnen rauschte.

Er schaute auf, sah Aneta Djanali an.

»Vielleicht kann ich bei Ihnen wohnen«, sagte er.

Aneta Djanali antwortete nicht. Sie wich seinem Blick aus. Man sollte niemals Blickkontakt suchen. In Afrika gibt es geisteskranke Affen, die die Tollwut haben, sie suchen Blickkontakt, und wenn sie den bekommen, wird es gefährlich, sehr, sehr gefährlich wird das.

»Sie sind mir ja sowieso die ganze Zeit nachgelaufen«, sagte Forsblad. »Man muss sich fragen, was Sie eigentlich von mir wollten.«

Nach Mitternacht konnte er fahren. Nach Hause, das war in diesem Fall jedoch nur eine Redensart. Aber vielleicht hatte er ja auch ein Zuhause oder ein Bett, ein Sofa, eine Luftmatratze.

»Eigentlich sollten wir in einer Stunde die Tür in Kortedala ausheben und ihn aus seinem Schönheitsschlaf wecken«, sagte Halders.

Sie waren auf dem Weg zu Aneta Djanali. Halders fuhr schnell, wich jedoch den wenigen Schwankenden aus, die die Straßen entlangstolperten auf dem Heimweg von den Vergnügungen des Abends.

»Wenn wir einen überfahren, tun wir so, als wär's ein Dachs«, sagte er.

»Wenn er in dieser Wohnung schläft, dann im Einverständnis mit Anettes Vater«, sagte Aneta Djanali. »Noch einmal können wir da nicht reinstiefeln.«

»Klar können wir das«, sagte Halders, »aber nicht heute Nacht.«

Aneta Djanali sah sich um, als sie parkten. Nirgends war das Glühen einer Zigarette auf einem Fahrersitz zu sehen, keine Silhouetten.

»Meinst du, er hat es ernst gemeint?«, fragte sie.

»Dass er einen Schlafplatz in deiner Wohnung haben wollte?«

»Fandest du das witzig?«

»Ach was, das war nur eine weitere Provokation.«

»Du hast seine Augen nicht gesehen.«

»Hab ich wohl.«

»Er hat Blickkontakt mit mir gesucht«, sagte sie.

Halders öffnete die Haustür.

»Hierher traut er sich nicht.«

»Woher weißt du das?«

»Weil ich zu ihm gesagt habe, dass ich ihn erschlagen werde, wenn er es versuchen würde. Du warst noch drinnen, und ich war schon draußen und hab winke, winke gemacht.«

Der Morgen war hell und warm. Auf der Vasagatan gab es Menschen, die lächelten. Die Sonne strahlte. Der Himmel war blau. Vögel sangen.

Winter ging zu Fuß zum Palatset. Er las die Temperatur am Thermometer über Heden ab: fünfzehn Grad. Schon. Niemand spielte Fußball auf Heden. Ein Fehler an so einem Morgen. Die Luft war so leicht zum Atmen. Er sehnte sich danach, seinen Spann hinzuhalten.

Vor drei Jahren hatte das Fahndungsdezernat eine Mannschaft gehabt. Birgersson hatte im Tor gestanden, ohne sich zu rühren. Das war symbolisch gewesen. Einige Tage hatten sie über einen Namen für die Mannschaft nachgedacht. Pia Fröberg, die Gerichtsmedizinerin, hatte ihnen im Pausenraum zugehört, als sie zu Besuch gewesen war. Sie hatte »Per Rektum« vorgeschlagen. Ein bisschen mystisch. Passt besser zu den Jungs oben in der Untersuchungshaft, hatte Möllerström gesagt. Es gibt übrigens eine Medizinermannschaft, die sich so nennt, hatte Pia Fröberg erzählt.

Sie konnten sich nicht einig werden und spielten ihr erstes Match unter dem Kompromissnamen FC Ouagadougou, ein Vorschlag von Halders. Aneta Djanali hätte mitspielen sollen, hatte sich aber erkältet. Das war vielleicht auch gut so. Halders wurde nach zwei Minuten vom Platz verwiesen und antwortete damit, dass er dem Schiedsrichter in den Hintern trat. Es gab natürlich keinen Grund für den Verweis, Halders hatte nur aus Versehen den Kopf des Gegenspielers mit dem Ball verwechselt. Sie spielten gegen eine Mannschaft von der Notaufnahme im Sahlgrenska, die sich »Es Ist Durchgeblutet« nannte. Winter kannte die meisten Gegenspieler und die Kollegen auch. Alle verbrachten sie viel Zeit in der Notaufnahme. Halders' Opfer landete jetzt als Patient dort, und das war bestimmt von Vorteil für ihn, behauptete Halders hinterher. Er hätte es sowieso nötig, dass in seinem Schädel mal Ordnung geschaffen würde, aber der Tritt war natürlich ein Versehen.

Halders wurde vier Jahre lang vom Korpsfußball ausgesperrt. Alle wunderten sich darüber, dass er nicht auf Lebenszeit ausgesperrt wurde oder gar Gefängnis bekam. Der Staatsanwalt erwog eine Anklage, aber der Geschädigte weigerte sich Anzeige zu erstatten. Es war ein Unfall gewesen. Das hatten doch alle gesehen, oder? Er und Halders waren am Abend vorher als Freunde auseinander gegangen. Und Birgersson hatte mit dem Staatsanwalt gesprochen, dem alten Molina. Ich war doch auch *dabei*, hatte Birgersson gesagt. Molina hatte eine Grimasse gezogen und gefragt, ob Birgersson seine Kontaktlinsen getragen habe, und Birgersson hatte ein dröhnendes JA! gelogen. Und das war's dann. Der Schiedsrichter des Spiels, der Schmerzen im Hintern hatte, war normalerweise ein Kollege vom Citydezernat und hielt aus kollegialen Gründen den Mund, aber auch deswegen, weil er einige Zeit brauchte, um sich eine Rache auszudenken. Die war gekommen. Winter lächelte bei der Erinnerung.

Der FC Ouagadougou wurde nach ganzen zwei Minuten auf dem Platz für die gesamte Saison gesperrt. Es sah nicht gut aus. Winter war ja Mannschaftskapitän und wurde beschuldigt, die Mannschaft nicht im Griff zu haben, was eigentlich hieß, Halders nicht im Griff zu haben. Versucht's doch selber, dann werdet ihr ja sehen. Die nächste Saison in Afrika!, hatte Halders gesagt. Einen Neger haben wir schon in der Mannschaft, und wir haben alle eine schwarze Seele. Winter konnte es vor sich sehen. Halders ausgesperrt auf jedem Kontinent, auf dem er antrat. Nächste Saison in Ozeanien! Nächste Saison in Feuerland!

Die Sonne schien herein. Ringmar steckte den Kopf durch die Tür, als Winter sich gesetzt hatte, um die Fälle durchzugehen: Diebstähle, Misshandlung, Totschlag, Raub, Bedrohung, mehr Diebstähle, Sachbeschädigung, noch ein Totschlag, noch zwei Raubüberfälle. Berichte, Zeugenaussagen, noch mehr Berichte. Papiere, Tonbandkassetten, Videokassetten. Viele Fälle, alle auf einmal. Ein Mordverdacht. Der Mörder hatte gestanden. Eine Auseinandersetzung unter Betrunkenen in einem Viertel von Gamlestan. Fast alle Fälle von Mord und Totschlag sahen so aus, der Fall wurde innerhalb von vierundzwanzig Stunden eröffnet und geschlossen.

»Hast du eine Minute Zeit?«, fragte Ringmar.

»Nein, aber zwei«, sagte Winter und ließ ein Blatt Papier fallen.

Ringmar setzte sich. Er hatte scharfe Linien im Gesicht. Er war zwölf Jahre älter als Winter, und das bedeutete, dass er einige harte Jahre hinter sich hatte, die Winter noch vor sich hatte. Vielleicht die härtesten. Und Ringmar hatte noch weitere zwölf Jahre vor sich im Dienst als Ombudsmann und Beschützer der Allgemeinheit. Wie würden seine Linien im Gesicht dann aussehen? Und Winter hatte noch vierundzwanzig Jahre vor sich, v-i-e-r-u-n-d-z-w-a-n-z-i-g in derselben Rolle. Lieber Gott. Ein Drittel Leben genau wie jetzt. *Lift me up, take me away.*

Gleichzeitig. Dieses *war* sein Leben. Dieses Leben beherrschte er. Er war gut. Er verfügte über Wissen und Aggressivität, vielleicht nicht genauso viel Aggressivität wie Halders, aber mehr Wissen. Er hatte Geduld. Er konnte denken.

Das war es. Hier konnte man denken, man konnte sich immer noch Zeit für Gedanken nehmen. Und das Nachdenken konnte zu Ergebnissen führen. Nicht den großen Ergebnissen, zu denen man gelangte, wenn man außerhalb seiner Tagesroutine nachdachte. Außerhalb der schönen Melodien gedacht hatte. Winter hörte Coltrane in seiner disharmonischsten Periode, und von dieser Art atonaler Plattform ging er, Winter, aus. In einer geraden Linie ließ sich nicht denken. Man konnte einer Logik folgen, aber der konnte niemand anders folgen. Das war seine Logik, so wie es Coltranes Logik war, Pharoah Sanders' Logik oder Miles Davis' Logik. Er hatte sich übers Internet ein Buch bestellt, das gestern gekommen war, *Kind of Blue – The Making of the Miles Davis Masterpiece* von Ashley Kahn, und heute Abend würde er versuchen es zu lesen, wenn er es schaffte, sich vorher die Musik anzuhören, womit er gerade begonnen hatte. Der Panasonic stand auf dem Fußboden. Er hörte sich *Kind of Blue* zum tausendsten Mal an.

»*So What*«, sagte Ringmar.

Das erste Stück. Ringmar kannte *Kind of Blue*. Es zu kennen gehörte zur Allgemeinbildung. Winter verstand die Menschen nicht, die es nicht verstanden. Da gab es übrigens nichts zu verstehen. Man musste nur zuhören.

»Die Frau von Donsö hat vor einer halben Stunde angerufen«, sagte Ringmar. »Möllerström hat das Gespräch zu mir durchgestellt.«

»Was wollte sie?«

»Nur hören, ob wir etwas Neues wissen.«

»Wissen wir etwas?«

»Nein.«

»Hat Möllerström schon Kontakt zur nationalen Verbindungszentrale aufgenommen?«

»Das nehme ich mal an.«

»Wie klang sie?«, fragte Winter.

»Ruhig, glaube ich. Aber das ist klar … ihr Vater ist ja nun schon einige Wochen verschwunden.«

»Ja. Da ist etwas passiert.«

»Es kann nicht anders sein«, sagte Ringmar.

Winter dachte an Johanna Osvald, an ihren Bruder, ihren Vater, ihren Großvater. Er dachte an Schottland, an Steve Macdonald.

Ringmar strich über die Linien seines Gesichts.

»Wie geht es dir, Bertil?«

»Geht so. Moa hat eine neue Wohnung in Aussicht. Gut für sie, nehme ich an. Aber von mir aus hätte sie gern noch eine Weile zu Hause wohnen können.«

Winter sah ihn an.

»Das verstehst du in zwanzig Jahren«, sagte Ringmar.

»Okay, dann reden wir wieder drüber.« Winter fingerte nach seinem Päckchen Zigarillos. Aber nein. Er wollte stark sein. Es waren noch so viele Jahre.

»Wohin zieht sie?«, fragte er.

»Kortedala«, sagte Ringmar.

27

Der Vormittag war noch nicht vorbei, da kam die Nachricht über Interpol. Oder war sie direkt von Inverness zu Möllerström gekommen? Er brachte Winter den Ausdruck.

»Sag nur, was ist«, sagte Winter.

»Er ist tot«, sagte Möllerström.

Winter versuchte in England anzurufen, kam jedoch nicht durch. Fünf Minuten später unternahm er einen erneuten Versuch.

Der Kommissar hieß Jamie Craig, er war beim *Northern Constabulary, Inverness Area Command*. Er klang nicht wie ein Schotte, sondern wie ein Engländer wie du und ich, eine trockene Aussprache, klinisch, technisch.

»*He seems to have been wandering around town for a little while*«, sagte Craig.

»*You mean Inverness?*«

»*No. Fort Augustus. It's on the southern tip of the lake. Just a village, really.*«

»*The lake? What lake?*«

»*Loch Ness, of course.*«

Of course. Das weltberühmte Gewässer südwestlich von Inverness. Nessie. Das Seeungeheuer. Winter war noch nicht am Loch Ness gewesen, hatte Nessie nicht gesehen.

»*But they found him a bit up east in the hills, by a minor road, and by a small artificial lake called Loch Tarff. At least I think it's artificial.*«

»*And the car?*«

»*No car.*«

»*Where is his rental?*«, fragte Winter.

»*We don't know. He didn't have a car when we found him and he didn't have any clothes on.*«

»*Come again, please?*«

»*This looks strange, sure. He seemed confused when he wandered around the town, but he was fully dressed and he payed his way in a pub. Bought a pint and a Ploughman's, I think.*«

Craig erzählte, was er wusste.

Ein Mann um die sechzig war in Fort Augustus aufgetaucht und dort herumgelaufen, als ob er nicht ganz richtig im Kopf wäre. Die Leute der Stadt waren daran gewöhnt, dass Exzentriker aus allen Ecken der Welt herkamen, um das Seeungeheuer erneut zu entdecken, um weltberühmt zu werden, aber dieser Mann hatte nicht diesen Tick. Er hatte sich auffällig verhalten und mit Menschen, denen er begegnete, unzusammenhängend geredet. Er war in den Pub bei der Tankstelle gegangen und hatte ein schottisches Ale getrunken und ein *Ploughman's Lunch* bestellt: Brot, Käse, Pickles.

Jemand hatte ihn verwirrt ostwärts ziehen sehen. Dann kam die Suchmeldung nach Axel Osvald, und dieser Jemand hatte Craig in der Longman Road angerufen.

Danach war es nur noch eine Frage der Zeit. Sie waren die alte Straße, die B 862, östlich des Sees zurück nach Inverness gefahren, sie hatten das Gelände durchkämmt, und sie hatten nicht mehr als einen Tag, nicht einmal das, in den Hügeln und kleinen Bergen herumklettern müssen.

»Er lag hinter diesem kleinen See«, sagte Craig, »von der Straße aus nicht zu sehen.«

»Ohne Kleider?«

»Nicht mal Strümpfe«, sagte Craig, und Winter fragte sich, ob das eine englische Umschreibung dafür war, wenn jemand ganz nackt war.

»Aber Sie sind trotzdem überzeugt, dass es ›unser‹ Mann ist, also Axel Osvald. Weshalb?«

»Jetzt wird es noch trauriger«, sagte Craig. »Ich kann es ja nicht hundertprozentig wissen, noch nicht, ob er es ist, aber Tatsache ist, dass seine Kleidungsstücke in einem Gebiet verstreut lagen, das fast unten an der Südspitze des Sees begann und bis dorthin reichte, wo wir ihn gefunden haben. Das ist eine Entfernung von einigen Meilen. Sie können natürlich den korrekten Abstand bekommen, wenn Sie wollen.«

Natürlich. Mit trockener Selbstverständlichkeit vorgebracht. Winter war nicht sicher, ob Steve Macdonald diesen Mann kannte, wahrscheinlich nicht persönlich. Sie schienen umgekehrte Wege gegangen zu sein. Craig mochte aus London stammen und Kommissar in Inverness sein. Steve war aus Inverness und Kommissar in London.

»Wir haben also einen nackten Mann und in der Umgebung eine ganze Ausstattung Kleider inklusive Schuhen und Oberbekleidung, und wir denken, aha, hier könnte es einen Zusammenhang geben«, sagte Craig. »Wir sammeln die Kleidungsstücke ein. Wir finden eine Brieftasche mit einem Führerschein, in dem Osvalds Name steht, und das Foto sieht dem Toten ähnlich.«

»Wie ist er gestorben?«, fragte Winter. »Voraussichtlich, meine ich. In der Interpol-Nachricht wurden eventuelle natürliche Ursachen erwähnt.«

»Das Herz«, sagte Craig. »So viel kann man sagen. In der Pathologie sind sie natürlich noch nicht fertig, aber der Körper wies keine äußerlichen Anzeichen von Gewaltanwendung auf, also keine Verletzungen. Der Doktor hat zwei Pints auf einen Herzanfall gesetzt. Es war kalt da oben. Ein älterer Mann nachts in den Bergen … unbekleidet … verwirrt vielleicht … tja, das kann wohl nicht anders enden.«

»Herzattacke«, wiederholte Winter.

»Ich glaube, selbst ich würde dort keine Nacht nackt überleben«, sagte Craig. »Jedenfalls nicht, wenn ich allein wäre«, fügte er im gleichen monotonen Tonfall hinzu.

»Wann haben Sie den vollständigen Bericht?«, fragte Winter.

»Über was?«

Immer noch dieselbe Stimmlage, die klinisch ermittelnde.

»Ich dachte in erster Linie an die Todesursache.«

»Heute Nachmittag, glaube ich.«

»Danke.«

»Alles andere werden die Berichte morgen bringen, hoffe ich. Alles, was wir wissen, besser gesagt. Das ist nicht sehr viel. Aber der Fall, wenn man ihn nun so nennen kann, scheint ja klar zu sein.«

Winter hatte erwartet, Craig würde *»open and shut«* sagen, aber er tat es nicht. Das hätte übrigens auch nicht zu seinem Benehmen gepasst.

»Aber der Mietwagen ist jedenfalls immer noch verschwunden?«, fragte Winter.

»Ja. Wir haben mit den Leuten von Budget gesprochen. Er war für zwei Wochen gemietet, und die Zeit ist tatsächlich erst vorgestern abgelaufen. Sie haben Anzeige bei uns erstattet wegen eventuellen Diebstahls, und das hat dazu beigetragen, dass wir dem Verschwinden, der Suchmeldung besondere Aufmerksamkeit gewidmet haben, natürlich zusammen mit den Zeugenaussagen aus Fort Augustus.«

Winter bemerkte eine Veränderung in Craigs Stimme, als ob er vielleicht das Gefühl hatte, sich für sein Verhalten rechtfertigen zu müssen. Dass es länger als erwartet gedauert hatte, ehe sie mit der Suche nach Osvald begonnen hatten. Aber Winter machte Craig in der Hinsicht überhaupt keine Vorwürfe. Er kannte die Arbeitsbedingungen und die Wirklichkeit. Es war ja bestimmt nicht das erste Mal, dass ein Fremder um Loch Ness herumirrte.

»Müsste der Mietwagen nicht irgendwo in der Nähe stehen?«, fragte er. »In der Stadt, wo … Fort Augustus.«

»Schon«, sagte Craig, »das stört mich. Aber wenn er einige Tage an derselben Stelle gestanden hat, dann ist er vermutlich gestohlen worden. Um Loch Ness herum gibt es reichlich Autos und reichlich Autodiebe.«

»Ich verstehe«, sagte Winter.

»Es läuft natürlich eine Suchmeldung nach dem Auto«, sagte Craig. »Das findet sich bestimmt in der Umgebung wieder, ausgeschlachtet wie gewöhnlich.« Er machte eine Pause. »Nackt, wie wir sagen.«

»Der tote Mann ...«, sagte Winter, »wie lange hat er dort gelegen?«

»Als ich zuletzt mit dem Arzt gesprochen habe, vermutete er zwei Tage plus minus sechs Stunden.«

»Könnte er zur Fundstelle gebracht worden sein?«, fragte Winter. »Könnte er woanders gestorben sein?«

»Nein«, sagte Craig. »Wir sind ziemlich sicher, dass er selbst zu der Stelle gegangen ist, wo er gestorben ist.«

»Dann bleibt die Frage, warum«, sagte Winter.

»Ist es nicht immer dieselbe Frage?«

»Ja, die große Frage.«

»Steve hat mir schon angekündigt, dass wir früher oder später dort landen, wenn ich mit Ihnen spreche«, sagte Craig.

»Steve? Steve Macdonald? Kennen Sie ihn?«

»Ja, wir haben einige Zeit in Croydon zusammengearbeitet. Er hat ein gutes Wort für mich eingelegt, als ich mich um den Kommissarsdienst hier oben beworben habe.« Craig machte eine erneute Pause. Winter hörte etwas, das wie ein kurzes Lachen klang, trocken wie Sand. »Ich weiß nicht, ob ich ihm dafür dankbar sein soll oder nicht.«

In Craigs Stimme war eine Spur von Wärme. Winter musste lächeln. Er hatte eine Lektion bekommen ... im Englischsein. Craig war nicht der Typ, der das Gespräch über gemeinsame Freunde einleitete. Natürlich war das auch eine Frage der Professionalität.

»Was sagen die Zeugen?«, fragte Winter.

»*Well*... wie ich schon sagte, *more or less*. Er hatte ... verwirrt gewirkt, als ob er nicht richtig wüsste, wo er war. Er hat Sachen gesagt ... als würde er Fragen stellen, den Eindruck hatte jedenfalls einer der Zeugen. Und der Pubbesitzer. Er hatte etwas wiederholt, das immer gleich klang, aber man konnte es nicht verstehen.«

»Warum nicht?«

»Warum nicht? Er sprach nicht englisch und nicht schottisch. Ich vermute mal, dass er schwedisch sprach, aber das ist nicht gerade die Umgangssprache in Fort Augustus.« Wieder machte Craig eine kleine Pause. »Das hier ist zwar altes Wikingerland, aber an die nordische Sprache erinnern sich die Leute wahrscheinlich nicht mehr.«

In Schottland gibt es noch viele nordische Wörter, dachte Winter, Namen von Orten und von anderem.

»Er ist also rumgelaufen und hat die Leute auf Schwedisch angesprochen«, sagte Winter. »Er hat nicht nur Selbstgespräche geführt? Sie haben ja gesagt, er wirkte verwirrt.«

»*Well*... so detailliert haben wir nicht gefragt, aber der Zeuge hat ausgesagt, er hat die Leute angesprochen und wahrscheinlich etwas gefragt.«

»Mhm.«

»In diesem Punkt kann ich Ihnen nicht helfen. Ich könnte die Leute zwar etwas nachdrücklicher befragen, wie er sie angesprochen hat und ob er vielleicht Fragen gestellt hat, aber viel mehr wird das auch nicht erbringen, oder?«

»Nein.«

»Schlimmstenfalls müssen Sie herkommen und schwedische Wörter an den Leuten testen«, sagte Craig. »Ich hab gehört, es gibt nicht so viele.«

28

Teilen Sie es den Angehörigen mit?«, hatte Craig gefragt, und Winter hatte Ja gesagt. Es war ein Teil seines Jobs, ein allzu großer Teil. Das lernte man nicht bei der Ausbildung zum Polizisten, aber hinterher wurde es allzu sehr Routine.

Er wählte Johanna Osvalds Handynummer, bekam aber nur ihren Anrufbeantworter an den Apparat. Was er zu sagen hatte, teilte man keinem Anrufbeantworter mit.

Er sah auf die Uhr und suchte den Fahrplan der Dampfer in den südlichen Schären hervor. Wieder sah er auf die Uhr. Wenn er etwas zu schnell auf der Oskarsumgehung fuhr, würde er um 10.20 Uhr die »Skarven« schaffen.

Winter stand an Deck, der Wind wühlte in seinen Haaren. Direkt hinterm Hafen angelte jemand auf den Klippen. Etwas hatte angebissen oder war gerade dabei, die Möwen zogen ihre Kreise und schrien dem Mann aufmunternd zu, der eine Kappe gegen den Möwendreck trug, der wie Schnee vom Himmel fallen konnte.

»Skarven« legte ab. Kein Café an Bord. Um die Tageszeit und zu dieser Jahreszeit waren wenige Passagiere unterwegs zu den Inseln. Vor zwei Monaten hätte man keinen Platz bekommen, die Schärendampfer schlingerten hinaus wie überlastete Passagierdschunken auf dem Gelben Fluss, überall braun gebrannte Glieder, Kinder, Kinderwagen. Im vergangenen Sommer hatten Angela und er mit Elsa nach Vrångö hinausfahren wollen, hatten das Schiff aber schon auf Brännö Rödsten fluchtartig verlassen. *Too many people*, wie ein … Sonne-und-Meer-und-Salz-und-Sand-Wahnsinn, der die Stadtbewohner packte, wenn die Sonne am wärmsten schien.

Wahnsinn. Winter versuchte sich die Haare aus den Augen zu streichen und dachte an etwas, das Erik Osvald bei ihrer Begegnung auf Donsö gesagt hatte.

»Nichts gegen den Rinderwahnsinn«, hatte er gesagt. Er hatte die Sache aus der professionellen Perspektive des Fischers gesehen. »Von Zeit zu Zeit sehen wir ganz gern so eine durchgedrehte Kuh im Fernsehen.«

Die »Skarven« ging direkt nach Köpstadsö. Während der Überfahrt war es windig gewesen, als ob ein Wetterumschwung bevorstünde. Winter sah jetzt schwarze Wolken im Westen, die von der anderen Seite des Erdballs heraufstiegen.

Dort unten irgendwo auf dem Wasser waren Erik Osvald und seine drei Besatzungsmitglieder mit der ewigen unruhigen Suche nach Fisch beschäftigt, den Versuchen, das Maximale der gesetzlichen Quote herauszuholen.

Es gibt eine Oberhoheit, hatte Erik Osvald gesagt und nicht die nordische Küstenwache gemeint. Das war ein Scherz gewesen mit einem Fünkchen Ernst darin. Eine Oberhoheit. Wenn es sie nicht gibt, dann ist alles andere sinnlos, hatte er gesagt.

Dieses Leben prägt den Menschen, fünfundzwanzig Jahre auf der Nordsee, das ganze Jahr über, rund um die Uhr. Das ist die Freiheit. Das ist die Einsamkeit.

Es ist eine unmoderne Form zu leben.

Aber wir schwedischen Fischer sind trotzdem eine Woche draußen und dann eine Woche zu Hause. Dieses System verfolgen fast nur noch wir Schweden, und deswegen verdienen wir weniger als die Dänen, Schotten und Norweger.

Und damals. Er hatte von damals gesprochen: Mein Vater verließ das Haus am Montagmorgen und kehrte Samstagmorgen zurück.

Ein Leben auf den Meeren, bis er es müde war und an Land blieb und den Wetterberichten lauschte, wenn der Sohn draußen auf See war.

Axel Osvald, wenn es Axel Osvald war, der von Craigs Männern gefunden worden war, wenn er es war, so war sein Tod merkwürdig und tragisch, merkwürdig tragisch; allein und nackt an einem kleinen jämmerlichen See neben einem anderen größeren See in einem hügeligen Binnenland, meilenweit vom Meer entfernt.

Was hatte er dort getan? Wie war er dort hingeraten? Welche Wege wanderten seine Gedanken, während er selbst die Abhänge hinaufwanderte? Winter war noch nie in Fort Augustus gewesen, aber er konnte sich vorstellen, wie es dort aussah.

Warum war es geschehen? Warum – war es »*the big one*«, wie Craig es ausgedrückt hatte?

Die See war ruhig zwischen Styrsö Skäret und Donsö. Winter konnte Osvalds modernen Trawler, die blaue »Magdalena« nicht entdecken. Sie war wieder eine Woche draußen westlich von Stavanger und östlich von Aberdeen auf der Jagd nach dem weißen Fisch. In sechs Tagen würden sie in Hanstholm anlegen und nachmittags mit der Abrechnung in der Hand nach Hause fahren. Aber Erik Osvald würde vorher nach Hause fahren, und er, Winter, würde die Nachricht überbringen, die den Fischer veranlasste, nach Hause zurückzukehren. Und wie würde das vonstatten gehen? Würde ihn ein Hubschrauber abholen? Oder würde er sofort Kurs auf Schottland und Moray Firth und die Hafeneinfahrt von Inverness nehmen? Durch den Kanal in die Stadt hineinfahren, River Ness, und weiter in den Loch Ness und nach Fort Augustus? Nein, nicht dieses Monster von Trawler. Und nein, denn sein Vater lag ja im Tiefkühlraum in Inverness und wartete. Der Sohn könnte im Hafen vor Anker gehen.

»Skarven« legte an und Winter ging an Land. Nach dem Fahrplan musste es 10.55 Uhr sein. Die Pier war leer. Einige ältere Trawler lagen am Kai, und Winter überlegte, ob einer von ihnen Axel Osvald gehört hatte. Oder ob es einen von ihnen sogar schon zu John Osvalds Zeit gegeben hatte.

John Osvald gab es und gab es doch wieder nicht. Er hatte die einzigartige Gestalt dessen angenommen, die Menschen, die verschwanden und nie wieder gefunden worden waren, annahmen, ihre Seelen finden keine Ruh und die Hinterbliebenen auch nicht.

Aber wenn er noch lebte? Wenn John Osvald noch am Leben war? Die es noch gab … die hier lebten … konnte man sie dann Hinterbliebene nennen? War Johanna Osvald eine Hinterbliebene?

Winter ließ sich von einer Frau vor dem Laden den Weg zur Schule erklären. Er ging eine schmale Straße ohne Fußweg entlang, er roch das Meer und lauschte der sonderbaren Stille, die durch viel Raum zu allen Seiten geschaffen wurde. Hier drinnen ging kein Wind, als ob es ihn gar nicht gebe. Die Wolken waren verschwunden, der Himmel war total blau. Er spürte die Wärme im Gesicht.

Auf dem Schulhof waren viele Kinder, mehr als er geglaubt hätte. Er hörte Rufe, verstand aber keine einzelnen Wörter. Ein Fußball rollte ihm vor die Füße, und er kickte ihn zurück. Er flog über das Tor und den Zaun dahinter über den Schulhof und verschwand in einer Felsspalte.

»Oh, oh«, sagte ein Junge, der wie ein kleinwüchsiger Fischer aussah.

Die anderen Kinder schauten Winter an und dann zu den Klippen. Er begriff, verließ den Schulhof, ging drum herum und kletterte in die Felsen hinunter. Der Ball war nicht da. Er tastete im Gras und anderen seltsamen Gewächsen herum, vielleicht Tang. Rechts war ein Loch, wie eine Höhle. Er spähte hinein, konnte aber nichts entdecken. Er begann zu kriechen und spürte den Ball, bevor er ihn sah, und er robbte rückwärts. Sein Anzug krachte in den Nähten, protestierte. Winter richtete sich mit dem Ball in den Händen auf, eine Geste des Triumphs. Dort oben standen alle Kinder aufgereiht und klatschten Beifall. Winter warf den Ball hinauf, und der kleine Fischer nahm ihn an. Er und alle anderen drehten sich um, als eine weibliche Stimme ertönte: »*Was* macht ihr hier? Es hat geklingelt, habt ihr das nicht gehört?«

Winter sah sie an den Felsrand kommen und hinunterschauen.

»Ja … hej.«

»Hej«, sagte Johanna Osvald und kicherte.

Winter musste lächeln, er wollte es nicht, nicht mit der Nachricht, die er zu überbringen hatte.

»Ist er es wirklich?«, sagte sie. Sie saßen in ihrem kleinen Arbeitszimmer. Auf dem Schreibtisch stand ein großer Mac, ein älteres Modell, grau. Überall Papiere, Ordner. Mehr Papiere als in Winters Büro. Durch das Fenster sah er die Klippen, zwischen denen er nach dem Ball gesucht hatte. Sie musste ihn auch gesehen haben oder die Kinder, die sich dort aufgereiht und den Idioten vom Festland da unten beobachtet hatten. Eine Unterbrechung in ihrem Leben auf der Insel.

An den Wänden beiderseits des Fensters hingen Kinderzeichnungen. Er überlegte kurz, wie das sein mochte, seine Tage mit Kindern zu verbringen, aber selber keine zu haben. Vielleicht war es eine Befreiung nach Hause zu kommen, eine Stille, die man hüten und halten musste.

Winter hatte es erzählt, sobald sie allein waren. Er hatte seine Worte vorsichtig gewählt.

»Es könnte ein Missverständnis sein«, sagte sie jetzt.

Er nickte, sagte jedoch nichts.

»Das glaubst du auch?«

»Ich weiß nichts, Johanna, nicht mehr als das, was ich dir erzählt habe. Aber mein Kollege in Inverness hat auch das Foto …«

»Ja, das hab ich wohl gehört. Aber ist es leicht, jemanden anhand eines Fotos zu identifizieren? Ein Foto mit … mit einem … einem To…« Sie brach ab und verbarg ihr Gesicht in den Händen.

Winter schaute auf seine eigenen Hände. Was soll ich mit ihnen machen? Soll ich sie in den Arm nehmen?

Er beugte sich vor und drückte ihren nackten Arm. Sie schauderte, und er stand auf und holte eine Strickjacke, die über dem Schreibtischstuhl hing, und hüllte sie darin ein.

Fotografien. Tote. Von beidem hatte er für sein ganzes Leben genug gesehen. Sie hatte ganz Recht. Es gab keine Ähnlichkeit zwischen den Lebenden und den Toten. Augen, die sahen, Augen, die nichts sahen. Eine oberflächliche Ähnlichkeit, ja, aber keine *Ähnlichkeit*. Alles, was er gesehen hatte, ein lebendes Gesicht, ein junges Mädchen, ein junger Mann, ein lächelndes Foto in einem Regal in einem Wohnzimmer, plötzlich zerschmettert von einer Tat, die unbeschreiblich war. Die Stille, die bis in alle Ewigkeit währen würde. Eine unwürdige Stille. Nichts, was man hüten und halten konnte. Dasselbe Gesicht, aber ohne Leben. Ich halte es nicht aus, dachte er jedes Mal, wenn er davor stand. Dies ist das letzte Mal.

Danach kam immer wieder ein letztes Mal.

Auf Lebenszeit hatte er genug gesehen. Eine Ewigkeit. Nein. Das Leben gehörte nicht der Ewigkeit, der Tod war die Ewigkeit, das Leben war die Unterbrechung zwischen den stummen Ewigkeiten. Für viele war es nur eine kurze Unterbrechung, er wusste es, denn er war dort gewesen, kurz nachdem die Ewigkeit wieder übernommen hatte.

Und die Fotografien von den Toten. Auf seinem Schreibtisch lagen immer Fotos von den Toten. Was für ein Scheißjob, Fotografien von getöteten Menschen auf dem Schreibtisch, zerschmetterte Kieferknochen, leere Augenhöhlen, Münder wie Grubenschächte. Würgemale am Hals wie Tätowierungen.

Und die Bilder von den ganz Stillen, Unbeweglichen. Die aussahen, als wären sie eingeschlafen. Solche Bilder waren häufig die schlimmsten.

Er legte sie alle unter andere Bilder, von Häusern, Straßen, Fahrzeugen, Felsmassiven, irgendwas, oder unter Papiere, die mit Worten gefüllt waren, weil Worte aus der Distanz nicht so entsetzlich waren, nicht einmal aus einem Meter Abstand.

Jetzt hörte er Kinderstimmen, Rufen, Lachen. Er sah einige Kinder durchs Fenster. Die nächste Pause. Fünfundvierzig Minuten vergehen schnell.

Johanna Osvald schaute auf.

»Ich muss da jetzt hinfahren«, sagte sie. »Es gibt ja nur eine Möglichkeit ... herauszufinden ... ob es Papa ist.«

Winter nickte.

»Sie erwarten vermutlich, dass ich komme«, sagte sie.

»Hast du jemanden, der dich begleiten kann?«

Sie schaute ihn an. Meinte sie ... nein, das glaubte er nicht. Dies ging sie, ihre Familie an. Es gab keinen Mord, keine Merkmale, keinen stumpfen Gegenstand.

Dennoch gab es ein WARUM. Es hatte ihn bis hierher begleitet, auf der Fähre, vorher im Auto, in dem Gespräch mit Craig, in dem Gespräch mit Johanna. *WHY.*

»Wo ist Erik im Augenblick?«, fragte er.

»Ich weiß es nicht genau. Ich muss ihn anrufen.«

Wieder nickte Winter.

»Er kann es so machen, wie er will«, sagte sie. »Aber ich versuche rüberzufliegen, sobald es geht. Heute noch, wenn es möglich ist.«

»Ich kann dir helfen«, sagte Winter und wählte eine Nummer auf dem Telefon, das auf dem Schreibtisch zwischen ihnen stand.

Sie könnte es schaffen. Die nächste Fähre ging erst um 11.40 Uhr, aber das war zu spät, um das Flugzeug von Landvetter nach Heathrow zu erreichen. Dort musste sie umsteigen.

»Das ist der Nachteil, auf einer Insel zu wohnen«, hatte sie nach zwei Telefongesprächen gesagt.

Aber es gab noch eine andere Möglichkeit, das Festland zu erreichen.

Winter hatte bei der Leitzentrale angerufen, die ihn mit der Wasserschutzpolizei von Nya Varvet verbunden hatte.

»Bei Vargö ist ein Patrouillenboot von uns«, hatte der Kollege gesagt. »Die haben sowieso nichts zu tun.«

»Bist du sicher, dass du sofort fahren willst?«, hatte Winter Johanna mit der Hand auf der Muschel gefragt.

Sie hatte hastig genickt, schon fast unterwegs nach Hause, um ein paar Sachen in eine Tasche zu werfen.

Auf der Überfahrt fragte er nach Axel Osvald. Das Boot fuhr schnell, schneller, als Winter es in diesen Gewässern für möglich gehalten hätte. Keine Sirenen, aber eine selbstbewusste Geschwindigkeit und selbstverständlich Vorfahrt.

»Er ist nicht zum ersten Mal in Schottland gewesen, um nach seinem Vater … deinem Großvater zu suchen«, sagte Winter.

»Nein, das hab ich doch schon gesagt.«

»Was hat er von seinen früheren Reisen erzählt?«

»Nicht viel, fast nichts.«

»Warum nicht?«

»Mein Vater war ein Mensch, der nicht viel redete«, sagte sie.

Winter fiel auf, dass sie von ihrem Vater in der Vergangenheit sprach. Es schien ihr selber nicht bewusst zu sein. Er hatte so etwas schon oft erlebt. Eine Art geistige Vorbereitung auf das Schlimmste. Es zu *wissen*, bevor man es mit Sicherheit wusste. Mit der Trauerarbeit schon vorher zu beginnen.

Er hatte sich selbst so verhalten, vor einigen Jahren in einem Flugzeug auf dem Weg nach Marbella. Sein Vater würde bald sterben, und Winter wusste es, ohne es zu wissen.

»Was hat er erzählt, wenn er mal etwas sagte? Du wirst ihn doch gefragt haben?«

Sie sah Inseln, Klippen und Schären vorbeifliegen und drehte sich um, als wollte sie sich überzeugen, ob es sich wirklich um Brännö, Asperö handelte. Es war ihre Welt. Winter sah sich auch um. Alles war ihr vertraut, alles, was so nah am Wasser war. Göteborgs Zentrum lag nicht am Meer. Dies hier lag am Meer, sogar im Meer.

»Es waren nur zwei Reisen«, sagte sie, »also vor dieser.«

Er wartete. Sie näherten sich der Einfahrt, er sah die Gebäude von Nya Varvet, die Pflegehochschule in den alten Kasernen der Marine, die ein neues Gewand bekommen hatten. Alles dort hatte ein neues Gewand bekommen. Alles in der Hafeneinfahrt war ihm bekannt, auch die veränderten Fassaden. In seiner Jugend war er Tausende von Malen mit seinem Fahrrad durch Nya Varvet gefahren und auch viele Male später. Dort ging er manchmal mit Angela und Elsa spazieren. Die »Revelje« hatte im Sommer eine schöne Terrasse, vielen unbekannt, was auch gut war. Ein Bier, zwanzig Meter vom Wasser entfernt, ein paar gegrillte Fischgerichte, ein Putenspieß, der Jahr für Jahr wieder auf der Karte erschien.

»Wann war er das letzte Mal dort?«, fragte Winter.

»Das ist lange her … mindestens zehn Jahre.«

»Warum ist er damals gefahren?«

Johanna Osvald sah Winter an.

»Ich weiß es wirklich nicht.«

Am Kai wartete ein Streifenwagen. Das ging schneller, als wenn sie in Saltholmen angelegt hätten und Winter sie über den schmalen langsamen Weg durch Långedrag zum Flugplatz gebracht hätte.

»Schaffe ich es?«, fragte sie, als sie sich in den Wagen setzte.

»Jetzt schaffst du es«, sagte Winter und nickte dem Fahrer zu. Es war Polizeiinspektor Morelius, ein alter Bekannter aus einer anderen Zeit.

»Darf man das eigentlich?«, fragte Johanna Osvald.

»Was?«

»Mit einem Polizeiboot fahren und dann mit einem Polizeiauto, um ein Flugzeug zu erreichen?«

»Ja.«

Morelius startete den Wagen.

»Ruf mich an, wenn du angekommen bist«, sagte Winter, »wenn du … die Identifizierung hinter dir hast.«

Das klang plump, aber wie sollte er es ausdrücken? Wenn du deinen toten Vater erkannt hast?

Sie nickte.

»Mein Kollege in Inverness, Craig, holt dich vom Flugplatz ab oder schickt einen Wagen.«

Sie nickte wieder und Morelius fuhr davon in Richtung Kungsten und zur Autobahn, an Frölunda vorbei und weiter nach Osten. Winter sah auf seine Uhr. Das war schnell gegangen. Sie würde es schaffen. Sie hätte einen Tag warten können, aber er wollte es auch wissen. Er wusste es nicht und er wollte es wissen. Er spürte … eine Anziehung … der Gedanke an Axel Osvald ließ ihn nicht los. Oder an John Osvald. Da war etwas, das wollte er wissen oder danach suchen.

Es gab ein Rätsel.

»Wir müssen wieder raus«, sagte der Schiffer auf dem Polizeiboot. »Wir können Sie auf Saltholmen absetzen.«

Während der kurzen Fahrt zurück in den Bootshafen stand er draußen an Deck. Auf dem Weg in die Stadt mit dem Auto dachte er weiter nach.

Rätsel. Es gibt ein Rätsel. Irgendetwas ist damals geschehen, was zu dem, was jetzt passiert ist, geführt hat. Es gibt keine Zufälle. Es gibt einen Grund dafür, dass Axel Osvald dort gefunden wurde, wo er gefunden wurde. Oder einen Grund für seinen Tod. Jemand oder etwas führte ihn in den Tod. Ich glaube nicht, dass es die Oberhoheit war. Oder gab es das? Eine Art Oberhoheit?

Sie aßen zu Abend. Halders hatte Grießbrei gekocht, nachdem erst Magda und dann Hannes ihn darum gebeten hatten.

»Ich hab noch nie Grießbrei gegessen«, sagte Aneta Djanali.

Alles auf ihrem Teller war weiß, der Brei, die Milch, der Zucker. Der Teller war weiß. Hätte sie nicht gehört, wie Magda sich Grießbrei wünschte, sie hätte Fredrik im Verdacht gehabt, das sollte eine Art Witz sein.

»Das hast du wohl!«, sagte Magda.

»Nein, es ist wahr.«

»Du hast doch gerade eben gegessen! Ich hab gesehen, wie du deinen Löffel genommen hast.«

»Ja, jetzt, aber vorher noch nie.«

»Was habt ihr denn für Brei bei dir zu Hause gegessen, als du klein warst?«, fragte Magda. Ihr großer Bruder sah verlegen aus. Das ist ihre Sache, schien er zu denken. Er wird Fredrik immer ähnlicher, dachte Aneta Djanali. Ausholende Bewegungen, ein Blick, der nicht loslässt. Aber er ist ruhiger. Möge er so bleiben. Er sagt nie mehr, als nötig ist. Er zieht sich zurück in sein Zimmer. Er denkt an seine Mutter. Fredrik macht sich seinetwegen Sorgen.

»Haferbrei«, sagte Aneta Djanali.

»Hirsebrei«, sagte Halders.

»Was ist das?«, fragte Magda.

»Ein in Afrika übliches Getreide«, antwortete Aneta Djanali. »Eigentlich ist es ein Gras.«

»Aber du bist doch nicht in Afrika gewesen, oder?«, fragte Magda.

»Hör auf, Magda«, sagte Hannes.

»Ich bin dort gewesen«, sagte Aneta Djanali, »aber ich bin hier geboren, das wisst ihr ja.«

»Habt ihr auch Hirsebrei gegessen?«, fragte Halders.

»Meine Mutter hasste Hirse«, sagte Aneta Djanali.

Halders häufte ihr mehr von dem weißen Kleister auf den Teller.

»Das war auch der Grund, warum meine Eltern aus Afrika weggezogen sind«, sagte Aneta Djanali.

»Ist das wahr?«, fragte Hannes.

»Nein«, antwortete Aneta Djanali und lächelte ihn an. »Ich hab nur Spaß gemacht.«

»Warum sind sie dann weggezogen?«, fragte Magda.

»Sonst wären sie vermutlich ins Gefängnis gekommen.«

»Warum?«, fragte Magda. »Haben sie etwas getan?«

»Nein.«

Halders holte wieder die Teekanne. Sie saßen im Wohnzimmer, das anders aussah, seitdem Halders nach dem Tod seiner geschiedenen Frau hier eingezogen war. Keine große Veränderung, aber anders.

Die Kinder tobten in Hannes' Zimmer. Sie konnten ihr Geheul hören und Gepolter.

»Nun musstest du also aus der schweren Vergangenheit von Burkina Faso erzählen«, sagte Halders.

»Ist das ein Problem für dich?«

»Im Gegenteil.«

Die Everly Brothers weinten sich Spur um Spur vorwärts auf dem Plattenspieler, ohne dass es zu sehen war. *Crying in the rain. I never let you see.* Es fing wieder von vorn an, verratene Gefühle auf *repeat. Bye bye love, bye bye happiness, hello loneliness, I think I'm gonna cry.*

»Der Song ist genauso alt wie ich«, sagte Halders. »1957.«

I'm through with romance, I'm through with love, I'm through with counting the stars above.

»Guter Text«, sagte Aneta Djanali.

»Ja, nicht?«

»Vielleicht ein bisschen zu definitiv.«

»Mhm.«

»Das ist fast noch schlimmer als Roy Orbison«, sagte Aneta Djanali, »wenn es um das Maß der Traurigkeit geht.«

»Roy Orbison ist nicht traurig«, sagte Halders.

»Dann stellen wir uns unter Traurigkeit etwas Unterschiedliches vor«, sagte Aneta Djanali.

Halders antwortete nicht, trank von seinem Tee. Er hörte wieder zu. *All I have to do is dream.*

»Wenn man will, kann man alles Mögliche in Songtexte hineinlegen«, sagte er.

»Bei diesen Jungs gibt es aber nicht viele Alternativen«, sagte Aneta Djanali. »Es dreht sich doch wohl immer um eine Liebe, die beendet ist.«

»*So sad to watch good love go bad*«, sagte Halders.

»Ja ... ungefähr so.«

»Das ist einer der besten Songs der Everlys«, sagte Halders.

»Siehst du, das ist ein gutes Beispiel.«

Sie fuhr spät nach Hause. Fredrik hatte sie gebeten zu bleiben, aber sie wollte bei sich zu Hause aufwachen. Manchmal war das so.

Fredrik war traurig gewesen, richtig traurig. Er hatte es nicht zeigen wollen, aber sie hatte es gesehen. Er hatte nicht in den Regen hinausgehen und weinen können, denn es regnete nicht.

»Ich mach mir Sorgen um Hannes«, hatte er gesagt. »Weiß der Teufel, wie das werden soll mit ihm.«

Aber es ging natürlich nicht nur um Hannes. Oder Magda. Oder nur Fredrik. Es ging um das, was alle *wussten*, dass nichts mehr wie früher werden würde. Keine Mama, später keine Großmutter, wenn sie selber erwachsen waren und eine Familie bekamen. Nur Großvater Fredrik. Vielleicht. Es konnte nie mehr werden, wie es einmal gewesen war, aber ... es konnte besser werden als jetzt.

Fredrik hatte nichts gesagt, nicht so richtig todernst. Aber sie wussten es beide. Sie musste nachdenken. Es war, als hätte sie nie Zeit, daran zu denken. An alles andere schaffte sie zu denken, aber nicht daran.

Ich muss nachdenken.

Mit Fredrik zu seinem geliebten Ouagadougou fahren. Nur das. Ihm eine Chance geben die Stadt zu sehen, die ihn so faszinierte. FC Ouagadougou. Herr im Himmel. Eine Woche in Burkina Faso, und dann werden wir ja sehen, wie *tough* du bist, Kriminalinspektor Halders.

Sie lachte leise vor sich hin.

Sie bog von der Allén in die Sprängkullsgatan ein. Menschen suchten beim »Capitol« nach der letzten Vorstellung Schutz vorm Regen, der jetzt angefangen hatte. Alle hatten blaue Gesichter, schwarzblau vom Neonlicht und der Nacht. Wie eine Gruppe Schwarzer in Ouagadougou, die aus dem Kino kam, eine Gruppe von mehreren. Wenigstens das haben wir. Was hab ich gedacht!? »Wir.«

Sie parkte am Sveavägen.

Sehne ich mich dorthin? Beginnt da jetzt ein Prozess in mir? Werde ich schließlich doch nach Afrika ziehen, wo ich gar nicht geboren bin? Mein Afika. Weil es immer so kommen musste? Dort gibt es meinen Rhythmus.

Möchte Fredrik dort mit mir leben? Sie lächelte wieder. Fredrik Halders, Chef des Fahndungsdezernats beim Landeskriminalamt von Ouagadougou. Ein Schwindel erregender Gedanke. Mannschaftskapitän der dortigen Korpsmannschaft, aber nur zwei Minuten lang. Burkina Faso hat guten Fußball gespielt, so viel wusste sie, die sonst nichts von Sport verstand.

Als sie die Haustür aufschloss, sah sie etwas hinter sich, das nicht dort sein sollte.

Sie drehte sich schnell um, ein Auto blinkte mit den Scheinwerfern und fuhr dann mit einem Blitzstart nach Norden. Sie konnte das Autokennzeichen nicht erkennen und auch die Automarke nicht.

Hinter den Autoscheiben sah sie eine Gestalt rasch in Richtung Süden verschwinden, Mann oder Frau. Ein hastiger Abschied. *Bye bye love.*

Aber sie lächelte nicht, als sie die Tür hinter sich zuschlug.

29

Winter rief vom Auto aus an. Möllerström verband ihn mit Ringmar, der über einem Totschlag in Kärra saß. *Open and shut.* All diese widerwärtige Papierarbeit nach einer Tat, die innerhalb einer Viertelsekunde begangen worden war, aber keine Mysterien, kein Rätsel. Ein Besoffener, der einen anderen Besoffenen erschlagen hatte aus einem Grund, den der Täter vergessen hatte, als er wieder nüchtern war. Er erinnerte sich an keinen Schlag, keinen Totschlag.

»Was hältst du von einem Glas in der Stadt?«, fragte Winter. »Ich hab keine Kraft, heute noch mal in mein Zimmer zurückzukehren.«

»Ich hab gar nicht gesehen, dass du dich ausgestempelt hast«, sagte Ringmar.

»Wir treffen uns in zwanzig Minuten bei ›Eckerbergs‹«, schlug Winter vor.

»Gibt's dort Krabbenbrote?«, fragte Ringmar. »Ich liebe Krabbenbrote.«

»Wenn nicht, müssen sie eben eins machen«, sagte Winter.

Es gab nur noch ein Krabbenbrot, als Winter ankam, aber man wollte gern ein weiteres vorbereiten. »Machen Sie es doppelt so groß wie dieses«, sagte er und nickte zur Kühltheke. »Ich bezahle auch dafür.«

»Deins ist ja viel größer«, sagte Ringmar, als sie am Tisch saßen.

»Ich hab heute Mittag nichts gegessen«, erwiderte Winter.

»Wirklich merkwürdig«, sagte Ringmar, der immer noch die Größe verglich. »Ist der Kaltmamsell das Gefühl für Relationen abhanden gekommen?« Er drehte seinen Teller, als wollte er sehen, ob das Brot von der anderen Seite betrachtet größer sei. »Das ist ja verrückt. Auf deinem sind mindestens dreihundert Gramm Krabben mehr als auf meinem. Und der Durchmesser von deinem ist ja größer als …«

»Wenn mir das passierte, würde ich das nicht einfach so hinnehmen«, sagte Winter. »Du hast schließlich für den Spaß bezahlt.« Er kaute auf einer weiteren Krabbe. »Das ist ungerecht.«

Als Ringmar diskret die Hand hob, um die Aufmerksamkeit der Kellnerin zu erregen, fiel Winter ein, dass sein Kollege dieses Mal mit Bezahlen an der Reihe war, und er beichtete, wie er zu seinem überdimensionierten Krabbenbrot gekommen war.

»Wann ruft sie an?«, fragte Ringmar, als die Teller leer waren und Winter erzählt hatte, was am Vormittag passiert war. »Schafft sie es bis heute Abend dorthin, oder muss sie in London übernachten?«

»Wenn der Anschluss in Heathrow klappt, ist sie um sechs Uhr Ortszeit da«, sagte Winter und sah auf seine Armbanduhr. »Also um sieben unserer Zeit.«

»Hast du mit Macdonald gesprochen?«

»Nein. Sollte ich?«

»Tja, bevor er zu viele seiner alten Kontakte ausnu…«

»Ich glaube, dieser Craig hat ihn schon informiert.«

»Hmhh.«

»Was meinst du?«

»Hmh«, wiederholte Ringmar.

»Was ist, Bertil?«

»Das ist ja eine seltsame Geschichte … ich weiß nicht … irgendwie riecht es hier … nach Verbrechen.« Ringmar trank den letzten Schluck Wasser und stellte das Glas ab. »Es ist ja wirklich eine Nachricht vom Vater gekommen, also diesem John Osvald. Von jemandem in Schottland, vielleicht aus der Gegend um Inverness … jemand hat ein Interesse daran, die Familie in Schweden zu erschüttern.« Ringmar fuhr mit dem Finger am Tellerrand entlang und schaute auf. »Axel Osvald fährt sofort los, als er die Nachricht bekommt. Auf der Stelle. Die Frage ist also, ob er etwas darin gesehen hat, was wir nicht sehen können. Etwas, das er erkannte.«

»Oder ob noch etwas gekommen ist, wovon wir nichts wissen«, sagte Winter, »andere Nachrichten, gleichzeitig.«

»Ja.«

»Er ist früher schon mal dort gewesen«, bemerkte Winter.

»Vielleicht wusste er, wer die Nachricht geschrieben hat«, sagte Ringmar.

»Oder er hat es erraten«, entgegnete Winter.

»Aber seine früheren Reisen haben kein Ergebnis gebracht«, sagte Ringmar.

»Das wissen wir nicht«, sagte Winter.

»Und offenbar weiß es auch niemand anders«, sagte Ringmar.

»Doch«, widersprach Winter.

»Wer?«

»Er selber, Axel Osvald.«

»Ja, vielleicht.«

Ringmar beschloss, noch eine Tasse Kaffee zu trinken, stand auf und ging zu dem hübschen kleinen Holztisch, auf dem die Kaffeekanne auf einer Wärmeplatte stand. Vor einer Minute hatte er gesehen, wie frisch gefilterter Kaffee gebracht worden war.

Winter folgte ihm mit dem Blick. Es gab niemanden, der so viel Kaffee trank wie Bertil, und niemanden, der all das merkwürdige Hexengebräu ertrug, das zum Job gehörte. Überall wurde einem Kaffee angeboten. Das war noch schlimmer als im Leben eines Landbriefträgers. Der Inhalt mancher Tassen musste mit dem Löffel gegessen werden.

Und Ringmar schaffte es immer noch, um eine zweite Tasse zu bitten.

Er kam zurück und setzte sich.

»Es hat ja den Anschein, als wäre Axel Osvald total durchgeknallt«, sagte er.

Winter zuckte mit den Schultern.

»Oder nicht?«

»Na ja, wenn wir davon ausgehen, dass er bei seiner Klettertour die Berge hinauf Stück für Stück seine Kleidung selber abgelegt hat«, sagte Winter.

»Er wirkte doch schon in diesem Ort oder der Stadt verwirrt.«

»Wer behauptet das eigentlich?«, fragte Winter.

»Gab es nicht mehrere Zeugen?«, sagte Ringmar.

»Seit wann hast du denn Vertrauen zu Zeugen, Bertil?«

»Hoffentlich hat das niemand gehört«, antwortete Ringmar und sah sich um.

»Die haben ihn vielleicht für verwirrt gehalten, aber das kann doch an der Sprache gelegen haben, oder? Wen man nicht versteht, der kann seltsam wirken.«

»Ja«, sagte Ringmar, »da ist was dran. Und vor allen Dingen, wenn es sich um Briten handelt. Muss man nicht alle, deren Muttersprache nicht Englisch ist, für verwirrt halten? Ist das nicht die englische Einstellung?«

Winter lächelte.

»Hier geht es um Schotten«, sagte er.

»Und?«

»Die sind mehr uns Nordländern verwandt.«

»Das hat Axel Osvald bei seinem Versuch zu kommunizieren nichts geholfen«, sagte Ringmar.

»Nein, da hast du Recht.«

»Aber er könnte natürlich versucht haben, etwas zu sagen, was gar nicht verrückt war«, sagte Ringmar.

»Er KÖNNTE verwirrt gewesen sein«, sagte Winter.

»Wovon?«

»Zu viel Alkohol?«, sagte Winter.

»Hast du seine Enkelin nach seinen Trinkgewohnheiten gefragt?«

»Nein.«

»Glaubst du, er war betrunken?«, sagte Ringmar.

»Nach Aussage von Craig und seiner Zeugen nicht«, sagte Winter. »Ich hab ihn tatsächlich danach gefragt.« Er beugte sich vor. »Die Obduktion wird ja den Alkoholgehalt zeigen.«

»Ist er vergiftet worden?«, fragte Ringmar.

»Mit was?«

»Irgendein Rauschgift. Gift.«

»Damit meinst du heimlich vergiftet?«, fragte Winter.

»Ja. Jemand könnte ihm ja was ins Bier oder ins Essen geschmuggelt haben.«

»Sollen wir den schottischen Pathologen bitten, danach zu suchen? Falls er das nicht schon von sich aus tut.«

»Ich weiß es nicht, Erik. Vielleicht sind wir in unseren Überlegungen auch schon viel zu weit gegangen.«

»Ist das nicht unsere Methode?«, fragte Winter.

»Ja, schon.«

»Wo sind wir also? Alkohol und Rauschgift hatten wir schon. Was gibt es?«

»Entsetzen«, sagte Ringmar.

»Entsetzen vor was?«

»Irgendwas, das er gesehen hat.«

»Oder was er gehört hat?«, sagte Winter.

»Nein, gesehen.«

»Was hat er gesehen?«

»Seinen Vater.«

»Würde er dann Entsetzen empfinden?«

»Das kommt darauf an.«

»Auf was?«

»Wer sein Vater war«, sagte Ringmar.

»Wer er war? Nicht *wie* er war?«

»Wer er war. Wie er geworden ist.«

»Ja.«

»Oder wie er immer gewesen ist.«

»Hmh.«

»Das hat mit der Vergangenheit zu tun«, sagte Ringmar.

»Hängt das nicht immer zusammen?«

»In diesem Fall mehr denn je«, antwortete Ringmar.

»Und wie?«

»Das, was mit seinem Vater geschehen ist, hängt mit dem zusammen, was an dem Monstersee passiert ist.«

»Wie?«, wiederholte Winter.

»Er hat es erfahren«, sagte Ringmar, »er hat erfahren, was passiert ist.«

»Und das hat zu seinem Tod geführt?«

»Irgendwie«, sagte Ringmar.

»Er konnte sich nicht an seinen Vater erinnern«, sagte Winter. »Er war grad ein halbes Jahr alt, als John Schweden verlassen hat.«

»Spielt das eine Rolle?«

»Ich weiß es nicht, Bertil.«

»Es gibt ja andere Leute, die sich an John Osvald erinnern«, sagte Ringmar.

»Ja und nein«, sagte Winter.

»Wie meinst du das?«

»Der einzige Überlebende aus den Kriegsjahren … der einzige *bekannte* Überlebende jener Jahre muss ich wohl sagen … ist ein gewisser Arne Algotsson, aber er ist total dement.«

»Hast du ihn getroffen, diesen Algotsson?«, fragte Ringmar.

»Nein.«

Ringmar sah ihn an.

»Ich hatte keinen Grund, Bertil. Und die Frage ist, ob es jetzt einen Grund gibt«, sagte Winter.

»Wer hat gesagt, dass Algotsson dement oder total senil oder was auch immer ist?«

»Johanna Osvald. Und ihr Bruder. Glaubst du, sie könnten lügen?«

»Ich glaube gar nichts. Ich überlege nur, ob sie die richtige Diagnose gestellt haben. Hat jemand die richtige Diagnose gestellt?«

»Arne Algotsson mimt nur den Dementen, meinst du?«

»Ich meine immer noch nichts«, sagte Ringmar. »Aber es könnte ja nichts schaden, ein paar Worte mit dem alten

Fischer zu reden. Oder jedenfalls zu versuchen, mit ihm zu reden.«

Winter nickte.

»Wenn es überhaupt einen Grund gibt, wie du eben sagtest.«

»Nur die Tatsache, dass wir hier sitzen und uns durch unsere Methode arbeiten, als ob dies ein Fall wäre, macht es zu einer Art Fall«, sagte Winter.

»Wie machen wir also weiter?«, fragte Ringmar.

»Indem wir versuchen mit Algotsson zu sprechen«, sagte Winter.

»Und dann?«

»... müssen wir sehen, ob wir es immer noch für ein Rätsel halten«, sagte Winter.

»Und die Enkelin ruft heute Abend an«, sagte Ringmar, »das stellt ja Weichen für die Zukunft.«

»Ich glaube, ich weiß, was sie sagen wird«, sagte Winter.

Halders und Aneta Djanali gingen zusammen zur Nachmittagsschicht. Halders rieb sich die Augen, als sie im Fahrstuhl standen.

»Bist du müde, Fredrik?«

»Ich bin aufgeblieben, als du gegangen bist.«

Sie antwortete nicht, nickte nur seinem Spiegelbild zu.

Sie waren auf dem Weg nach unten. Irgendetwas stank im Fahrstuhl.

»Das Untersuchungsgefängnis hat ihn kürzlich benutzt«, sagte Halders, der Anetas Miene sah. »Deren Fahrstuhl streikt.«

»Das würde ich als deren Fahrstuhl auch«, sagte sie und rümpfte die Nase.

»Gibt es in Afrika Aufzüge?«, fragte Halders, als sie am Empfang vorbeigingen.

»Nur in Hotels.«

Auf dem Platz vorm Polizeipräsidium wehte ein kräftiger Wind, als ob ein Hubschrauber landen würde. Aneta Djanali schaute nach oben, ein Reflex. Dort war nur ein farbloser Himmel, der Altweibersommer war vorbei. Jetzt warteten sieben Monate Dunkelheit, kalte Dunkelheit, aber selten kalt genug, dass es sich richtig winterlich anfühlte. Das war der Preis, wenn man im Norden lebte. Man konnte nicht alles haben, hohen Lebensstandard *und* schönes Wetter. Der Norden hatte sich für den hohen Lebensstandard entschieden und bezahlte dafür mit einem widerwärtigen Klima. Am schlimmsten war es zweifelsohne in Göteborg, wo die Einwohner ein halbes Jahr Leiden in feuchter Dunkelheit und kaltem Wind vor sich hatten. Wenn man das auf ein ganzes Leben übertrug, war es ein halbes Leben, das die Göteborger kriechend, geduckt von der Arbeit und wieder zurück nach Hause verbrachten. Vielleicht war es an der Zeit das zu sagen, was Fredrik an einem der schlimmsten Tage im November letzten Jahres gesagt hatte: *Ouagadougou, here I come!*

»Ich bin vorm Fernseher hocken geblieben, weil ich nicht schlafen konnte«, sagte Halders.

Sie gingen über den Parkplatz. Zwei Personen mit schwarzen Wollmützen sprangen in ein Auto, das abfuhr, ehe sie die Türen zugeschlagen hatten.

»Bankräubermützen?«, fragte Aneta Djanali.

»Das Überfallkommando«, sagte Halders.

»Aha.«

»Hast du nicht die Ninja-Pyjamas gesehen?«

»Jetzt, wo du es sagst.«

»Ich bin also vorm Fernseher sitzen geblieben, und weißt du, was ich gesehen habe, im EuroSport?«

»Nein.«

»Burkina Faso!«

»Wie bitte?«

»Ich habe Burkina Faso in Gestalt seiner stolzen Fußballnationalmannschaft null zu null gegen Südafrika bei den afrikanischen Meisterschaften spielen sehen.«

»Null zu null? Das ist schlecht.«

»Schlecht? Südafrika spielt am besten Fußball von ganz Afrika. Zusammen mit Nigeria und vielleicht Kamerun.«

»Burkina Faso ist gut im Fußball«, sagte Aneta Djanali.

»Was weißt du darüber? Du weißt absolut *nadamente nada y nada* von Sport.«

»*Das* weiß ich aber«, sagte Aneta Djanali. »Die Burkiner sind sehr gut im Fußball.«

»Nenn mir einen Spieler«, sagte Halders.

Sie standen beim Auto. Aneta Djanali beugte sich zur Fahrerseite, um die Tür zu öffnen. Sie brauchte Bedenkzeit.

»Ein Name genügt«, sagte Halders von der anderen Seite.

Sie richtete sich auf.

»Lambou«, sagte sie.

»Wie?«

»Lambou, einer der Spieler heißt Lambou.« Sie sah ihn über das Autodach hinweg an. »Willst du mit?«

Sie fuhren über den Fattighusån. Das Wasser war schwarz. Es schien stillzustehen, unentschlossen, in welche Richtung es fließen sollte.

»Mal sehen«, sagte Halders und holte ein kleines Notizbuch hervor. »Hmh. Nein.«

»Was nein? Was hast du da?«, fragte Aneta Djanali.

»Ich hab mir die Mannschaftsaufstellung aufgeschrieben«, sagte Halders. »Nein, es gibt keinen Lambou.«

»Wahrscheinlich ist er verletzt«, sagte Aneta Djanali.

Halders las:

»Kambou, Sanou, Saifou, Barro, Quadrego, Dagano, Tassembeijo, Yameogo.« Er wandte sich zu ihr. »Du hast blind getippt, aber du hast Pech gehabt. In Burkina Faso gibt es bestimmt viele Leute mit Namen Lambou, aber in der Nationalmannschaft spielen sie nicht mit.«

»Burkina Faso ist bei den letzten Weltmeisterschaften Dritter geworden«, sagte Aneta Djanali rasch.

»Das klingt wie ein verzweifelter Versuch sich zu retten«, sagte Halders, »und was für ein Versuch! Dritter bei den Fußballweltmeisterschaften?!«

»Es stimmt«, sagte sie. »Ich hab mit meinem Vater telefoniert, und er hat es mir erzählt. Es war im letzten Jahr. Da unten war das ein Riesending. Die Leute haben gefeiert.«

»Ich kann mir vorstellen, dass es dort unten ein großes Ding war«, sagte Halders. »Aber Herr im Himmel, wie primitiv muss ein Volk sein, wenn es sich *ausdenkt*, dass es Bronze bei den Weltmeisterschaften gewonnen hat und es dann *feiert*?!« Halders lachte auf. »Das ist echt stark.« Er wandte sich ihr zu. »Schweden hat vierundneunzig Bronze bei den Weltmeisterschaften gemacht. Das hast du wahrscheinlich durcheinander gekriegt.«

»Das hat mein Vater tatsächlich gesagt.« Sie fühlte sich plötzlich bedrückt, wirklich. Sie war so froh gewesen zeigen zu können, dass sie mehr über Sport wusste als Halders, und dann machte er sie platt. Sie hatte sich auch für Burkina Faso gefreut. Jetzt war ihr der Spaß verdorben.

»Dann hat er wohl was durcheinander gebracht«, sagte Halders.

»Ja, ja«, sagte sie.

»Aneta?«

Sie antwortete nicht.

»Bist du etwa sauer?«

»Ja.«

»Komm schon, Aneta.«

»Ich weiß, dass es so war«, sagte sie, »aber darauf scheißen wir jetzt.«

»Nein, das tun wir nicht«, sagte Halders und holte sein Handy hervor. »Der Sache müssen wir auf den Grund gehen.«

»Es spielt keine Rolle, Fredrik.«

»Wirklich nicht?«

Sie antwortete nicht. Sie fuhr in Richtung Norden, an Olskroken vorbei, durch Gamlestaden. Eigentlich hatten sie keine Zeit, dorthin zu fahren, wohin sie jetzt unterwegs war, aber einmal noch, ein letztes Mal.

Halders wählte eine Nummer und wurde offenbar weiterverbunden.

»Wen rufst du an?«

»Ein Fußballorakel bei der *Göteborg-Posten*«, sagte er. Am anderen Ende meldete sich jemand. »Hej Bergsten, ich hab eine kleine Frage, ha, ha, ist Burkina Faso bei der Weltmeisterschaft Dritter geworden? Was sagst du? Burkina Faso. Obervolta, ja, das stimmt. Aber … ach … aha … Auf Jamaica war das … bist du si… ja, ich verstehe … ja, okay, Bergsten, vielen Dank … ja, ich sag nichts mehr, nein, ich … grins auch nicht … nie mehr. Hej.«

Er drückte auf aus und sah sie an.

»Ich lad dich die ganze Woche zum Essen ein«, sagte er.

»Was ist, Fredrik?«

»Du hattest Recht«, sagte er.

»Hab ich's doch gesagt.«

»Das ist vielleicht ein Ding«, sagte Halders.

»Möchtest du noch mehr wissen?«, fragte sie.

»Jetzt bist du froh, was?«

»Klar bin ich froh. Burkina Faso Dritter bei der Weltmeisterschaft!«

»Das stimmt. Aber nur fürs Protokoll: Weißt du, bei welcher Weltmeisterschaft? Also bei der Junioren-Weltmeisterschaft, der U17 oder U21-Weltm…«

»Bei der Fußball-Weltmeisterschaft«, sagte Aneta Djanali.

»Jisses«, sagte Halders, »selig sind die Unwissenden.«

»Du kannst einfach nicht zugeben, dass du dich geirrt hast«, sagte Aneta Djanali, »du willst trotzdem immer Recht behalten.«

»Okay, okay, Burkina Faso wurde Dritter bei der letzten U17-Weltmeisterschaft.«

»Ich wusste es, ich wusste es!«

»Jetzt weiß ich es auch«, sagte Halders.

»Ich hab's die ganze Zeit gewusst, dass etwas in den Jungs steckt«, sagte Aneta Djanali.

»Es ist nur die Frage, was«, sagte Halders.

»Was meinst du damit?«

»In Afrika haben sie Spitznamen für ihre Mannschaften, und Burkina Faso nennt sich *The Stallions*.«

»Nee!«

»Doch. Die Hengste.«

»Das ist frech, das ist witzig.«

»Wie schön, dass du das findest, Aneta.«

»Die Hengste«, wiederholte sie und lächelte.

»Sagt das etwas über die Männer in deinem Land aus?«, fragte Halders.

»Vielleicht hab ich schon mal erzählt, dass ich im Östra-Krankenhaus in Göteborg geboren wurde«, sagte sie. »ich weiß nichts über die Männer in Burkina Faso.«

»Du bist doch dort gewesen.«

»Ja, und?«

Halders antwortete nicht.

»Bist du eifersüchtig, Fredrik!?«

»Eifersüchtig, das ist das Wort.«

Sagte Bull, dachte Aneta Djanali.

30

Sie kamen an der SKF-Fabrik vorbei. Auf den Fabrikfassaden lag ein matter Schein. Halders starrte zu den großen Fenstern. Dort drinnen könnte er jetzt sein, Tag für Tag hineingehen und wieder hinausgehen. Vielleicht war er in Wirklichkeit für ein anderes Leben geschaffen, dieses Leben. Er hätte ein berühmter Gewerkschaftsführer werden können, oder ein unbekannter. Er hätte Direktor von dem ganzen Mist werden können. All das hätte er werden können, aber er konnte nicht Kommissar werden. Warum?

Warum?, hatte Aneta einmal gefragt, als er jammerte, und sie hatte warum in dem Sinn gemeint, warum strebst du danach? So viel besser bezahlt wird das nicht. Du hast nicht mehr Freiheit oder wie man das ausdrücken soll. Es gibt einem auch nicht mehr Macht. Doch, hatte er gesagt. Macht – in welcher Hinsicht?, hatte sie gefragt. Er wusste es nicht, darauf hatte er keine Antwort.

Auch über der Fastlagsgatan lag ein matter Schein. Aneta Djanali vermutete, dass es Stellen in dieser Straße gab, die nie von der Sonne erreicht wurden.

Vor dem fünften Eingang stand ein Pick-up von »Statoil«. Unter dem Verdeck zeichneten sich Möbel ab, aber Menschen, die sie trugen, waren nicht zu sehen.

»*Coming or going?*«, sagte Halders.

Ein Mann um die fünfundzwanzig kam aus der Haustür,

sprang auf den Pick-up und zog eine Art Korbstuhl zum Rand, sprang wieder herunter und trug ihn ins Haus.

»*Coming*«, sagte Halders.

Der Junge kam rasch zurück und holte ein anderes Möbelstück, das er ins Haus trug.

»Er belädt den Fahrstuhl«, sagte Halders.

»Was meinst du, welche Wohnung in diesem Eingang frei ist?«

»Genau die, an die du auch gerade denkst«, sagte Halders und öffnete die Autotür.

»Wir können nichts machen«, sagte Aneta Djanali, »bleib ganz ruhig.«

»Wir sind nur UNO-Beobachter«, sagte Halders.

Im Treppenhaus war die Fahrstuhltür geschlossen und der Fahrstuhl auf dem Weg nach oben. Aneta Djanali zögerte.

»Sollen wir da reinstiefeln und ihnen erzählen, dass diese Wohnung kürzlich Schauplatz eines Verbrechens war?«

»Es ist ja keiner ermordet worden«, sagte Halders.

»Hätte aber passieren können«, sagte Aneta Djanali.

Der Fahrstuhl kam wieder herunter. Sie warteten. Die Tür wurde geöffnet, und eine dunkelhaarige Frau stieg aus. Der Fahrstuhl war leer. Sie stellte einen Stuhl gegen die geöffnete Tür, nickte hastig und ging durch die festgehakte Haustür hinaus. Sie tauchte in den Pick-up und kam mit einer Kiste zurück, die schwer zu sein schien.

Sie standen immer noch da.

»Falls Sie nichts anderes zu tun haben, können Sie vielleicht tragen helfen«, sagte die junge Frau.

Halders lachte. Aneta Djanali lachte nicht. Sie sah die Frau lächeln und die Kiste in den Fahrstuhl schieben. Diese Frau hatte sie schon einmal gesehen. Einige Male in einem Auto, das vor dem Präsidium hielt und einen müden Kommissar auflas. Sie kannte seinen Namen und sie erinnerte sich nun auch an ihn.

»Was machen Sie hier, Moa?«

Ringmar und Winter standen achtern, als »Vipan« um 14.35 Uhr ablegte. Winter rauchte einen Corps, der erste des Tages. Er erzählte es Ringmar, der ihm gratulierte.

Nach zwei Telefonaten hatten sie sich entschieden. Jetzt standen sie hier. Die Sonne war plötzlich hervorgekommen und schien auf all die Felsen, die über die Wasseroberfläche ragten. Aber es war nur ein Bruchteil, ein Zehntel. Alles war unter der Oberfläche. Der Eisbergeffekt. Dies waren keine Eisberge, aber der Effekt war derselbe. So war das mit guten Büchern. Ringmar dachte an den Begriff. Die einfachen Worte waren nur die oberste Schicht. Alles andere verbarg sich darunter. Bücher, aber auch die Arbeit in ihrer Welt. Ihre Welt waren Worte, Worte, Worte. Gesprochene, geschriebene. Herausgebrüllte. Abschließende, halb abschließende, zerbrochene, abgebrochene. Herausgepresste. Lügen und Wahrheiten, aber häufig spielte gerade das keine Rolle, weil sich das meiste sowieso unter der Oberfläche verbarg. Sie sahen nur den Gipfel der Wahrheit. Oder der Lüge.

»Man sollte hier draußen wohnen«, sagte Winter. »In der Stadt ist es immer bedeckt, aber wenn man hierher kommt, klart es auf. Immer ist das so.«

»Du willst ja am Meer bauen.«

Winter antwortete nicht, rauchte.

»Oder?« Ringmar betrachtete ihn. »Du hast das Grundstück doch gekauft.«

»Mhm.«

»Mhm? Bist du nicht sicher? Hast du ... habt ihr euch noch nicht entschieden?«

»Das haben wir wohl.«

»Wie herrlich ist es doch, junge Menschen enthusiastisch von ihrer Zukunft sprechen zu hören.«

»Es ist ein großer Schritt, Bertil.«

»Wohin? Ein großer Schritt wohin?«

»Nach Billdal.« Winter lächelte.

»Versuch dich nicht rauszuwinden. Wenn du dich nicht von deiner Wohnung trennen kannst, musst du sie eben auch behalten. Es gibt Erwachsene, die haben ihr Leben lang ihre Puppen, Teddys und Nuckeltücher behalten.«

»Das ist ein sonderbarer Vergleich.«

»War deine Wohnung nicht so etwas wie ein Nuckeltuch? Den Eindruck hatte ich jedenfalls.«

»Interessant, das zu erfahren«, sagte Winter, »so kurz vor deiner Pensionierung.«

»Wie meinst du das?«

»Deine vorzeitige Pensionierung, um genau zu sein«, sagte Winter und deutete mit dem Fuß einen Tritt gegen Ringmars Schienbein an.

»Lass sie los, lass das Nuckeltuch los«, sagte Ringmar. »Alles hat seine Zeit. Es ist Zeit weiterzugehen.« Er zeigte zum Himmel, der immer blauer wurde. »Du willst doch in der Sonne leben?«

Winter blinzelte hinauf.

»Und du hast eine Familie und weißt, was Angela will – und ich weiß es auch. Und stell dir mal vor, wie gut Elsa das Leben am Meer gefallen wird.«

»Vipan« fuhr mit erhöhter Geschwindigkeit auf Asperö Östra zu. Sie sahen den Badeplatz, die Bucht und die Häuser rechts, die hinter der Einfahrt lagen. Asperö Norra, Brännö Rödsten. Das Leben am Meer. Es hatte verschiedene Seiten, dunkle und helle.

Aber dies war das Leben auf den Inseln, das ihn hier umgab, es war ein anderes Leben als am Ufer auf dem Festland.

»Fang jetzt mit dem Bauen an, Erik. Ich helf dir auch, das Richtfest zu organisieren.« Ringmar fröstelte im Wind. »Was hältst du von einer Tasse Kaffee?«

Sie fragten sich nach Arne Algotssons Haus durch. Es lag an einer der geschützten Straßen. Die Farbe des Hauses war nicht durch Wind, Sonne und Salz verändert, nicht wie die Farbe der anderen Häuser, an denen sie vorbeigekommen waren. Die Vorderseite lag im Schatten. Vielleicht war das die Erklärung.

Ringmar klopfte gegen die schwere Tür, die in den Boden gesunken zu sein schien. Falls sie eingelassen wurden, müssten sie sich ducken. Die Frau, die sich bei Ringmars Anruf gemeldet hatte, war abweisend gewesen, hatte ihr Kommen aber akzeptiert, jedenfalls in dem Moment. Sie hieß Ella Algotsson und war die Schwester von Arne Algotsson. Sie hatte immer auf Donsö gewohnt und war nie verheiratet gewesen. Jetzt war sie achtzig und kümmerte sich um ihren Bruder. Arne war dort drinnen. Johanna Osvald hatte gesagt, er gehe nie aus.

Ringmar klopfte noch einmal, und sie hörten das Geräusch von eisernen Haken, die auf der Innenseite angehoben wurden.

Die Tür öffnete sich, und die Frau nickte abwartend. Sie war klein und mager. Die Haut an ihren Armen sah aus wie helles Leder. Ihr Gesicht hatte mehr Falten, als Ringmar jemals bekommen würde. Sie verliefen in alle erdenklichen Richtungen. Sie sah Ringmar an, der der Kleinere der beiden Kommissare war. Ihre Augen waren durchsichtig blau, wie gebleicht, und Winter glaubte einen Augenblick, sie sei blind.

»Um was geht's denn diesmal?«, fragte sie.

»Wie bitte?«, sagte Ringmar.

»Wegen was bitten Sie diesmal um Verzeihung?«

»Ich habe Sie vorhin angerufen«, sagte Ringmar.

»Wie?«

»Ich habe angerufen. Ich habe mit einer ... einer Frau, die sich meldete ... und ...«

»Das war die Assistentin«, antwortete Ella Algotsson, als ob sie Direktor von SKF wäre. »Sie ist nicht da, Sie können also wieder gehen.«

»Aber wir wollten mit Ihnen sprechen, Frau Algotsson.«

»Fräulein.«

»Fräulein Algotsson«, korrigierte Ringmar sich, »mir wurde gesagt, wir könnten einen Augenblick mit Ihnen und Ihrem Bruder sprechen.« Er holte seine Brieftasche hervor und zeigte ihr seinen Ausweis. »Ich heiße Bertil Ringmar und bin Kriminalkommissar aus Göteborg, dieser junge Mann heißt Erik Winter, und er ist *mein* Assistent.«

Winter zeigte seinen Ausweis. Ella Algotsson sah ihn sich an, dann Winter und wieder Ringmar.

»Kann er wirklich kochen?«

»Kochen?« Ringmar zeigte auf Winter. »Das kann er am allerbesten.«

»Arne schläft«, sagte sie.

»Dürfen wir warten?«, fragte Ringmar.

»Arne ist müde.«

»Wir können später noch mal wiederkommen«, sagte Ringmar.

Sie antwortete nicht.

»Ist jemand anders hier gewesen und hat nach Arne gefragt?«, fuhr Ringmar fort.

»Wie bitte?«

»Als Sie die Tür öffneten, wollten Sie wissen, was nun schon wieder sei.«

»Axel war hier«, sagte sie.

Ringmar sah Winter an.

»Axel?« Ringmar hatte die Befragung übernommen. Sein Assistent besaß genug Verstand, um seinen Platz zu kennen und den Mund zu halten. Winter war ein paar Schritte zurückgetreten. »Axel Osvald?« Ringmar beugte sich ein wenig näher. Sie schien schwerhörig zu sein. »Ist Axel Osvald kürzlich hier gewesen und hat mit Arne gesprochen?«

»Vor einigen Wochen«, antwortete sie ohne Zögern. »Sie haben in der guten Stube gesessen. Ich war nicht da.«

»Worüber haben sie gesprochen?«

»Die reden doch immer von früher«, sagte sie. »Über was anderes kann Arne gar nicht reden. Alles andere hat er vergessen. Aber an die Vergangenheit kann er sich erinnern.«

»Dann kommen wir etwas später wieder«, sagte Ringmar.

»Sein Sohn Erik war auch hier«, sagte sie. Ringmar hatte gar nichts mehr gefragt. Aber er hatte ihr Vertrauen gewonnen. Sie hatte nicht danach gefragt, in welcher Angelegenheit der Kommissar gekommen war, warum er mit ihrem alten Bruder sprechen wollte. Das schien ihr keine Sorgen zu bereiten. Wusste sie etwas? Etwas mehr, als dass John

Osvald vor langer Zeit verschwand? Winter versuchte ihr Gesicht unter den Runzeln zu erkennen, ihr Gesicht, und da waren Augen, die eine merkwürdige blauschimmernde Farbe hatten, die wie eine Lichtquelle in dem trüben Vorraum wirkte, wo sie stand, diese Augen waren die ganze Zeit auf Ringmar gerichtet. Wusste sie etwas, das ihr Bruder Arne einmal gewusst, aber längst vergessen hatte? Hütete sie ein Geheimnis? Sie hatte gesagt, dass Axel und Erik Osvald ihren Bruder besucht hatten, aber vielleicht hatten sie auch mit ihr gesprochen.

»Erik?«, sagte Ringmar. »Erik Osvald?«

»Ja.«

»War er mit seinem Vater zusammen hier?«

»Nein. Das war hinterher.«

Moa Ringmar ließ die Kiste los und richtete sich auf. Sie sah erst Aneta und dann Halders an. Jetzt erkennt sie mich, dachte Aneta. Sie hatte die Frage gestellt: »Was machen Sie denn hier, Moa?«

»Hat mein Vater es Ihnen nicht erzählt? Hat er Sie nicht geschickt?« In Moa Ringmars Augen war ein schärferer Glanz gekommen.

»Moa!«, sagte Halders. »Jetzt klickert's. Sie sind Moa Ringmar.«

»Bertil hat uns nicht geschickt«, sagte Aneta Djanali. »Wir sind dienstlich hier. Und er hat auch keine Ahnung, was wir hier machen.«

»Der Staat kann es sich nicht leisten, uns auch noch als Umzugshelfer arbeiten zu lassen«, sagte Halders.

»Ich meine, ob er wollte, dass Sie ganz prinzipiell ein Auge auf mich haben«, ergänzte Moa Ringmar.

»Warum sollten wir das?«, fragte Aneta Djanali.

»Weil dies hier ein gefährliches, unbekanntes Terrain für jemanden aus dem idyllischen Kungsladugård ist«, sagte Moa.

Verlass dich nie auf Idyllen, dachte Aneta Djanali. Die sind noch schlimmer.

»In welche Wohnung ziehen Sie ein?«, fragte Halders.

Sie erzählte es, und er fragte, wer sie ihr vermietet habe.
»Er heißt Lindsten.«
»In Untermiete?«
»Ja ... bis auf weiteres. Es ist ja eine Mietwohnung. Es könnte ...«
Sie verstummte und schaute vom einen zum anderen.
»Hab ich hier irgendwas Ungesetzliches gemacht?«, fragte sie. »Für den Vermieter sollte es kein Problem sein.«
»Ich werde Ihnen etwas erzählen, Moa«, sagte Halders.

Ringmar atmete tief ein und aus, oben auf einer Klippe hinter den Häusern. Sie konnten das offene Meer sehen und die Küstenlinie auf der anderen Seite von Näset über Askim, Hovås, Billdal, Särö und bis hinunter nach Vallda. Über dem Wasser lag Dunst, aber er beeinträchtigte die Sicht nicht. Ringmar breitete die Arme aus.
»All das kann deins werden, Erik.«
Winter hatte einen nicht angezündeten Corps im Mund. Er versuchte die kleine Bucht südlich von Billdal zu erkennen. Es war unmöglich.
»Die Botschaft ist angekommen, Bertil.«
»Glaubst du, der Alte wird heute Nachmittag noch mal wach?«, fragte Ringmar.
»Wir können ja mit der Schwester reden«, sagte Winter. »Vielleicht weiß sie alles.«
»Kann sein.«
»Soll ich den ganzen Nachmittag weiter deinen Haushaltsassistenten spielen?«, fragte Winter.
»Die Rolle steht dir ganz gut«, antwortete Ringmar.
»Hast du genug geatmet?«
»Du solltest das auch tun«, sagte Ringmar, als Winter sich den Zigarillo anzündete. »Am Meer atmen.«
»Ich esse es lieber«, sagte Winter.
»Ich hab's versucht«, sagte Ringmar, »aber Austern sind nicht meine Leidenschaft.«
»Da kannst du einem Leid tun, Bertil.«
Sie stolperten zum Pfad hinunter. Genau in dem Augenblick, als Winter das letzte Stück vom Abhang hinunter-

sprang, begegneten sie einer Schar Schulkinder. Ein Junge hielt einen Fußball hoch und grinste anzüglich. Winter winkte ihm zu.

Was werden sie denken?, dachte er. Jetzt ist der wieder da, klettert in den Felsen rum. Das erzählen sie zu Hause, und bald werden die Eltern misstrauisch, die Wasserschutzpolizei vielleicht auch. Ein böser Onkel. Ich muss Bertil bitten es zu erklären: Das ist mein Assistent.

Ella Algotsson öffnete nach dreimaligem Klopfen.

»Ich hab schon gedacht, Sie sind zurückgefahren«, sagte sie.

»Die Fähre geht erst um halb fünf«, sagte Ringmar.

»Ist Arne wach?«, fragte Winter.

»Ja«, antwortete sie mit einem Zögern.

»Dürfen wir ein Weilchen hereinkommen?«

Arne Algotsson sah aus wie eine größere Ausgabe von seiner Schwester. Es konnte keinen Zweifel geben, dass sie Geschwister waren, das hohe Alter schien die gemeinsamen Züge verstärkt zu haben. Arne Algotsson saß auf einem roten Korbstuhl in der Küche und drehte sich um, als sie hereinkamen. Sein Gesicht wurde vom leuchtenden Horizont erhellt, der durchs Fenster zu sehen war. Auf der Rückseite des Hauses herrschte ein anderes Licht, eine andere Weite. Von hier konnte man den Küstenstreifen des Festlandes sehen.

Arne Algotsson nickte. Seine Augen waren auf die gleiche Art blau wie die seiner Schwester, als ob der Meereswind hier draußen alles sauber schrubbte, sogar Augen. Alle, die hier lange lebten, bekamen diesen blauen Nebel über den Augen. Aber dem Blick des Mannes fehlten Schärfe und Halt. Er schien durch die Besucher hindurchzuschauen, ohne dass sein Blick irgendwo hängen blieb.

Winter ließ Ringmar am Margaretebergsrondellen aussteigen und fuhr über den Linnéplatsen, Övre Husargatan und Vasagatan nach Hause.

Auf dem Parkdeck roch es nach ausgelaufenem Öl.

Im Fahrstuhl roch es nach Zigarre.

Im Treppenhaus hörte er Kinderlachen. Es war an der Zeit in diesem Haus. Alle Bewohner waren doppelt so alt wie er und Angela. Elsa war das erste Kind im Haus seit langem.

Er liebte dieses Haus.

Es war immer da gewesen. Es war größer als das Leben: war da gewesen, bevor er kam, würde da sein, wenn er gegangen war.

Bis auf weiteres würden sie untervermieten, wenn das Haus am Strand fertig war. Bertils Moa suchte eine Wohnung. Falls sie sich dann nicht schon in Kortedala eingelebt hatte. Das hier würde ihr gefallen, ein wenig zu groß für eine Person, aber sie konnte die Wohnung ja mit jemandem teilen.

Er schloss die Wohnungstür auf und Elsa kam ihm auf dem Flur entgegengestürmt.

Sie toasteten Brot und kochten Tee. Winter briet einige Scheiben Haloumi. Auf dem Tisch standen Oliven.

»Lass uns ein Glas Weißwein dazu trinken«, schlug er vor.

Das Telefon klingelte, als er die Flasche entkorkte.

»Ich geh dran«, sagte Angela.

»Nein, ich, ICH!«, rief Elsa.

Sie meldete sich mit einem selbstverständlichen »HALLO?!«

Sie sahen sie intensiv zuhören. Plötzlich kicherte sie und sagte »YES SÖ«.

»Steve«, sagte Winter zu Angela.

»Ich hab Schwedisch geredet«, sagte Macdonald, als Winter sich meldete.

»Und Elsa Englisch«, sagte Winter.

»*Yes, Sir.*« Macdonald entschuldigte sich für eine Sekunde und sagte etwas zu jemandem, dann war er wieder da. »Ich bin gerade nach Hause gekommen.«

Steve Macdonald wohnte mit seiner Frau und den vierzehnjährigen Zwillingen in einem Haus, einem Cottage, wie er es nannte, in Kent, eine gute Stunde Autofahrt südlich von Croydon gelegen, wo er Mordfahnder war. Croydon war ein Teil Londons und gleichzeitig eine der zehn größten Städte von England. Eine reine Idylle war das nicht.

»Ich auch«, sagte Winter. »Ich hab grad eine Flasche Wein aufgemacht.«

»Jamie hat mich vom Auto aus angerufen«, sagte Macdonald.

»Ich hab mit ihm gesprochen«, sagte Winter, »falls du Craig meinst.«

»Ja. Die Tochter ist angekommen.«

»Und?«

»Sie hat den Toten als ihren Vater identifiziert. Es besteht kein Zweifel.«

»Wann war das?«

»Eben, vor einer halben Stunde.«

»Dann wird sie mich bald anrufen«, sagte Winter.

»Neigte er zu Depressionen? Oder ist er irgendwie geisteskrank gewesen?«, fragte Macdonald. Direkte Fragen.

»Ich weiß es nicht, Steve. Nach Aussage der Tochter nicht. Jedenfalls nichts, was behandelt worden wäre.«

»Sie haben das Auto nicht gefunden«, sagte Macdonald.

»Craig glaubt, es ist gestohlen.«

»Inzwischen müsste es aufgetaucht sein.«

»Hat Craig irgendwas dazu gesagt?«

»Nein.« Winter hörte Macdonald etwas murmeln und dann war er wieder da. »Entschuldige. Wir müssen gleich zu einem Nachbarn und mit ihm feiern, dass sein unmöglicher Sohn zu Hause auszieht.« Macdonald hustete ein kurzes Lachen weg. »Okay. Nur zu deiner Information. Die Suchmeldung nach diesem Osvald ist ja rausgegangen, bevor er gefunden wurde, und es sind einige Hinweise und … Beobachtungen eingegangen.«

»Was besagen die Hinweise?«

»Sie besagen, dass die Leute dort oben ihn in den letzten Wochen offenbar gesehen haben. Tja, er scheint in ganz

Moray bis runter nach Aberdeenshire gesehen worden zu sein.«

»Was bedeutet das? Das Gebiet, meine ich?«

»Ich weiß nicht, ob es dir was sagt, aber das ist der ganze Weg die Küste entlang bis nach Fraserburgh und weiter nach Peterhead. Wir haben sogar einen Bericht aus Aberdeen. Und jemand behauptet, den Mann auch im Landesinnern gesehen zu haben.«

»Ist das von Bedeutung, Steve?«

»Ich weiß es nicht, mein Freund.«

»Ihm ist etwas passiert«, sagte Winter.

»Ja«, sagte Macdonald.

»Hängt das mit seinen Reisen zusammen?«

»Warum hätte er sie sonst gemacht? Wäre in einer gottverlassenen Gegend rumgeirrt?«, sagte Macdonald. »Er war ja nicht auf Urlaub dort.«

Apropos Urlaub, dachte Winter.

»Noch etwas«, sagte Macdonald. »Er war nicht allein.«

»Ich höre.«

»*Wenn* es nun unser Mann ist, den die Zeugen gesehen haben, so hat einer ihn in Gesellschaft gesehen.«

»Hat der Zeuge die Gesellschaft beschrieben?«

»Es war ein älterer Mann.«

»Ein älterer Mann«, echote Winter. Er spürte, wie seine Nackenhärchen sich aufrichteten. Er sah, dass Angela es sah.

»Ich weiß, was du denkst«, sagte Macdonald.

»Gibt's noch mehr?«, fragte Winter.

»Tja, ich weiß nicht. Wenn, dann liegt es wohl bei Craig in Inverness. Bestimmt kommt noch mehr rein.«

»Craig ist ein effektiver Mann.«

»Ja, das kann man wirklich sagen. Ein effektiver Stinkstiefel.«

»Ich dachte, er wär ein Kumpel von dir. Ich hab geglaubt, du hast ihn für den Job da oben empfohlen.«

»Warum, glaubst du, hab ich das getan?«

Winter lachte. Elsa lachte, als er lachte. Ihr gefiel Englisch. Angela sah ihn mit einer Falte zwischen den Augenbrauen an.

»Das abgelegenste Kommissariat von ganz Großbritannien. Warum, meinst du wohl, habe ich Craig dorthin empfohlen?«

»Okay, okay.«

»Es gefällt ihm nicht«, sagte Macdonald.

»Das versteh ich jetzt nicht.«

»Ich meine nicht den Job oder den Ort. Ich rede von diesem Fall«, sagte Macdonald. »Craig ist ein Griesgram und ein Teufel, aber das ist auch von Vorteil, jedenfalls in dem Job. Er sagt, es ist nicht so, wie es zu sein scheint.«

»*Was* hat er gesagt?«

»*Things are not what they look like*«, wiederholte Macdonald. »Das hat er gesagt.«

Wieder spürte Winter seine Härchen im Nacken. Angela sah seinen Ernst.

»Sie nehmen eine zweite Obduktion vor«, sagte Macdonald.

»Ist Johanna damit einverstanden, die Tochter?«

»Ja, das behauptet Craig jedenfalls. Aber er glaubt nicht, dass sie da was finden.«

»Wo sollen sie denn was finden?«

»Frag mich nicht, Erik.«

»Und was sollen sie finden?«, fragte Winter.

»Es klingt, als ob du schon ganz schön in den Fall verwickelt wärst«, sagte Macdonald.

»Ich hab schließlich viel darüber nachgedacht«, sagte Winter. »Und mich damit beschäftigt.«

»So klingt es.«

Und plötzlich sah Winter vor sich, was er in der nächsten Zeit tun würde. Was er tun *wollte*. Er sah eine Möglichkeit, Steve zu treffen, eine natürliche Gelegenheit. Manche würden es nicht natürlich nennen.

Angela spielte inzwischen ein Brettspiel mit Elsa. Sie hatte eine fragende Bewegung zur Weinflasche gemacht, er hatte genickt, und sie hatte sich ein halbes Glas eingeschenkt und ihm ein Glas gebracht. In drei Tagen würden sie für eine Woche nach Marbella fahren.

Es würde noch andere Gelegenheiten geben.

»Ich überleg gerade ...«, sagte Winter.

»Ich bin jetzt auch neugierig geworden«, sagte Macdonald, »durch dich und Craig.«

»Also diese Information da gerade ...«, fuhr Winter fort.

»Du hast schon vorher daran gedacht«, sagte Macdonald.

»An was?«

»Jetzt tu nicht so«, sagte Macdonald.

Winter antwortete nicht, er trank vom Wein, der kühl und trocken war. Er dachte angestrengt nach. Er hatte dieses alte Gefühl, dieses alte herrliche, verdammte Gefühl. Er dachte an Marbella, an Angela, Mutter, Lot... sie würden das schon hinkriegen. Elsa würde es schön finden. Er könnte Siv bit...

»Wie meinst du das?«, fragte Winter. Sie brauchten es nicht auszusprechen, um was es ging. »Kannst du denn?«

»*As a matter of fact*«, sagte Macdonald, »ich hab für die nächste Zeit sowieso eine Reise nach Hause geplant. Eigentlich hab ich sie schon viel zu lange vor mir hergeschoben.«

»Kommst du denn kurzfristig weg vom Job?«

»Wie kurz?«, fragte Macdonald.

»Drei Tage.«

»Ja, das könnte gehen.«

»Vielleicht komme ich nicht allein«, sagte Winter und sah Angela an, die während der letzten Minuten des Gesprächs erstarrt war.

»Ich auch nicht«, sagte Macdonald, »Sarah hat sich schon auf die Reise eingerichtet. Wir haben sogar schon für einen Babysitter gesorgt, wenn man das noch so nennen kann für Mädchen, die bald fünfzehn werden.«

»Ich ruf dich heute Abend noch mal an«, sagte Winter und legte auf.

»Was soll denn das jetzt?«, fragte Angela.

»Tja …« Winter blinzelte rasch und machte eine Kopfbewegung zu Elsa, die sich auf ihre Figuren konzentrierte. »Steve wollte sich ein wenig unterhalten.«

Elsa schlief wie ein Stein. Winter schlich in den Flur und weiter in die Küche. Angela legte eine Patience, die aufzugehen schien.

»*Well?*«, sagte sie.

»Was hältst du davon, wenn wir ein paar Tage nach Schottland fahren?«

31

Moa Ringmar kam spät nach Hause. Ihr Vater saß am Telefon. In New York war es Nachmittag. Bertil Ringmar unterbrach sich und legte die Hand auf die Muschel.

»Martin hat diesen Loft in der Third Avenue bekommen«, sagte er.

»Wie schön für ihn.«

»Was ist?«

»Darüber können wir später reden, wenn ihr fertig seid.«

»Er möchte auch ein paar Worte mit dir wechseln.«

»Sag ihm, ich ruf ihn später an.«

»Okay, okay.« Ringmar nahm das Gespräch mit seinem Sohn wieder auf. »Sie ruft dich später an. Okay. Ja. Ja. Genau. Ja. Bis dann, hej.«

Er legte auf.

»Also was ist, Moa?«

»Diese Wohnung ist heiß, Papa.«

»Wie bitte?«

»Diese Wohnung, die ich mieten wollte, ist mit Besuchsverbot belegt. Dort haben Misshandlungen stattgefunden, sie wurde von hinterhältigen Dieben ausgeräumt, und der Vermieter hat sich komisch verhalten und wird von den beiden schärfsten Kriminalinspektoren des Landes verdächtigt.«

»Halders und Djanali«, sagte Ringmar.

»Du hast es gewusst!«

»Als du sagtest, die beiden schärfsten. Aber Spaß beiseite, ich weiß, dass sie an einem Fall arbeiten, der sich um eine Wohnung in Kort... aber was zum ... genau, in Kortedala!« Er erhob sich rasch und kam ein paar Schritte näher. »Du meinst doch nicht, dass es die ...«

»Genau das meine ich.«

»Das ist ja ein Ding.«

»Die Welt ist klein, nicht?«

»Wie hast du es erfahren?«, fragte Ringmar.

»Die beiden tauchten auf, als Dickie und ich meine Sachen reintrugen, Halders und Djanali.«

»Was haben sie dort gemacht?«

»Eine Routinekontrolle vermutlich. Sie behalten den Ex von dieser Frau im Auge. Er ist in einer schlechten Situation.«

»Das dürfen sie nicht erzählen.«

»Es war Halders«, sagte Moa Ringmar. »Er hat mir Fotos angeboten, die ich im Studentenheim aufhängen kann.«

»Er ist schon immer ein sehr diskreter Ermittler gewesen«, sagte Ringmar.

»Dickie hat meine Sachen bis auf weiteres in seiner Garage untergestellt.«

»Ihr seid also wieder ausgezogen?«

»Was denn sonst, Papa? Soll ich da einziehen und nachts wach werden, weil ein Verrückter einen Schlüssel ins Schloss steckt und reingestürmt kommt?«

»Nein, nein.«

»Dass ich innerhalb eines Tages irgendwo einziehe und wieder ausziehe, ist mir zum ersten Mal passiert«, sagte Moa Ringmar.

»Ich werde mit diesem Lindsten reden«, sagte Ringmar.

»Ich hab noch nicht bezahlt.«

»Ich werde trotzdem mit ihm reden.«

»Hat er was Ungesetzliches getan?«

»Ich weiß nicht«, antwortete Ringmar, »noch nicht.«

Johanna Osvald rief an, als Winter sich einen doppelten Espresso vorbereitete, um konzentriert denken zu können. Das war besser und billiger als Amphetamin. Im Wohnzimmer blies Coltrane *Compassion* zusammen mit einem anderen großen Tenorsaxophonisten, Pharoah Sanders. Das war Musik für wilde Gedanken, asymmetrische Töne für den eigenen Kopf. Coltranes Instrument wanderte wie ein unseliger Geist in schwarzweißen Träumen durch leere Säle. Elsa hatte sich daran gewöhnt, bei Jazz der extrem freien Form einzuschlafen. Winter fragte sich, was das für Auswirkungen haben könnte.

Was ihn besonders beim Jazz anzog, war der individuelle Ausdruck der Musik. Das Beste am Jazz war, dass er den Musikern Möglichkeit gab, sie selber zu sein. Das war Musik, die in erster Linie für Expression stand, für einen unmittelbaren Ausdruck. Keine Übersetzung. Es ging um Improvisation, aber nicht auf verantwortungslose Art. Im Gegenteil. Bei der Improvisation bekam der Musiker eine Verantwortung, und das Ergebnis setzte sich aus Fähigkeit, eigenen Mitteln und Erfahrung zusammen. Emotioneller Erfahrung. Es war Musik für Gefühle, aus Gefühlen.

Angela war rausgegangen, um nachzudenken, die Avenyn hin und zurück.

»Er ist es«, sagte Johanna Osvald im Hörer. »Es ist mein Vater.«

»Es tut mir sehr Leid«, sagte Winter.

»Ich bin gut aufgehoben«, sagte sie förmlich. Das war ein etwas merkwürdiger Kommentar. Vielleicht stand sie unter Schock. In ihrer Stimme war etwas Scharfes. »Dieser Polizist Craig war mir bei allem behilflich.«

»Brauchst du nichts?«, fragte Winter.

»Ni... nichts, wo ihr mir helfen könntet«, sagte sie, und er hatte den Eindruck, dass sie anfing zu weinen. Es klang so, aber es konnte auch die Leitung sein.

Da bin ich nicht so sicher, dachte Winter. Vielleicht können wir helfen. Vielleicht dann, wenn es darauf ankommt, eine Antwort zu finden.

»Hast du mit einem Arzt über deinen Vater gesprochen?«

»Ja.«

Er wartete darauf, dass sie mehr sagte, aber sie verstummte.

»Was … hat er gesagt?«

»Dass es ein Herzanfall war, der … ihn getötet hat. Er war stark unterkühlt.« Winter hörte sie atmen. »Hier oben ist es kalt. Ich war eine Minute draußen, um nachdenken zu können, und es war kalt und rau.«

»Wollen sie noch mehr … Untersuchungen vornehmen?«, fragte Winter. Er wollte das Wort Obduktion nicht benutzen. Sie wusste ohnehin, was er meinte.

»Wenn es nötig ist«, sagte sie. »Wenn es nötig ist, um die Ursache … festzustellen … können sie so viele Untersuchungen machen, wie sie …« Sie verstummte. »Was ist das denn für ein schrecklicher Lärm im Hintergrund?«, fragte sie.

»Wo?«

»Bei dir. Was ist das für ein Krach?«

»Einen Augenblick«, sagte Winter, ging ins Wohnzimmer und schaltete mitten in *Consequences* ab. »Das war eine CD«, sagte er in den Hörer, als er zurückkam.

Sie kommentierte es nicht.

»Also … was machst du jetzt?«, fragte er.

»Ja … morgen gehe ich wieder zu diesem Arzt, und dann gibt es einen Haufen Papierkram zu erledigen, und ich hoffe, dass ich so bald wie möglich mit meinem Vater nach Hause fliegen kann.«

»Ja.«

»Er muss doch nach Hause«, sagte sie.

»Natürlich.«

Es pfiff in der Verbindung, als ob ein Wind durch die Leitung blies, der über die Nordsee von Inverness über Aberdeen bis nach Göteborg wehte. Aberdeen und Göteborg liegen auf der Karte exakt auf einem Breitengrad. Oder waren es Donsö und Aberdeen?

»Ich habe eben mit Erik gesprochen«, sagte sie.

»Wo ist er?«, fragte Winter.

»Draußen auf dem Meer«, sagte sie. »Sie sind auf dem Weg nach Hanstholm mit ihrem Fang.« Er hörte, wie sie sich die Nase putzte. »Er fährt dann gleich nach Hause. Dann ist er dort, wenn ich ... wir ... kommen.«

»Gut«, sagte Winter.

»Ich glaube, hier oben ist etwas passiert«, sagte sie plötzlich und schnell. »Etwas, das ... es ausgelöst hat. Etwas ... Entsetzliches.«

»Das glaube ich auch«, sagte Winter.

»Etwas, das mit ... Großvater zusammenhängt.«

»Ja, das Gefühl habe ich auch.«

Er erzählte ihr nicht von seinem Besuch bei den alten Geschwistern Algotsson.

Angela kam mit roten Wangen und Feuchtigkeit in den Haaren zurück. Sie roch nach blauem Herbstabend und salzigem Wind, schwarzem Lehm und Benzinabgasen, was alles zusammengenommen das Parfüm dieser Stadt ausmachte. Es war ein blauer Abend. Der Vasaplatsen war eine blaue Adresse. *Kind of blue.*

»Ich hab nachgedacht«, sagte sie und nahm ihren Schal ab.

»Und was sagst du?«

»Tja ...«

»Ist das eine Zusammenfassung?«

»Ich weiß nicht, ob wir das mit Elsa regeln können. Ob sie will. Ob es funktioniert.«

Sie hatten darüber gesprochen, Elsa einige Tage bei Lotta zu lassen. Seine Schwester hatte ständig gebettelt. Bim und Kristina hatten gebettelt. Vielleicht ließ es sich einrichten. Er und Angela hatten in diesen vier Jahren schon öfter etwas ohne Elsa unternommen, und dann war Elsa bei Lotta Winter gewesen. Es hatte funktioniert. Elsa hatte keine Großeltern in Göteborg, aber Tante Lotta gab es und die Kusinen Bim und Kristina.

»Wir sind noch nie allein im Ausland gewesen«, sagte Angela, »ohne Elsa.«

»Wir können ja verschiedene Flüge nehmen.«

»Das ist doch keine Sache, über die man Witze machen kann!«

Vielleicht war das gar kein Witz, dachte er.

»Aber was ist mit Siv? Sie wartet doch auf uns«, fuhr sie fort.

»Nueva Andalucía gibt es immer und sie auch«, sagte Winter.

»Da bin ich mir nicht so sicher.«

»Sie kann ja immer noch eines Tages hierher zurückkommen«, sagte Winter.

»Das hab ich nicht gemeint«, sagte Angela. Ihm kam es vor, als habe sich ihre Stimme verändert.

»Weißt du etwas, was ich nicht weiß?« Er schob seinen Stuhl einige Zentimeter zurück. »Wobei ich jetzt die Ärztin Hofman frage.«

»Nichts Ernstes, soweit ich verstanden habe«, sagte Angela.

»Habt ihr Geheimnisse vor mir?«

»Sie ist ein wenig müde, Erik. Ich bin sicher, das ist alles.«

»Müde? Müde wovon?«

»Sie ist ja nicht mehr die Jüngste«, sagte Angela.

»Ich glaub nicht, dass es gut ist, ein halbes Jahr lang bei 40 Grad Wärme zu leben«, sagte er.

»Das ist nur eine Frage des Trinkens«, sagte Angela, »man muss genügend Flüssigkeit zu sich nehmen.«

»Damit sind wir beim nächsten Risikofaktor«, sagte er.

»Ich meine Wasser«, sagte Angela und hob die Augenbrauen, lächelte aber leicht.

»Ich meine Gin«, sagte er.

»Gin *und* Tonic«, sagte Angela, »vergiss das Wasser nicht. Aber im Ernst, Erik, du weißt, dass sie kaum noch trinkt, seit dein Vater gestorben ist.«

»Und ihr Konsum vorher?«

»Das war so schlimm auch wieder nicht«, antwortete Angela.

»Vielleicht sollten wir sie bitten, eine Weile nach Schweden zu kommen«, sagte Winter.

»Vielleicht jetzt«, sagte Angela.

»Du meinst *jetzt*, wenn wir nach Schottland fahren?«

»Ja. Aber wir müssen erst mit Lotta reden. Und vielleicht hält Siv das für keine gute Idee. Und mit Elsa müssen wir auch sprechen.«

Angela kam aus dem Badezimmer. Winter starrte gegen die Decke überm Bett. Er hatte sich halb ausgezogen.

»Du hast noch nie Steves Frau getroffen«, sagte er.

»Was sagt sie denn überhaupt zu der Idee?«

»Ich weiß es nicht«, sagte Winter. »Warum sollte sie etwas dagegen haben?«

»Aus demselben Grund, den du eben erwähnt hast, nur andersrum.«

»Hmh.«

»Wir werden uns doch wohl ziemlich ... selbst überlassen sein, fürchte ich. Wir kennen einander nicht. Wenn ihr beiden, Steve und du, diese merkwürdige Sache untersucht.«

»Höchstens einige Tage«, sagte Winter. »Vielleicht auch gar nicht.«

»Wo werden wir wohnen? Zu Hause auf Steves Bauernhof?«

»Nein, bloß nicht. In Inverness gibt es gute Hotels. Dafür hab ich Steves Wort.«

»Ich möchte mir erst einige anschauen, bevor wir uns entscheiden.«

»Natürlich.« Winter drehte sich zu ihr um. »Und Steves Schwester arbeitet ja auch in Inverness, als Rechtsanwältin.«

»Die freut sich bestimmt mächtig, sich um uns kümmern zu dürfen. *Welcome to my world.*«

»Genau.«

»Erik, das kann nicht nur nach deinen Bedingungen gehen.«

»Ich versuche doch nur, das Positive am Ganzen zu sehen. Wir unternehmen zusammen etwas, und Steve und ich fahren vielleicht für eine Weile weg, um ... ja, ich weiß es auch nicht. Aber plötzlich hatte ich das Gefühl, wir könnten … ja, uns wieder treffen, uns alle treffen. Es schien so gut zu passen.«

»Kennst du seine Frau, Sarah?«

»Nein.«

»Wie alt ist sie?«

»Siebenundfünfzig.«

»Das glaubst du doch selber nicht!« Angela zielte mit einem Kissen nach ihm.

»Genau vierzig«, sagte Winter, »wie du.«

»Ist das eine Zukunftsvision?«, fragte die fünfunddreißigjährige Angela und hob wieder das Kissen.

»Wir leben in der Zukunft«, sagte er. »Dorthin sind wir UNTERWEGS.« Er warf ein Kissen in ihre Richtung und stoppte damit ihren Wurf.

»Ich hab gedacht, bei dieser Geschichte geht es um die VERGANGENHEIT«, sagte sie und schleuderte das Kissen wieder zurück. Winter duckte sich, und das Kissen warf den Wecker um, der auf die lackierten Kieferndielen fiel.

»Jetzt hast du den FUSSBODEN kaputtgemacht«, sagte Winter und warf sein letztes Kissen.

Angela schien von etwas abgelenkt zu sein und bekam das Kissen mitten ins Gesicht. Winter drehte sich um, um zu sehen, was sie sah.

»Was MACHT ihr da?«, fragte Elsa, die mit der Uhr in der Hand auf der Schwelle stand.

»Ich muss erst mit ihr reden«, sagte Angela, als sie im Bett lagen und alles dunkel und still war. »Mit Steves Frau. Das ist wichtig. Ich glaube, sie findet das auch.«

»Klar.«

»Und dann mit Lotta und Siv und da…«

»Ich weiß. Es ist ja nur für den Fall des Falles …«

»Dann ist es keine dumme Idee«, sagte sie.

»Danke«, sagte er.

Sie schwieg im Halbdunkel. Vom Flur fiel Licht herein, wo ein Nachtlicht unterm Telefontischchen brannte. Er konnte das leise Summen des Kühlschranks hören.

»Ich habe noch eine Frage«, sagte sie.

»Ja?«

»Diese Sache, in die ihr Klarheit bringen wollt …« Er sah ihre Silhouette näher kommen. »Das kann doch nicht irgendwie gefährlich werden, Erik?«

Bergenhem und Peters trafen sich in einem Café im Zentrum. Peters kam vom Training.

»In deinem Job dürft ihr vermutlich gratis trainieren?«, fragte er.

»Ja«, sagte Bergenhem.

»Das werd ich meinem Chef mal vorschlagen«, sagte Peters.

»Ich dachte, du bist selber der Chef.«

»Ich hatte es satt«, sagte Peters.

Er war Art Director. Sein Büro war zu groß geworden. Er hatte aufgehört und ein kleineres eröffnet und war an den Zeichentisch zurückgekehrt.

»Von Werbung hab ich nie was verstanden«, sagte Bergenhem.

»Wie meinst du das?«

»Wie die entsteht.«

Peters hatte gelacht mit einem weißen Milchbart vom Café au lait auf der Oberlippe.

»Kümmre dich gar nicht darum, Lars.«

»Warum nicht?«

»Das ist nur eine gigantische Verschwendung menschlicher Intelligenz.«

»Wieso?«

»Das Ganze läuft doch nur darauf hinaus, die Leute reinzulegen.«

»Und trotzdem machst du weiter.«

»Ich bin ja nicht van Gogh.«

»Aber es gibt doch irgendwas dazwischen?«

Peters antwortete nicht, er sah weg.

»Das gibt es doch?«, sagte Bergenhem.

»Ich weiß es nicht«, sagte Peters, und Bergenhem verstand, was er meinte. Es ging nicht um Bildkünste.

Aber es gab etwas dazwischen. Genau dort befand Bergenhem sich, dazwischen. Vielleicht sollte er in die Position davor zurückkehren. Aber – na und? Er hatte einen neuen Freund. Er brauchte Freunde. Er hatte keine Freunde. Er hatte eine Familie. Martina war seine Freundin, klar war sie das. Jetzt hatte er auch einen Freund.

32

Der Espresso hatte einen doppelten Effekt. Winter konnte nicht einschlafen und er konnte nachdenken. Um drei glitt er aus dem Bett, ging durch den Flur und schaute zu Elsa hinein, die mit halb geöffneten Augen auf dem Rücken schlief. Er konnte es sehen, da sein Gesicht zehn Zentimeter von ihrem entfernt war. Er hörte sie kaum atmen, und deswegen lauschte er lange. Keine Polypen mehr. Es war offenbar falscher Alarm gewesen. Er hatte Polypen gehabt und war operiert worden, und das hatte ihm nicht gefallen. Die Operation hatte in den sechziger Jahren stattgefunden, vor mehr als hundert Jahren, als sich die Kunst der Ärzte noch im Entwicklungsstadium befand. Soweit er sich erinnern konnte, hatte der Feldscher Knorpel und Polypen mit Stemmeisen und Hammer weggemeißelt. Mama war irgendwo gewesen. Papa war nicht dort gewesen. Er hatte schon damals daran gearbeitet, seine Steuern zu senken. Sein Vater war nur mäßig daran interessiert gewesen, während der Rekordjahre am Aufbau des Wohlstandsstaates mitzuarbeiten. Später versorgte er arme Tagelöhner im südlichen Spanien mit Arbeit. Vielleicht war das ein verspäteter Beitrag zur Solidarität, innerhalb der EU. Aber Winter hatte schon frühzeitig aufgehört, sich mit seinem Vater über Politik zu unterhalten, wenn sie überhaupt je damit angefangen hatten. Bengt Winter war konservativ gewesen. Stockkonservativ.

In dem Augenblick gab Elsa einen Schnarcher von sich, aber nur einen, und drehte sich auf die Seite, und Winter schlich hinaus.

Er setzte sich in das dunkle Wohnzimmer, das noch mehrere Stunden lang dunkel bleiben würde. Durchs Fenster fiel das übliche blaue Licht. Noch hatten die Straßenbahnen nicht angefangen, dort unten vorbeizudonnern. Er hörte das Geräusch eines fernen Autos auf dem Weg zu einer blauen Adresse. Plötzlich ertönte ein Ruf vom Vasaplatsen herauf. Er kam vom Kiosk, an dem ein Neonschild hing, das in den Rekordjahren geglüht hatte.

All diese Geräusche und Lichter waren undenkbar im Haus am Meer und geradezu bedrohlich. Dort war das Schweigen, das vom Meer zu hören war. Fürchtete er sich davor? Hatte er überhaupt Angst?

Hatte Arne Algotsson Angst gehabt? Oder seine Schwester? Oder beide?

Winter erhob sich aus dem Sessel, ging zur Balkontür und öffnete sie so weit, dass er hinausgehen konnte. Er war in seine Pantoffeln geschlüpft, die vor der Tür gestanden hatten. Draußen regte sich kein Wind, aber die Kühle roch nach Herbst. Es war eine andere Art Feuchtigkeit in der Luft, ein fauliger Geruch, der eigentlich alles enthielt, was er dort unten sah, das wuchs und für dieses Mal starb, aber so dachte er selten. Er dachte an das Salz, das man manchmal spüren konnte, wenn der Wind von Nordosten kam. Eine Prise Salz.

Arne Algotsson sah aus, als hätte er sein Gesicht mit Salz eingerieben, es war mit einer grauen Schicht bedeckt, wie die Kruste von altem Salz, das erstarrt war und eine Maske bildete, die schon vor langer Zeit Risse bekommen hatte. Die Augen lagen tief. Darin war ein Licht, aber Winter konnte nicht sehen, woher es kam, nicht in dem Augenblick, als er dem alten Mann gegenübersaß und zusammen mit Bertil versuchte, Fragen zu stellen.

Frühzeitig war der Name der Schwester gefallen, Ella. Sie hatte neben ihrem Bruder gesessen.

»Ja, genau, ich hab eine Schwester, die heißt Ella«, hatte er gesagt und sich an Ella Algotsson gewandt. »Kennst du die?«

Sie hatte Winter und Ringmar angeschaut, als wollte sie sagen, da seht ihr, mein Bruder ist dement wie ein zerrissenes Schleppnetz. Alles fällt hindurch. Man brauchte ihn ja nur anzuschauen oder ihm zuzuhören.

»Kennen Sie John Osvald?«, hatte Winter gefragt.

»John ist Fischer«, hatte Algotsson aus seiner Welt heraus geantwortet. »Später war er Schiffer.«

»Was meinen Sie damit? Sie haben gesagt, ›später war er Schiffer‹?«

»Wollen wir essen?«, hatte Algotsson gesagt.

Winter hatte Ella Algotsson angeschaut.

»Wir haben gerade gegessen.« Sie hatte sich vorgebeugt und eine Hand auf seinen Arm gelegt, und er war zusammengezuckt. Sie hatte gesehen, dass sie die heftige Bewegung bemerkt hatten.

»Das sind die alten Verletzungen«, hatte sie gesagt.

»Wie meinen Sie das?«, hatte Ringmar gefragt.

»Die alten Verletzungen, die man als Fischer bekommt. Früher haben sie auf den Schiffen Ekzeme bekommen. Sie trugen ja immer Ölzeug. Davon haben sie sich alles aufgescheuert. Arne hat immer noch Narben an den Armen, die gehen nie weg.«

»Ölzeug«, hatte ihr Bruder geechot.

Sie, das heißt Ringmar, hatten vorher ein notwendiges Gespräch mit Ella Algotsson geführt. Ihr Bruder hatte Ringmar und Winter hereinkommen sehen, sie dann aber wohl vergessen. Er hatte aus dem Fenster gespäht, zu den Klippen, die wie weiche Wellen vor dem Fenster wogten. Darin waren keine scharfen Kanten.

»Um diese Zeit ist nichts Vernünftiges aus ihm rauszukriegen«, hatte sie gesagt.

»Aber damals?«, hatte Ringmar gefragt.

»Damals? Wann damals?«

»Als er von Schottland nach Hause kam. Das letzte Mal. Was hatte er da zu erzählen?«

»Nicht viel.« Sie hatte ihrem Bruder einen Blick zugeworfen, dessen Gesicht vom Tageslicht hell war. Eine Salzsäule. »Er hat natürlich von dem Unglück erzählt, aber viel wussten sie ja nicht.«

»Was wussten sie denn?«

»Das wissen Sie doch auch? Sie kamen von Island, und da ist das Schiff untergegangen.«

»Soweit ich weiß, war das nicht weit vom Land entfernt«, hatte Ringmar gesagt.

»Jedenfalls konnte man das Schiff von Land aus nicht sehen.«

»Wo war Arne zu dem Zeitpunkt?«, hatte Ringmar gefragt.

»An Land.«

»Ja, aber wo?«

»In einer der Städte, wo sie sich aufhielten. Ich weiß es nicht. An die Namen kann ich mich nicht erinnern.«

»Aberdeen?«

»Nein. Da waren sie zuerst. Da war er zu dem Zeitpunkt nicht.«

Ringmar hatte Winter Hilfe suchend angeschaut.

»War es Peterhead?«, hatte Winter gefragt.

Sie hatte nicht geantwortet und ihn auch nicht angesehen.

»Peterhead?«, hatte Ringmar wiederholt.

»*Fishermen's mission to fishermen's vision to deep sea national mission*«, hatte Arne Algotsson plötzlich mit der lauten Stimme eines alten Mannes aus dem Lehnstuhl am Fenster von sich gegeben. Er hatte den Kopf nicht bewegt, musste aber zugehört haben.

»Das wiederholt er manchmal«, hatte Ella Algotsson gesagt.

»Was ist das?«, hatte Ringmar gefragt.

»Sie haben es doch gehört?«

»Ich hab's nicht verstanden.«

»Ich auch nicht.« Auf dem alten Gesicht, das mager, aber stark war, erschien ein trauriges Lächeln. »In den letzten Jahren hat er das öfter gesagt.«

»Seitdem er krank ist?«

»Ja.«

Ringmar hatte wieder Arne Algotsson angesehen, der hinaus auf die steinernen Wogen schaute.

»Peterhead«, hatte Winter laut gesagt.

»*Fishermen's mission to fishermen's vision to deep sea national mission*«, hatte Algotsson heruntergeleiert.

»Sonst spricht er nie englisch«, hatte Ella Algotsson gesagt. »Er hat es vergessen.«

»Wir haben PETERHEAD gesagt«, sagte Ringmar.

»*Fishermen's mission …*«, wiederholte Algotsson wie ein Papagei. Es hatte einen unheimlichen Effekt und gleichzeitig einen komischen, unangemessen komisch. Irgendwie hatte Winter Scham empfunden, als ob sie den alten Mann und seine Schwester benutzten. Den alten Mann und das Meer.

»Das ist offenbar ein Name, der ihm etwas bedeutet«, hatte Ringmar gesagt.

Ella Algotsson hatte ausgesehen, als würde sie an etwas anderes denken.

»Aber er war in einer anderen Stadt … als das passierte«, hatte sie gesagt. »Daran erinnere ich mich.«

»Fraserburgh«, hatte Winter gesagt und Arne Algotsson dabei angesehen, aber er war stumm geblieben, hatte sich nicht gerührt.

Dann hatte Ella Algotsson Winter angesehen.

»Wie hieß die?«

»Fraserburgh«, hattte Winter wiederholt. »Hieß die Stadt Fraserburgh?«

»Fras… ja, das glaub ich.«

»Ist Arne danach direkt nach Hause gekommen?«

»Nein. Er ist ja nicht den ganzen Krieg über dort geblieben, aber noch eine Weile.«

»Wie lange?«

»Ein Jahr, glaub ich. Er kam mit einem Fischerboot zurück. Es waren Brüder von Öckerö, die sich trauten wieder nach Hause zu fahren. Die waren wahnsinnig.«

»Von Öckerö?«, hatte Ringmar gefragt.

»Die sind jetzt tot.«

Winter hatte nachgedacht. Er hatte Arne Algotsson nicken sehen, schwach, als ob er seiner Schwester zustimmte.

»Wer ist noch mit nach Hause gefahren, Arne?«, hatte Ringmar gefragt.

»Bertil«, hatte er geantwortet, »Johns Bruder. Aber der ist auch tot.«

»Da ist doch noch ein Bruder bei dem Unglück verschwunden?«, hatte Ringmar weiter gefragt.

»Egon«, hatte sie gesagt. Nicht mehr.

»Waren noch mehr Leute auf dem Schiff, als es unterging?«, hatte Ringmar gefragt.

Sie hatte nicht geantwortet, nicht direkt. Sie hatte ihrem Bruder einen raschen Blick zugeworfen, als wollte sie feststellen, ob er zuhörte. Vielleicht war es auch etwas anderes. Um zu sehen, dass er nicht antwortete.

»Da war noch einer«, hatte sie nach einer Weile gesagt, die lang schien. Ihre Augen hatten sich verändert, waren trüb geworden. Sie sahen nicht.

»Noch jemand von hier?«, hatte Ringmar gefragt.

Sie hatte genickt.

»Wie hieß er?«

»Frans.« Sie hatte wieder aufgeschaut, mit dem merkwürdigen Nebel in den Augen. »Frans Karlsson. Mein Frans.«

Winter sah dies Gesicht wieder vor sich, als er ins Zimmer zurückkehrte.

Sie hatte unendlich traurig ausgesehen, als sie das sagte. Mein Frans. Mit sehr wenigen Worten hatte sie erzählt, dass Frans Karlsson der Ihre war, dass sie verlobt waren und dass er nie nach Hause gekommen war und dass sie gewartet hatte und immer noch wartete. Wie die Seemannsfrau, die sie nie geworden war. Wie ein lebendes Denkmal für die Seemänner, die auf dem Meer geblieben waren. Er dachte an die Seemannsfrau unten beim Schifffahrtsmuseum. Aber sie war aus Stein. Ella Algotsson war nicht aus Stein.

Sie hatte nicht mehr gesagt, aber er wusste von Johanna Osvald, dass Ella Algotsson nie geheiratet hatte.

Ihr Schicksal war mit John Osvald und seiner Familie verknüpft, ihre Schicksale waren miteinander verkettet, die Kette setzte sich fort über die Jahre von damals bis jetzt. Verband die Kontinente auf beiden Seiten der Nordsee miteinander.

»Er liegt auch da unten«, sagte sie nach einer kleinen Weile. »Das Schiff haben sie nie gefunden. ›Marino‹. Und auch sonst nichts.«

Ringmar hatte ausgesehen, als müsste er einen Anlauf nehmen.

»Wissen Sie, das Axel Osvald vor einigen Wochen nach Schottland rübergefahren ist, Fräulein Altgotsson?«

Sie hatte genickt.

»Wissen Sie, warum?«

»Nein.«

»Erik … Erik Osvald hat nichts davon gesagt, als er hier war?«

Sie hatte ein »Nein« wiederholt, aber auf einmal hatte sie ausgesehen, als hätte sie mit einem Mal keine Kraft mehr. Das Gesicht war zusammengefallen. Der Nebel in ihren Augen war verschwunden, aber jetzt war eine Art Erschöpfung darin. Sie wirkte müde, todmüde. Winter hatte wieder dies Gefühl von Scham bekommen, als ob sie diese Menschen ausnutzten, ohne richtig zu wissen, wofür. Als ob nichts Gutes dabei herauskommen würde.

Als ob dadurch alles nur noch schlimmer würde. Was hatte Erik Osvald einmal gesagt? Dass dem Meer ein Sturm gut tut? Dass er in dem Kessel umrührt, tief auf dem Grund. Dass kein Fischer bisher etwas durch einen Sturm verloren hätte.

Was hatten sie mit ihren Fragen aufgerissen? Daran dachte er jetzt, in der Dunkelheit seiner Wohnung, in der er den größten Teil seines erwachsenen Lebens verbracht hatte.

Würde irgendetwas dadurch besser werden?

Er sah wieder Ella Algotssons Gesicht. Er blinzelte, aber

es blieb. Er sah Arne Algotsson wieder nicken, als ob er zustimmte.

Sie hatten ihr Gespräch mit Ella beendet, sie hatten versucht, mit Arne zu sprechen. Sie hatten ihre Stühle ans Fenster gerückt.

Sie hatten Fragen gestellt, aber ebenso gut hätten sie eine Wand befragen können. Es war komisch und tragisch zugleich.

Arne hatte nichts mehr über den »Schiffer Osvald« zu sagen.

Winter hätte mehr wissen wollen. John Osvald war kein Schiffer gewesen, als sie hinausfuhren. Er wurde es. Warum?

Warum waren Arne Algotsson und Bertil Osvald nicht auf der letzten Reise dabei?

Was für ein Verhältnis hatten die jungen Männer auf dieser kleinen Insel, die ihr Zuhause war, zueinander gehabt?

Wie waren sie draußen auf dem Meer miteinander zurechtgekommen?

Winter hatte wieder an Erik Osvalds Worte gedacht, von dem Schweigen an Bord, den Beziehungen an Bord.

War an Bord etwas passiert?

Wie waren sie in dem unfreiwilligen Exil miteinander klargekommen?

Daran dachte er jetzt wieder, während er in der Stadt saß, in der er immer gelebt hatte. Er wollte es wissen. Er wollte nach Antworten auf all diese Fragen suchen und auf mehrere andere, die nicht hier eine Antwort finden konnten, sondern dort. Wenn es überhaupt möglich war. Dort drüben in Schottland.

Es war eine faszinierende Geschichte. Es gab viele Bruchstücke, verstreut über mehr als ein halbes Jahrhundert, über dem Meer.

Hier gab es eine große Trauer.

Es gab auch etwas anderes.

Er wollte es wissen.

Es gab Menschen, die mehr wussten als er, aber nichts sagen wollten.

Ja.

Axel Osvald hat etwas in Schottland gefunden, nach dem er sein ganzes Leben lang gesucht hatte, und das beendete sein Leben. Existierte eine solche Wahrheit, eine solche Wirklichkeit?

Vielleicht.

Es hing mit dem Meer zusammen. Dem Fisch. Den Trawlern. Den Städten. Den Inseln. Den Dörfern. Den Winden. Und so weiter.

Winter erhob sich und ging ins Schlafzimmer, um noch ein paar Stunden zu schlafen.

Es geschah, als sie das Haus auf Donsö verlassen und sich von Arne Algotsson verabschieden wollten. Ringmar hatte etwas von Schottland gesagt, Winter erinnerte sich nicht genau daran, irgendwas Allgemeines über Schottland. Bertil hatte mehrmals hintereinander »Schottland« erwähnt.

Aber er erinnerte sich an das, was Algotsson plötzlich geantwortet oder gesagt hatte, einfach so herausgesagt, nicht zu einer bestimmten Person, geradeheraus gesagt, wie er vorher seine MISSION heruntergeleiert hatte.

»*The buckle boys are back in town.*« So hatte es geklungen.

»Was haben Sie gesagt?«, hatte Ringmar gefragt, aber Algotsson reagierte nicht rational, wiederholte es nicht nach Aufforderung.

»*The buckle boys are back in town*«, hatte Ringmar wiederholt, weil es sich leicht nachsprechen ließ.

»*The buckle boys are back in town*«, wiederholte Algotsson, genauso mechanisch wie zuvor.

»Vorher hast du SCHOTTLAND gesagt«, hatte Winter zu Ringmar gesagt, aber genauso sehr zu Algotsson. »Schottland.«

»*Cullen skink*«, hatte Algotsson gesagt, und dann war er ganz verstummt.

Die Wörter gingen Winter nicht aus dem Kopf. Er war noch nicht im Bett, stand mitten im Flur. *Cullen skink*. Das waren verflixt merkwürdige Wörter. Es klang schottisch, wirklich, aber was bedeutete es? Oder hatte er etwas anderes gesagt? *Collie skink*? *Collie sink*. Hatte er *sink* gesagt? In dem Augenblick, als er das dachte, tropfte der Wasserhahn in der Küche, ein Geräusch, das nur in der Nacht zu hören war. Ein irritierendes Geräusch, das aufhören könnte, wenn er nur die Dichtung austauschte. Tropfen in den *sink*. *That sinking feeling*.

Er ging zurück ins Wohnzimmer. Die Wanduhr zeigte keine drei Uhr mehr, es war halb fünf. Jetzt hörte er dort unten die ersten Straßenbahnen. Das Geräusch eines Lieferwagens, der Brot von der Bäckerei abholte oder Mehl brachte. Plötzlich plumpste im Flur hinter ihm die *Göteborg-Posten* durch den Briefschlitz. Er war immer noch nicht müde. Er ging zu den Bücherregalen, suchte zwischen den Atlanten und nahm das Buch heraus, in dem er hoffte zu finden, was er suchte.

Schottland.

The buckle boys.

Cullen sink.

Er knipste die Leselampe an und suchte im Stehen nach der richtigen Karte, Seite sechs, das nördliche Schottland. Er fand Inverness tief drinnen in der Bucht, die Moray Firth hieß. Er sah Thurso ganz oben und John O'Groats, aber das bedeutete jetzt nichts. Er las Namen von Dörfern und Städten am Weg von Inverness nach Aberdeen. Es war weit, aber nicht so weit. Er begann im Binnenland, von Westen nach Osten. Er stieß auf Dallas, ein kleiner Punkt, aber immerhin vorhanden. Ur-Dallas. Vielleicht hatte Steves Vater jetzt zusammmen mit Steves Bruder zu melken begonnen, und die Mutter kochte Hafergrütze, das leckere Nationalgericht der Schotten.

Winter erreichte Aberdeen mit dem Finger und ließ ihn weiter nach Norden gleiten. Er kam nach Peterhead. Er kam nach Fraserburgh an der nordöstlichen Spitze. Dann fuhr er geradeaus weiter nach Westen, zurück nach Inverness, die Küste entlang, Ort für Ort: Rosehearty, Pennan, Macduff, Banff, Portsoy, Cullen.

Cullen. Cullen wie in *Cullen sink* oder *skink. Sink from Cullen.* Spüle von Cullen, schottischer Küchenrealismus.

Zwischen Portsoy und Portnockie gab es also einen Ort namens Cullen. Etwas hatte ihm gesagt, dass es sich bei Cullen um einen Ort handelte.

Er fuhr die Küste weiter westwärts entlang, aber nur bis zur nächsten Stadt.

Buckie.

The Buckie boys are back in town.

33

Er war wieder zu Hause. Das, was er jetzt Zuhause nannte. Er ging ans Ufer. Die herausragenden Felsformationen vor ihm im Westen wurden »Die Drei Könige« genannt. Alle hier hatten die Felsen immer so genannt. Das hatte mit dem Meer zu tun. Das Meer zu beherrschen, der Höchste dort draußen zu sein.

In einer anderen Zeit war diese Stadt ein Ort gewesen, in der es *Leben* gegeben hatte, eine Royal Burgh für eine Zukunft. *No more.*

Keine Trawler liefen mehr zum Heringsfang aus, keine kehrten heim. Kein Dorsch wurde mehr geräuchert, es gab keinen Dorsch mehr und deshalb auch keinen Rauch, der einem in der Nase stach. Früher hatte es drei Räuchereien gegeben. Jetzt roch der Rauch nach Abfällen, der aus den Häusern aufstieg, wo die Armen sich zu wärmen versuchten. Der Rauch stieß gegen den Himmel und versteinerte ebenfalls.

Er drehte sich um. Es war ein blauer Tag. Er konnte über Seatown und die Viadukte bis zu der Stadt oberhalb der Hügel sehen und oberhalb der Stadt den blauen Himmel über den Hügeln. Das wollte er sehen. Darum war er hierher gekommen, war Castle Terrace entlanggegangen und hatte den Burn durchquert. Er konnte immer noch Flussausläufer durchqueren. Er konnte immer noch viel.

Jesus!

Er schloss die Augen und sah das Wasser und das Achterdeck und den Sturm, der noch nicht gekommen war, nicht *der Sturm*, und die Gesichter und die Augen und die Bewegungen und … und … Frans' Augen. Gleich danach. Als ER es wusste. Die Hand, die Frans vorsichtig auszustrecken versuchte.

Egons Schrei.

Jesus. *SAVE ME*, Jesus!

Er stolperte und verlor fast das Gleichgewicht. Es stach in seiner Hüfte.

Warum durfte er nicht vergessen?

Wo sind sie? Fort! Mag diese Unglücksstunde
Verflucht auf ewig im Kalender stehn!

Manche wurden alt und vergaßen. Sie hatten das Glück, eine Krankheit zu bekommen. Für sie gab es nichts mehr, alles war weggespült wie die Fischabfälle vom Deck, aller Unrat war weg, über Bord damit, das Deck glänzte in der Sonne oder im Mondschein, sauber gespült. Keine Erinnerungen mehr. Keine Spuren. Sie konnten weitergehen, befreit von ihren Erinnerungen, mit sauberer Seele vor Jesus treten.

Er hinkte, als er über den Sand zurückging. Am Ufer lag ein toter Wittling. Der Fisch kam zum Sterben aus freien Stücken an Land, wenn ihn vorher niemand von hier gefangen hatte. Er hörte die Wellen gegen die Könige hinter sich schlagen. Er hielt sich die Ohren zu, einen kurzen Moment. In ihm schrie jemand. Er hielt den Schrei mit den Händen auf seinen Ohren fest und ließ ihn dann hinaus.

Im »The Three Kings« saß ein Mann, den er nicht kannte, als er hereinkam. Noch einer. Er erwog umzukehren, aber der Mann hatte nicht reagiert, als er eintrat. Er hatte ihn nur mit dem kalten Blick eines Fremden angeschaut und dann auf die North Castle Street hinausgesehen, wo das Viadukt scharfe Schatten warf. Die Häuser gegenüber hatten ein gezacktes Muster, als ob sie mit Graffiti bedeckt wären. In einer Stunde würde die Sonne so weit gewandert sein, dass das Muster verschwand und durch den glatten Stein ersetzt wurde. Hier gab es keine Graffiti. Die Jungen, die es sprayen könnten, flohen nach Westen und Osten, sobald sie fliehen konnten, nach Inverness, Aberdeen, der Ort lag genau dazwischen, vermutlich flohen sie noch weiter, nach Edinburgh, Glasgow. Manche bis nach London hinunter.

Er bestellte sein Pint und seinen Whisky. Hinter der Theke stand eine Frau, die er nicht kannte. Sie war nicht mehr jung und auch nicht alt, auf dem Weg vom Nichts ins Nirgendwo. Sie spritzte Schaum auf die Theke, seufzte und holte einen Lappen. Er konnte den Lappen riechen. Sein Ale roch genauso, wenn er davon trank. Er spülte mit dem Whisky nach. Wer seinen Schnaps behalten wollte, musste der Regel folgen. *Beer on whisky – mighty risky. Whisky on beer – never fear.*

Er nahm wieder einen Schluck Ale. Der Fremde am Fenster erhob sich und ging zur Tür. Plötzlich drehte er sich um und sagte »*goodbye*« und nickte dem Mann zu. Die Frau hinter der Theke nickte auch, aber er hatte gespürt, dass der Gruß ihm galt. Das gefiel ihm nicht. Er trank rasch sein Bier, nahm das Whiskyglas und stieg vom Hocker. Seine Hüfte schmerzte wieder. Er sah, wie der Mann die Tür schloss und zu einem Auto auf der anderen Straßenseite ging. Er startete das Auto, fuhr auf die Bayview Road hinaus und verschwand. Er kannte den Mann nicht, hatte ihn noch nie gesehen. Warum hatte er sich von ihm verabschiedet? Er trank seinen Whisky aus und stellte das Glas auf den Tisch, wo noch das Bierglas des Fremden stand.

Er ging die North Castle in südlicher Richtung entlang, bog nach links in die Grant Street ein und erreichte den Marktplatz. Dort stand ein leerer Bus. Die Fahrgäste und der Fahrer aßen vermutlich im Seafield Hotel, auf dem Weg nach Aberdeen, da der Name der Stadt vorn auf einem Schild am Bus stand.

Seafield Hotel war nichts für ihn, nicht jetzt und auch früher nicht.

Nicht einmal in Aberdeen hatte er so ein Haus betreten.

Aber in Fraserburgh waren sie im Saltoun Arms Hotel gewesen.

Sie hatten sich in einem *rest room* gewaschen, der blitzsauber war wie die Sonne auf dem Meer an einem wolkenlosen Tag.

Das war zwei Abende vorher gewesen.

Wusste das jemand? Der sie dorthin gelenkt hatte? Nur zwei Tage, bevor …

Sie hatten in einem Raum Mittag gegessen, wo große grüne Pflanzen standen, und alles roch so gut. Das Essen war warm gewesen und hatte gut geschmeckt. Zum Nachtisch hatten sie einen süßen roten Pudding gegessen. Der hatte gewackelt wie der Bauch eines Tiefseefisches.

Seitdem war er nicht mehr dort gewesen.

Leute kamen aus dem Hotel. Sie stiegen in den Bus. Er fuhr in Richtung Aberdeen.

Sie hatten draußen bei Abercromby Jetty gelegen und dann in Tidal Harbour. Er war zehntausend Schritte auf dem Albert Quay gegangen. Über die Victoria Bridge. Hinunter zum Timber Yards. Wieder hinauf zum Commercial Quay.

Er hatte in »The Schooner« gesessen und die Dämmerung über der Guild Street gesehen.

Sie würden ihn nicht entkommen lassen.

Er hatte es gewusst, hatte es gedacht.

Sie warteten. Jemand wartete.

Draußen war er die steile Treppe zur Crown Street hinaufgeklettert. Würde er es heute schaffen? Vielleicht. Ja, nicht heute zwar, nicht mit den Hüftschmerzen, aber ein andermal.

Er war in Richtung Norden auf der Crown und dann am Union entlanggegangen. Der Krieg war überall, in den Schaufenstern der Läden, in der Alltagskleidung der Leute, in den Uniformen der Soldaten. Alles war so dunkel, wie es nur sein konnte, verdunkelt. *The dark ages*. Das waren die schwarzen Zeiten.

Er hatte Briefe geschrieben. Er hatte an seine Familie geschrieben.

Er erinnerte sich an das Licht in der Messe, wie es im Wind flackerte, wenn er schrieb.

Er fragte nach Axel.

In all den Jahren seiner Einsamkeit hatte er an die Briefe gedacht.

Er würde die Briefe nie wiedersehen wollen. Die hatte ein anderer geschrieben, nicht er.

Er ging in Richtung Süden auf der Seafield Street, weg vom Meer, vorbei am Hotel, der Town Hall, dem Polizeirevier, wo sich niemand um ihn kümmerte. Er glaubte nicht, dass die Jüngeren wussten, wer er war oder dass es ihn gab, und die Älteren waren weg, alle waren weg.

Er ging weiter nach Osten, über den Victoria Place, Albert Terrace, zurück zum Friedhof. Er wusste nicht, wo er dort einmal ruhen würde. Niemand wusste es.

Über dem Meer lag Dunkelheit, als er zurückkehrte. Er stieg die Treppe nach Seatown hinunter. Auf der Treppe begegnete ihm jemand, aber er war wieder unsichtbar. Er konnte in die Unsichtbarkeit hinein- und hinausgehen. Er konnte eine Hand ausstrecken, und niemand würde ihn sehen.

Die Kinderkleidung auf der Leine bei dem Haus, das der Treppe am nächsten war, bewegte sich in der Abendbrise. Die Fenster waren schwarz, verschlossen mit Fensterläden.

Die Telefonzelle leuchtete in ihrer roten Farbe, als ob sie von selbst leuchtete. Dort drinnen hatte er gestanden, er hatte sie benutzen müssen. Das hätte er nie geglaubt. Zuerst wusste er nicht, was er tun musste, aber er konnte ja lesen. Seine Hände hatten so sehr gezittert, dass er es mehrere Male versuchen musste, ehe es funktionierte. Dann hatte er sie gebeten.

Als er vorbeiging, klingelte es!

Er zuckte wieder zusammen und spürte seine Hüfte. Er ging weiter und sah sich nicht um. Es klingelte, klingelte.

Zu Hause machte er Feuer. Feuchtigkeit hatte sich breit gemacht, während er fort gewesen war. Er behielt den Mantel an, als er das Feuer vorbereitete. Es flammte auf vom Zeitungspapier und fraß sich dann zu den dünnen Scheiten vor, die drinnen lagen. Er wärmte seine Hände.

Er sah in die Flammen, die jetzt wuchsen, von der Luft durch den Kamin aufwärtsgezogen wurden wie eine Spirale. Das Feuer war wie Eisen, das brannte und zu glühendem Rost wurde. Rund um ihn herum war jetzt alles Stein und Rost. Es gab niemanden mehr, der mit dem Hammer schlug.

Sie waren in den alten Heimathafen der Fischereiflotte gefahren. Damals war sie wie ein wimmelnder Marktplatz an einem offenen Hafen gewesen.

Er war dorthin gefahren und hatte die Nachricht gefühlt, die in seiner Manteltasche brannte. Er war an der Werft vorbeigefahren, dort hatten zwei verrostete Schiffe wie festgefroren in dem roten Schlick gelegen. Es gab nur Schweigen, keine Hammerschläge.

Er hatte das Denkmal wiedergesehen. Er erinnerte sich, er war dort gewesen, damals.

Er hatte seine Nachricht über das Meer geschickt. Er wusste, dass Hanstholm jetzt der zweite Heimathafen für die Schiffe aus seinem alten Hafen war. Die Auktion. Das Bunkern.

Die wenigen Schiffe von zu Hause.

Vor dem Krieg hatte es vierzig Fischdampfer auf der Insel gegeben.

Sie waren zwanzig Stunden westwärts gefahren, zweihundert Seemeilen. Montags.

Sie legten die Schleppnetze aus. Sie knüpften gut. Das war eine Kunst, die es heute nicht mehr gab.

Sie zogen das Schleppnetz. Das lief in hundert Faden Tiefe.

Er vermisste es. Er hatte es immer vermisst.

Sie holten die Schleppnetze noch per Hand ein. Auch das vermisste er. Hohe Seen konnten über Bord brechen. Vermisste es. Geschwindigkeit drei Knoten. Der letzte Zug, das letzte Mal, dass sie das Schleppnetz für die Nacht einholten. Sie warfen Anker und lagen still. Zündeten achtern die Laterne an.

Freitags gingen sie mit den Fischkisten zum Fischhafen. Zweihundert Kisten. Er wusste, wie man Eis schaufelte.

Bertil hatte in der Kajüte gestanden. Egon hatte sich um die Maschine gekümmert. Arne hatte sich um die Geräte gekümmert.

Er und Frans hatten den ganzen anderen Mist erledigt. Sie waren die Jüngsten. Sie waren auf dem Deck hin- und hergerannt, waren gestolpert, ausgerutscht, hatten hochgewuchtet, Knoten gelöst und den Fisch in den Behälter fließen sehen. Sie hatten ihn ausgenommen. Ihre Hände waren rot und kalt gewesen.

Sie hatten kochen müssen. An Bord kochte der Jüngste.

Sie waren zu spät eingeschlafen und zu früh geweckt worden.

Hiev up!

Die Arbeit ging weiter.

Später würde er selbst am Ruder stehen.

Sie fischten im Dunkeln.

Sie fischten die ganze Nacht.

Sie fuhren weiter nach Westen.

Gott!

Er hatte in der Missionsgemeinde gesungen.

Fast die Hälfte der Leute auf der Insel waren Mitglieder der Gemeinde.

An Bord gab es immer eine Bibel.

Dort draußen war es gut gewesen, eine Bibel zu haben.

Sein eigener Vater hatte gesagt: Wie immer es geht, wer Gott liebt, dem geht es am besten.

34

Angela hatte sich im Schlaf entschieden. Wenn es mit Elsa funktionierte. Wenn es nicht zu viele Tage sein würden.

»Aber ich könnte ja auch früher nach Hause fahren«, sagte sie.

»Ich ruf Lotta an«, sagte Winter.

»Vergiss Siv nicht.«

Wunder über Wunder. Siv Winter beschloss innerhalb einer halben Minute, nach Göteborg zu kommen und zu bleiben, solange sie fort waren. Sie würde bei Lotta wohnen, die sich *time out* vom Krankenhaus nehmen wollte.

»Alle anderen nehmen plötzlich *time out*, warum also nicht ich?«

Steve Macdonald nahm auch *time out*. Winter rief ihn am Vormittag an.

»*My dad isn't feeling well, so I have to take a trip up there anyway.*«

»*I'm sorry to hear that.*«

»*He'll be okay.*«

»Angela kommt mit. Aber sie möchte erst mit Sarah reden.«

»Sarah hat dasselbe gesagt.«

»Gestern hab ich einen Überlebenden getroffen«, sagte Winter und erzählte von dem Gespräch, oder was es nun gewesen war, mit Arne Algotsson.

»Er hat was gesagt, das sich wie *Cullen sink* anhörte. Cullen ist eine Stadt oder ein Ort auf der Karte«, sagte Winter. »*Cullen sink* oder so ähnlich.«

»*Cullen Skink*«, sagte Macdonald und lachte. »*I don't believe this!*«

»Was ist das?«

»*Cullen Skink* ist eine lokale Spezialität, eine Suppe aus geräuchertem Dorsch, Kartoffeln, Zwiebeln, glaub ich, und Milch.«

»Aha.«

»Und von dieser Suppe hat der senile Alte geredet«, erklärte Macdonald.

»Sie muss großen Eindruck auf ihn gemacht haben«, sagte Winter.

»Das kommt vom geräucherten Dorsch«, sagte Macdonald.

»Eine merkwürdige Kombination von Zutaten in dieser Suppe«, antwortete Winter.

»*You ain't seen nothing yet*«, sagte Macdonald.

»Er hatte also eine Verbindung zu Cullen«, sagte Winter.

»Oder zur Suppe«, sagte Macdonald. »Die gibt es ja in ganz Schottland.«

»Okay.«

»Leider«, fügte Macdonald hinzu.

Winter hörte sein Lächeln durch die Leitung vom südlichen London: »Genau wie der Geruch von geräuchertem oder frittiertem Dorsch. Was meinst du, warum ich nach London geflohen bin?«

»Aber London wird doch *the Smoke* genannt.«

»Das ist ein anderer Geruch«, sagte Macdonald, ohne es zu präzisieren.

»Algotsson hat auch von einer Stadt an der Küste geredet, die Buckie sein könnte«, sagte Winter. »Kennst du die?«

»Wir reden praktisch von meiner Heimat«, sagte Macdonald. »Buckie? Das ist ein klassischer Fischereihafen. Der größte dort oben während des Krieges, glaube ich, und noch eine Weile danach.«

»Er hat Buckie erwähnt«, sagte Winter, »jedenfalls klang es so.«

»Hat der Herr Kommissar das Gespräch nicht aufgenommen?«, fragte Macdonald.

»Du warst nicht dabei«, sagte Winter. »Und ich war in dem Moment kein Kommissar.«

»Buckie«, sagte Macdonald. »Clunty Hotel ist was Besonderes, die Viktorianer sind stolz darauf. In Cullen gibt es auch ein besonderes Hotel. Es ist berühmt, aber den Namen hab ich vergessen.«

Bergenhem war auf der Jagd nach Diebesgut. Es war eine größere Operation mit Kollegen aus der ganzen Stadt. Er kreuzte im Niemandsland nördlich von Brantingsmotet. Ångpannegatan, Turbingatan. Es gab nur wenige Tipps, aber sie schienen es wert zu sein, überprüft zu werden. Es war immer eine Sache der Bewertung. Niemand tat selbstlos etwas für die Menschheit. Es gab immer einen Grund. Manchmal ging es um Rache, manchmal um Eifersucht, manchmal um kalkulierte Dienste und Gegenleistungen, manchmal um Enttäuschung, manchmal um Übermut, manchmal war es ein reines Versehen. Es war genau wie am anderen Ende der Stadt, in den so genannten gesellschaftlichen Kreisen. Die Unterwelt unterschied sich nicht von der oberen. Alles hatte einen Preis.

Auf einem verlassenen Rondell brannte ein Feuer in einem Benzinfass. Ein Stück entfernt kauerten ein paar Männer über ihrer Mahlzeit, Schnaps. Bergenhem spielte Led Zeppelin und suchte nach der Adresse. Robert Plant jaulte gegen den Himmel nach der Treppe, die hinaufführte. Bergenhem stellte ihn lauter. Er sah Plants Korkenzieherlocken vor sich. Er hatte Zeppelin in Kopenhagen gesehen, dieses Haar überall auf der Bühne. Jimmy Page schien die Gitarre wie eine Krücke zu benutzen. Er war groß wie der Himmel gewesen. Die konnten *spielen*. Bonham würde bald sterben, aber er zerschlug die Trommeln und bekam neue auf die Bühne gebracht. Jisses.

Bergenhem fuhr zu einem weiteren Rondell, fuhr zu den Speichern hinauf und schaltete den Motor ab. Er sah sich um und wählte die Nummer des Einsatzleiters, der aus irgendeinem Grund in Kvillebäcken saß. Vielleicht hatte ihn das McDonald's dort auf dem Backaplan gereizt.

»Ich bin jetzt draußen«, sagte er.

»Wo ist der Kollege?«, fragte es in der knisternden Leitung.

»Hier gibt's doch keinen Kollegen? Wo sollte der sein?«

»Er sollte warten.«

»Dann ist es ihm wohl langweilig geworden«, sagte Bergenhem. Er sah einen kleinen Laster zu einer der Laderampen fahren und anhalten. Er blieb mit laufendem Motor stehen.

»Ein Auto«, sagte er ins Mikrofon, »Laster mit Verdeck. Sieht privat aus.«

»Was machen sie?«

»Ich kann niemanden sehen. Der Motor ist auf Leerlauf gestellt. Steht vor Rampe D.«

»Sehen sie dich?«

»Wenn der Fahrer seinen Schädel um hundertachtzig Grad dreht, dann ja.«

»Dort sollte der Kollege stehen«, kratzte die Stimme, »genau dort.«

»Gut, dass er nicht dort gestanden hat«, sagte Bergenhem. Er sah die Rauchwolke aus dem Auspuff, noch bevor der Laster davonschoss. »Jetzt haut er ab!«

»Scheiße.«

»Soll ich bleiben oder ihn verfolgen?«

Es kratzte wieder, plötzlich *laut*, wie wenn rostiges Blech über einen groben Stein gezogen wird.

»Er verschwindet«, sagte Bergenhem.

»Fahr hinterher.«

Bergenhem verließ den Platz, der in einem großen eckigen Halbkreis von den Speichern umgeben war, die wiederum von verrosteten, sich wie Bauklötze aufeinander türmenden Containern umgeben waren.

»Es könnten ja auch Leute drinnen in den Speichern sein«, sagte er ins Mikrofon.

»Wir sind unterwegs«, sagte die Stimme.

Aneta Djanali wechselte ein paar Worte mit Ringmar.

»Ist das wahr?!«, rief sie.

»Da geht's hoch her«, sagte Ringmar. »Der alte Lindsten arbeitet schwer.«

»Warte noch. Lass noch einen Tag verstreichen.«

Aneta Djanali dachte an die Familie Lindsten. Die Wohnung der Tochter gehörte eigentlich dem Vater. Hans Forsblad ließ sich nicht blicken, weder drinnen noch draußen. Anette wohnte zu Hause, oder auch nicht. Susanne Marke schien einen festen Wohnsitz zu haben, aber sie schien auch die Einzige zu sein, wenn man von Herrn und Frau Lindsten absah, die sich wiederum auf einer ewigen Umlaufbahn zwischen der Hütte am Meer und der Villa in Fredriksdal zu befinden schienen.

Wo war Anette in diesem Augenblick?

»Okay«, sagte Aneta Djanali zu Ringmar. »Uns bleibt nichts anderes übrig.«

Bergenhem fuhr zum Freihafen hinterher. Er glaubte nicht, dass ihn der Fahrer in dem Laster vor ihm bemerkt hatte. Mein Auto konnte er nicht sehen. Irgendetwas anderes hat ihn veranlasst abzuhauen. Vielleicht ist der Kollege von drinnen aufgetaucht, und das konnte ich nicht sehen.

Man hatte den Verdacht, dass der Speicher voller Diebesgut war, oder fast: Er wurde noch gefüllt.

Der Laster da vorn, ein Scania, konnte mit Diebesgut beladen sein. Oder sollte er beim Speicher beladen und zu den Hehlern gebracht werden? In Göteborg gab es viele Hehler.

Er glaubte, sie seien auf dem Weg nach Ringön, aber der Laster auf dem Viadukt änderte jäh die Richtung und fuhr auf die Brücke zu.

Aneta Djanali wählte Anette Lindstens Nummer, nach zweimal Klingeln meldete sich jemand, aber sie verstand nichts.

»Ist da Anette?«

Wieder ein Gemurmel und starker Verkehrslärm.

Und Stille, als die Verbindung unterbrochen wurde.

Sie wählte erneut die Handynummer.

Besetzt. Di-di-di-di-di-di.

Sie wartete, ging durch den Korridor, der trocken und kühl war und nach nichts roch. Möllerström kam ihr mit einem Karton voller Abschriften im Arm entgegen und grüßte sie mit einer Kopfbewegung. Möllerström produzierte tonnenweise Abschriften und trug sie dann herum zwischen hier und da. *He moves in mysterious ways*. Sie sah ihm nach.

Sollten wir versuchen, Anettes Handy zu orten und dann zu verfolgen? Nein. Dazu würde sie keine Erlaubnis erhalten, wenn sie keine handfesteren Gründe angeben konnte.

Ihr Telefon klingelte.

Sie meldete sich und hörte wieder Verkehrslärm und ein undeutliches Gemurmel. Dann eine Stimme: »Bist du das, Aneta?«

Es war Bergenhem. Sie konnte seine Stimme gerade so hören. Der Verkehr rauschte, und es klang, als würde eine schwere Uhr im Hintergrund schlagen.

»Ja.«

»Wo ist Möllerström?«

»Schleppt einen Karton. Was hast du denn gedacht?«

»Kannst du ein Autokennzeichen für mich überprüfen?«

Bergenhem folgte dem Laster um den Polhemsplatsen herum. Das Gebäude von *Göteborg-Posten* wölbte sich über dem Verkehr. Noch einmal schien der Lastwagenfahrer zu zögern, bog dann in letzter Sekunde in die Odinsgatan ab und fuhr bei Gelb, das in Rot übersprang, über eine Ampel. Das Manöver zwang einen Personenwagen auf der Nebenspur zur Vollbremsung.

Es war ein unerlaubtes Manöver, aber Bergenhem hatte gerade noch Zeit, um den Personenwagen herumzufahren. Nur so verlor er das Fahrzeug vor sich nicht aus den Augen, das ihm jetzt vertraut erschien, die Abdeckung war blau und weiß, die Farben der Stadt, und unter der Abdeckung flatterte ein Seil wie ein Schwanz.

Aber der wahre Schwanz bin ich, dachte Bergenhem.

Sie fuhren über den Odinsplatsen und weiter die Friggagatan in östlicher Richtung, bogen bei Olskroket ab, und der Laster schwankte wieder, als ob der Fahrer gestört worden wäre. Er telefoniert, dachte Bergenhem. Vielleicht bekommt er Anweisungen, wie er fahren soll.

Sie fuhren weiter über den Redbergsplatsen, vorbei an Bagaregården und den Gamlestadsvägen hinauf.

Das Telefon schrillte in seinem Halter.

»Ja?«

»Die Kennzeichen gehören einem Berner Lindström«, sagte Aneta Djanali.

»Göteborg?«, fragte Bergenhem.

»Das Interessante ist, dass sie gestohlen sind«, fuhr Aneta Djanali fort. »Du hast doch gesagt, es ist ein Lastwagen?«

»Ja. Aber wiederhol bitte noch mal das Erste.«

»Berner Lindström besitzt einen Opel Kadett Caravan, Modell 91. Vor einer Woche sind ihm in Falkenberg die Kennzeichen gestohlen worden. Er hat es natürlich sofort der Polizei gemeldet.«

»Wir haben seine Schilder gefunden«, sagte Bergenhem und bog rechts in die Artillerigatan ab, musste jedoch vor einem anderen Laster halten, der wie aus einer Kanone abgeschossen vom Gamlestadstorget kam. Er versuchte über ein paar Autos vor ihm hinwegzusehen, konnte aber nichts Blauweißes mehr entdecken. Schei…

»Wo bist du?«, fragte Aneta Djanali.

»Ich kann ihn nicht mehr sehen«, sagte Bergenhem. Er schlug mit der Faust aufs Lenkrad. Kurz vorm Verkehrskreisel fuhr er siebzig und sah es blauweiß aufblitzen.

»Lars?«

»Da ist er!«, sagte Bergenhem mehr zu sich selber.

»Wo ist er?«, fragte Aneta Djanali. »Wo seid ihr?«

Bergenhem bog in einen weiteren Kreis ein.

»Kortedalavägen«, sagte er.

»Was?!«

»Auf dem Weg nach Norden durch Kviberg.«

»Alle Wege führen anscheinend nach Kortedala«, sagte Aneta Djanali.

»Jetzt biege ich zum Kortedala Torg ab«, sagte Bergenhem.

»Himmel«, sagte Aneta Djanali.

»Jetzt fährt er am Polizeirevier vorbei. Dasselbe hat er eben schon mal getan.«

»Und du meinst, sie haben dich nicht bemerkt?«

»Nein.«

»Bist du sicher?«

»Nein. Aber ... der Fahrer scheint mit was anderem beschäftigt zu sein. Ich glaube, er fährt nach Anweisung. Ein Fremder.«

»Aus Halland.«

Bergenhem lachte.

»Falkenberg«, sagte er.

»Wo seid ihr jetzt?«, fragte Aneta Djanali.

»Rat mal«, sagte Bergenhem.

»Du biegst gerade bei der Unox-Tankstelle nach rechts ab«, sagte Aneta Djanali.

»Erste Antwort: richtig«, sagte Bergenhem.

»Hab ich bei der zweiten Frage auch Recht?«

Er hörte die Erregung in ihrer Stimme.

»Mal sehen ... sie fahren nach rechts ... fahren auf den Hof oder wie man das nennen soll, die Vorderseite von dem Gebäude ... fahren zu einem der Eingänge ... ja, da ist er ... ich fahr jetzt dran vorbei ... guck in den Rückspie... da ist die Fünf, wo wir diesen Forsirgendwas festgenommen haben, jetzt seh ich jemand aus dem Laster ausstei... ich muss jetzt nach links abbiegen, Aneta.«

»Ich komme«, sagte sie und war schon unterwegs.

35

Winter rief in Donsö an. Erik Osvald meldete sich. Er war spätnachts nach Hause gekommen. Der Katamaran von Frederikshavn hatte sich wegen Sturm und schwerer See verspätet.

»Man fühlt sich so ohnmächtig«, sagte Osvald, und Winter war nicht sicher, worauf er sich bezog.

Aber Osvald hatte von fehlender Kontrolle gesprochen, der eigenen Kontrolle. Er hatte von seiner Trauer gesprochen. Niemand hörte sich mehr den Wetterbericht an.

»Mein Vater hat nicht ein einziges Mal draußen angerufen«, sagte Osvald. »Ich muss sagen, das hab ich zu schätzen gewusst.«

Er erwähnte die letzte Reise, spontan, ohne dass Winter gefragt hatte. Die Nachricht, die in einem »heiklen« Moment auf dem Meer von Johanna gekommen war.

Er redete und Winter hörte zu. Er schien das Bedürfnis zu haben, wie um sich von seiner Trauer abzulenken.

»Das Beste ist ja immer, wenn man eine Sorte Fisch findet, die nicht mit Quoten belegt ist. Und dann gern einen von den größeren Fischen. Und das scheint uns diesmal gelungen zu sein.«

»Was ist es?«, fragte Winter.

»Anglerfisch und Krebse«, sagte Osvald. »Wir haben eine Goldgrube gefunden. Wir haben gesucht und gesucht, und dann haben wir ein Gebiet entdeckt, wo sie sich ... ja, ein

Gebiet, da ist länger niemand gewesen, der Grund war wirklich eine Goldgrube. Wir haben massenhaft Anglerfisch bekommen.«

»Das ist ja ein teurer Fisch«, sagte Winter.

»Wir haben Anglerfisch für mehrere Millionen gefischt«, sagte Osvald.

»Gut.«

»Aber uns sind viele Schleppnetze zerrissen. Dieser Fisch vergräbt sich tief im Grund, da passiert es leicht, dass du nur über seinen Rücken schabst. Trotzdem, wir haben es geschafft, eine ganze Menge auszubuddeln.«

»Ich verstehe.«

»Der läuft unter ›übrige‹ Arten in den norwegischen Gewässern«, sagte Osvald, und Winter meinte Verwunderung in seiner Stimme zu hören.

»Kann ich in einer Stunde zu dir rauskommen?«, fragte Winter.

»Warum?«

»Ich muss dich einiges fragen.«

»Geht das nicht am Telefon?«

»Lieber nicht.«

»Äh ... und wann?«

»Ich kann in einer guten Stunde auf Donsö sein.«

»Es geht doch gar keine Fähre?«

»Ich hab schon für die Überfahrt gesorgt«, sagte Winter.

»Ach so ... aha ... du warst also sicher, dass ich hier bin?«

»Nein«, sagte Winter.

»Nee, nee.«

»Hast du die Briefe gefunden?«, fragte Winter.

Bei ihrem letzten Treffen hatten sie beschlossen, dass er und Johanna John Osvalds Briefe nach Hause an die Familie suchen sollten. Wenn es möglich war.

»Es gibt einige«, sagte Osvald. »Sie haben ... zwischen den Sachen von unserem Vater gelegen.« Er machte eine Pause. »Die hab ich tatsächlich noch nie gesehen.« Er machte noch eine Pause. »Ich hab sie noch nicht gelesen.«

»Ich bin in einer Stunde bei dir«, sagte Winter.

»Dann geht es also um die Briefe?«, fragte Osvald.

Erik Osvald erwartete ihn auf dem Anleger. Er war blass. Sein Trawler lag nicht am Kai. Dort, wo er vorher gelegen hatte, war eine Lücke. Winter wusste, dass er auf dem Weg zurück in die Nordsee war mit der Ablösung an Bord auf der Jagd nach Anglerfisch, Krebsen, Dorsch, Schellfisch. Geräucherter Schellfisch. Nein. Dänische Trawler, schwedische, schottische auf der Jagd nach dem Weißfisch, der geräuchert, frittiert und gedämpft werden würde. Dorschrücken, die auf den Esstischen in Brüssel landen würden. Die Besatzung selber konnte es sich nicht leisten, dort draußen auf dem Meer zu Tisch zu sitzen und den teuren Dorsch aufzuessen. An Bord gab es Schweinefilet und Rinderfilet zum halben Preis. Winter dachte an Osvalds Worte über den Rinderwahnsinn. Sie lebten in einer komplizierten Welt.

Dort draußen waren sie ihre eigenen Herren, eine Art Könige. Ihnen blieben die Norweger erspart, die in der Barentssee auf Fang gingen. Und die Holländer fischten nur Plattfisch, die waren keine Konkurrenz.

Winter ließ sich mit Hilfe von Osvalds Hand vom Polizeiboot auf den Kai ziehen. Einige Jungen auf Fahrrädern glotzten herüber. Osvald machte eine Bewegung, und der Pulk löste sich auf. Er lächelte. Einer der Jungs ließ seine Tretmühle wie ein Pferd steigen.

»Mein Sohn«, sagte Osvald.

»Wird er auch Fischer?«

»Die Chance soll er auf jeden Fall haben«, sagte Osvald. »Wenn er zwanzig ist, muss er wissen, was er machen will.« Er nahm seine Mütze ab und kratzte sich in den Haaren, die sich lichteten. Seine Stirn war rot, die Haut aufgesprungen von Sonne, Salz und Wind. »Danach ist es zu spät.«

»Ist es schwer, eine Besatzung zu kriegen?«, fragte Winter.

»Nein.«

»Sind viele Schiffe von hier auf dem Meer?«

»Nein.«

»Ach?«

»Hier auf Donsö hat der Generationswechsel nicht richtig geklappt.« Osvald begann auf den Ort zuzugehen, und Winter folgte ihm. »Die Alten waren mächtig sauer … die im Alter von meinem Vater … vielleicht ein bisschen älter.« Osvald redete in die Luft, er sah Winter nicht an. Über ihnen kreisten schreiende Möwen. »Die Kerle wollten einfach nicht loslassen, behielten ihre alte Besatzung. Und die *waren* wirklich gut … aber sie ließen die Jüngeren nicht ran.« Er sah Winter jetzt an. »Und da gab es das Angebot, dass unausgebildete Fischer Matrose auf der ›Stena‹ werden konnten … und da sind alle abgewandert. Aber sie konnten ja nicht zurückkommen zur Fischerei, damals nicht und jetzt nicht.«

»Warum nicht?«

»Heute ist zu viel Geld nötig, um überhaupt einen Anfang zu machen. Du hast ja mein Schiff gesehen. Tja … das ist nicht billig, 320 Bruttoregistertonnen, 1300 PS.« Er drehte sich um, als würde sein Schiff am Kai liegen und er könnte darauf zeigen. »Wenn wir jetzt aufhören würden, das brächte Kohle.«

»Möchtest du das denn?«, fragte Winter.

»Aufhören? Nie! Das möchte vielleicht die EU, aber ich nicht.«

Erik Osvald wohnte in einem der älteren Häuser. Die beiden Männer mussten sich bücken, als sie es betraten, aber drinnen war die Decke hoch, ein Gewölbe aus Holz über dem großen Zimmer. Es gab ein breites, hohes Fenster, das Licht hereinließ und den Blick freigab auf Klippen und Meer und den Horizont. Es war ein perfektes Zimmer.

Winter hörte von irgendwoher im Haus ein Geräusch und drehte den Kopf.

»Die Katze«, sagte Osvald. »Du bist hoffentlich nicht allergisch?«

»Ich weiß es nicht«, sagte Winter. »Ich hab noch nie eine Katze gehabt.«

»Aber du hast doch schon mal eine gestreichelt?«

»Nein.«

»Nein?!«

»Wirklich nicht«, sagte Winter. Das fiel ihm zum ersten Mal auf, und es war ja tatsächlich etwas verrückt. Ein Mann von über vierzig, der in seinem ganzen Leben noch keine Katze gestreichelt hatte. Er musste unbedingt in ein Dorf ziehen.

»Jetzt hast du Gelegenheit«, sagte Osvald, bückte sich und nahm eine kleine, magere kohlrabenschwarze Bauernkatze unter dem Bauch hoch und reichte sie Winter. Er streichelte sie unterm Kinn und strich ihr über den Kopf, so einfach war das also. Osvald ließ die Katze herunter, die mit einem Satz über die Schwelle sprang.

»Wir hatten schon eine Vorfahrin dieser Katze, als ... na ja, in dem Sommer, als du etwas mit Johanna hattest«, sagte Osvald.

»Damals bin ich nie hier gewesen«, sagte Winter.

Das stimmte. Er hätte vor mehr als zwanzig Jahren in diesem Zimmer stehen können und damals dasselbe Meer wie jetzt sehen können, dieselben kantigen Steinblöcke. Dieses Haus war das Elternhaus der Geschwister Osvald. Erik hatte es übernommen, und der Vater war in den Anbau gezogen. Johanna hatte ein eigenes kleines Haus, näher bei der Schule.

»Hast du mit Johanna gesprochen?«, fragte Osvald.

»Ja, und du?«

»Wir haben heute Morgen telefoniert«, sagte Osvald. »Der Arzt da ... der Pathologe ... soll irgendwas analysieren. Weißt du, worum es geht?«

»Heute Morgen hab ich noch nichts gehört.«

»Das hab ich nicht gemeint.« Osvald sah ihn mit diesen blassen Augen an, die an einen blauen Himmel im Januar erinnerten, mit einem schwachen Licht um die Pupillen. Sie waren wie die Augen aller hier draußen. Sie waren dem offenen Licht ausgesetzt, kein Fischer, der auf sich hielt, trug eine schwarze Sonnenbrille. »Ich meine ... woran er gestorben ist.«

Zum ersten Mal erwähnten sie Axel Osvald.

»Ich weiß nur, was sie anfangs sagten, dass es ein Herzanfall war.«

»Glaubst du daran?«

»Zunächst hab ich daran geglaubt.«

»Danach hab ich nicht gefragt«, sagte Osvald.

»Was gibt es denn für Alternativen?«, fragte Winter.

»Die Frage musst du wohl beantworten«, sagte Osvald. »Du bist doch von der Kripo.«

»Aber wenn ich *dich* darum bitte, darüber nachzudenken?«

»So weit bin ich noch nicht«, sagte Osvald. »Ich bin auch nicht sicher, ob ich überhaupt so weit komme.« Er ging auf die Tür zu, blieb aber wieder stehen. »Wozu soll das überhaupt gut sein?

»Ich weiß es tatsächlich nicht«, sagte Winter.

»Aber du scheinst diese Erklärung ja nicht ganz zu glauben«, sagte Osvald.

»Ist auf den anderen Reisen, die dein Vater nach Schottland unternommen hat, einmal irgendwas passiert? Als er nach … Spuren suchte, nach Informationen, was mit John passiert ist?«

»Er hat nicht nach Spuren gesucht«, sagte Osvald.

»Ach nein?«

»Nicht solche Spuren. Wir hatten alle akzeptiert, dass … Großvater mit diesem Schiff untergegangen ist. Mit der ›Marino‹. Es ging um Informationen, *wie* es passiert ist. Verstehst du? Er suchte nicht nach … dem leibhaftigen Großvater.«

»Hat er dir das so erzählt?«

»Ist das denn von Bedeutung?«

»Hat er dir das kürzlich gesagt?«, wiederholte Winter.

»Ungefähr«, sagte Osvald. »So hat er jedenfalls gedacht.«

»Dann muss der Schock enorm gewesen sein, als dieser Brief kam.«

»Ich weiß es nicht«, sagte Osvald.

»Warst du zu dem Zeitpunkt nicht zu Hause?«

»Ja und nein. Aber ich glaube, er … Vater … glaubte immer noch, dass … nichts Neues passiert war. Es ging mehr … tja, um die Umstände.«

»Die ziemlich unklar sind«, sagte Winter.

»Das kann man wohl sagen.«

»Wie viel hat er denn darüber herausgefunden?«

»Was man allgemein schon wusste. Das Schiff ist rausgefahren und nicht zurückgekehrt.«

Das ist die prägnanteste Art, es zusammenzufassen, dachte Winter.

»Auf der letzten Reise war nicht die ganze Besatzung dabei«, sagte er.

»Nein, und das war ein Glück für sie.«

»Aber warum waren sie nicht dabei?«

»Es gab verschiedene Erklärungen, abhängig davon, wen man fragte«, antwortete Osvald. »Und jetzt kann man niemanden mehr fragen.« Er machte noch einen Schritt. »Ich hol jetzt diese Briefe.«

36

Bergenhem behielt den Laster im Auge, und die beiden Männer, die ausgestiegen waren und daneben standen, schienen dasselbe zu tun oder auf etwas zu warten, auf jemanden zu warten.

Einer von ihnen, der Ältere, sah auf die Uhr.

Bergenhem hatte in einer Querstraße auf der anderen Seite der Fastlagsgatan geparkt, in einer Reihe von Autos, die alle ihre beste Zeit hinter sich hatten. Sein ziviler Dienstwagen würde vielleicht auffallen, wenn er nicht so dreckig wäre.

Er kommunizierte über abhörsicheren Funk mit dem Einsatzleiter, der offensichtlich den Ort gewechselt hatte. Es klang, als würde er kauen, während er antwortete. Hamburger.

»Wir sind drinnen im Speicher«, sagte der Einsatzleiter.

»Ich bin in Kortedala gelandet«, sagte Bergenhem.

»Wo ist der Laster?«

»Parkt fünfzig Meter von mir entfernt.«

»Gut. Der enthält wahrscheinlich Diebesgut.«

»Ich weiß nicht, ich glaube, der ist leer. Ich glaube eher, die wollen was holen.« Er sah einen der Männer, den Jüngeren, eine Zigarette anzünden. »Was soll ich tun?«

»Behalt sie bis auf weiteres im Auge.«

»Wie sieht es dort drinnen aus?«, fragte Bergenhem.

»Wir haben die Einrichtung aus Häusern von halb Göteborg gefunden«, sagte der Befehlshabende, der Meijer hieß. »Hier drinnen sieht es aus wie bei Ikea.«

Bergenhem lächelte.

»Oben in Tagene haben die Jungs was Ähnliches gefunden«, sagte Meijer.

»Dann hat Hisingen endlich auch sein Ikea bekommen«, sagte Bergenhem. Er sah, wie sich die Männer um ihren Laster bewegten, falls er ihnen gehörte. Sie unterhielten sich, als wollten sie eine Entscheidung treffen.

»Sind das garantiert gestohlene Sachen?«, fragte er.

»Wir haben schon einiges identifiziert«, sagte Meijer.

»Okay.«

Ein Auto fuhr vor dem Möbellager vor und parkte hinter dem Laster. Ein älterer Mann stieg aus. Bergenhem notierte sich das Autokennzeichen.

Die drei dort hinten schienen über ein Problem zu diskutieren, dem noch die Lösung fehlte. Der Mann, der eben angekommen war, zeigte nach oben und dann in eine andere Richtung. Einer der Lastwagenmänner, der Jüngere, zuckte mit den Schultern. Sein Kamerad begann in seinen Laster zu steigen. Der Neuankömmling machte eine Kreisbewegung mit der Hand.

Hier scheint eine Art Missverständnis vorzuliegen, dachte Bergenhem.

Der Neuankömmling sah sich um und ging dann ins Haus.

Der Laster startete, spuckte Qualmwolken von Diesel der schlimmsten Sorte aus. Bergenhem musste einen Entschluss fassen. Er startete seinen Wagen, als der Laster vorbeifuhr. Der Jüngere saß am Steuer. Der Ältere telefonierte über sein Handy.

Bergenhem folgte ihm in Richtung Süden. Nach dreihundert Metern begegnete er Aneta und erkannte, dass sie eine Nummer eingab. Sein Handy klingelte.

»Ich hab offenbar was verpasst«, sagte sie.

»*Here we go again*«, sagte Bergenhem.

»Was ist passiert?«

»Nichts, die sind gar nicht ins Haus gegangen.«
»Ach?«
»Da ist ein anderer gekommen.«
»Und?«
Sie kamen wieder am Polizeirevier vorbei. Es schien ausgeräumt. Draußen standen keine Autos, und niemand ging hinein oder kam heraus. Oder wurde hineingeführt oder hinaus. Bergenhem überlegte, ob das Revier auch für immer geschlossen hatte, wie unten in Redbergslid.
»Da kam also ein anderer, ein Älterer, er ist ins Haus gegangen, und die anderen sind weggefahren.« Bergenhem bog nach links ab. »Es war derselbe Eingang wie letztes Mal.«
»Ist er jetzt dort?«, fragte Aneta Djanali.
»Das nehme ich an. Es ist fünf Minuten her. Er hat sein Auto draußen abgestellt. Ich hab das Kennzeichen aufgeschrieben. Brauchst du es?«
»Das erledigen wir später«, sagte sie. »Tschüs.«
»Aneta!«, rief Bergenhem, bevor sie auflegte. »Sag nichts vom Laster.«
»Natürlich nicht.«
»Ich ruf dich später an.«
Bergenhem fuhr weiter nach Süden, denselben Weg wie vorher. Kortedala hin und zurück, dachte er, als er an Olskroken vorbeikam und weiter in die Stadt über die Friggagatan fuhr. Am Odinsplatsen sah er die blauweiße Abdeckung nach links abbiegen, er folgte ihr über den Fluss und bei Grün über die Ampeln, die Skånegatan hinauf und am Polizeipräsidium vorbei. Der Mann vor ihm fuhr offenbar gern bei der Polizei vorbei.

Aneta Djanali parkte hinter Sigge Lindstens Auto.
Der Fahrstuhl war oben. Sie holte ihn herunter, und während er kam, lauschte sie dem Wind, der wie eine Spirale durchs Treppenhaus wehte, hinauf, hinunter. Es zischte wie eine Stimme.
Im Fahrstuhl sah sie direkt auf die Wand, wo einmal der Spiegel gehangen hatte. Jetzt starrte sie auf schwarze Kreise, die mit Farbe gemalt worden waren, die sich nie wieder ent-

fernen ließ. Ihr kam es so vor, als wären noch mehr Kreise hinzugekommen seit dem letzten Mal.

Die Tür zur Wohnung stand offen. Sie klopfte zweimal.

Sigge Lindsten kam aus der Küche in den Flur. Er sah nicht erstaunt aus.

»Was ist denn jetzt schon wieder?«, fragte er nur.

»Hier ist es ja immer noch leer«, sagte Aneta Djanali.

»Ja.«

»Kein Nachfolger für Anette?«

»Nein.«

»Warum nicht?«, fragte Aneta Djanali.

»Was spielt das für eine Rolle?«, sagte Lindsten. »Und wenn ich einen hätte, wär das meine Sache. Das ist meine Wohnung, oder?«

»Wie geht es Anette?«

»Gut, glaub ich.«

»Wo ist sie?«

»Zu Hause. Aber jetzt lassen Sie sie bitte in Frieden.«

»Forsblad hat nicht von sich hören lassen?«

»Nein.«

»Oder seine Schwester?«

»Auch nicht.«

»Was halten Sie von seiner Schwester?«

»Nichts. Darf ich jetzt hier weitermachen?«

»Warum sind Sie hergekommen?«, fragte Aneta Djanali.

Sigge Lindsten antwortete nicht. Er verschwand wieder in der Küche. Aneta Djanali machte ein paar Schritte in den Flur und sah ihn vor einem der Schränke stehen. Er drehte sich abrupt um, als er sie sah. In seinen Augen blitzte etwas, das sie veranlasste, sich sofort zurückzuziehen. Sie ging hinaus ins Treppenhaus und lief drei Treppen hinunter, fünf Treppen, sechs, bis sie unten an der Haustür war. Sie musste über sich selber staunen, als sie zurück zum Auto ging. Ihr war kalt. Was war passiert?

Winter las die Briefe, einen nach dem anderen. Sie waren kurz, in ungelenker Schrift von einem jungen John Osvald an seine junge Frau geschrieben. Die Briefe waren nicht datiert. Aber im zweiten wurde auf etwas im ersten Bezug genommen. Winter las es wieder. Er schaute auf.

»Hat dein Vater von diesen Briefen erzählt?«

»Nein.«

»Hat er sie gelesen?«

»Sie lagen in seinem Schlafzimmer. Er muss sie hervorgenommen haben, um … ja, da stand eine Schachtel im Regal, und die war immer noch offen. Ich glaube, darin hat er sie verwahrt.«

»Gibt es noch mehr?«

»Wir haben keine gefunden. Und wie ich schon sagte … er hat nie was darüber gesagt.«

»Warum wohl?«

»Warum nicht? Wahrscheinlich hat es ihn zu sehr mitgenommen. Ich weiß es nicht. Du siehst ja, dass er einen Gruß im zweiten Brief bekommen hat, und …«

Erik Osvald beendete den Satz nicht.

»Der zweite Brief kam aus einem anderen Ort«, sagte Winter.

»Ja, vielleicht.«

Winter zitierte: »*Wir hoffen, dass hier bessere Zeiten kommen.*«

Er sah auf.

»Sie sind woanders hingezogen.«

Osvald nickte.

»Das war wohl in Peterhead«, sagte er.

»Sind bessere Zeiten gekommen, wie er schreibt?«

»Ich weiß es nicht, Erik. Und soviel ich weiß, weiß das niemand.«

»Hör mal hier«, sagte Winter und las wieder laut vor: »*Was du da gehört hast, ist nicht so, wie du denkst. Du musst mir glauben.*« Er schaute Osvald an. »Er bezieht sich auf etwas, das er offenbar vorher geschrieben hat. Oder etwas, wovon seine Frau hat reden hören.«

»Vielleicht«, sagte Osvald.

»Deine Großmutter … hat sie nie darüber gesprochen?«

»Nicht, soweit ich mich erinnere. Wir waren noch klein, als sie gestorben ist.«

Wie deine Mutter, dachte Winter. Beide Frauen in der Familie Osvald hatten die Kinder verlassen, die Männer. Jetzt hatten die Kinder nur noch einander. Die beiden Brüder sind im Meer vor Schottland verschwunden, fast in Sichtweite vom Land. Jetzt war auch der Vater der Kinder dort gestorben.

Erik Osvald hatte selber Familie, seine Frau und den Sohn. Johanna Osvald hatte ihren Bruder. Er dachte daran, was sie oben in Inverness denken mochte. Er war nicht sicher, ob sie noch dort sein würde, wenn er kam.

Osvald saß still da, den Blick auf die Klippen vorm Fenster gerichtet, als ob er meditierte. Saß er so jede zweite Woche, wenn er zu Hause war? Eine Woche da draußen, eine Woche hier drinnen.

»Ich fliege morgen rüber«, sagte Winter.

»Was?«

»Ich fliege morgen nach Inverness.«

»Wie bitte?« Osvald schien zusammenzuzucken. Er nahm den Blick vom Fenster.

»Bist du erstaunt?«, sagte Winter.

Osvald kratzte sich in den dünnen Haaren über der Stirn.

Winter wartete. Ein Transportmoped fuhr draußen vorbei, das Geräusch bog ums Haus und hüpfte über die Klippen.

»Ist es Johanna?«, fragte Osvald, die Hand immer noch auf dem Kopf.

»Wie bitte?«

»Ist immer noch etwas zwischen Johanna und dir?«

»Meinst du, das wäre der Grund, dass ich dorthin fahre?«

»Was sollte sonst der Grund sein?«

Das ließ Winter für eine Sekunde verstummen.

»Hat es dir die Sprache verschlagen?«, fragte Osvald.

Das Moped fuhr wieder vorbei, aus der anderen Richtung. Einige Seevögel schrien. Winter meinte, eine Fähre tuten zu hören.

»Es gibt zwei Gründe«, sagte Winter, »und die hängen wahrscheinlich zusammen.«

Bergenhem folgte dem Laster. Es war leichter als vorher. Die Skånegatan war breit und gerade. Im Funk kratzte es. Er meldete sich und verließ die Vorfahrtstraße am Korsvägen. Der Laster fuhr weiter auf dem Södra vägen in Richtung Mölndalsvägen.

»Die Kennzeichen an dem Fahrzeug sind gestohlen«, sagte er zu Meijer.

»Oh Scheiße.«

»Warum sind sie zu den Speichern gefahren und dann umgekehrt?«, sagte Bergenhem.

»Wahrscheinlich haben sie einen Anruf gekriegt und sind umdirigiert worden«, sagte Meijer.

»So könnte es sein.«

»Sollen wir ein Überfallkommando schicken und sie schnappen?«, sagte Meijer.

»Wollen wir nicht wissen, wohin sie wollen?«

»Doch«, sagte Meijer.

»Dieser ganze Einsatz ist ziemlich groß, oder?«

»Sehr groß«, sagte Meijer, »sehr, sehr groß.«

»Dann machen wir vielleicht was kaputt, wenn wir jetzt zuschlagen«, sagte Bergenhem.

»Das siehst du ganz korrekt«, sagte Meijer. »Fahr mit der Überwachung fort gemäß Anordnung und tu nichts, warte weitere Anweisung ab.«

Bergenhem schüttelte den Kopf und lächelte vor sich hin.

»Und gib mir das Kennzeichen, Bergis.«

»Red mit Aneta Djanali von der Fahndung«, sagte Bergenhem und drückte auf aus.

Jetzt waren sie auf dem Mölndalsvägen und kamen am südlichen Eingang vom Vergnügungspark vorbei. Die Straße war immer noch breit und gerade. In Höhe von Sörgården änderte sie den Namen und hieß Göteborgsvägen. Der Laster fuhr an den Fabriken von Krokslätt vorbei. Bergenhem versuchte, immer vier Autos zwischen sich und dem Laster zu haben.

Es ging weiter über die Kungsbackaumgehung. Bergenhem kontrollierte den Benzinstand. Alle Wagen, die fahrbereit waren, sollten voll getankt sein. Das war dieser nicht, der musste irgendwo anders gewesen sein, kurz bevor er ihn bekam. Aber es reichte noch für hundert Kilometer, vielleicht für hundertzwanzig.

Sie fuhren durch Kållered. Bei der südlichen Ausfahrt bog der Laster nach rechts ab und Bergenhem folgte ihm, sah ihn wieder nach rechts fahren, um einen Parkplatz herum, und dann vor Ikea parken.

Bergenhem parkte auch. Die Männer waren hineingegangen, zwei unter Hunderten.

Bergenhem öffnete die Autotür und blieb sitzen. Auf dem Parkplatz roch es nach Benzin. Und nach Bratwurst.

Am Wochenende hatte er mit Krister Würstchen gegrillt. Auf Stora Amundö, nicht weit von hier entfernt. Doch, ziemlich weit.

Sie hatten über alles gesprochen.

Martina glaubte, er arbeitete. Er glaubte nicht, dass sie anrufen und ihn kontrollieren würde. Manchmal kam es ihm so vor, als mache sie sich nichts mehr aus ihm.

Sie schaute weg. Immer schaute sie weg.

So geht das nicht, hatte er gedacht, als er zum Linnéplatsen fuhr, um Krister abzuholen.

Er hatte es draußen in den Klippen gesagt. Das Meer um sie herum war voller Segel.

Es geht nicht mehr.

»Möchtest du keine Freunde haben?«, hatte Krister gesagt.

»Ich will mich nicht heimlich mit ihnen herumdrücken«, hatte er gesagt.

»Das brauchst du nicht heimlich zu tun«, hatte Krister gesagt.

»Aber das tu ich doch. Ich lüge wegen der Zeiten.«

»Erzähl es Martina.«

»Was soll ich ihr erzählen?«

»Das weißt du selber am besten«, hatte Krister gesagt.

Zum Teufel, ich weiß es, hatte er gedacht.

Er hatte Krister viermal getroffen.

Nichts war passiert.

Alles war Verwirrung.

Vielleicht ging es nur um ihn und Martina. Vielleicht waren sie das Problem. Ihre so genannte Beziehung. Vielleicht sollten sie einfach mal miteinander reden. So simpel und so kompliziert das vielleicht auch war.

Da draußen hatte er Ada vermisst. Es war ein wunderbarer Tag gewesen. Der Himmel war so blau gewesen. Und plötzlich hatte er Ada vermisst.

Das ist ja verrückt, hatte er gedacht. Ich hier und die beiden dort.

Ich lüge.

»Ich möchte, dass wir uns eine Weile nicht sehen«, hatte er auf dem Rückweg im Auto zu Krister gesagt.

»Okay«, hatte Krister geantwortet.

Sie hatten sich auf dem Sveaplan die Hand geschüttelt.

Winter hatte von Macdonald erzählt. Aber das war nur der kleinere Anlass gewesen. Er versuchte den anderen zu erklären, den großen. Es war nicht leicht.

»Ich irre mich meistens nicht«, sagte er.

Osvald sah wieder aus dem Fenster. Draußen schien es zu dämmern, aber eigentlich war es noch zu früh für die Dämmerung. Eine Wolke musste über die Insel gezogen sein.

»Wenn es möglicherweise noch mehr gibt, was man wissen müsste, dann ist es natürlich gut, wenn es jemand versucht herauszufinden«, sagte Osvald.

Winter nickte.

»Du meinst also, es gibt da noch was?«

»Ich weiß es nicht. Darum fahre ich hin.«

»Ich verstehe«, sagte Osvald.

»Jemand hat deinen Vater veranlasst rüberzufahren«, sagte Winter.

»Wie meinst du das?«

»Na, es ist doch ein Brief gekommen, oder?«

»Ja, ja, genau.«

Winter blickte auf die beiden alten Papierbögen, die auf dem gläsernen Sofatisch lagen. Er konnte die etwas nachlässige Schrift von hier aus sehen, aber nicht lesen.

»Ich würde die beiden Briefe gern eine Weile mitnehmen.«

»Warum?«

»Damit wir sie ein wenig näher untersuchen können.«

»Fingerabdrücke?«

»Wie kommst du darauf?«, fragte Winter.

»Ja … ich weiß nicht, das ist mir nur so eingefallen.«

Winter sagte nichts. Draußen hörte er zum dritten Mal das Moped, brutt-brutt-brutt-bruuuut, als es vorbeifuhr, brutt-brutt-brutt. Er dachte plötzlich an einen alten Film, in dem regelmäßig oder besser unregelmäßig ein Motorrad in einer Ansammlung von Leuten auftauchte, in einer Stadt, plötzlich war es dort und dann weg. *Amarcord*. Fellini.

Es gab noch einen anderen Film … es war dasselbe … ein Typ auf einem Motorrad, und das war offenbar als Zwinkern in Richtung Fellinis Film gemeint … wie hieß der andere … er sah ein Dorf und ein Meer … er hieß *Local Hero*. Und ihm fiel ein, dass er irgendwo in Schottland gedreht worden war, in einem kleinen Ort am Meer, wo alle misstrauisch gegen Neuankömmlinge waren.

»Nicht wegen der Fingerabdrücke?«, fragte Osvald.

»Vielleicht«, sagte Winter.

Er dachte an den Brief, der vor einem Monat gekommen war und der Axel Osvald veranlasst hatte, sich auf den Weg zu machen in seinen Tod. Er blickte seinen Sohn an und sah, dass auch er daran dachte.

»Willst du sie *vergleichen*?«, fragte Osvald.

»Vielleicht«, sagte Winter.

»Aber du glaubst doch nicht, dass …«

Winter antwortete nicht. Das Moped kam zum vierten Mal vorbei. Wahrscheinlich waren es verschiedene Mopeds, aber sie klangen genau gleich. Er sah diesen Film aus Schottland in seiner Erinnerung vorbeiziehen. Die Häuser lagen nah beieinander. Es gab ein Wirtshaus. Das wurde von einem verschlagenen Kerl betrieben. Ein Amerikaner hatte mit ihm über den Kauf eines Stücks Strand verhandelt.

»Das ist ja geradezu idiotisch«, sagte Osvald. »Dann müsste Großvater ja noch am Leben sein.« Er stand auf. »Glaubst du das wirklich?«

»Was glaubst du selber?«

»Nein, nein.«

»Was hat dein Vater geglaubt?«

»Das nicht.«

»Bist du sicher?«

»Vielleicht hat er es gehofft. Irgendwann. Aber das ist was anderes.«

Glaube. Oder Hoffnung. War das ein Unterschied? In Winters Welt, in der Welt, in der er bis jetzt die meiste Zeit verbracht hatte, in seinem erwachsenen Leben, glitten Glaube und Hoffnung manchmal ineinander.

»Ich möchte dich um etwas bitten, Erik«, sagte Winter.

»Und um was?«, fragte Osvald.

»Hast du ein Foto von deinem Großvater, als er jung war?«

Osvald griff sich wieder an die Stirn. Er strich sich durchs Haar. Er stand mitten im Zimmer.

»Ein anderes Foto kann ja nicht existieren«, sagte er. »Für uns gab es ja nur den jungen Mann.«

»Gibt es ein Foto?«

»Ja«, sagte Osvald und verließ das Zimmer.

Bergenhem stand vier Parkreihen vom Laster entfernt, der im Wind zu schwanken schien, wenn sich die Abdeckung bewegte. Er sah auf die Uhr. Jetzt saß er schon eine halbe Stunde hier. Er stieg aus und ging näher an den Laster heran. Er schaute zum Eingang, wo Hunderte von Menschen aus- und eingingen mit Einkaufswagen, die mit flachen Paketen beladen waren. Ikeas Geschäftsidee waren flache Pakete, und die segelten um die Welt. Überall auf der Welt kauften Leute die Pakete und montierten sie in ihren Wohnungen, ihren Welten. Bergenhem hatte immer noch eine Narbe an den Fingerknöcheln von dem Versuch, einen Fernsehtisch zu montieren, bei dem die vorgebohrten Löcher in einer steinhart geklebten Buchenscheibe nicht mit den Beschlägen übereinstimmten. Er hatte geflucht und geblutet. Aber es war billig gewesen. Schließlich hatte er die Schrauben mit einem Hammer eingeschlagen.

Er sah wieder auf die Uhr, wieder zum Laster. Er ging auf den Eingang zu.

Eine halbe Stunde später begann sich der Parkplatz zu leeren.

Der Laster stand immer noch da.

Bergenhem ahnte, was passiert war.

Eine Viertelstunde später war der Laster allein. Jetzt begriff Bergenhem es ganz genau. Er rief Meijer an.

37

H*arbour office.* Es sah wie immer aus, eine Wand zum Meer hin. Er hatte vor der Werft geparkt und war am Kai entlang zurückgegangen. Es war windstill. Das war passend. Hier war es immer windstill, eine Stille, die niemand wollte. Peterhead hatte jetzt alles übernommen, oder fast alles. *The Shipyard* hinter seinem Rücken war leer. Ein Hammerschlag von dort konnte Vorübergehende zusammenzucken lassen. Aber es kamen keine Schläge mehr.

Er selbst hatte einen Hammer dort drinnen in dem roten Staub gehalten.

Plötzlich drehte er sich um, direkt vor der Fischmarkthalle, die teilweise auf Pfählen über dem Wasser erbaut war. Menschen strömten heraus auf dem Weg zu den Bussen, die auf dem Parkplatz warteten. Er hörte Amerikanisch, das klang, als würden Schafe zwischen den Bussen hervorbrechen. Brae-brae-brae-brae.

In den Hafenbecken lagen Schiffe, die noch einen Sinn in der Gegenwart hatten, Trawler von hier und vom Hoorn: »Three Sisters«, »Priestman«, »Avoca«, »Jolair«, »Sustain«. Ein bekannter Name: »Monadhliath«.

Das konnte nicht wahr sein.

Ein Mann kam an Achterdeck. Er ging so schnell vorbei, wie er konnte, den Blick auf den *Marine Accident Inv. Branch* auf der anderen Seite gerichtet.

Er brauchte keine Erinnerung.

An den Häusern hinter der Werft hatte sich absolut nichts verändert. Die Steinwände waren wie der Grund des Meeres, es würde Millionen Jahre dauern, ehe sie sich verändern, abgenutzt sein würden. Er ging die Richmond Street auf und ab. Das dauerte vier Minuten, die Straße war nicht einmal hundert Meter lang. Er hatte in Nummer vier gewohnt. Die Fenster waren schwarz. Die Tür war neu, eine Holzart, die er nicht kannte. Sie musste von einem Schiff hierher gebracht worden sein. So musste es wohl sein. Der Wind, der vom Meer her durch die Richmond Street wehte, *war* das Meer, genauso feucht wie das Meer. Wer hier entlangging, wurde nass und kalt. Nicht im Augenblick, der Wind kam von Süden, aber sonst war es häufig so.

Die Straße war nur eine von zehn gleichen Straßen. Hätten sie keine Namen, würde niemand nach Hause finden. Betrunkene Werftarbeiter vergaßen manchmal, in welcher Straße sie wohnten. Lesen konnten die meisten, jedenfalls den Namen ihrer Straße, ihre Geburtsurkunde, und die Familie konnte die Sterbeurkunde lesen. Es war ein hartes Leben, es war kalt. Während der entsetzlichen Jahre war er nicht hier gewesen und doch in der Nähe. Die meisten Erinnerungen hatte er weggeätzt. Die Rückkehr würde wehtun. Er wusste, wie es sich anfühlen würde.

Im Marine Hotel kostete das Einzelzimmer fünfundzwanzig Pfund. Damals war es einen ganzen Monat lang seine Bleibe gewesen.

Er ging im Haus herum. Die Bar hatte man verlegt. Am Eingang hing ein Anschlag. »Cunard Suite.« Der hatte damals schon dort gehangen.

Er stand in der engen Empfangshalle.

Es war derselbe Geruch.

Jesus.

»*Can I help you, sir?*«

Sie stammte nicht aus jener Zeit. Ihre Haare waren blond, und sie trug einen langen Rock, das war ungewöhnlich für einen jungen Menschen. Sie sah ihn eigentlich nicht an. Es war ein Wunder, dass sie ihn überhaupt gesehen hatte.

»*I just wanted to …*«, sagte er, und das war alles. Er drehte um und ging wieder hinaus, an *Forsyth's* und *Moray Seafoods* vorbei, über den Hügel zum Marktplatz.

Das alte Hotel sah unberührt aus. Darauf waren keine Bomben gefallen. Er musste sich auf eine der Bänke vorm Rathaus setzen. Es war kein Rathaus mehr, so viel konnte man erkennen. Alte Leute gingen ein und aus, einige schienen fünfzig Jahre älter zu sein als er. Auf der Bank gegenüber saß ein alter Mann, saß da und schlief in der blassen Herbstsonne.

Hier war es. *Hier* war es. Er hatte Panik empfunden und war nie wieder gekommen. Hier hatte es angefangen.

Es waren all die Menschen, Tausende, Zehntausende.

Der Krieg war vorbei. Was war das… das zwanzigjährige Jubiläum des Monuments? Ja. Vielleicht. Sie hatten den Frieden gefeiert und das Denkmal, das zwanzig Jahre alt war. Es war so eng gewesen, dass er kaum atmen konnte.

Er betrachtete das Kriegerdenkmal. Es stand natürlich noch vor dem alten Rathaus auf dem alten Teil des Platzes.

The War Memorial.

Denkmal für die Toten des ersten großen Krieges.

In Proud And Grateful Remembrance.

Their Name Liveth For Ever.

Er erhob sich mit seinen Erinnerungen und überquerte die Straße. Hier hatte er gestanden, zwischen all den anderen. Damals hatte er sich umgedreht. Es war ein Geräusch gewesen. Ein klickendes Geräusch.

Sie hatten einige Male in Buckie gebunkert. Vielleicht nur zweimal. Arne hatte bleiben wollen. Nicht diesmal, hatte er gesagt. Wir kommen wieder. Es war das letzte Mal gewesen. *The Buckie boys are back in town*, hatte Arne gesagt, als sie anlegten. Er hatte es beim Biertrinken im »Marine« wiederholt.

Sie hatten gleichzeitig mit »Monadhliath« abgelegt. Es

war am Tag darauf gewesen. »Monadhliath« war auf treibende Minen gelaufen. Das war einen weiteren Tag später gewesen. Vielleicht hatte er die Explosion gehört. Er hatte ein Licht in der Nacht gesehen.

Zwei Stunden später war »Marino« untergegangen.

Er hatte Bertil überredet, nicht mitzukommen. Nein. Er hatte ihn gezwungen! Das war in Fraserburgh gewesen. Sie bekamen die letzten Instruktionen.

Arne sollte sowieso nicht mitkommen. Er hatte eine Verabredung in den Bergen und fuhr, versteckt unter einer Persenning auf der Ladefläche eines Lasters, dorthin. Mehr Waffen. Immer mehr Waffen.

Arne konnte kein Deutsch. Andere konnten Deutsch.

Egon kam mit aufs Meer. Ihn konnte er nicht zwingen, an Land zu bleiben. Er hatte es versucht. Egon drängte sich auf der letzten Reise auf.

Mit Frans hat er damals nicht gesprochen. Sie sprachen nicht mehr miteinander. Nur in Notfällen. Nur, wenn es gar nicht anders ging.

»John, du bist verloren«, hatte Frans gesagt.

»Wir sind alle verloren«, hatte er geantwortet.

Frans hatte von Ella gesprochen. Ein verrücktes Gespräch, wahnsinnig. Frans hatte ihn beschuldigt. Lass sie in Ruhe, hatte er gesagt. Ella gehört *mir*. Es war wahnsinnig. Es war eine Lüge. Frans trank. Frans redete wie ein Irrer. Frans war unvorsichtig mit den Waffen. Frans hatte Angst.

Egon sah ängstlich aus. Egon ging ihm aus dem Weg. Egon hielt sich unten in der Messe auf. Egon hatte Angst.

Er stand in der Kajüte. Er trank. Er fror. Er lauschte auf den Wind. Er hatte auch Angst. Es war eine Vorahnung. Er hätte es Egon nicht erklären können.

Als sie im Schutz der Klippen auf Clubbie Craig zufuhren, hatte der Wind kräftig aufgefrischt.

Vor Troup Head war der Treffpunkt. Er konnte das Dorf dort drinnen unter den Felsen nicht sehen. Alles war dunkel. Plötzlich tauchte das Signal oberhalb von Cullykhan Bay auf. Das andere Schiff lief aus.

Sie fuhren nach Norden. Sie luden ab und luden wieder auf. Sie fuhren weiter. Sie luden ab. Sie fuhren weiter. Der Wind nahm zu. Noch konnten sie nicht nach Hause zurückkehren. Sie fuhren in den Sturm.

Jetzt hatte er keine Angst mehr. Aber Egon hatte Angst.

Frans hatte keine Angst. Frans kam in die Kajüte. Frans fuchtelte mit einer deutschen Armeepistole.

»Wollen wir Schellfisch schießen?!«, schrie er.

Er antwortete nicht. Es kam eine starke Bö. Er steuerte gegen. Frans schwankte.

»Wir haben reichlich davon!« Frans fuchtelte mit der Pistole. »Und schwerere Kaliber!« Er wedelte wieder. »Damit können wir Wale schießen!«

Frans hatte Waffen beiseite geschafft. Wie hatte er das angestellt?

Das wurde mit dem Tode bestraft. Es kam nicht darauf an, ob man nur wenig zurückbehalten hatte. Oder viel.

Fast alles wurde mit dem Tode bestraft.

»Leg sie weg!«, rief er.

»Sollen wir die Schleppnetze aussetzen?!«, schrie Frans. »Ha, ha, ha!«

»Geh unter Deck!«, rief er.

Bei dem schweren Seegang verlor Frans das Gleichgewicht. »Marino« fiel, fiel zwanzig Meter tief, dreißig Meter. Das Meer war durchgedreht. Das Wasser war eine Wand. Das Wasser war hart wie Stein. Das Wasser war eine Mauer. Das Wasser war der Tod.

Frans ließ die Pistole fallen. Frans hob sie wieder auf. Frans verlor das Gleichgewicht. Er war auf dem Weg hinaus, einen Meter von der Tür entfernt. Er schwankte.

Egon war auf dem Weg hinein. Der Sturm warf ihn hinein.

Ein Schuss löste sich. Noch ein Schuss.

Egon explodierte. Egons Kopf wurde gespalten. Egons Körper fiel.

Frans hielt immer noch die Pistole in der Hand. Er ließ sie fallen. Er stürmte zur Tür hinaus.

Egon lag still auf dem nassen Boden. Durch die Türöffnung sprudelte Wasser herein.

Er zurrte das Ruder fest. Er schleppte den Körper in den Schutz. Er suchte nach Frans. Er rief seinen Namen durch den Sturm. Frans antwortete nicht. Er wusste, dass er noch an Bord war. Er fand ihn. Frans versuchte etwas zu sagen. Er hörte nicht hin. Frans sah ihn an. Er schloss die Augen.

Jesus!

38

Um halb zwölf landeten sie auf dem Flugplatz von Inverness. Die Sonne schien, aber sie stand niedrig und hatte keine Kraft. Vom Taxi in die Stadt aus sah Winter eine offene Landschaft, irgendwo im Norden schimmerte Wasser und südlich der Stadt die Silhouetten der großen Berge. Es waren die Highlands.

»Die sind ja höher, als ich gedacht habe«, sagte Angela. »Das ist schön.«

Inverness bestand aus alt und neu. Widerwärtige Betonrondelle schraubten sich in das mittelalterliche Zentrum. Auf dem Hügel konnten sie das Schloss sehen. Das Taxi fuhr langsam durch die Stadt und kroch am River Ness vorbei. Sie passierten eine Brücke, fuhren fünfhundert Meter am Fluss entlang und hielten vor dem kleinen Glenmoriston Hotel, in dem Winter, auf Macdonalds Empfehlung, ein Zimmer gebucht hatte. Behaglich, gut gepflegt und teuer, wie Macdonald gesagt hatte. Winter fand den Preis nicht besonders hoch, nicht wenn man ihn mit seinem Apartmenthotel in London verglich, und dort hatte er noch nicht einmal den vollen Preis bezahlt.

Das Zimmer im ersten Stock war groß, von dort hatten sie einen Panoramablick über den Fluss und den Park dahinter und die dreihundert Jahre alten Granithäuser zu beiden Seiten der Kathedrale. Winter öffnete das Fenster. Der Wind war immer noch mild. Er sah Leute auf den Parkbänken am anderen Ufer sitzen. Bis dorthin war es nicht weit. Möwen kreisten über den Bänken. Tauben trippelten darum herum. Die Leute aßen von ausgebreitetem Butterbrotpapier *fish & chips*. Schellfisch, den Erik Osvald aus dem Meer geholt hatte. Kartoffeln, die Steve Macdonalds Vater geliefert hatte. Essig aus der besten Schnapsbrennerei.

Winter konnte zwei Brücken sehen, die über den Fluss führten. Es war erst Anfang Oktober, aber der Himmel über dem Fluss hing tief und hatte die Farbe von Stein, die Sonne war jetzt verschwunden. Der Himmel berührte die Brücken.

Angela stellte sich neben ihn.

»Die Decke ist hier ziemlich niedrig«, sagte sie und schaute zum Himmel hinauf.

»Etwas Ähnliches hab ich noch nie gesehen«, sagte Winter.

»Aber du bist doch schon mal hier gewesen?«

»Da war es Sommer. Der Himmel war blau, wenn ich mich richtig erinnere.«

»Du erinnerst dich doch immer richtig!«

Sie lächelte ihn freundlich an.

»Nicht mehr so wie früher«, sagte Winter und dachte an Arne Algotsson. Niemand wusste, wie lange man sein Gedächtnis noch haben würde

Angela hängte einige Kleidungsstücke auf. Er ließ seinen Koffer ungeöffnet liegen. Sie setzte sich aufs Bett, das groß war und trotzdem klein in dem Zimmer wirkte.

»Das Zimmer gefällt mir«, sagte sie, »wirklich ein schönes Hotel.«

So war es. Die Lobby war klein, aber nicht zu klein. Rechts eine einladende Bar mit Ledersesseln und hinter der Theke gut gefüllte Flaschenregale. Links lag das Restaurant.

»Ich ruf zu Hause an«, sagte Angela.

Er ging ins Bad und wusch sich die Hände. Er hörte ihre Stimme und kehrte ins Zimmer zurück. Sie hielt ihm den Hörer hin.

»Elsa.«

Er nahm ihn und hörte seine Tochter, die schon angefangen hatte zu erzählen, was tagsüber passiert war. Kein Kindergarten, während sie weg waren. Elsa im Mittelpunkt, umgeben von Großmutter Siv, Tante Lotta und den Kusinen Bim und Kristina. Verwöhnt werden. Aber das war nichts Neues. Er hatte nichts dagegen, Kinder im zarten Alter zu verwöhnen. Gesetze, Regeln, Verordnungen und Verbote würden noch früh genug kommen. Im erwachsenen Leben entgehen ihnen die meisten nicht, und dann gab es niemanden mehr, der sie verwöhnte. Dann war man einsam. *Out there you're on your own*, dachte er.

»Wir machen Eisschokolade!«, sagte Elsa.

Warum nicht. Es waren ja nur noch drei Monate bis Weihnachten. Oder hatte seine Mutter nach fast fünfzehn Jahren unter ewiger Sonne das Gefühl für die Jahreszeiten verloren?

»Hast du englisch geredet, Papa?!«, fragte Elsa auf die rastlose, stolprige Art des Kindes.

»Klar. Mit dem Taxifahrer und Leuten im Hotel«, antwortete er.

»Nicht mit Mama?!« Sie kicherte.

»Noch nicht«, sagte er und lachte auch.

»Ist es ein feines Hotel?«, fragte Elsa.

»Sehr fein«, sagte er.

»Ich will auch im Hotel wohnen«, sagte sie, aber er hörte keine Enttäuschung in ihrer Stimme. Es war nur eine Feststellung.

»Du wirst noch in vielen Hotels wohnen, Liebling.«

»Versprochen?«, rief sie.

Natürlich versprach er es ihr. Bis zu einem gewissen Alter konnte er ihr etwas versprechen, vielleicht auch noch manchmal danach, aber von einem bestimmten Zeitpunkt an musste sie ihre eigenen Versprechen halten. *Out there. On her own.*

Er wusste, dass es schnell gehen würde, er war umgeben von Beispielen. Er brauchte ja nur an Bertil und seine Moa zu denken. Winter hatte angefangen mit ihm zusammenzuarbeiten, als Moa ungefähr so alt war wie Elsa jetzt, ein wenig älter. Es ging schnell, die Tage stürmten davon wie wilde Pferde über die Hügel. Über die Highlands. Moa konnte beschließen im Hotel zu wohnen, wenn sie wollte und es sich leisten konnte. Oder in Kortedala. Winter hatte ein paar Worte mit Ringmar über die Umzugsgeschichte gewechselt, bevor er gefahren war. Bergenhem hatte eine Geschichte von Ikea erzählt. Am nächsten Morgen hatte der Laster immer noch dort gestanden. Smarte Jungs. Sie mussten Bergenhem gesehen haben. Oder jemand hatte sie im Laster angerufen. Aneta hatte einen Verdacht, wer es gewesen war.

Das Zimmertelefon klingelte. Winter hatte sein Gespräch mit Elsa gerade beendet.

»*Call for Mr Winter*«, sagte eine Stimme aus der Rezeption.

»Hattest du eine gute Reise?«, fragte Macdonald.

»Ausgezeichnet.«

»Gefällt dir das Hotel?«

»Ausgezeichnet. Wo bist du?«

»Wir sind vor einer Weile in der Stadt angekommen. Habt ihr schon gegessen?«

»Nein.«

»Darf ich euch auf einen Happen einladen? Jetzt gleich? Ich schlage das Royal Highland Hotel vor. Es liegt neben dem Bahnhof. Wenn ihr in die Lobby kommt, sitzen wir rechts in der Bar. Sarah ist schwarzhaarig wie die Sünde und ich trage einen Kilt des Macdonald-Clans im Schottenkaro.«

»Wie soll ich das erkennen?«, fragte Winter.

Er hörte Macdonalds Lachen.

»Rot und schwarz«, sagte er.

»Schaffen wir es denn, noch was zu essen?«, fragte Winter.

»Wir sind erst in zwei Stunden mit Craig verabredet«, sagte Macdonald. »Da bleibt noch genug Zeit.«

»Hast du mit der Tochter gesprochen?«, fragte Winter.

»Ja. Sie wird auch dabei sein.«

»Neues von der Obduktion?«

»Ja. Man hat kein Gift in seinem Körper gefunden. Und sie hat inzwischen alle Vorbereitungen getroffen, sodass sie wohl heute Abend mit … ihrem Vater nach Hause fliegen kann.«

»So schnell?«

»Es gibt keinen Grund, den Körper zurückzuhalten. Und heute Abend geht ein später Flug von London nach Göteborg.«

»Okay. Liegt das Royal Highland an der Hauptstraße, also die rechts an der Brücke entlangläuft?«, fragte Winter.

»Ja, ich sehe, du erinnerst dich.«

»Hieß es nicht früher Station Hotel?«

»Auch das stimmt. Einige hundert Meter die Bridge Street hinauf und dann nach links in die Inglus und dann seht ihr schon den Bahnhof. Wie geht es denn eigentlich Angela?«

»Ausgezeichnet. Und Sarah?«

»Sie freut sich darauf, Angela kennen zu lernen. Ich hab schon so viel von ihr erzählt.«

»Wirklich?«

Macdonald lachte wieder und legte auf.

Die Lobby im Royal Highland war groß und imposant, was nicht erstaunlich war, denn das Hotel gab es schon seit 1859. Die Räumlichkeiten waren offenbar frisch renoviert, aber immer noch schien alles hundert Jahre alt zu sein, aus einer Zeit, die vermutlich geglänzt hatte wie alles, was sie hier sahen. Angela stieß einen leisen Pfiff aus, und Winter war nahe daran, das Gleiche zu tun.

Steve Macdonald erhob sich von einem Tisch in der offenen Cocktailbar. Er trug keinen Kilt, aber Winter erkannte ihn trotzdem wieder. Er hatte sich nicht verändert, soweit Winter sehen konnte. Dasselbe schurkenhafte, dunkelhäutige Aussehen, derselbe knochige Körper, der stark wie ein Hanfseil wirkte. Macdonald hob die Hand und sagte etwas zu der Frau, die sich auch erhoben hatte, und da sah Winter, dass Steves Pferdeschwanz weg war.

Es war ein angenehmes Essen. Macdonald hatte allen Ernstes *fish & chips* empfohlen, da es die berühmte Spezialität der Bar war, mit Tatarsoße.

»Ich hab noch nie *fish & chips* gegessen«, sagte Angela.

»Jisses, dann ist es höchste Zeit«, sagte Macdonald.

»*Some things are worth not trying*«, sagte Sarah Macdonald und legte ihre Hand auf Angelas Arm, »*and this may be one of them.*«

Angela lachte. Sie war überzeugt, dass sie sich gut mit Sarah Macdonald verstehen würde. Steves Frau war groß, schlank, aber auf eine kraftvolle Art. Sie glich Steve, fast als ob sie Geschwister wären, aber Winter wusste, dass sie aus Familien stammten, die nicht miteinander verwandt waren. Steve war als Macdonald in einer Stadt geboren, die Forres hieß und nicht weit entfernt war. Familie Bonetti war erst nach Edinburgh gezogen und dann nach Inverness, als Sarah klein war. Ihr Schicksal erinnerte an Angelas und schien seinen Ursprung in einer anderen Welt zu haben. Wie auch Aneta Djanalis.

Steve hatte erzählt, dass es in Schottland einen großen Anteil italienischer Bevölkerung gab. Man konnte sie nicht immer von den eingeborenen Schotten unterscheiden. Die meisten Menschen hatten schwarze Haare und wilde Augen.

Sarah und Steve hatten sich kennen gelernt, als er junger Schutzmann in Inverness gewesen war. Macdonald hatte erzählt, wie das passiert war. Er hatte sie wegen zu schnellen Fahrens angehalten und dafür eine *furchtbare* italienische Standpauke bekommen, die Ewigkeiten zu dauern schien. »*And then I knew I had to come back for more*«, hatte Macdonald gesagt.

»*I s'pose this is the time and place for my first fish & chips*«, sagte Angela zu Sarah.

»*One should try everything once, except incest and folkdancing*«, sagte Macdonald und blickte zum Kellner, um die Bestellung aufzugeben. Winter hatte ein Glas Maltwhisky abgelehnt – später, später –, aber ja zu einem Pint schottischen Ales gesagt, dessen Namen er nicht kannte.

Das Essen war lecker. Es waren zwar nur *fish & chips*, aber hier waren sie gut.

Es war ein schönes Wiedersehen. Winter hatte Macdonald vermisst, und vielleicht hatte Macdonald es ebenso empfunden, Angela hatte ihn kennen gelernt, als er in Göteborg gewesen war, um den quälenden Fall zu lösen, an dem er und Winter zusammengearbeitet hatten, in Göteborg und in London. Sie waren sich nahe gekommen. Sie hatten einander emotional unterstützt, denn es kam darauf an, einen kühlen Kopf zu behalten während der fast unaussprechlichen Ereignisse, die sie mit anzusehen gezwungen waren, bei denen sie aber auch hatten *agieren* müssen. Das war das Schlimmste an ihrer jeweiligen Arbeit auf beiden Seiten des Wassers: Zuschauer sein und gleichzeitig handeln zu müssen.

»*What do you say?*«, hörte er Sarah Macdonald fragen.

»*Suits me fine*«, sagte Angela und wandte sich an ihn: »Sarah hat angeboten, mir die Stadt zu zeigen.«

»Dann darf ich heute Abend vielleicht zum Essen einladen?«, fragte Winter.

»Auch das darfst du«, sagte Macdonald.

»Darf ich das italienische Restaurant im Glenmoriston vorschlagen?«, fragte Winter.

»Das darfst du auch«, sagte Macdonald, und Sarah nickte.

Die Sonne war wieder hervorgekommen, als sie vor dem Hotel standen, aber der Himmel hing immer noch tief über der Stadt. Angela und Sarah gingen nach links, und Macdonald lenkte Winter in Richtung Bahnhofsgebäude.

»Wir gehen zum Autoverleih auf der anderen Seite der Bahngleise«, sagte er.

Sie durchquerten die Bahnhofshalle, die kleiner war als in Winters Erinnerung. Hier hatte er eine Stunde gesessen oder zwei und auf den Zug nach Edinburgh über Perth gewartet. Der Zug war geradewegs über die Highlands gefahren, mit einer gewissen Anstrengung, und er erinnerte sich immer noch an die eigentümliche Landschaft. Sie wirkte wie ein Meeresboden tausend Meter über dem Meeresspiegel. Und im Abteil war es plötzlich sehr kalt geworden. Er erinnerte sich immer noch an einige der Orte, die dort oben lagen, gar nicht weit entfernt, Kingussie, Newtonmore, Aviemore und Dalwhinnie an der nördlichen Spitze von Loch Ericht, dem

Erichsee, wenn man wollte. Die Destille in Dalwhinnie stellte einen annehmbaren Maltwhisky her, aber er war nicht sicher, ob Macdonald da der gleichen Meinung war.

Sie gingen an den Gleisen vorbei und auf die Strothers Lane hinaus und weiter in die Railway Terrace. Winter sah das »Budget«-Schild und die glänzenden Mietwagen hinter dem Bürogebäude.

»Keine Spur«, sagte der Mann hinter dem Tresen, erhob sich und ging mit ihnen hinaus. »Das ist verdammt merkwürdig.« Sie wussten, dass er Axel Osvald bedient hatte.

»Es kommt wohl schon mal vor, dass den Kunden die gestohlen wurden?«, fragte Macdonald. Winter hatte das Gefühl, dass er ausgeprägter schottisch mit diesem Mann sprach, dessen Akzent sehr stark war.

»Schon, aber das Auto ist ja immer noch weg. Sonst finden wir sie meistens wieder. Oder die Bu… die Polizei findet sie früher oder später. Meistens früher.« Er sah sich um und zeigte auf einen dreitürigen Toyota Corolla, metallicgrün, den ein junger Mann auf dem Innenhof wusch. »Das ist der Zwilling zu dem anderen Auto, das Modell des Jahres, die gleiche Farbe.«

»Erinnern Sie sich an den Kunden?«, fragte Winter.

»Nein«, sagte der Mann, der Frank Cameron hieß, »ich hab mich nicht an ihn erinnert, als Ihr Kollege in der letzten Woche danach gefragt hat, und ich erinnerte mich nicht an ihn, als wir das Auto eine Woche davor als verschwunden gemeldet haben, und auch jetzt habe ich keine Erinnerung an diesen Schweden.«

»Kommen so viele Schweden?«, fragte Macdonald.

»Einige«, sagte Cameron. Er warf Macdonald einen scharfen Blick zu. Cameron hatte eine hervorspringende Hakennase. Er schien irritiert zu sein, dass er sich nicht erinnerte. »Was soll's? Wahrscheinlich hatten wir an dem Tag viel zu tun. Ich erinnere mich nicht an ihn, okay? Ich habe nur das verschwommene Bild eines etwas älteren Mannes vor Augen, aber das ist auch alles.«

»Das ist ja schon mal was«, sagte Macdonald.

»Wenn es der war, dann hat er nichts gesagt«, fuhr Cameron fort, »wenn es der ist, an den ich mich ... tja, kaum erinnere, dann war er still wie einer aus Orkney, und das prägt sich ja auch ein.«

»Vielleicht erinnern Sie sich deswegen an ihn«, sagte Macdonald.

»Eben nicht, das hab ich doch gesagt.«

Macdonald nickte etwas genervt und fragte nach den Kopien des Vertrages.

»Die sind doch bei Ihrem Kollegen von der Polizei.«

»Craig?«

»Vielleicht heißt er so. Ein hochnäsiger Engländer.«

»Das ist Craig«, sagte Macdonald. »Er hat Sie wahrscheinlich gebeten Bescheid zu geben, falls das Auto wieder auftauchen sollte.«

»Wie soll das denn gehen?«, sagte Cameron. »Der Mann, der das Auto gemietet hat, ist doch tot, oder? Wie sollte er es zurückbringen können? Und der Dieb wird es ja kaum zurückfahren?«

»Jemand könnte es ja finden«, sagte Macdonald.

»Das wird dann wohl die Polizei sein«, sagte Cameron. »Aber ich bezweifle es.« Er gab ein Lachen von sich, das zynisch klang.

»Dann erst mal vielen Dank«, sagte Macdonald. Er wandte sich an Winter. »Wollte deine Frau heute Nachmittag nicht ein Auto mieten?«

»Ja, genau«, sagte Winter.

Camerons Gesicht veränderte sich. Seine Augen blickten milde und freundlich.

»*You know the place, lads!*«

Sie verabschiedeten sich und gingen auf der Railway Terrace weiter zum Polizeirevier, das nur ein paar hundert Meter entfernt war.

»Cameron!«, sagte Macdonald, und es klang wie ein Schnauben.

»Wieso?«, fragte Winter.

»Cameron ist ein Clan für sich«, sagte Macdonald. »Die kommen von Lochiel und nördlich von Argyll, oben aus den abgeschiedenen Highlands, und da gehören sie auch hin.«

Winter lächelte. Macdonald blieb stehen und sah ihn an.

»Du hast diesen Mann gesehen, oder? Er war eine perfekte Ausgabe der Camerons, perfekt. Hast du seine Nase gesehen? Weißt du, was der Name Cameron bedeutet? Auf Gälisch heißt es *Cam-shron* und bedeutet Habichtnase.«

»Bist du Rassist, Steve?«

»Ha, ha.«

»Weißt du viel über die verschiedenen Clans?«

»Am meisten über meinen eigenen«, sagte Macdonald.

»Das musst du mir bei Gelegenheit mal erzählen. Das interessiert mich.«

»*It's mostly very sad stories*«, sagte Macdonald.

39

Auf der Betontreppe des Viadukts lag ein umgekippter alter Kinderwagen. Er war gelb und blau. Er erinnerte Winter sofort an einen früheren Fall, den seine Erinnerung quälend gespeichert hatte. Macdonald drehte den Wagen um, ohne etwas zu sagen.

Auf der Brücke blies ein steifer Wind. Winter hatte Aussicht über die Stadt und den Fluss und die Berge im Süden. Unten links lag eine dichtgemachte Bäckerei. Sie gingen hundert Meter weit die Longman Road entlang und bogen dann zum Polizeipräsidium ab, das relativ neu aussah und sich deswegen gegen die umliegenden Gebäude abhob.

Über dem Eingang hing ein zweisprachiges Schild. *Inverness Command Area. Sgire Comannd Inbhirnis*. Der Empfang erinnerte Winter an die Empfangshalle im Polizeipräsidium zu Hause, der gleiche verschlissene Charme, mürrische Aufnahme von Öffentlichkeit in Not. Einige Menschen saßen dort drinnen mit dem gleichen Gesichtsausdruck wie überall sonst. Eine Mischung aus Hilflosigkeit und Angst, von Einsamkeit in einer Welt, die nicht nett war. Am Tresen stand eine Frau und führte ein Gespräch in einer Sprache, die Gälisch sein musste, ihre Stimme war laut und hohl wie ein gerissener Auspuff. Auf der anderen Seite der Wand hing ein Anschlag: *Dèiligeadh leis a h-uile tachartas de ghiùlan mìshòisealta gu h-èifeach-dach*. Daneben stand eine

Übersetzung: *To effectively tackle all incidents of anti-social behaviour.*

Alle Formen von gesellschaftsfeindlichem Verhalten effektiv zu bekämpfen.

Eine stolze Aufgabe für die internationale Polizeibruderschaft, seine und Steves. Setz eine Klammer um »effektiv«. Aber wir versuchen es. Währenddessen will die verdammte Gesellschaft nicht stillhalten, damit wir ein bisschen Ordnung schaffen können zwischen allem, was »feindlich« ist. Oder »feindlich« geworden ist.

An der Wand hing ein weiteres Plakat in Gelb und Schwarz: *Going To The Hills? Let Us Know BEFORE You Go.*

Axel Osvald hatte die Aufforderung nicht befolgt. Aber er war gar nicht so hoch geklettert.

Jamie Craig kam aus einer Tür rechts von dem verglasten Empfang. Er sah aus, wie er redete. Entschlossen. Seine Wangen wirkten rot, aufgesprungen, was vom Whisky kommen mochte oder von der Luft in den Highlands. Oder von beidem. Er begrüßte Macdonald mit einem professionellen Handschlag ohne Herzlichkeit und drückte Winters Hand kurz und fest.

»*Let's go*«, sagte er.

Sie gingen durch unterirdische Korridore. Die Beleuchtung war schwach und warf Schatten, die alles Mögliche vorstellen konnten.

Als sie wieder nach oben kamen, blendete das elektrische Licht. Johanna Osvald wartete in einem Raum, in dem ein einziger Stuhl stand, von dem sie sich erhob.

Winter umarmte sie. Sie begrüßte Macdonald. Sie standen mitten im Raum.

»Ich ... wir ... fahren in ein paar Stunden«, sagte sie.

»Ich weiß«, sagte Winter.

»Ihr wollt ihn wahrscheinlich ... sehen?«

»Ja.«

»Warum?«

»Ich weiß es nicht«, sagte Winter, aber er wusste, dass er es wusste. Er wusste etwas, das er nicht erklären konnte, nicht einmal sich selber.

»Es war doch ein … natürlicher Tod«, sagte Johanna Osvald mit einem Zögern in der Stimme: Ich akzeptiere den Tod nicht als etwas Natürliches. Nicht diesen Tod.

Axel Osvald sah aus, als würde er schlafen. Winter saß zwei Minuten am Kopfende und erhob sich dann. Osvalds Haare waren zurückgekämmt, und auf seinen Wangen war ein schwacher Schatten von Bartstoppeln. Winter konnte nicht erkennen, ob er bei seinem Tod unrasiert oder frisch rasiert gewesen war. Der Bart wuchs weiter bei toten Männern und auch die Nägel. Das war normal.

In dem nackten Raum warteten Macdonald, Johanna Osvald und Craig.

»*Let's go*«, sagte Craig.

Sie kehrten durch dieselben Korridore zurück. Johanna Osvalds Haare sahen aus wie Gold. Winter meinte den Geruch nach Gas wahrzunehmen. Es war kalt dort unten, kälter, seitdem er den Körper gesehen hatte. Er hatte plötzlich Gänsehaut an den Oberarmen. Diese Gänge musste es schon gegeben haben, als die Häuser über ihnen noch andere gewesen waren, in einer anderen Zeit. Die Gänge waren zur Erinnerung erhalten worden.

Sie kamen hinauf in ein neues Licht, das sie die Augen zusammenkneifen ließ. Craig zeigte ihnen sein Zimmer, ein Glaskäfig mitten in einer Bürolandschaft. Er hatte alle seine Untergebenen im Blick, aber sie konnten auch ihn sehen. Winter hätte es dort keine zehn Minuten ausgehalten, doch Craig bewegte sich, als ob er hinaus- aber niemand hereinsehen könnte, wie in den Räumen, die sie früher bei Zeugengegenüberstellungen benutzt hatten. Nur umgekehrt.

Craig wies auf die drei Stühle, die für diesen Besuch hingestellt worden waren. Er setzte sich hinter seinen leeren Schreibtisch, keine Papiere, Stifte, Ablagen, Körbe, Aschenbecher, nichts. Die Platte glänzte, als ob Craig seine Zeit damit verbrächte, sie zu polieren. Winter begegnete Macdonalds Blick. Einer von *denen*. Das Telefon stand auf einem Seitentischchen. Hinter Craig ging die Arbeit weiter, *effec-*

tively tackling all incidents of anti-social behaviour. Winter konnte es durch die Scheiben sehen. Männer und Frauen in Uniform und in Zivil bewegten sich durch den Raum, Telefonhörer wurden abgehoben und aufgelegt, Computerbildschirme flimmerten blind. Winter sah zwei Polizisten mit schusssicheren Westen, Helmen und mit Maschinengewehren am Riemen hereinkommen. Ein Mann mit südeuropäischem, düsteren Aussehen saß Craigs Glaswand am nächsten. Er schien Craigs Nacken anzustarren. Vielleicht ein Italiener.

»Ich glaube, wir haben alles getan, was wir konnten«, sagte Craig und kratzte sich am Hinterkopf.

»Wir wissen es zu schätzen«, sagte Winter.

Johanna Osvald nickte. Sie war sehr still gewesen während der Wanderung durch die Unterwelt, als ob sie schon im Flugzeug säße mit ihrem Vater in einem Sarg zwischen all den Samsonite-Koffern im Bauch des Flugzeugs.

»Bleibt nur noch dieses Auto«, sagte Craig.

»Wir haben den Autoverleiher besucht«, sagte Winter. »Cameron.«

»Netter Junge.« Craig lächelte dünn.

»Gestohlene Autos tauchen meistens ziemlich schnell wieder auf«, sagte Macdonald.

Craig schien ein wenig zu erstarren, kaum merklich.

»Deswegen hab ich das Thema angeschnitten«, sagte er, stand auf, ging zu einem Schrank und öffnete ihn.

Er kehrte mit einem Blatt Papier zurück und setzte sich die Brille auf.

»Zwischen April und Juli in diesem Jahr sind in unserem Großraum hundertzwölf Autos gestohlen worden, und alle Wagen sind wieder aufgetaucht bis auf diesen einen«, sagte er. »Und wir haben sechsundvierzig Autodiebe auf frischer Tat ertappt.« Er schaute auf. »Das war in der Hochsaison.«

»Ausgezeichnet«, sagte Macdonald.

»Was ist ausgezeichnet?«

Craig lächelte mit einem leicht ironischen Kräuseln im Mundwinkel.

»Eure Statistik.«

»Wir sind die Besten in Schottland«, sagte Craig.

»Dieses verschwundene Auto«, sagte Winter, »das weist doch auf ein Verbrechen hin. Vielleicht ein Gewaltverbrechen.«

»Ja«, sagte Craig, »das ist möglich. Aber es braucht ja nicht mit dem Todesfall zusammenzuhängen.« Er sah Johanna an, die aber irgendwo anders hinguckte, vielleicht durch die Glaswände. »Vielleicht ist ihm das Auto woanders abhanden gekommen.«

»Ist das vorstellbar?«, fragte Winter.

»Kaum.«

»Vielleicht hat ihn jemand in einem anderen Auto nach Fort Augustus gebracht«, sagte Macdonald.

»Dann reden wir wirklich von einem Verbrechen«, sagte Craig.

»Aber wir haben keine Spuren am Körper«, sagte Winter mit einem Blick auf Johanna Osvald, die nicht anwesend zu sein schien. Als ob sie all das nicht hören wollte.

»Es war ein Herzanfall«, sagte Craig. »Das Herz hat aufgegeben, die Frage ist nur, warum.«

»Du hast keine weiteren Informationen über sein Herumirren im Ort?«, fragte Macdonald.

»So aufsehenerregend war das nicht«, sagte Craig. »Er ist ein bisschen herumgewandert und hat ein paar Fragen gestellt, die keiner verstand. Insgesamt hat er vielleicht mit drei, vier Personen gesprochen.«

»Wissen Sie, wer der Letzte gewesen sein könnte?«, fragte Winter.

»Wer es gewesen sein *könnte*, ja. Aber die Zeiten sind ein bisschen ungewiss.« Er kratzte sich wieder im Nacken. Der Italiener auf der anderen Seite der Glasscheibe studierte immer noch Craigs Hinterkopf wie ein Sozialanthropologe aus dem Süden. »Eins der großen Probleme in diesem Job ist die verworrene Auffassung der Leute von der Zeit.« Craig wuchtete sich plötzlich vor. »Oder? Wir können hundertprozentig wissen, dass verschiedene Zeugen jemanden getroffen haben, sagen wir um die Mittagszeit, und diese Zeugen können jeder für sich schwören, es war um Mitternacht oder in der Dämmerung!«

»Wie groß ist die Zeitspanne bei Axel Osvald?«, fragte Winter.

»Einige Stunden«, sagte Craig. »Früher Nachmittag.«

Winter nickte.

Craig sah Johanna Osvalds Profil an.

»Er ist in derselben Nacht gestorben.«

»*He got very excited*«, sagte Johanna Osvald, plötzlich und überraschend.

»*I beg your pardon, Miss Oswald?*«, sagte Craig.

»Ich hab so viel darüber nachgedacht.« Sie wandte sich zu ihnen um. »Als dieser Brief kam ... er wirkte nicht so ... verblüfft, oder wie man es nennen soll ... nicht so erregt, wie man es hätte erwarten können. Aber dann ... ein paar Tage später war er es plötzlich ... ja, erregt. Er hat sich ein Flugticket bestellt und ist noch am selben Nachmittag abgereist, glaube ich ... nein, es war am Morgen darauf.« Sie schaute wieder über die Bürolandschaft. »Als ob da noch mehr passiert wäre. Etwas anderes.«

»Ist noch ein weiterer Brief gekommen?«, fragte Winter.

»Ich habe keinen gesehen.«

»Aber es könnte einer gekommen sein?«

»Ja ... ich war an den beiden Tagen nicht zu Hause. Ich war in der Schule.« Sie sah Winter an. »An dem Vormittag, als der erste ... nein, was sage ich ... als dieser Brief kam, hatte ich frei. Den habe ich gesehen.«

»War noch jemand anders zu Hause, Johanna?«, fragte Winter. »Außer deinem Vater?«

»Erik war zu Hause«, sagte sie. »Das war seine freie Woche.«

»Aber er hat nichts von einem zweiten Brief gesagt?«

»Nein.«

»Kein Telefongespräch?«

»Nein.«

Winter sagte nichts mehr. Es war still in Craigs Zimmer, das wie ein Käfig war. Er hörte Stimmen von draußen, konnte die Worte aber nicht unterscheiden. Es könnte schottisches Englisch oder Gälisch sein, oder Italienisch. Oder Schwedisch.

»Was halten Sie von den Aussagen, dass Ihr Vater verwirrt wirkte?«, fragte Macdonald geradeheraus.

Sie schüttelte nur den Kopf.

»Klingt das unglaubwürdig?«, fuhr Macdonald fort.

»Ja«, antwortete sie.

»Aber Sie sagen, er war erregt.«

»Nicht so«, antwortete Johanna Osvald, »niemals so. Solche Probleme hat er nie gehabt, das kann ich mit Sicherheit sagen. Mein Vater ist … war der gelassenste Mann, den man sich vorstellen kann. Er stand mit beiden Beinen auf der Erde.«

An Deck, dachte Winter. Stand mit beiden Beinen an Deck. Vielleicht war das noch sicherer. Und außerdem hatte er sein Vertrauen in Gott.

»Etwas muss ihm zugestoßen sein«, sagte Johanna Osvald, »etwas Furchtbares muss passiert sein.«

Sie fuhren über die Ness Bridge in dem Auto, das Craig ihnen geliehen hatte, bogen nach rechts in die Kenneth Street ein und dann in die Ross Avenue, eine von den hundert kleinen Straßen, die von steinernen Reihenhäusern gesäumt waren. Sie fuhren langsam und hielten vor einem der Häuser. Zwischen Haustür und Fenster hing ein Schild an der Wand: *Glen Islay Bed & Breakfast.*

»Glen Islay«, sagte Winter, »klingt wie eine Whiskymarke.«

»*Bed and breakfast and whisky*«, sagte Macdonald.

Winter sah sich beim Aussteigen um.

»Hier bin ich schon mal gewesen.«

»Hier? In dieser Straße?«

»Ja. Ich habe in einem *B&B* in dieser Straße geschlafen.«

»Vielleicht im Glen Islay«, sagte Macdonald.

Vielleicht, dachte Winter, als sie in dem engen Flur standen, der gleichzeitig Rezeption war. Eine Treppe führte nach oben. Es roch nach Eiern und Speck und Feuchtigkeit, vielleicht Schimmel. Angebranntem Brot. Es gurgelte in Rohren, die in merkwürdigen Windungen vor der Tapete verliefen, die vielleicht in der edwardianischen Zeit aufgeklebt sein mochte. Alles war, wie es sein sollte.

Auf einem klapprigen Tisch stand ein Telefon, daneben eine ältere Frau, eine von diesen *little old ladies*, die ihre Pensionen durch die Jahrhunderte betrieben.

»Mr Oswald ist also mit einem Auto weggefahren, Mrs McCann?«, fragte Macdonald. Winter fiel das breite W auf, genau wie vorher bei Craig. Wer immer den Brief an OSWALD FAMILY geschrieben hatte, es musste ein Engländer oder Schotte gewesen sein.

»*I'm absolutely cerrrtain*«, antwortete Mrs McCann. Sie sah sehr energisch aus. »*And I'av told the otherrr policeman exactly that.*«

»Hat er Besuch gehabt, als er hier wohnte?«

»Nein.«

»War er allein, als er auscheckte?«, fragte Macdonald.

»Ja, natürlich. Wie meinen Sie das?«

»Draußen im Auto hat niemand gesessen?«

»Das konnte ich nicht sehen. Ich bin nicht hinausgegangen, als er abfuhr.« Sie wedelte mit der Hand in Richtung Haustür, deren zwei Fenster mit Spitze verhängt waren.

Winter konnte ihr Auto dort draußen sehen, aber nicht, ob jemand drinsaß. Er nickte Mrs McCann zu.

»Dürfen wir sein Zimmer sehen?«, fragte Macdonald. »Wenn es gerade nicht bewohnt ist.«

»Im Augenblick ist es nicht belegt«, antwortete sie.

»Hat ein anderer Polizist es gesehen?«, fragte Winter.

»Nein.«

Winter sah Macdonald an, der mit den Schultern zuckte. Craig ermittelte ja nicht in einem Mordfall.

»Dürfen wir das Zimmer sehen?«, wiederholte Macdonald.

Sie machte einen Schritt aufs Telefon zu.

»Hat Mr Osvald Anrufe bekommen, als er hier war?«, fragte Winter.

»Diese Frage habe ich schon mal beantwortet«, sagte Mrs McCann.

»Wir pflegen eben mehrmals zu fragen.« Macdonald lächelte.

»Warum schreiben Sie es nicht gleich auf?«, fragte Mrs McCann.

»Wir versuchen es«, sagte Macdonald.

»Ich hab dem anderen Polizisten erzählt, dass er drei Anrufe bekommen hat, ich habe sie angenommen. Es war jedes Mal eine Frau.«

»War es dieselbe Frau?«

»Ja ...«

»Hat sie ihren Namen genannt?«

»Sie hat sich mit Miss Oswald gemeldet.«

»Okay«, sagte Macdonald. »Das Zimmer ...«

»Hat noch jemand anders hier gewohnt, seit Mr Osvald hier war?«, fragte Winter.

»Nein ... die Saison ist vorbei. Im Augenblick hab ich keine Gäste ... leider.« Sie schien über etwas nachzudenken und sah auf. »Aber ich habe das Zimmer aufgeräumt.«

»Völlig verständlich, Mrs McCann«, sagte Macdonald.

»Er hat nichts vergessen«, sagte sie, »falls Sie was suchen.«

»Wir möchten nur das Zimmer sehen«, sagte Macdonald.

»Es ist im ersten Stock«, sagte sie, ging durch den Flur und nahm einen Schlüssel aus einem Wandschrank.

Es war ein Zimmer, das in Winter die Erinnerung an all diese kleinen Pensionszimmer weckte. Es hatte zwei Fenster in zwei verschiedene Himmelsrichtungen. Das Zimmer war mit tausend kleinen Gegenständen gefüllt, um es gemütlich zu machen. Am Fußende des Bettes lag sogar eine Wärmflasche. Rechts vom Bett hing ein billiges Gemälde an der Wand, auf dem ein Ungeheuer mit langem Hals in einem See schwamm. Der Rahmen des Bildes war orange. Es war ein besonderes Gemälde, ein besonderer Rahmen.

Himmel.

In diesem Zimmer habe ich geschlafen.

Winter sah Mrs McCann an. Wie alt mochte sie sein? Vielleicht fünfundsechzig. Er erinnerte sich an eine Pensionswirtin von damals. Eine Frau um die vierzig. Wie er selber jetzt. An ihr Aussehen konnte er sich nicht erinnern. Aber er wollte es wissen, mit Sicherheit wissen.

»Mrs McCann, wie lange führen Sie die Pension schon?«

»Genau dreißig Jahre«, antwortete sie mit entschiedener Miene.

»Gut. Haben Sie vielleicht die … Gästeverzeichnisse von früher aufbewahrt?«

»Natürlich.« Sie sah Macdonald an. »Das ist doch jetzt gesetzlich vorgeschrieben. Aber ich hab das vorher auch schon getan. Und meine Mutter auch.«

»Wie?«

»Meine Mutter, sie hat Glen Islay vor mir geführt.«

»Wie lange vermietet Ihre Familie eigentlich schon Zimmer?«, fragte Macdonald.

»Seit neununddreißig«, antwortete sie. »Der Krieg hatte begonnen, hier oben waren viele Soldaten, und meine Mutter hat gesagt, wir müssen den armen Jungen helfen, dass sie ein ordentliches Dach über dem Kopf haben und gemütliche Zimmer, in denen sie sich aufhalten können.«

»Könnten wir einen Blick in die Bücher werfen?«, fragte Winter.

»Wollten Sie sich nicht das Zimmer näher ansehen?«, fragte sie.

»Das mache ich«, sagte Macdonald, nachdem er einen Blick mit Winter gewechselt hatte.

Es roch nach trockenem Staub in dem Teil des Kellers, wo die in roter Lederimitation gebundenen Bücher säuberlich aufgestapelt waren. Es schien Hunderte zu geben. Er nahm keine Feuchtigkeit wahr, was bedeutete, dass die Bücher wahrscheinlich gut erhalten waren.

»Wonach suchen Sie?«, fragte Mrs McCann.

Winter erzählte von seinem Besuch in den achtziger Jahren. Es war im März gewesen.

»Dann müsste ich mich an Sie erinnern«, sagte Mrs McCann.

»Ich trug damals einen Bart«, sagte Winter.

»Hier haben viele Jugendliche aus Skandinavien gewohnt.«

Winter nickte. Sie gingen zwischen den vielen niedrigen Stapeln entlang. Winter sah jetzt, dass an der Wand Zettel mit Jahreszahlen hingen. Mrs McCann nahm ein Journal aus einem Haufen und kam damit zurück.

»Das ist der Frühling«, sagte sie und blätterte und blätterte. Winter stand daneben und sah die breiten Spalten mit unleserlichen Unterschriften und den in Großbuchstaben geschriebenen Namen und Adressen. Mrs McCann hob einige Blätter vom Monat März an. Es waren erstaunlich viele Gäste. Sie legte den Finger unter eine Eintragung am 14. März. Winter las seine alte Adresse, das Haus seiner Eltern in Göteborg, und sah seine damalige Unterschrift, die sehr viel ordentlicher war als jetzt, unsicher und gleichzeitig deutlich, gespreizt.

»Das müssen Sie sein«, sagte sie. »Ist das nicht merkwürdig?«

»Ja.«

»In diesem Teil der Stadt gibt es so viele *Bed & Breakfast*-Pensionen«, sagte sie, »hier liegen die meisten.«

Er nickte.

»Hat Ihnen damals jemand den Tipp gegeben?«, fragte sie.

»Ich habe am Bahnhof gefragt und bin hierher gegangen«, sagte Winter. »Ich nehme an, so machen es die meisten.«

»Ja. Die Zimmervermittlung im Bahnhof ruft an, wenn Leute mit dem Zug angekommen sind. Oder manchmal auch vom Flugplatz.«

»Wie war das denn mit Mr Osvald?«, fragte Winter.

Sie dachte ein paar Sekunden nach.

»Er hat angerufen«, sagte sie dann.

»Er hat selber angerufen?«

»Ja.«

»Konnte man irgendwie hören, von wo er anrief?«

»Ja ... das war jedenfalls nicht in der Stadt. Es hat ein bisschen gerauscht, deshalb hab ich angenommen, er rief aus dem Ausland an. Wenn jemand aus dem Ausland anruft, klingt das so.«

Winter dachte nach.

»Mr Axel Osvald könnte möglicherweise nicht schon einmal Gast bei Ihnen gewesen sein?«

»Wann sollte das gewesen sein?«, fragte sie. »Nein … ich erinnere mich nicht an ihn. Und auch nicht an den Namen. Das müsste ich doch.« Sie nickte zu den Haufen roter Bücher. »Aber man braucht das ja nur zu kontrollieren.«

»Sie haben sich nicht an mich erinnert«, sagte Winter.

»Das ist was anderes«, sagte sie. »Sie waren damals jung. Und trugen einen Bart.«

Winter erzählte es Macdonald. Sie standen im Zimmer der Tausend Gegenstände. Macdonald lächelte über Mrs McCanns Worte.

»*When I Was Young*«, sagte er. »Eric Burdon and The Animals.«

Mrs McCann hatte sie für eine Viertelstunde allein gelassen.

»Jemand muss Axel Osvald doch den Tipp für diese Pension gegeben haben«, sagte Winter. »Oder er ist schon mal hier gewesen.«

»Irgendwann in den letzten vierzig Jahren«, fügte Macdonald hinzu. »Wir müssen nur anfangen zu suchen.«

»*No thank you*«, sagte Winter.

»Wenn wir es mit einem Mord zu tun hätten, könnte Craig Leute zur Verfügung stellen«, sagte Macdonald, »aber so nicht.«

»Ich kann mir vorstellen zu suchen«, sagte Winter. »Aber nicht nach Axel Osvalds Namen.«

Macdonald hatte Mrs McCann und Winter in den Keller begleitet. Sie war sehr hilfsbereit. Macdonald lobte ihre gut geführte Pension. Winter versprach, sie halb Göteborg zu empfehlen. Sie hatten sich mit Visitenkarten und Informationsbroschüren versorgt. Es gab keine Internetadresse, kein www.glenislay.com und würde es auch in absehbarer Zeit nicht geben.

»Dieses Journal war bis vor kurzem noch oben. Jetzt habe ich ein neues angefangen«, sagte sie und hob das oberste Buch vom Haufen ganz rechts.

Winter hatte nach allen registrierten Gästen gefragt, die zur selben Zeit mit Axel Osvald hier gewesen waren und in der Zeit unmittelbar davor und danach.

Er und Macdonald lasen die Seiten zusammen. Es gab nicht sehr viele Namen. Sie sahen Osvalds Unterschrift. Es gab eine Notiz von Mrs McCann, wann er ausgecheckt hatte. Hinter jedem, der ausgecheckt hatte, stand so eine Notiz. Alles war sehr ordentlich geführt.

Am Tag vor Axel Osvalds Ankunft hatte ein Os Johnson ausgecheckt.

Winter las die etwas zittrige Unterschrift. Sie war ziemlich groß, schien jedoch kraftlos zu sein.

Os Johnson.

Winter hatte John Osvalds Namen so lange im Kopf gehabt, dass er jetzt sofort eine Verbindung herstellte, als er »Os Johnson« mit ungleichmäßiger und kraftloser Schrift las. Os Johnson. Osvald Johnson. John Osvald.

Etwas hatte Winter zu diesen Büchern geführt. Seine Idee. Er durfte jetzt nicht die Augen verschließen. Jemand hatte ihn wieder zum Glen Islay geführt.

»Erinnern Sie sich an diesen Os Johnson?«, fragte er und legte den Zeigefinger unter den Namen.

Sie beugte sich vor und schaute dann auf.

»Glauben Sie, ich bin senil?« Sie schüttelte den Kopf. »Es ist doch erst einen Monat her.« Sie sah Macdonald an. »Mr Johnson war sehr nett. Ein richtiger Ehrenmann, wie es sie damals gab.«

»Damals?«, fragte Winter.

»Mr Johnson war etwas über achtzig«, sagte sie, »aber er kam allein zurecht, ganz allein.«

Winter und Macdonald sahen sich an.

»War er … von hier?«, fragte Macdonald. »Also aus Schottland? Oder vielleicht aus England?«

»Er hat nicht viel gesagt«, antwortete sie. »Aber ich glaube, er war es wohl. Es klang so, er hat eben nur nicht viel gesagt. Ich hab ihm geholfen, einen Brief aufzugeben.«

»Wie bitte?«

»Er wollte einen Brief aufgeben, und den Service biete ich ja auch an. Ich habe Briefpapier, Umschläge und Briefmarken, und dann bringe ich den Brief zum Briefkasten, wenn meine Gäste das möchten. Manche haben es eilig bei der Abreise, und dann ist es ja gut, dass …«

»Entschuldigen Sie, wenn ich Sie unterbreche, Mrs McCann«, sagte Macdonald, »aber haben Sie zufällig gesehen, an wen der Brief adressiert war?«

»Keinesfalls. Es würde mir nie einfallen, so was heimlich zu lesen.«

»Hat … Mr Johnson selbst die Briefmarken draufgeklebt?«, fragte Macdonald.

»Ja …«

»Sind Sie ganz sicher?«

»Doch … aber da war was … ich kann mich jetzt nicht dran erinnern … Es war kein Kuvert von hier. Ich meine, keins von den Kuverts, die ich im Haus habe. Und es waren mehr Briefmarken drauf als normal. *DARAN* erinnere ich mich, denn das hab ich gesehen, als ich ihn zusammen mit anderen Briefen in den Kasten gesteckt habe. Es war ein kleiner Stapel.«

Winter öffnete seine Schultertasche und holte die Umschlagoriginale aus der Plastikhülle. Er sah die Invernessstempel ganz außen auf den drei Briefmarken.

»War es dieses Kuvert?«, fragte er.

Sie betrachtete es lange. Sie wollte wirklich gern helfen. Manchmal muss man besonders skeptisch gegenüber den besonders Hilfsbereiten sein. Manche wollen nur das Beste, wollen helfen, das Puzzle zu vervollständigen. Wie in einem fremden Land, in dem alle in verschiedene Richtungen zeigen, wenn man nach dem Weg fragt. Nett sein.

Aber Mrs McCann hielt sich zurück mit falschen Richtungsangaben.

Sie sah auf.

»Das kann ich nicht mit Bestimmtheit sagen. Aber ich glaube es nicht.«

Winter zog ein weiteres Ass aus seiner Tasche, das letzte.

Er zeigte ihr das Foto, das er von Erik Osvald bekommen hatte.

John Osvald war ungefähr halb so alt wie sein Enkel auf diesem Foto.

Er lächelte vom Achterdeck. Rundherum hingen Netze. Der Himmel war offen über dem jungen Mann und dem Schiff. Er hielt ein Tau in den Händen. Eine Schirmmütze verschattete seine Augen. Eigentlich war nur ein Lächeln zu sehen.

»Wer ist das?«, fragte sie.

»Os Johnson«, sagte Winter.

»Wirklich?«, sagte sie. »Na ja, jeder ist mal jung gewesen.«

»Er könnte es sein«, sagte Winter.

»Ich erkenne ihn nicht«, sagte sie und sah auf. »Das ist ja ganz unmöglich.«

Winter nickte, steckte das Foto weg und holte ein neues hervor. Diesmal John Osvald im Profil, kurz bevor er davonsegelte, um nie mehr zurückzukehren.

»Nein«, sagte Mrs McCann.

Winter schloss seine Tasche.

»Dürfen wir wiederkommen, falls wir Sie noch etwas fragen müssen?«, fragte Macdonald.

Sie nickte.

»Fällt Ihnen zu Mr Johnson noch etwas Besonderes ein?«, fragte Macdonald.

»Was sollte das sein?«

»Irgendwas. Was er gesagt hat. Getan hat. Eine Bewegung. Ob er telefoniert hat. Irgendwas an seinem Aussehen. Ob er Besuch gehabt hat. Alles. Irgendwas.«

»Das war viel«, sagte sie.

»Denken Sie bitte drüber nach«, sagte Macdonald, »und rufen Sie mich an, falls Ihnen noch etwas einfällt, Mrs McCann. Egal was, wie gesagt.«

Sie sahen, dass sie zögerte.

»Ja?«, sagte Macdonald.

»Dieser Brief …«, sagte Mrs McCann und vermied es, sie anzusehen, »den ich in den Kasten gesteckt habe.«

»Ja?«, wiederholte Macdonald.

»Ich hab zufällig etwas von der Adresse gesehen, als ich ihn einwarf.«

»Das ist doch ganz natürlich«, sagte Macdonald.

»Etwas anderes wäre komisch gewesen«, sagte Winter.

»Ich habe nur das Land gesehen«, sagte Mrs McCann und sah Macdonald an, »in welches Land der Brief gehen sollte.«

»Welches Land war es?«

»Dänemark.«

»Dänemark?« Winter sah Macdonald an. »War es nicht Schweden, Mrs McCann?«

»Nein. Auf dem Umschlag stand Dänemark.«

Sie fuhren um die Ecke zurück auf die Kenneth Street. Macdonald ließ Fußgängern den Vortritt und bog dann nach rechts in die Tomnahurich Street.

»Axel Osvald hat vielleicht keinen Besuch bekommen«, sagte Winter. »Wir haben nach Besuch gefragt, aber der, den er suchte, ist vielleicht schon dort gewesen.«

»Und hat ihn zu sich gerufen«, sagte Macdonald.

»Ja.«

Macdonald warf Winter einen schnellen Blick zu.

»*Are you beginning to enjoy this?*«

»*No.*«

»*You know what I mean.*«

»*In that case, yes.*«

Sie kamen an einem großen Chipsladen vorbei. Winter konnte quer über die stark befahrene Straße frittiertes Fett riechen.

»Da drinnen ist die Luft so fett, dass ein Menschenkörper einen Abdruck hinterlässt«, sagte Macdonald und nickte zur Tür. »Man sieht die Konturen des Körpers in der Luft. Das ist wie in Sibirien, da haben Minusgrade um die sechzig denselben Effekt in der Luft.«

»Ich glaube dir«, sagte Winter.
»Wir frittieren sogar den Blutpudding«, sagte Macdonald.
»Das ist vielleicht auch nötig«, sagte Winter.
Sie hielten bei Rot. Vor ihnen lag die A82 nach Loch Ness. Sie fuhren weiter und kamen an einem Friedhof, einem *Sports Centre and Aquadome* und dem Schild, das zu einem *All Weather Football Pitch* zeigte, vorbei.
»Gibt es hier mehr als eine Sorte Wetter?«, fragte Winter und zeigte auf das Schild.
»Nein, ich glaube, hier ist es genau wie in Göteborg.«
»Göteborg ist Schwedens Fußballhauptstadt«, sagte Winter.
»Der *Inverness FC* hat sich in die Liga unter der *Scottish Premier League* raufgearbeitet, niemand hätte geglaubt, dass sie das schaffen«, sagte Macdonald und schüttelte verwundert den Kopf.
»Mhm«, machte Winter.
»Henrik Larsson in Celtic«, sagte Macdonald, »ist er aus Göteborg?«
»Nein.«
»Und der andere, Mjällby? Der Große?«
»Nein.«
»Hast du nicht gesagt, Göteborg ist gut im Fußball?«
Winter hörte nicht mehr zu. Er sah auf die Uhr und holte das Handy hervor und schlug eine Telefonnummer in seinem Notizbuch nach.
Johanna Osvald meldete sich nach dem dritten Klingeln.
»Hej«, sagte er, »wie geht es dir?«
»Gut. Sie haben mir alle so geholfen. Ich … wir sind jetzt auf dem Flugplatz. Das Flugzeug geht in einer Dreiviertelstunde.«
»Es tut mir Leid, dass wir dir dabei nicht helfen konnten«, sagte er.
»Darüber haben wir ja schon geredet, Erik. Es ist besser, dass du und Macd… Steve macht, was ihr gerade macht.«
»Ich habe eine Frage«, sagte er und verlagerte das Körpergewicht auf dem Sitz, als Macdonald auf der schmalen Hauptstraße einen scharfen Rechtsschwenk machte. »Wie

viele Male hast du deinen Vater im *Bed & Breakfast* hier in Inverness angerufen? Glen Islay?«

»Äh … zweimal, glaube ich.«

»Denk genau nach.«

»Spielt das eine Rolle?«

»Ja.«

»Und warum?«

»Denk erst drüber nach, wie viele Male«, sagte Winter.

»Zweimal.«

»Bist du sicher?«

»Ja.« Eine Sekunde Stille. »Ganz sicher.«

»Axel hat drei Anrufe bekommen«, sagte Winter. »Jedenfalls sagt das die Frau, die die Pension betreibt. Drei Gespräche und jedes Mal war es eine Frau.«

40

Diese Straßen. Das erste Mal, als er hier gewesen war. Der Bus vom Meer hatte sich verspätet, und er war vom Bahnhof in Richtung Süden gegangen. Es war Nacht gewesen, eine der warmen Nächte.

Er hatte sich mehrmals umgedreht, aber niemand war ihm gefolgt.

Die Straße sah aus wie damals. Es roch wie damals, ein Geruch, der vor gar nicht langer Zeit schwer gewesen war.

Er war ein anderer.

War es dasselbe Zimmer? Es war dieselbe Aussicht. An der Wand hing ein Bild von Jesus, auch damals, beim ersten Mal. Er war auf die Knie gefallen und hatte versucht, etwas zu Jesus zu sagen. Er wusste, warum.

Jesus!

Die Frau hatte ihn angesehen, ihn studiert. Er hatte ihr seinen Brief gereicht.

Es war so weit.

Jesus hatte geantwortet. Nein. Es war jemand anders.

Er wanderte hin und zurück über die Brücken. Wartete. Er versuchte zu lauschen, wartete wieder. Im Pub eines feinen Hotels hatte er seine Hände betrachtet, als der Barkeeper sie ansah.

Er hatte geschaut, als ob er wüsste. Seine Hände um das Tau.
Um den Hals.

Er hatte sein Ale bekommen und schaute zu, wie es sich klärte.
Das Meer war wahnsinnig gewesen in jener Nacht, w-a-h-n-s-i-n-n-i-g war es gewesen. Sie alle waren wahnsinnig gewesen. Wahnsinnig.
Es ging nicht nur um Geld. Oder die Frauen.
Oder Gott.

In der letzten Nacht nahm er den Bus zur südlichen Spitze des Sees.
Er wanderte hinauf in die Berge.
Er fand einen Platz, der ein friedlicher Platz sein könnte. Wenn der Wind aus der richtigen Richtung kam. Wenn nur das Licht verschwinden wollte.

Am Abend wartete er. Jemand hatte am Strand ein Feuer angezündet. Er sah die Gesichter wie Flecken. Jemand spielte auf einer Gitarre, ein zerrissenes Geräusch, das übers Wasser floss. Er meinte dort draußen eine Bewegung zu sehen.

In der Nacht weinte er. Er versuchte einen neuen Brief zu schreiben, in der alten Sprache. Er versuchte seine Erinnerung auf verschiedene Haufen zu sortieren, die weit voneinander entfernt lagen. Einen Teil dieser verdammten Haufen wollte er in die Glut werfen und verbrennen lassen, bevor es Tag wurde. Er hörte seine Gedanken, die krassen Worte, die er niemals aussprach, aber dachte.
Worte waren nichts gegen Taten. Worte konnten schaden, aber nicht SO, niemals SO.

Es gab eine Erinnerung, die er auf Distanz hielt.
Er hatte gesagt, dass es nichts für ihn war: Das ist nichts für dich.
Es war ein guter Tag.

Bleib an Land, hatte er gesagt. Bleib hier.

Ich will nicht. Warum soll ich hier bleiben?

Bleib.

Nein.

BLEIB.

A...

Du gehst nicht an Bord. DU GEHST NICHT AN BORD. DU FÄHRST NICHT MIT.

Es war anders gekommen.

Das Auto war grün wie die Algen, die er vor drei Tagen in der Hand gehalten hatte.

Jesus! Nimm mich hier weg!

41

Winter sah den See zum ersten Mal bei Lochend. Er sah aus wie ein Fjord, die Berge waren hoch auf der anderen Seite des Wassers, das schwarz und weiß schimmerte.

»Wie ist es denn jetzt mit dem Ungeheuer?«, fragte Winter. Er meinte eine Bewegung auf der Wasseroberfläche zu sehen. Er zeigte dorthin.

»Nessie?« Macdonald folgte seinem Blick. »Sie hält sich versteckt.«

»Gibt es sie?«

»Natürlich«, sagte Macdonald.

»Das musst du ja sagen«, sagte Winter. »Die Touristenbranche steht und fällt doch mit dem Ungeheuer.« Er sah Wegschilder, die die *Loch Ness Monster Exhibition* in Drumnadrochit ankündigten, eine halbe Meile *down the road*. Das Wasser links glitzerte immer noch schwarz und weiß.

»So einfach ist das nicht«, sagte Macdonald.

»Was meinst du damit?«

Macdonald antwortete nicht. Er sah ernst aus.

Winter lachte auf.

»*Come ON, Steve.*«

Macdonald schaute über den See, der hier breiter war.

»Es gibt Stellen«, sagte er.

»Was für Stellen? Stellen, wo man sie *sehen* kann?«

Macdonald nickte schwach.

»Weißt du etwas, das kein anderer weiß?«

»Vielleicht«, sagte Macdonald.

»Aber du willst es nicht verraten?«

»Manche Geheimnisse müssen geheim bleiben«, sagte Macdonald.

»Die erste Regel der Kriminalkommissare«, sagte Winter.

»Nessie ist nicht angeklagt, soweit ich weiß«, sagte Macdonald.

Winter sah ihn an, drehte sich auf dem Sitz um.

»Du magst das Ungeheuer offenbar, Steve. Du glaubst wirklich daran.«

»Es hat sie immer gegeben«, sagte Macdonald mit unschuldigem Gesicht, und Winter konnte nicht erkennen, ob er es ernst meinte oder ob es eine Art subtiler Scherz war. »Nessie ist ein Teil meiner Jugend.«

Macdonald sah Winter an.

»Ein andermal werde ich dir was zeigen«, sagte er.

»Warum nicht jetzt?«

»Falsche Jahreszeit.« Macdonald schaute übers Wasser. »Vielleicht die falsche Jahreszeit.«

Kurz vor Drumnadrochits Dorfgrenze sah Winter das Ungeheuercenter auftauchen. Keinem Vorbeifahrenden konnte es entgehen. Links war immer noch das Wasser zu sehen. Weit unten im Süden, wo der See zu Ende war und zum schmalen River Oich wurde, war Axel Osvald seinem Tod begegnet, vielleicht in verwirrtem Zustand. Vermutlich. Was war es? Gab es etwas Böses dort unten, hinter Nessie-Ausstellungen und idiotischer Touristenindustrie und Ungeheuerlegenden und mittelalterlichen Ruinen, die wie zerstörte Sandburgen um den Loch Ness herumstanden … gab es das? War Axel Osvald dem begegnet? Wen hatte er getroffen, wen? Warum hier? Warum gerade hier?

»Ich habe Durst«, sagte Macdonald, bog von der Straße ab und parkte vor »Hunter's Bar & Restaurant«, das direkt gegenüber *The Loch Ness Monster Exhibition* lag.

»Hast du die Ausstellung gesehen?«, fragte Winter.

»Das brauche ich nicht«, sagte Macdonald.

»Jetzt hast du so viel angedeutet, dass ich bald so weit bin, dich zu bitten, mit mir einen ernsthaften Versuch zu machen, das Ungeheuermysterium zu lösen«, sagte Winter. Er stieg aus dem Auto. »Wir werden weltberühmt.«

»Ich will nicht berühmt werden«, sagte Macdonald. »Ich will nur reich werden.« Er war ausgestiegen und schloss das Auto mit der Fernbedienung ab. »Wie du.«

»Aber ich will nur berühmt werden«, sagte Winter.

Sie betraten die Bar. An der Wand hing ein Filmplakat, das für eine zehn Jahre alte Hollywoodproduktion über den Ungeheuermythos warb, mit Ted Danson in der Hauptrolle. Winter war nicht enttäuscht, dass er den Film nicht gesehen hatte.

Macdonald bestellte zwei Pints schottisches Ale.

Sie setzten sich an einen Fenstertisch mit Ausblick auf die Urquhart-Castles-Ruinen. Auf dem Wasser war ein Schiff. Es sah aus wie ein Zerstörer. Vielleicht gab es Sonarsysteme an Bord. Winter wusste nur so viel: In den letzten beiden Jahrzehnten hatte man den See regelmäßig mit speziellen Suchsystemen nach Spuren abgesucht. Das erinnerte stark an die Jagd der schwedischen Marine nach fremden U-Booten im Hårsfjärden vor gar nicht so langer Zeit. Niemand hatte je etwas gefunden, aber viele behaupteten, etwas gesehen zu haben.

Das meiste baute auf Mythen auf.

»Im Ernst«, sagte Macdonald mit Aleschaum auf der Oberlippe, »man kann nicht alle Geschichten über Nessie als Mythos abtun.«

»Ach nein?«

Macdonald machte eine kleine Bewegung mit der Linken.

»Viele, die hier um den See wohnen, haben merkwürdige Geschichten zu erzählen. Aber die behalten sie meistens für sich. Sie haben keine Lust, sich zum Gespött von neugierigen Touristen zu machen.«

»Wolltest du mir deswegen nichts erzählen?«

»Ich wohne nicht hier«, sagte Macdonald.

»Und ich hab mich nicht über dich lustig gemacht«, sagte

Winter und holte das Corps-Päckchen hervor. »Jedenfalls noch nicht.«

Er zündete sich einen der schmalen Zigarillos an.

»Du hast also immer noch nicht mit dem Scheiß aufgehört«, sagte Macdonald. »Ich hab gedacht, du hättest es aufgegeben.«

»Bald«, sagte Winter und sog den guten Rauch ein und ließ ihn so diskret, wie er konnte, wieder heraus.

Fort Augustus bestand aus zwei Reihen von Häusern an einer Haarnadelkurve, Tankstellen, Pubs. Auf dem Parkplatz vorm »Morag's Lodge« roch es nach frittiertem Fett und Benzin und vielleicht verrottetem Seegras.

Macdonald las einen Zettel. Sie gingen die Straße zu »Poachers« hinunter und betraten den Pub. Die Luft war dick vom Rauch der Spätnachmittag-Trinker. Der Lärmpegel war hoch.

Der Geschäftsführer führte sie in ein Zimmer hinter der Theke. Sein Gesicht war grau von zu vielen Jahren in der vergifteten Luft. Vielleicht war er dem See nie näher gekommen als bis hier.

»*Funny geezer*«, sagte der Mann, der Ball hieß und Engländer war. »*Didn't seem to know what he was doing or why.*«

»Er hat offenbar Fragen gestellt«, sagte Macdonald.

»Offenbar«, sagte Ball, »aber ich konnte sie jedenfalls nicht beantworten, da ich ihn nicht verstand.«

»Sie können sich an keine einzelnen Wörter erinnern?«

»Nix.«

»War er aufgeregt?«

»Nein ... er war ... verwirrt, aber das ist andererseits hier drinnen auch nichts Besonderes.« Ball lächelte. »Die Leute regen sich ziemlich oft auf, wenn sie ihre Brieftasche leer getrunken haben und keinen Kredit mehr kriegen.«

»Wie würden Sie ihn denn beschreiben?«, fragte Winter.

Ball sah ihn an.

»Sind Sie auch Schwede wie er?«

»Ja«, sagte Winter.

»Das kann man kaum hören«, sagte Ball.

»Wie war er?«, wiederholte Macdonald.

»*Well* … wenn Sie schon fragen … er wirkte … verschreckt. Ängstlich. Irgendwie durcheinander und … ja, er hatte Angst.« Ball machte eine Kopfbewegung. »So ähnlich, es war, als würde er sich nach jemandem umsehen, der ihn verfolgt. Er benahm sich, als würde er verfolgt.«

»Haben Sie jemanden gesehen?«

»Wie, der ihn verfolgt hat?«

»Ja«, sagte Macdonald.

»Nee.«

»Als er den Pub verlassen hat?«

»Nee … ich hab ihm zwar nachgeschaut, weil er so merkwürdig wirkte, aber dann hat er die Tür hinter sich zugeschlagen, und das war's.«

»Hat er kein einziges Wort englisch gesprochen?«, fragte Winter.

»Nee.«

»Haben Sie mit jemand anderem gesprochen, der mit ihm geredet hat?«, fragte Winter.

»Nur mit dem alten Macdonald unten auf dem Old Pier«, sagte Ball. »Dort hat der Däne wohl gewohnt, soviel ich weiß.«

»Wie bitte?«, sagte Macdonald.

»Da hatte der Däne wohl ein Zimmer, oder?«

»Der Schwede«, sagte Winter.

»Ja, ja, was ist denn da für ein Unterschied? Jedenfalls hatte er da ein Zimmer.«

»Nicht, dass wir wüssten«, sagte Macdonald und sah Winter an.

»Dann war es wohl ein anderer Schwede«, sagte Ball und lächelte mit Zähnen, die nicht skandinavisch waren. Zwischen Skandinavien und Großbritannien bestand ein gewisser Unterschied im Zustand der Gebissse. »Der alte Macdonald hat von einem Schweden geredet.«

»Aber nicht mit der Polizei«, sagte Steve Macdonald.

»Dann hat ihn wohl niemand gefragt«, sagte Ball. »Der alte Macdonald sagt nichts, wenn man ihn nicht direkt fragt.«

Macdonald fragte Macdonald direkt. Ja. Ein Schwede »in fortgeschrittenem Alter« hatte eine Nacht im Old Pier gewohnt. Die Pension lag am Ufer des Sees nördlich von Fort Augustus. Es roch nach Feuchtigkeit und überwachsenen Steinen, als sie die Treppe hinaufgingen. Der alte Macdonald war selbst im fortgeschrittenen Alter. Er stützte sich auf einen Stock, der genauso kräftig war wie der Oberarm eines erwachsenen Mannes. Im großen Zimmer brannte ein Kaminfeuer. Scheite, die noch nicht ganz trocken waren, krachten wie Pistolenschüsse.

»Das hätten Sie der Polizei mitteilen müssen«, sagte Macdonald.

»Dazu ist es nicht gekommen.« Durch den Stock ging ein Rütteln, als hätte Macdonald einen Tic.

»Was meinen Sie, wie alt er ungefähr war?«, fragte Macdonald.

»Bestimmt über achtzig, hat sich aber wie ein Fünfzigjähriger bewegt«, sagte der alte Macdonald. Er mochte selbst über achtzig sein. In seinem Gesicht waren braune Flecken.

»Wie hat er geheißen?«, fragte Winter.

»Da muss ich im Gästeverzeichnis nachsehen«, sagte der Alte.

Sie folgten ihm in die Rezeption.

Er blätterte ein paar Seiten zurück.

»John Johnson«, sagte er dann.

Noch ein Johnson.

»Wann hat er hier gewohnt?«, fragte Winter.

John Johnson hatte das Zimmer für die Nacht zu dem Tag gemietet, als Axel Osvald in Fort Augustus auftauchte und von dort in die Berge hinaufwanderte.

»Wann ist er abgereist? Früh? Spät?«

»War wohl am Morgen.«

»Um wie viel Uhr?«

»Tja … neun, glaub ich.«

»Worüber haben Sie gesprochen?«

»Wann?«

»Wann auch immer«, sagte Steve.

»Er hat keinen Ton gesagt«, sagte der Alte.

»Wie wollen Sie dann wissen, dass er Schwede war?«, fragte Macdonald.

»Irgendwas wird er doch wohl gesagt haben.«

»Was?«

»Daran erinnere ich mich nicht.«

»Sind Sie senil?«, fragte Macdonald.

»Wollen Sie Prügel haben, Sie verdammter eingebildeter Insel-Laffe?« Der Alte hob seinen Stock.

»Beruhigen Sie sich«, sagte Steve Macdonald.

Der Alte senkte den Stock. Steve Macdonald lächelte. Der Alte grinste. »Verdammter Mac«, sagte er.

»Was hat Sie also veranlasst zu glauben, dass er ein Schwede ist?«, fragte Steve Macdonald.

»Ich hab im Krieg einige Schweden kennen gelernt«, sagte der alte Macdonald. »Fischer.«

»Ja?«

»*Well* … vielleicht hab ich mir das auch nur eingebildet. Dass der Alte Schwede war. Und der Name. Johnson.«

Sie stellten noch eine Weile Fragen, aber der Alte war müde geworden.

»Melden Sie sich bitte, wenn Sie sich an mehr erinnern«, sagte Steve Macdonald und gab ihm seine Telefonnummer.

»Falls ich mich erinnere, dass ich mich erinnere«, sagte der Alte.

»Sie denken ja messerscharf«, sagte Macdonald.

Sie standen lange draußen.

»Wie ist er hierher gekommen und wie wieder weg?«, fragte Winter.

»Auto«, sagte der Alte.

»Haben Sie es gesehen?«

»Grün«, sagte der Greis und fuchtelte wieder mit dem Stock, »wie die Büsche am Ufer im Winter.«

»Metallic«, sagte Steve Macdonald.

»Ja, es war irgendwas komisch Glänzendes«, sagte der Alte. »Aber fragen Sie mich nicht nach dem Autotyp.« Er spuckte plötzlich. »Die sehen heutzutage doch alle gleich aus.«

»War es neu?«, fragte Winter.

»Die sehen heutzutage alle neu aus.«

Steve Macdonald lachte.

»Aber es hat noch jemand neben ihm gesessen, als sie den Weg dahinten hochgefahren sind«, sagte der Alte und zeigte mit seinem Stock nach Osten.

»Ein Verwandter von dir?«, fragte Winter, als sie ostwärts fuhren. Es hatte angefangen zu dämmern. Das Wasser im Loch Ness war jetzt mehr schwarz als weiß.

»Nein, zum Teufel«, sagte Macdonald, »dieser Kerl gehört offenbar zum Macdonald-Clan von ClanRanald, auf den Inseln oben im Norden.«

»Worin besteht der Unterschied?«, fragte Winter.

»Ist der dir nicht aufgefallen?«

»Nur das Alter«, sagte Winter.

»Mein Clan stammt ursprünglich von den westlichen Inseln«, sagte Macdonald. »Macdonalds von Skye. Alter, stolzer Clan.«

»Wie seid ihr ins Binnenland geraten?«

»Mein Urgroßvater nahm die Fähre zum Festland, als er noch sehr jung war«, sagte Macdonald trocken, »und ist noch ein Stück weitergefahren und in Dallas geblieben. Er hatte anscheinend keine andere Wahl als abzuhauen. Da ist irgendeine Auseinandersetzung mit einem MacLeod schief gegangen.« Macdonald drehte den Kopf. »Das ist der andere große Clan auf der Insel.«

»Deswegen hat der Alte dich also einen verdammten eingebildeten Insel-Laffen genannt«, sagte Winter.

»Ja. Er konnte es riechen.«

»Interessant«, sagte Winter, »wenn man bedenkt, dass er ursprünglich auch ein Insel-Laffe ist.«

»Aber es ist in Ordnung, dass wir ein Stück vom Meer entfernt gelandet sind«, sagte Macdonald, »und das vielleicht nicht für immer. Das Motto des Clans ist *per mare per terras*. Weißt du, was das bedeutet?«

»*Mare* heißt Meer und *Terra* Erde«, sagte Winter.

»*By Sea And By Land*«, sagte Macdonald, »*that's the motto.*«

»*Very majestic*«, bemerkte Winter.

»*The name Donald comes from Gaelic Domhnull which means Water Ruler*«, erklärte Macdonald.

»*I'm impressed*«, sagte Winter und schaute über das Wasser, als sie jetzt den schmalen Weg am südöstlichen Teil des Sees hinauffuhren.

»*Not that water*«, sagte Madonald. »*The SEA. The Atlantic!*«

Schafe grasten an dem grünen Abhang zum See hinunter. Das Fell der Schafe glänzte wie die Steine im Gras.

Die Landschaft um sie herum veränderte sich plötzlich dramatisch. Oben auf dem Murligan Hill sah es aus wie auf dem Mond. Winter kurbelte das Fenster halb herunter und hörte den Wind. Es war deutlich kälter geworden. Die Straße war schmal. In der schnell einfallenden Dämmerung wirkte sie wie etwas, auf das man sich nicht verlassen konnte.

Hier oben war ein besonderes Gefühl von Dunkelheit, das mit dem See zusammenhing, aber es könnte auch anders sein, vielleicht rührte dieser Eindruck von der nackten, rauen Landschaft.

Der See kehrte dieser Landschaft den Rücken zu. Auf der Westseite konnte man das Wasser durch einen bequemen, kurzen Spaziergang erreichen, hier müsste man von dreißig Meter hohen scharfkantigen Klippen springen.

Sie parkten an dem kleinen künstlichen See, Loch Tarff. Er starrte wie ein blindes Auge zum dunkler werdenden Himmel empor.

Sie stiegen aus. Winter fröstelte in seinem Mantel. Er sah, dass Steve auch fror.

Hier unbekleidet zu liegen, das hätte auch für sie den Tod bedeutet. Nackt in dieser Nacktheit zu sein.

Macdonald studierte die Skizze, die Craig angefertigt hatte. Craig hatte sich angeboten mitzukommen oder jemanden zu schicken, der beim Auffinden der Leiche dabei gewesen war, aber sie hatten es abgelehnt.

Macdonald zeigte nach links über die unbewegte Wasseroberfläche. Sie gingen durch zähes Gras über einen kleinen Hügel und hinunter in eine Senke, die flach und breit war.

»Hier hat er gelegen.« Macdonald kauerte sich hin.

»Und bis hierher ist er also *gegangen*«, sagte Winter. Er schaute über Loch Tarff. Links konnte er den lächerlich schmalen Weg und ein Stück Wasser vom Loch Ness sehen, der jetzt genauso schwarz war, wie der Himmel bald sein würde.

»Das ist nicht bewiesen«, sagte Macdonald, der immer noch in der Hocke saß. »Sie haben seine Kleidungsstücke von Borlum Hill bis hier herauf gefunden, aber wir wissen nicht, ob er sie selbst dort abgelegt hat, oder?«

»Nein.«

»Wir wissen jetzt, dass noch jemand anders mit ihm in Fort Augustus war.«

»Wissen wir das?«

»Das war Axel Osvald, der neben Johnson im Auto gesessen hat.«

»Es könnte wer weiß wer neben ihm gesessen haben«, sagte Winter.

Und Johnson kann wer weiß wer gewesen sein, dachte er.

Macdonald grunzte etwas und änderte die Haltung, blieb aber hocken.

»Was hast du gesagt, Steve?«

»Glaubst du an das hier?«

»Wie meinst du das?«

»Dass es ein Verbrechen ist.«

»Ich hoffe, es ist kein Verbrechen«, sagte Winter.

Macdonald grunzte wieder. Vielleicht war es etwas Gälisches. Er richtete sich auf. Es war, als ob die Dunkelheit jetzt mit einer Geschwindigkeit von zweihundert Kilometern in der Stunde fiel. Winter konnte nur noch Steves Zähne und seine Kopfform erkennen. Steve murmelte etwas und drehte sich zum Land um, zu den Monadhliath Mountains. Auf der anderen Seite der Bergkette lag Aviemore, das Skiparadies. Aber hier gab es kein Paradies, nur Wind und Kälte. Winter spürte, wie seine Nasenspitze kalt wurde. Auch seine Finger wurden kalt. Er hatte keine Handschuhe.

»Warum dieser Ort?«, sagte Macdonald jetzt wie zu sich selber. Er ging zurück zum Wagen, rasch.

»Es ist ein Verbrechen«, sagte er, als sie beim Auto ankamen. »Die Frage ist nur, welcher Art.« Er öffnete die Autotür. »Es kann schlimmer sein, als wir geglaubt haben.«

»Du brauchst nicht laut zu denken, Steve«, sagte Winter und stieg auf seiner Seite ein.

Angela kam aus dem Bad. Winter lag quer über dem Bett, den Kopf in einem unbequemen Winkel geneigt.

»Ist das Akrobatik?«, fragte sie.

»Ich brauch Blut im Gehirn«, sagte er.

Sie setzte sich auf die Bettkante.

»Beim Essen hast du etwas mitgenommen gewirkt.«

»Ach?«

»Eigentlich ihr beide, Steve und du, wenn ich ehrlich sein soll.«

Winter hob den Kopf und richtete sich auf.

»Wir haben es ja schon erzählt. Es war ein sonderbares Gefühl da oben in den Bergen.«

»Mhm.«

»Es tut mir Leid, sollte ich das Essen verdorben haben.«

»Nein, nein, es war nett.«

Winter stand auf, ging zum Spiegeltischchen und goss sich ein Glas Whisky aus der kleinen Flasche ein, die er auf dem Flugplatz gekauft hatte. Er hob die Flasche, aber Angela schüttelte den Kopf.

Während Winter von dem Whisky trank, einem Aberlour, sah er sein Gesicht im Spiegel. Es wirkte immer noch verfroren, vom Wind auf dem Murligan Hill. Er rieb sein Kinn und bemerkte Angelas amüsierte Miene im Spiegel. Er zog eine Grimasse. Er dachte an den alten Macdonald. Steve hatte Angela und Sarah von ihm beim Essen erzählt und von anderen merkwürdigen Dingen, die mit den Clans in Schottland zu tun hatten. Es waren, wie Steve schon früher gesagt hatte, *mostly very sad stories*. Aber viele von ihnen waren auch wahnsinnig witzig.

Winter drehte sich um.

»Dann werden wir also Dallas sehen«, sagte er.

Sie nickte.

»Aber ihr kommt als Erste dort an«, erklärte sie.

Er und Steve würden früh am Morgen fahren. Angela und Sarah wollten auf Steves Schwester Eilidh warten und dann erst losfahren.

»Es ist komisch«, sagte Angela, »wenn ich den Namen Dallas höre oder lese, denke ich sofort an John F. Kennedy.« Sie fuchtelte mit dem Finger. »Ich glaub, ich trinke doch einen Whisky, aber einen kleinen.« Winter nahm ein Glas vom Tisch. »Aber hier handelt es sich ja um ein anderes Dallas, das Ur-Dallas, wie Steve sagte.«

Winter nickte und goss ihr ein wenig ein.

»Aber Kennedy ist doch auch der Name eines schottischen Clans, oder?«, sagte sie und nahm das Glas entgegen.

42

Auf dem halben Weg nach Nairn zeigte Macdonald auf das Straßenschild: Cawdor Castle.

»Kennst du deinen Shakespeare?«, fragte er.

Winter las das Schild.

»Gib mir eine Minute.«

Cawdor, Cawdor, Cawdor. *Thane of Cawdor.*

»Macbeth«, sagte Winter.

Macdonald lüpfte den Hut, den er nicht trug.

»Glaubst du an die Geschichte?«, fragte Winter.

»Nicht auf dem Schloss«, sagte Macdonald, »selbst wenn es aus dem frühen vierzehnten Jahrhundert ist. Aber ich glaube an den Mythos.«

»Das war eine richtige Mordgeschichte«, sagte Winter.

»Man kann sagen, ich bin in der Nähe von zwei richtigen Ungeheuern aufgewachsen«, sagte Macdonald. »Nessie und Macbeth.«

»Hat dich das beeinflusst?«, fragte Winter.

»Das weiß ich noch nicht.«

Sie fuhren zwischen Feldern dahin, die das Meer atmeten. Winter sah nach rechts, über River Nairn.

Sie fuhren durch Nairn, das aus braunem Granit errichtet war. Die Schreie der Möwen waren laut. Der Himmel war blau, es gab keine Wolken. Die Stadt lag am Meer.

»Dies ist der sonnigste Ort von Schottland«, sagte Macdonald. »Als ich Kind war, sind wir manchmal hierher gefahren und haben gebadet.«

Sie fuhren auf der A96 weiter nach Forres. Winter sah die Wolken über dem Binnenland.

Wie weit ists noch nach Forres? – Wer sind diese?
So eingeschrumpft, so wild in ihrer Tracht?
Die nicht Bewohnern unsrer Erde gleichen,
Und doch drauf stehen?

Macdonald fuhr durch zwei Verkehrskreisel und parkte auf der High Street vor »Chimes Tearoom«. Sie stiegen aus.

»Das ist die Straße meiner Kindheit«, sagte Macdonald. »Forres war das Stadtähnlichste, was ich als Kind erlebt habe.« Er sah sich um. »Viel mehr als diese Straße gibt es nicht.«

Fraser Brothers Meats auf der anderen Seite der Hauptstraße warb für »*Award Winnings Haggis*« mit einem Aushang. Winter wusste, dass Haggis Schottlands Nationalgericht war, eine Wurst aus Schafmagen und Hafergrütze. Bisher hatte er darauf verzichtet, es zu probieren.

»*Great chieftain o'the puddin'-race!*«, sagte Macdonald, der seinen Blick gesehen hatte.

Winter lächelte.

»Robert Burns«, sagte Macdonald. »*Ode To A Haggis.*«

»Fair fa'your honest sonsie face
Great chieftain o' the puddin'-race!
Aboon them a'ye tak your place
Painch, tripe, or thairm:
Weel are ye wordy of a grace
As lang's my arm.«

»Ich wünschte, wir hätten eine gleichwertige Poesie in Schweden«, sagte Winter. »Poesie zu Ehren der Wurst.«

»Lass uns erst mal einen Kaffee trinken«, sagte Macdonald. Sie betraten das »Chimes« und setzten sich an einen Tisch am Fenster. Eine Frau in ihrem Alter kam heran und nahm die Bestellung auf: Café latte und zwei dünne Scheiben *Dundee cake*. Sie hatte kurz geschnittene dunkelbraune Haare und ein offenes Gesicht. Sie blieb am Tisch stehen.

»Bist du nicht Steve?«

»Jaa.« Macdonald erhob sich plötzlich. »Lorraine!«

Sie reckte sich und umarmte ihn.

»*Long time no see*«, sagte sie.

»*Very long*«, sagte Macdonald.

Sie drehte sich um und sah, dass die Schlange vorm Tresen gewachsen war. Die Kollegin hinterm Tresen zog die Augenbrauen hoch.

»Ich muss weitermachen«, sagte sie und warf Winter einen schnellen Blick zu.

»*A Swedish friend*«, sagte Macdonald.

Winter stand auf und reichte ihr die Hand. Sie lächelte Macdonald zu.

»Bist du heute Nachmittag noch hier?«

»Leider nein, Lorraine. Wir sind auf dem Weg nach Aberdeen.«

»Aha.«

Sie drehte sich um und ging rasch zum Tresen zurück. Macdonald und Winter setzten sich. Winter sah einen Aushang rechts vom Tresen: »*One person needed for washing dishes and pots, Wednesdays and Fridays 11–2.*«

Macdonald räusperte sich diskret.

»Alte Flamme von mir«, sagte er.

»Mhm«, machte Winter.

»Wie du und Johanna Osvald.«

»Hab ich das erzählt?«

Macdonald antwortete nicht. Er sah sich um, sah aus dem Fenster. Leute betraten den Laden der Gebrüder Fraser, kamen mit preisgekröntem Haggis wieder heraus.

»Es ist schon ziemlich viele Jahre her, seit ich zuletzt hier war«, sagte Macdonald.

Winter antwortete nicht. Macdonald fing seinen Blick auf.

»Ich weiß nicht …«, sagte er. »Man kriegt fast eine Art Schamgefühl, wenn man zurückkommt. Als ob man etwas schuldig geblieben wäre. Als ob man … sich schämte, dass man von hier abgehauen ist. Sie im Stich gelassen hat, vielleicht … ich weiß nicht, ob du das verstehst, Erik. Wenn man es überhaupt verstehen kann.«

»Ich hab mein Leben lang in derselben Stadt gewohnt, Steve. Ich kenne diese Gefühle nicht.«

Wie verschieden wir doch gelebt haben, dachte Winter. Steve stammt aus einem kleinen Dorf, er hat seine ersten selbstständigen Schritte in den Straßen dieser Kleinstadt gemacht. Winter war ein *big city boy*, jedenfalls im Vergleich. Aber jetzt war Steve ein *big city boy* und Winter wohnte auf dem Lande.

Lorraine brachte den Kaffee und den Kuchen, der schwer von Früchten war.

»Wie geht es dir, Lorraine?«, fragte Macdonald.

»Hier geht's rund«, antwortete sie.

»Ich sehe, ihr braucht jemanden zum Abwaschen«, sagte Macdonald und lächelte.

»Falls du mittwochs und freitags in der Stadt bist?«, sagte Lorraine.

Macdonald lächelte wieder, antwortete jedoch nicht.

»Sonst geht's mir wohl wie den meisten hier«, fuhr Lorraine fort. »Geschieden von einem Scheißkerl, zwei halb erwachsene Kinder zu versorgen.«

»Wer ist der Scheißkerl?«, fragte Macdonald.

»Rob Montgomerie«, antwortete sie.

Macdonald hob die Augenbrauen.

»Ja, ich weiß.« Sie lächelte säuerlich. »Aber du warst ja nicht mehr da, Steve, oder?«

Er sah plötzlich schuldbewusst aus und senkte den Blick. Lorraine kehrte an die Theke zurück. Macdonald schaute ihr nach.

»Jetzt fühl ich mich *wirklich* schuldig«, sagte er.

»Hast du den Jungen gekannt?«

»Er *war* ein Scheißkerl«, sagte Macdonald. »Arme Lorraine.« Er sah Winter an. »Manchmal ist es wirklich egal, wie erwachsen du bist, es gibt Leute, die du dein Leben lang nicht magst.« Er sah Lorraine nach. »Sie muss sehr … verzweifelt gewesen sein.«

»Jetzt hat sie es hinter sich«, sagte Winter.

»Ich bin nicht sicher«, sagte Macdonald, »Rob gehört zu der gewaltsamen Sorte.«

Als sie gingen, nahm Macdonald Lorraine für einen Augenblick beiseite. Winter wartete draußen.

»Bis jetzt hat sich der Kerl jedenfalls zurückgehalten«, sagte Macdonald, als er aus dem Lokal kam.

»Du siehst aus, als würdest du wieder zur Schule gehen«, sagte Winter.

Was ja stimmt, dachte er. Wenn Steve hierher zurückkehrt, wird er der, der er damals war. So funktioniert das mit der Zeit.

»Hier gibt es viele, die ihre Frauen misshandeln«, sagte Macdonald.

»Wo gibt es die nicht?«, fragte Winter.

Aneta wartete im Zimmer, als sie Sigge Lindsten hereinbrachten. Das war ein wichtiger Unterschied: Er wurde *hereingebracht*, nicht hereingeführt.

Halders räusperte sich, sie fingen an und das Tonbandgerät surrte. Lindsten antwortete auf alles, als ob er gut vorbereitet wäre. Aber er wusste nichts.

Halders fragte nach einigen verschiedenen Adressen in der Gegend um die Abfahrt Branting. Lindsten war der ahnungsloseste Mensch der Welt.

»Ich werde Ihnen mehr erzählen, als ich muss«, sagte Halders. »In diesen Speichern, die ich eben erwähnt habe, wurde Diebesgut aus vielen Göteborger Haushalten verwahrt.«

»Aha«, sagte Lindsten.

»Ein Umschlagplatz«, fügte Halders hinzu, »eine Zwischenstation zwischen Hehlern und Käufern.«

»So was wird offenbar immer üblicher«, sagte Lindsten.

»Was?«, fragte Halders.

»Diebstähle ... organisiert im großen Stil, oder wie man das nennen soll.«

»Das stimmt«, sagte Halders. »Eine riesige, perfekte Veranstaltung.«

»Aber was hat das mit mir zu tun?«

»Ach ja, ich muss Ihnen noch was erzählen«, sagte Halders. »Wir sind einem Laster gefolgt, der diesen voll gestopften Speicher in Hisingen verlassen hat. Der ist durch die ganze Stadt zur Fastlagsgatan in Kortedala gefahren und hat vorm Hauseingang Nummer fünf gehalten, und raten Sie mal, wer kurz danach kam und sich mit dem Fahrer unterhielt?«

»Keine Ahnung«, sagte Lindsten.

»Sie!«, sagte Halders.

»Das überrascht mich aber wirklich«, sagte Lindsten.

»Und dann noch was«, sagte Halders. »Der Laster ist mit gestohlenen Autokennzeichen gefahren.«

»Woher wissen Sie das?«

»Wie bitte?«

»Vielleicht war der Laster gestohlen?«, sagte Lindsten.

»Und die Kennzeichen waren nicht gestohlen, meinen Sie?« Halders warf Aneta einen schnellen Blick von der Seite zu. »Meinen Sie das?«

»Es war nur so eine Idee.« Lindsten zuckte mit den Schultern. »Wer war das denn?«

»Wer?«, fragte Halders.

»Die Jungs im Laster«, sagte Lindsten.

»Wer hat denn gesagt, dass es mehr als einer waren?«, sagte Halders.

»Ich war doch dort, oder?« Lindsten lächelte ein Lächeln, das man verschlagen nennen musste, dachte Aneta Djanali. »Und ich *war* dort. Ich erinnere mich, dass ein Laster vor dem Eingang parkte, als ich kam, und ich habe denen gesagt, da können sie nicht stehen bleiben, und dann fragten sie nach einem Weg und fuhren weg.« Er zog zweimal Luft durch die Nase ein. »Ich weiß nicht, ob Ihr Zeuge gehört hat, was gesprochen wurde, aber wenn er es gehört hat, dann kann er es bestätigen.«

»Die haben auf Sie gewartet«, sagte Halders.

Lindsten machte eine Bewegung, die vielleicht Genervtsein ausdrücken sollte angesichts des Schwachsinnigen, der ihm gegenübersaß.

»Ich will Ihnen noch was erzählen«, sagte Halders.

»Warum muss ich mir das alles anhören?«, fragte Lindsten.

»In einem der Speicher in Hisingen fanden wir die gesamte Einrichtung von Anettes Wohnung in Kortedala, jedenfalls glauben wir, dass es ihre Einrichtung ist«, sagte Halders. »Wir haben die Aufstellung genau mit dem Bestand verglichen. Wir sind dort gewesen. Und es gibt ein paar gerahmte Fotos.«

»Das sind ja gute Neuigkeiten«, sagte Lindsten. »Bin ich deswegen hier? Um die Sachen zu identifizieren?«

»In dem Speicher herrschte ein ziemliches Durcheinander, aber Anettes Sachen standen säuberlich gestapelt für sich hinter besonderen Schirmen. Alles war sehr ordentlich, was die Einrichtung Ihrer Tochter angeht.«

»Besten Dank«, sagte Lindsten.

»Warum war das so, was meinen Sie?«, fragte Halders.

»Keine Ahnung«, antwortete Lindsten. »Ich bin bloß froh, dass die Sachen anscheinend wieder aufgetaucht sind.«

Lindsten saß in einem Streifenwagen, der in Richtung Abfahrt Branting fuhr. Aneta Djanali und Halders folgten.

Lindsten identifizierte die Sachen als Anettes Eigentum. Er unterschrieb einige Papiere.

Sie winkten ihm zum Abschied von der Rampe aus nach.

Drinnen sah es aus wie in einem Hangar mit Gegenständen und Möbeln und Kücheneinrichtungen und dem Teufel und seiner Großmutter.

»Das ist mehr, als ich geglaubt hab«, sagte Aneta Djanali.

»Dies ist nicht der einzige Speicher, in dem es so aussieht«, antwortete Halders.

»Himmel.«

»Aber irgendwas ist hier, das ich nicht begreife«, fügte Halders hinzu.

»Ich auch nicht«, sagte Aneta Djanali.

»Lindstens Tochter wird von ihrem Mann bedroht und misshandelt. Die Nachbarn schlagen Alarm. Sie will bekanntermaßen leider keine Anzeige erstatten. Sie flieht ins Elternhaus. Ihre Wohnung wird ausgeräumt unter Aufsicht von Kriminalinspektorin Djanal…«

»*Please*«, unterbrach Aneta ihn.

»… Djanali, und diese Wohnung wird untervermietet, ausgerechnet an Moa Ringmar. Sie zieht ein und zieht genauso schnell wieder aus, als sie die Geschichte der Wohnung erfährt. Gleichzeitig ist *Göteborgs Finest* mit einer großen Operation beschäftigt, um eine gigantische Diebesorganisation mit einem Lager, das die Klasse von Ikea hat, in Hisingen zu knacken. Von dort fährt ein Laster weg, vielleicht mit einem Auftrag, er fährt geradewegs zu Anettes Wohnung, aber bevor jemand das Haus betritt, kommt Sigge Lindsten heraus und bläst das Ganze ab.«

»Was hat er wohl abgeblasen?«, fragte Aneta Djanali.

»Das frage ich mich auch«, sagte Halders. »Man könnte meinen, die Wohnung sollte wieder ausgeräumt werden. Aber die Jungs im Laster wussten nicht, dass sie schon leer war. Schließlich erzählt jemand Lindsten, dass sie auf dem Weg dorthin sind, und er taucht auf und erklärt die Lage, und die Diebe hauen wieder ab.«

»Er hätte doch bloß anzurufen brauchen«, sagte Aneta.

»Vielleicht hat er es nicht gewagt.«

»War er schon so misstrauisch? Gegen uns?«

»Er ist nicht dumm«, sagte Halders. »Und er hat wohl nicht geahnt, dass Bergenhem den Laster beschattete.«

»Dann vermietet Lindsten also an Leute und lässt ihnen hinterher die ganze Wohnung ausräumen.«

»Ja.«

»Warum nicht«, sagte Aneta Djanali.

»Das haben wir doch geglaubt, als wir ihn einbestellt haben, oder?«

»Und andere machen es genauso?«, sagte Aneta Djanali.

»Ja, oder haben als Ausräumer gute Kontakte zu den Vermietern.«

»Mhm.«

»Dann ist da ja noch die andere Frage, warum er die Einrichtung seiner eigenen Tochter gestohlen hat.«

Aneta Djanali dachte nach. Sie dachte an die kurze Begegnung mit Anette Lindsten, an Hans Forsblad, seine Schwester, die genauso verrückt wie ihr Bruder wirkte. An Sigge

Lindsten, an Frau Lindsten, an all diese Menschen, die jeder für sich bedrohlich wirkten, nein, nicht bedrohlich, merkwürdig … ausweichend … wie Schatten … die sich in ihre Lügen verwickelten. Sie lösten sich auf, wurden zu anderen, wurden andere. Sie sah wieder Anettes Gesicht. Der gebrochene Kiefer, der wieder geheilt war, aber nicht mehr wie früher aussah, nie mehr so aussehen würde. Die Augen. Eine nervöse Hand, die in die Haare fuhr. Ein Leben, das gewissermaßen vorbei war.

»Eine Warnung«, sagte Aneta Djanali.

»Wollte er seine Tochter warnen?«, sagte Halders.

»Eine Warnung«, wiederholte Aneta Djanali und nickte vor sich hin. Sie sah Halders an. »Oder eine Strafe.«

»Strafe? Wofür?«

»Ich weiß nicht, ob ich es zu denken wage«, sagte Aneta Djanali. Sie schloss die Augen und öffnete sie wieder. »Es hat etwas mit Forsblad zu tun. Und seiner Schwester.« Sie packte Halders am Jackettärmel. »Mit ihnen hat das was zu tun. Aber nicht so, wie wir glauben.«

Halders ließ sie reden.

»Es ist nicht so, wie wir glauben«, wiederholte sie. »Sie spielen … ein Spiel. Oder verschweigen etwas, das wir nicht wissen sollen … oder haben nur Angst. Jemand oder mehrere haben Angst.«

»Ich sag's noch mal«, sagte Halders, »irgendwas ist hier, was ich nicht begreife.«

Wir sollen es vielleicht nicht wissen!, dachte sie, plötzlich ganz stark. Wir sollten es nicht wissen! Wir sollten die Sache fallen lassen wie heiße Kartoffeln. Fredrik hatte vielleicht Recht, als er das vor langer Zeit sagte. Vielleicht ist es gefährlich, sehr gefährlich, für uns, für mich.

Für mich.

»Sie hat ihrem Vater also etwas getan, wofür er sie bestrafen muss?« Halders kratzte sich am Hinterkopf. »Er klaut die Möbel?« Er sah Aneta Djanali an. »Es könnte ja auch so sein, dass der Speicher in Hisingen bis auf weiteres ein perfekter Aufbewahrungsplatz ist. Lindsten hatte die Mannschaft und das Fahrzeug, und Anette wollte so schnell raus

aus der Wohnung, also hat der Herr Papa seine Diebe hingeschickt, um den Klumpatsch zu holen und in den Speicher zu bringen, wo sie alles säuberlich aufgestellt haben. Vergiss nicht, dass die Einrichtung ordentlich hinter Schirmen steht. Alle anderen Sachen waren ein einziges Durcheinander.«

»Was meinst du, ob Anette davon weiß? Dem Speicher? Und dem Diebesgut? Von diesem munteren Verkehr?«

»Keine Ahnung«, sagte Halders. »Aber sie muss sich ja fragen, wo die Sachen geblieben sind.«

»Wenn sie es weiß, ist das ein weiterer Grund, den Mund zu halten«, sagte Aneta Djanali. »Sie traut sich nichts anderes.«

Abends ließ sie ein heißes Bad ein. Das Wassergeräusch brauste durch die ganze Wohnung. Sie ging ins Badezimmer und ließ ein Kleidungsstück nach dem anderen hinter sich fallen. Immer hatte sie alles hinter sich fallen lassen, und ihre Mutter hatte die Sachen aufgehoben.

Jetzt hob Fredrik sie auf.

»HerrimHimmel«, konnte er sagen, wenn Kleidungsstücke von der Tür bis zum Bad verstreut lagen.

Das erste Mal, als er den ganzen Weg verfolgte, hatte sie ihn in die halb volle Badewanne heruntergezogen, bevor er auch nur ein Stück ausgezogen hatte.

Das war gut gewesen.

Sie warf die Unterhose in den Wäschekorb neben der Waschmaschine, stieg vorsichtig in die Wanne und stellte den Hahn ab. Sie senkte sich sehr langsam ins heiße Wasser, einen Millimeter, zwei, drei und so weiter.

Das Wasser reichte ihr bis übers Kinn. Überall war Schaum. Es kühlte ab, aber sie wollte liegen bleiben. In der Wohnung war es still. Keine Schritte in der Wohnung über ihr, das kam selten vor. Kein Knallen der Fahrstuhltür im Treppenhaus, das war auch selten. Kein Verkehrslärm, den konnte man hier drinnen nicht hören. Sie hörte nur die vertrauten Geräusche ihrer eigenen Wohnung, der Kühlschrank in der Küche, die Tiefkühlbox, irgendein anderes Surren. Sie hatte nie herausbekommen, woher es kam, hatte es aber längst akzeptiert, der Wasserhahn, der laaangsam hinter ihrem Nacken tropfte.

Sie hörte ein Geräusch.

Das Geräusch kannte sie nicht.

Macdonald fuhr nordwärts auf der High Street. Sie kamen an vielen Geschäften und Cafés vorbei. Hier gibt es eine Nahversorgung, die in Schweden längst zerschlagen worden ist, dachte Winter. Vielleicht sind die Menschen hier ärmer, aber nicht in dieser Hinsicht.

Macdonald hielt vor einem der dunklen Steinhäuser. Über der Tür hing ein Schild: *The Forres Gazette – Forres, Elgin, Narin.*

Sie gingen hinein und warteten.

»*Awful long time no see, Steve*«, sagte der Mann, der sie empfing. Er versetzte Macdonald einen Faustschlag auf die Schulter.

Macdonald zuckte zurück und stellte Winter vor, der sicherheitshalber rasch seine Hand ausstreckte.

»Duncan Mackay«, sagte der Mann, der älter wirkte, aber so alt war wie Steve. Er hatte im Auto von seinem Klassenkameraden erzählt.

Mackays Haare waren kohlrabenschwarz und schulterlang. Unter den Augen hatte er Ringe. Er führte sie hinter einen hölzernen Tresen. Sie setzten sich auf zwei Stühle vor Mackays Schreibtisch, der in komischem Kontrast zu Kommissar Craigs Schreibtisch in Inverness stand. Sie konnten den Redakteur hinter den Papierstapeln kaum sehen. Und trotzdem ragte er darüber hinaus.

»Kaffee, Bier, Whisky?«, fragte Mackay. »Claret? Marihuana?«

Macdonald sah Winter an.

»Nein danke«, sagte Winter und zeigte auf das Päckchen Corps, das er hervorgenommen hatte. »Ich hab was zu rauchen dabei.«

Mackay hatte eine brennende Zigarette im Mund.

Macdonald schüttelte den Kopf.

»Wir haben eben Lorraine getroffen«, sagte er, als Mackay sich gesetzt und den Stuhl etwas seitwärts gerollt hatte.

»*Steve the Heartbreaker Macdonald*«, sagte Mackay. »Sie hat lange Zeit gebraucht.« Er wandte sich an Winter. »Darüber wegzukommen.«

»Sie hat von Robbie erzählt.«

»Ja, ein Scheißkerl.«

»Er ist offenbar verschwunden.«

»Der taucht wieder auf«, sagte Mackay. »Leider.«

Sie schwiegen einige Sekunden, wie um über die Schicksale von Menschen nachzudenken. Der Raum lag im Halbschatten.

Mackay stand auf und suchte oben auf dem Papierhaufen herum. Er hielt ein Blatt gegen das Licht vom Fenster.

»Ich hab die Lokalredakteure gebeten, sich umzuhören, aber niemand hat diesen Mann Oswald gesehen«, sagte er. »Axel Oswald, nicht? Da war ja auch eine Suchmeldung und klar, haben wir schon da recherchiert ... ein Ausländer, der sich in Moray verläuft ... aber ... keine Spur von dem Mann.«

»Okay«, sagte Macdonald.

»Deine Kollegen in Ramnee haben auch nichts gesehen oder gehört«, sagte Mackay.

»Ich weiß. Ich hab sie vor ein paar Tagen angerufen.«

»Bist du dort gewesen?«

»Noch nicht.«

Mackay las wieder auf seinem Blatt.

»Da ist nur eins ...«

»Ja?«

»Billy von der Redaktion in Elgin hat für eine Reportage über die neuen düsteren Zahlen der Fischindustrie Leute oben in Buckie interviewt. Das war vor der Suchmeldung.« Mackay sah auf. »Billy ist ein bisschen träge, aber gut. Aber träge. Okay, er hat auch mit ein paar vergessenen alten Leuten von der Werft gesprochen. Er hatte sein Auto in einer der kleinen Gassen gegenüber geparkt, und als er zurückkam und nach Hause fahren wollte, sah er einen Corolla in derselben Gasse. Der hatte da schon gestanden, als er kam. Metallicgrün.«

»Hat er sich das Kennzeichen notiert?«

»Nee, warum sollte er? In dem Moment hat er sich dabei ja nichts gedacht. Erst, als die Suchmeldung kam, ist ihm das wieder eingefallen. Nein. Da nicht. Erst gestern, als ich mich bei ihm gemeldet habe. Und nicht mal da, übrigens. Er hat heute Vormittag angerufen und gesagt, dass er das Auto gesehen hat.«

»Ist er seiner Sache sicher?«

»Er kennt sich ganz gut mit Automarken aus. Und das war offenbar ein neues Auto, das konnte er erkennen. Ein neues Auto in Buckie … tja, das ist nicht oft zu sehen. Jedenfalls nicht in der Gegend.«

43

Er hatte eine Reise unternommen, die nicht geplant gewesen war. Es war ein Abschied. Sah man den Weg auf einer Karte, so beschrieb er einen Kreis, oder wenigstens den Teil eines Kreises.

Wann war er das letzte Mal die Broad Street hinuntergegangen? Ein roter Himmel. Hinunter zur Onion Street und zum Hafen war der Himmel immer rot, immer.

Vierhundert Schiffe in einem Jahr!

Biggest white fish-port in Europe.

Und dort draußen gab es solche, wie er einer gewesen sein könnte ... nah. Vielleicht. Nein.

Der Geruch. Es war das Meer, wie es immer das Meer gewesen war, und dann noch etwas anderes, das er damals nicht gekannt hatte, aber jetzt, das Öl.

Diese Stadt war nach dem Öl eine andere geworden. Die Trawler waren noch da, immer noch ein Wald von Masten, aber die Leute, die sich durch die Straßen bewegten, kamen auch wegen des Öls. Die Stadt war größer geworden. Die Zufahrten hatten sich geändert, das war ein sicheres Zeichen für alles, was geschehen war.

Er stand auf einem der linken Wellenbrecher. Die Trawler hier waren die größten. Sie lagen zwanzig Meter entfernt. Er sah einen Mann, der sich übers Achterdeck bewegte. Er las den Namen des Trawlers, der aus Stahl war.

Das war was, der Rumpf aus Stahl.

Er hörte den Mann zur Messe hinunterrufen, einige Worte.

Er zögerte vor der Mission.

Hier war es.

Der vorletzte Abend.

Meals 7–14.30, damals wie jetzt. *The Congregational Church. Sick Bed. Emergency Facilities.*

Ein Anschlag, den es damals nicht gegeben hatte: »Zaphire« ist im Oktober '97 untergegangen, vier Leben.

Hier wussten alle fast alles. Es gab Ausnahmen. Es gab eine.

Er ging hinein, kehrte jedoch im Vorraum wieder um. Wurde von den Erinnerungen zurückgestoßen und von etwas anderem: Ein Mann schaute vom Tresen auf, einen Ausdruck im Gesicht.

Er war auf dem Weg hinaus, sah sich nicht um, hier war er nicht unsichtbar, er war taub für die Stimme hinter seinem Rücken, den Ruf.

Caley Fisheries gab es noch. Den Fischmarkt. Am Eingang hing ein neuer Anschlag. *Prohibited: smoking, spitting, eating, drinking, breaking of boxes, unclean clothing, unclean footwear*. Eine Richtlinie auch fürs Leben.

Männer in blauem Ölzeug und gelben Stiefeln luden Boxen mit Rotzunge oder Limande, *lemon sole*. Ein Laster nach Aberdeen und weiter nach Süden.

Er ging die Crooked Lane entlang, sie krümmte sich genau wie damals.

Er erreichte den höchsten Punkt. Der Himmel öffnete sich. Es war windig.

Er spürte die Waffe am Schenkel. Sie war unverändert kalt. Er wollte sie abfeuern.

Eine halbe Stunde später war er unterwegs, quer hinüber in Richtung Norden. Ein langer Abschied. Er schaute in den

Rückspiegel. Folgte ihm jemand? Das war möglich, aber er glaubte es nicht.

Die Waffe lag unter der Jacke auf dem Beifahrersitz.

Er fuhr die schmalen Straßen nach New Aberdour und durch das Dorf und hielt drei Meter entfernt von dem furchtbaren Steilhang zum Meer. Drei Meter. Er ließ den Motor laufen. Von dort, wo er saß, waren nur der Himmel und das Meer zu sehen. Alles war eins. Das Meer und der Wind brüllten. Er öffnete die Autotür. Er stieg aus. Er hielt die Pistole in der Hand. Er schoss in den Himmel.

Es gab zwei Wege den Troup Head hinunter. Über den Steilhang und die Straße in den Ort, der sich vor der Welt verbarg.

Er kannte ihn. Er hatte sich dort versteckt, als die Häuser noch rot waren wie die Felsen, als noch die Schmuggler das Leben dort bestimmten. Deswegen stellte niemand Fragen.

Als die Kameras kamen, war er geflohen.

Wie jetzt.

Er setzte sich wieder ins Auto.

Er spürte den Fuß auf dem Pedal, eine Sehnsucht. Eine SEHNSUCHT.

Jesus. JESUS.

Jetzt sah er nur noch den Himmel.

44

Spey Bay lag still. Buckie Shipyard war leer und still. Zwei Trawler aus vergangenen Zeiten lagen festgerostet auf dem Slip der Werft, wie ein Symbol.

Es war kein ganz unbekannter Anblick für Winter. Er kam aus einer Stadt mit toten Schiffswerften.

Sie hatten auf der Richmond Street geparkt. Hier hatte der Lokalredakteur Billy den grünen Corolla gesehen.

»Wie viele Leute in Buckie besitzen ein Auto der Marke und aus dem Jahr?«, fragte Macdonald in die Luft hinein, während sie nach Norden fuhren, und rief Craig in Inverness an.

Craig hatte einen ganz Schnellen darauf angesetzt. Die Antwort kam, während sie noch durch den Hafen fuhren.

Niemand.

In der Richmond Street gab es sechzehn Haustüren, acht auf jeder Seite. Die Reihenhäuser waren wie aus einem riesigen Steinblock gehauen. Nur ein einziges Auto parkte in der Straße. Es war ein Wrack aus den siebziger Jahren.

»*What the heck*«, sagte Macdonald und klingelte an der ersten Tür.

In jedem Haus wurde geöffnet, nur in einem nicht, alles waren Frauen. Sie wären gern auf einer Arbeitsstelle gewesen. Niemand fuhr einen neuen Corolla und niemand plante sich in nächster Zukunft einen anzuschaffen. Niemand wusste genau, wie das Modell aussah. Niemand hatte Besuch gehabt von jemandem mit einem Corolla.

»Manchmal parkt hier jemand, der zur Werft will«, sagte eine der Frauen, älter, in einem geblümten Kleid, das zwei Weltkriege überlebt hatte.

»Was wollen die denn auf der Werft?«, fragte Macdonald.

In dem Augenblick hörten sie schwere Hammerschläge von jenseits der Werftmauer. Es war ein merkwürdiges Geräusch. Plötzlich war es überall, wie eine Erinnerung. Doonk – doonk – doonk.

Sie verabschiedeten sich von der Frau und gingen über die Kreuzung zur Werft. Das große Tor war geschlossen. Daneben klaffte ein sechs Meter breites Loch in dem drei Meter hohen Zaun. Sie stiegen hindurch.

Die Hammerschläge hatten aufgehört, jedoch wieder angefangen, doonk … doonk … mit einem hohlen Echo, das dort drinnen anders klang, wo alles an einen Friedhof erinnerte. Die Schläge kamen aus einem Gebäude, das aussah wie eine in weiten Teilen zerbombte Kathedrale. Eine Wand fehlte. Drinnen herrschte Dunkelheit. Sie gingen näher und hinein. Die Schläge verstummten, jemand hatte sie zuerst gesehen.

»*You're trespassing*«, ertönte eine unfreundliche Stimme.

»*Police*«, sagte Macdonald in die Dunkelheit hinein. Es roch nach Rost und schmutzigem Wasser, Eisen, verbranntem Stahl, Schwefel, Feuer, Erde, Teer, Meer. Das ist ein Geruch von früher, dachte Winter. Ich erinnere mich daran aus meiner Kindheit.

»*What tha fockin' is a'matter?*«, sagte die Stimme, und ein Mann trat vor. Er hielt immer noch den Hammer in der Hand, der ein Vorschlaghammer war. Hinter ihm stand etwas, das an ein Bugvisier erinnerte. An der einen Seite hatte er den Dreck abgeklopft. Winter verspürte plötzlich einen starken Wunsch, den Vorschlaghammer zu nehmen und mit aller Kraft auf die Eisenmassen loszugehen, zuzuschlagen, bis er umfiel, total entkräftet. Das musste gesund sein.

Der Mann mit dem Vorschlaghammer sah nicht aus, als wäre er aus therapeutischen Gründen hier. Er trug einen

Overall, der schon so lange in Gebrauch war, dass er alle Farbe verloren hatte und ungefähr aussah wie die Gesichtsfarbe des Mannes, die grau war. In seinem Mundwinkel hing eine Kippe. Der Arbeiter war um die sechzig, vielleicht jünger, vielleicht älter. Im Auto hatte Steve gesagt, hier oben sei es nicht ganz leicht, das Alter der Männer zu schätzen. Fünfunddreißigjährige konnten wie fünfundsechzig aussehen. Selten war es umgekehrt.

»*We just want to ask a couple o'questions*«, sagte Macdonald.

»*Ay*«, sagte der Mann, spuckte die Kippe aus und kam auf sie zugehinkt. Er nahm den Vorschlaghammer von der rechten in die linke Hand, als wollte er damit die fehlende Balance seines Körpers ausgleichen. Er war überraschend groß, fast genauso groß wie Macdonald, der der größte Schotte war, den Winter bis jetzt gesehen hatte. Er hatte schon einmal eine Bemerkung darüber gemacht, und Macdonald hatte geantwortet, ich hab mich bei dem Haggis zurückgehalten, der drückt dich zur Erde runter. Das ist wie mit dem Reis bei den Japanern.

Bullshit, hatte Winter gesagt.

Jetzt entwickelte sich ein Gespräch, das Winter kaum verstand beziehungsweise eigentlich gar nicht. Der Mann sprach ein entsetzliches Kauderwelsch, und Winter hatte Macdonald im Verdacht, dass er selbst die Hälfte riet. Und plötzlich war das Gespräch vorbei, einfach so. Es war, wie bei einer Sportart zuzusehen, die man nicht verstand.

Sie gingen zurück zum Auto auf der Richmond Street. Ein doppeltes Zeitungsblatt wurde durch die Abzweigung nach Portessie geweht. Winter konnte eine halbe Überschrift lesen, wie eine halbe Mitteilung.

»Er ist arbeitslos, aber er geht wegen der alten Zeiten hin«, sagte Macdonald. »Damit ist er nicht allein.«

»Aber er hat keinen Johnson oder Osvald getroffen, soweit ich verstanden habe.«

»Nein.«

»Unserer könnte ja trotzdem hier gewesen sein«, sagte Winter.

»Welcher von ihnen?«

»Ja … das ist eine der Fragen«, sagte Winter.

Langsam fuhren sie durch den Hafen zurück: *Harbour Office*, *Marine Accident Inv. Branch*, *Carlton House*, *Fishermen's Fishselling Co. Ltd*, *JSB Supplies Ltd*, *Buckie Fishmarket*. Winter sah Trawler in dem kleinen Hafenbecken, er las die Namen der Schiffe: »Three Sisters«, »Priestman«, »Avoca«, »Jolair Buckie«, »Monadhliath«.

»Wir können ja mal drinnen im »Marine« fragen«, sagte Macdonald.

Das Marine Hotel sah wie einem Film noir entnommen aus. Wenn die Wände sprechen könnten, dachte Winter, als sie in der Lobby standen. Die Frau hinter dem Tresen war blondiert und vielleicht fünfzig Jahre alt und hatte muntere Augen. Hinter ihr hing ein Schild, auf dem stand »*Cunard Suite*«. Das schien das beste Angebot des Hotels zu sein.

Die Lobby war mit Spannteppichen ausgelegt.

Winter sah, dass der Teppich alle Flächen bedeckte. Das britische Volk hatte eine besondere Beziehung zu Spannteppichen, als ob der Mythos von der adretten Ordnung der Briten sich in diesen Teppichen spiegelte, die jeden Fleck nackten Boden bedecken mussten.

Die Farbe erinnerte an den Overall des Vorschlaghammermannes.

»*I'll get the man'ger fur ya, luv*«, sagte die Frau hinter dem Tresen und hob den Telefonhörer ab.

Sie standen auf dem Platz, Cluny Square. Vor ihnen lag ein Hotel, das wie eine Burg aussah. Cluny Hotel. Es war Essenszeit. Winter sah eine Gruppe *little old ladies* durch die breite Tür des Hotels trippeln. *Time for tea.*

»So, so«, sagte Macdonald nach dem Gespräch, das sie mit »*the man'ger*« geführt hatten.

»Könnte der Alte gewesen sein, der den Platz wieder aufgesucht hat«, sagte Winter.

»Könnte irgendein Nostalgiker gewesen sein«, sagte Macdonald.

»Dieser ist kein Nostalgiker«, sagte Winter.

»Was ist er denn?«

»Allen Berichten zufolge seit dem Krieg tot«, sagte Winter.

»Ja … dann ist es wohl nichts mit der Nostalgie.«

»Wollen wir eine Tasse Tee trinken?«, sagte Winter und nickte zum Hotel.

Macdonald sah auf die Uhr.

»Okay.«

»Wann sollten die Mädels in Dallas ankommen?«, fragte Winter.

»Ungefähr gleichzeitig mit uns«, sagte Macdonald und lächelte.

Das Hotel war 1880 gebaut, viktorianisch bis unter den Dachstuhl. Es hatte sechs Zimmer und einen Speisesaal in allen rosafarbenen Nuancen, die Gott dem Menschen gegeben hat. Eine nett aussehende junge Frau führte sie zu einem Tisch, der gebrechlich wirkte. Die Stühle waren schmale Sessel.

Macdonald sah aus, als säße er auf einem Kinderstuhl. Von Steves Blick konnte Winter ablesen, dass er genauso wirkte.

Die kleinen Tanten saßen an einem größeren Tisch am Fenster, drei Meter von ihnen entfernt. Sie lächelten ihnen zu, eine kicherte, einige flüsterten.

»*Good morning, ladies*«, sagte Macdonald, und Winter nickte.

Eine breite geschwungene Treppe führte vom Speisesaal hinab. Bis hinunter zur Rezeption hingen gerahmte Schwarzweiß-Fotografien an der Wand. Es war, wenn man so wollte, eine nostalgische Ausstellung. Oder eine traurige. Die meisten Bilder zeigten die ehemalige Fischereiflotte, als sie stolz und groß gewesen war: Auf den Fotos vom Hafen schien es nicht genügend Platz zu geben für alle Schiffe. Masten ragten auf, so weit das Auge reichte, wie Baumstämme in einem Wald. Wie bewegliche Bäume. Winter dachte wieder an Macbeth, als er den Mastenwald betrachtete. Erst als sich der Wald auf ihn zubewegte, musste Macbeth um Schloss und Leben fürchten.

Er hatte das Wort der Hexen.

Macbeth wird nie besiegt, bis einst hinan
Der große Birnamswald zum Dunsinan
Feindlich emporsteigt.

Und kein Mann, der von einer Frau geboren wurde, konnte ihm drohen.

Aber Macduff, der durch einen Kaiserschnitt zur Welt gekommen war, schlug die Bäume nieder, befestigte sie an seinem Körper und marschierte.

Winter wandte den Blick ab von dem Foto mit den Masten.

Sie gingen weiter die Treppe hinunter, vorbei an anderen Bildern von Häusern, mehr Schiffen, von Menschen aus vergangenen Zeiten.

Sie standen wieder auf der Straße. *The Buckie boys are back in town.* Arne Algotssons dementer Unsinn tauchte in Winters Erinnerung auf. Es musste dennoch etwas zu bedeuten haben. War John Osvald ein *Buckie boy*? Oder war es nur eine Redensart? Sie hatten gefragt, aber bis jetzt hatte noch keiner eine Antwort gewusst.

Auf dem Platz stand ein Denkmal zur Erinnerung an den Ersten Weltkrieg. Winter stand davor und hatte das seltsame Gefühl, dass er es schon einmal gesehen hatte. Er las die Inschrift: »*Their Name Liveth For Ever.*«

An der nördlichen Seite des kleinen Platzes lag ein Gebäude, das wie eine öffentliche Einrichtung aussah. An der Wand hing ein Schild, aber das konnten sie von hier aus nicht lesen: *Struan House. Where older people find care in housing.*

Zwei alte Leute saßen auf einer Bank auf der anderen Seite des Platzes.

»*Well*«, sagte Macdonald.

Sie gingen zum Auto, das vor dem *Buckie Thistle Social Club* parkte.

»Der lokale Fußballverein«, sagte Macdonald. »*Buckie Thistle.*«

»Ich kenne Patrick Thistle«, sagte Winter.

»Wirklich? Vom Glasgower Verein?«

»Ja.«

»Das hätte ich mir doch denken können. Die spielen jetzt in der anderen Liga, glaube ich, sind aber der Lieblingsverein von allen VIPs.«

Sie stiegen ins Auto und fuhren um das Hotel herum. Macdonald legte eine CD ein, und eine Frau aus früherer Zeit sang von verlorener Liebe und bittersüßen Träumen.

»Patsy Cline«, sagte Macdonald.

Winter fühlte sich plötzlich bedrückt. Sie waren wieder auf der A96, fuhren nach Süden in Richtung Dallas. Hier war Niemandsland, kein Meer, keine Berge. Patsy Cline sang von einem anderen Leben, oder besser, sie weinte: *Sweet dreams of you, every night I go through, why can't I forget you, and start my life anew, and still having sweet dreams of you.*

Aneta Djanali spürte, dass sie zu frieren begann. Sie griff nach dem Badewannenrand.

Sie hörte einen Schritt, zwei.

Ein lautes Geräusch aus der Küche oder dem Flur.

Noch ein lautes Geräusch.

Die Badezimmertür stand halb offen.

Draußen hing ein Telefon an der Wand, aber bis dahin waren es zehntausend Meilen.

Jetzt ganz ruhig, ganz ruhig, ganz ruhig, ganz ruhig.

»WER IST DA?«, schrie sie.

Jetzt war sie aus der Wanne gestiegen und hatte den Bademantel angezogen, sie trat mit der Ferse fest gegen die Tür, und die Tür knallte gegen die Wand, ohne jemanden zu treffen. Vor ihr lag der Flur offen und unberührt, und jetzt hörte sie keine Geräusche mehr.

Sie stand auf der Schwelle und rief: »IST DA JEMAND?!«

Nichts.

Sie hörte Geräusche aus dem Treppenhaus, irgendwas. Unten auf der Straße hupte ein Auto. Außerhalb ihrer Wohnung ging das Leben weiter, aber hier drinnen schien es den Atem anzuhalten, eine Pause zu machen. Wartete. Wartete auf was? Sie machte einen Schritt und noch einen in die Küche, aber da war niemand.

Jetzt hörte sie den Regen an der Fensterscheibe. Es hatte schon den ganzen Nachmittag geregnet. Sie sah das Wasser auf dem Fußboden. Einige Steinchen oder anderer Dreck. Wasserpfützen auf dem Fußboden, kleine nur, aber sie waren da. Sie fror plötzlich an den Füßen, als ob ihre Füße in dem eisigen Wasser ständen. Sie sah nach unten, folgte einer Spur, die von der Küche hinaus in den Flur führte. Oder umgekehrt. Auf dem Fußboden im Flur war Wasser, und das kam nicht von ihren Schuhen, denn die hatte sie ordentlich auf die Schuhablage gleich hinter der Tür gestellt, als sie vor *dreitausend* Jahren nach Hause gekommen war. So ein Gefühl hatte sie.

Sie schaute auf die Türklinke. Fingerabdrücke? Wohl kaum. Sie sah auf den Fußboden. Schuhabdrücke. Nee, nee.

Sie spürte, dass ihre Knie schwach wurden. Sie war dabei, das Gleichgewicht zu verlieren, schaffte es aber, ins Schlafzimmer zu wanken, sich hinzulegen und eine Telefonnummer zu wählen und zu warten.

»Bist du wirklich sicher?«, fragte Halders, nachdem sie ihm kurz berichtet hatte.

»Ich bin sicher«, sagte Aneta Djanali. Jetzt fühlte sie sich ruhiger.

»Oh, Scheiße.«

»Vielleicht war er das«, sagte sie. »Scheiße.«

Sie hörte Halders atmen.

»Wir müssen das Schloss untersuchen«, sagte er. »Und die Türklinke, den Fußboden.«

»Wer hier drin gewesen ist, muss einen Schlüssel gehabt haben«, sagte sie. »Oder einen Nachschlüssel.«

»Das werden wir ja sehen«, sagte Halders.

»Herr im Himmel«, sagte sie, »was ist das?«

»Dein Vermieter heißt nicht zufällig Sigge Lindsten?«

»Das soll wohl ein Witz sein.«

»Entschuldige, Aneta, entschuldige. Ich bitte die Jungs in Lorensberg, sofort bei dir vorbeizufahren.«

»Ja, ja.«

»Die sollen dich hierher bringen.«

»Danke.«

»Von jetzt an wohnst du hier.«

»Fredrik ...«

»Das ist doch selbstverständlich.«

Sie konnte nicht antworten.

»Jedenfalls so lange, bis wir alles untersucht und das Schloss ausgetauscht und Riegel angebracht und Wallgräben gegraben haben«, sagte Halders.

Für eine Mikrosekunde sah sie Halders durch die Wohnung schleichen, während sie in der Wanne lag. Fredrik tat alles, damit sie in das Haus in Lunden zog.

Aber er hätte es bis zu ihrem Anruf nicht nach Hause geschafft.

Himmel. Sie brauchte etwas Starkes. Sie war plötzlich müde, todmüde.

45

Sie fuhren wieder durch Forres. Auf der High Street sah Winter ein Plakat, das er vorher übersehen hatte: *Nairn International Jazz Festival. Jane Monhett, David Berkman Quartet, Jim Galloway, Jake Hanna.* Das war vor zwei Wochen gewesen.

Das Polizeirevier lag an der südlichen Ausfahrt, gegenüber vom Ramnee Hotel, das wie ein kolonialer Herrensitz aussah. Hier ist aber auch alles viktorianisch, dachte Winter.

Nur das Polizeirevier war nicht viktorianisch, es war im Bunkerstil erbaut. Ein Jugendlicher spielte auf dem Rasen davor mit einem Ball, kickte ihn eins-zwei-drei-vier-fünf Mal in die Luft. Auf dem Schotterplatz parkte ein Einsatzwagen. Auf dem schwarzen Lack stand in weißen Buchstaben *Crimestoppers*. Da könnte genauso gut *Ghostbusters* stehen, dachte Winter. Jedenfalls, wenn Steve und ich darin herumfahren. Wir jagen Gespenster.

Es war nicht zu erkennen, ob die Autoscheiben getönt oder nur dreckig waren. Es war windig auf dem Platz. Der Herbst war da.

Winter wusste, dass Steves Onkel hier Polizist gewesen und erst kürzlich in Pension gegangen war.

»Als Jugendlicher hatte ich mal eine ziemlich wilde Phase«, hatte Macdonald im Auto erzählt. »Onkel Gordon hat mich einmal diskret aufgelesen, in dem Viertel südlich von High, und danach habe ich mich gefangen.«

»Was hast du getan, Autos geklaut?«

»Da ist nichts in irgendwelchen Akten gelandet«, hatte Macdonald geantwortet, mehr nicht. Winter hatte nicht weiter gefragt. Was immer es gewesen sein mochte, vielleicht hat es ihn zum Polizisten gemacht, zu einem guten Polizisten, hatte er gedacht.

Dort drinnen erhob sich eine Frau hinter einem Schreibtisch. Er stand vorm Tresen, der teilweise aus Stahl war. So was hab ich noch nie gesehen, dachte Winter. Holz und Stahl. Die Frau trug eine schwarze Uniform. Sie musste dem Pensionsalter nah sein. Winter sah ihre kräftigen Oberarme. Hinter ihr stand eine Tür offen.

Sie erkannte Macdonald nicht. Er grüßte und stellte sich vor und fragte nach einem Namen.

»*Oh, it's you!*«, sagte sie enthusiastisch. »*Jake has told us about you comin' here.*«

»*Just a wee short stop*«, erwiderte Macdonald.

»*Local laddie make good*«, sagte sie und sah stolz aus. »*Hows't down in the Smoke?*«

»*It's smoky*«, sagte Macdonald, und die Frau lächelte mit ihren schottischen Zähnen.

»*How's things 'ere?*«, fragte Macdonald.

»*Pretty quiet since you left town, my lad*«, antwortete sie und lächelte wieder, »*from what I've heard.*«

»Seitdem hab ich versucht, mich anständig zu benehmen«, sagte Macdonald.

»Das ist alles verjährt«, sagte eine laute Stimme aus der Türöffnung. Ein Mann schob sich mit einiger Mühe in den Raum, er war ungefähr genauso breit wie die Tür und etwas kleiner.

»*Hello, Jake*«, sagte Macdonald.

»*Hello, my boy*«, sagte Kommissar Jake Ross, begrüßte ihn mit Handschlag und versetzte ihm den traditionellen Faustschlag auf die Schulter oder den Brustkorb.

Macdonald stellte Winter vor. Ross führte sie in sein Büro. Durch das Fenster konnte Winter den Jungen mit dem Ball spielen sehen. Ross war seinem Blick gefolgt.

»Kommt jeden Tag hierher«, sagte Ross. »Ich weiß nicht, ob er uns etwas sagen will.«

»Vielleicht, dass er dabei ist, den Ort zu verlassen«, sagte Macdonald. »Vielleicht will er nach Parkhead oder Ibrox.«

Winter wusste, dass Macdonald die Arenen der beiden Glasgower Fußballclubs meinte. Es gab zwei große Fußballvereine im Land, der eine war katholisch, der andere protestantisch. Es gab eine Wahl, aber die war getroffen worden, bevor die Spieler geboren wurden. Bei *Celtic Glasgow* hatte es protestantische Spieler gegeben, aber das war kompliziert in einem Club, der unter seinen Anhängern die fanatischsten unter den katholischen Freiheitskämpfern in Nordirland hatte. *Celtic* war Nordirlands Club, das Feinste, was es gab. Die Fähren waren voll, wenn *Celtic* und die *Glasgow Rangers* sich beim Glasgowderby *The Old Firm* trafen.

Macdonald war Katholik, aber nur auf dem Papier. Sein Club war *Charlton Athletic* unten in *the Smoke's* gottvergessenen südöstlichen Stadtteilen.

»Der Junge ist wahrscheinlich Protestant«, sagte Ross, wandte sich vom Fenster ab und zeigte auf zwei Sessel, die wie zusammengesunken neben einem Rohrtisch standen.

»Ich hab mit Craig in Ness gesprochen«, sagte er.

»War es das erste Mal?«, fragte Macdonald.

»Also hör mal, Steve. Ich mag diesen Engländer vielleicht nicht, aber wir sind hier doch alle professionell, oder?« Ross sah Winter an. Der nickte zustimmend. Ross holte eine Flasche Whisky hervor und schenkte professionell drei Gläser ein.

»*Not bad*«, sagte Macdonald nach dem ersten Schluck. Winter hielt die Flasche hoch: Dallas Dhu 1971. Er probierte. Ross beobachtete ihn.

»*Well?*«, fragte er.

»*It is … almost chewy*«, sagte Winter.

Ross sah Macdonald an und dann wieder Winter.

»*You've had this b'fore, my lad?*«, fragte Ross.

»*No*«, sagte Winter. Er behielt den Alkohol im Mund und schluckte ihn dann hinunter.

»*Isn't there some dark … chocolate and a … dash of bitter on the palate?*«, fragte Winter.

»*There certainly is, there certainly is*«, antwortete Ross und lächelte. »*Why don't you start working for me, laddie? We could use professional people up here.*«

»*Professional drinkers*«, sagte Macdonald.

»*The finish, the finish?*«, fragte Ross, der nicht auf Macdonald geachtet hatte.

Die nächste Prüfung. Winter zögerte mit der Antwort, dachte nach.

»*Smooth, of course. Dry and very long. Kind of oak-sappy. But it also goes with that … flowery sweetness that still lingers in the nose.*«

»*YES*«, sagte Ross und hob sein Glas. »*You've got the job.*«

»*The distillery is unfortunately closed*«, sagte Macdonald.

»*You're drinking history here, my lads*«, sagte Ross mit einer Miene, die fromm geworden war, protestantisch oder katholisch, das war egal, wenn es um Maltwhisky ging.

Macdonald erzählte die traurige Geschichte, als sie die A 940 nach Süden fuhren. *Dallas Dhu Distillery*, die eine halbe Meile vor ihnen lag, war 1983 geschlossen worden, tatsächlich am hundertsten Geburtstag, von *The Distillers Company*. Mehrere der älteren und kleinsten Destillerien in Speyside verschwanden.

Jetzt gab es nicht mehr viele Flaschen Dallas Dhu.

»Was bedeutet ›Dhu‹?«, fragte Winter.

»Schwarz«, sagte Macdonald, »oder dunkel in diesem Fall. Eigentlich ist es dasselbe gälische Wort wie ›Dubh‹ in Macdubh, MacDuff.« Er bog in eine kleine Landstraße ein. »Und der Name Dallas ist gälisch und heißt Tal und Wasser.«

Jetzt fuhren sie durch Täler. Winter sah Wasser. Es gab Wälder, aber sie waren klein, wie eine Ansammlung von Bäumen. Die Bäume sahen aus, als könnten sie sich jeden Augenblick fortbewegen.

Winter sah das Schild der Destille.

»Interessanterweise hat *Historic Scotland* ein gigantisches Museum daraus gemacht«, sagte Macdonald und fuhr langsamer. »Es ist das Einzige seiner Art in Schottland. Und die Ausstattung ist die ursprünglich viktorianische. Dort gibt es keine Elektrizität.«

Wieder viktorianisch. Winter hatte eine andere Zeit vor Augen. Pferde, Reiter, ein anderer und stärkerer Duft in der Luft.

»Es ist sinnlos, jetzt runterzufahren«, sagte Macdonald.

Ross hatte erzählt, dass *Dallas Dhu Distillery* dienstags geschlossen hatte. Er hatte gesagt, er könnte trotzdem einen Besuch möglich machen. Macdonald hatte Winter angeschaut. Hatten sie Zeit? Eigentlich nicht. Sie waren auf dem Weg nach Dallas und Aberdeen, vielleicht zu anderen Orten.

»Das machen wir nächstes Mal, Jake«, hatte Macdonald gesagt.

»Ross hat Pläne, die Destille zurückzukaufen«, sagte Macdonald und fuhr eine scharfe Kurve. »Tatsächlich schon ziemlich weit gediehene Pläne.«

»Hat er deshalb gemeint, dass er mir einen Job geben will?«, fragte Winter.

»Man kann nie wissen.« Macdonald lachte. »Interessiert?«

»Man kann nie wissen«, sagte Winter.

»Da unten ist eigentlich alles in Ordnung«, sagte Macdonald. »Es würde nur vier oder fünf Wochen dauern, um das Ding wieder ins Laufen zu bringen.«

»Mhm.«

»Hoffentlich schafft Ross es. Der Whisky ist wirklich sehr gut.« Er machte eine Handbewegung. »Es ist das Tal, das Wasser und der Wind. Das Korn gedeiht auf besondere Weise in dieser Gegend.«

»Ich würde gern einige Flaschen kaufen«, sagte Winter.

»Das machen wir auf dem Heimweg«, sagte Macdonald.

So ein Heimweg würde es nicht werden.

Winter sah wieder eine Ansammlung Bäume, wie ein Zug auf dem Weg zum Schloss.

Rundherum sah es friedlich aus, aber dies war eine gewaltsame Gegend, wild. Im Wind war ein Wahnsinn. Steve hatte von all den gewaltsamen Männern erzählt, die es pro Quadratkilometer in Moray und Aberdeenshire gab und gegeben hatte. Unter der Erde floss Blut.

Sie umfuhren Branchill in einem weiten Bogen. Macdonald spielte Little Milton sehr laut, einen anderen der vergessenen schwarzen Meister. *Let Me Down Easy: I gave you all my love, don't you abuse it, I gave you tender love and care, oh baby don't you misuse it.* Er hatte Joe Simon gespielt, O. V. Wright.

Sie kamen an einer schwarzen Kirche vorbei, die hinter einem schwarzen Friedhof auf einem niedrigen Hügel stand. Macdonald stellte die Musik leiser. Winter sah das Schild am Straßenrand: Dallas. Zu beiden Seiten lagen niedrige Häuser, kleine Villen mit verputzten Wänden, die hier und da Risse hatten. Das vierte Gebäude rechter Hand war eine geschlossene Tankstelle. Auf dem »Valiant«-Schild war ein Bild vom Prinzen. Die Zapfsäulen standen noch da, wie aus einem verrosteten Film aus den fünfziger Jahren. Ein Wohnwagen stützte sich gegen das Gebäude, das keine Fenster mehr hatte. Überall lag Gerümpel herum. Das Bild erinnerte Winter an die Werft in Buckie.

Schräg gegenüber war *Dallas Village Shop & Post Office*. Macdonald parkte das Auto, und sie stiegen aus. Er warf einen Blick auf die Ruinen der Tankstelle und sah dann Winter an.

»Der erste Eindruck ist entscheidend«, sagte er und machte eine Kopfbewegung über die Gegend.

»Früher hat das sicher anders ausgesehen«, sagte Winter, »und mir gefällt die Melancholie.«

»Es war auch melancholisch, als die Zapfsäulen noch funktionierten«, sagte Macdonald.

Winter sah die Straße hinunter. Dallas bestand aus einer geraden Straße, mit je einer einzigen Häuserreihe zu beiden Seiten. Das war alles. Die Assoziation war naheliegend.

»Sieht ja aus wie im Wilden Westen«, sagte er.

»Stimmt«, entgegnete Macdonald.

Winter nahm Brandgeruch wahr. Er hörte keine Geräusche, und dann hörte er Hundebellen. Menschen waren nicht draußen. Hundert Meter entfernt parkten drei Autos. Winter meinte jetzt, einen Zementmischer anlaufen zu hören. Es war zwei Uhr nachmittags, die Sonne brach durch, und es wurde plötzlich warm. Um die Talsenke herum konnte Winter Berge sehen.

»Jetzt kann ich dir ja auch unseren Supermercado zeigen«, sagte Macdonald, »wo du die Tankstelle schon gesehen hast.« Er machte einen Schritt. »Dann hast du alles gesehen.«

Der Dorfladen, der gleichzeitig Poststelle war, war ein kleiner Bungalow aus roten Ziegeln, und er war geschlossen. Im Fenster hing ein Schild, auf dem stand *Dallas – the Heart of Scotland* und darunter die Öffnungszeiten: 10–1, 4–6.

»*The heart is closed for us*«, sagte Macdonald.

Durch das Fenster sah Winter einen Stapel Konserven, einen Stapel Zeitungen, Bonbons, einen kleinen Tresen und eine kleine Kasse.

Sie gingen zurück in den Sonnenschein und setzten sich ins Auto. Macdonald fuhr die Straße hinunter, und das dauerte zwei Minuten. Sie kamen an einem Neubau vorbei. Der Zementmischer, den Winter gehört hatte, lief. Die drei Männer drehten sich nach dem Auto um. Macdonald streckte den Arm durch das geöffnete Autofenster. Einer der Männer hob die Hand.

Sie ließen Dallas hinter sich und hielten an einer Kreuzung.

Das war das Ende der Welt. Wenn Winter an einem Ort gewesen war, der das Ende der Welt vorstellen sollte, dann war es hier. Das Ende war hier. Der … ironische Name. Das spielte auch eine Rolle. Ein wilder Name, hier wie da. Dallas. Dallas, Texas. Dallas, Moray. Dallas, Schottland. Ihm fiel der Film *Paris, Texas* ein. Dasselbe Gefühl von trauriger Ironie, ein Spiel mit Assoziationen von Namen, die für ganz andere Dinge standen. Oder nicht.

Die Einsamkeit. Die Stille, die er hörte, war die Einsamkeit. Macdonald bog an der Kreuzung links ab. Winter sah ihn rasch an. Hier ist Steve aufgewachsen. Ein Cowboy aus Dallas. Steve hatte vor drei Sekunden gesungen: »*Old Macdonald had a farm, iyah, iyah, hey.*« Er musste viel von dieser Einsamkeit in sich haben. Bevor er zu alt wurde, würde er zurückkommen.

Mit Jake Ross die Dallas-Dhu-Destille betreiben.

The two professionals.

Oder *the three professionals.*

War ihm, Winter, nicht ein Job angeboten worden?

Macdonald war einige hundert Meter auf der etwas breiteren B9010 gefahren. Jetzt waren sie oberhalb von Dallas, auf einer Höhe, die durch Dallas Forest führte und Hill of Wangie hinauf. Winter konnte die Straße dort unten sehen. Rechts sah er einen Hof, fünfzig Meter von der Landstraße entfernt. Macdonald zeigte hinüber. Links unten auf einem flachen Feld stand eine merkwürdige Steinformation, die an Raukar, diese Kalksteinfelsen auf Gotland erinnerte.

Macdonald sah seinen Blick.

»*I think it looks strange, too.*«

Er bog nach rechts in einen Schotterweg ein, fuhr zum Wohnhaus hinauf und hielt an. Auf dem Grundstück gab es mehrere Gebäude. Hühner liefen auf dem Hof herum. In einem Hundezwinger sah Winter drei Jagdhunde. Die Hunde hatten nicht ein einziges Mal gebellt. Neben einer Stallwand standen zwei moderne Fergusontraktoren mit lehmigen Hinterrädern.

Gegen eins der Traktorenräder lehnte ein Golfcaddie.

Winter sah Schlägergriffe, die sich gegen den Kuhmist am Reifen spreizten. Vielleicht kein gewöhnlicher Anblick auf einem Bauernhof im schwedischen Hinterland. Aber hier. Die Leute hier spielten Golf, wie die Schweden einen Spaziergang durch die Natur machten. Entlang der Straßen in Schottland hatte Winter viele Golfspieler gesehen, Männer, Frauen, in Tweed, in Lumpen, alte, junge, gesunde, behinderte, im Rollstuhl, wie etwas aus Golfgeschichten von

P. G. Wodehouse. Und jetzt – Golfschläger und Mist. Ein Mann kam aus dem Stallinnern. Er trug einen Cowboyhut.

»*This is it*«, sagte Macdonald und schaltete den Motor aus und Little Milton wurde mitten in einem neuen Beziehungsproblem unterbrochen.

Lucinda Williams wurde mitten in einem Trostversuch unterbrochen. *Blue is the color of night.* Halders stellte den CD-Spieler ab, als das Telefon schrillte. Er hatte vergessen, die Lautstärke herunterzustellen.

»Die Jungs sind jetzt hier«, sagte Aneta Djanali.

»Gut.«

»Es ist noch mehr passiert.«

»Was?«

»Forsblads Schwester hat eben angerufen.«

»Hat sie deine Nummer?«, fragte Halders.

»Ich hab sie ihr gegeben.«

»Hmh.«

»Wichtiger ist, was sie gesagt hat. Sie hat gesagt, sie will mit mir über ›Sachen reden, die Sie nicht wissen‹, wie sie sich ausdrückte.«

»Sie will also ihrem Bruder den Rücken stärken«, sagte Halders.

»Sie hat mich auch gefragt, ob ich Anette in den letzten Tagen getroffen habe.«

»Ja?«

»Ob ich weiß, wie sie aussah«, sagte Aneta Djanali.

»Was soll das bedeuten?«

»Das bedeutet, dass ich zu ihr fahre und mir anhöre, was sie mir erzählen will«, antwortete Aneta Djanali.

»Hast du versucht, Anette zu erreichen?«

»Bei keiner der Nummern meldet sich jemand.«

»Bitte einen der Jungs, dich nach Älvstranden zu fahren«, sagte Halders.

»Ja.«

»Und lass ihn vor dem Haus warten, während du mit der Tussi redest.«

»Ich werde sie fragen.«

»Wer ist denn bei dir?«, fragte Halders. »Lass mich mal mit einem reden.«

»Neben mir steht Bellner und hört zu«, sagte Aneta Djanali. »Frag ihn ganz lieb.«

»Na klar, was denkst du denn?«, sagte Halders und wartete auf Bellners Stimme.

»Jetzt tu schön, was er dir sagt, falls das nicht zu viel verlangt ist«, sagte Halders, nachdem Bellner sich mit seiner freundlichen Stimme verabschiedet hatte.

Susanne Marke-Forsblad wirkte erregt, oder wirkte das nur so in dem Licht, das so nah am Fluss nie natürlich war mit allen Lichtern der Stadt vom anderen Ufer? Das Licht flackerte über ihr Gesicht wie nervöses Muskelzucken. Im Fenster hinter ihr sah Aneta Djanali eine der Dänemark-Fähren vorbeifahren. Sie schien nur zehn Meter entfernt zu sein.

»Anette hat mich angerufen«, sagte Susanne Marke.

Aneta Djanali stand noch im Flur. Bellner und Johannisson warteten im Treppenhaus, wenigstens während der ersten Minuten. Die Tür stand offen.

»Sind Sie allein?«, fragte Aneta Djanali.

»Allein? Natürlich bin ich allein.«

»Was wollte sie?«

»Ihr Vater hat sie wieder geschlagen«, sagte Susanne Marke. »Wieder.«

»Ihr VATER?«

»Ja.«

»Und … wieder?«

»Haben Sie nicht begriffen, dass das der Hintergrund ist?«, sagte Susanne Marke.

»Warum haben Sie das nicht eher gesagt?«, fragte Aneta Djanali, die immer noch im Flur stand.

»Anette wollte es nicht.«

»Warum nicht?«

»Ich weiß es nicht.«

»Wo ist Anette jetzt?«

»Unten am Meer.«

»Allein?«

»Ja, was denken Sie denn?«

»Wo ist ihr Vater?«

»In der Stadt.«

»Wo in der Stadt?«

»Das weiß ich nicht. Aber er ist nicht … da unten. Darum ist sie hingefahren.«

»Dorthin gefahren? Wie?«

»Mit meinem Auto«, sagte Susanne Marke. »Sie hat mein Auto geliehen.«

»Wo ist Ihr Bruder?«

»Ich weiß es nicht.«

»Ist er nicht mit ihr gefahren?«

»Nein, nein.«

»Es ist wichtig, dass Sie die Wahrheit sagen.«

»Wahrheit? Wahrheit!? Was wissen Sie denn von der Wahrheit!?«

»Jetzt verstehe ich nicht ganz«, sagte Aneta Djanali.

»Sie glauben, dass … Hans … Anette verfolgt. Aber Sie wissen nichts.«

»Dann erzählen Sie mir die Wahrheit.«

»Hans … hat vielleicht … so seine Seiten. Vielleicht … wirkt er komisch, eigen …«

Aneta Djanali sah das Licht auf dem Gesicht der Frau kommen und gehen.

Warum hatte Anette geschwiegen?

Da ist etwas anderes. Mehr. Ein anderes Schweigen.

»Ich hab in dem Haus am Meer angerufen. Es hat sich niemand gemeldet«, sagte Aneta Djanali.

»Sie ist dort«, sagte Susanne Marke.

46

Beim Essen erzählte Steves Bruder vom Leben auf dem Lande, in unverständlichem Schottisch. Steve übersetzte, bis Winter und Angela klar wurde, dass dies die Art der Brüder war zu scherzen.

Stuart Macdonald war drei Jahre jünger. Steve war größer, aber nicht viel. Stuart hatte sein ganzes Leben hier verbracht, und Winter fragte sich, warum, doch gleichzeitig: Es war ein gutes Leben und sogar ein notwendiges, wenn der Hof im Besitz der Familie Macdonald bleiben sollte. Der Vater, Ben, saß mit am Tisch, aber es strengte ihn offensichtlich an. Er war siebzig und hatte etwas am Herzen. Ein Schatten ging über Ruth Macdonalds Gesicht, als sie ihren Mann anschaute. Angela sah es, und sie sah, dass Eilidh den Blick der Mutter sah. Eilidh war zwei Jahre jünger als Stuart, eine dunkle Schönheit, die Distanz wahrte, nicht unfreundlich, es deutete eher auf Integrität hin. Angela, Sarah und Eilidh hatten einen sehr schönen Tag in Inverness verbracht. Eilidh Macdonald hatte nicht viel gesagt, aber sie strahlte Wärme aus. Und in ihren Augen war etwas gewesen, das Sorge ausdrückte. Angela verstand, dass es Erinnerungen gab, die wehtaten.

Jetzt lächelte Eilidh ihr zu.

Ben Macdonald hustete kurz, erhob sich und bedankte sich fürs Essen. Alle erhoben sich, aber er machte eine abwehrende Geste.

Er reichte Winter und Angela formell die Hand.
»Es war nett, Sie kennen zu lernen.«
»Setz dich doch zu uns ans Kaminfeuer«, sagte Steve.
Ben Macdonald nickte, aber wie aus weiter Ferne. Er hustete wieder, und Ruth Macdonald führte ihn hinaus.
Angela sah das Schweigen der drei Geschwister und die Blicke, als der Vater das Esszimmer verließ.
Stuart Macdonald hob sein Glas mit rotem Bordeaux, der das klassische Getränk der Schotten aus alten Zeiten war, als sie noch mit den Franzosen gegen die verdammten Engländer verbündet waren.
»*He'll be back*«, sagte Stuart.

Ben Macdonald kam nicht mit ans Kaminfeuer. Es warf seinen Schein über das große Zimmer und die großen Fenster, die in den schottischen Abend hinausschauten. Von seinem Platz aus konnte Winter die eigentümlichen Raukar unten auf dem Feld sehen, wie die Silhouette eines Gesichts, den Blick auf die wenigen Lichter des Dorfes auf der anderen Seite gerichtet.
»*Happy dreams*«, sagte Steve und hob sein Whiskyglas.
Sie tranken. Stuart Macdonald studierte Winters Miene. Und Angelas.
»*I went down to Bellehiglash specially for you folks*«, sagte er.
»*An absolute lie*«, sagte Steve.
»*What is this?*«, fragte Winter und studierte den Whisky in dem dickwandigen Glas. Er war bernsteinfarben und hatte einen rauchigen Duft, der sich nur langsam entfaltete. Sherry, viel Sherry. Eiche. Ein großer kompakter Körper. Eine unmittelbare Entwicklung des Geschmacks in einem sehr langen *finish*, wieder Sherry, eine schwache Süße.
»*Not bad, right?*«, sagte Stuart.
»*One of the best I've ever had*«, sagte Winter.
»*Now take it easy*«, sagte Steve. »*Don't get carried away by the circumstances.*«

Winter sah sich um und dachte über »*the circumstances*« nach: der Kamin, der Abend, das Licht, die Ruhe, die Düfte. Die Reise. Der Anlass der Reise. Die Anlässe.

»*Still one of the best*«, sagte Winter.

»Angela?« Stuart Macdonald nickte ihr sanft zu.

»*I appreciate the sherry finish*«, sagte sie.

»*Good girl*«, sagte Stuart.

Es war nicht Angelas erstes Glas Maltwhisky. Sie war keine Whiskytrinkerin. Aber dies war etwas anderes.

»*Anyone make a guess?*«, fragte Stuart.

»*Obviously Speyside*«, sagte Winter.

»*Obviously.*«

Stuart Macdonald hatte die Flasche versteckt.

Winter dachte nach, studierte die Farbe, dachte an die Umgebung, an den Fluss dort unten, River Lossie. Es gab eine Whiskysorte, die mit Lossie zusammenhing.

»*Could be Linkwood*«, sagte er.

»*Which year?*«, fragte Stuart Macdonald. Sein Bruder schüttelte den Kopf: Es wurde langsam komisch.

Winter dachte wieder nach. Die Einundzwanzigjährigen waren häufig die Besten, und Stuart Macdonald kaufte offenbar die Besten.

»*Twentyone-year-old*«, antwortete er.

»Das Jahr stimmt, aber die Marke ist falsch«, sagte Stuart Macdonald. »Trotzdem, gar nicht so dumm gedacht.«

»Noch einen kleinen?« Steve nahm die Flasche, die hinter dem Sessel seines Bruders stand. Sie hatte eine besondere, altmodische Form. Er hielt sie so, dass Winter das Etikett sehen konnte. Es war ein Glenfarclas. Natürlich. Einer der Besten, bestimmte Jahrgänge von ihm.

»Das war meine zweite Option«, sagte Winter und lächelte. Stuart Macdonald lachte laut auf.

Winter und Angela lagen unter drei Federbetten und spürten, wie ihre Nasenspitzen kalt wurden. Im Kamin des Schlafzimmers glimmte es. Das Zimmer lag im Ostflügel des großen Hauses. Die Wärme reichte nicht bis zum Bett.

Es war hinterher. Winter spürte Feuchtigkeit im Haaransatz. Er spürte Angelas Atem an seiner Schulter. Sie roch immer noch nach Whisky. Glenfarclas hatte das längste *finish* der Welt.

Sie hatten Elsa angerufen. Angela hatte vorm Essen ein paar Tränen vergossen.

»Jetzt sind wir schon die zweite Nacht weg«, hatte sie gesagt, als befänden sie sich auf einer Expedition in die Antarktis.

»Elsa ist fröhlich«, hatte Winter gesagt. »Und sie muss ihr eigenes Leben leben.«

»Erst in ein paar Jahrzehnten«, sagte Angela.

»Muss sie mit ihrer Dissertation fertig sein, bevor sie zu Hause auszieht?«, fragte Winter.

»Meinetwegen gern«, sagte Angela.

Später hörten sie ein Heulen in der Nacht.

»Gibt es hier Wölfe?«, fragte Angela.

»Präriehunde«, sagte Winter.

Er sah, dass sie an etwas dachte, ihre Augen waren ernst.

»Erik …«

»Ja?«

»Glaubt ihr wirklich, dass ihr was findet? Oder ihn findet?«

»Ich weiß es nicht.«

»Wenn ihr etwas findet …«

»Ja?«

»Sei vorsichtig.«

Sie verließen den Hof nach einem relativ frühzeitigen Frühstück.

»*We'll be back*«, sagte Winter zu Stuart, der mit einem Fuß auf dem Traktor stand, den Cowboyhut im Nacken.

»*Then you'll meet my wife*«, sagte er.

»*One of these days he'll get a wife*«, sagte Steve, als sie auf einer schmalen Straße am Knockando Burn entlang nach

Südosten fuhren. Alles hatte Bezüge zu Whiskysorten für den, der etwas von Whisky verstand.

»Ich hab es nie verstanden, dass er es nicht realisiert hat«, sagte Sarah Macdonald vom Rücksitz.

»Was realisiert?«, fragte ihr Mann.

»Dass ein Leben allein auf Dauer nicht so lustig ist«, antwortete sie.

»Ich glaube, er denkt darüber nach, um die Hand einer Frau in Forres anzuhalten.«

»Wer ist es?«, fragte Sarah Macdonald. »Da gibt es offensichtlich etwas, was ich nicht weiß.«

»Ich bin nicht sicher, ob ich weiß, wer es ist«, sagte Macdonald.

»Ich seh ein Reh«, unterbrach Angela.

Winter sah nur noch das hell gezeichnete Hinterteil des Tiers, als es verschwand.

Es erinnerte ihn an etwas.

Er dachte daran, dass es etwas anderes war, das er … gesehen und doch nicht gesehen hatte. Kürzlich. Etwas, das ihm eine große Hilfe bei seiner Suche sein könnte. Vielleicht eine enorme Hilfe. Etwas, das er gesehen hatte. Etwas, das vorbeigekommen war? Das es gab. Das wartete. Das er fast greifen konnte. Das … und er versuchte es zu sehen, als er den Fluss und die Hügel sah und jetzt eine Kiesgrube, wie eine braune Wunde in all dem Grün, aber was er in seinen Gedanken zu fassen versuchte, war weg.

Sie erreichten Aberdeen vor der Mittagszeit. Die Stadt glänzte in ihrem hellen Granit, der dunkler wurde, wenn man näher kam.

Sie fuhren direkt zum Bahnhof. Sarahs und Angelas Zug nach Edinburgh würde in zwanzig Minuten fahren. Es war Sarahs Vorschlag: »Angela muss doch Edinburgh sehen, und ihr seid ja in die andere Richtung unterwegs.«

»An der nördlichen Küste ist es wild und schön«, hatte Macdonald gesagt.

»Vielleicht können wir uns dort alle wieder treffen«, hatte Angela erwidert. »Ich fahr gern mit Sarah nach Edinburgh.«

»Die Zivilisation«, hatte Sarah Macdonald gesagt.

»Dann sagen wir maximal zwei Tage«, hatte ihr Mann vorgeschlagen. »Vielleicht können wir uns in Kingussie treffen.« Er hatte es Winter und Angela erklärt: »Hoch gelegener Ort im Herzen der Highlands. Von Edinburgh fahren Züge über Perth hinauf. Dauert nicht mal zwei Stunden.«

Winter und Macdonald fuhren direkt zu *Force Headquarters* auf der anderen Seite der Union Street. Es lag gegenüber dem *Aberdeen Arts Centre* und schien von einer katholischen Kathedrale und einer anglikanischen Kirche bewacht zu sein.

Polizeiinspektorin Marion McGoldrick empfing sie im siebten Stock. Sie war schlank, sehr klein, hatte ein energisches Kinn und dunkle Augen und trug eine eng geschnittene Uniform. Sie war auch eine alte Bekannte von Steve Macdonald.

»Man muss sie ja ausnutzen«, hatte er am Tag zuvor gesagt.

Marion McGoldrick war um die fünfunddreißig. Auf ihrem Schreibtisch lag ein Stapel Dokumente. Sie hatte getan, was in ihrer Macht stand. Steve Macdonald hatte den Verdacht, dass sie es in ihrer Freizeit getan hatte. In Aberdeen hatte die Polizei keine Zeit, sich innerhalb ihrer normalen Arbeitszeit mit Freundschaftsdiensten zu befassen.

»Hoffentlich hab ich nicht deine ganze Freizeit in Anspruch genommen, Mar«, sagte Macdonald.

»Doch, aber ich hatte sowieso nichts vor.«

»Das klingt nicht gut.«

»Im Gegenteil, Steve, im Gegenteil.« Sie warf das dicke schwarze Haar zurück und lächelte dünn. »Schon mal die Geschichte von dem Paar gehört, das getrennte Wege ging?«

»Bruce? Ist das wahr?«

Die Menschen in den Highlands sind offenbar eine einzige große Familie, dachte Winter.

»*He met a wee lassie down in Glasgow*«, sagte Mar McGoldrick. »*He was supposed to be on special training.*« Sie lächelte wieder dünn.

»*Someone somewhere got it wrong.*« Sie schaute Macdonald an. »*The training.*« Sie schaute Winter an. »*She's a police officer, too.*«

»*Sorry to hear this*«, sagte Macdonald.

»*First I thought of having them executed, the two of them. But then I decided it was better to work and work hard.*« Sie zeigte auf Macdonalds Lederjackenärmel. »*So your request came in handy.*«

»Was hast du herausgefunden?«, fragte Macdonald.

»Das Unglück«, sagte sie, »aber das ist ja keine Überraschung.«

»Und nichts Neues, was ans Licht gekommen ist?«, fragte Macdonald.

»Nein«, sagte Mar McGoldrick. »Der Trawler hatte Kurs auf den Leuchtturm in Kinnaird Head, nehme ich an, und irgendwo eine unbekannte Anzahl Seemeilen weiter im Nordosten ist etwas passiert, und das Schiff ging unter. Mit allem.« Sie schaute in die Papiere. »›Marino‹. Komischer Name. Sonst haben Schiffe doch immer Frauennamen.«

»Vorher hat sich die Schiffsbesatzung hier in Aberdeen aufgehalten«, sagte Winter.

»Ja. Sie haben auf dem Schiff im Hafen gewohnt, meistens unten in Albert Basin.«

»Alle?«, fragte Macdonald.

»Ja … es handelte sich offenbar um eine Gruppe, die nicht rumlief und Krethi und Plethi erzählte, dass sie hier war. Aber die Behörden haben sie natürlich registriert … wo sie nun mal auf der anderen Seite der Minenfelder gelandet waren. Ich habe hier die Namen.«

Sie reichte Winter ein Blatt Papier.

Er las die Namen auf der Kopie, sie waren in ordentlicher Schrift aufgereiht: Bertil Osvald, Egon Osvald, John Osvald, Arne Algotsson, Frans Karlsson.

Sie waren fünf, dachte Winter. Das wusste er. Aber warum waren sie nicht acht? Ein Fischdampfer jener Zeit hatte acht Mann Besatzung.

»Drei waren auf der letzten Reise dabei«, sagte McGoldrick.

Winter nickte. Egon Osvald, Frans Karlsson, John Osvald.

Jetzt war Bertil Osvald tot und Arne Algotsson lebte in seiner eigenen Welt.

»Aber es sind doch nicht nur die drei an Bord gewesen?«, fragte Macdonald.

Mar McGoldrick breitete die Hände aus.

»Es gibt keine Angaben, dass ein anderer Fischer auf ›Marino‹ angeheuert hat«, sagte sie. »Es wurde natürlich eine gründliche Untersuchung vorgenommen, als das Schiff verschwunden war, aber es scheint niemand sonst dabei gewesen zu sein. Und nach dem Unglück haben sich auch keine weiteren Angehörigen gemeldet.« Sie legte das Papier auf den Tisch. »Das sagt doch auch schon einiges aus.«

»Und das Schiff ist nie gefunden worden?«, fragte Macdonald. »Ich meine, das Wrack.«

»Nein.«

»Vielleicht war es gar kein Wrack«, sagte Winter und machte einen Schritt vorwärts. Niemand hatte daran gedacht, sich hinzusetzen. »Vielleicht hast du gerade einen Freud'schen Versprecher gemacht, Steve.«

»*Please explain, Chief Inspector*«, sagte Mar McGoldrick.

»›Marino‹ ist vielleicht gar nicht untergegangen«, sagte Winter. »Sie sind vielleicht einfach nur ... verschwunden. Aus irgendeinem Grund. Verbrechen, Rache, was weiß ich. Ist einfach woandershin gesegelt.«

»Rio de Janeiro«, sagte Steve Macdonald.

»Hast du das nicht auch schon mal gedacht, Steve?«

»Das hätten sie nicht geschafft«, sagte Mar McGoldrick.

»Wirklich nicht?«, sagte Winter.

»Auf keinen Fall. Zu der Zeit konnte man kein Schiff an der Küste verstecken, am allerwenigsten einen Fischdampfer oder einen Trawler. Es herrschte *Krieg*. Man kann über die Küstenwache von heute sagen, was man will, aber damals haben sie ihre Aufgabe ernst genommen. Es war eine Tatsache, dass sich deutsche U-Boote in den Gewässern hier aufhielten und U-Boot-Jäger und wer weiß was auf der Nordsee, und wir haben das ernst genommen.«

»Aber die Schmuggelei ging auch im Krieg weiter«, sagte Macdonald.

»Nicht mit den Deutschen«, sagte Mar McGoldrick.

»Trotzdem ist sie weitergegangen.« Steve setzte sich plötzlich, stand jedoch sofort wieder auf. »Es gab Häfen. Geheime Häfen oder jedenfalls so geheim, wie sie unter den Umständen sein konnten.«

»Niemand hat damals heimlich geschmuggelt«, sagte Mar McGoldrick.

»Das nenne ich widersprüchlich«, sagte Macdonald.

»Die Behörden wussten alles«, sagte Mar McGoldrick, »glaub mir, Steve. Ich weiß es genau, mein Großvater war einer der Schlimmsten. Oder Besten, je nachdem, von welcher Seite man es betrachtet.«

»Der Besten von was? Von der Küstenwache oder den Schmugglern?«

»Schmuggler«, sagte sie und lächelte. »In Sandhaven.«

»Das klingt wie Gottvater«, sagte Macdonald.

»Hatte man wirklich alle Häfen unter Kontrolle?«, fragte Winter.

Sie nickte.

»Wie fand dein Großvater das?«, fragte Macdonald.

»Er hat ja daran verdient«, sagte sie. »Darauf lief es doch hinaus, oder nicht? Er hat schließlich nicht aus Idealismus geschmuggelt. Oder weil er es schön fand.« Sie klopfte auf den dünnen Papierstapel, wie um ihren Worten Nachdruck zu verleihen. »Alles dreht sich doch immer ums Geld.«

»Mhm«, machte Macdonald.

»Du bist nicht davon überzeugt?«, fragte Mar McGoldrick.

»Wer war Zeuge des Unglücks?«, fragte Macdonald. »Es muss ja ein Schiff draußen gewesen sein? Irgendjemand muss doch ein Signal aufgefangen haben?«

»Nein«, antwortete sie. »Niemand.«

»Ein Geisterschiff«, sagte Macdonald.

»Hat jemand die Häfen direkt nach dem Unfall kontrolliert?«, fragte Winter. »Um zu sehen, ob der Trawler irgendwo angekommen war?«

»Die Häfen wurden ständig kontrolliert.«

»Dann hat also niemand nach ›Marino‹ gesucht? Oder ob das Schiff den Namen gewechselt hatte?«

»Soweit ich weiß nicht.«

»Welches sind die berüchtigtsten Schmugglerhäfen entlang dieser Küste?«, fragte Winter.

»Das ist geheim.« Sie lächelte ironisch. »Sonst könnten sie ja kein *business* machen, oder?«

»Okay, okay, Mar, ich glaube dir und deinem Großvater und den Behörden, und Erik glaubt ihnen auch. Aber beantworte seine Frage.«

»Die berüchtigtsten? Tja … Sandhaven, wie ich schon sagte … Bay of Lochielair. Die älteste Geschichte hat vermutlich Pennan.«

»Pennan?« Macdonald schien etwas einzufallen.

»Das ist schon immer ein besonderer Ort gewesen«, sagte Mar McGoldrick. »Die Klippen dort sind rot, die Leute haben ihre Häuser rot gestrichen, und die Straße war sowieso rot, das Dorf war also vom Meer aus nicht zu sehen. Und außerdem liegt es unter einem riesigen Überhang, sodass es von keiner Seite zu sehen ist.«

»Pennan …«, wiederholte Macdonald.

»Ist das weit von hier entfernt?«, fragte Winter.

»Tja … einige Meilen westlich von Fraserburgh«, antwortete Mar McGoldrick. »Die Küstenstraße nach Macduff. Aber wie gesagt, man kann das Dorf übersehen.«

»Local Hero!«, rief Macdonald aus.

Winter zuckte zusammen. Macdonald hatte sein Problem gelöst: »Hast du den Film *Local Hero* gesehen, Erik?« Er wandte sich an Winter.

»Äh … ja. Das war doch … in den achtziger Jahren?«

»Der wurde in Pennan gedreht«, sagte Macdonald. »Bill Forsyth wollte einen richtigen zwielichtigen Ort haben, und er hat sich für Pennan entschieden. Wir fahren auf dem Rückweg dran vorbei.«

Mar McGoldrick hielt ihnen die Unterlagen hin.

»Am besten, ihr nehmt sie mit. Es steht noch ein bisschen mehr darüber drin, was passiert ist, was sie getan haben. Sie sind nach Peterhead raufgefahren und haben sich eine Weile dort aufgehalten, dann sind sie weiter nach Fraserburgh gefahren. Und dann war es vorbei.«

»Was ist mit den beiden passiert, die … überlebt haben oder wie man das nun nennen soll?«, fragte Winter.

»Die waren noch eine Weile hier, aber dann sind sie einfach verschwunden«, sagte sie.

»Und wie das?«, fragte Winter.

»Wahrscheinlich auf dieselbe Weise, wie sie hergekommen sind«, sagte Mar McGoldrick. »Waghalsige aus Skandinavien, die des Geldes wegen durch die Minengürtel gefahren sind. Vermutlich ist ein anderes Boot dieser Art reingekommen, hat seine Ladung schnell verkauft und hat sich wieder rausgestohlen, und da waren diese beiden Schweden wohl mit an Bord. Wir wissen nichts, niemand weiß es. Plötzlich waren sie weg.«

Sie parkten bei der Kirche nördlich der Broad Street, die zum Fischereihafen führte. Dort war ein dichter Wald von Masten.

»Kein Problem für ein Schiff, sich zu verstecken«, sagte Macdonald und nickte zum Hafen.

Sie gingen die Straße hinunter und kamen an der *Fishermen's Mission* vorbei. Das Gebäude sah relativ modern aus, aber das schien nur so.

In der Halle roch es nach Feuerrauch und feuchter Kleidung.

Jetzt wussten sie, dass die Brüder Osvald und die beiden anderen Fischer von Donsö eine gewisse Hilfe von der *Royal National Mission to Deep Sea Fishermen* bekommen hatten, die es seit 1922 hier in Peterhead gab.

In der Rezeption hing ein großes gerahmtes Foto. Es war schwarzweiß und zeigte einen Fischdampfer, der wie mit Kanonen bestückt wirkte. Das Foto hatte einen Namen:

TRAWLERS AT WAR

Ein Mann hinter einer Art Pult schaute auf. Sie hatten ihn gar nicht bemerkt.

»*Can I help you?*«, sagte er und richtete sich auf, langsam. Er war schon alt und sah aus, als säße er hier seit dem Krieg. Er muss es sein, der das Foto von dem Trawler im Krieg aufgehängt hat, dachte Winter.

»*Can I help you?*«, wiederholte der Alte.

Sie gingen zum Pult und stellten sich vor. Der Mann stellte sich mit »*Former Assistant Super Intendent*« Archibald Farquharson vor.

»Ich mache das vor allem wegen der alten Zeiten«, sagte er.

»Sie müssen viele kommen und gehen gesehen haben«, sagte Macdonald.

»*Indeed, I have*«, sagte Farquharson.

»Wir sind auf der Suche nach Informationen über einige schwedische Fischer, die während des Krieges hier waren«, sagte Macdonald.

»Ich war hier«, sagte Farquharson, »na ja, nicht genau in dieser Mission.«

»Wir suchen nach Informationen über einen John Osvald«, sagte Winter.

»Ich erinnere mich an John«, sagte Farquharson.

»Wie bitte?«

»Wir sind gleichaltrig. Ich erinnere mich besser an ihn als an seine Brüder. Er hatte zwei Brüder, oder?« Farquharson strich kurz über seine alten Wangen. »Schrecklich, das Unglück.«

Sie fragten ihn nach dem Unglück. Er wusste nicht mehr als die anderen. Nichts von der Ursache, dem Wrack, dem Tod.

»Ich hab manchmal dran gedacht. An John.« Farquharson sah plötzlich an ihnen vorbei zur Tür. »Es ist etwas merkwürdig ... einige Male im Jahr sitze ich hier und schaue zur

Tür und … es war, als ob … John Osvald zur Tür hereinkäme. Das ist doch seltsam, oder? Vermutlich hat das mit der geheimnisvollen Katastrophe zu tun. Dass niemand etwas wusste. Wie ein Geisterschiff, nicht?« Er sah die beiden Polizisten an. »Und dann … vor ein paar Wochen oder so … da sehe ich ihn zu der Tür hereinkommen!«

47

Winter und Macdonald drehten sich bei Farquharsons Worten um, als ob John Osvald dort stehen und es bestätigen müsste. Aber niemand stand in der Tür. Sie war geschlossen und meerblau gestrichen. An den Türrahmen waren noch gelbe Reste. Gelb und blau sind Schottlands Farben genauso sehr wie weiß und blau, dachte Winter.

Er drehte sich wieder um und versuchte in Farquharsons Gesicht zu lesen. Der alte Mann wirkte nicht verwirrt. Er schien sicher zu sein, jedoch ohne Emphase. Es war nur eine Feststellung.

»Ich glaube, er hat mich gesehen«, sagte Farquharson.

»Wir müssen wohl noch mal von vorn anfangen«, sagte Macdonald.

»Die Zeit scheint nichts verändert zu haben«, sagte Farquharson. »Sie scheint es eher zu verstärken. Wie das Aussehen, zum Beispiel. Die Gesichtszüge der Leute.« In den Augen des alten Mannes blitzte es auf. »Nur das Wesentliche bleibt übrig.«

Winter holte ein Foto von Osvald hervor, im Halbprofil. Als er das Bild betrachtete, empfand er dieselbe … diffuse Frustration wie vorher. Als hielte er etwas in seinen Händen, was ihm … weiterhelfen könnte. Etwas, das er gesehen und doch nicht gesehen hatte.

»Mhm«, machte Farquharson. »Das ist er ja.« Er schaute auf. »Dieser Schwede.«

»Und Sie meinen, derselbe Mann ist hier vor einiger Zeit hereingekommen?«, fragte Macdonald.

»Vor ein paar Wochen«, sagte Farquharson.

»Sind Sie sicher, Mr Farquharson?«

»Ja. Er war es.«

»Können Sie genau sagen, wann das war? Das Datum?«

»Tja ... wenn ich ein bisschen nachdenken darf.«

»Was ist passiert?«, fragte Winter. »Als er hier reingekommen ist?«

»Er ist an der Tür umgekehrt«, sagte Farquharson. »Ich glaub, er hat mich gesehen.«

»Wie meinen Sie das? Hat er Sie wiedererkannt?«, fragte Macdonald.

»Ich glaube ja.«

»Genau wie Sie ihn erkannt haben?«

»Ja.«

»Was haben Sie dann gemacht?«

»Nichts. Mir ist wohl erst nach einer kleinen Weile klar geworden, dass es der Schwede war, und da bin ich auf die Straße gegangen, aber da war er natürlich schon weg.«

»Warum ist er hergekommen?«, fragte Winter. »Nach so vielen Jahren.«

»Er könnte ja auch vorher schon wieder hier gewesen sein«, sagte Farquharson.

»Aber Sie haben ihn nicht gesehen?«

»Nein. Aber er könnte trotzdem hier gewesen sein.«

»Er ist doch für tot erklärt worden«, sagte Macdonald.

»Ich weiß.«

»Sie wirken sehr ruhig, Mr Farquharson. Ist Ihnen nicht in den Sinn gekommen, dass Sie ein Gespenst gesehen haben könnten?«

»Ich glaube nicht an Gespenster.«

»Aber das Schiff ist mit Osvald verschwunden«, sagte Winter.

»So heißt es, ja«, sagte Farquharson.

»Sie glauben nicht daran?«

»Ich glaube nichts. Ich weiß nichts.«

Sie hörten hinter sich jemanden zur Tür hereinkommen und drehten sich um. Es waren zwei jüngere Männer in groben Pullovern und gestrickten Mützen. Sie nickten Farquharson zu, schienen aber Macdonald und Winter nicht zu sehen. Die Männer durchquerten die Halle und verschwanden hinter einer Tür.

»Norwegische Fischer«, sagte Farquharson. »Wir haben einige Norweger und Isländer, aber nicht viele Schweden.«

»Sind im Augenblick Schweden da?«, fragte Winter.

»Wir haben nicht viele Zimmer«, sagte Farquharson. »Es ist ja kein Hotel. Die Männer sollen nur für ein Weilchen die Umgebung wechseln können, eine Nacht, falls was mit ihrem Schiff ist oder so.«

»Keine Schweden?«, wiederholte Winter.

»Nicht in dieser Woche, letzte Woche waren ein paar hier.«

»Haben Sie ein Journal?«, fragte Winter. Macdonald sah ihn an. »Wenn sie sich eintragen ... nennen sie dann den Namen ihres Schiffes?«

»Ja, so sind die Regeln.«

Farquharson brauchte sich nur nach einem schwarzen Ordner zu strecken, der schon aufgeschlagen war. Er blätterte die letzten drei Seiten zurück.

»Die Schweden«, sagte er vor sich hin. »Da war ich nicht hier.« Er sah auf. »Eine Operation in der Hüfte.« Er schaute wieder ins Journal. »Der Trawler hieß ›Mariana‹. Der einzige Name neben dem des Trawlers ist Erikson.« Farquharson sah wieder auf. »Ich nehme an, es war der Schiffer. Es reicht, wenn er sich einträgt.«

»Muss man auch den Heimathafen angeben?«, fragte Winter.

»Ja«, sagte Farquharson, »aber ich kann ihn nicht entziffern.« Er drehte den Ordner um, sodass Winter die Zeile lesen konnte:

MARIANA. STYRSÖ. ERIKSON.

Und ein Datum.

Es war vor zweieinhalb Wochen gewesen.

Winter wusste, dass es auf Donsö einen Trawler mit Namen »Magdalena« gab, und der Schiffer hieß Erik.

Gab es einen Trawler auf Styrsö, der »Mariana« hieß?

Warum sollte es das nicht geben?

Er würde Ringmar anrufen und ihn bitten, das zu überprüfen.

Farquharson lud sie zu einer Tasse Tee ein. Überall hingen Bilder von Trawlern. Winter hörte von irgendwoher Lachen, aber zwischen den Wänden, Bildern und Erinnerungen herrschte ein Ernst.

Farquharson erzählte kurz: »*The Royal National Mission to Deep Sea Fishermen* wurde 1881 gegründet, nachdem Mister Ebenezar J. Mather die Fischereiflotte auf dem Meer besucht und die unzulänglichen, lebensgefährlichen Arbeitsbedingungen der Mannschaften gesehen hatte.«

Macdonald und Winter hatten genickt.

»Natürlich ist es besser geworden«, sagte Farquharson, »und wir hoffen, dass wir dazu beigetragen haben. Aber es ist ein besonderer Beruf. Fischer sind ja durch ihre Arbeit sonderbar abgeschnitten vom normalen menschlichen Umgang.« Er sah Winter an. »Dort draußen auf dem Meer bleibt nicht viel von der menschlichen Gemeinschaft übrig.«

»Sie haben wahrscheinlich viele gesehen, die dadurch verändert wurden?«, sagte Winter.

»Natürlich.«

»Können Menschen dadurch … unmenschlich werden?«

»Wie meinen Sie das?«

»Ich weiß es nicht«, sagte Winter. »Können die Verhältnisse auf See einen Mann verändern … zu einem anderen machen … einem Schlimmeren?«

»Ich glaube schon«, sagte Farquharson.

»Wie war das mit John Osvald?«

»Das ist lange her«, sagte Farquharson.

»Sie haben doch ein gutes Gedächtnis.«

Farquharson trank von seinem Tee, und sein Blick vernebelte sich. Er war selber Fischer gewesen, vor dem Krieg. Er war schon vor langer Zeit an Land geblieben.

»Sie waren unruhig«, sagte er nach einer Pause. »Unruhig.«

»Wie äußerte sich das?«, fragte Winter.

»Sie hatten etwas … getan, glaube ich … Leute kamen und fragten nach einem von ihnen … tja, ich nehme an, es hatte was mit Schmuggel zu tun. Geld. Ich weiß es nicht.«

»Schmuggel? Warum Schmuggel?«

»Warum nicht?« Farquharson lächelte. »Das war keine unübliche Beschäftigung hier oben.«

»Sie meinen, die Schweden könnten in Schmuggelei verwickelt gewesen sein?«, fragte Macdonald.

»Ich weiß es nicht«, sagte Farquharson. »Ich habe sie nicht gefragt. Aber irgendwas war da.«

»Was können sie geschmuggelt haben?«

»Alles mögliche. Es war Krieg.«

»Aber sie haben doch ständig gefischt? Mit ihrem Trawler, ›Marino‹.«

»Wirklich?« Farquharsons Stimme klang leicht anzüglich.

»Welche Rolle hat John Osvald gespielt?«, fragte Macdonald.

»Wobei?«

»In der Gruppe.«

»Er war der Anführer. Er war jung, aber er hatte das Sagen.« Farquharson setzte den Steingutbecher ab, den er in den letzten Minuten in der Hand gehabt hatte. »*Well* … ich war nicht näher bekannt mit den schwedischen Fischern, die hier gelandet sind. Ich hab sie nur … beobachtet.«

»Und dann sind sie weggefahren«, sagte Winter.

»Ja. Ich wusste nicht, wohin, aber hinterher hab ich gehört, dass sie eine Weile in Fraserburgh gelegen haben.«

Saltoun Arms Hotel in Fraserburgh lag auf dem Saltoun Square mitten in der Stadt, das Hotel war viktorianisch, und das Restaurant war es auch: Palmen an den Fenstern und auf dem Fußboden hübsche Spannteppiche, geblümte Tapeten an der Decke, koloniale Ventilatoren, die sich im Takt der alten Zeit drehten, eine Glasvitrine mit Torten und

Kuchen. Melodiefetzen, die Glenn Miller sein könnten oder noch eher eine große britische Band von früher. Das Personal schien aus einer anderen Epoche zu stammen. Die Gäste in dem halb besetzten Restaurant waren wie in vergangenen Zeiten gekleidet. Ein kleines Kind schrie wie am Spieß und das junge Paar am östlichen Fenster tat alles, um das Baby zu beruhigen.

Winter und Macdonald saßen jeder vor ihrem Ale und warteten aufs Essen.

Macdonald sah sich diskret um. Eine Kellnerin kam mit einer dampfenden Suppenterrine vorbei.

»Ich nehme an, so was hier nennt man *larger than life*«, sagte er.

»Mhm.«

»Das hat es gegeben, bevor es uns gab, und das wird es immer noch geben, wenn wir tot sind. Größer als das Leben.«

An einer Wand hingen drei Bilder mit Landschaftsmotiven, wie ein Traum von etwas anderem als dem Meer und den steilen Klippen im Westen. Ein Bauer ging hinter einem Pferd her, das einen Pflug zog, das Symbol für Arbeit schlechthin.

Eine andere Kellnerin servierte ihnen Lunch: *breaded haddock, chips, green peas*. Es war ein großer Teller. Winter blies über das heiße frittierte Schellfischfilet. Er probierte.

»Gar nicht schlecht.«

»Nein, das wäre aber auch merkwürdig«, sagte Macdonald.

Es war eine klassische Mahlzeit. Die Kellnerin, eine mütterliche Frau, kam noch einmal an ihren Tisch und fragte, wie es ihnen schmecke.

»*The best I've ever had!*«, sagte Winter.

»*I hope it's not the first*«, sagte sie.

»*No, no, no.*«

Macdonald nahm von der Tatarsoße. Er hielt ein Stück Fisch hoch und nickte. Er sah stolz aus. Winter hatte nicht das Herz ihm zu erzählen, dass der Fisch vermutlich von skandinavischen Fischern aus internationalen Gewässern geholt und mit einem Laster von der Fischauktion in Hanstholm hierher transportiert worden war.

Nach dem Lunch kaufte Winter in einem Zeitungsladen in der Broad Street eine *Press & Journal*. Auf der ersten Seite gab es nur eine einzige Neuigkeit: Ein Fischer von einem Trawler aus Fraserburgh war vor der norwegischen Küste über Bord gespült worden.

Das Hauptquartier der Grampian Police war in der Finlayson Street, *North Aberdeenshire Sub-Division*. Die Straße war am Nordrand der Stadt, und es blies ein kräftiger Wind aus allen Richtungen. Der Himmel war blau und die Häuser waren grau. Die Luft war kalt. Das Haus gegenüber des Polizeireviers hieß Thule Villa. Winter musste an Prinz Valiant auf dem schiefen Schild über der geschlossenen Tankstelle in Dallas denken.

Sergeant Steve Nicoll empfing sie, ein magerer, jüngerer Polizeiinspektor mit energischer Miene. Macdonald hatte ihn in der vergangenen Woche angerufen und Nicoll hatte getan, was in seiner Macht stand.

»Es ist nicht viel bekannt über diese Früchtchen«, sagte er. »Die haben sich sehr bedeckt gehalten.«

»Was ist passiert, nachdem der Trawler verschwunden ist?«, fragte Macdonald. »Mit den beiden Schweden, die noch hier waren?«

»Während der Untersuchungen der Havarie waren sie anfangs noch hier, dann sind sie einfach verschwunden.«

Winter nickte.

»Ich nehme an, sie sind später in Schweden wieder aufgetaucht.«

Winter nickte erneut.

»Es besteht der Verdacht, dass sie mit Schmuggel beschäftigt waren«, sagte Macdonald.

»Wirklich?«

»Ja.«

»Tja … unmöglich ist es nicht.«

»Was könnten das für Güter gewesen sein?«, fragte Winter.

»Hm, im Krieg ist wahrscheinlich alles geschmuggelt worden.«

»Was war das ... Gefährlichste«, fragte Winter. Was war es wert, deswegen zu verschwinden, dachte er. Dafür ein größeres Verbrechen zu begehen. Vielleicht ... dafür zu töten. »Gab es irgendetwas, das tabu war?«, fragte er.

»Möglicherweise Waffen«, sagte Nicoll. »Das hängt ganz davon ab, von wem sie kamen und zu wem sie gingen.«

»Die Widerstandsbewegung?«, fragte Winter.

»Es gab mehrere«, antwortete Macdonald.

Nicoll nickte.

»Es gab hier Leute, die haben die Engländer mehr gehasst als die Deutschen«, sagte Macdonald.

Sie standen draußen auf der Treppe. Der Wind wühlte im Laub über den offenen Feldern zwischen den Reihenhäusern. Vor dem Revier standen zwei Streifenwagen. Im Treppenhaus hinter ihnen hing ein Plakat: *WE WILL DO OUR BEST.*

»Wie viele sind Sie hier?«, fragte Macdonald.

»Dreißig Leute«, sagte Nicoll. »Das CID liegt in Aberdeen.«

»Wie viele Kriminalbeamte?«

»Zwölf. Der Kommissar sitzt in Peterhead.« Nicoll winkte zwei jüngeren Polizistinnen zum Gruß, die die Treppe heraufkamen. Sie waren beide blond und musterten Macdonald und Winter. Nicoll lächelte. »Die beiden Mädchen sind unverheiratet«, sagte er.

»Im Unterschied zu uns«, sagte Macdonald.

»Na und?«

»Was ist das größte Problem, mit dem Sie sich hier auseinander setzen müssen?«, fragte Winter.

»Die alten gewöhnlichen Probleme in neuer Form«, sagte Nicoll. »Schmuggel. Jetzt geht es um Heroin.«

»Wirklich?«

»Ja. Vor zehn Jahren unbekannt, jetzt sehr bekannt.«

»Das ist wie zu Hause in Göteborg«, sagte Winter.

»Das ist wie überall«, sagte Nicoll. In seiner Stimme war deutlich Resignation zu hören. Die zeigte man nur Kollegen und auch ihnen nur selten.

Macdonald kratzte sich am Kopf.

»Wo hätten Sie sich versteckt, wenn Sie für immer hätten verschwinden wollen im Krieg?«, fragte er.

»An der Küste gibt es mehrere Orte«, sagte Nicoll. »Fischerdörfer, Schmugglerdörfer, wo alle gelernt haben, für sich zu sorgen und keine Fragen zu stellen. Und manchmal Fremde zu tolerieren.«

»Nennen Sie einen Ort«, sagte Macdonald.

Winter setzte sich die Sonnenbrille auf. Nicoll und Macdonald bekamen eine dunklere Haut.

»Pennan«, sagte Nicoll und nickte nach links. »Ich hätte mich für Pennan entschieden.«

Winter und Macdonald fuhren die kleinere B9031 nicht weit vom Meer entfernt entlang über Sandhaven und Rosehearty, Schmuggelfestungen mit mittelalterlicher Skyline.

Der Weg ins Dorf wurde durch ein kaum sichtbares Schild angekündigt. Hier gab es offene Weiten und jähe Steilhänge ins Meer hinunter. Die Straße wand sich mit 45 Prozent Neigung. Es war, wie mit einer Achterbahn zu fahren.

Pennan bestand aus einer Reihe weiß verputzter kleiner Steinhäuser am Kai, zweihundert Meter lang. Der Hafen war klein und von breiten Wellenbrechern geschützt. Der Wind blies hart über die Pennan Bay und spritzte Gischt bis zu den Häusern hinauf. Sie lagen im Schatten der roten Klippen, die drohend über ihnen hingen. Der Strand war steinig, in halber Höhe lag ein schwarzer Streifen Treibholz.

Sie hatten vor einem Haus mit einem Delphin an der Wand geparkt: *Dolphin Cottage No 10*.

»Erinnerst du dich an den Film?«, fragte Macdonald.

»Ja«, sagte Winter, »ich hab tatsächlich vor gar nicht so langer Zeit an ihn denken müssen.«

»Erkennst du das Dorf denn wieder?«

»Ich glaube ja …«

»Die Hütten stehen noch«, sagte Macdonald. »Aber der Film ist eine Illusion. Oder ein Bluff, wenn man so will. Ein gutes Beispiel, wie man mit Bildern lügen kann.«

»Ach, und wie?«

»Du siehst doch diesen kleinen steinigen Strand«, sagte Macdonald und nickte zum Meer. »Im Film war es ein ziemlich imponierender Strand, an dem Burt Lancaster herumwanderte, und er war verdammt einsam.«

»Ja.«

»Deswegen haben sie die Häuser von Pennan mit einem Strand in Morar zusammengeschnitten«, sagte Macdonald. »Das liegt an der Westküste, genau südlich von Mallaig. Von dort geht eine Fähre nach Armandale auf Skye.«

»Aha, das ist ja die Gegend deiner Ahnen.«

»Ja.« Macdonald schloss das Auto mit der Fernbedienung ab und setzte sich in Bewegung. »Sie haben Pennan mit Morar zusammengeschnitten. Eine Illusion.«

»Ich erinnere mich an den Sonderling im Film«, sagte Winter. »Er hat in einem Schuppen am Strand gewohnt.«

»Vielleicht finden wir ihn hier«, sagte Macdonald.

»Ich erinnere mich auch an das Wirtshaus und den Wirt.«

»Das gibt es noch«, sagte Macdonald.

Sie standen vorm »Pennan Inn«. Vorübergehend wegen Unwetter geschlossen.

»Hier hätten wir übernachten können«, sagte Macdonald. Er schaute zum Himmel hinauf. Es begann zu dämmern.

Winter drehte sich um.

»Die Telefonzelle erkenne ich auch«, sagte er und nickte zu der roten Zelle auf der anderen Straßenseite.

»Ich bin noch nie hier gewesen«, sagte Macdonald.

Eine Frau kam aus einem der Häuser, das siebzig Meter entfernt lag. Sie kam auf sie zu und grüßte, als sie vorbeiging. Sie trug eine Haube, war aber nicht älter als die beiden. Neben ihrem Wagen parkten einige andere Autos.

»Entschuldigung«, sagte Macdonald.

»*On a very clear day you can see Orkney*«, hatte die Frau gesagt.

»*How about the Northern Lights?*«, hatte Winter gefragt.

»*Oh, you've seen the film.*« Das war eher eine Feststellung. »*You've come to see it for yourselves?*«

»*We're not here for that reason*«, hatte Macdonald geantwortet.

Sie hatte die beiden mit in das vorletzte Haus der Reihe genommen. Alles entlang des Kais war geschlossen. Im Jahr 1900 lebten hier 300 Personen, hatte sie erzählt. Jetzt hatte Pennan nur noch zwanzig Einwohner.

Sie kamen an einem Neubau vorbei. Winter dachte an Dallas.

»Der erste Neubau seit hundert Jahren!«, sagte die Frau.

Sie standen vor einem Cottage. Die Frau klopfte dreimal fest an die Tür.

»Sie hört so schlecht.«

Nach dem fünften Klopfen rasselte es hinter der schweren Tür, die immer noch ihre rote Grundfarbe hatte.

»Mrs Watt?!«, rief die Frau.

Die Tür öffnete sich knarrend, und das Gesicht einer älteren Frau wurde sichtbar. Sie hatte kleine, scharfe Augen.

»*Ay?*«

»*Mrs Watt, these gentlemen would like to ask you a couple of questions.*«

Das Auto kletterte wieder die Steigung hinauf. Das Delphinhaus, vor dem sie geparkt hatten, war das Wirtshaus in *Local Hero* gewesen. Im Sommer spielten Delphine draußen in den Gewässern des Moray Firth.

Um Mrs Watts Erinnerungsvermögen war es schlecht bestellt gewesen, es kam und ging. Außerdem hatte sie ein Schottisch gesprochen, das offenbar selbst Macdonald Rätsel aufgab. Einmal hatte sie vor sich hingenickt und gesagt: »*Gie yeir ain fish guts to yeir ain sea myaves.*«

»Was bedeutet das?«, hatte Winter gefragt, als sie wieder draußen standen.

»Gib deinen eigenen Fischabfall deinen eigenen Möwen«, hatte Macdonald geantwortet. »Aber ich weiß nicht, was es wirklich bedeutet.« Er setzte sich in Bewegung. »Vielleicht, dass man sich nur um sich selber kümmern und auf die anderen scheißen soll.«

Mrs Watt hatte von einem »Fremden« gesprochen.

Er hatte ganz allein in einem kleinen Schuppen bei den Cullykhhan-Grotten in einer Bucht an der Pennan Bay gewohnt.

»Aber da ist jetzt nichts mehr«, hatte sie gesagt.

Sie waren über die Felsen hinübergeklettert, aber dort gab es wirklich nichts.

»Er war da und dann war er weg«, hatte sie gesagt.

»Wann war das?«

»Im Krieg.«

»Was hat er gemacht?«

»Dasselbe wie alle anderen, nehme ich an. Geschmuggelt.«

»Haben Sie diesen Fremden getroffen?«, hatte Winter Mrs Watt gefragt.

»Nein.«

»Haben Sie ihn gesehen?«

»Nein.«

»Woher kam er?«

»Das wusste niemand. Ich weiß es nicht. Und niemand hat gefragt. Damals nicht.« Sie hatte mit ihren scharfen Augen geblinzelt, die schwarz wie Steine waren. »Die haben ihn vermutlich … kontrolliert, und er durfte wohl … dort sein.«

»Die? Welche die?«, hatte Macdonald gefragt.

»Die Männer im Dorf.«

»Wohnt von ihnen noch jemand hier?«

»Nein.«

»Niemand?«

»Nicht aus der Zeit.«

»Was ist mit dem Fremden passiert?«, hatte Winter gefragt.

»Er ist wohl einfach verschwunden.«

Sie fuhren nach Westen, auf Macduff und Banff zu.

»Damals sind viele gekommen und wieder gegangen«, sagte Macdonald.

Winter antwortete nicht. Er sah über das Meer unterhalb des Steillhangs. Eine schnelle Drehung am Steuer, und sie würden fliegen.

»Woran denkst du, Erik?«

»An etwas, das ich gesehen habe und doch nicht gesehen habe«, sagte Winter.

»Das übliche Problem eines Polizisten«, sagte Macdonald.

»Scheiße.«

»Wann? Wo?«

»Kürzlich«, sagte Winter, »auf dieser Reise.«

»Denk zurück.«

»Was meinst du denn, was ich tue?«

Am Himmel waren einige dunkle Streifen. Die Sonne verschwand. Macdonald wollte eine CD einlegen, zögerte jedoch.

»Es hängt mit dem Foto zusammen«, sagte Winter, »von Osvald.

Macdonald schaute zum Himmel auf.

»Wir brauchen ein Wirtshaus zum Übernachten.«

Winter nickte.

»Ich weiß, wo«, sagte Macdonald. »The Seafield Hotel in Cullen. Das ist ein Klassiker. Darauf bin ich bis eben nicht gekommen. Dort kannst du Cullen Skink probieren!«

48

Er hörte sie hinter seinem Rücken reden. Er wusste, wer es war und warum sie dort waren. Er bewegte sich nicht. Er hatte sie kommen sehen und er hatte verstanden.

Sie sagte nichts, als sie die Bestellung aufgaben.

Vielleicht verstand sie es auch.

Es war nur eine kleine Gefälligkeit. Er wusste, dass er sie darum bitten könnte. Ein einziges Gespräch. Eine einfache Frage. Aber er hatte kein Vertrauen mehr zu ihr.

Er hatte sich entschlossen, alles zu erzählen. Die Zeit war reif. Wann war dieser Entschluss gekommen? Es hatte mit dem Meer zu tun. Der Einsamkeit.

Nach all den Jahren. Anfangs war es leichter gewesen.

Als er alles verlassen sollte, war es schwerer. Nicht schwer zu verlassen, er hatte sich danach gesehnt. Gesehnt. Aber er wollte es nicht allein tun, nicht jetzt.

Wer hätte geglaubt, dass es so werden würde? Dass der Junge …

Nimm das Auto, hatte der Junge gesagt. Ich brauche es nicht.

In den Augen des Jungen war ein Glanz gewesen.

Jetzt ist alles vorbei, hatte der Junge gesagt.

Der Junge hatte gebetet, die ganze Zeit hatte er gebetet. Sein Verstand schien zu schwinden.

*

Am See hatte Friede geherrscht. Es war ein friedlicher Strand.

FAHR!, hatte der Junge geschrien. Er hatte gezögert.

FAHR! Der Junge schrie wieder und seine weißen Haare standen ihm zu Berge. Sein Körper sah alt aus. Er war alt, aber nicht so alt wie seiner.

Der Junge war blau im Gesicht. Sein Herz. Die blaue Farbe verschwand. Der Junge ging allein auf die andere Seite des Sees und er betete.

JESUS!

Ein Ruf über den Bergen.

Wir sind alle verloren, hatte er dann gesagt. Ich werde uns von der Sünde befreien, uns reinwaschen. Ich bin froh, dass du mich gerufen hast. FAHR jetzt!

Nachts kamen die Träume. Träume von Gold, von Silber, von Geld, das alles zerstörte.

Wie oft hatte er nicht mit dieser Pistole in der Hand dagesessen? Zuerst war es eine Bedrohung gewesen, kurz danach. Als er sich versteckt hielt in den Klippen, in Verschlägen, verrottenden Schiffen. Er hatte einmal geschossen.

Dann war der Gedanke gekommen, an sich selbst Hand anzulegen.

Er wusste nicht, was geschehen sollte.

Er trug ihn Tag und Nacht mit sich herum.

Er hatte ihn gehabt, als er die Stimmen im »Three Kings« gehört hatte, als er sie sah. Sie kamen aus der anderen Welt.

Jetzt spülten die Erinnerungen herauf. Überall war Wasser, das Meer schlug über ihm zusammen. Er hatte die Jolle zu Wasser gelassen im Schatten der Wellen. »Marino« begann schon zu sinken.

Es war nötig. Egon war bereits verloren. Der Trawler war verloren.

Er hatte Frans' Gesicht in seinen Händen gespürt. Jesus! Dort draußen war niemand gewesen, der zuhörte. Gott hörte nicht zu, nicht Gottes Sohn. Am Ufer waren nur Steine. Er traf seine Entscheidung. Nein, nicht damals. Das war lange vorher gewesen.

In den Ölsäcken war noch Geld. Die Waffen lagen auf dem Grund oder waren weiter nach Norden getrieben worden, wie die Körper.

Der Sohn des Jungen hatte keine Fragen gestellt.

Der Sohn des Jungen.

Hier!

Nimm das!

Sie würden ihn niemals finden. Nie! Sein Gesicht war ein anderes, sein Körper. Sein Name. Sein Leben, das noch übrig war.

Er sah sie draußen auf der Straße, aber das war ein Zufall. Sie hatten vor der Telefonzelle gestanden, ein Zufall. Sie waren vorbeigegangen.

Keiner von ihnen würde es erfahren!

49

Aneta Djanali saß in Halders' Küche. Sie hatte sich in eine Decke gewickelt, sie fror, und die Küche war der wärmste Raum. Hannes und Magda waren auf einem Geburtstagsfest in einer Villa drei Häuser entfernt. Es war noch nicht Abend. Halders machte irgendeine Pie. Es roch gut aus dem Backofen. Halders ließ Lucinda Williams mit gebrochener Stimme im Wohnzimmer singen, *lonely girls, heavy blankets cover lonely girls.*

Aneta Djanali hatte ein kurzes Gespräch mit Anette Lindsten gehabt. Anette war auf dem Weg zum Haus am Meer gewesen. Sagte sie.

War es wieder eine Flucht?

Alles in dieser Sache war Flucht, manchmal unsichtbar.

Das ist ein Teil der Hölle, in die Frauen geraten, dachte sie. Eine ekelhafte Kombination aus Schuld und Entsetzen und Kontrolle und Besitz.

Sie wollte nicht daran denken, aber sie konnte es nicht lassen.

Es ging um das Recht der Frau auf ihr Leben. Genau darum ging es.

Die Kontrolle über das Leben der Frau. Darum ging es.

Sie zweifelte keine Sekunde, um was es für Anette ging. Hans Forsblad wollte die Kontrolle nicht aufgeben. Nichts konnte ihn bremsen. Er hielt sich versteckt, aber er *war* da.

Aneta Djanali hatte seine Augen gesehen. Seine Augen, als er sie anschaute.

Sie vermisste zwei Sachen in ihrer Wohnung.

Sie hatte es entdeckt, als sie auf die Kollegen aus Lorensberg wartete, oder vielleicht als sie schon da waren.

Das Schneckenhaus, das neben dem Telefon auf dem Regal im Flur gelegen hatte. Es war groß, schimmerte blau und war fast durchsichtig. Aneta Djanali hatte es in einer Bucht vor Särö gefunden, es hatte seit zwei Jahren am selben Platz gelegen, und sie hatte es nicht mal abgestaubt, soweit sie sich erinnerte. Die Spur des Schneckenhauses war noch zu sehen gewesen, ein kahler Fleck in einem Meer von feinem Staub.

Und das Kontômè. Die Kontômè-Maske war von der Flurwand verschwunden. Wer konnte Interesse an ihr haben? Sie hatte keinen finanziellen Wert.

Das Kontômè war da, um ihr den Weg durch die Zukunft zu zeigen.

Derjenige, der in ihre Wohnung eingedrungen war, hatte diese Gegenstände mitgenommen.

Sie wusste, wer es war.

Anette hatte atemlos am Telefon geklungen. Aneta Djanali hatte ein rauschendes Motorengeräusch gehört.

»Sie hat Angst um ihr Leben«, sagte sie jetzt zu Halders und wickelte sich fester in die Decke.

Lucinda Williams sang mit gebrochener Stimme von zerbrochenen Leben und zerbrochenen Worten. »Kannst du nicht was anderes auflegen, Fredrik? Von der Musik wird mir noch kälter.«

Halders war auf dem Weg zu seiner Pie. Er stellte die Form auf einen Untersatz und verließ die Küche und Lucinda Williams wurde mitten in einem Satz unterbrochen. Nach zehn Sekunden Stille hörte sie eine schöne Singstimme und eine helle, leichte Melodie.

»Sind die Beach Boys in Ordnung?«, fragte Halders von der Tür. »Ist dir das sonnig und warm genug?«

»Wenigstens äußerlich«, sagte sie.

»Kennst du deine Beach Boys?«, fragte Halders.

»Nein.« Sie lauschte. »Aber man merkt ja an diesen Sonnenscheinstimmen, dass mit den Jungs irgendwas nicht in Ordnung ist.«

»Da hast du Recht«, sagte Halders, »aber warum ignorieren wir das nicht einfach für zweieinhalb Minuten? Dann ist der Song zu Ende.«

Aneta Djanali entschied sich, nicht hinzuhören. Sie sah wieder Anette Lindstens Gesicht vor sich.

»Sie scheint sich dauernd zwischen verschiedenen Adressen zu bewegen. Auf der Flucht zwischen den Adressen«, sagte sie.

Halders nickte.

»Ist das nicht das übliche Muster?«

»Aber sie hat doch ihre Familie«, sagte Aneta Djanali.

»Wirklich?«

»Die scheint ihr allerdings keinen Schutz zu bieten.«

»Nicht nur sie versteckt sich dort«, sagte Halders.

»Was meinst du?«

»Ihr Vater. Wir sind durch seine Tochter in seine Geschäfte eingedrungen. Er hat nicht damit gerechnet, dass du dich an der Sache festbeißen würdest. Vielleicht nicht in seiner Woh… in Anettes Wohnung auftauchen würdest.«

»Geschäfte?«

»Darauf geh ich jede Wette ein, dass der in diese Geschichte mit dem Diebesgut verwickelt ist. Aber wie hätten wir davon je erfahren, wenn die Tochter nicht gewesen wäre?«

»Weiß sie etwas, was meinst du? Fürchtet sie sich auch *davor*?«

»Vielleicht ist es gerade *das*, wovor sie Angst hat«, sagte Halders, »dass er glauben könnte, sie würde ihn verraten.« Er stellte die Pieform auf den Tisch. Dort standen schon eine Schüssel mit grünem Salat und eine kleine Flasche Dressing. »Vielleicht flieht sie vor den unsauberen Geschäften ihres Vaters.« Er sah auf. »Der versucht uns von seiner Tochter fern zu halten. Und von ihren Problemen und ihrem Mann, *Frützblatt*. Von Hans' Schwester. Und so weiter.«

»Ja«, sagte Aneta Djanali, »aber sie hat keine Angst vorm

Vater, nicht in erster Linie. Da bin ich mir sicher. Es geht um die Bedrohung durch Forsblad.«

»Warum sagt sie es dann nicht geradeheraus?«

»Ich glaube, sie tut es«, sagte Aneta Djanali. »Wir haben ihr nur nicht gut genug zugehört.«

»Und jetzt ist sie auf dem Weg zu der Hütte am Meer?«

»Das hat sie gesagt.«

Halders schnitt ein Stück von der Käse-Schinken-Pie ab und nahm ihren Teller.

»Du scheinst daran zu zweifeln.«

»Ja ... sie hat wahrscheinlich zu niemandem Vertrauen. Auch nicht zu mir.«

»Warum das Haus am Meer?«

»Vielleicht ist es der einzige Ort, wo sie sich sicher fühlt«, sagte Aneta Djanali.

In der Nacht träumte sie, sie fahre einen schmalen Weg zwischen niedrigen Bäumen entlang, die von den Autoscheinwerfern erhellt wurden. Oben war der Himmel, aber der Himmel war auch das Meer. Woher sie das wusste, weiß sie nicht. Es war der Traum, der ihr das sagte.

Irgendwo sang eine Frau mit gebrochener Stimme. Oder sie schrie. Sie hörte Wellengeräusche, von oben. Sogar im Traum, wo man alles akzeptiert, dachte sie, dass etwas nicht stimmte. Warum war Wasser über ihr?

Im Scheinwerferlicht stand ihre Mutter.

Die Mutter machte eine Handbewegung, die sie nicht verstand. Sie verstand nicht, dass die Mutter sie auf dem Weg anhalten wollte.

Noch nie hatte sich ihre Mutter in ihren Träumen gezeigt.

Jetzt fuhr sie an einem Ufer entlang.

Plötzlich stand ihre Mutter auch dort, hob beide Hände, stellte sich dem Auto in den Weg.

Und plötzlich war überall Wasser! Sie versuchte zu schreien, schreien. Sie bekam keine Luft und wurde von ihrem eigenen Schreien wach. Oder von ihren Versuchen zu schreien. Sie spürte einen Arm um ihre Schultern. Er war warm. Sie hörte Fredriks Stimme.

Macdonald parkte auf dem Platz vor dem Seafield Hotel. Die Stadt fiel steil zum Meer ab. Winter stand da mit der Reisetasche über der Schulter. Im Sonnendunst lauerte schon die Dämmerung. Winter sah die enormen Eisenkonstruktionen, die quer über dem oberen Teil von Cullen schwebten. Die Viadukte wirkten aus der Ferne wie horizontale Kathedralen.

»Sehr imposant«, sagte er.

»Das finde ich auch«, sagte Macdonald. »Aber hier fahren keine Züge mehr.«

Sie hatten vom Auto aus angerufen. Im Seafield gab es zwei freie Zimmer und noch mehr. Die Saison war vorbei.

Das Gebäude war aus weißem Stein, ein altes Wirtshaus. Die Rezeption bestand aus poliertem Mahagoni, Silber, Gold und einem Schottenkaro, das vermutlich zum Clan des Besitzerpaares gehörte, der Familie Campbell. Es enthielt verschiedene blaue, schwarze und grüne Nuancen wie das Meer am Ende der Straße, die durch Cullen führte.

Herbert Campbell fragte sie diskret nach ihren Abendplänen. Dürfte er vielleicht das Restaurant des Hotels empfehlen? Das durfte er, und sie bestellten einen Tisch für acht Uhr.

Sie suchten die Bar für ein Bier auf, bevor sie in ihre Zimmer hinaufgingen.

»Sehr imposant«, sagte Winter.

»Sie ist sogar in Schottland berühmt«, sagte Macdonald.

Es waren nicht nur das glänzende Holz auf dem Tresen, die Ledermöbel, der offene Kamin, die schwere Kunst an den Wänden. Es waren die aufgereihten Flaschen auf der Theke und in den Regalen dahinter. Winter musste fragen.

»Einundvierzig verschiedene Sorten Maltwhisky«, sagte der weibliche Barkeeper.

»Du hast bis zum Drink vorm Essen Zeit darüber nachzudenken«, sagte Macdonald.

Winter rief Angela von seinem Zimmer aus an. Er stand am Fenster und sah die Straße und das halbe Meer und eine

Ansammlung kleiner steinerner Häuser, die sich am Hafen drängten.

»Habt ihr ein gutes Hotel gefunden?«, fragte er.

»Sarah hat hier ein Lieblingshotel, und das kann ich verstehen«, sagte Angela. »Von meinem Fenster sehe ich das Schloss.«

»Ich kann das halbe Meer sehen«, sagte Winter.

»Wie geht es mit eurer Fahndung?«

»Ich weiß nicht«, sagte er.

»Habt ihr Spuren von John Osvald gefunden?«

»Vielleicht.« Winter setzte sich und streckte sich dann auf dem Bett aus. Es war hart, aber nicht zu hart. Durch das Fenster konnte er den oberen Teil des Hauses gegenüber sehen. Auf einem Fenstersturz saß eine Möwe. »Es ist, als ob er hier gewesen wäre. Falls du verstehst, wie ich das meine. Wir haben sogar mit einem alten Mann gesprochen, der ihn damals gekannt hat und behauptet, ihn *jetzt* gesehen zu haben.«

»Na also.«

»Ich glaube trotzdem nicht, dass wir ihn finden«, sagte Winter.

»Du musst dich auf jeden Fall umsehen«, sagte Angela.

»Du auch.«

»Wir wollen morgen Nachmittag mit dem Zug zu diesem Ort in den Highlands fahren.«

»Wir fahren wahrscheinlich gleichzeitig ab. Dann sehen wir uns abends zum Essen. Ein Wiedervereinigungsessen.«

»Was macht ihr heute Abend?«

»Essen im Hotel.« Er wechselte die Lage auf dem Bett. »Ich will diese Suppe testen, Cullen Skink.«

»Lecker klingt das nicht.«

»Steve sagt, dass sie nicht gut schmeckt.«

»Dann verstehe ich, dass du sie testen musst.« Er hörte ein Geräusch im Hintergrund, eine Tür, die geöffnet wurde, eine Männerstimme, eine Frauenstimme. »Ups, da kommt der Zimmerservice.« Winter meinte Sarah Macdonalds Stimme zu erkennen. Angela war wieder da. »Eine Flasche Weißwein.«

»Hast du mit Elsa gesprochen?«, fragte Winter.

»Nur zweimal heute Nachmittag.«

»Ich hab angerufen, aber bei Lotta war niemand zu Hause. Und am Handy hat sich auch niemand gemeldet.«

»Im Augenblick sind sie im Kino.«

»Okay. Dann versuch ich es später wieder. Bis morgen also. Küsschen.«

Er ließ das Handy aufs Bett fallen. Wieder sah er Arne Algotssons Gesicht vor sich, als der verwirrte alte Fischer den Namen der schottischen Bücklingssuppe aussprach.

Er richtete sich auf und rieb seine Schulter, die im Auto steif geworden war. Der Körper brauchte jetzt mehr Massagen, seitdem er die Vierzig überschritten hatte.

Es klopfte an der Tür.

Er rief ein »Ja?«

»*Fancy a walk before dinner?*«, ertönte Macdonalds Stimme.

Sie gingen die Seafield Street in südlicher Richtung, passierten die Bayview Road in der Biegung und gingen weiter einige Treppen hinunter zu der Ansammlung von seltsamen kleinen Häusern, die eine kleine dicht aneinander gebaute Stadt am Hafen bildete. Dahinter sah Winter einen Strand.

Dies war Seatown. Sie gingen durch die kleinen schmalen Gassen, die keinen Namen hatten. Die Nummerierung der Häuser stimmte nicht.

»Ich glaube, die Nummern zeigen an, in welcher Reihenfolge die Häuser gebaut wurden«, sagte Macdonald.

Sie kamen an der Cullen Methodist Church vorbei.

Weiter unten an der Straße stand eine rote Telefonzelle, die genauso alt war wie die in Pennan. Im Vorbeigehen lauschte Winter nach einem Klingeln.

In die Mauer zum Hafenbecken waren Treppenstufen gehauen, die hundert Jahre alt waren. Jetzt bei Ebbe lagen kleinere Fischerboote auf dem Trockenen. Ihre Rümpfe leuchteten weiß wie Fische an Land. Der Himmel war dunkler geworden und die Farbe wechselte von Blau zu Schwarz. Der Mond war schwach, aber da. Der Horizont bedeckte alles, was man sehen konnte. Die Häuser in Seatown leuchteten. Von einer Leine winkte ihnen Kinderkleidung mit kurzen Ärmeln.

»Wo sind die ganzen Menschen?«, sagte Winter.

Sie gingen zurück, an der Kirche und der Telefonzelle vorbei. In einem Haus, das aussah, als würde es bald zusammenfallen, bewegte sich eine Gardine in einem Fenster. Das Haus war schwarz. Die Gardine bewegte sich wieder. Wer würde nicht neugierig sein?

Sie begegneten einem Kind, das mit gesenktem Blick an der westlichen Häuserzeile entlangging. Es war ein Junge um die zehn, er trug kurze Hosen und eine Kappe und wirkte wie aus den fünfziger Jahren. Alles hier könnte aus den Fünfzigern sein, in manchen Fällen aus den 1850ern.

Winter dachte an den Geruch, den es in fast jedem britischen Haus gab. Es war ein Geruch von früher.

Sie stiegen die Treppen wieder hinauf und gingen im Schatten der Viadukte rechts die Bayview Street entlang. Dann bogen sie nach links in die North Castle Street. Dort lag der Pub »Three Kings«.

Macdonald sah auf seine Armbanduhr.

»*One for the long road back to the hotel?*«

»*Of course*«, erwiderte Winter.

Dort drinnen war es dunkel, die Fenster waren klein und würden selbst an einem strahlenden Tag nicht viel Licht hereinlassen. Hinter dem Tresen stand eine Frau in mittleren Jahren, alle Barkeeper in Cullen waren offenbar Frauen. An einem Fenstertisch saß ein Mann. Er kehrte ihnen den Rücken zu. Vor ihm stand ein Glas. Er trug eine Strickmütze. Ein Fischer, dachte Winter.

Macdonald bestellte zwei Gläser Ale. Die Frau zapfte das Bier und servierte es ihnen. Sie blieben an der Theke stehen, während das Ale sich klärte. Die Frau schien durch das Fenster hinauszusehen, an dem der Mann mit der Mütze saß. Er hatte sich noch keinmal bewegt, seit sie hier waren.

»*Skål*«, sagte Macdonald und hob sein Glas.

Sie tranken. Winter konnte es nicht lassen, den Rücken des Mannes zu betrachten, der schmal war und eingesunken. Er rührte sich immer noch nicht. Das Whiskyglas vor ihm war leer, das Pintglas war leer. Der Mann war wie eine gefrorene Figur. Einer von den vielen, die in diesen Küstenstädten festgefroren waren, die langsam verwitterten von Wind und Salz. Die Einnahmequellen segelten davon mit der Fischwirtschaft. Steve trank wieder. Er sollte vielleicht froh sein, dass sein Großvater – oder war es der Urgroßvater? – die Küste verlassen hatte. Sonst hätte Steve vielleicht auch so dagesessen. Ich stamme ja auch von der Küste. Aber ich komme aus einer anderen Welt.

Im Seafield Hotel war es Tradition, die Essensgäste in die Bar zu führen, während der Tisch vorbereitet wurde und der Oberkellner die Speise- und Weinkarten verteilte.

Winter und Macdonald protestierten nicht. Sie setzten sich in zwei der Ledersessel am Kaminfeuer.

Ein neuer weiblicher Barkeeper kam zu ihnen, um die Bestellung der Drinks entgegenzunehmen. Winter ließ Macdonald die Wahl treffen.

»Was hältst du von einem Springbank, natürlich einundzwanzig Jahre?«, sagte Macdonald.

Winter nickte und dachte dabei an einen Corps.

In der Bar schwebte leise Musik. Winter erkannte Galveston, Glen Campbell. Der Nachname musste wohl ein Zufall sein, oder war der Sänger ein entfernter Verwandter der Wirtsleute?

Glen wie in Glen Deveron, Glen Dronach, Glen Elgin, Glen Garioch, Glen Keith, Glen Mhor, Glen Moray, Glen Ord, Glen Spey, Glen Scotia, Glen Rothes, die unbekannten Größen der versteckten Destillen.

Der Oberkellner kam mit der Speisekarte, handgeschrieben und in rotes Leder gebunden.

In der Bar waren nur wenige andere Gäste: ein jüngeres Paar auf einem kleinen Sofa an einem der Fenster, zwei ältere Paare um einen Sofatisch mitten im Raum, ein einsamer jüngerer Mann vor einem einsamen Glas an der Theke.

Der Barkeeper brachte den Whisky, stellte zwei Seltersgläser und eine kleine Karaffe Wasser daneben.

Macdonald goss einige Tropfen Wasser in seinen Maltwhisky. Winter wartete. Sie tranken. Der Whisky war gut. Eine Ahnung von Kokosnuss im Finish. Ja. Sherry, Toffee, Seegras, Gras, Torf… auf der Zunge. Ja. Ein komplizierter Geschmack.

Winter bestellte Cullen Skink als Vorspeise. Er glaubte, er möge diesen Geschmack von geräuchertem Schellfisch, gekocht in Milch mit Kartoffeln und Zwiebeln. Steve grinste hinter seiner halben Bouillabaisse. Wieder dachte Winter an Arne Algotsson. Wie hatte sich das hier in seinem verwitterten Gehirn gehalten? Warum war der Name Cullen Skink hängen geblieben? Ich habe schon früher daran gedacht. Warum hat sich diese kleine merkwürdige Stadt Algotsson für immer eingeprägt? Hatte er überhaupt Zeit, hierher zu kommen? Ist jemand anders hierher gekommen? Hatte kürzlich jemand den Namen erwähnt?

Der Speisesaal bot sich auch in den schottischen Farben und poliertem Holz dar. Die Speisekarte enthielt innovative Gerichte schottischer Tradition. Macdonald lächelte ein wenig.

Grilled herring with pan fried porridge cake.

Hering mit gebratener Grütze.

Black pudding en croûte with calvados and apple glaze.

Venison with black pudding.

Reh mit Blutpudding.

»Das ist noch gar nichts gegen das »Caledonian« im Brentwood Hotel in Aberdeen«, sagte Macdonald. »Die sind am innovativsten in ganz Schottland mit ihrem Rebhuhn, gefüllt mit Haggis, und Hühnchenfilet, gefüllt mit Blutpudding und Tomatensoße.«

»Danke, es reicht, Steve.«

Winter bestellte gegrillte Seezunge mit Pesto und Knoblauch, Macdonald ein Steak. Sie kosteten vom Wein.

»Ich hab erwartet, dass Craig sich inzwischen mal bei uns melden würde«, sagte Macdonald und stellte das Glas ab.

»Mhm.«

»Drei Gespräche«, sagte Macdonald. »Zwei Frauen.«

»Wir wissen, dass Johanna ihn zweimal angerufen hat«, sagte Winter.

»Das sollte Craig inzwischen überprüft haben«, sagte Macdonald. »Und das dritte Gespräch.«

»Ich glaube nicht, dass wir es verfolgen können«, sagte Winter.

»Warum nicht?«

»Das werden die schon einkalkuliert haben«, sagte Winter.

»Welche die?«

Ja. Welche die? Winter trank vom Weißwein. Er nahm den Geruch von Holzgrill wahr.

Welche die?

Ein überlebender Fischer und eine Frau, die ihn angerufen hat.

Oder eine frühere Bekannte von Axel Osvald. Er war schon vorher hier gewesen. Oder eine neue Bekannte.

Das Essen kam. Es schmeckte. Es war gut.

Winter sah, wie sich das jüngere Paar, das vorher an der Bar gesessen hatte, vom Esstisch erhob. Die Frau nickte schüchtern in ihre Richtung und Winter nickte zurück. Der jüngere Mann drehte sich um. Winter sah sein Profil. Es glich plötzlich John Osvalds Profil auf dem Foto, das in Winters Brieftasche steckte, das Foto mit dem schwachen Sepiaton. Der Mann dort hinten blieb stehen, das Profil wie auf einer ägyptischen Wandmalerei. Winter sah es. Er sah das Foto vor seinem inneren Auge, er sah das Profil des Fremden, Osvalds Profil, die Wände des Hotels, er sah einen roten Weg, eine Treppe, die …

»HIMMEL!«, sagte er laut, und Macdonalds Gabel zuckte halbwegs auf dem Weg zu seinem Mund, und die Gäste drehten sich um.

»Ich habe ihn gesehen!«, sagte Winter.

Macdonald ließ die Gabel sinken.

»Hast du eine plötzliche Erleuchtung, Erik?«

»Osvald! Er war da!«

Macdonald legte die Gabel weg.

»Wo war er?«

»Wie hieß diese Stadt … Buckie, nicht? Wo wir nach dem Mietwagen gesucht haben?«

»Ja. Buckie.«

»Wir haben in dem alten Hotel Tee getrunken.«

»Cluny Hotel.«

»Wir sind die Treppe raufgegangen.«

»Wir sind sie auch runtergegangen.« Macdonald lächelte.

Winter wedelte mit der Hand, als wollte er Macdonalds Kommentare wegwischen.

»Ich glaube, das war, als wir nach oben gingen. Ich … hab mir diese gerahmten Fotos angesehen, die neben der Treppe hingen.«

»Fotos von Trawlern«, sagte Macdonald.

»Nicht nur.« Winter sah es jetzt, er *sah* es ganz klar, ganz sicher. »Auf einem waren viele Leute um dieses Kriegerdenkmal auf dem Platz. Und ich erinnere mich, dass auf dem Schild daneben stand, dass das Bild bei Kriegsende nach dem Zweiten Weltkrieg aufgenommen worden war. Überall Leute, wie gesagt, aber im Vordergrund steht ein Junge mit Kappe, man sieht sein Profil, und das war Osvald!« Winter beugte sich ein wenig vor. »Es ist dasselbe Gesicht wie auf dem Foto, das ich oben im Zimmer habe, dasselbe Profil. Scheiße, in dem Moment hab ich es nicht realisiert, aber es hat im wunderbaren Unterbewusstsein gelegen und ist gereift.« Winter schaute zur Seite, aber das junge Paar war gegangen. »Es ist mir eingefallen, als der junge Mann aufgestanden ist.«

»Das Kriegsende«, sagte Macdonald. »Osvald ist vier Jahre vorher verschwunden.«

»Er war es«, sagte Winter. »Ich bin so gut wie sicher.«

»Ja …«, sagte Macdonald, »jetzt ist es schon ein bisschen zu spät, um hinzufahren und es zu überprüfen.«

»Das ist das Erste, was wir morgen früh machen«, sagte Winter.

Er hatte das Fenster angelehnt, und im Zimmer roch es nach Meer. Ringmar rief an, als Winter das Licht ausmachen wollte.

»Es gibt auf Styrsö keinen Trawler mit Namen ›Mariana‹.«

»Das hab ich auch nicht geglaubt«, sagte Winter.

»Und es gibt keinen Fischer auf Styrsö mit Namen Erikson.«

Er hatte eine unruhige Nacht, träumte viel, nichts Angenehmes. Alle hatten Angst in seinen Träumen, er hatte Angst.

Vor dem Essen hatte er Elsa angerufen. Er wünschte, er hätte ihre Stimme auf Band dabei. Nächstes Mal, wenn er verreiste. Aber er war nicht sicher, dass er jemals wieder ohne sie verreisen würde.

Er träumte von Wasser, schwarzem Wasser. Er sah ein Gesicht unter dem Wasser. Er konnte nicht erkennen, wer es war. Es leuchtete stark, wie von innen. In den Augen war nichts. Es war jemand, den er gekannt hatte.

Er erwachte in der Dämmerung und hatte Durst. Er zog das Rollo ein Stück hoch und sah das halbe Meer. Er meinte es zu hören. Er hörte Seevögel schreien. Unten stand ein schwarzer Bus, auf der anderen Straßenseite bei der Post. Er dachte wieder an seine Träume, im Zimmer lag immer noch ein Gefühl von Schrecken, nachdem er eine Weile wach war. Er trank ein Glas Wasser und erwog, einen Schluck Whisky zu nehmen, ließ es aber. Es würde ein weiterer Tag kommen.

Ein Tag, der anders sein würde als alle anderen Tage, die er erlebt hatte.

Als er sich wieder hinlegte, dachte er daran, dass der Tag, der schon begonnen hatte, der letzte sein würde. Warum dachte er so? Es war wic ein Traum, in dem Wahrheiten Gestalt annehmen, die niemand hören will.

50

Sie fuhren in aller Frühe nach dem Frühstück ab. Macdonald hatte auch nicht gut geschlafen. Keiner von ihnen gab dem Whisky die Schuld. Es war etwas anderes. Es war diese Stadt.

Man könnte es Intuition nennen. Eine Eingebung, manchmal unmittelbar. Zu *wissen*, ohne Beweise vorlegen zu können. Das konnte das Frustrierendste daran sein. Es konnte entscheidend sein. Intuition. Die hatten sie beide. Ein Kriminalbeamter ohne Intuition war aufgeschmissen.

Es war nicht weit bis Buckie, näher als Winter gedacht hatte. Sie hätten gestern Abend ein Taxi nehmen können, aber er wollte einen klaren Kopf haben. Jetzt war er nicht mehr müde. Die Müdigkeit war verschwunden.

Sie fuhren die Küstenstraße über Portnockie und Findochty. Es war ein stiller Morgen. Das Meer war ruhig. Die Sonne hing über den östlichen Bergen und erleuchtete den Horizont. Winter sah die Rauchfahne eines Schiffes, das auf der Horizontlinie entlangbalancierte. Am Himmel waren keine Wolken. Es war einer der schönsten Morgen, die Gott geschaffen hatte.

Das Cluny Hotel war zur Hälfte erleuchtet. Macdonald parkte vor dem *Buckie Thistle Social Club*. Eine kleine Gruppe Schulkinder kam vorbei. Eins der Kinder trug einen Fußball unterm Arm.

Eine Frau in grauer Schürze saugte in der Lobby Staub. Sie hatte mit der untersten Treppenstufe angefangen und schaute verwundert auf, als die beiden Männer mit einem Gruß an ihr vorbei die Treppe hinaufgingen.

Winter hielt das Foto in der Hand, John Osvalds Profil.

Er ging langsam, von einem Rahmen zum anderen, die die schwarzweiße Geschichte der Stadt einfassten. Für die damalige Stadt waren Fischindustrie und die Fischerei Gegenwart und Zukunft gewesen, Buckie. Jetzt war nur noch Vergangenheit. Das Cluny Hotel gehörte der damaligen Zeit an.

Winter sah Masten, Wälder von Masten. Hatte er sich getäuscht? Hatte er etwas anderes gesehen … woanders?

Er sah wieder auf das Foto vom jungen Osvald, aufgenommen auf einer Insel in den schwedischen Schären. Winter sah das Meer hinter Osvald. Es war auch ein stiller Tag gewesen, ein schöner Tag. Vielleicht wandte Osvald das Gesicht ab, damit die Sonne ihm nicht in die Augen schien.

»Hier haben wir einige tausend Menschen«, sagte Macdonald, der Winter eine Stufe voraus war. Er zeigte auf ein weiteres gerahmtes Foto, das drei Treppenstufen vom Restaurant entfernt dort oben hing.

Winter studierte das Bild. Der Platz, Cluny Square, war schwarz von Menschen. Sie drängten sich um das Denkmal, Buckie War Memorial, 1925 endlich errichtet zur Erinnerung an die Toten des ersten großen Krieges.

Jetzt war es 1945. Winter las die wenigen Worte auf dem Schild neben dem Rahmen. Die Menschen in Buckie hatten sich aus Freude, weil der zweite große Krieg vorüber war, beim Denkmal versammelt. Auf dem Schild stand ein Datum. Es war ein Frühlingstag. Es war ein schöner Tag, die Sonne pflügte Schatten durch die Menschenmasse. Winter sah die Gesichter im Vordergrund. Ein Mann mit Kappe stand nah vor der Kamera. Er hatte das Gesicht zur Seite gewandt, wie um sich vor der Sonne zu schützen. Es war John Osvald.

»*Yeah, it's him*«, sagte Macdonald.

Winter verglich die beiden Gesichter. Es gab keinen Zweifel. Macdonald hielt Winters Foto hoch, verglich auch.

»*Yeah*«, wiederholte Macdonald. »*No question.*«

»*But it doesn't tell us that he's still around*«, sagte Winter.

»*Around where?*«, fragte Machdonald.

»*Around life*«, antwortete Winter.

Sie standen auf dem Platz. Die in den Stein des Sockels gehauenen Buchstaben waren für die Ewigkeit: Ihre Namen Leben Ewig.

Auf einer Parkbank vor dem Haus am Platz saßen zwei alte Leute. Es schien dasselbe Paar zu sein, das Winter gesehen hatte, als er kürzlich hier gestanden hatte. Er ging zu dem Gebäude hinüber. An der Wand hing ein Schild: *Struan House – Where older people find care in housing.*

Es waren zwei alte Männer. Winter ging zu ihnen. Er fragte sie, ob sie dabei gewesen seien, als das Ende des Krieges gefeiert wurde. Sie sahen ihn an. Macdonald übersetzte die Frage ins Schottische. Sie fragten, warum er das wissen wollte. Macdonald erklärte es ihnen. Winter holte das Foto von John Osvald hervor. Sie betrachteten es und schüttelten den Kopf.

»Würden Sie mit ins Hotel kommen und sich das Bild an der Wand anschauen?«, fragte Macdonald.

Nach einer kleinen Weile erhoben sich die beiden Männer.

Drinnen stiegen sie ohne Mühe die Treppe hinauf.

»Hängt das hier schon lange?«, fragte einer der beiden.

Sie studierten das Bild.

»Wir waren also dabei in diesem Meer«, sagte der andere und nickte auf das Menschenmeer.

»Ich kann dich nicht entdecken, Mike.«

»Ich erinnere mich nicht, wo ich gestanden habe«, sagte Mike.

»Erkennen Sie ihn?« Macdonald legte seinen Zeigefinger auf Osvalds Kappe.

»Das soll derselbe sein?«, sagte Mike.

»Schauen Sie selber«, sagte Macdonald und hielt ihm Winters Foto hin.

»Ja«, sagte Mike, nachdem er die beiden Bilder einige Male miteinander verglichen hatte. »Aber ich kenn ihn nicht.«

Macdonald und Winter setzten sich ins Auto. Der Pubbesitzer auf der anderen Straßenseite zog die Jalousien hoch. Am Fenster standen die Stühle auf den Tischen. Ein Sonnenstrahl beleuchtete einen Teil der Theke. Winter hatte plötzlich großen Durst.

»So weit haben wir es jedenfalls geschafft«, sagte Macdonald.

»Möchtest du nicht weiterkommen?«, fragte Winter.

»Wohin sollen wir denn fahren? Was sollen wir tun?«

»Ich weiß es nicht«, sagte Winter. »Außerdem ist es eine Frage der Zeit.«

Macdonald sah auf die Uhr.

»Bald steigen die Mädels in den Zug.«

»Wir sollten vielleicht auch in die Highlands fahren«, sagte Winter.

Macdonald beobachtete den Pubbesitzer, der die Stühle von den Tischen hob. Er trug eine Sonnenbrille zum Schutz gegen die Sonne, die zwischen zwei Häusern hinter Winter und Macdonald auf den Platz schien.

»Ich hab das Gefühl, dass wir nah dran sind«, sagte Macdonald und drehte sich zu Winter um. »Hast du nicht auch so ein Gefühl?«

Winter nickte, antwortete jedoch nicht.

»Wir sind ihm gefolgt, jedenfalls haben wir teilweise seine alten Spuren verfolgt«, sagte Macdonald.

»Oder die neuen«, sagte Winter.

»Neue und alte«, sagte Macdonald.

Sie setzten sich ins Auto.

»Wir können über Dufftown fahren, dann kannst du dir ein paar Flaschen bei *Glenfarclas Destille* kaufen«, sagte Macdonald und drehte den Zündschlüssel um.

Sein Handy klingelte. Er nahm es beim vierten Klingeln aus seiner Lederjacke.

»Ja?« Macdonald nickte Winter zu. »Guten Morgen, Kommissar Craig.« Er hörte zu.

»Entschuldigung, dass es so lange gedauert hat«, sagte Craig, »aber ich konnte den Behörden einfach nicht die Art der Straftat erklären.«

»Ich verstehe«, sagte Macdonald.

»Es handelt sich ja nicht um Mord«, sagte Craig.

»Technisch gesehen nicht«, sagte Macdonald.

»Jedenfalls hab ich jetzt Angaben«, sagte Craig. »Zwei der Anrufe beim Glen Islay in der Ross Avenue kamen tatsächlich von einem Telefonanschluss in Schweden, Landesvorwahl 031.«

»Die Tochter«, sagte Macdonald, »Johanna Osvald.«

»Ja«, sagte Craig. Macdonald hörte Papier rascheln. Im Hintergrund sagte jemand etwas. Craigs Stimme war wieder da. »In dieser Zeit sind nicht viele Anrufe bei Glen Islay eingegangen. Nachsaison. Aber einer könnte vielleicht interessant sein. Er ist in den Tagen dort angekommen, als dieser … Axel Osvald dort wohnte.«

»Ja?«

»Jemand hat von einer Telefonzelle aus angerufen«, sagte Craig.

»Gut«, sagte Macdonald.

Telefonzellen waren gut, mit Handys war es komplizierter. Da konnten sie die Gegend feststellen, aus der angerufen wurde, aber dann wurde es schwierig. Telefonzellen waren nicht so mobil wie Handys.

Zuerst konnten sie feststellen, dass es eine Telefonzelle war, und dann welche und wo sie stand. Manchmal wurde die ganze Telefonzelle für die Spurensuche abgebaut.

»Es war eine Frau«, sagte Macdonald, »nach Aussage der Geschäftsführerin in der Pension.«

»Wie auch immer«, sagte Craig, »das Gespräch kam aus einer Telefonzelle in Cullen. Sind Sie da mal gewesen?«

»Cullen?!«

»Ja.«

»Ich bin schon unterwegs«, sagte Macdonald.

51

Aneta Djanali fuhr nach Hause. Es war ein strahlender Tag, wirklich strahlend. Der Himmel über den Hausdächern war blau. In der Sveagatan lagen scharfe Schatten. Der Wind brachte frische Düfte mit sich.

Nachdem sie das neue Schloss geprüft hatte, ging sie rasch durch den Flur ins Schlafzimmer. Dort zog sie die Bluse und das dünne Hemd aus. Als sie ihren Gürtel öffnete, gefror ihre Bewegung.

Sie zog den Gürtel wieder fest, nahm die Bluse und fühlte ihren Puls. Was hatte sie gesehen? Nein. Was hatte sie wieder gesehen?

Langsam ging sie in den Flur.

Das Schneckenhaus.

Das Schneckenhaus lag wieder an seinem Platz auf der Kommode!

Langsam ging sie näher. Sie wollte es nicht berühren.

Sie lauschte jetzt auf Geräusche, lauschte nach innen, hinter sich. Sie drehte sich langsam nach dem Geräusch von nackten Füßen um.

»Ich hatte nicht gedacht, dass Sie so schnell wiederkommen würden«, sagte Susanne Marke.

Die Frau stand barfuß in ihrem Flur, in *ihrem* Flur!

Aneta Djanali hörte immer noch Hammerschläge im Kopf, den Vorschlaghammer zwischen den Ohren. Sie hörte sich selbst:

»Wa... was machen Sie hier?«

»Ich warte auf Sie«, sagte Susanne Marke. Sie hatte einen eigentümlichen Ausdruck in den Augen. »Irgendwann musste Sie ja nach Hause kommen.«

»Wa... warum?« Das war die wichtigste Frage. Nicht wie, wann, was, wer.

»Haben Sie es immer noch nicht begriffen?«, fragte Susanne Marke.

Aneta Djanali wollte sich nicht bewegen. Susanne Marke stand still. Sie hatte nichts in den Händen.

»Was soll ich verstehen?«

Plötzlich lachte Susanne Marke, hart, schrill.

»Das mit Anette und mir.«

»Anette ... und Ihnen?«

Susanne Marke machte einen Schritt auf sie zu und noch einen. Sie war immer noch einige Meter entfernt.

»Warum, meinen Sie, sind alle so schweigsam?«, sagte sie. »Inklusive Anette? Warum, meinen Sie?«

»Ich weiß nicht, was Sie von mir wollen«, sagte Aneta Djanali, und plötzlich konnte sie sich bewegen. »Sie sind in meine Wohnung eingebrochen. Das ist ein Vergehen, und jetzt ...«

»Das ist mir doch scheißegal!«, schrie Susanne Marke und machte noch einen Schritt vorwärts. »Und auf alle anderen scheiß ich auch. Warum, meinen Sie, kann mein lieber Bruder seine liebe Frau nicht in Ruhe lassen, wie? Oder warum will der Vater der lieben Ehefrau nicht, dass was rauskommt? Wie? *Wie?*«

»Sie haben doch alles getan, um Hans Forsblad zu schützen«, sagte Aneta Djanali.

»Das hab ich keineswegs«, sagte Susanne Marke. »Aber ich konnte nicht *alles* sagen. Ich musste auch Rücksicht auf Anette nehmen. Was sie wollte, auf ihren Willen.«

»Wo ist sie jetzt?«

»Sie ist am Ende ihrer Kräfte«, sagte Susanne Marke.

Sie sah selber aus, als wäre sie am Ende ihrer Kräfte.

»Wer ist Bengt Marke?«, fragte Aneta Djanali.

»Mein Exmann. Er hat mit der Sache nichts zu tun.«

»Ihm gehört das Auto, das Sie fahren.«

»Es war ein Geschenk. Glauben Sie mir, Bengt hat nichts damit zu tun. Er wohnt nicht mal in Schweden.«

»Wo ist Hans? Wo ist Ihr Bruder?«

»Er wollte ein letztes Mal mit ihr reden. Ich hab versucht, das zu verhindern.«

»Wo sind sie?«

»Anette wollte, dass er es versteht. Ein letzter Versuch.«

»Das glaube ich nicht«, sagte Aneta Djanali.

»Aber dass hier jederzeit jemand eindringen kann, das glauben Sie?« Susanne Marke sah sie mit funkelnden Augen an.

»Ich sehe ja, dass Sie da sind«, sagte Aneta Djanali.

»Und vorher?«, sagte Susanne Marke. »Wer war es vorher? Das war ich nicht.« Sie zeigte plötzlich auf das Schneckenhaus, das matt im nackten Licht der Flurbeleuchtung schimmerte. »Ich hab es wiedergebracht! Mein lieber Bruder hatte es. Glauben Sie mir jetzt?«

»Ja ... ich weiß nicht, was das erklären soll«, sagte Aneta Djanali. »Ich verstehe die Logik nicht.«

Susanne Marke starrte weiter auf das Schneckenhaus, als ob es ihnen etwas sagen könnte. Manchmal hatte sich Aneta Djanali das Haus ans Ohr gehalten. Darin war das Rauschen des Meeres.

Sie fragte nach dem Kontômè.

»Dort hat ein Bild gehangen«, sagte sie, »ein Bild von einem Geist aus Afrika.«

Sie sah, dass Susanne Marke nichts verstand und nichts wusste.

»Ich hab sein Spezialwerkzeug genommen«, sagte Susanne Marke. »Damit kommt man überall rein.« Sie sah Aneta Djanali an. »Wissen Sie, woher Hans es hat?«

»Ich kann's mir denken«, sagte Aneta Djanali.

»Sie sind jetzt da unten«, sagte Susanne Marke. Sie sah Aneta Djanali an. »Das ist falsch.«

»Falsch? Falsch? Was ist falsch?«

»Er hätte nicht runterfahren sollen. Und sie hätte nicht runterfahren sollen.« Sie sprach weiter mit einer dünnen

Stimme, die gar nicht ihre eigene zu sein schien. »Es kann etwas passieren.«

Aneta Djanali ging rasch durch den Flur an Susanne Marke vorbei. Im Schlafzimmer rief sie erst in Lindstens Haus in Fredriksdal an, aber dort meldete sich niemand. Dann rief sie im Haus am Meer an, doch auch dort meldete sich niemand. Sie wählte Anette Lindstens Handynummer, aber niemand ging ran.

Sie musste eine Entscheidung treffen.

Susanne Marke hatte keine richtige Angst, sie tat nur so. Alles, was bis zu dem hier geführt hatte, konnten sie später in einem Puzzle zusammenfügen, aber jetzt wusste Aneta Djanali, dass sie handeln musste, und zwar schnell.

Sie kehrte zurück in den Flur.

»Sind Sie ganz sicher, dass sie in der Hütte sind?«, fragte sie.

»Sie sind dort.«

»Wer genau ist dort?«

»Hans und Anette.«

Aneta Djanali nahm ihre Jacke vom Bügel. Susanne Marke rührte sich immer noch nicht.

»Kommen Sie mit?«, fragte Aneta Djanali.

»Mitkommen? Wohin?«

»Dorthin«, sagte Aneta Djanali und zog die halb hohen Stiefel an.

Susanne Marke sah auf ihre Füße. Sie ging in die Küche und kam mit ein paar grauen Joggingschuhen zurück.

»Ich komme mit«, sagte sie.

Sie verließen rasch das Haus.

Im Auto rief Aneta Djanali Halders an und erzählte es ihm.

»Bleib zu Hause«, sagte er.

»Ich glaube Susanne Marke«, sagte Aneta.

»Das spielt keine Rolle. Du könntest dich in Gefahr bringen.«

»Sie fährt mit«, sagte Aneta Djanali.

»Soll sie dich schützen?«

»Ich mach keine Dummheiten«, sagte Aneta Djanali. »Und ich bin bewaffnet.«

Sie hörte ihn etwas murmeln.

»Was hast du gesagt, Fredrik?«

»Wo seid ihr jetzt?«

»Auf der Umgehung. Ich sehe die Skyline von Frölunda.«

»Wo genau liegt die verdammte Hütte?«

Verdammte. Ja.

Sie beschrieb ihm den Weg.

»Ich bin schon unterwegs«, sagte Halders.

52

Winter und Macdonald fuhren zurück, über Findochty und Portnockie. Der Tag war immer noch strahlend, größer als das Leben. Am Cullen Bay war es leer. Vor zwei Monaten waren die Delphine hier gewesen.

Sie fuhren unter den Viadukten hindurch, die lange Schatten auf die Stadt warfen, wie Arme oder Beine eines Riesen. Oder wie die Kathedralen Schatten auf ganz Moray und Aberdeenshire warfen.

In Seatown schien Bewegung zu herrschen. Die Sonne fiel so, dass die kleinen Häuser eine merkwürdige Neigung bekamen.

Macdonald hatte westlich von Seatown geparkt, bei Cullen Sands.

Sie konnten das Ufer sehen und das offene Meer. Winter las auf einem Schild: *Water never failed E. U. tests.*

Weit entfernt war eine Gestalt am Ufer, nur eine Silhouette.

Sie gingen durch die namenlose Straße, die die Stadt am Meer zerschnitt, vorbei an der Methodistenkirche. Im Garten des Hauses gegenüber der Kirche hing Kinderkleidung auf der Wäscheleine.

Von dort konnten sie den Hafen sehen.

Die Telefonzelle war immer noch rot und stand immer noch da. Die Sonne beschien die Risse im roten Anstrich. Die Tür stand halb offen.

Winter und Macdonald schauten hinein. Das Telefon hatte noch eine Schnur. Macdonald hob ab und hörte das Freizeichen in der Leitung. Es gab ein Telefonbuch. Es gab kein Geschmier. Keine Telefonnummern von Prostituierten. Kein Gestank nach Urin. Keine leeren Bierdosen. Keine Glasscherben.

»Diese Zelle ist einzigartig«, sagte Macdonald.

»Wir sind alle einzigartig«, sagte Winter.

»Was meinst du damit?«, fragte Macdonald.

Winter antwortete nicht. Er drehte sich um.

»Da unten wohnt er«, sagte er, »hier in Seatown.«

»Mhm.«

»Hier kann man ein ganzes Leben als Unsichtbarer verbringen«, sagte Winter.

Macdonald nickte.

»Wollen wir von Haus zu Haus gehen?«, fragte er.

Winter sah ihn an.

»Vielleicht steht er mit einer Luger da. Übrig geblieben von der Schmuggelware.«

Macdonald lächelte nicht. Er hielt es nicht für einen Scherz.

»Warum sollte er das tun?«, fragte er nur.

»Es geht um seine Geheimnisse«, sagte Winter. »Wir sind eine Bedrohung für ihn.«

»Ja.«

Winter sah wieder in die Telefonzelle. Sie lag im Halbschatten. Er konnte sein halbes Spiegelbild in der Scheibe sehen. Er drehte sich um und sah nach Süden, über die Häuser am Abhang nach Castle Terrace, zum Viadukt und dem Hochplateau dahinter. Auf der anderen Straßenseite mündete eine weitere Straße. Er erinnerte sich an den Pub an der Kreuzung.

»Der Mann, der sich nicht rührte, als wir in dem Pub dort oben waren«, sagte er zu Macdonald. »Nur ein Rücken. Es war ein älterer Mann. Ich erinnere mich, dass er total bewegungslos dagesessen hat, als wir dort waren. Nicht eine Bewegung.«

»Vielleicht hat er geschlafen«, sagte Macdonald. »Das ist in den Pubs in Schottland nicht ungewöhnlich.«

»Nein«, sagte Winter. »Ich hab gesehen, dass er zugehört hat, sehr genau zugehört.«

Macdonald dachte nach.

»Es war etwas mit der Frau hinter der Theke«, sagte er nach einer kleinen Weile.

»Sie hat einmal zu viel zu diesem Rücken gesehen«, sagte Winter.

»Ist dir das auch aufgefallen?«, fragte Macdonald.

»Jetzt, wo ich es sage. Aber ich weiß es nicht.«

»Vielleicht war es seine Tochter«, sagte Macdonald. »Die Tochter des Rückens.«

Winter schaute auf die Uhr.

»Wir können hingehen und fragen. Die Pubs öffnen um elf.«

Aneta Djanali fuhr in Richtung Süden. Die Straße war leer. Die Sonne schien sehr stark, und Aneta hatte keine Sonnenbrille. Der Himmel war so blau, wie er nur sein konnte.

»Finden Sie es jetzt?«, fragte Susanne Marke.

»Ich bin nur einmal dort gewesen«, sagte Aneta Djanali.

»Ich auch«, sagte Susanne Marke. Sie klappte den Sonnenschutz herunter, als die Straße eine Biegung machte. Sie sah Aneta Djanali von der Seite an. »Was werden Sie machen, wenn wir ankommen?«

»Nachschauen, ob alles in Ordnung ist.«

Sie bogen von der Särö-Schnellstraße ab und fuhren durch Felder, die im Sonnenschein zu schweben schienen. Bald würde das Meer auftauchen. Davor lagen das Stück Wald und der Hügel, den Aneta Djanali hinaufgeklettert war. Diesmal wollte sie nicht klettern.

Sie fühlte sich seltsam sicher mit Susanne Marke an ihrer Seite. Susanne Marke war ruhig. Sie bewegte sich nicht.

Aneta Djanali fuhr zwischen den Bäumen dahin.

Plötzlich sah sie ihre Mutter, ihre Mutter aus dem Traum! Die Mutter stand mitten auf der Straße. Aneta Djanali trat jäh auf die Bremse.

»Was zum Teu…« Susanne Marke wurde nach vorn geschleudert, aber vom Sicherheitsgurt gehalten. Die Reifen quietschten.

Aneta Djanali schloss die Augen, schaute wieder. Die Straße war leer. Dort stand keine schwarze Frau mit erhobenen Händen, um sie aufzuhalten, nichts, nur eine Ahnung des Meeres zwischen den Bäumen.

Halders überholte in Höhe von Skalldalen einen Laster, und der verdammte Fahrer scherte plötzlich nach links aus, als Halders ihn fast überholt hatte. Er geriet auf die gegenüberliegende Fahrbahn, darüber hinaus, das Auto wurde gegen einen Steinblock geschleudert, der nicht dort sein sollte, absolut nicht dort, und das Auto überschlug sich, jedoch nur einmal, und blieb stehen, als ob es weiterfahren wollte, aber Halders konnte nicht fahren. Er war eingeklemmt und dachte, wie sonderbar es war. Ich sitze hier in Skalldalen, und mein Kopf ist noch dran und voller Gedanken wie diesem.

Dann verlor er das Bewusstsein.

Aneta Djanali parkte vorm Haus. Rundum war es still. Keine Seevögel schrien oder lachten. Kein Wind. Das Meer war wie ein Spiegel, und dort draußen waren keine Schiffe, die sich darin spiegelten, und darüber keine Wolken.

Susanne Marke war noch nicht ausgestiegen, als Aneta Djanali schon vor der Haustür stand. Sie war nicht ruhig, aber auch nicht mehr so erregt wie noch vor einer Weile. Sie sah ihre Hand an die Tür klopfen, ein-, zwei-, dreimal. Sie rief. Sie öffnete die Tür. Sie rief wieder: »Hallo! Ist da jemand?«

Sie drehte sich zu Susanne Marke um, die immer noch nicht ausgestiegen war. Das Auto stand im Halbschatten.

Dahinter bewegte sich etwas, ein anderer Halbschatten.

Winter und Macdonald überquerten die Bayview Road. Die Tür zum »Three Kings« war halb offen. Es war viertel nach elf.

Die Frau, die kürzlich hinter der Theke gestanden hatte, stand auch jetzt dort. Es war dieselbe Frau. Sie gingen über den glänzenden Fußboden. Die Sonne schien in den Raum. Die Frau bearbeitete ein Glas mit einem Lappen, während sie ihnen entgegensah. In ihrem Blick war kein Wiedererkennen. Wahrscheinlich guckt sie geradewegs durch uns hindurch, dachte Winter.

Jetzt nickte sie.

»*Yes?*«

Macdonald sah Winter an. Er zeigte auf eins der Aleschilder vor den Zapfhähnen, vier in einer Reihe.

»Zwei Pints, bitte.«

Die Frau stellte das Glas ab, das sie poliert hatte, und reckte sich nach zwei Gläsern im Regal hinter sich. Sie ließ das frische trübe Bier in die Gläser laufen und stellte sie auf die Bardecke.

Macdonald bezahlte. Die Frau entfernte sich ein paar Schritte.

»Ich frage mich, ob Sie uns helfen können«, sagte Macdonald.

Sie blieb stehen. Winter sah die Anspannung in ihrem Gesicht. Sie wusste es. Ihr hatte sofort etwas geschwant, als die beiden Fremden hereingekommen waren.

Sie wusste, wusste etwas.

»Wir suchen einen Mann«, sagte Macdonald.

Die Frau sah Winter an und dann Macdonald. Dann drehte sie ihnen das Profil zu.

»Ja?«

»Einen älteren Mann. Einen Schweden. Er heißt John Osvald.«

»John Osvald«, wiederholte Winter mit schwedischer Aussprache.

»Ja?«

Sie stand immer noch im Profil da. Ein Muskel in ihrem Nacken bewegte sich. Sie fragte nicht, worum es ging. Was sollen wir antworten, wenn sie fragt?, dachte Winter.

»Wir glauben, er wohnt hier in Cullen«, sagte Macdonald.

»Er könnte sich auch Johnson nennen«, sagte Winter.

»Wir glauben, er hat gestern Nachmittag hier gesessen, als wir hier waren.« Macdonald nickte zu dem leeren Tisch und dem leeren Stuhl am Fenster.

Dorthin schien die Frau zu schauen. Die Sonne beschien den halben Tisch und den halben Stuhl. Alles war hell vorm Fenster.

»Ich kenne keinen Schweden«, sagte sie, ohne sich zu rühren.

Sie hat *Angst*, dachte Winter plötzlich. Sie hat Angst vor uns. Nein. Angst, etwas zu sagen. Angst vor jemand anders.

»Er hat lange in Schottland gewohnt«, sagte Macdonald. »Vielleicht spricht er nicht mehr mit schwedischem Akzent.«

Sie fragte immer noch nicht, warum sie fragten. Sie schaute aus dem Fenster. Winter sah eine Hausecke auf der anderen Straßenseite und einen kleinen Teil des Strandes.

Er ging zu dem Tisch am Fenster. Jetzt konnte er mehr von der Straße, den Häusern und dem Strand sehen, und er sah das Meer. Die Dächer von Seatown. Das Ufer wurde durch Three Kings Rocks geteilt und ging auf der anderen Seite weiter. Winter sah den Golfclub bei den Klippen, den Parkplatz, auf dem einige Autos standen.

Winter trat näher ans Fenster, um eine bessere Sicht zu haben. Er drehte sich um und sah, dass die Frau an der Bar noch immer an ihm vorbei aus dem Fenster blickte.

Er sah eine Gestalt im Sand, diesseits der Königsklippen. Es könnte dieselbe Gestalt sein, die sie vorhin gesehen hatten. Die Gestalt schien sich nicht bewegt zu haben.

Winter drehte sich wieder um und sah der Frau ins Gesicht, und er wusste. Er schaute wieder aus dem Fenster zu der Gestalt am Strand und zurück zur Frau, und alles war erklärt, alles war in ihrem Gesicht abzulesen. Macdonald schien es auch zu verstehen, ohne es richtig zu verstehen, trat ans Fenster und sah, was Winter sah.

»Das ist er«, sagte Macdonald. Er drehte sich zu der Frau um. »Das da draußen ist Osvald, oder?«

Sie antwortete nicht, und das war auch eine Antwort.

Sie wandten sich um und gingen zur Tür.

»Ich habe die Lebenslüge nicht mehr ausgehalten«, sagte sie.

Sie drehten sich zu ihr um.

»Wie bitte?«, sagte Winter.

»Ich habe Va... Vaters Lebenslüge nicht mehr ausgehalten«, sagte sie, ohne ihren Blick vom Fenster zu nehmen.

»Vaters ...?«, sagte Macdonald.

»Hab sie nicht mehr ausgehalten«, sagte sie, »und er hat sie auch nicht mehr ausgehalten.«

Winter und Macdonald schwiegen.

»Ich habe einen Brief geschrieben«, sagte sie.

»Er ist angekommen«, sagte Winter.

Sie wandte ihnen das Gesicht zu, heftig.

»Seien Sie vorsichtig am Strand!«

Als sie die Bayview Road überquert hatten und die Treppen nach Seatown hinunterstiegen, konnte Winter den Hafen und die Wellenbrecher und die wenigen Fischerboote am Kai sehen.

Er sah auch den Trawler aus Stahl, der kurz vor der Hafeneinfahrt lag. Er war blau, blau wie der Himmel und das Meer an diesem Tag.

Er sah den Namen.

Aneta Djanali stand zum Auto gewandt. Hinter der Scheibe Susanne Markes Silhouette.

Bei ihrem letzten Besuch hatte ein Plastikboot am Anleger vor der Hütte gelegen. Das war jetzt weg. Das bedeutete etwas.

Hinter dem Auto bewegte sich jemand.

»Ich will Sie hier nicht haben«, sagte Hans Forsblad und trat ins Sonnenlicht.

»Wo ist Anette?«, fragte Aneta Djanali.

»Wo ist Anette? Wo ist Anette?«, äffte Forsblad sie nach.

»Sie hat ein Recht auf ihr eigenes Leben«, sagte Aneta Djanali.

»Nicht, solange Sie sich einmischen«, sagte Forsblad. »Die ganze Zeit mischen Sie sich ein!«

»Ich bin mit Ihrer Schwester hier«, sagte Aneta Djanali.

»Das weiß ich wohl.«

Er hatte einen Glanz in den Augen, der kam nicht von der Sonne.

Aneta Djanali machte einen Schritt vorwärts.

»Was haben Sie mit Anette gemacht?«, fragte sie, aber sie kannte die Antwort schon.

Halders konnte den Kopf bewegen. Er war vor einer Weile zu sich gekommen, er war nicht lange weg gewesen aus der Welt. Menschen standen um das Auto herum. Er sah Kollegen in Streifenwagen und Uniformen. Ich sehe keinen Krankenwagen. An mich verschwenden sie keinen Krankenwagen.

Jemand hatte die Autotür geöffnet, ohne das Blech aufzuschneiden.

Er konnte aussteigen!

Es gelang ihm mit fremder Hilfe.

»Der Krankenwagen ist unterwegs«, sagte Jansson oder Jonsson oder Johansson oder wie zum Teufel der nun hieß, der Polizeiinspektor aus Frölunda.

»Den kannst *du* nehmen«, sagte Halders. »Ich brauche keinen Krankenwagen.«

Er ging ein paar Schritte und nach einer Weile noch ein paar.

»Wie spät ist es?«, fragte er.

Der Kollege antwortete. Halders versuchte auf seine Armbanduhr zu schauen, aber er konnte seinen Arm nicht klar erkennen. Er sah den uniformierten Jungen an.

»Kannst du mich wohin bringen?« Plötzlich spürte er, dass es eilig war. Er sah klarer. »Es ist verdammt eilig«, sagte er und tastete nach seinem Handy, gab jedoch auf. »Kannst du jemand für mich anrufen?«

Winter und Macdonald gingen am Strand entlang. Seatown lag in ihrem Rücken. Winter sah die Autos auf dem Parkplatz des Golfclubs. Er meinte es grün blinken zu sehen, wie grünmetallic.

Sie gingen auf die Gestalt zu. Es war ein Mann. Er stand gebeugt da und schaute übers Meer. Sie sahen sein Profil. Er richtete sich auf, war aber immer noch im Profil.

Winter wusste, wer es war, Macdonald wusste es. Es war dasselbe Profil.

Er wusste es jetzt. Da kamen sie, Seite an Seite, ein Heller und ein Dunkler, Wildlederjacke, Lederjacke. Als ob ihnen die ganze Welt gehörte. Aber nein! Denen gehörte nichts.

Als er sie vor einer Stunde oder so gesehen hatte, war ihm klar gewesen, dass sie wieder da waren. Dass sie zu ihm kommen würden.

Und er wartete.

Es war vermutlich das Telefon. Er glaubte nicht, dass sie etwas gesagt hatte, das würde sie sich nicht trauen. Konnte man so etwas herausfinden? Das Telefon? Wahrscheinlich war das möglich.

Er hatte nicht die Absicht, Fragen zu beantworten.

Dies war sein Strand, seine Stadt, sein Haus, sein *Leben*.

Nicht antworten, nichts sagen.

Er konnte sie erschrecken. Nicht hier sollte es ein Ende nehmen. Sie konnten ihm nichts anhaben.

Es war niemand mehr da, der etwas sagen konnte.

Sie waren drei Meter entfernt von dem alten Mann stehen geblieben. Er drehte sich um, ihnen zu.

»John Osvald?«, fragte Winter.

Der Mann sah sie an, als ob sie unsichtbar wären. Er schien etwas hinter ihnen zu fixieren, vielleicht sein Haus. Oder das Viadukt.

»Wir möchten nur wissen, ob Sie John Osvald sind«, sagte Winter auf Schwedisch.

Der Mann antwortete nicht, sah sie weiter mit seinem trüben Blick an.

»Sind Sie John Osvald?«

»Wer sind Sie?«, fragte der Mann. Auf Schwedisch.

»Ich bin von zu Hause«, sagte Winter. »Ich habe eine Nachricht von zu Hause.«

Der Streifenwagen fuhr durch das Wäldchen zum Meer. Halders sah das Meer. Kollege Jonsson hatte Aneta nicht erreicht. Halders hatte es selbst versucht. *No reply*.

Sie fuhren am Strand entlang und sahen das Haus, das Lindstens sein musste. Er sah das Auto, das Aneta gehörte. Andere Autos sah er nicht.

Er sah eine Frau beim Auto knien. Er kannte sie. Es war Susanne Marke.

Er sah einen Mann fünfzehn Meter entfernt, übers Wasser gebeugt. Er kannte ihn. Er sah, wie Hans Forsblad plötzlich tauchte und davonschwamm. Halders sah Forsblads Schuhe Wasser treten.

Er sah Aneta am Ufer. Sie stand still.

Der Alte hatte nichts mehr gesagt, sich nicht gerührt. Alles war still. Es gab keine Vögel, keine Fische, keine Menschen, nichts dazwischen. Sie waren allein in dieser nördlichen Welt.

»Was ist Ihrem Sohn passiert?« Winter machte einen Schritt vorwärts. »Was ist Ihrem Sohn Axel passiert?«

Langsam wurde der Blick des Alten klar. Das ließ ihn jünger wirken. Er trug eine Kappe mit schmalem Schirm und eine grobe Strickjacke unter dem Tweedjackett. Er war groß, wenn er sich nicht krümmte. Seine Gesichtszüge waren scharf. Winter sah einen blauen Fleck an seiner Wange.

Seine Jacketttasche beulte sich aus.

»Was ist mit Axel passiert?«, fragte Winter.

»Er hat sich reingewaschen«, sagte John Osvald.

»Wie meinen Sie das?«

»Er hat die Sünden abgewaschen. Er wollte es. Ich konnte nicht eingreifen.«

»Er war unbekleidet«, sagte Winter.

»Das kann nur tun, wer Gott liebt«, sagte Osvald. Winter meinte, der Blick des Alten trübe sich wieder ein. »Wie es auch geht, für den, der Gott liebt, wird alles gut.«

»Die Sünden«, sagte Winter. »Welche Sünden meinen Sie?«

»Meine Sünden«, sagte John Osvald.

»Was sind das für Sünden?«, fragte Winter.

Osvald antwortete nicht.

»Geht es um Dinge, die im Krieg passiert sind?«, fragte Winter.

Osvald fixierte ihn oder vielleicht auch jemand anders. Der Blick war wieder klar.

»*Comes a time*«, sagte er.

»Wie bitte?«, sagte Winter.

»*There comes a time*«, sagte Osvald, der schottisches Englisch sprach.

»*A time for what?*«, fragte Macdonald, der jetzt neben Winter stand.

Keine Antwort.

»*A time for what?*«, wiederholte Macdonald.

»*A time to tell*«, sagte Osvald. Er machte eine Handbewegung. Winter sah auf seine Jacketttasche. Es wa…

»*To tell what?*«, fragte Macdonald.

Er machte einen Schritt näher.

»*Stay away from me!*«, schrie Osvald plötzlich.

»*To tell what?*«, wiederholte Macdonald.

»*Take it easy, Steve*«, sagte Winter.

Er sah auf Osvalds Jacketttasche. Er sah Madonald an. Er öffnete wieder den Mund, um ihn zu war…

»*Tell me what there is to tell*«, sagte Macdonald, der Osvald jetzt fast erreicht hatte.

»*NOOOOO!*«, schrie Osvald plötzlich und riss eine Pistole aus der Jackentasche und schoss. Winter konnte gerade noch die Luger registrieren und hörte die Kugel zwischen sich und Steve vorbeifliegen. Winter hatte sich schon abgewandt, ein Reflex. Er hatte keine Waffe. Steve hatte auch keine Waffe. Winter hörte einen weiteren Schuss und noch einen, er hörte keine Kugel, aber er sah, wie Steve schräg von hinten in den Hals getroffen wurde, er sah das Blut wie eine Fontäne hervorspritzen. Ein gurgelnder Laut von Steve, eine offene Wunde in seiner Schulter, wo die Kugel wieder ausgetreten sein musste, eine langsame Bewegung, als Steve zu fallen begann, der Geschmack nach Sand im Mund, von widerlichem Sand, der Winters Gesicht füllte, das Bild der

Erde, die sich drehte und drehte und zu einer blauen Kugel aus Himmel und Meer wurde, und dann plötzlich das Geräusch von Schritten, die aus der *anderen Richtung* an ihm vorbeigingen, und wie durch einen Sandnebel sah er Erik Osvalds Profil, und er hörte einen Schrei von vorn und noch einen. Er wusste nicht, woher er kam, und er dachte daran, dass er Steve in die Sache hineingelockt hatte, dass *er* verantwortlich war und niemand anders, dass er gezwungen sein würde, Sarah zu begegnen und ihr ins Gesicht zu sehen, und sie wiederum musste den Kindern gegenübertreten, den Zwillingen, und er wischte sich den Sand aus dem Gesicht, sprang auf und warf sich vorwärts und schrie und schrie, schrie wie ein Wahnsinniger.

53

Als alles vorbei war, konnte Winter zurückblicken. Als alles gesagt war, sah er, dass alles etwas anderes bedeutete. Alles löste sich auf.

Identität ist eine Leihgabe, eine Rolle, eine Maske. Wir passieren die Grenze zwischen Wahrheit und Lüge, und das Licht verdichtet sich zu Dunkelheit.

Oh, nie soll die Sonne
Den Morgen sehn! Dein Angesicht, mein Than,
Ist wie ein Buch, wo wunderbare Dinge
Geschrieben stehn. – Die Zeit zu täuschen, scheine
So wie die Zeit.

Winter hatte spät am Abend Macbeth gelesen, ein Taschenbuch, das er in einer kleinen Buchhandlung gefunden hatte neben dem Eingang des Krankenhauses von Elgin, wo Macdonald mit seinen Schussverletzungen lag. In zwei oder drei Tagen würde er ins Raigmore Hospital in Inverness verlegt werden, im Augenblick war das Risiko noch zu groß. Aber er würde überleben.

Man hätte sagen können, Steve hatte Glück gehabt, wenn man das Wort in diesem Zusammenhang benutzen konnte. Aber es war kein Glück. Es war etwas, das mit allem zusammenhing, was passiert war, was seinen Höhepunkt am Strand von Cullen gefunden hatte.

John Osvalds Tochter hatte die Notrufnummer gewählt, bevor die Schüsse fielen. John Osvalds *Tochter*.

Ihr Name war Anna Johnson, sie hatte beobachtet, wie sie auf den Vater am Strand zugegangen waren. Sie hatte am Fenster gestanden und den halben Strand überblickt, und das hatte gereicht, um ihren Vater zu sehen und dann die Männer, die sich ihm näherten, und Steve, der ihm allzu nah kam.

Sie war gleichzeitig mit dem Krankenwagen herangestürmt gekommen, der zwischen den Klippen heulte.

Als der Notruf einging, hatte er sich in der Nähe befunden, auf dem Weg nach Westen von Macduff.

Er brachte Macdonald in die nächste Notaufnahme, nach Elgin.

Steves Blut im Sand war schwarz gewesen. Der große Fleck hatte wie ein Stein ausgesehen. Plötzlich war eine flache Welle gekommen, als das Wasser stieg, und das Blut war weggespült worden.

John Osvald hatte unbeweglich dagestanden.

Das Gespräch mit ihm hatte noch nicht stattgefunden. Aber er war jetzt verstummt. Er saß in Untersuchungshaft in Inverness, und Kommissar Craig hatte noch nicht mit ihm gesprochen.

Sein Enkel hatte bewegungslos am Strand gestanden, niedergeschmettert. Winter hatte versucht mit Erik Osvald zu reden, als Macdonald noch verletzt im Sand gelegen hatte. Erik Osvald hatte sich über ihn gebeugt. Winter wusste nicht, ob Steve tot war. Seine Herzschläge hatten sich angefühlt wie die Hammerschläge auf der Werft in Buckie. Er hatte versucht, mit Erik Osvald zu *sprechen*, er hatte *geschrien*, immer weiter geschrien, als die Schüsse immer noch über Cullen widerhallten. Winter hatte Erik Osvald die alte, schlichte, verdammte Frage zugeschrien: WARUM?

Sie würden es zusammenfügen, Steinchen für Steinchen.

Erik Osvald hatte Kontakt mit seinem Großvater gehabt.

Es war natürlich noch nicht aufgeklärt, seit wann dieser

Kontakt bestand. Der Enkel stand immer noch unter schwerem Schock.

Aber der blaue Trawler, »Magdalena«, das glänzende Schiff für die neue Zeit, lag wie ein Beweis in Cullens Hafen. Geld war geflossen, großes Geld.

Es ging um Buße, um Schuld.

Aber für John Osvald hatte die Buße schließlich doch nicht gereicht.

Die Nacht senkte sich über Elgin. Steve war bewusstlos, sein Zustand war kritisch, aber stabil. Winter sah Sarah Macdonald an seinem Bett, die halbe Wand war verglast, und für eine Sekunde dachte er an die Wände um Jamie Craigs Büro im Polizeipräsidium in Inverness.

Blaues Licht umgab Steve und Sarah.

Angela legte einen Arm um seine Schultern.

»Wir gehen eine Weile raus«, sagte er.

Die Luft auf der Straße war frisch und kräftig, aber der Wind milde. Der Indian summer war noch nicht zu Ende. Winter konnte die Silhouette der Kathedrale über den Bauten der Stadt sehen. Er musste an die Viadukte denken, die sich über Cullen spannten. Darunter Seatown.

Er, Steve, Sarah und Angela waren durch Elgin gefahren auf dem Weg nach Aberdeen. Das war erst gestern gewesen. Himmel.

Steve hatte gesagt, die Elgin Cathedral sei früher einmal für die vielleicht schönste von Schottland gehalten worden, die einzige, die es an Schönheit mit St Andrews aufnehmen konnte.

Jetzt war es nur eine Hülle, aber die Fassade war dieselbe, und die Schönheit blieb, wenn die Kathedrale zu einer Silhouette in der Nacht wurde. Die Dunkelheit trug das Ihre dazu bei, die Schönheit zu erhalten.

Sie saßen auf einer Bank. Keiner sagte etwas.

Winters Handy klingelte. Er ließ es klingeln.

»Ich glaube, du solltest drangehen«, sagte Angela.

Er meldete sich. Es war Ringmar.

»Wie geht es Steve?«, fragte er.

»Er wird es schaffen«, sagte Winter.

Sie hatten am Nachmittag miteinander telefoniert, nach den Schüssen. Ringmar hatte auch Informationen gehabt, erschütternde Informationen. Es war ein grauenvoller Nachmittag.

»Hast du schon mit Aneta gesprochen?«, fragte Winter.

»Nein. Sie ist draußen und sucht.«

»Gibt es überhaupt keine Spuren?«

»Nein, bis jetzt nicht«, sagte Ringmar. »Das Plastikboot haben wir gefunden, aber Anette nicht.«

»Und Forsblad sagt immer noch nichts?«

»Nein. Halders hat ja schon gehofft, der Kerl würde ertrinken, aber der ist umgekehrt und wieder ans Ufer geschwommen, und seitdem hat er kein Wort gesagt.«

»Es ist so verdammt sinnlos«, sagte Winter.

»Wann ist es das nicht?« Winter hörte Ringmars müde Stimme. »Aneta ist überzeugt, dass er sie umgebracht hat. Man muss nur noch den Körper finden.«

»Also weiter suchen«, sagte Winter. »Und weiter verhören.«

»Forsblads Schwester hatte ihm erzählt, dass sie und Anette Lindsten ein Paar geworden sind, und das hat den Bruder durchdrehen lassen«, sagte Ringmar. »Aber Anettes Vater behauptet, das seien alles Lügen. Sie wolle nur mildernde Umstände schaffen, behauptet er.«

»Er ist genau der Mann, der zwischen Wahrheit und Lüge unterscheiden kann«, sagte Winter.

»In diesem Fall glaube ich ihm«, sagte Ringmar.

»Er ist ein Witzbold«, sagte Winter. »Vielleicht noch mehr.«

»Er sagt, er hat ihre Möbel nur in Sicherheit gebracht in diesem Speicher in Hisingen.«

»Ja, Herr im Himmel«, sagte Winter.

»Aus *der* Geschichte kommt er jedenfalls nicht mehr raus«, sagte Ringmar. »Der Kerl ist ein professioneller Krimineller.«

»Wo war er zum Zeitpunkt von Anettes Verschwinden?«, fragte Winter.

»Tja ... mit dem Puzzle sind wir noch nicht ganz fertig. Aber vermutlich war er mit seinen Kumpels in seinem eigenen Ikea in Hisingen. Jedenfalls waren sie dort, als Meijer und seine Jungs anklopften.«

»Grüß Aneta«, sagte Winter.

Er saß still da mit dem Telefon in der Hand. Die Dunkelheit über Elgin war noch dichter geworden. Die Silhouette der Kathedrale war noch schärfer. Sie hatte drei Türme und erinnerte an die drei Klippen am Strand von Cullen, wenn er es wollte. The Three Kings.

Anna Johnson war die Treppen durch Seatown herunter und den Strand entlanggelaufen gekommen.

Das war unser Geheimnis, hatte sie später gesagt, das war unser Geheimnis, nein, das war mein Geheimnis.

»Können wir uns nicht ein wenig bewegen?« Angela erhob sich von der Bank.

Winter stand ebenfalls auf. Stuart und Eilidh Macdonald traten aus dem Krankenhaus auf der anderen Seite der gepflasterten Straße. Sie sahen ihn und Angela und kamen zu ihnen herüber. Sie hatten sich vor einigen Stunden nur kurz begrüßt. Dallas war nicht mehr als fünfzehn Kilometer entfernt.

Da hatte Verwirrung geherrscht. Und Schrecken.

»Wahrscheinlich hat deine Bandage Steve das Leben gerettet«, sagte Stuart Macdonald.

Er sah auf Winters Brustkorb unter der Wildlederjacke. Winter hatte sich im Krankenhaus ein Hemd geliehen. Seine Sachen waren noch im Auto, seit sie im Seafield Hotel ausgecheckt hatten.

»Es war eine sehr provisorische Bandage«, sagte Winter.

»Aber fest angelegt.« Stuart Macdonald sah im blauen Licht des Krankenhauses müde aus, wie ein älterer Bruder von Steve. »Die hat dafür gesorgt, dass ihm noch etwas Blut geblieben ist, genügend jedenfalls.«

»Ich hätte ihn aber auch erwürgen können«, sagte Winter.

»Das war kalkuliertes Risiko«, sagte Stuart Macdonald und lächelte tatsächlich. »Diesmal hat es funktioniert.«

»Ich habe ihn dort mit hingenommen«, sagte Winter.

»Wie bitte?«, sagte Eilidh Macdonald.

»Ich ... habe ihn dort hingeführt. Wenn ich nicht gewesen wäre, wäre das nicht passiert.«

»Du hast Schuldgefühle, meinst du?«, fragte Eilidh Macdonald.

»Ja.«

»Dann lass dir sagen, dass Steve ein erwachsener Mann mit eigenem Willen ist«, sagte sie. »Er lässt sich nirgendwohin führen.«

»Da geb ich ihr Recht«, sagte ihr Bruder. »Und Steve lebt ja, oder?«

Winter und Angela gingen zum Mansion House Hotel, das aus der Ferne wie ein Schloss aussah. Winter stolperte. Angela stützte ihn.

»Ich brauch einen Whisky«, sagte er.

»Was du brauchst, ist ein Bett«, sagte sie.

Im Zimmer trank er einen Whisky und legte sich dann hin. Angela saß in einem Sessel, die Füße auf seinen Schenkeln. Sie hatten das Fenster geöffnet, und der laue Wind trug frische Luft herein. Sie hatten kein Licht angemacht.

»Was ist eigentlich damals draußen auf dem Meer passiert?« Angelas Gesicht wurde zur Hälfte von einer Straßenlaterne beleuchtet. Er sah ihr Halbprofil. »Im Krieg?«

»Ich kann es mir bis jetzt nur vorstellen.«

»Und was stellst du dir vor?«

»Eine Abrechnung«, sagte er.

»Was für eine Abrechnung?«

»John Osvald und seine Besatzung scheinen ja in Schmuggelei verwickelt gewesen zu sein. Das sagt der Enkel, Erik. Aber er hat auch nicht erfahren, was wirklich passiert ist.«

Winter hob Angelas Füße vorsichtig auf die Bettkante, drehte sich auf die Seite, nahm das Glas und trank von dem Whisky.

»Aber es war kein Unfall?«, fragte Angela. »Als das Schiff untergegangen ist?«

»Das glaube ich nicht.«

»Werden wir das jemals erfahren?«

»Ich glaube nicht.«

»Aber was da passiert ist, war schrecklich genug, dass John Osvald eine andere Identität angenommen hat«, sagte Angela. »Ein anderer geworden ist und sein altes Ich hinter sich gelassen hat.«

Winter nickte.

»Herr im Himmel«, sagte sie.

»Er hat es jedenfalls versucht.« Winter trank wieder. Der Whisky schmeckte wie der Wind, der zum Fenster hereinkam. »Er muss mit seinem Gott gerungen haben.«

»Hat er mit seinem Sohn gerungen?« Angela hatte ihre nackten Füße an sich gezogen. Sie kuschelte sich in den Sessel, als würde sie frieren.

»John Osvald?« Winter änderte seine Lage im Bett. »Ja, das ist die nächste Frage.«

»Ich meine nicht physisch«, sagte Angela.

»Nein, nein, das ist ja klar.«

»Was ist also auf dem Berg passiert? Bei Fort Augustus?«

»Darüber habe ich in den letzten Tagen immer wieder nachgedacht«, sagte Winter.

»Ich hab erst jetzt damit angefangen«, sagte Angela. »Es ist schwer, nicht darüber nachzudenken.« Sie schauderte. »Und schwer, darüber nachzudenken.« Sie sah ihn an. »Verstehst du?«

»Ja, natürlich.«

»Und dann muss ich immer an Osvald und seine unbekannte Tochter denken.«

»Sie war nicht unbekannt«, sagte Winter. »Uns war sie unbekannt, aber das bedeutet ja nicht, dass sie prinzipiell unbekannt war.«

»Wusste jemand in der Stadt davon?«, fragte Angela. »Und wer war die Mutter?«

»Die Tochter hat gesagt, ihre Mutter sei tot«, sagte Winter. »Und sie sagt, Osvald habe sie bis vor drei Jahren nicht gekannt.«

»Aber sie hat ihm geglaubt? Dass er ihr Vater ist?«

»Er konnte es offenbar beweisen«, sagte Winter. »Aber ich kenne noch keine Einzelheiten.«

Angela zitterte wieder.

»Ist dir kalt?«, fragte Winter. »Soll ich das Fenster schließen?«

»Nein. Der Wind tut gut.«

»Möchtest du einen Whisky?«

»Nein.«

»Einen ganz kleinen?«

Sie antwortete nicht.

»Angela?«

»Ich glaube, ich sollte lieber nicht«, sagte sie.

»Wie bitte?«

»Ich sollte keinen Alkohol trinken«, sagte sie und beugte sich vor, sodass er ihr Gesicht sehen konnte.

»Solltest nicht trinken ...«, wiederholte er.

»Jetzt sag ich nichts mehr.«

»Das *brauchst* du auch nicht!«, rief er und sprang aus dem Bett und vergoss einige der sauteuren Tropfen.

»Seit wann weißt du das?«, fragte er. Jetzt lagen sie beide im Bett. Das Fenster stand immer noch offen. Es war immer noch Indian summer in Elgin, wenn man es im Oktober noch so nennen konnte. »Das kannst du ja gerade eben erst erfahren haben.«

»Ungefähr seit einer halben Stunde«, sagte sie.

»Okay.«

Angela hatte ein Glas Mineralwasser in der Hand. Sie trank und stellte das Glas auf den Nachttisch und biss sich vorsichtig auf die Unterlippe. Sie schaute aus dem Fenster.

»Woran denkst du?«, fragte Winter.

»Immer noch daran, was in Fort Augustus passiert ist«, sagte sie. »Zwischen Vater und Sohn.«

»Mhm.«

»Hast du eine Theorie?«

Winter richtete sich auf. Er roch jetzt den Fluss von dort draußen. Der Sommer verzog sich für die Nacht.

»Ich glaube, dass Axel Osvald sein Leben lang von seinem Vater geträumt hat. Das ist ja nur natürlich. Die Umstände waren ja auch so dramatisch. Und diese Sehnsucht nach dem Verlorenen, in die er sich hineinsteigerte.« Er drehte sich zu Angela um. »Ich glaube, wir werden jetzt viel mehr über ihn erfahren, durch Erik und durch Johanna. Jetzt wissen wir, wonach wir fragen müssen. Warum wir fragen müssen.«

»Aber der Vater, John, hat er sich gemeldet?«

»Das muss er ja, jedenfalls als Axel hier war«, sagte Winter. »Und er hat es ja auch indirekt getan, durch Erik Osvald.«

»Und er hat seine Tochter anrufen lassen?«

»Ja.«

»Wusste er, was ... passieren würde?«

»Als sie sich getroffen haben, meinst du?«

»Ja.«

»Er kannte seinen Sohn nicht«, sagte Winter.

»Wie meinst du das?«

»Er kannte ihn nicht. Er wusste nicht, wie Axel war. Er konnte nicht ahnen, dass es da vielleicht eine ungeheure Leidenschaft gab ... vielleicht eine *Besessenheit.*«

Winter wechselte wieder die Haltung und setzte sich auf die Bettkante. »Verstehst du? Etwas konnte explodieren. Etwas konnte sehr leicht explodieren. Dass der Alte ihm seine Kleider abgenommen hat, hing mit seinem starken christlichen Glauben zusammen, seinem eigenen starken Glauben. Es ging um ... Läuterung, irgend so was. Axel wanderte in die Berge und betete und legte ein Kleidungsstück nach dem anderen ab. Ein reinigendes ... Bad. Am Strand sagte John Osvald, dass der Sohn seine ... Sünden abgewaschen hat. Er konnte es wohl nicht selber tun.«

»Glaubst du, der Vater hat es Axel erzählt?«

»Was erzählt?«

»Was er ... getan hat. Was damals draußen auf dem Meer passiert ist?« Sie strich sich die Haare aus der Schläfe. »Worin seine Schuld eigentlich bestand. Wie groß sein Verbrechen war?«

»Ja«, sagte Winter, »das glaube ich. Ich glaube, er hat es erzählt. Und es endete in einer Katastrophe.«

»Hat Axel Osvald eigentlich Selbstmord begangen?«

»Ich weiß es nicht«, sagte Winter. »Aber ich glaube es. Selbstmord. Ja. Sich nackt dort hinzulegen, das war Selbstmord.« Er fuhr sich mit der Hand durch die Haare. »Aber es war gewissermaßen auch ... Mord.« Er nahm die Hand vom Kopf. »Ich weiß es nicht.«

»Werdet ihr es je erfahren?«

»Wie sollen wir es erfahren?«, fragte Winter.

»Durch John Osvald«, sagte Angela.

»Vielleicht.« Aber er glaubte nicht daran. Ein »Vielleicht« klang nur hoffnungsvoller als ein »Nein«. Im Augenblick wusste er auch gar nicht, ob er es wissen wollte.

Später dachte er wieder ans Meer. An ein anderes Meer, einen anderen Strand. Der Strand lag auf der anderen Seite der Nordsee auf dem gleichen Breitengrad wie diese Stadt und diese uralte Landschaft.

Vorsichtig schob er Angelas Arm von seiner Brust und glitt aus dem Bett. Angela schnarchte, aber nur ganz schwach, ein Überbleibsel aus ihrer Polypen-Zeit.

Er schenkte sich noch einen Whisky ein und stellte sich ans geschlossene Fenster. Er zog es einen Spaltbreit auf. Die Luft war immer noch frisch, aber jetzt kalt. Es roch nach Wasser. Er sah das Meer und den anderen Strand vor seinem inneren Auge. Er sah sich, Angela, Elsa und noch jemanden, den er noch nicht kannte, einen kleinen Menschen. Alle gruben im Sand und dann in der weichen Erde auf dem Grundstück oberhalb des Strandes. Er hatte Erde am Spaten. Er schob eine Schubkarre voller Sand. Er legte Steinplatten. Er schlug mit einem Hammer gegen eine Wand.

Das war ein neuer Abschnitt Leben.

Dornoch
Tarbat Ness
Dornoch Firth
ROSS
und
CROMARTY
Tain
Moray Firth
Alness
Cromarty
Loch
Fannich
Forres
Dingwall
Nairn
Fortrose
NAIRN
Beauly
Inverness
Findhorn
Farrar
Dores
Drumnadrochit
Loch
Ness
Loch
Mhór
INVERNESS
Monadliath Mountains
Aviemore
Fort Augustus
Loch
Tarff
Kingussie
Oich
Newtonmore
Loch
Lochy
Loch
Laggan
Dalwhinnie
Grampian Mount
Loch
Ericht
Blair Atholl
PERTH
Pitlochry
Loch
Rannoch
Tay
Aberfeldy
Blair